TRADUÇÃO
Lúcio Cardoso

PREFÁCIO
Elena Vássina

POSFÁCIO
Otto Maria Carpeaux

3ª edição

LEON TOLSTÓI

ANA KARENINA

VOLUME 1

Título original: *Anna Karenina*

Direitos de edição da obra em língua portuguesa no Brasil adquiridos pela EDITORA NOVA FRONTEIRA PARTICIPAÇÕES S.A. Todos os direitos reservados. Nenhuma parte desta obra pode ser apropriada e estocada em sistema de banco de dados ou processo similar, em qualquer forma ou meio, seja eletrônico, de fotocópia, gravação etc., sem a permissão do detentor do copirraite.

EDITORA NOVA FRONTEIRA PARTICIPAÇÕES S.A.
Rua Candelária, 60 — 7º andar — Centro — 20091-020
Rio de Janeiro — RJ — Brasil
Tel.: (21) 3882-8200

Créditos de imagem

Luva:
Anna Karenina by E. Boehm – Postcard published in St. Petersburg Lebrecht Music
Fyodor Alekseyev – View Lubyanka C 1800 – Artefact / Alamy Stock Photo
Fyodor Alekseyev – Palace Tsaritsyno Vicinity Moscow C 1800 – Artefact / Alamy Stock Photo
KateVogel – Shutterstock

Capa:
Fyodor Alekseyev – View Lubyanka C 1800 – Artefact / Alamy Stock Photo
Fyodor Alekseyev – View Town Mykolaiv 1799 – Artefact / Alamy Stock Photo

Guardas:
Shutterstock antuanetto

Dados Internacionais de Catalogação na Publicação (CIP)

T654a   Tolstói, Leon

Ana Karenina: volume 1 / Leon Tolstói ; traduzido por Lúcio Cardoso ; prefácio de Elena Vássina. – 3 .ed. – Rio de Janeiro : Nova Fronteira , 2022.
520 p.

Título original: Anna Karenina

ISBN: 978-65-5640-460-8

1. Literatura russa. I. Cardoso, Lúcio II. Título

CDD: 891.73
CDU: 821.161.1

André Queiroz – CRB-4/2242

Sumário – volume 1

Prefácio	7
Primeira parte	17
Segunda parte	155
Terceira parte	295
Quarta parte	423

Prefácio

Ana Karenina, não apenas um dos maiores livros de amor da literatura universal

> Ana Karenina *é a perfeição como obra de arte... nada semelhante da literatura europeia atual pode ser comparado com este romance.*
> Fiódor Dostoiévski

Quando William Faulkner ganhou o Prêmio Nobel, foi-lhe pedido a nomear três melhores romances da literatura universal e o afamado escritor norte-americano, sem hesitar sequer um momento, respondeu: "O primeiro é *Ana Karenina*, o segundo é *Ana Karenina* e o terceiro também é *Ana Karenina*." E é verdade que existe uma rara unanimidade em reconhecimento da perfeição estética deste livro de Leon Tolstói que é considerado não apenas como uma obra prima do romance psicológico e familiar, mas também é lido e analisado como uma narrativa filosófica e como um romance político.

Em 2014 foi realizado o projeto conjunto do museu de Leon Tolstói "Iásnaia Poliana" e do Google da leitura contínua do romance *Ana Karenina* por setecentas e trinta e duas pessoas do mundo inteiro que foi transmitida via YouTube, durou trinta e seis horas e foi assistida em cento e seis países entrando no livro de recordes Guinness como "a maior maratona de leitores da Internet".

Para Tolstói, *Ana Karenina*, antes de mais nada, era um romance familiar. Todos conhecem ou já ouviram falar da famosa máxima tolstoviana que abre *Ana Karenina* e anuncia seu tema principal: "Todas as famílias felizes se parecem, as famílias infelizes são infelizes cada qual ao seu modo." É o romance sobre nascimento e gênese do amor entre dois casais — entre Ana e Vronski e Kitty e Levine, sobre a natureza das paixões e os movimentos mais sutis da alma humana, sobre os motivos óbvios e ocultos que movem as pessoas. Quando você lê *Ana Karenina*, parece que o escritor não apenas entendeu mais sobre a psique humana de que todos os seus antecedentes literários, mas também previu vários descobrimentos sobre o inconsciente que a ciência iria confirmar só no século XX. Este livro de Tolstói também é citado como o primeiro onde o autor recorre ao procedimento que seria tão importante para a narrativa modernista — o fluxo de consciência.

É o romance filosófico no qual o "alter ego" do próprio autor — Constantin Levine — passa pela *via crucis* buscando o sentido da vida e descobrindo os valores da existência "natural" (sabe-se da importante influência da filosofia do iluminista franco-suíço Jean-Jacques Rousseau na formação da visão do mundo de Tolstói), no campo e longe dos tumultos da civilização moderna que, segundo Tolstói, estraga o que há de melhor no ser humano.

E é também o romance político que, além de apresentar um amplo painel de diferentes camadas sociais — desde a alta sociedade até a vida dos camponeses e da realidade russa na década de 1870, absorveu vários eventos que se desenrolavam à medida que estava sendo escrito: as consequências da reforma militar, novas intrigas da corte e até a chegada de uma trupe de ópera estrangeira em São Petersburgo. Enfim, há tantas facetas diferentes no romance que cada leitor pode descobrir novos e novos enfoques, temas e imagens dentro da narrativa.

Além de ser traduzido para mais de quarenta idiomas do mundo, o romance é conhecido também em dezenas de adaptações para cinema e séries de TV, para o palco dramático e musical, para histórias de quadrinhos e até ganhou releitura em um mangá.

Os especialistas sempre falam que *Ana Karenina* é o romance que ganhou o maior número das versões em filmes — desde o cinema mudo (o filme de 1927 com a magnífica Greta Garbo é considerado o clássico desse gênero) até uma das últimas adaptações do romance pelo premiado diretor britânico Joe Wright estrelando Keira Knightley como Ana. Este número recorde dos filmes tem uma explicação surpreendente: quando começamos a estudar milhares das folhas de manuscritos do romance (Tolstói trabalhava nas suas obras até a exaustão, editando, reescrevendo e sempre tentando melhorar cada frase, cada detalhe) notamos que o escritor estava se movendo de acordo com os cânones do roteiro: primeiro ele escreveu uma narração concisa, depois pensou no desenvolvimento da trama, em seguida arranjou um elenco de personagens fazendo um tipo de *casting*.

Encontramos a primeira menção sobre o início de trabalho no romance na carta que a esposa de Tolstói, Sofia, escreve para sua irmã, Tatiana Kuzmínskaia em 20 de março de 1873: "Ontem Lióvotchka (o apelido carinhoso de Leon na sua família) de repente começou a escrever um romance da vida moderna. O enredo do romance é sobre a esposa infiel e todo o drama que daí resultou." Tolstói fez o primeiro esboço do futuro *Ana Karenina* em 18 de março de 1873 sob a impressão da leitura da passagem de uma obra de Aleksandr Púchkin "Os convidados estavam se reunindo na casa do campo..." E já em maio de 1873, Tolstói escreve ao seu amigo, o crítico Nikolai Strákhov que o romance já havia sido "concluído no rascunho". Mas quando lemos este rascunho ficamos surpreendidos com o contraste entre esta primeira descrição da personagem principal e aquele retrato encantador de Ana, cheia de vida, que conhecemos logo no início do livro quando Vronski a vê pela primeira vez no vagão do trem: "Um breve instante seus olhos cinzentos e brilhantes, que as pestanas espessas faziam escurecer (...) Esta rápida visão bastou a Vronski para observar a vivacidade que ondulava naquela fisionomia, animando o olhar, curvando os lábios num sorriso apenas perceptível. Olhar e sorriso denunciavam uma abundância de força sufocada — o brilho dos olhos o disfarçava, o meio sorriso dos lábios não traía menos o fogo interior." Nos primeiros esboços Ana era uma mulher bastante feia, gorda demais, com o nariz curto, quase arrebitado. Os outros personagens também mudaram: Karenine era suave e gentil, mas na versão final ele se tornou um personagem seco e duro. E o rosto de Vronski, ao contrário, mudou de "duro e expressivo" para "naturalmente belo e extremamente calmo". Este "laboratório de criação" do romance prova aquilo que o próprio escritor falou sobre o processo de escrita: "Para produzir efeito sobre os outros, o artista deve estar em busca para que seu trabalho seja uma busca. Se ele encontrou tudo e sabe tudo e ensina ou diverte deliberadamente, ele não produz efeito. Somente se ele estiver buscando, o espectador, o ouvinte e o leitor vão se fundir com ele na busca."

Na primavera de 1874, o escritor acreditava que o romance estivesse concluído, mas, ao todo, o processo completo de escrita, interrompido por várias crises criativas ("preciso retomar a chata e vulgar Karenina", "tenho nojo do que escrevi", "estou cansado da minha Ana como de um amargo rabanete") levaria ainda quatro anos. No início de 1877, Tolstói de novo achou que tivesse finalizado o romance, mas em abril de 1877, o czar Alexandre II, que a princípio não queria envolver o país na guerra, sucumbiu à pressão e declarou guerra ao Império Otomano — o fato que impactou tanto Tolstói que o fez escrever a parte final do romance que fala dessa guerra. Dessa maneira, vários acontecimentos reais que não poderiam ter sido previstos quando Tolstói iniciou o romance ficaram refletidos em suas páginas mudando o enredo e o destino dos personagens.

O romance foi publicado em partes na revista literária *Rússki véstnik* ("Mensageiro russo"), a primeira saiu nos primeiros quatro meses de 1875, o próximo longo fragmento do romance foi publicado de janeiro a abril de 1876 e o terceiro, de dezembro de 1876 até abril de 1877. As longas pausas explicavam-se pelo ritmo de trabalho de Tolstói, no entanto, estes intervalos, por sua vez, contribuíam para criar nos leitores a ilusão de que a ação de *Ana Karenina* se passava em tempo real.

Vladimir Nabokov, grande admirador da obra de Tolstói, apontou com muita precisão um especial "senso do tempo" que é uma das marcantes características do método artístico de Tolstói: "O que de fato seduz o leitor comum é o dom que tem Tolstói de brindar sua ficção com valores temporais que correspondem exatamente ao nosso senso de tempo. É uma conquista misteriosa, não tanto uma característica louvável do gênio, mas algo que pertence à natureza física de sua genialidade. Esse equilíbrio em matéria de tempo, que só ele possui, é o que dá ao gentil leitor o senso de realidade cotidiana que poderia atribuir à visão aguda de Tolstói. A prosa de Tolstói tem o mesmo ritmo de nosso pulso, seus personagens parecem se mover com o mesmo balanço do corpo das pessoas que passam diante de nossa janela enquanto lemos seu livro."

Criando seu romance, Tolstói tentou reduzir ao mínimo a expressão direta do seu ponto de vista, mas a posição autoral se apresenta por meio de uma composição ponderada da narrativa que reflete a conexão interna entre as partes e os ciclos do romance e desempenha um papel importantíssimo. À base de composição de *Ana Karenina* estão duas histórias paralelas que quase não se cruzam: o romance de Ana com Vronski e seu rompimento com o marido e o amor de Levine com Kitty e o início de sua vida familiar. Não há no romance digressões detalhadas do autor, os próprios pensamentos de Tolstói são em grande parte confiados a Levine, mas a presença do autor, que cria mundos multidimensionais, quase fisicamente tangíveis e que, ao mesmo tempo, olha para eles da posição da verdade mais elevada, é sentida em cada linha.

O ritmo da narração nos ciclos muda constantemente devido à alternância de cenas-capítulos descritivas e cenas-capítulos de ação, cujo significado e volume são diferentes. Na primeira parte do romance, o autor usa cenas-ação que introduzem os personagens. Como regra, em primeiro momento, um novo personagem aparece na cena-ação e, em seguida, é fornecido o relato sobre sua história de vida. Nesse caso, o plano de fundo marca a transição para uma nova história e, portanto, para um novo ciclo. Os principais episódios de introspecção retratam momentos transitórios e reflexivos nos destinos dos personagens principais — Levine e Ana. O princípio básico dos ciclos alternados é o princípio do contraste. Os ciclos são opostos pela dominante emocional, pela tensão da situação e pelos diferentes modos de descrição.

De acordo com o princípio do contraste, o enredo externo e interno se desenvolve nas histórias paralelas de dois casais e nas histórias, respectivamente, de desconstrução e construção familiar.

Paralelismos e contrastes são importantes também para a definição do espaço da narrativa. O romance se desenvolve em três tipos de lugares diferentes: a calorosa e familiar Moscou, cidade natal de Kitty e de Dolly, a cunhada de Ana; o frio e burocrático mundo de aparências da alta sociedade de São Petersburgo, a capital burocrático da Rússia, onde Karenine, o esposo de Ana, se sente como peixe na água, e o terceiro espaço que é no campo, a propriedade familiar de Levine, Pokrovskoie, onde personagens podem sentir autenticidade da vida em contato direto com natureza, terra e povo. O lugar de residência do personagem determina seu estilo de vida, hábitos, caráter e sua visão de mundo. Dessa forma, Tolstói associa o campo ao trabalho físico, ao povo, à fé e à pureza, à simplicidade e à espontaneidade enquanto a cidade, ao contrário, se associa ao luxo, à vida artificial da alta sociedade, à incredulidade ou misticismo, à pseudociência e à pseudoarte.

Para compreensão do plano ideológico e simbólico do romance é muito importante prestar atenção ao fato de que as duas cidades, Moscou e São Petersburgo, se ligam pelo caminho de ferro que, junto com o trem (um dos personagens relevantes do livro) se torna o símbolo de determinismo do destino que tem que ser cumprido. E não é por acaso que o enlace e desenlace do romance acontecem exatamente no caminho de ferro.

Não é menos simbólico que o motivo da dualidade em Ana que aparece no seu sonho (no caso de Ana os seus sonhos estão associados aos motivos de dualidade, de sombra ou de morte, de horror e de medo) durante a viagem no trem coincida com sua transição no espaço: Ana está entre duas cidades que dividiram sua vida em passado e futuro. Além do mais, Tolstói descreve vários sonhos de seus personagens, em particular os de Ana e de Vronski, que formam uma das prediletas técnicas tolstovianas de introspecção e, ao mesmo tempo, estão plenos de detalhes simbólicos, como, por exemplo, fogo e ferro, frio e calor. Oferecendo ao autor a possibilidade de refletir todos os estados limítrofes e transitórios, os sonhos, essas "janelas para a alma", desempenham um papel significativo não apenas na caracterização psicológica dos personagens, mas também são os alarmes do desenlace trágico do romance e, ao mesmo tempo, da maneira indireta, refletem o ponto de vista do "autor invisível".

O princípio básico do método artístico de Tolstói na criação de todos os personagens foi definido como "dialética de alma", ou seja, há sempre uma complexa dinâmica na formação dos caracteres tolstovianos, há sempre um jogo inimitável de sombra e luz. O próprio Tolstói gostava de repetir: "Um dos maiores erros em apreciação de pessoa é que o chamamos, definimos de inteligente, tolo, bom, mau, forte, fraco, enquanto ser humano é tudo, é uma substância fluida".

Quando começou a publicação de *Ana Karenina* em 1875, Tolstói escreveu em uma carta a seu amigo: "Uma obra de arte é fruto do amor"; sem dúvida, o escritor atribuiu essa definição a seu novo romance que, sendo "fruto de amor" nos faz apaixonar também por toda a narrativa que é lida numa respiração só, desde a primeira até a última página. Como bem comentou Nabokov: "Você lê Tolstói simplesmente porque não pode parar."

Elena Vássina
Professora doutora do curso de Letras Russas da USP

Minha é a vingança; eu retribuirei.
Romanos 12:19

Primeira parte

1

Todas as famílias felizes se parecem, as famílias infelizes são infelizes cada qual ao seu modo.

Tudo estava em desordem na casa Oblonski. Prevenida de que o marido entretinha uma ligação com a antiga preceptora francesa dos seus filhos, a princesa se recusara a viver sob o mesmo teto que ele. O trágico dessa situação, que se prolongava havia três dias, aparecia em todo o seu horror tanto aos esposos como aos habitantes da casa. Todos, desde os membros da família até os criados, compreendiam que a vida em comum não tinha mais razão de ser — e sentiam-se mais estranhos um ao outro que os hóspedes fortuitos de um albergue. A mulher não deixava os seus aposentos, o marido não se recolhia após o trabalho, as crianças corriam sem destino de quarto em quarto. A governanta inglesa, após discutir com uma das empregadas, escrevera a uma amiga pedindo que lhe procurasse uma outra colocação e o patrão, desde a véspera, à hora do jantar, que a havia despachado. Os cocheiros e a cozinheira tinham pedido as contas.

O príncipe Stepane Arcadievitch Oblonski — Stiva, para os amigos —, no terceiro dia após a desavença, despertou às oito horas, como de costume, mas em seu gabinete de trabalho, sobre um divã de couro, e não na alcova conjugal. Desejoso de prolongar o sono, virou preguiçosamente nas molas do divã o seu corpo bem cuidado e, envolvendo-o com os braços, apoiou a face no travesseiro — endireitou-se com um gesto brusco e abriu definitivamente os olhos.

"Como era?", pensou, procurando recordar os detalhes de um sonho. "Sim, como era? Ah! Alabine oferecia um jantar em Darmstadt, mas Darmstadt ficava na América... Alabine oferecia um jantar sobre mesas de vidro, e as mesas cantavam *Il mio tesoro...* não, não era esta ária, mas uma outra bem mais bonita... E ele tinha sobre as mesas não sei que espécie de garrafinhas que eram ao mesmo tempo mulheres." Um brilho de alegria surgiu nos olhos de Stepane Arcadievitch. "Sim", refletiu sorrindo, "era encantador, completamente encantador, mas, uma vez acordado, essas coisas não mais podem ser contadas, não se possui a noção bem exata." Então, observando um raio de luz que se infiltrava no aposento através das cortinas entreabertas, deixou alegremente saírem do leito os seus pés em busca das chinelas de marroquim castanho, presente da mulher no seu último aniversário, enquanto, cedendo a um hábito de anos, procurava o *robe-de-chambre*, suspenso na cabeceira do leito. Mas, recordando-se subitamente do lugar onde se achava e da razão que ali o trouxera, cessou de sorrir e franziu a testa.

— Ah, ah, ah! — gemeu, sob a investida das recordações. Uma vez ainda a sua imaginação representava todos os detalhes da cena fatal, o odioso de uma situação sem saída. Uma vez ainda ele teve — e nada era tão doloroso — de se reconhecer como o próprio autor do seu infortúnio. — Não, ela não perdoará e não pode perdoar! E o mais terrível é que eu sou a causa de tudo, sem, no entanto, ser culpado. Eis o drama. Ah, ah, ah! — repetia desesperado, evocando os minutos mais atrozes da cena, o primeiro principalmente, quando voltava muito alegre do teatro, trazendo uma pera para a sua mulher.

Não a achou no salão e nem mesmo, para sua surpresa, no gabinete, descobrindo-a enfim no quarto de dormir, tendo entre as mãos o malfadado bilhete que lhe preparara tudo.

Ela, essa Dolly que ele tinha por uma boa governanta, eternamente ocupada e um pouco moderada, estava imóvel, o bilhete entre os dedos, fitando-o com uma expressão de terror, de desespero e indignação.

— Que é isso? — repetia ela, mostrando o bilhete.

E, como acontecia frequentemente, o que deixava a Stepane Arcadievitch tão desagradável recordação era menos a cena em si que a resposta dada a sua mulher.

Achara-se então na situação de uma pessoa subitamente convencida de uma ação odiosa e, como sempre acontece, não soube compor uma fisionomia que atenuasse os fatos. Em lugar de insultar-se, negar, justificar-se, pedir perdão, de afetar mesmo certa indiferença — qualquer coisa seria melhor! —, pôs-se no mesmo instante a sorrir, involuntariamente (ação reflexa, pensou Stepane Arcadievitch, que gostava de fisiologia), e esse sorriso estereotipado só podia ser extremamente tolo.

Quanto a esse sorriso idiota, não podia esquecê-lo, pois fora ele quem provocara em Dolly um frisson de dor. Com o seu arrebatamento habitual, ela o oprimiu sob uma onda de palavras amargas e, cedendo-lhe o lugar no mesmo instante, recusou-se desde então a vê-lo.

"Foi esse estúpido sorriso que pôs tudo a perder!", pensava Oblonski. "Mas que fazer, que fazer?", repetia desesperadamente sem achar uma resposta.

2

Sincero consigo mesmo, Stepane Arcadievitch não se iludia: não experimentava o menor remorso e se sentia perfeitamente bem. Esse homem de 34 anos, pessoalmente elegante e de temperamento amoroso, não podia se arrepender de haver se descuidado da mulher, um ano mais jovem que ele e mãe de sete filhos, dos quais viviam cinco — não, deplorava somente não ter encoberto melhor o seu jogo. Mas, compreendendo a gravidade da situação, lutava com a mulher, os filhos e consigo próprio. Talvez tivesse tomado melhor as precauções se pudesse prever o efeito que a descoberta de tais loucuras produziria em sua esposa. Sem jamais refletir seriamente sobre a coisa, imaginava de um modo vago que ela desconfiava de tudo e fechava voluntariamente os olhos. Achara mesmo que Dolly, envelhecida, fatigada, excelente mãe de família, sem nenhuma qualidade que a fizesse extraordinária, procuraria naturalmente demonstrar indulgência, ainda que apenas por um senso de justiça. Acontece que fora o exato oposto.

— Ah! é terrível, terrível, terrível! — repetia Stepane Arcadievitch, sem achar saída para a sua infelicidade. — E tudo ia tão bem, nós éramos tão felizes! Eu não a incomodava em nada, deixava-a educar e dirigir as crianças, a casa às suas ordens... Evidentemente, é desagradável que "ela" seja a nossa preceptora. Sim, é deplorável. Existe alguma coisa de vulgar, de banal, em galantear a preceptora dos nossos filhos. Mas que preceptora! (Ele revê os olhos negros, o sorriso leviano de Mlle. Roland.) Enfim, enquanto ela permanecer nesta casa, eu não terei permissão... O pior é que ela, desde agora, é... E tudo aquilo como um fato espontâneo. Ah, meu Deus, meu Deus, que fazer?

Não encontrava outra resposta senão essa que a vida concede de maneira geral a todas as questões, as mais complicadas, as mais insolúveis: submergir no ramerrão cotidiano, esquecer. Não podia, pelo menos até a noite seguinte, encontrar o esquecimento no sono, na ária das garrafinhas. Restava apenas afundar-se na reflexão da vida.

— Veremos mais tarde — concluiu Stepane Arcadievitch, levantando-se. Vestiu o *robe-de-chambre* pardo forrado de seda azul, aspirou o ar a plenos pulmões em sua larga caixa torácica e, com aquele andar sacudido que tirava do seu corpo toda a aparência de lentidão, avançou para a janela, separou as cortinas e tocou energicamente a campainha. O criado Mateus, um velho amigo, entrou imediatamente, com as roupas e os sapatos do patrão, trazendo também um telegrama. Atrás vinha o barbeiro com os seus aprestos.

— Trouxeste os papéis do escritório? — inquiriu Stepane Arcadievitch, tomando os documentos e sentando-se em frente ao espelho.

— Estão na mesa — respondeu Mateus, fitando o patrão com ar cúmplice e, após um instante, com sorriso astucioso, acrescentou: — O alugador de carruagens esteve aí.

Como única resposta, Stepane Arcadievitch cruzou no espelho o seu olhar com o de Mateus, o gesto provava como estes dois homens se entendiam. "Por que esta pergunta? Não sabes já a resposta?", parecia indagar Stepane Arcadievitch.

As mãos nos bolsos, uma perna afastada, um riso imperceptível nos lábios, Mateus contemplava o patrão em silêncio. Afinal, deixou cair a frase evidentemente preparada:

— Eu disse a ele que voltasse no outro domingo e que não o incomodasse inutilmente.

Stepane Arcadievitch compreendeu o desejo de Mateus em se distinguir com uma amabilidade. Abriu o telegrama, examinou-o, restabelecendo lentamente as palavras desfiguradas, e o seu rosto se iluminou.

— Mateus, minha irmã Arcadievna chegará amanhã — disse, detendo por um momento a mão rechonchuda do barbeiro, em transe de desenhar, com a ajuda do pente, uma linha entre os seus cabelos encrespados.

— Deus seja louvado! — gritou Mateus num tom que provava a sua compreensão ante a importância de tal notícia: Ana Arcadievna, a irmã querida do patrão, poderia ajudar na reconciliação dos esposos!

— Sozinha ou com o marido? — indagou ele. À maneira de resposta, Stepane Arcadievitch, que abandonava o lábio superior ao barbeiro, levantou um dedo. Mateus fez um sinal com a cabeça no espelho.

— Sozinha. Devemos arranjar um dos quartos no andar de cima?

— Onde Daria Alexandrovna ordenar.

— Daria Alexandrovna? — repetiu Mateus, como se em dúvida.

— Sim. Mostre-lhe este telegrama e diga-me a decisão dela.

"Ah, ah, o senhor deseja fazer uma tentativa", pensou Mateus, mas respondeu simplesmente:

— Está bem, senhor.

Stepane Arcadievitch, a *toilette* acabada e o barbeiro despedido, ia tomar as suas roupas, quando Mateus, o telegrama na mão, a passos leves entrou novamente no aposento.

— Daria Alexandrovna mandou dizer que viajará e que o senhor poderá fazer o que entender — declarou ele, sorrindo com os olhos, as mãos enfiadas nos bolsos, a cabeça inclinada, o olhar fixo no patrão.

Stepane Arcadievitch conservou-se mudo por um momento; depois, um sorriso de piedade passou sobre o seu belo rosto.

— Que pensas, Mateus? — perguntou, sacudindo a cabeça.

— Isso se desenvolverá, senhor.

— Isso "se desenvolverá"?

— Certamente, senhor.

— Acreditas?... Mas quem vem aí? — perguntou Stepane Arcadievitch ouvindo do lado da porta o rumor de um vestido.

— Sou eu, senhor — respondeu uma voz feminina decidida, mas estável. E o rosto devastado e severo de Matrona Filimonovna, a aia das crianças, surgiu na moldura da porta.

— Que há, Matrona? — perguntou Stepane Arcadievitch, dirigindo-se para ela.

Se bem que soubesse intimamente de todas as injustiças praticadas contra a mulher, a casa inteira era por ele, inclusive Matrona, que era a grande amiga de Daria Alexandrovna.

— Que há? — repetiu ele num tom abatido.

— O senhor deveria procurar a senhora e pedir perdão mais uma vez. Talvez o bom Deus seja misericordioso. Madame se afligirá, sentindo piedade, e tudo irá bem em casa. É necessário ter piedade das crianças, senhor. Pedirá perdão por causa delas. Que se pode fazer, quando se bebeu muito vinho...

— Mas ela não me receberá...

— Vá de qualquer modo. Deus é misericordioso. Suplique, senhor, suplique!

— Está bem, consinto — disse Stepane Arcadievitch, tornando-se escarlate. — Vamos, deixe-me ver rapidamente minhas roupas — ordenou a Mateus, rejeitando com um gesto o seu *robe-de-chambre*.

Respirando invisíveis fragmentos de poeira, Mateus estendeu como uma coleira a camisa engomada, que deixou cair com prazer evidente no corpo delicado do seu patrão.

3

Já vestido, Stepane Arcadievitch perfumou-se com um vaporizador, arranjou os punhos da camisa, pôs automaticamente nos bolsos os cigarros, a carteira, os fósforos, o relógio de dupla cadeia ornada de berloques, amarrotou o lenço e sentiu-se novo, disposto, perfumado e de um incontestável bom humor físico, apesar da inquietação moral. Dirigiu-se, com passos um pouco saltitantes, para a sala de jantar, onde o esperava o seu café e a sua correspondência.

Examinou as cartas. Uma delas, a de um negociante com quem tratava a venda de um bosque na propriedade de sua mulher, contrariou-o bastante. Essa venda era indispensável mas, enquanto não se reconciliassem, não queria nem pensar nela. O que mais o repugnava era agora envolver uma questão financeira na reconciliação iminente. A ideia de que o seu procedimento poderia ser influenciado pela necessidade dessa venda parecia-lhe particularmente odiosa. Depois da leitura da correspondência, Stepane Arcadievitch puxou os papéis do departamento, examinando dois deles apressadamente, fazendo algumas anotações a lápis e, empurrando a papelada, pôs-se finalmente a fazer a refeição da manhã: bebendo o café, abriu o jornal, ainda úmido, e mergulhou na leitura.

Stepane Arcadievitch recebia um desses jornais de feição liberal, não muito pronunciada, conveniente à maioria do público. Apesar de não se interessar pela ciência, nem pela arte, nem pela política, partilhava plenamente sobre todas essas questões da opinião do seu jornal e da maioria; só mudava de opinião quando a maioria mudava — ou melhor, não mudava, as opiniões é que se modificavam imperceptivelmente nele.

Stepane Arcadievitch escolhia as suas maneiras de pensar como as formas dos seus chapéus ou dos seus capotes: adotava-as porque eram as de todo o mundo. Como vivia numa sociedade onde uma certa atividade intelectual é considerada apanágio de uma idade amadurecida, as opiniões eram-lhe tão necessárias como os chapéus. Ao conservantismo que professavam as pessoas do seu meio, ele preferia, em verdade, o liberalismo, não que achasse esta tendência mais sensata, mas simplesmente porque ela quadrava melhor com o seu estilo de vida. O partido liberal achava que tudo ia mal na Rússia, e era precisamente o caso de Stepane Arcadievitch, que tinha muitas dívidas e poucos recursos. O partido liberal proclamava que o casamento, instituição caduca, exigia uma reforma urgente, e para Stepane Arcadievitch, a vida conjugal apresentava realmente pouco prazer, ela o forçava a mentir, a dissimular, o que repugnava à sua natureza. O partido liberal sustentava, ou antes deixava entender, que a religião era um simples freio aos instintos bárbaros do povo, e Stepane Arcadievitch, que não podia suportar o ofício mais curto sem se queixar das pernas, não compreendia que se pudesse entregar a tiradas patéticas sobre o outro mundo, quando era tão bom viver-
-se neste. Acrescentemos a tudo isso que Stepane Arcadievitch, de humor admirável, divertia-se em escandalizar as pessoas tranquilas: para que fazer ostentação dos antepassados, afirmava ele, por que se agarrar ao príncipe Rurik e negar o primeiro ancestral, o macaco?

O liberalismo tornou-se, pois, um hábito: ele gostava do seu jornal como do cigarro após o jantar, pelo prazer de sentir um rápido nevoeiro flutuar em torno do seu cérebro.

Percorreu o artigo de fundo, que demonstrava a injustiça do nosso tempo em ver no radicalismo uma ameaça a todos os elementos conservadores e de incitar ainda o governo a tomar medidas para destruir a hidra revolucionária. "A nosso ver, o perigo não vem desta suposta hidra, mas da obstinação tradicional que se opõe a todo progresso etc. etc." Leu igualmente um outro artigo, em que o autor tratava de finanças, citando Bentham e Mill, lançando críticas ao Ministério. O seu espírito vivo e sutil lhe permitiu escapar a cada uma dessas alusões, adivinhando de onde elas partiam e a quem se destinavam, o que lhe causou um certo prazer. Hoje, porém, esse prazer era estragado pela recordação dos conselhos de Matrona Filimonovna, pelo sentimento de que tudo não ia muito bem na casa. Ainda leu que se acreditava tivesse o conde de Beust partido para Wiesbaden; que não existiam cabelos grisalhos; que se vendia uma carruagem; que um rapaz procurava colocação — mas essas notícias não lhe produziram a doce satisfação irônica que ordinariamente lhe causavam.

Quando concluiu a leitura, e depois de beber uma segunda xícara de café com fatias de pão, levantou-se, sacudiu as migalhas presas ao colete, corrigiu a posição do seu largo peito e sorriu de prazer. Com esse sorriso beato, sinal de uma excelente digestão antes que de um estado de alma particularmente feliz, pôs-se a refletir.

Duas vozes moças fizeram-se ouvir atrás da porta. Stepane Arcadievitch reconheceu Gricha, seu filho mais jovem, e Tânia, sua filha mais velha. As crianças tinham derrubado um objeto e se entretinham em reunir os pedaços.

— Bem que eu disse para não colocar os viajantes no teto — gritava a mocinha em inglês. — Agora pegue tudo!

"Tudo vai indo mal", pensou Stepane Arcadievitch, "as crianças estão abandonadas." Aproximou-se da porta para chamá-las. Abandonando a caixa que lhes representava um trem, os pequenos acorreram.

Tânia entrou impetuosamente, precipitou-se no pescoço do pai, de quem era ela a favorita, divertindo-se em respirar o perfume bem seu conhecido. Quando ela beijou afinal, para a sua alegria, aquele rosto ruborizado pela posição inclinada e radiante de ternura, libertou os braços e procurou fugir, mas o pai a reteve.

— Que faz mamãe? — perguntou, acariciando o pescoço alvo e delicado da filha. — Bom dia — ajuntou, sorridente, dirigindo-se ao menino que o saudava.

Confessava-se intimamente que amava menos o filho e procurava equilibrar a balança, mas Gricha sentia a diferença e não respondeu ao sorriso forçado do pai.

— Mamãe? Já se levantou — respondeu a pequena.

Stepane Arcadievitch suspirou.

"Passou novamente uma noite em claro", pensou.

— Ela está alegre?

A menina sabia que o pai e a mãe estavam brigados: sua mãe não podia, pois, estar alegre, seu pai não o ignorava e dissimulava fazendo a pergunta num tom rápido. Ela enrubesceu pelo pai. Ele compreendeu, corando por sua vez.

— Vá, minha pequena Tânia... Um momento — acrescentou, retendo-a e acariciando a sua mãozinha.

Procurou sobre o fogão uma caixa de balas ali posta na véspera. Deu-lhe duas, pedindo que ela escolhesse as preferidas, uma de chocolate e outra de creme.

— Este é para Gricha? — fez ela, designando a bala de chocolate.

— Sim, sim.

Após uma última carícia nas suas pequenas espáduas, um beijo nos cabelos e no pescoço, deixou-a partir.

— A carruagem chegou adiantada — veio anunciar Mateus.

— E aí está uma solicitadora — acrescentou.

— Há muito tempo? — inquiriu Stepane Arcadievitch.

— Meia hora.

— Quantas vezes já te ordenei para me prevenir imediatamente!

— Precisava dar tempo para que tomasse seu café — respondeu Mateus com um modo tão amigavelmente brusco que seria inútil zangar-se.

— Faça-a entrar — contentou-se em dizer Oblonski franzindo a testa.

A solicitadora, esposa de um certo capitão Kalinine, pedia uma coisa impossível e que fugia ao senso comum, mas, fiel aos seus hábitos amáveis, Stepane Arcadievitch fê-la sentar-se, escutou sem interrompê-la, aconselhando longamente o caminho a seguir e escreveu mesmo, com a sua bela letra larga e nítida, um expressivo bilhete à pessoa que podia ajudá-la. Depois de se despedir da esposa do capitão, Stepane Arcadievitch tomou o chapéu e deteve-se, perguntando se não esquecia alguma coisa. Ele só não tinha esquecido o que mais desejava esquecer: a sua mulher.

— Ah, sim! — Abaixou a cabeça, preso de ansiedade. — Devo ou não devo ir? — perguntou intimamente. Uma voz interior lhe dizia que seria melhor se abster, que iria se colocar numa situação falsa, que uma reconciliação era impossível: podia torná-la atraente como antigamente, podia fazer-se velho e incapaz de amar? Não, na hora atual só através de hipocrisia e mentira alcançaria um bom procedimento: e a hipocrisia, como a mentira, repugnava à sua natureza.

— No entanto, é preciso que eu vá até lá, as coisas não podem ficar assim — concluiu, ensaiando adquirir coragem. Endireitou-se, tirou um cigarro da caixa, acendeu-o, atravessou o salão com grandes passos e abriu a porta que dava para o quarto da sua mulher.

4

Numa confusão de objetos jogados por terra, Daria Alexandrovna, descuidada, esvaziava as gavetas de uma cômoda. Tranças malfeitas retinham sobre a nuca a cabeleira que fora bela e que se tornava de mais em mais rara, e a magreza do seu rosto devastado pelo desgosto fazia sobressair estranhamente os grandes olhos amedrontados. Quando ouviu os passos do marido, deteve-se por um instante, o olhar na porta, e esforçou-se por tomar um ar de severidade e desprezo. Ela julgava recear o marido e a entrevista. Pela décima vez em três dias, tentava arrumar as suas roupas e as dos filhos, a fim de refugiar-se na casa de sua mãe — pela segunda vez, entretanto, ela se aconselhava a fim de empreender alguma coisa, punir o infiel, humilhá-lo, devolver-lhe uma fraca parte do mal que ele lhe causara. Mas, apesar de tudo, mesmo avisando que o deixaria, sentia ao mesmo tempo que não faria nada, que não podia deixar de amá-lo, de considerá-lo como seu marido. Demais, ela se confessava que se em sua própria casa tinha pena de separar-se dos seus cinco filhos, seria bem pior onde contava levá-los. O mais novo havia ficado doente por lhe darem caldo estragado, e os outros mal tinham jantado na véspera... Compreendia, pois, que nunca teria coragem de partir, mas procurava tentar a mudança, reunindo os seus objetos.

Percebendo o marido, recomeçou a esvaziar as gavetas e não levantou a cabeça enquanto não o sentiu muito perto. Então, em lugar do ar severo e resoluto que contava lhe opor, mostrou-lhe um rosto assolado pelo sofrimento e pela indecisão.

— Dolly! — disse ele surdamente. A cabeça encolhida entre os ombros, ele afetava modos piedosos e submissos, que não condiziam com o seu exterior brilhante de saúde. Com um rápido olhar, ela fitou-o dos pés à cabeça, podendo constatar a perfeita vitalidade, radiante, que brotava de todo o seu ser. "Mas ele está feliz e contente", pensou ela, "enquanto eu!... E esta odiosa futilidade que o faz querido de todo mundo, como eu a detesto!" A sua boca se contraiu, no rosto pálido e nervoso um músculo da face direita tremeu.

— Que quer o senhor? — perguntou secamente, com uma voz que ele não conhecia.

— Dolly! — repetiu ele, a voz trêmula. — Ana chega hoje.

— Que me importa! — gritou ela. — Eu não posso recebê-la.

— Mas, Dolly, faz-se necessário...

— Vá embora, vá embora, vá embora! — gritou ela sem o olhar, como se esse grito fosse produzido por uma dor física.

Longe da mulher, Stepane Arcadievitch podia conservar a sua calma, esperar que tudo "se desenvolvesse", segundo as palavras de Mateus, ler tranquilamente o seu jornal e tomar não menos tranquilamente o seu café; mas quando viu este rosto transtornado, quando percebeu aquela voz resignada, desesperada, a sua respiração se deteve, alguma coisa lhe subiu à garganta, as lágrimas inundaram-lhe os olhos.

— Meu Deus, que fiz! Dolly, em nome do céu! Olhe, eu...

Ele não pôde continuar: um soluço explodiu em sua garganta. Ela fechou violentamente a cômoda e se voltou para ele.

— Dolly, que posso te dizer? Uma única palavra: perdoa-me. Revê as tuas lembranças: nove anos da minha vida não podem resgatar um minuto... um minuto...

Os olhos baixos, ela escutou avidamente e parecia animá-lo a convencê-la que ela havia cometido um erro.

— Um minuto de arrebatamento... — pronunciou ele enfim, e quis continuar. Mas a palavra a ferira: novamente os seus lábios se contraíram, novamente os músculos da sua face direita tremeram.

— Vá embora! Vá embora daqui! — gritou ela, cada vez mais exaltada. — Não me fale dos seus arrebatamentos, das suas vilanias.

Ela quis sair, mas, desfalecendo, apoiou-se no encosto de uma cadeira. O rosto de Oblonski se dilatou, os lábios intumesceram-se, os olhos encheram-se de lágrimas.

— Dolly — suplicou ele, soluçando —, em nome do céu, pensa nas crianças, elas não são culpadas! Só há um culpado, que sou eu, castiga-me, dize-me como poderei sofrer a expiação. Estou disposto a tudo. Sim, eu sou culpado, muito culpado. Não encontro palavras para exprimir o meu arrependimento. Perdoa-me, Dolly, eu te suplico!

Ela sentou-se. Ele ouviu com um sentimento de piedade infinita aquela respiração breve e opressiva. Muitas vezes ela ensaiou falar, sem conseguir. Ele esperou.

— Pensas nas crianças quando queres te divertir — pôde ela dizer afinal —, mas eu, eu penso sem cessar e sei que as vejo perdidas, sem salvação.

Era sem dúvida uma das frases que ela muitas e muitas vezes repetira no curso daqueles três dias.

Ela dissera "tu", ele a olhou com reconhecimento e fez um movimento para segurar sua mão, mas Dolly o repeliu com um gesto de desgosto.

— Penso nas crianças e faria tudo para salvá-las, mas ainda não sei o que será melhor para elas: colocá-las longe do pai ou deixá-las em face de um crápula... Vejamos, depois... depois do que se passou, dize-me se é possível vivermos juntos? — repetiu ela em voz alta. — Quando o meu marido, o pai dos meus filhos mantém uma ligação com a preceptora...

— Mas que fazer? Que fazer? — indagou ele numa voz triste, não sabendo bem o que dizia e baixando gradualmente a cabeça.

— O senhor me causa repugnância, e me causa revolta — gritou ela no auge da irritação. — As suas lágrimas nada são senão água! O senhor me provoca mágoa, horror, é para mim um estranho, sim, um *estranho*! — repetiu, firmando-se com uma cólera dolorosa, nesta palavra que julgava terrível.

Ergueu os olhos para ela: a sua fisionomia encolerizada o surpreendeu e o aterrorizou. A comiseração que ele agora demonstrava exasperava Dolly: ela não tinha necessidade de piedade quando esperava amor. Mas Stiva não compreendeu. "Não", pensou, "ela me odeia, nunca me perdoará."

— É terrível, terrível! — murmurou ele.

Nesse momento, uma das crianças, que havia sem dúvida caído, começou a chorar no quarto vizinho. Daria Alexandrovna apurou os ouvidos e o seu rosto suavizou-se. Voltou novamente a si, hesitou alguns instantes e, erguendo-se bruscamente, dirigiu-se para a porta.

"Ela ama o meu filho", pensou ele, "como pode então me odiar?"

— Dolly, ainda uma palavra! — insistiu, seguindo-a.

— Se o senhor continuar a me seguir, eu chamarei os criados e as crianças. Que todos eles sejam testemunhas da sua infâmia. Eu parto hoje, deixarei livre o lugar: instale aqui a sua amante.

Saiu, fechando violentamente a porta.

Stepane Arcadievitch suspirou, enxugou o rosto e, a passos lentos, dirigiu-se para a porta. "Acha Mateus que isso 'se desenvolverá', mas eu, verdadeiramente, não vejo como. Ah, que horror! E que modos ordinários ela tem", pensava ele, recordando o seu grito, bem como as palavras "infâmia" e "amante". "Que as crianças nada tenham ouvido! Sim, tudo isso é bastante vulgar." Deteve-se um momento, secou os olhos, suspirou, endireitou-se e saiu.

Era uma sexta-feira, na sala de jantar o relojoeiro — um alemão — remontava a pêndula. Stepane Arcadievitch recordou-se que, impressionado pela regularidade deste homem calvo, escrevera um dia que o alemão fora criado e posto no mundo para remontar "pêndulas durante toda a sua vida". Um bom gracejo não o deixaria jamais indiferente. "Depois de tudo, talvez que isso se decida." A palavra era agradável demais, ele a empregou a calhar.

— Mateus! — gritou ele e quando este apareceu, ordenou: — Matrona e tu preparem o salão pequeno para Ana Arcadievna.

— Está bem, senhor.

Stepane Arcadievitch vestiu o capote e ganhou a saída, seguido por Mateus.

— O senhor não jantará em casa? — inquiriu o fiel servidor.

— Depende. São teus, utiliza-os nas despesas — disse Oblonski tirando da carteira uma nota de dez rublos. — É bastante?

— Bastante ou não, arranja-se tudo do melhor modo — replicou Mateus fechando o portão.

Enquanto isso, Daria Alexandrovna consolara a criança e, advertida da partida do marido pelo ruído que a carruagem fizera ao se afastar, apressou-se em retornar ao quarto, seu único refúgio contra as balbúrdias domésticas. Durante essa curta evasão, a inglesa e Matrona Filimonovna não tinham concluído as urgentes questões que apenas ela podia resolver: "Que roupas as crianças deverão usar para o passeio? Deve-se dar o leite? Deve-se procurar uma outra cozinheira?".

— Ah, deixem-me tranquila! — dissera. E voltando ao lugar onde tivera a conversa com o marido, reviu mentalmente os detalhes, apertando uma contra a outra as suas mãos descarnadas, onde os dedos já não retinham os anéis. "Ele partiu. Mas teria ele rompido com 'ela'? Ele ainda a veria? Por que não lhe perguntei? Não, não, impossível retornar à vida em comum. Ainda que fiquemos sob o mesmo teto, seremos sempre estranhos, sim, estranhos para sempre" repetiu, insistindo com uma energia particular sobre aquela palavra fatal. "E como eu o amei, meu Deus, como eu o amei!... Mas será que atualmente eu já não o amo, ou talvez o faça com mais força?... O que há de mais insuportável é..."

A entrada de Matrona Filimonovna interrompeu as suas reflexões.

— A senhora deve ordenar pelo menos que se vá procurar meu irmão — disse Matrona. — O jantar está pronto. Senão, como ontem, as crianças só jantarão às seis horas.

— Está bem, eu darei as ordens. Procuraram leite fresco?

Daria Alexandrovna mergulhou na rotina cotidiana e afogou por um momento a sua dor.

5

Graças aos seus felizes dons naturais, Stepane Arcadievitch fizera bons estudos, mas, preguiçoso e dissipado, saíra do colégio com um mau lugar. E apesar do seu gênero de vida dissoluto, da sua grande mediocridade, da sua idade pouco avançada, ele ocupava uma posição importante e bem remunerada, a de chefe de seção num estabelecimento público de Moscou. Devia esse emprego à proteção do marido da sua irmã Ana, Alexandrovitch Karenine, um dos responsáveis pelo Ministério de que dependia o estabelecimento em questão, e, mesmo que o cunhado não lhe tivesse indicado, ele obteria, por meio de uma centena de pessoas: irmãos e irmãs, tios e tias, primos e primas, este lugar ou outro do mesmo gênero, assim como os seis mil rublos de ordenado de que necessitava para sua casa, a despeito da considerável fortuna da sua mulher.

Stepane Arcadievitch contava com a metade de Moscou e de Petersburgo em sua parentela ou em suas relações. Nascido entre os poderosos daquele mundo — os de hoje como os de amanhã —, um terço das personalidades influentes, pessoas idosas, velhos amigos do seu pai, tinham-no conhecido nos babadouros. O segundo terço tratava-o por "tu" e os outros eram conhecidos. Em consequência, os distribuidores dos bens da terra sob formas de empregos, fazendas, concessões etc. eram todos seus amigos e não o esqueciam. Não lhe foi difícil, pois, conseguir uma situação vantajosa: pediam-lhe apenas para não se mostrar fraco, nem zeloso, nem colérico, nem suscetível, defeitos aliás incompatíveis com a sua bondade natural... Acharia ridículo se lhe tivessem recusado o lugar e os emolumentos de que necessitava. Que exigia de tão extraordinário? Um emprego como obtinham as pessoas que o cercavam, da sua idade e do seu meio, e que ele se sentia capaz de desempenhar tão bem como qualquer outro.

Não se gostava de Stepane Arcadievitch apenas devido ao seu caráter amável e à sua incontestável lealdade. O seu exterior seduzia, os olhos vivos, as sobrancelhas e os cabelos negros, a tez de um rosado leitoso, em suma, toda a sua pessoa exalava não sei que encanto físico que alegrava os corações e os arrastava irresistivelmente para ele. "Ah, Stiva Oblonski! Aí está ele!", gritavam sempre com um sorriso alegre quando o encontravam. Esses encontros só deixavam lembranças vagas, mas ainda assim, no dia seguinte, todos ficavam novamente felizes em encontrá-lo.

Depois de ocupar durante três anos, em Moscou, a sua alta função, Stepane Arcadievitch adquiriu não somente a amizade, mas ainda a consideração dos colegas e de todas as pessoas que com ele mantinham contato. As qualidades que lhe valiam esta estima geral eram simplesmente: uma extrema indulgência para os seus semelhantes, baseada no sentimento dos próprios defeitos; em segundo lugar, um liberalismo absoluto, não aquele de princípios expostos nos jornais, mas um liberalismo inato que o fazia tratar igualmente a todos, sem a menor diferença pela posição ou pela fortuna; afinal — e principalmente — uma perfeita indiferença pelos negócios de que se ocupava, motivo pelo qual não permitia apaixonar-se e, por conseguinte, cometer erros.

Logo que chegou à repartição, Stepane Arcadievitch, seguido a respeitosa distância pelo porteiro, que tomara a sua pasta, entrou no gabinete a fim de vestir o uniforme e passou à sala do conselho. Os empregados se levantaram, cumprimentando-o com uma afabilidade especial. Stepane Arcadievitch apressou-se, como sempre, em ocupar o seu lugar após apertar a mão aos outros membros do conselho. Conversou e gracejou com eles até onde as conveniências permitiam, abrindo depois a sessão. Ignoravam todos como atenuar o tom oficial por esta bondade, esta simplicidade que tornava tão agradável a expedição dos negócios. Com um ar desembaraçado, mas respeitoso, comum aos que tinham a felicidade de trabalhar sob as suas ordens, o secretário aproximou-se de Stepane Arcadievitch, apresentou-lhe os papéis, dirigindo-lhe as palavras de maneira familiar e liberal que ele próprio pusera em uso.

— Somos afortunados por obter as informações pedidas ao conselho provincial de Penza. Elas aqui estão...

— Afinal, o senhor as tem! — disse Stepane Arcadievitch colocando um dedo sobre as folhas. — Bem, senhores...

E a sessão começou.

"Se eles pudessem desconfiar", pensava ele, com os mesmos olhos risonhos, inclinando a cabeça com ar importante para escutar a narração, "da fisionomia infantil que tinha ainda há pouco o seu presidente!" A sessão não devia ser interrompida senão às duas horas para o almoço.

Duas horas não haviam ainda soado quando a grande porta de vidro se abriu e alguém entrou. Contentes pela distração, todos os membros do conselho — os que se sentavam sob o retrato do imperador como os que se ocultavam a meio do espelho da justiça — voltaram a cabeça para esse lado, mas o porteiro fez sair o intruso e fechou novamente a porta.

Quando a leitura do relatório terminou, Stepane Arcadievitch espreguiçou-se, ergueu-se, e sacrificando-se ao liberalismo da época, ousou acender um cigarro em plena sala do conselho. Passou depois ao seu gabinete, seguido por dois colegas, um velho experimentado, Nikitine, e um jovem fidalgo, Grinevitch.

— Depois do almoço, teremos tempo de acabar — declarou Stepane Arcadievitch.

— Certamente! — confirmou Nikitine.

— Deve ser um patife esse Fomine — disse Grinevitch aludindo a um personagem do caso.

Pelo seu silêncio significativo, Stepane Arcadievitch deu a entender a Grinevitch o inconveniente dos julgamentos apressados.

— Quem, pois, entrou na sala? — perguntou ele ao porteiro.

— Alguém que procurava pelo senhor e que me deslizou pelas mãos enquanto eu estava de costas voltadas. Mas eu lhe disse que esperasse a saída dos senhores…

— Onde está ele?

— Provavelmente no vestíbulo, pois ainda estava lá há pouco. Ei-lo! — acrescentou o porteiro, mostrando um homem de largas espáduas e barba encrespada que, sem se dar ao incômodo de tirar o boné de peliça, alcançou a escada de pedra que os colegas de Stepane Arcadievitch, pastas debaixo dos braços, desciam naquele momento. Um deles, personagem de magreza extrema, deteve-se e considerou sem a menor polidez as pernas do homem; voltou-se depois para interrogar com o olhar Oblonski, que estava de pé, no alto da escada, a face radiante, a gola bordada de ouro do paletó levantada. Quando reconheceu o recém-chegado, tornou-se ainda mais animado.

— É bem ele! Levine, afinal! — gritou, gratificando-o com um sorriso de malícia e afeto. — Como não te aborreceste e vieste me procurar neste "mau lugar" — continuou Stepane Arcadievitch, que, não contente de apertar a mão do amigo, deu-lhe ainda um abraço. — Desde quando estás aqui?

— Cheguei e como tinha pressa em ver-te... — respondeu Levine passeando em volta olhares de desconfiança e susto.

— Venha ao meu gabinete — disse Stepane Arcadievitch que conhecia a intensa selvageria do seu amigo e, tomando-o pelo braço, levou-o consigo, como para franquear uma passagem difícil.

Stepane Arcadievitch era íntimo de quase todos os seus conhecidos: os velhos de sessenta anos, os rapazes de vinte, os atores, os ministros, os negociantes, os ajudantes de ordens do imperador, e as pessoas assim tratadas nas duas extremidades da escala social ficavam surpresas por descobrir, graças a Oblonski, um ponto de contato entre elas. Era íntimo de todos aqueles com quem bebia champanha, ou melhor, era íntimo de todo o mundo: mas, quando encontrava um dos seus íntimos pouco agradável em presença de subordinados, tinha o cuidado de ocultar àqueles uma impressão desfavorável. Ainda que Levine não pertencesse a esta categoria, acreditava talvez que o seu amigo não o pudesse tratar, diante de inferiores, com intimidade: mas com a sua habilidade de costume, Oblonski o percebeu — e eis porque o introduziu no seu gabinete.

Levine e Oblonski tinham quase a mesma idade, e o tratamento usado entre ambos demonstrava uma velha camaradagem. Companheiros de adolescência, eles se queriam bem, apesar da diferença de seus caracteres e de seus gostos, como se querem bem amigos unidos desde a primeira juventude. Como sempre acontece entre pessoas de profissões diferentes, cada um deles, mesmo aprovando mentalmente a carreira do amigo, desprezava-a do fundo da alma: cada qual tinha a vida que levava como a verdadeira, e isso trazia para o outro uma pura ilusão. À vista de Levine, Oblonski não conseguia reter um breve sorriso irônico. Quantas vezes ele não o tinha visto chegar do campo, onde se empregava em trabalhos que Stepane Arcadievitch ignorava e que, de resto, não o interessavam muito! Levine sempre aparecia com uma pressa febril, um pouco tímido e constrangido de o ser, trazendo quase sempre opiniões novas sobre a vida e as coisas. Essas maneiras divertiam muito a Stepane Arcadievitch. Por seu lado, Levine desprezava o gênero de vida, muito citadino, do seu amigo, e não levava a sério as suas ocupações oficiais. Riam-se um do outro mas, como Oblonski seguia a lei comum, o seu riso era alegre e infantil, o de Levine, hesitante e um pouco amarelo.

— Há bastante tempo que te esperamos — disse Stepane Arcadievitch penetrando no seu gabinete e soltando o braço de Levine como para lhe provar que havia cessado o perigo. — Estou muito feliz em ver-te! — continuou ele. — Mas como vais? Que tens feito? Quando chegaste?

Levine examinou em silêncio os dois colegas de Oblonski, que não conhecia. As mãos do elegante Grinevitch, os seus dedos alvos e separados, amarelos e dobrados na extremidade, os enormes botões de punho, absorviam a sua atenção e o impediam de reunir as ideias. Oblonski verificou isso e sorriu.

— Ah, sim, é verdade. Permiti, senhores, que vos apresente. Meus colegas Filipe Ivanovitch Nikitine, Michel Stanislavitch Grinevitch. — E voltando-se para Levine: — Um homem novo, um homem da terra, um dos sustentáculos do "zemstvo",[1] um ginasta que ergue setenta quilos com uma mão, um grande caçador e, o que mais, meu amigo, Constantin Dmitrievitch Levine, irmão de Sérgio Ivanovitch Koznychev.

---

1 Organização fundiária com administração local introduzida na Rússia em 1864. (N.E.)

— Muito prazer — disse o velhinho.

— Tenho a honra de conhecer seu irmão — disse Grinevitch, estendendo-lhe uma das suas belas mãos.

O rosto de Levine tornou-se vermelho. Apertou friamente a mão que lhe era estendida e voltou-se para Oblonski. Apesar de respeitar muito ao irmão (por parte de mãe), escritor conhecido de toda a Rússia, não gostava de ser cumprimentado como irmão do célebre Koznychev, mas como Constantin Levine.

— Não, eu não estou mais no "zemstvo". Discordei de todos os meus colegas e já não assisto às sessões — respondeu dirigindo-se a Oblonski.

— Isso aconteceu muito depressa! — disse ele, rindo-se. — Mas como? Por quê?

— É uma longa história. Eu a contarei algum dia — respondeu Levine, o que não o impediu de contá-la logo. — Para ser breve — começou ele num tom de homem ofendido —, eu me convenci que essa instituição não significava coisa alguma. É um brinquedo: brinca-se no Parlamento, e eu não sou muito moço e nem muito velho para me divertir desse modo. Por outro lado, é... — Ele hesitou. — É um meio para a gente do distrito ganhar dinheiro. Antigamente tinha-se as tutorias, os tribunais, agora temos o "zemstvo". Antigamente derramavam-se taças de vinho, hoje recebe-se ordenados sem os ganhar.

Proferiu essa tirada num tom veemente, como se receasse a contradição.

— Hé, hé! Levine me aparece numa nova fase, tornou-se conservador! — disse Stepane Arcadievitch. — Mas falaremos mais tarde.

— Sim, mais tarde. Eu tinha mesmo necessidade de encontrar-me contigo — disse Levine, cujo olhar carregado de ódio não podia se afastar da mão de Grinevitch.

Stepane Arcadievitch sorriu imperceptivelmente.

— E tu que não querias te vestir à europeia! — exclamou ele, examinando a roupa nova do amigo, obra evidente de um alfaiate francês. — Decididamente, é uma nova fase.

Levine enrubesceu subitamente, não como um homem amadurecido apanhado em descuido, mas como um rapaz que a timidez torna ridículo, e que o sente, e enrubesce exageradamente até às lágrimas. Essa vermelhidão infantil deu ao seu rosto inteligente e forte um ar tão estranho que Oblonski desviou o olhar.

— Mas onde nos veremos? Eu tenho enorme, enorme necessidade de falar contigo — disse afinal Levine.

Oblonski refletiu um instante.

— Queres almoçar em casa de Gourine? Lá conversaremos tranquilamente. Estarei livre até as três horas.

— Não — respondeu Levine após um momento de reflexão. — Tenho ainda que dar umas voltas.

— Então, jantemos juntos.

— Jantar? Mas nada tenho de extraordinário a dizer-te, duas palavras apenas! Conversaremos mais tarde, na hora do descanso.

— Neste caso, dirás agora as tuas palavras e tagarelemos durante o jantar.

— Bem, elas nada têm de particular...

O seu rosto adquiriu uma expressão perversa, resultado do esforço que fazia para vencer a timidez.

— Que fazem os Stcherbatski? Tudo vai indo como antigamente?

Stepane Arcadievitch sabia, depois de muito tempo, que Levine estava enamorado da sua cunhada Kitty. Ensaiou um sorriso e os seus olhos brilharam alegremente.

— Podem ser duas palavras, mas não te posso responder do mesmo modo porque... Desculpa-me um instante...

O secretário entrou neste momento, sempre respeitosamente familiar, mas convencido, como todos os secretários, da sua superioridade nos negócios do chefe. Apresentou os papéis a Oblonski e, sob uma forma de interrogatório, expôs um problema qualquer. Sem o deixar terminar, Stepane Arcadievitch colocou amigavelmente a mão no seu braço.

— Não, faça como eu lhe pedi — disse ele revestindo a observação com um sorriso e, depois de explicar brevemente como compreendia o caso, concluiu por empurrar os papéis. — Está entendido, não, Zacharie Nikitytch?

O secretário afastou-se, confuso. Durante essa conferência, que ele escutou com uma atenção irônica, as mãos apoiadas no encosto da cadeira, Levine teve tempo de se tranquilizar.

— Não compreendo, não, eu não compreendo — disse ele.

— Que é que não compreendes? — indagou Oblonski, sempre risonho, procurando um cigarro. Esperava uma saída qualquer de Levine.

— Não compreendo o que fazes aqui — respondeu, sacudindo as espáduas. — Como podes levar tudo isso a sério?

— Por quê?

— Porque isso não vale nada.

— Acreditas? No entanto, estamos sobrecarregados de serviços.

— Lindo serviço, essas garatujas! Mas, é verdade, sempre tiveste um dom especial para estas coisas.

— Queres dizer que me falta alguma coisa?

— Talvez. Entretanto, não posso deixar de admirar o teu dinamismo e estou orgulhoso de ter como amigo um homem tão importante... Espera, tu não respondeste à minha pergunta — acrescentou, fazendo um esforço desesperado para fitar Oblonski de frente.

— Vamos, hás de se ver também nessa posição, mais cedo ou mais tarde. "Tu", que possui três mil hectares do distrito de Karazine, músculos de ferro e o vigor de um rapaz de doze anos, acabarás por chegares aqui. Quanto ao que me perguntas, não houve a menor alteração, mas foste imprudente em demorar tanto.

— Por quê? — perguntou Levine assustado.

— Porque... — respondeu Oblonski. — Ainda tornaremos a falar sobre isso. Mas, na realidade, que bom vento te trouxe?

— Disso também nós falaremos mais tarde — disse Levine, corando de novo até as orelhas.

— Está bem, compreendo — disse Stepane Arcadievitch. — Eu teria pedido para vires jantar em casa, mas a minha mulher está doente. Se tu queres vê-los, estarão no Jardim Zoológico: Kitty deve estar patinando. Encontrar-nos-emos mais tarde e jantaremos juntos em qualquer parte.

— Perfeitamente, então, até logo!

— Atenção, eu te conheço, serás capaz de esquecer ou de voltar subitamente para o campo! — gritou, rindo-se, Stepane Arcadievitch.

— Não, não, eu irei sem falta!

Levine já passara a porta do gabinete quando verificou que tinha esquecido de se despedir dos colegas de Oblonski.

— Parece um homem enérgico — disse Grinevitch, quando Levine saiu.

— Sim, meu caro, esse rapaz nasceu com sorte — respondeu Oblonski sacudindo a cabeça. — Três mil hectares no distrito de Karazine! Que futuro, que vigor! Tem mais probabilidades que nós...

— Da tua parte nada tens a lastimar.

— É, tudo vai mal, muito mal — replicou Stepane Arcadievitch suspirando profundamente.

6

Quando Oblonski lhe perguntara por que viera a Moscou, Levine enrubescera porque, verdadeiramente, a sua viagem tinha apenas um motivo, mas não podia responder: "Venho pedir a tua cunhada em casamento."

As famílias Levine e Stcherbatski, duas antigas casas nobres de Moscou, sempre tinham mantido excelentes relações, que se fizeram ainda mais estreitas na época em que Levine e o jovem príncipe

Stcherbatski, irmão de Dolly e Kitty, seguiam juntos os cursos preparatórios na universidade. Nesse tempo, Levine, que frequentava assiduamente a casa Stcherbatski, apaixonou-se pela família. Sim, por mais estranho que aquilo pudesse parecer, Constantin Levine tornou-se enamorado da casa, da família e especialmente dos elementos femininos da família Stcherbatski. Como tivesse perdido sua mãe muito cedo para lembrar-se dela e sendo a sua única irmã mais velha do que ele, foi nessa casa que se iniciou nos meios honestos e cultos da nossa velha nobreza e onde achou o meio de que se privara com a morte de seus pais. Via todos os membros dessa família, especialmente as mulheres, através um manto poético e misterioso: não somente não lhes descobria nenhum defeito, mas ainda lhes supunha os sentimentos mais elevados, as perfeições mais altas. Por que essas três moças falavam num dia francês e inglês no outro? Por que era necessário à hora certa importunar um piano cujos sons subiam até o quarto em que os estudantes trabalhavam? Por que os professores de literatura francesa, de música, de desenho, de dança, se sucediam uns aos outros? Por que, em certas horas do dia, as três moças, acompanhadas de Mlle. Linon, iam de carruagem ao *boulevard* de Tver, e, depois, sob a vigilância de um criado que trazia insígnias de ouro no chapéu, iam passear ao longo do *boulevard*, com capas de cetim? (A de Dolly era comprida, e a outra, a de Natália, era mais curta; finalmente, a terceira, de Kitty, era tão curta que ela exibia as perninhas bem-feitas moldadas nas meias encarnadas.) Todas essas coisas e inúmeras outras lhe pareciam incompreensíveis. Mas o que se passava naquele mundo misterioso não podia ser senão perfeito: aquilo, ele o sabia, e era justamente este, o mistério que o cativara.

Durante os seus anos de estudos, apaixonara-se por Dolly, a mais velha. Quando ela se casou com Oblonski, transferiu a paixão para a segunda filha. Natália, apenas entrou na vida social, esposou um diplomata chamado Lvov. Kitty não era mais do que uma criança, quando Levine deixou a universidade. Logo depois da sua admissão na Marinha, o jovem Stcherbatski afogou-se no mar Báltico, e as relações de Levine com a sua família se fizeram mais raras, a despeito da amizade que o ligava a Oblonski. Mas quando, no começo do presente inverno, revira em Moscou os Stcherbatski após todo um ano passado no campo, compreendeu qual das três irmãs lhe fora destinada.

Nada mais simples, aparentemente, do que pedir a mão da jovem princesa Stcherbatski. Um homem de trinta e dois anos, de boa família, de fortuna conveniente, tinha toda a probabilidade de ser acolhido como um belo partido. Levine, no entanto, estava apaixonado: via em Kitty uma criatura supraterrestre, soberanamente perfeita, e a ele próprio, ao contrário, como um indivíduo muito inferior e bastante vulgar, não admitindo pois que se pudesse — ele ainda menos que os outros — julgá-lo digno daquela perfeição.

Após passar dois meses em Moscou, dois meses que lhe pareceram um sonho, e durante os quais frequentou a sociedade todos os dias, a fim de encontrar Kitty, tinha repentinamente julgado o casamento impossível e retomado o caminho das suas terras.

Levine estava convencido que, aos olhos dos pais, ele não constituía um partido digno da filha e que a delicada Kitty, ela própria, nunca poderia amá-lo. Aos olhos dos pais, ele não tinha nenhuma ocupação definida, nenhuma posição social. Um dos seus camaradas era coronel e ajudante de ordens de Sua Majestade; outro, professor; aquele, diretor de banco ou de estrada de ferro; aquele outro ocupava, como Oblonski, um cargo elevado na administração. Quanto a ele, já com trinta e dois anos, certamente, devia ser olhado como um fidalgo provinciano, preso à criação de animais domésticos, às construções, às caçadas de galinholas, ou melhor, como um fracassado que se dava às ocupações ordinárias dos fracassados.

A estranha, a misteriosa Kitty não amaria jamais um homem tão feio, tão simples, tão pouco brilhante como aquele que ele acreditava ser. As suas antigas relações com a moça que, em razão da sua antiga camaradagem com o irmão mais velho, eram as de um homem amadurecido para uma criança, pareciam-lhe um obstáculo a mais. Não era difícil, pensava ele, ter alguma amizade por um rapaz da sua espécie, apesar da feiura, mas somente um ser belo e dotado de qualidades superiores seria capaz de se fazer amar de um amor semelhante àquele que possuía por Kitty.

Ele bem ouvira dizer que as mulheres se apaixonam sempre pelos homens feios e medíocres, mas não acreditava, porque julgava os outros por si mesmo, não se inflamando senão pelas belas, poéticas, sublimes criaturas.

No entanto, após dois meses passados na solidão, ele se convenceu que o sentimento que o absorvia inteiramente não se assemelhava em nada às sufocações da sua primeira juventude; que não poderia viver sem resolver esta grave questão; seria ela, sim ou não, a sua mulher; afinal, que estava dominado por ideias negras, nada provando finalmente que fosse ele recusado. Partiu então para Moscou, com a intenção resoluta de fazer o seu pedido e casar-se, caso ela consentisse. Senão... mas neste caso ele não podia prever as consequências de uma recusa.

7

Chegando a Moscou no trem da manhã, Levine transportou-se para a casa do meio-irmão, a fim de lhe expor livremente o motivo da sua viagem e pedir-lhe conselho sobre o caso. Feita a *toilette*, penetrou no gabinete de Koznychev não o encontrando, porém, sozinho. Um célebre professor de filosofia viera rapidamente de Kharkov para esclarecer um mal-entendido que se estabelecera entre eles, sobre um grave problema. O professor fazia uma guerra obstinada aos materialistas. Sérgio Koznychev, que seguia interessadamente a sua polêmica, tinha lhe endereçado, a propósito do seu último artigo, algumas objeções; e ele respondera mostrando-se muito conciliador. Tratava-se de uma questão da moda: existe na atividade humana um limite entre os fenômenos psíquicos e os fenômenos fisiológicos, e onde se achava este limite?

Sérgio Ivanovitch acolheu o irmão com o sorriso friamente amável que concedia a todo mundo, e, após apresentá-lo ao seu interlocutor, continuou a palestra.

O filósofo, um homenzinho de óculos, de fronte estreita, deteve-se um momento para responder ao cumprimento de Levine e, sem mais lhe conceder atenção, retomou o fio do seu discurso. Levine sentou-se, esperando a partida do homem, mas logo o assunto da discussão o interessou.

Lera em revistas os artigos de que se falava, e fora tomado pelo interesse geral com que um antigo estudante de ciências naturais pode encarar uma ciência dessa natureza, mas nunca fizera aproximação entre as conclusões da ciência sobre as origens do homem, sobre os reflexos, a biologia, a sociologia, e as questões que há tempos o preocupavam de mais em mais, isto é, o sentido da vida e o da morte.

Observou, acompanhando a conversa, que os dois interlocutores estabeleciam uma certa associação entre as questões científicas e as questões psíquicas, algumas vezes mesmo pareceu-lhe que iria abordar esse assunto, essencial segundo ele — mas, sempre que se aproximavam, afastavam-se bruscamente para afundarem-se em toda sorte de divisões, subdivisões, restrições, citações, alusões, referências a autoridades —, e era com aflição que ele os compreendia.

— Eu não posso — dizia Sérgio Ivanovitch em sua linguagem clara, precisa, elegante —, eu não posso em nenhum caso admitir segundo Keiss que toda representação do mundo exterior provenha das minhas impressões. A concepção fundamental do ser não me é vinda pela sensação, pois não existe um órgão especial para a transmissão dessa concepção.

— Sim, mas Wurst, Knaust e Pripassov responderão que a consciência que tens do ser decorre do conjunto das sensações. Wurst afirma mesmo que, sem a sensação, a consciência do ser não existe.

— Eu acho o contrário... — quis replicar Sérgio Ivanovitch.

Mas, neste momento, Levine, acreditando mais uma vez que eles iam se afastar do ponto capital, decidiu-se a apresentar ao professor a pergunta seguinte:

— Neste caso, se os meus sentidos não existem, se o meu corpo está morto, não há existência possível?

O professor, cheio de despeito e como ferido por essa interrupção, encarou aquele interlocutor que mais parecia um camponês do que um filósofo e lançou sobre Sérgio Ivanovitch um olhar que parecia dizer: valerá semelhante pergunta uma resposta?

Mas Sérgio Ivanovitch não era tão exclusivo, tão apaixonado quanto o professor. Tinha o espírito bastante largo para poder, discutindo, compreender o ponto de vista simples e natural que provocara a questão. Respondeu, pois, sorrindo:

— Nós ainda não temos o direito de resolver este problema.

— Faltam-nos dados — confirmou o professor, que imediatamente reforçou a sua ideia fixa. — Eu demonstrei apenas que se o fundamento da sensação é a impressão, como diz nitidamente Pripassov, nós devemos distingui-las rigorosamente.

Levine não o escutava mais e só esperava o instante da sua partida.

8

Afinal, o professor tendo partido, Sérgio Ivanovitch voltou-se para o irmão.

— Estou contente em ver-te. Vens ficar muito tempo? Como vão os nossos negócios?

Koznychev se interessava muito pouco pelos trabalhos do campo e não havia feito esta pergunta senão por condescendência. Levine, que não o ignorava, restringiu-se a algumas indicações sobre as colheitas e a venda do trigo, e sobre questões financeiras. Ele viera a Moscou na intenção formal de consultar o irmão sobre os seus projetos de casamento, mas, depois de o ouvir discutir com o professor e apresentar-lhe em tom voluntariamente protetor, aquela banal pergunta sobre interesses (possuíam indiviso a propriedade da mãe, e Levine administrava as duas partes), já não sentiu ânimo de falar, compreendendo vagamente que o irmão não via as coisas como desejava que ele as visse.

— E como vai o teu "zemstvo"? — perguntou Sérgio, que dedicava grande interesse a essas assembleias rurais e lhes atribuía uma enorme importância.

— Juro-te que não sei de nada.

— Como? Não és membro da comissão executiva?

— Não, pedi a minha demissão e não assisto nem mesmo às sessões.

— É lastimável! — declarou Sérgio franzindo a testa.

Para se desculpar, Levine quis descrever o que se passava durante as sessões, mas o irmão o interrompeu.

— Sempre acontece o mesmo conosco, russos. Talvez seja um bom traço da nossa natureza, esta faculdade de constatar nossos defeitos, mas creio que a exageramos, deleitamo-nos na ironia, que nunca faltou à nossa língua. Deixa-me dizer que se se concedessem os nossos privilégios, de nossos autogovernos locais, a qualquer outro povo da Europa, alemão ou inglês por exemplo, ele saberia extrair deles a liberdade, enquanto nós fazemos disso um objeto de brincadeira.

— Que queres que eu faça? — respondeu Levine num tom compungido. — Era a minha última experiência. Empreguei inutilmente toda a minha alma. Decididamente sou um incapaz.

— Mas não! — replicou Sérgio. — Apenas tu não encaraste as coisas como era necessário...

— Pode ser — disse Levine, abatido.

— A propósito, sabes que Nicolas está aqui novamente?

Nicolas Levine, irmão mais velho de Constantin, e meio-irmão de Sérgio Ivanovitch, era um desviado. Tinha gasto a maior parte da sua fortuna, e, brigado com a família, vivia em muito má e estranha companhia.

— Que dizes? — gritou Levine, espantado. — Como sabes?

— Procópio encontrou-o na rua.

— Aqui, em Moscou? Sabes onde ele está?

E Levine levantou-se precipitadamente, pronto a procurar o irmão.

— Sinto ter que dizer-te isto — replicou Sérgio, em quem a inquietação do irmão mais moço fez sacudir a cabeça. — Eu o fiz procurar e, assim que soube do seu endereço, enviei-lhe uma letra de câmbio que ele assinara em Trubin, e da qual eu tinha desejado encarregar-me.

Sérgio estendeu ao irmão um bilhete que tirou debaixo de um peso de papéis. Levine decifrou aquelas garatujas que lhe eram familiares: "Peço humildemente aos meus caros irmãos que me deixem em paz. É tudo o que lhes peço. Nicolas Levine."

Colocado em frente a Sérgio, Levine não ousava levantar a cabeça nem largar o bilhete: ao desejo de esquecer o infeliz irmão se opunha a consciência da ação má que cometia.

— Ele quis evidentemente me ofender — continuou Sérgio —, mas não se saiu bem. Desejaria de todo coração ajudá-lo, mas sei que isso não é possível.

— Sim, sim — disse Levine —, compreendo a tua conduta para com ele; mas é indispensável que eu o veja.

— Caso queiras, vai, mas eu não te aconselharei a isto. Não acredito que ele te indisponha comigo, mas seria melhor não ires. Nada se tem a fazer. De resto, faze o que entenderes.

— Talvez, na verdade, nada se tenha a fazer, porém sinto que não teria a consciência tranquila, neste momento principalmente... Mas isso é uma outra história...

— Não te compreendo — replicou Sérgio. — O certo, contudo, é que ele constitui para nós uma lição de humildade. Depois que Nicolas tornou-se isso que é, considero com outros olhos e bem maior indulgência isso que se convencionou chamar uma vilania. Sabes o que ele tem feito?

— Ah, é terrível! — respondeu Levine.

Depois de pedir ao criado de Sérgio o endereço do irmão, Levine pôs-se em caminho para vê-lo, mas mudou subitamente de ideia e resolveu adiar a sua visita até a noite. Compreendeu que, para reaver a sua calma, devia antes concluir o caso que o trouxera a Moscou. Primeiramente, foi à repartição de Oblonski para se informar dos Stcherbatski. Depois, seguiu para o lugar onde, segundo o seu amigo, teria probabilidade de encontrar Kitty.

9

Às quatro horas em ponto, Levine, o coração batendo, desceu da carruagem à porta do Jardim Zoológico e seguiu a aleia que levava à patinação. Estava certo de "achá-la" neste lugar, pois vira perto da porta a carruagem dos Stcherbatski.

Fazia um belo tempo nevoso. Na porta do jardim se alinhavam as carruagens, os trenós, os fiacres, os esbirros da cidade. Um público selecionado, com chapéus que brilhavam ao sol, atravancava a entrada e as veredas abertas entre os pavilhões de estilo russo. As antigas bétulas do jardim, os ramos carregados de neve, pareciam ornamentadas de vestimentas novas e solenes.

Ele seguiu o caminho do campo de patinação, pensando consigo: "Calma, meu amigo, calma! Que tens para te agitares assim? Cala-te, pois, e vejamos!". Estas últimas palavras se endereçavam ao seu coração. Mas tanto mais procurava acalmar-se, mais a emoção o dominava e lhe cortava a respiração. Uma pessoa conhecida chamou-o na passagem, mas ele não a reconheceu. Chegou perto das montanhas de gelo, de onde os trenós se precipitavam com estrépito, para tornarem a subir auxiliados por correntes causando um ruído de ferragens. Vozes alegres se elevavam naquele tumulto. No fim de alguns passos, achou-se no campo de patinação e, entre muitos admiradores, ele a reconheceu rapidamente... A alegria e o terror que se apossaram do seu coração imediatamente revelaram a presença dela. Conversava com uma senhora na outra extremidade do campo. Nada, na sua atitude, a distinguia da sua roda; para Levine, no entanto, ela sobressaía na multidão como uma rosa num ramo de urtigas, era o sorriso que iluminava tudo à sua volta. "Ousarei descer sobre o gelo e me aproximar dela?", pensava. O local onde a moça estava parecia-lhe um santuário inacessível, chegou a temer em certo momento que ela retrocedesse. Fazendo um esforço sobre si mesmo, acabou por se convencer de que ela estava cercada por pessoas de toda espécie e que tinha o direito de tomar parte, ele também, na patinação. Desceu ao gelo, evitando fitá-la no rosto, como ao sol mas, como ao sol, ele não precisava fitá-la para vê-la.

Era o dia e a hora exata em que pessoas de um certo meio social davam-se à patinação. Ali estavam os artistas, que desfilavam os seus talentos, e os estreantes, que protegiam atrás das cadeiras os seus primeiros passos esquerdos e inseguros. Os jovens e os velhos senhores que praticavam tal exercício por higiene. Como rodeassem sua namorada, pareceram a Levine os privilegiados da sorte. Solicitavam-na, interpelavam-na mesmo com uma absoluta indiferença. Para a sua felicidade, bastava que o gelo fosse bom e o tempo, esplêndido.

Nicolas Stcherbatski, um primo de Kitty, paletó curto, calças apertadas e patins nos pés, repousava num banco, quando descobriu Levine.

— Ah! — gritou ele. — Vejam-no! O primeiro patinador da Rússia! Quando chegaste? O gelo está excelente, coloca depressa os teus patins.

— Os meus patins! Mas eu não os tenho — respondeu Levine, surpreso de que se pudesse falar com esta audácia e esta liberdade de espírito em presença de Kitty, que não o perdia de vista, evitando levantar os olhos para o seu lado. Ele sentia a aproximação do sol. Do lugar onde se encontrava, avançou na sua direção, os pés pouco firmes nos sapatos altos, parecendo incômodos. Um rapaz em traje russo, agitando os braços e curvando a cintura, tentava auxiliá-la. A carreira de Kitty não tinha segurança e as mãos, deixando o pequeno regalo de peles suspenso no pescoço por um cordão, pareciam prestes a conter uma possível queda. Ela sorria e este sorriso era tanto um desafio ao seu medo como uma saudação a Levine, a quem acabava de reconhecer. Quando se livrou de um rodeio arriscado, deu um impulso no calcanhar nervoso e escorregou diretamente até Stcherbatski, nos braços de quem se deteve, dirigindo a Levine um amigável sinal de cabeça. Nunca, na sua imaginação, ele a vira tão bela.

Bastou isto para representá-la inteiramente, e de um modo mais particular a sua linda cabeça loura, com a sua expressão infantil de candura e bondade, elegantemente posta sobre os ombros magníficos. O contraste entre a graça juvenil do rosto e a beleza feminina do busto constituía o seu melhor encanto. Levine achava-se bastante sensibilizado. Mas o que o impressionava cada vez mais, pelo seu caráter imprevisto, era o sorriso estranho que, unido à doce serenidade do olhar, conduzia-o a um mundo maravilhoso, onde sentia a mesma satisfação que em certos dias muito raros da sua infância.

— Desde quando estás aqui? — disse ela, estendendo-lhe a mão. — Obrigada — acrescentou, vendo-o apanhar o lenço que caíra.

— Eu? Mas, desde há pouco... ontem... quero dizer hoje — respondeu Levine, inquieto por não ter compreendido inicialmente a pergunta. — Eu me propunha ir ver-te — prosseguiu, mas, recordando-se do motivo, corou e se perturbou. — Ignorava que patinasses tão bem.

Ela examinou-o com atenção, como para adivinhar a causa do seu embaraço.

— O teu elogio é precioso. Se eu acreditar na tradição que se conservou aqui, não tens rival neste esporte — disse ela sacudindo com a sua mãozinha enluvada de negro as agulhinhas da geada caídas na capa de peles.

— Sim, eu o pratiquei antigamente com paixão, queria atingir a perfeição.

— Parece-me que fazes tudo com paixão — disse ela, rindo-se. — Gostaria de vê-lo patinar. Coloque os patins, patinaremos juntos.

"Patinar juntos! Seria possível?", pensou ele, olhando-a.

— Eu vou me preparar rapidamente — disse ele, e foi encontrar-se com o alugador de patins.

— Há bastante tempo que não via o senhor — disse o homem tomando-lhe o pé para atarraxar o tacão. — Depois do senhor, nenhum desses rapazes entende mais disto. Está bem assim? — perguntou, apertando a correia.

— Está bem, muito bem, mas apressemo-nos — respondeu Levine não podendo dissimular a alegria que lhe iluminava o rosto. "Veja, pois, a vida! Veja, pois, a felicidade! Ela disse: 'Juntos, nós patinaremos juntos!' Devo eu lhe confessar o meu amor? Não, tenho medo... sou muito feliz neste momento, pelo menos em esperança, para arriscar... Mas é necessário, entretanto, é necessário! Abaixo a fraqueza!"

Levine levantou-se, despiu o capote e, após ensaiar perto do pavilhão, lançou-se ao gelo, deslizando sem esforço e dirigindo à sua vontade a carreira um pouco rápida, um pouco moderada. Aproximou-se ansiosamente de Kitty, mas novamente o seu riso o tranquilizou.

Ela deu-lhe a mão e patinaram lado a lado, aumentando gradualmente a velocidade da carreira. E tanto mais a carreira aumentava, mais Kitty lhe apertava a mão.

— Contigo eu aprenderei mais depressa — disse ela. — Não sei por quê, mas tenho mais confiança.

— Eu também tenho confiança em mim quando te apoias no meu braço — respondeu ele, mas logo enrubesceu, assustando-se da sua audácia.

Apenas pronunciou estas palavras, uma nuvem cobriu o sol: o rosto de Kitty se entristeceu, enquanto um sorriso nele se desenhava. Levine não ignorava que este jogo de fisionomia marcava nela um esforço de pensamento.

— Não te aconteceu nada de desagradável? — perguntou ele. — Demais, eu não tenho o direito de fazer perguntas — apressou-se em acrescentar.

— Por que isso?... Não, nada me aconteceu — respondeu ela friamente. — Não viste ainda Mlle. Linon? — perguntou imediatamente.

— Ainda não.

— Vai cumprimentá-la. Ela gosta muito de ti.

"Que tem ela? Em que a feri? Senhor, meu Deus, vinde a mim, ajudai-me!", disse mentalmente Levine, correndo para a velha francesa, de cachos cinzentos, que o esperava num banco. Esta o acolheu com um sorriso amigável, com o qual mostrou toda a sua dentadura.

— Nós crescemos, não é verdade? — disse ela, mostrando Kitty com os olhos. — E envelhecemos também. *Tiny bear* ficou enorme — continuou, rindo-se; e ela o fez recordar da brincadeira com as três moças, que ele chamava os três ursos do conto inglês. — Recordas deste nome que puseste nelas?

Ele se esquecera completamente, mas há dez anos que Mlle. Linon repetia essa brincadeira.

— Bem, podes ir, não te prenderei mais. Não achas que a nossa Kitty começa a patinar bem?

Quando Levine se reuniu novamente a Kitty, o rosto da moça readquirira serenidade, e os seus olhos, a expressão franca e acariciadora — mas ele pensou descobrir em seu tom afável uma nota de tranquilidade forçada, o que o deixou muito triste. Depois de pronunciar algumas frases sobre a velha instrutora e suas extravagâncias, ela o interrogou sobre a sua vida.

— É possível que durante o inverno não te aborreças no campo?

— Não tenho tempo de me aborrecer. Tenho muito o que fazer — respondeu ele, sentindo que ela resolvera fazê-lo adotar um tom calmo, em harmonia com o seu, tom aliás que ele mantivera até o começo do inverno e do qual não saberia mais se afastar.

— Pensas ficar muito tempo em Moscou? — prosseguiu ela.

— Não sei — respondeu sem pensar no que dizia. A ideia de recair num tom frio e amigável e de retornar para casa sem nada decidir revoltou-o.

— Como não sabes?

— Não, isso depende de ti — disse ele, espantando-se imediatamente das suas próprias palavras.

Entendeu ou não desejou ela entender? Kitty pareceu tropeçar, bateu duas vezes com o pé e afastou-se. Chegou perto de Mlle. Linon, disse-lhe algumas palavras e ganhou a casinhola onde as senhoras descalçavam os patins.

"Meu Deus, que fiz eu? Senhor, inspirei-me, guiai-me!", suplicava mentalmente Levine, executando todas as sortes de círculos apenas pela necessidade de se mover.

Neste momento um rapaz, o mais forte dos patinadores da nova escola, saiu do café, os patins nos pés e o cigarro na boca, e, tomando impulso, desceu com estrondo a escada, saltando progressivamente, continuando depois em carreira sobre o gelo.

— Ah, eis um novo truque! — disse Levine, escalando a subida por sua vez a fim de fazer o mesmo.

— Não vá cair, é preciso ter hábito — gritou-lhe Nicolas Stcherbatski.

Levine subiu a escada, procurando deixar livre o maior campo possível e deixou-se ir, mantendo o equilíbrio com a ajuda das mãos. Na última volta ele se embaraçou, logo se refazendo com um movimento brusco e ganhou o largo, rindo-se.

"Que admirável rapaz!", pensou no mesmo instante Kitty, que saía do pavilhão em companhia de Mlle. Linon, e olhou-o com o mesmo sorriso carinhoso que se tem para um irmão querido. "Agi mal? Será talvez próprio da ética! Sei que não é a ele que eu amo, mas não sinto menos prazer em sua companhia. É um coração tão forte... mas por que ele me disse aquilo?"

Vendo Kitty partir com a mãe, que viera procurá-la, Levine, bastante vermelho depois do exercício violento que praticara, deteve-se e refletiu. Descalçou os patins e confundiu-se com as senhoras na saída.

— Muito prazer em ver-te — disse a princesa. — Nós recebemos, como sempre, às quintas-feiras.

— Hoje, não é mesmo?

— Gostaríamos de contar com a tua presença — respondeu ela num tom seco que afligiu a Kitty. Desejosa de abrandar o efeito produzido pela frieza da mãe, voltou-se para Levine e disse-lhe sorrindo:

— *Au revoir!*

Neste momento Stepane Arcadievitch, o chapéu torto, as feições brilhantes e o olhar alegre, penetrou no jardim com um ar vitorioso. Mas, à vista da sogra, adquiriu um ar triste, contrito, a fim de responder às perguntas que ela lhe fez sobre a saúde de Dolly. Após esta palestra em voz baixa e aflita, ele se endireitou e tomou o braço de Levine.

— Vamos embora? Nada tenho feito senão pensar em ti, e estou muito feliz, muito contente, por teres vindo — disse ele, fitando-o nos olhos com um ar significativo.

— Vamos, vamos — respondeu Levine, feliz, não cessando de ouvir o som daquela voz que lhe dizia *au revoir*, e de lembrar o sorriso que acompanhara as palavras.

— Onde iremos? Ao Hotel da Inglaterra ou ao Ermitage?

— Pouco me importa.

— Ao Hotel da Inglaterra, então — disse Stepane Arcadievitch, que só se decidiu por este restaurante porque, devendo-lhe mais dinheiro, achava indecente evitá-lo. — Tens uma carruagem? Tanto melhor porque eu fiz voltar a minha.

Durante todo o percurso, os dois amigos guardaram silêncio. Levine procurou interpretar a mudança sobrevinda na fisionomia de Kitty: oscilando entre a esperança e o receio, mas sentindo-se, apesar de tudo, um outro homem, bem diferente daquele que existira antes do sorriso e do *au revoir*.

Enquanto isso, Stepane Arcadievitch organizava o menu.

— Gostas de peixe, não é verdade? — perguntou a Levine no instante em que chegavam ao restaurante.

— De peixe? Sim, eu "adoro" peixe.

10

Quando penetraram no hotel, o brilho que se irradiava da pessoa de Stepane Arcadievitch impressionou Levine, apesar das suas preocupações. Oblonski deixou o capote e o chapéu, dirigindo-se para a sala do restaurante, ordenando ao grupo de garçons em vestimenta negra que se apressasse, a pasta sob o braço. Cumprimentando à direita e à esquerda as pessoas conhecidas que ali, como em toda a parte, o acolhiam com solicitude, ele se aproximou do balcão, sorveu um cálice de aguardente acompanhado de um pratinho de croquetes de pescado e disse ao encarregado do serviço — uma francesa fardada, toda em rendas e fitas — algumas palavras amáveis que a fizeram rir gostosamente.

Em troca, somente a vista desta pessoa, que lhe pareceu um amálgama de cabelos postiços, de pó de arroz e de água de colônia impediu a Levine tomar o aperitivo, desviando-se dela como de uma poça de lama. A sua alma estava presa à recordação de Kitty, os seus olhos brilhavam de felicidade.

— Por aqui, faça o favor, Excelência. Aqui, Vossa Excelência não será incomodado — disse um velho particularmente tenaz, de pelos esbranquiçados e curvatura tão vasta que as fraldas da sua roupa desuniam-se atrás. — Faça o favor, Excelência — falou também a Levine, julgando bom adulá-lo em consideração a Stepane Arcadievitch, de quem aquele era o convidado.

Estendeu uma toalha imaculada sobre a mesa arredondada, já coberta por uma outra toalha embaixo de um candelabro de bronze, e aproximou depois duas cadeiras de veludo; em seguida, com um guardanapo numa das mãos, o cardápio na outra, aguardou as ordens de Stepane Arcadievitch.

— Se Vossa Excelência desejar, um gabinete particular estará à vossa disposição dentro de poucos momentos. O príncipe Galitsyne com uma senhora vai deixá-lo agora. Recebemos ostras frescas.

— Ah, ah, as ostras!

Stepane Arcadievitch refletiu.

— Se refizéssemos os nossos planos de combate, hein, Levine? — indagou ele, um dedo pousado sobre o cardápio, enquanto o seu rosto exprimia uma séria hesitação. — As tuas ostras são boas? Cuidado!

— Vêm diretamente de Flensburgo, Excelência. Não temos as de Ostende.

— Concedo que venham de Flensburgo, mas serão frescas?

— Chegaram ontem.

— Está bem, que dizes? Se começássemos pelas ostras e fizéssemos em nossos planos uma mudança radical?

— Como queiras. Para mim nada poderá substituir a sopa de repolho e a *kasha*,[2] mas isso, evidentemente, não se encontra aqui.

— Um *kasha à la russe* para Sua Excelência? — perguntou o garçom, abaixando-se para Levine como um criado para a criança entregue aos seus cuidados.

— Sem brincadeira, tudo o que escolha estará bem. Eu patinei e tenho apetite. A patinação deu-me fome. Acredite-me — acrescentou ele vendo uma sombra de descontentamento passar no rosto de Oblonski —, serei honrado com a tua escolha. Um bom jantar não me assusta.

---

2 Prato típico da Rússia feito com cereais cozidos. (N.E.)

— É o que eu também penso! Este é um dos prazeres da existência... Agora, meu bom amigo, irás nos trazer duas... não, é muito pouco... três dúzias de ostras, e depois uma sopa de legumes...

— *Printanière* — corrigiu o garçom, mas Stepane Arcadievitch, não querendo dar-lhe o prazer de enumerar os pratos em francês, insistiu:

— De legumes, já disse! Depois, o peixe com molho um pouco denso, um rosbife... bem, e cuide para que esteja bom! Em seguida... bem, um capão e, para concluir, as conservas de frutas.

O garçom, lembrando que Stepane Arcadievitch tinha a mania de dar aos pratos nomes russos, não ousou mais interrompê-lo mas, apesar disso, deu-se ao funesto prazer de repeti-los como rezava o cardápio: *soupe printanière, turbot, sauce Beaumarchais, poularde à l'estragon, macédoine de fruits*. E logo, como movido por uma mola, pôs na mesa a lista dos pratos, para apanhar a de vinhos, que entregou a Stepane Arcadievitch.

— Que vamos beber?

— O que quiseres, mas pouco... champanha!

— Como, desde o começo? Realmente, por que não? Gostas da marca branca?

— *Cachet blanc* — corrigiu o garçom.

— Traga-nos uma garrafa dessa com as ostras. Depois, veremos.

— Às vossas ordens. E como vinho de mesa?

— O *Nuit*... Não! Antes o clássico *Chablis*.

— Às vossas ordens. Servirei o queijo?

— Sim, o parmesão. Mas talvez prefiras um outro?

— Não, isso me é indiferente — respondeu Levine, sorrindo.

O garçom saiu precipitadamente, as abas da casaca flutuando atrás. No fim de cinco minutos reapareceu não menos precipitadamente, trazendo uma garrafa entre os dedos e, na palma da mão, um prato de ostras abertas em suas conchas de nácar.

Stepane Arcadievitch amarrotou o guardanapo, introduzindo uma ponta no colete, pôs tranquilamente as mãos na mesa e atacou as ostras.

— Não são más, eu te juro — declarou, soltando-as com um rápido marulho das conchas e com o auxílio de um pequeno garfo de prata, pôs-se a engoli-las depois, uma após as outras. — Não são inteiramente más — repetiu, fitando ora a Levine, ora ao garçom, com um olhar brilhante e hipócrita.

Levine apreciou também as ostras mas as suas preferências foram para o pão e queijo. Ele não se podia impedir de admirar Oblonski. O próprio garçom, depois de abrir a garrafa e despejar o vinho espumoso nas finas taças de cristal, examinou Stepane Arcadievitch com visível satisfação, endireitando a sua gravata branca.

— Tu não pareces gostar muito das ostras? — constatou Stepane Arcadievitch esvaziando a taça. — A não ser que estejas preocupado, hein?

Queria ver o amigo de bom humor. Mas Levine se sentia incomodado no restaurante, no meio do barulho, do vaivém, na vizinhança de gabinetes onde se ceava com alegres companhias. Tudo o perturbava, os bronzes, os espelhos, a luz, os garçons tártaros. Receava perder os belos sentimentos que se comprimiam na sua alma.

— Sim, estou preocupado, e isso é o pior — respondeu Levine. — Tu não podes acreditar até que ponto o teu gênero de vida indispõe o camponês que eu sou. Como as unhas daquele senhor que conheci em teu gabinete...

— Sim, observei que as unhas do pobre Grinevitch chamavam a tua atenção — disse, rindo-se, Stepane Arcadievitch.

— Meu caro, deves procurar compreender e examinar as coisas sob o meu ponto de vista de homem do campo. Nós procuramos ter mãos com as quais possamos trabalhar e, por isso, cortamos as unhas. Aqui, ao contrário, para que se fique certo da inutilidade das mãos, deixa-se crescer as unhas exageradamente.

Stepane Arcadievitch sorriu.

— Isso prova simplesmente que não temos necessidade de trabalhar com as mãos, a cabeça basta ao trabalho...

— Talvez. Mas não impede que aquilo me desagrade como também o fato de nos acharmos aqui, tu e eu a engolir ostras para excitar o apetite e ficarmos na mesa o mais longo tempo possível. No campo, porém, despedimo-nos satisfeitos para retornar o mais cedo possível às nossas ocupações.

— Evidentemente — consentiu Stepane Arcadievitch —, mas o fim da civilização não é esse de converter tudo em gozo?

— Se esse é o seu fim, eu prefiro ser bárbaro.

— Mas tu és um, meu caro. Todos os Levines são selvagens.

Esta alusão ao seu irmão magoou o coração de Levine. O seu semblante entristeceu-se, escapou-lhe um suspiro. Mas Oblonski iniciou um assunto que logo o distraiu.

— Irás esta tarde à casa dos Stcherbatski? — indagou ele com um olhar cúmplice, deixando as conchas para apanhar o queijo.

— Certamente — respondeu Levine —, apesar de achar que a princesa não me tivesse convidado de boa vontade.

— Que ideia! É só a maneira dela... Bem, meu caro, traga-nos a sopa. Sim, é a sua maneira de *grande dame*. Eu irei também, mas somente depois de uma audição de canto em casa da condessa Banine... Vejamos, como não te acusar de selvageria! Explica-me, por exemplo, a tua súbita fuga de Moscou. Vinte vezes os Stcherbatski me fizeram perguntas sobre a tua conduta como se eu pudesse responder... Para dizer a verdade, só sei uma coisa: é que sempre fazes o que ninguém pensaria fazer.

— Sim — respondeu Levine lentamente e com emoção. — Tens razão, eu sou um selvagem. No entanto, é na minha volta e não na minha partida, que vejo a prova da minha selvageria. Eis que volto...

— Como és feliz! — fez Stepane Arcadievitch, ocultando um olhar.

— Por quê?

— "Reconhece-se a qualidade dos cavalos impetuosos pelos seus belos olhos amorosos"[3] — declamou Stepane Arcadievitch. — O futuro a ti pertence.

---

3 "Ode 55", de *Anacreonte,* de Púchkin. (N.E.)

— A ti também, eu imagino.

— Não, só me resta... digamos o presente, e um presente onde nem tudo é róseo.

— Que tem ele?

— Ele vai mal. Mas não te quero falar de mim, demais não posso entrar em todos os detalhes... Que te trouxe a Moscou? — respondeu Stepane Arcadievitch. — Aqui, pode levar! — gritou ele ao garçom.

— Não o adivinhas tu? — perguntou Levine, as brilhantes pupilas fixas nas de Oblonski.

— Eu adivinho, mas não posso abordar primeiramente este assunto. Podes, neste detalhe, reconhecer se eu me torno ou não justo — disse Stepane Arcadievitch respondendo com um sorriso ao olhar do amigo.

— Bem, então, que pensas tu? — disse Levine com voz trêmula, sentindo estremecerem todos os músculos do rosto.

Sem afastar os olhos de Levine, Stepane Arcadievitch bebeu vagarosamente uma taça de Chablis.

— O que eu penso? — disse ele afinal. — É o meu maior desejo. Seria incontestavelmente a melhor solução.

— Não te enganarás ao menos? Saberás bem do que se trata? — insistiu Levine devorando o seu interlocutor com os olhos. — Achas o negócio possível?

— Acho. E por que não acharia?

— Sinceramente? Dize-me tudo o que pensas. Reflete, se eu me encontrar diante de uma recusa!... E estou quase certo...

— Por quê? — indagou Stepane Arcadievitch.

— Às vezes tenho essa impressão. Isso seria tão terrível para ela como para mim.

— Oh, nada vejo de terrível para ela. Uma moça sempre fica encantada de se ver pedida em casamento.

— Sim, mas ela não é como as outras.

Stepane Arcadievitch sorriu. Ele conhecia perfeitamente o sentimento de Levine a este propósito: as moças do universo se dividiam em duas categorias: uma, abrangendo todas, salvo ela, era dotada de todas as fraquezas humanas; outra, que se compunha dela sozinha, ignorava toda a imperfeição e pairava acima da humanidade.

— Um momento, precisas experimentar o molho — disse ele, detendo a mão de Levine que afastava a molheira.

Levine obedeceu, mas não deixou mais Stepane Arcadievitch comer em paz.

— Compreendes, é para mim uma questão de vida ou morte. Nunca falei a ninguém e apenas contigo posso falar. Nós somos diferentes um do outro, temos outros gostos, outros pontos de vista, mas estou certo de que me compreendes. Eis por que eu gosto tanto de ti. Mas, em nome do céu, dize-me toda a verdade.

— Digo-te apenas o que penso — replicou Stepane Arcadievitch sempre risonho. — Dir-te-ei mesmo: minha esposa, uma mulher admirável...

Stepane Arcadievitch lembrou-se subitamente de que as suas relações com a mulher deixavam a desejar. Soltou um suspiro, mas continuou no fim de um momento:

— ...Minha mulher possui o dom da adivinhação, não somente lê no coração das pessoas, mas ainda prevê o futuro, principalmente em matéria de casamento. Foi assim que predisse o de Brenteln com Mlle. Chakhovskoi, ninguém acreditava, mas o casamento foi feito! Minha mulher é por ti.

— Como sabes?

— Sei que, não contente em gostar de ti, ela ainda afirmou que Kitty não podia deixar de ser tua mulher...

Levine, radiante, sentiu-se prestes a derramar lágrimas de enternecimento.

— Ela disse aquilo! — gritou ele. — Eu sempre pensei que tua mulher fosse um anjo. Mas, já falamos bastante sobre este assunto.

— Sim, falamos, mas ainda não dissemos tudo.

Levine não podia permanecer no lugar. Teve que caminhar firmemente duas ou três vezes pelo canto retirado em que se achavam, piscando os olhos para dissimular as lágrimas.

— Compreenda-me bem — continuou ele —, é mais que amor. Já estive apaixonado, mas não era assim. É mais que um sentimento, é uma força interior que me domina. Se tentei a fuga foi porque pensei não ser possível felicidade igual na terra. Mas tenho que lutar contra mim mesmo, sinto que não posso viver sem ela. Chegou a hora de tomar uma decisão.

— Mas por que te foste?

— Um instante... Se tu soubesses quantos pensamentos se comprimiam na minha cabeça, quantas coisas eu queria te perguntar! Escuta, tu não imaginas o serviço que acabas de me prestar. Sou tão feliz que me sinto incomodado, esqueço tudo. Preparei-me há pouco para ver o meu irmão Nicolas... e esqueci da minha intenção. Parece-me que também ele é feliz. É uma espécie de loucura. Mas há alguma coisa que me parece abominável. Quando te casaste, conheceste este sentimento... Como nós, que já não somos adolescentes e temos atrás de nós um passado, não de amor, mas de pecado, como ousamos nos aproximar intimamente de um ser puro e inocente? É abominável, digo-te, e não tenho mesmo razão de achar-me indigno?

— Afinal não deves ter muita coisa na consciência...

— Apesar de tudo, revejo a minha vida com desgosto, tremo, maldigo, sofro amargamente... sim...

— Que queres? O mundo é assim mesmo.

— Eu só vejo uma consolação, esta prece que sempre amei: "Perdoai-me, Senhor, não segundo os nossos méritos, mas segundo a grandeza da vossa misericórdia." Apenas assim ela poderá me perdoar.

11

Levine esvaziou a taça. Fez-se silêncio.

— Tenho ainda alguma coisa a te dizer — continuou afinal Stepane Arcadievitch. — Tu conheces Vronski?

— Não. Por que esta pergunta?

— Mais uma garrafa — ordenou Stepane Arcadievitch ao garçom que enchia as taças, ficando por ali no momento justo em que não era desejado. — Porque Vronski é um dos teus rivais.

— Quem é, pois, esse Vronski? — perguntou Levine. E a sua fisionomia, na qual Oblonski admirara ainda há pouco o entusiasmo juvenil, não exprimiu outra coisa senão um desagradável despeito.

— É um dos filhos do conde Cyrillo Ivanovitch Vronski, e um dos mais belos exemplos da rica mocidade de Petersburgo. Eu o conheci em Tver, onde foi por causa do recrutamento, quando eu ocupava um posto... Belo rapaz, ótima fortuna, boas relações, ajudante de ordens do imperador e, apesar de tudo isso, um homem admirável. Convenci-me de que era instruído e possuía muito espírito. Esse rapaz irá longe.

Levine franziu a testa e não disse palavra.

— Bem, Vronski apareceu aqui alguns dias depois da tua partida. Parece-me loucamente apaixonado por Kitty e tu compreendes que a mãe...

— Desculpa-me, mas eu não compreendo nada — disse Levine, cada vez mais abatido. Lembrou-se subitamente do irmão Nicolas e censurou-se por o haver esquecido.

— Espera — disse Stepane Arcadievitch, rindo-se e tocando-lhe o braço. — Eu te disse o que sabia, mas, repito, se é permitido fazer-se conjecturas em um caso tão delicado, parece-me que as probabilidades estão do teu lado.

Levine, completamente pálido, apoiou-se no encosto da cadeira.

— Apenas um bom conselho: conclua este negócio o mais cedo possível — continuou Oblonski, enchendo a taça de Levine.

— Não, obrigado — disse Levine afastando a taça. — Eu não posso beber mais, ficaria bêbado... E tu, como estás? — continuou ele para mudar o assunto da conversa.

— Deixa-me repetir: termina o negócio quanto antes. Não te declares ainda esta tarde, mas amanhã cedo faz o clássico pedido, e que o bom Deus te abençoe!...

— Por que tu não vens caçar comigo? — disse Levine. — Tu me prometeste. Não esqueças de vir na primavera.

Arrependia-se verdadeiramente de ter sustentado aquela conversa com Stepane Arcadievitch. O "único" sentimento se achava esmigalhado por contar com as pretensões de um oficial qualquer, suportar os conselhos e as suposições de Stepane Arcadievitch. Este, que compreendeu perfeitamente o que se passava na sua alma, contentou-se em sorrir.

— Irei um dia ou outro — disse ele. — As mulheres são as molas que fazem tudo mover neste mundo... Tu me perguntas como vão os meus negócios? Em muito mau estado, meu caro... E tudo isso por causa das mulheres... Dize-me francamente a tua opinião — continuou ele tendo um cigarro numa das mãos e a taça na outra.

— Sobre o quê?

— Vê, suponhamos que sejas casado, que ames a tua mulher e que te deixaste arrastar por uma outra.

— Desculpa-me, mas nada entendo de semelhante negócio. É para mim como se, acabando o jantar, fosse roubar um bolo numa padaria.

Os olhos de Stepane Arcadievitch faiscavam.

— Por que não? Certos bolos são tão bons que não se poderá resistir à tentação.

Himmlisch ist's, wenn ich bezwungen
Meine irdische Begier;
Aber doch wenn's nicht gelungen,
Hatt ich auch recht hübsch Plaisir![4]

Dizendo isso, Oblonski sorriu maliciosamente. Levine não pôde deixar de imitá-lo.

— Vamos suspender as brincadeiras — continuou Oblonski. — Trata-se de uma mulher extraordinária, modesta, atraente, sem fortuna e que a ti tudo sacrificou: deve-se abandoná-la, já que o mal está feito? Que seja imprescindível romper para não perturbar a vida da família, mas não se deve ter piedade, amenizar-se a separação, assegurar-lhe o futuro?

— Perdão, mas tu sabes que para mim as mulheres se dividem em duas classes... ou, dizendo melhor, há as mulheres e as... Nunca vi e nunca verei as belas arrependidas, mas criaturas como aquela francesa do balcão só me inspiram desgosto como, de resto, todas as mulheres decaídas.

— Mesmo aquela do Evangelho?

— Ah! Eu te suplico... O Cristo jamais pronunciaria aquelas palavras se soubesse do mau uso que delas seria feito: eis tudo o que se guardou do Evangelho. Afinal, é mais uma questão de sentimento que de raciocínio. Tenho repulsa pelas mulheres decaídas como tu pelas aranhas. Não temos necessidade para isso de estudar os meios de umas e nem de outras.

— Tu me fazes recordar aquele personagem de Dickens que colocava a mão esquerda no ombro direito em todas as perguntas embaraçosas. Mas negar um fato não é responder. Que fazer, que fazer? A tua mulher envelhece enquanto a vida reina ainda em torno de ti. Tu te sentes incapaz de a amar de amor, apesar do respeito

---

4 Em alemão no original: "E celestial quando domino/ meus desejos terrenos/ mas quando não consigo/ também tive bastante prazer!" (N.E.)

que tens por ela. Neste caso, o amor surge imprevistamente e eis tudo perdido! — exclamou pateticamente Stepane Arcadievitch.

Levine sorriu sarcasticamente.

— Sim, sim, perdido! — repetiu Oblonski. — Mas que fazer?

— Não mais roubar o bolo.

Stepane Arcadievitch alegrou-se.

— O moralista!... Mas compreenda a situação. Duas mulheres se defrontam. Uma se previne dos seus direitos, de um amor que tu não lhe podes dar; a outra sacrifica tudo e não te pede nada. Que se deve fazer? Como se conduzir? Eis um drama horroroso.

— Se queres que confesse o que penso, eu não vejo nenhum drama. Eis porque, segundo o meu modo de pensar, o amor... os dois amores que, tu deves recordar, Platão caracterizou no *Banquete*, servem de pedra de toque aos homens que só compreendem um ou outro. Aqueles que compreendam unicamente o amor não platônico não terão nenhuma razão de falar em drama, porque esse amor não se admite. "Muito grato pelo consentimento que tive": eis todo o drama. Nada poderá ser maior que o amor platônico, tudo aí é claro e puro, porque... — Neste momento Levine recordou os seus próprios pecados e a luta interior a que se submetera. Terminou a sua tirada de maneira imprevista: — Na verdade, talvez tenhas razão. É bem possível... Mas, eu não sei, não, eu não sei.

— Vê — disse Stepane Arcadievitch —, és um homem inteiriço. É a tua grande qualidade e é também o teu defeito. Porque o teu caráter é feito assim, queres que a vida seja construída do mesmo modo. Dessa maneira, desprezas o serviço do Estado porque desejas que toda ocupação humana corresponda a um fim preciso, e isso não pode ser. Queres igualmente um fim para cada um dos nossos atos, queres que o amor e a vida conjugal sejam um só, e isso não pode ser. O admirável, a variedade, a beleza da vida está, precisamente, nas suas oposições de luz e de sombra.

Levine suspirou e não respondeu nada. Tomado pelas suas preocupações, já não ouvia Oblonski.

E sentiram que, longe de os aproximar, aquele bom jantar, os vinhos generosos, tinha-os deixado quase estranhos um ao outro: cada qual pensava apenas nos seus negócios, sem cuidar do vizinho. Oblonski, em quem esta sensação era familiar, sabia também como remediá-la.

— A conta! — gritou ele, e passou para a sala vizinha, onde encontrou um ajudante de ordens seu conhecido. Uma conversa que manteve com ele, sobre uma atriz e o seu protetor, repousou Oblonski daquela que sustentara com Levine: esse diabo de homem arrastava-o sempre a uma tensão de espírito bastante exaustiva.

Quando o garçom trouxe uma conta de vinte e seis rublos e alguns copeques, mais um suplemento pela aguardente bebida no balcão, Levine, que ordinariamente se recusava, como bom camponês, espantado por ter de pagar quatorze rublos pela sua parte, mostrou-se desta vez indiferente. A conta paga, retornou à casa a fim de mudar de roupa e se dirigir à residência dos Stcherbatski, onde deveria decidir-se a sua sorte.

12

Kitty Stcherbatski tinha dezoito anos. Era o primeiro inverno em que a levavam à sociedade; obtinha maiores sucessos que as suas irmãs, maiores mesmo do que a sua mãe esperava. Virara a cabeça mais ou menos de toda a mocidade dançante de Moscou e, por outro lado, desde este primeiro inverno, apresentaram-se a ela dois partidos sérios: Levine e, logo depois da partida deste, o conde Vronski.

A aparição de Levine no começo do inverno fora o assunto das primeiras conversas sérias entre o príncipe e a princesa sobre o futuro da filha: e essas conversas revelaram entre eles uma profunda desinteligência. O príncipe era por Levine e confessava não existir melhor partido para Kitty. A princesa, cedendo ao hábito feminino de rodear a questão, pretextava ser Kitty ainda muito jovem, não mostrando maior inclinação por Levine, que de resto não parecia ter intenções bem resolvidas. Ela alegava ainda outras razões, mas não a principal, isto é, que ela não gostava e nem compreendia Levine e esperava para a sua filha um partido mais brilhante — razão por que se alegrara tanto com a sua brusca partida.

— Vê que eu tinha razão — declarou ela ao marido com um acento de triunfo. Ficou ainda mais alegre quando Vronski veio ocupar o lugar vago: as suas previsões se realizavam: Kitty conseguiria um partido magnífico.

Para a princesa, não havia comparação possível entre os dois pretendentes. O que lhe desagradava em Levine eram os julgamentos categóricos e bizarros e o seu acanhamento na sociedade, que ela atribuía ao orgulho, à vida de "selvagem" que ele levava no campo, entre o seu gado e os seus aldeões. O que lhe desagradava mais ainda era que Levine, apaixonado por Kitty, tivesse frequentado a sua casa durante seis semanas sem se explicar francamente sobre as suas intenções: ignoraria ele esses pontos das conveniências? Acreditaria ele talvez fazer a elas uma grande honra? E repentinamente aquela brusca partida... "Sou muito feliz", pensava, "que ele seja tão pouco atraente; senão teria certamente virado a cabeça de Kitty!" Vronski, ao contrário, supria todos os seus desejos: tinha fortuna, talento, origem, a perspectiva de uma brilhante carreira tanto no exército como na corte e, além disso, era verdadeiramente encantador. Que se podia sonhar de melhor?

Vronski fazia abertamente a corte a Kitty, dançava com ela em todos os bailes, tornou-se mesmo um íntimo da casa; podia-se acaso duvidar das suas intenções? E, no entanto, a pobre mãe passou todo o inverno emocionada e inquieta.

O seu casamento fora, trinta anos antes, trabalho de uma das tias. O noivo, sobre quem se tinha anteriormente todas as informações desejáveis, veio vê-la e se fazer ver; a tia não escondeu a boa impressão produzida; no dia seguinte, ele veio procurar os pais para o pedido oficial, que foi aceito. Tudo se passou do modo mais simples do mundo. Era assim, pelo menos, que a princesa via as coisas distantes. Mas, quando se tratava de casar as suas filhas, ela se certificava, pela sua desgraça, como esse negócio, tão simples na aparência, era na realidade difícil e complicado. Quantas ansiedades, quantas preocupações, quanto dinheiro perdido, quantas lutas com o seu marido quando ele resolveu casar Daria e Natália! Agora, que o instante da menor chegara, estava experimentando as mesmas inquietudes, as mesmas perplexidades e discussões ainda mais penosas. Como todos os pais, o velho príncipe era excessivamente cioso do que se referia à honra das suas filhas — possuía a fraqueza de ter ciúme delas, principalmente Kitty, que era a sua preferida e reclamava sempre a esse respeito com a mulher, receoso de vê-la comprometida. Por mais habituada que estivesse com estas cenas — suportara cenas semelhantes no tempo do noivado das outras —, a princesa reconhecia que a suscetibilidade do marido tinha desta vez maior razão de ser. Ela observava, após algum tempo, mudanças notáveis nos hábitos sociais, que vinham complicar ainda mais o trabalho já tão ingrato das mães. As contemporâneas de Kitty organizavam Deus sabe quantas reuniões, seguindo Deus sabe que caminhos, tomando maneiras desembaraçadas com os homens, passeando sozinhas em carruagens; muitas, dentre elas, já não a cumprimentavam e, o que era mais grave, tinham se convencido que a escolha de um marido a elas pertencia e não aos pais. "Já não se casam as filhas como antigamente", pensavam e diziam essas jovens, e mesmo as pessoas idosas. Mas como se casam, então? Era o que a princesa não conseguia saber de ninguém. Reprovava-se o costume francês que concede a decisão aos pais, repelia-se como incompatível aos meios russos o costume inglês, que deixava toda a liberdade à moça; e gritava-se "fora"! — a princesa em primeiro lugar — ao costume russo do casamento por intermediário. Mas todo o mundo ignorava o verdadeiro caminho a seguir. Todos aqueles a quem a princesa interrogava davam a mesma resposta: "Acredite-me, já é tempo de renunciar-se às ideias antigas. São as moças que se casam e não os pais, deixemo-las se arranjarem como entenderem." Se o raciocínio era cômodo para quem não tinha filhas, a princesa compreendia muito bem que, dando excessiva liberdade à sua, arriscava-se a vê-la gostar de alguém que não pensaria em esposá-la ou que não seria um bom marido. Haviam-lhe repetido que era necessário para o futuro deixar as moças entregues à própria sorte, e isso lhe parecia tão pouco sábio como dar às crianças de cinco anos pistolas carregadas para brincar. Eis por que Kitty a preocupava mais ainda do que as suas irmãs.

No momento, ela acreditava que Vronski, por quem a sua filha se achava evidentemente apaixonada, não se limitava a uma simples corte — era positivamente um homem elegante, o que a tranquilizava um pouco. Mas, com a liberdade recentemente admitida na sociedade, os conquistadores jogavam: não estariam considerando tudo isso culpa sem importância? Kitty, na semana passada, contara à mãe a conversa que tivera com Vronski durante uma mazurca, o que sossegou a princesa, sem a tranquilizar completamente. Vronski dissera a Kitty:

— Como filhos obedientes, meu irmão e eu nunca fazemos nada de importante sem consultar nossa mãe. Neste momento, espero que ela chegue com uma felicidade particular.

Kitty narrou esta conversa sem conceder-lhe maior importância, mas a princesa a interpretou de outro modo. Ela sabia que se esperava a condessa de um dia para outro e que ela aprovaria a escolha do filho: por que, pois, adiava ele o seu pedido? Não seria um pretexto esse adiamento exagerado? Contudo, a princesa desejava tanto o casamento, tinha tanta necessidade de libertar-se da inquietude que dava às palavras de Vronski um sentido conforme as suas próprias intenções. Por mais amarga que fosse a infelicidade da sua filha mais velha, Dolly, que pensava abandonar o marido, deixava-se absorver inteiramente em suas preocupações sobre a sorte da filha menor que via prestes a se decidir. E eis que a volta de Levine aumentou a sua emoção. Kitty, acreditava, tinha até há pouco tempo mantido por ele um certo sentimento — por excesso de delicadeza, ela bem poderia recusar Vronski. Essa volta lhe parecia perturbar um negócio já bastante próximo de ser decidido.

— Ele chegou há muito tempo? — perguntou à filha quando entraram. Ela pensava em Levine.

— Hoje, mamãe.

— Quero dizer-te uma coisa... — começou a princesa, mas, pelo seu ar preocupado, Kitty adivinhou logo de que se tratava. Corou e voltando-se bruscamente para a mãe:

— Não me diga nada, mamãe, eu te peço, suplico. Eu sei, eu sei de tudo.

Seus desejos eram os mesmos, mas a filha julgava ofensivos os motivos aos quais a mãe obedecia.

— Quero dizer-te apenas que, tendo encorajado um...

— Querida mamãe, pelo amor de Deus, não me diga nada. Falar nessas coisas traz infelicidade...

— Só uma palavra, meu anjo — disse a princesa, vendo lágrimas em seus olhos. — Tu prometeste nunca ter segredos para mim. É certo que não os tens?

— Nunca, mamãe, nunca! — exclamou Kitty, vermelha, mas encarando a mãe. — Mas neste momento não tenho nada a dizer... Sim, nada... Mesmo que quisesse, não saberia o que dizer... não...

"Esses olhos não podem mentir", disse a princesa para si mesma, sorrindo dessa emoção, dessa felicidade contida: ela adivinhou a enorme importância que a pobrezinha dava a tudo que se passava em seu coração.

13

Após o jantar e até o início da noite, Kitty experimentou sensação análoga à que sente um jovem às vésperas de uma batalha... Seu coração batia violentamente e ela não conseguia coordenar os pensamentos.

Essa noite, em que os dois se encontrariam pela primeira vez, decidiria o seu destino. Ela pressentia isso e não deixava de os imaginar ora juntos, ora separados. Pensava no passado, com prazer e ternura, e evocava as lembranças que a prendiam a Levine: suas impressões de infância, a amizade do jovem por esse irmão que ela perdera, tudo lhe dava um encanto poético. Certamente Levine a amava, esse amor a envaidecia, era doce pensar nele. Ao lembrar-se de Vronski, ao contrário, experimentava certo constrangimento: era um perfeito homem mundano, sempre senhor de si e de uma simplicidade encantadora. Todavia, ela notava em suas relações qualquer coisa de falso, que devia residir nela mesma, pois que com Levine tudo era tão franco, tão fácil, tão natural. Por outro lado, com Vronski, o futuro lhe aparecia brilhante; com Levine, uma névoa o envolvia.

Quando subiu ao quarto para vestir-se, uma vista d'olhos ao espelho lhe revelou que estava num dos seus dias felizes; nem a graça, nem o sangue-frio lhe faltariam no momento; com alegria, ela se viu possuidora de todas as armas.

Ao entrar no salão, às sete horas e meia, um criado anunciou:
— Constantin Dmitrievitch Levine.

A princesa não tinha descido ainda, e o príncipe estava retirado em seus aposentos. "Eu contava com isso", pensou Kitty e todo seu sangue afluiu ao coração. Contemplando-se ao espelho, ficou horrorizada com a sua palidez.

Ela sabia agora, sem poder duvidar mais, que ele viera cedo para encontrá-la só e pedir a sua mão. Imediatamente a situação apareceu-lhe sob novo aspecto. Pela primeira vez, ela compreendeu que não estava só em jogo e que lhe era necessário ferir um homem que amava e feri-lo cruelmente. Por quê? Porque esse bravo rapaz estava apaixonado por ela. Mas nada podia fazer, tinha que ser assim.

"Meu Deus", pensou, "será possível que eu mesma deva falar-lhe, dizer-lhe que não o amo? Mas isso não é verdade. Que devo dizer então? Que amo outro? Impossível. Não, mais vale fugir."

Ela já se aproximava da porta, quando ouviu o passo dele. "Não, isso não é leal. De que tenho medo? Nada fiz de mal. Aconteça o que acontecer, direi a verdade. De resto, com ele nada me faz perder a calma. Ei-lo", disse ela consigo, vendo-o aparecer, tímido na sua força e fixando nela um olhar ardente. Ela olhou-o diretamente, como se suplicando que a poupasse, e estendeu-lhe a mão.

— Chego muito cedo, ao que me parece — disse ele ao ver o salão vazio. E, quando compreendeu que a sua espera não fora vã, que nada o impediria de falar com ela, seu semblante anuviou-se.

— Imagine — respondeu Kitty sentando-se perto da mesa.

— Mas eu desejava justamente encontrar-te só — continuou ele, de pé, sem erguer os olhos para não perder a coragem.

— Mamãe vem já. Ela se cansou muito ontem. Ontem...

Ela falava sem saber ao certo o que dizia. Seus olhos, cheios de terna súplica, não podiam desprender-se de Levine, e, ao arriscar ele um olhar, ela corou e calou-se.

— Eu te disse que não sabia se ficaria aqui por muito tempo... que isso dependia de ti...

Ela baixou a cabeça mais ainda, sem saber o que ia responder ao inevitável.

— Que isso dependia de ti — repetiu. — Eu queria dizer... dizer... Foi por isso que vim... Queres ser minha mulher? — lançou ele finalmente, sem se dar conta das suas palavras. Mas, assim que teve o sentimento de que a palavra fatal fora pronunciada, deteve-se e olhou-a.

Kitty não levantara a cabeça; ela mal respirava. Uma alegria imensa enchia-lhe o coração. Nunca acreditara que a confissão desse amor lhe causasse uma impressão tão viva. Mas, depois de alguns instantes, lembrou-se de Vronski. Ergueu para Levine seus olhos francos e límpidos e, ao ver seu ar desesperado, apressou-se a responder:

— É impossível... Perdoe-me...

Um minuto antes, ele a acreditava tão próxima dele, tão necessária à sua vida. Mas ei-la que se afastava e se tornava estranha a ele.

— Não podia ser de outro modo... — disse, baixando os olhos.

E fez uma mesura, virando-se para sair.

14

Mas no mesmo instante a princesa entrou. O medo gelou seus traços quando os viu a sós, os semblantes agitados. Levine inclinou-se diante dela, mas não disse uma palavra. Kitty calou-se, sem ousar erguer os olhos. "Graças a Deus, ela recusou", pensou a mãe, e o sorriso com que acolhia seus convidados reapareceu em seus lábios. Sentou-se e interrogou Levine sobre a sua vida no campo. Ele também tomou um assento, esperando o momento para esquivar-se à chegada de outras pessoas.

Cinco minutos depois, foi anunciada uma amiga de Kitty, casada no inverno passado, a condessa Nordston.

Era uma mulher seca, amarela, nervosa e doentia, olhos negros e brilhantes. Ela gostava de Kitty e sua afeição, como a de toda mulher casada, por uma moça, se traduzia num vivo desejo de casá-la de acordo com o seu ideal. Vronski era o seu candidato. Levine, que ela encontrara muitas vezes em casa dos Stcherbatski, no começo do inverno, desagradava-lhe soberanamente, e ela nunca perdia ocasião de zombar dele. "Gosto de vê-lo fulminar-me do alto da sua grandeza e interromper — pois ele me julga muito tola — seus belos discursos, a menos que não condescenda em dirigir-me a palavra. Condescender! a palavra me agrada. Adoro que ele me deteste!"

Realmente Levine detestava-a e desprezava nela aquilo de que ela se gabava: sua nervosidade, seu refinado desdém, sua indiferença por tudo que julgava material e grosseiro.

Estabelecera-se então entre eles um gênero de relações muito frequente na sociedade: sob aparência de cordialidade eles se desprezavam a ponto de não poderem levar um ao outro a sério, nem mesmo se ferindo mutuamente; cada um ficava indiferente às maldades do outro.

Ao lembrar que Levine tinha, no começo do inverno, comparado Moscou a Babilônia, a condessa lançou-se logo nesse assunto:

— Ah! Constantin Dmitrievitch, ei-lo de volta à nossa abominável Babilônia! — disse estendendo sua pequena mão amarela. — Será que Babilônia se converteu ou foi o senhor que se corrompeu? — acrescentou lançando a Kitty um olhar cúmplice.

— Sinto-me envaidecido, condessa, de que a senhora se recorde com tanta exatidão das minhas palavras — respondeu Levine que, tendo tido tempo de se refazer, entrou logo no tom agridoce que usava de ordinário com a condessa. — É para crer-se que elas a tenham impressionado vivamente.

— Como! Sempre tomo nota delas. Então, Kitty, tens patinado?...

E entabulou conversa com Kitty. Levine não podia ir-se embora. Todavia, esperava fazê-lo, pois preferia cometer uma inconveniência do que suportar toda a noite o suplício de ver Kitty observá-lo à socapa, evitando seu olhar. Quando ia levantar-se, a princesa, surpreendida com o seu mutismo, achou conveniente dirigir-lhe a palavra.

— Conta ficar muito tempo em Moscou? O senhor não está no "zemstvo"? Isso não deve permitir longas ausências.

— Não, princesa, estou desligado de minhas funções. Vim por alguns dias.

"Há qualquer coisa de particular hoje", pensou a condessa Nordston, perscrutando o semblante severo de Levine. "Ele não se lança em seus discursos habituais. Mas hei de fazê-lo falar; nada me diverte mais do que o fazer ridículo diante de Kitty."

— Constantin Dmitrievitch — disse ela —, o senhor, que está ao corrente de tudo isso, explique-me, por favor, como é que na nossa terra de Kaluga os camponeses e suas mulheres bebem tudo que possuem e recusam pagar-nos o que nos devem? O senhor que elogia sempre os camponeses, explique-me o que isso significa.

Neste momento uma dama entrou no salão e Levine levantou-se.

— Perdão, condessa, não estou a par disso e nada posso dizer-lhe — respondeu, observando o oficial que acompanhava a dama. "Deve ser Vronski", pensou e, para certificar-se voltou-se para Kitty, que dirigia lentamente seu olhar para ele, depois de ter reconhecido Vronski. Ao ver esses olhos brilhando numa alegria instintiva, Levine compreendeu, e tão claramente como se ela lhe tivesse confessado, que Kitty amava esse homem. Mas quem era ele ao certo?

Eis o que importava a Levine saber e o que o decidiu a ficar de qualquer forma.

Há pessoas que, colocadas em presença de um rival feliz, são dispostas a negar suas qualidades para só ver os defeitos; outras, ao contrário, nada mais desejam do que descobrir os méritos que lhe valeram o sucesso e, o coração ulcerado, só veem nele qualidades. Levine era deste número. Não lhe foi difícil descobrir o que Vronski tinha de atraente; isso saltava aos olhos. Moreno, de estatura mediana e bem proporcionada, um belo semblante de traços admiravelmente calmos, tudo em sua pessoa, desde os cabelos negros, cortados muito curtos e o queixo barbeado recentemente, até a sua túnica nova, tudo desvendava uma elegante simplicidade. Depois de ter dado passagem à dama que entrara com ele, Vronski foi cumprimentar a princesa, depois Kitty. Ao aproximar-se desta pareceu a Levine que um lampejo de ternura brilhara em seus olhos, enquanto um imperceptível sorriso de felicidade triunfante enrugava seus lábios. Ele se inclinou respeitosamente diante da moça e estendeu-lhe a mão um pouco larga, se bem que pequena.

Depois de cumprimentar as pessoas presentes e trocar algumas palavras com cada uma delas, sentou-se sem olhar para Levine, que não deixava de fixá-lo com os olhos.

— Permitam-me, senhores, que eu os apresente — disse a princesa indicando Levine com a mão: — Constantin Dmitrievitch Levine, o conde Aléxis Kirillovitch Vronski.

Vronski levantou-se, mergulhou nos olhos de Levine um olhar muito franco e estendeu-lhe a mão.

— Eu devia, parece-me, jantar com o senhor neste inverno — disse com um afável sorriso —, mas o senhor partiu subitamente para o campo.

— Constantin Dmitrievitch detesta cidades e despreza os pobres citadinos como nós — disse a condessa Nordston.

— É para crer que as minhas palavras a impressionam vivamente, uma vez que a senhora se lembra tão bem delas — retrucou Levine; mas, ao perceber que estava repetindo o que já dissera, calou-se.

Vronski sorriu, depois de lançar um olhar a Levine e outro à condessa.

— O senhor sempre mora no campo? — perguntou ele. — Não será triste durante o inverno?

— Não quando se tem o que fazer. Demais, nunca ninguém se aborrece em companhia de si mesmo — replicou Levine, em tom áspero.

— Eu amo o campo — disse Vronski, que observou o tom de Levine sem nada deixar perceber.

— Sem querer, por isso, sepultar-se sempre lá? — indagou a condessa Nordston.

— Sobre isso nada sei, nunca fiz uma estada longa. Mas sou vítima de um sentimento original: nunca tive tanta saudade do campo, do verdadeiro campo russo com os seus mujiques, quanto no inverno quando acompanhei minha mãe a Nice. É, como sabem, uma cidade muito triste. Nápoles e Sorrento fatigaram-me depressa. Em nenhuma parte do mundo alguém se sentirá tão obcecado pela lembrança da Rússia, do campo russo principalmente. Dir-se-ia que essas cidades…

Ele se dirigia em parte a Levine, em parte a Kitty, transferindo de um a outro seu olhar bondoso, dizendo o que lhe passava pela cabeça. Verificando que a condessa Nordston queria tomar a palavra, interrompeu-se para escutá-la atenciosamente.

A conversa não se enfraqueceu um momento. A princesa só avançou os dois elementos que sempre tinha em reserva em caso de silêncio prolongado: o serviço militar obrigatório e os méritos respectivos do ensino clássico e do ensino moderno. Pelo seu lado, a condessa Nordston não teve mais oportunidade de importunar Levine.

Por maior desejo que tivesse, ele não pôde se decidir a tomar parte na conversa e a todo instante dizia mentalmente: "Eis o momento de partir." Mas, como se esperasse alguma coisa, não se mexia.

Como se viesse a falar de mesas giratórias e de espíritos maus, a condessa, que acreditava no espiritismo, contou prodígios dos quais fora testemunha.

— Ah, condessa, faça com que eu veja isso, peço-lhe! Gosto de procurar o extraordinário, mas nunca o encontrei — disse Vronski, rindo-se.

— Está bem, isso acontecerá no próximo sábado — respondeu a condessa. — E o senhor, Constantin Dmitrievitch, acredita? — perguntou a Levine.

— Por que essa pergunta? A senhora conhece de antemão a minha resposta.

— Gostaria de ouvir o senhor expor a sua opinião.

— Minha opinião? Bem, ela aqui está: as suas mesas giratórias provam simplesmente que a nossa pretensiosa boa sociedade não supera em nada os nossos camponeses que acreditam em mau-olhado, sortilégios, feitiços, e nós...

— Então o senhor não acredita?

— Não posso acreditar, condessa.

— Mas eu lhe digo que vi com os meus próprios olhos!

— Os nossos camponeses dirão também que viram o *domovoi*...[5]

— Então, segundo o senhor, eu não digo a verdade — revoltou-se a condessa exibindo um sorriso amarelo.

---

5 Espírito doméstico na mitologia eslava. (N.E.)

— Mas, não, Macha, Constantin Dmitrievitch quis simplesmente dizer que não acredita no espiritismo — explicou Kitty, corando por Levine. Este, tomando interesse, ia fazer uma réplica ainda mais brusca quando Vronski, sempre risonho, impediu que a conversa se envenenasse.

— O senhor não admite nenhuma possibilidade? — perguntou ele. — Por quê? Nós admitimos perfeitamente a existência da eletricidade, no entanto desconhecemos a sua natureza. Por que não existiria uma força ainda desconhecida que...

— Quando se descobriu a eletricidade — objetou Levine com vivacidade —, não se havia visto senão um fenômeno sem se conhecer a origem e os resultados, e os séculos passaram antes que se pensasse em fazer uma aplicação. Os espíritas, ao contrário, começaram por fazer as mesas escreverem e por evocar os espíritos, e só mais tarde se afirmou a existência de uma força desconhecida.

Vronski escutou com a sua atenção habitual e parecia tomar grande interesse pelas palavras de Levine.

— Sim, mas os espíritas dizem: nós ignoramos ainda o que seja essa força, constatando apenas que existe, que age em tais e tais condições. Aos sábios compete descobrir em que ela consiste. E por que verdadeiramente não existiria uma força nova já que...

— Porque — objetou Levine novamente — todas as vezes que o senhor friccionar um pouco de resina com um farrapo de lã, obterá um fenômeno anteriormente previsto; os fenômenos espíritas, ao contrário, não se produzem infalivelmente e não poderiam, em consequência, ser atribuídos a uma força da natureza.

A conversa tomava um aspecto muito sério para um salão. Vronski percebeu isto sem dúvida, pois não fez mais nenhuma objeção e dirigiu-se às senhoras com um sorriso encantador.

— Bem, condessa, por que não fazemos logo agora um ensaio? Mas Levine voltou a explicar o seu pensamento.

— A meu ver — prosseguiu ele —, os espiritualistas sofrem grande prejuízo em querer explicar os seus encantos por não sei que força desconhecida. Como, falando de uma força espiritual, pretendem submetê-la a uma prova material?

Todo mundo esperava que ele acabasse de falar. E Levine o compreendeu.

— Quanto a mim, creio que o senhor daria um excelente médium — disse a condessa Nordston. — Possui tanto entusiasmo!

Levine abriu a boca para responder, mas corou subitamente e não disse palavra.

— Bem, vejamos, coloquemos as mesas em prova — disse Vronski. — A senhora permite, princesa?

Levantou-se procurando uma mesa com os olhos. Kitty também se levantou. Como ela passasse diante de Levine, os seus olhares se encontraram. Ela o lastimava, tanto mais quanto sentia ser a causa da sua dor. "Perdoa-me", dizia o seu olhar, "estou tão feliz!"

"Eu odeio o mundo inteiro, e a mim tanto como a ti", respondia o de Levine. Ele já apanhara o chapéu, contando esquivar-se no instante em que se instalassem em volta da mesa, mas ainda uma vez o destino decidiu o contrário. O velho príncipe apareceu e, depois de cumprimentar as senhoras, dirigiu-se diretamente a ele.

— Como — gritou alegremente — tu estás aqui? Mas eu não sabia! Muito feliz em ver-te...

O príncipe tratava Levine ora por "tu" ora por "você". Abraçou-o e continuou a palestra sem prestar nenhuma atenção a Vronski, que aguardava tranquilamente o momento em que o príncipe quisesse dirigir-lhe a palavra.

Kitty sentia como, depois do que se passara, as amabilidades do seu pai deviam ser penosas a Levine. Observou também com que frieza o príncipe retribuiu o cumprimento de Vronski, que permaneceu desorientado, não compreendendo como se pudesse antipatizar-se com ele. Kitty sentiu-se de novo corar.

— Príncipe, devolva-nos Constantin Dmitrievitch — disse a condessa Nordston. — Queremos fazer uma experiência.

— Que experiência? Fazer mover as mesas? Bem, vós me desculpais, senhores e senhoras, mas acho que o jogo da argolinha é mais interessante — disse o príncipe olhando Vronski, que ele adivinhou ser o inspirador daquele divertimento. — No jogo da argolinha, pelo menos, há uma ponta de bom senso.

Vronski ergueu para o príncipe um olhar confuso e logo depois, esboçando um sorriso, pôs-se a conversar com a condessa Nordston sobre um grande baile que se realizaria na semana seguinte.

— Espero que compareças — disse ele dirigindo-se a Kitty.

Assim que o príncipe o abandonou, Levine saiu e a última impressão que trouxe desta reunião foi a do rosto feliz e risonho de Kitty, respondendo a Vronski sobre o assunto do baile.

15

Partindo os visitantes, Kitty contou à mãe tudo o que se passara com Levine. Apesar da piedade que lhe inspirava, ela se sentia lisonjeada com aquele pedido de casamento e não duvidava um só instante de que tinha agido sabiamente. Mas, uma vez deitada, levou muito tempo sem poder conciliar o sono. Não conseguia expulsar uma visão obsedante, aquela de Levine escutando de testa franzida as explicações do príncipe, enquanto passeava sobre ela e Vronski olhares sombrios, desoladores. Pensando na mágoa que lhe causara, sentia-se triste, prestes a chorar. Mas a recordação daquele a quem dera as suas preferências imediatamente se sobrepôs. Representou o rosto vigoroso e enérgico, a calma absoluta e a distinção, a bondade resplandecente de Vronski. E a certeza de que o seu amor era retribuído lhe restituiu momentaneamente a paz da alma. Deixou cair a cabeça sobre o travesseiro, rindo-se de alegria. "É triste, evidentemente, mas que posso eu? Não é minha a culpa", pensou a modo de conclusão. Mas quanto mais gostava de repetir esta frase, mais uma voz interior lhe assegurava o contrário, sem precisar exatamente se fora injusta em seduzir Levine recusando-lhe o pedido. O que quer que fosse, como um remorso, envenenava a sua felicidade. "Senhor, tende piedade de mim! Senhor, tende piedade de mim!", murmurou ela até adormecer.

Durante esse tempo, embaixo, no gabinete do príncipe, acontecia uma daquelas cenas que se renovavam frequentemente entre os esposos, por causa de Kitty.

— O que há! Tu me perguntas? — exclamou o príncipe, que não pôde deixar de erguer os braços no ar, descendo-os logo para arranjar o seu *robe-de-chambre* de pele de esquilo. — Tu me perguntas? Bem vês! Não tens nem nobreza e nem dignidade. Compromete, perdes a tua filha com este modo baixo e estúpido de endeusá-la na imaginação dos rapazes...

— Mas em nome do céu, que fiz eu? — indagou a princesa, prestes a chorar.

Encantada com a confidência da filha, ela viera, como de costume, dar boa-noite ao marido. Evitando o mais possível de revelar-lhe o pedido de Levine e a recusa de Kitty, permitiu-se uma alusão a Vronski, que, como parecia, só esperava que a mãe chegasse para se declarar. E neste momento precisamente, o príncipe, de súbito furioso, tinha-a oprimido com terríveis exprobrações.

— O que fizeste? Primeiro atraíste um noivo, o que justamente toda Moscou ridicularizou. Se desejavas oferecer recepções, convidasses todo mundo e não apenas pretendentes da tua escolha. Convida todos esses "forçados" (era assim que o príncipe chamava os moços de Moscou), e que eles se deem de coração a esses prazeres. Mas, por Deus, não arranjes entrevistas como essa de hoje, isso me faz mal! Alcançaste os teus fins, viraste a cabeça do rapaz. Levine é mil vezes melhor que esse pretensiozinho de Petersburgo, são todos do mesmo molde, não valem grande coisa. E mesmo que fosse um príncipe de sangue, a minha filha não tem necessidade de procurar ninguém!

— Mas em que sou eu culpada?

— Em quê?!... — fez o príncipe.

— Eu sei perfeitamente que, segundo os teus pontos de vista, nunca casaremos a nossa filha — interrompeu a princesa. — Neste caso, o melhor seria irmos para o campo.

— Seria o melhor realmente.

— Mas, afinal, asseguro-te que não fiz nenhum adiantamento. Esse rapaz, palavra de honra, apaixonou-se por Kitty que, pelo seu lado, eu creio...

— Tu acreditas!... E se ele conseguir que ela lhe retribua e tenha tanta ideia de se casar quanto eu? Queria não ter olhos para ver tudo isso!... "Ah, o espiritismo! Ah, Nice! Ah, o baile!... — Aqui, o príncipe, imaginando imitar a sua mulher, acompanhava cada palavra com uma reverência. — Estaremos orgulhosos quando fizermos a infelicidade de Kitty, de tal modo ela meteu isso na cabeça...

— Mas por que pensas isso?

— Eu não penso, eu sei. Somos nós, os pais, que temos olhos para isso, enquanto que as mulheres!... Vejo de um lado um homem que tem sérias intenções, é Levine; do outro lado, um janota que quer apenas se divertir...

— Vê bem as tuas ideias!

— Tu as recordarás, mas bastante tarde, como com Dacha...

— Vamos, está bem, não falemos mais — concedeu a princesa, pensando nas infelicidades de Dolly.

— Tanto melhor e boa noite.

Após trocarem o beijo e o sinal da cruz habituais, os dois esposos se separaram, convencidos um e outro que cada qual acolhia a sua opinião particular.

No entanto, a princesa, firmemente convencida ainda há pouco que aquela reunião decidira a sorte de Kitty, sentia a sua segurança abalada pelas palavras do marido. Entrando no quarto, o futuro lhe pareceu bem incerto, e, como Kitty, ela repetiu mais de uma vez mentalmente com angústia: "Senhor, tende piedade de nós! Senhor, tende piedade de nós!"

16

Vronski sempre tinha ignorado a vida de família. Sua mãe, mulher mundana, muito brilhante em sua mocidade, tivera durante o casamento e principalmente após inúmeras aventuras que muito deram a falar. Vronski conhecera ligeiramente o pai, a sua educação fora feita no Corpo dos Pajens.

Saindo muito jovem dessa escola, tomou logo o ritmo de vida dos ricos oficiais de Petersburgo. Ia geralmente, de tempos a tempos, à alta sociedade, mas nenhum interesse de coração o chamava.

Foi em Moscou que, pela primeira vez, rompendo com aquele luxo cínico, provou a sensação de uma ligação familiar com uma moça elevada, estranha em sua candura e que logo se prendeu a ele. A ideia não lhe viera que se pudesse divulgar as suas relações. No baile, ele a convidava de preferência; ia em casa dos seus pais; quando conversava com ela, dizia-lhe poucas palavras; seguindo o uso social, murmurava apenas tolices, mas tolices às quais dava instintivamente um sentido que apenas ela podia saber. Tudo o que lhe dizia podia ser ouvido por qualquer outra pessoa e, no entanto, ele sentia que a moça se submetia gradualmente à sua influência, o que reforçava o sentimento que mantinha por ela. Ignorando que se tratava de uma das condições sociais, cometeu uma das más ações costumeiras à mocidade rica, devidamente catalogada sob o nome de tentativa de sedução, sem intenção de casamento. Imaginava ter descoberto um novo prazer e alegrava-se da descoberta.

Qual seria a surpresa de Vronski se considerasse as coisas sob um clima familiar, se assistisse à conversa dos pais de Kitty, se se certificasse de que a tornaria infeliz não a esposando! Como admitir que aquelas declarações fossem assim tão perigosas que o obrigassem a ir tão longe! Ainda não encarava a possibilidade de casamento. Não somente não amava a vida de família, mas, também, como todos os celibatários, achava nas palavras "família" e "marido" — nesta última principalmente — um ar hostil e ridículo. E, no entanto, apesar de nada supor sobre a conversa que o focalizara, ele adquiriu naquela tarde a convicção de haver tornado o laço misterioso que o unia a Kitty mais íntimo ainda, tão íntimo que uma decisão se impunha. Mas qual?

À sensação de conforto e de pureza que ele sempre experimentava em casa dos Stcherbatski — o que sem dúvida concorrera para que se abstivesse de fumar —, misturava-se um sentimento novo de enternecimento, em face do amor que ela lhe manifestava. "O que é extraordinário", pensava, "é que, sem pronunciarmos uma só palavra, nós nos compreendamos tão bem nessa linguagem muda de olhares! Hoje, mais claramente, ela disse que me amava. Quanta gentileza, quanta simplicidade e principalmente quanta confiança! Torno-me melhor, sinto que há em mim um coração e alguma coisa de bom. Aqueles lindos olhos amorosos! E depois? Nada. Isso me dá prazer e a ela também."

Refletiu, então, como poderia terminar a noite. "Aonde poderei ir? Ao clube, jogar cartas e tomar champanha com Ignatov? Não. Ao Chateau des Fleurs para encontrar Oblonski, as cançonetas e o *cancan*? O que me agrada precisamente em casa dos Stcherbatski é que me sinto bem. Recolhamo-nos."

De volta ao hotel Dussaux, subiu diretamente ao seu apartamento, pediu a ceia, despiu-se e, assim que mergulhou a cabeça no travesseiro, adormeceu profundamente.

17

No dia seguinte, às onze horas da manhã, Vronski foi à estação de Petersburgo para receber sua mãe. A primeira pessoa que encontrou na grande escada foi Oblonski, cuja irmã chegava no mesmo trem.

— Continência à sua Alteza! — gritou num tom de pilhéria Stepane Arcadievitch. — A quem esperas?

— Mamãe, que deve chegar hoje — respondeu Vronski com o sorriso habitual de todos aqueles que encontravam Oblonski.

Apertaram-se as mãos e, juntos, subiram a escada.

— Sabes que te esperei até as duas horas da manhã? Que fizeste depois da visita aos Stcherbatski?

— Voltei para casa — respondeu Vronski. — Falando francamente, passei tão bons momentos lá que não tive coragem de ir a lugar nenhum.

— "Reconhece-se a qualidade dos cavalos impetuosos pelos seus belos olhos amorosos"[6] — declamou Stepane Arcadievitch, aplicando a Vronski o mesmo ditado que, na véspera, aplicara a Levine.

Vronski sorriu e não se defendeu, mas logo mudou a conversa.

— E tu? — indagou ele. — A quem vieste esperar?

— Eu? Uma linda mulher!

— Ah!

— *Honi soit qui mal y pense!*[7] Essa linda mulher é a minha irmã Ana.

— Ah, Mme. Karenina!

— Tu a conheces?

— Parece-me que sim... Ou melhor, não, não creio — respondeu Vronski distraidamente, lembrando-se ao nome de Karenina de uma pessoa aborrecida e afetada.

— Mas tu conheces, pelo menos, o meu célebre cunhado Aléxis Alexandrovitch? Ele é tão conhecido como o lobo branco...

— Eu o conheço de reputação e de vista. Todos o têm por um poço de ciência e de sabedoria. Um homem superior. Apenas, isso não é precisamente o meu gênero, *not in my line.*[8]

---

6 "Ode 55", de *Anacreonte*, de Púchkin. (N.E.)
7 Em francês, "Envergonhe-se quem vê nisso malícia". (N.E.)
8 Em inglês, "Não é do meu feitio". (N.E.)

— Sim, é um homem superior, um pouco conservador talvez, mas de primeira ordem.

— Tanto melhor para ele! — disse Vronski, rindo-se. — Ah, eis quem está ali! — gritou, reconhecendo perto da porta de entrada o velho criado de confiança da sua mãe. — Bem, siga-nos.

Como todo mundo, Vronski sujeitava-se à atração de Oblonski, mas logo depois achou em sua companhia um prazer todo particular: não se aproximava assim de Kitty?

— Então, está entendido — disse ele tomando-lhe o braço —, daremos uma ceia à diva?

— Certamente, vou abrir uma subscrição. A propósito, conheceste ontem o meu amigo Levine?

— Sim, mas ele partiu muito depressa.

— Um ótimo rapaz, não é mesmo?

— Não sei por que — disse Vronski — todos os moscovitas, exceto naturalmente aqueles a quem falo — acrescentou agradavelmente —, têm alguma coisa de categóricos. Todos são argumentadores e sempre estão dispostos a dar uma lição.

— Há alguma verdade na tua observação — aprovou, rindo-se, Stepane Arcadievitch.

— O trem já chegou? — perguntou Vronski a um empregado.

— Pelo menos já deu o sinal.

O movimento crescente na estação, as idas e vindas dos carregadores, a aparição dos soldados e dos empregados, a presença das pessoas vindas ao encontro dos viajantes, tudo indicava a aproximação do trem. Fazia frio e se percebia, através da bruma, operários em capas espessas e botas de feltro atravessando as estradas de reserva. Um apito da locomotiva ecoou ao longe e se percebeu logo o ruído de uma massa pesada em movimento.

— No entanto — continuou Stepane Arcadievitch, que desejava prevenir Vronski das intenções do seu rival —, tu erras no que se refere a Levine. É um rapaz nervoso que, por vezes, se torna desagradável mas que, quando o quer, pode ser atraente. É um coração de ouro, uma natureza direita e honesta... Mas ele tinha ontem razões particulares de estar no auge da felicidade... ou do infortúnio — acrescentou com um sorriso significativo, inteiramente esquecido de que Vronski lhe inspirava neste momento uma simpatia muito sincera, sentimento igual ao que tivera na véspera por Levine.

Vronski deteve-se e perguntou francamente:

— Queres dizer que ele pediu a tua cunhada em casamento?

— Seria muito possível — respondeu Stepane Arcadievitch. — Tive esta impressão ontem à tarde, e, se ele partiu cedo e de mau humor, nada se tem a duvidar. Há muito tempo que está apaixonado de causar pena.

— Ah, verdadeiramente!... Acho que ela pode ambicionar melhor partido — disse Vronski endireitando-se e continuando a caminhar. — Além disso, eu não o conheço... Deve ser realmente uma situação dolorosa. Eis porque a maior parte dentre nós prefere as irresponsáveis. Com elas, pelo menos, se a gente fracassa, não se magoa senão a bolsa, a dignidade não estando em jogo... Mas eis o trem!

Efetivamente, um apito se fez ouvir. No fim de alguns instantes, a plataforma parecia se abalar, e a locomotiva, vomitando ondas de fumaça que o vento esfacelava, passou ruidosamente diante do público. O maquinista, agasalhado e coberto de geada, dirigia cumprimentos, enquanto o grande puxavante se dobrava e se desdobrava com um ritmo lento. Subitamente a plataforma pareceu sacudida com mais violência e atrás surgiu a composição; o trem diminuiu pouco a pouco a sua marcha, passou junto a um carro de onde se elevavam latidos. Afinal desfilaram os vagões, que um ligeiro tremor sacudia antes da parada definitiva.

Um condutor de fisionomia desentorpecida saltou rapidamente do vagão fazendo soar seu apito, e, em seguida, desceram os viajantes mais impacientes: um oficial da guarda, teso como uma estaca e de olhar severo; um pequeno negociante astuto e risonho, a bolsa a tiracolo; enfim um camponês, a sacola ao ombro.

Em pé, perto do seu amigo, Vronski examinava vagões e passageiros, sem se importar mais com sua mãe. O que vinha de saber a respeito de Kitty lhe provocava uma excitação divertida: corrigiu-se involuntariamente, os seus olhos brilhavam, experimentou um sentimento de vitória.

O condutor aproximou-se dele.

— A condessa Vronski está neste carro — disse.

Estas palavras o despertaram e o obrigaram a pensar em sua mãe e na sua próxima entrevista. Sem que ele mesmo se certificasse, não tinha em relação a ela nem respeito, nem afeição verdadeira; mas a sua educação e o seu treino social não lhe permitiam que admitisse outros sentimentos senão os de um filho respeitoso e submisso.

18

Vronski seguiu o condutor. À entrada do vagão reservado, ele se deteve para deixar sair uma mulher que a sua perspicácia mundana permitiu classificar, com um simples olhar, entre as mulheres da melhor sociedade. Depois de desculpar-se, ia continuar o seu caminho quando subitamente se voltou, não podendo resistir ao desejo de fitá-la uma vez mais. Sentia-se atraído, não pela beleza incomum da dama, nem pela discreta elegância que emanava da sua pessoa, mas pela expressão de doçura do seu rosto encantador. Ela também se voltou. Um breve instante seus olhos cinzentos e brilhantes, que as pestanas espessas faziam escurecer, ergueram-se com afabilidade sobre ele, como se o reconhecessem, e logo depois ela pareceu procurar alguém na multidão. Esta rápida visão bastou a Vronski para observar a vivacidade que ondulava naquela fisionomia, animando o olhar, curvando os lábios num sorriso apenas perceptível. Olhar e sorriso denunciavam uma abundância de força sufocada — o brilho dos olhos o disfarçava, o meio sorriso dos lábios não traía menos o fogo interior.

Vronski penetrou no vagão. Sua mãe, uma velhinha esguia, ergueu sobre ele os olhos negros, pestanejando, acolhendo-o com um ligeiro sorriso nos lábios finos. Levantou-se depois, entregou à criada a bolsa que trazia, estendeu ao filho a mão seca que ele beijou, e o abraçou finalmente.

— Recebeste o meu telegrama? Vais bem, não é verdade?

— A senhora fez boa viagem? — disse o filho tomando lugar. Mas, involuntariamente ele escutava uma voz de mulher que se elevava no corredor e que sabia ser daquela dama de há pouco.

— Não partilho da sua opinião — dizia a voz.

— Um ponto de vista petersburquês, senhora.

— De modo nenhum. É simplesmente um ponto de vista feminino — respondeu ela.

— Bem, neste caso permita que eu lhe beije a mão.

— Até logo, Ivan Petrovitch. Se encontrar meu irmão, queira ter a bondade de me enviar.

A voz se aproximava. No fim de um momento, a mulher entrou no compartimento.

— Achou o seu irmão? — perguntou a condessa.

Vronski compreendeu então que se tratava de Mme. Karenina.

— O seu irmão está aqui, minha senhora — disse ele se levantando. — Desculpe-me por não a ter reconhecido — acrescentou, inclinando-se. — Tive tão raras vezes a honra de encontrá-la que, sem dúvida, a senhora não se lembrará mais de mim.

— Eu o reconheceria apesar de tudo, pois a senhora sua mãe e eu não falamos senão sobre o senhor durante toda a viagem — respondeu ela, permitindo-se afinal um sorriso. — Mas o meu irmão não vem!

— Chame-o, pois, Aléxis — disse a condessa.

Vronski desceu à plataforma e gritou:

— Oblonski, aqui!

Mme. Karenina não teve paciência de o esperar: percebendo de longe o irmão, saiu do vagão e caminhou ao seu encontro de um modo ligeiro e decidido. Assim que o encontrou, ela passou o braço esquerdo em volta ao seu pescoço, com um gesto que impressionou Vronski pela graça e energia que continha. E em seguida beijou-o com todo o seu coração. Vronski não a abandonava com o olhar e sorria sem saber por quê. De repente, lembrou-se de que a sua mãe o esperava e subiu novamente ao vagão.

— Não é encantadora? — disse-lhe a condessa, mostrando Mme. Karenina. — O marido colocou-a junto a mim, e ela me seduziu. Tagarelamos todo o tempo... Bem, e tu? Dizem que... *vous filez le parfait amour. Tant mieux, mon cher, tant mieux.*[9]

— Não sei a que a senhora se refere, *maman* — respondeu friamente o filho. — Vamos sair?

Mas, neste momento, Mme. Karenina reapareceu para despedir-se da velha senhora.

— Condessa, chegamos ao porto: a senhora achou o seu filho e eu tenho enfim o meu irmão — disse alegremente. — Demais, eu havia esgotado todas as minhas histórias, não teria mais nada para contar.

— Que importa! — disse a condessa segurando-lhe a mão. — Consigo eu faria a volta do mundo sem me aborrecer um único instante. A senhora é uma dessas amáveis mulheres em companhia das quais se goza prazer tanto em ouvir como em falar. Quanto ao seu filho, não pense muito nele, é bom separar-se de vez em quando!

Inteiramente imóvel, Mme. Karenina sorria com os olhos.

— Ana Arcadievna tem um rapazinho de oito anos — explicou a condessa ao filho — e ela nunca o deixou e se atormenta por isto.

— Sim, a sua mãe e eu, durante todo o tempo, falamos dos nossos filhos — disse Mme. Karenina iluminando o rosto com um novo sorriso, um sorriso de galanteria que, desta vez, era dirigido a Vronski.

— Isso deve aborrecê-la — insinuou ele. Mas, sem prosseguir no assunto, ela se voltou para a condessa:

---

9 Em francês, "Está muito bem no amor. Tanto melhor, meu querido, tanto melhor." (N.E.)

— Mil vezes obrigada, passei o dia de ontem sem sentir. Até logo, condessa.

— Adeus, minha querida — respondeu a condessa. — Deixe-me beijar a sua linda face e dizer-lhe francamente, com o privilégio da idade, que a senhora me conquistou.

Eram palavras mundanas. No entanto, Mme. Karenina pareceu tocada. Corou, inclinou-se ligeiramente e ofereceu a testa ao beijo da condessa. Endireitando-se imediatamente, estendeu a mão a Vronski, sorrindo com aquele sorriso que parecia ondular entre os olhos e os lábios. Ele apertou aquela mãozinha, feliz, sentindo a pressão firme e enérgica como uma coisa extraordinária. Ela saiu com passo rápido, que contrastava com a amplitude bem determinada das suas formas.

— Encantadora — disse a condessa.

O seu filho era da mesma opinião. Seguiu-a com os olhos, risonho. Viu-a, pela janela, aproximar-se do irmão e lhe falar com animação de coisas que não tinham evidentemente nenhuma ligação com ele, Vronski — e quase ficou contrariado.

— Mamãe, como está a senhora?

— Perfeitamente bem. Alexandre estava admirável, Maria tornou-se mais bonita.

Abordou logo depois os assuntos mais ligados ao coração: o batismo do seu neto, fim da sua viagem a Petersburgo, e a benevolência particular que o imperador manifestava ao seu filho mais velho.

— Veja Laurent — disse Vronski que olhava pela janela. — Poderemos descer se a senhora desejar.

O velho mordomo, que havia acompanhado a condessa a Petersburgo, veio anunciar que "tudo estava pronto".

— Vamos — disse Vronski —, já não há muita gente.

A condessa preparou-se para descer, o seu filho lhe ofereceu o braço e, enquanto a criada se encarregava do cãozinho e da bolsa, o mordomo e um carregador transportavam as valises. Mas, quando deixavam o vagão, viram correr, as fisionomias desfeitas, muitos homens, entre os quais reconheceram o chefe da estação, pelo boné de lima cor fantástica. Acontecia alguma coisa extraordinária.

Os viajantes retrocediam para a cauda do trem.

— Que fez ele?... Que fez ele?... Onde foi isso?... Jogou-se embaixo do trem!... Foi esmagado! — murmuravam as vozes.

Stepane Arcadievitch e sua irmã, que lhe dava o braço, retrocediam igualmente. Para evitar a multidão, detiveram-se emocionados, perto do porteiro. As senhoras souberam do acidente pelo mordomo, antes da volta dos dois amigos. Estes tinham visto o cadáver desfigurado. Oblonski, transtornado, retinha as lágrimas com dificuldade.

— Que coisa terrível! Se tu tivesses visto, Ana! Que horror!

Vronski se calava, o seu belo rosto estava sério, mas absolutamente calmo.

— Ah, se a senhora tivesse visto, condessa! — gritou Stepane Arcadievitch. — E a sua infeliz mulher que está ali!... Dá pena vê-la. Lançou-se sobre o corpo do marido. Dizem que está sozinha para sustentar uma família numerosa. Que horror!

— Não se poderá fazer qualquer coisa por ela? — indagou Mme. Karenina muito emocionada.

Vronski olhou-a e saiu.

— Voltarei imediatamente, mamãe — disse ele, virando-se no corredor.

Quando voltou no fim de alguns minutos, Stepane Arcadievitch falava então à condessa da nova cantora, e esta olhava com impaciência para o lado da porta.

— Podemos partir — disse Vronski.

Saíram todos juntos. Vronski tomou a frente com sua mãe. Mme. Karenina e o irmão vinham em seguida. Perto da saída, foram abordados pelo chefe da estação, que se dirigiu a Vronski.

— O senhor entregou duzentos rublos ao meu subchefe. Quererá dizer a quem estão destinados?

— À viúva, bem entendido — respondeu Vronski, sacudindo os ombros. — Por que essa pergunta?

— Tu deste tanto assim? — gritou atrás dele Oblonski, e apertando o braço da sua irmã: — Muito bem, muito bem! Não é mesmo um magnífico rapaz? As minhas homenagens, condessa!

Teve que se deter para ajudar Mme. Karenina a procurar a sua criada. Quando deixaram a estação, a carruagem dos Vronski já havia partido. Em volta deles, só se falava do acidente.

— Que morte terrível! — dizia um senhor. — Julgam que ele tenha ficado partido em dois.

— Mas, não — objetava um outro —, ele não sofreu, a morte foi instantânea.

— Por que não se tomam mais precauções? — insinuava um terceiro.

Mme. Karenina subiu à carruagem. O seu irmão observou com surpresa que seus lábios tremiam e que ela lutava para reter as lágrimas.

— Que tens, Ana? — perguntou, quando estavam um pouco adiante.

— É um presságio funesto — respondeu.

— Que infantilidade! — exclamou Stepane Arcadievitch. — Ver-te chegar é o essencial, porque ponho toda a minha confiança em ti.

— Oh, há muito tempo que conheces Vronski? — perguntou.

— Oh, sim… Ele bem poderá desposar Kitty, não achas?

— Sim, é possível. Mas falemos de ti — prosseguiu ela, sacudindo a cabeça, como se quisesse afastar um pensamento importuno. — Recebi a tua carta e aqui estou.

— Sim, toda a minha confiança está em ti — repetiu Oblonski.

— Bem, conta-me tudo.

Stepane Arcadievitch começou a sua história.

Chegando a casa, ele ajudou a irmã a descer da carruagem, apertou-lhe a mão, soltou um suspiro e foi para o seu gabinete.

19

Quando Ana entrou no pequeno salão, Dolly dava uma lição de francês a uma gorda criança de cabeça loura, já inteiramente semelhante ao pai. A criança lia, procurando arrancar do paletó um botão quase solto. A mãe batia com gosto sobre a mãozinha rechonchuda, que acabava sempre por retornar ao infeliz botão. Dolly arrancou-o e o pôs no bolso.

— Deixa as tuas mãos tranquilas, Gricha — disse, retomando a coberta de tricô, trabalho em que se apegava nos momentos difíceis. Trabalhava nervosamente, dobrando e desdobrando os dedos, contando e recontando as malhas. Apesar de ter dito na véspera ao marido que se importava pouco com a vinda da cunhada, tinha preparado tudo para recebê-la e a esperava com ansiedade.

Embora tão absorvida, tão abatida pelo desgosto, Dolly recordava que a sua cunhada era uma *grande dame* e que o seu marido era uma das figuras mais destacadas de Petersburgo. Não pensara, pois, em fazer-lhe uma afronta. "E demais", dissera a si mesma, "em que Ana é culpada? De nada sei que não seja a seu favor, e ela sempre manteve por mim cordialidade e amizade." A intimidade dos Karenine não lhe deixara uma impressão reconfortante, entrevira alguma coisa de falso em seu gênero de vida. "Por que, pois, eu não a receber? Contanto que não se resolva a me consolar: eu os conheço, essas exortações, essas advertências, esses apelos ao perdão cristão! Tenho pensado demais nessas coisas para saber o que elas valem!"

Dolly passara estes dias fatais sozinha com os filhos: não queria confiar a sua mágoa a ninguém e se sentia fraca para falar de outra coisa. Compreendia que, com Ana, seria inevitável romper o silêncio e, apesar de tudo, a perspectiva dessa confidência lhe sorria, alternada com a humilhação da necessidade de revelar à cunhada o que se passava e de ter de suportar as suas banais consolações.

Os olhos no relógio, ela contava os minutos e esperava a cada momento ver surgir a cunhada mas, como sempre acontece em caso semelhante, absorveu-se de tal modo que não ouviu tocar a campainha.

Quando passos ligeiros e o sussurro de um vestido junto à porta fizeram-na erguer a cabeça, o seu rosto transtornado exprimiu surpresa e não alegria. Levantou-se e abraçou a cunhada.

— Como, já és tu? — disse.

— Dolly, como sou feliz em rever-te!

— Eu também — respondeu Dolly com um fraco sorriso, examinando o rosto de Ana, onde pensou ler a compaixão. "Ela deve saber tudo", pensou. — Deixa que eu te conduza ao quarto — continuou, desejosa de prorrogar o mais possível a inevitável explicação. Mas Ana gritou:

— Este é Gricha? Meu Deus, como cresceu! — e, somente quando abraçou a criança, respondeu, corando, os olhos nos olhos de Dolly: — Não, fiquemos aqui, se não te importas!

Ela tirou o lenço e, como o seu chapéu se prendesse a um dos grampos dos seus cabelos negros encaracolados, desembaraçou-o, sacudindo a cabeça com um gesto teimoso.

— Mas tu resplandeces de felicidade e de saúde! — exclamou Dolly com uma ponta de inveja na voz.

— Eu?... Sim — concordou Ana. — Meu Deus, Tânia! — gritou, vendo aproximar-se uma menina que tomou nos braços e cobriu de beijos. — Que encantadora criança! Ela tem a idade do meu pequeno Sérgio. Mostra-me todos, queres?

Ela se lembrava não somente do nome e da idade exata das crianças, mas ainda dos seus caracteres e até das doenças que tinham tido. Essa atenção foi diretamente ao coração de Dolly.

— Bem, venha comigo — disse aquela. — Mas Vânia está dormindo, é uma pena!

Depois de ter visto as crianças, elas se encontraram afinal sozinhas no salão, onde foi servido o café. Ana estendeu a mão para a bandeja, mas descansou-a subitamente:

— Dolly — murmurou —, ele me disse tudo.

Dolly olhou-a friamente: aguardava as frases de falsa simpatia.

— Dolly, minha querida — disse simplesmente Ana —, eu não quero falar em teu favor e nem consolar-te. Isso é impossível. Deixa-me apenas dizer que eu lamento de todo o coração.

Os seus olhos brilhavam, as lágrimas molhavam os seus belos cílios. Aproximou-se e, com a sua mãozinha nervosa, agarrou a mão de Dolly que, o rosto sempre inflexível, não reagiu.

— Ninguém poderá me consolar. Depois do que aconteceu, tudo está perdido para mim.

Mas, assim que pronunciou estas palavras, a expressão do seu rosto se amenizou subitamente. Ana levou aos lábios a pobre mão emagrecida da sua cunhada e beijou-a.

— Mas, afinal, Dolly, que esperas fazer? Esta falsa situação não deverá se prolongar: queres tu que arranjemos alguma coisa?

— Não, tudo está acabado, bem-acabado. O mais terrível é que eu não posso mais deixá-lo: estou ligada a ele pelas crianças. E, no entanto, viver com semelhante homem está acima das minhas forças: vê-lo é para mim uma tortura.

— Dolly, minha querida, ele já me falou sobre isso. Mas gostaria de ouvir também tudo o que tens a dizer. Vamos, conta-me tudo.

Dolly examinou o rosto de Ana e, como só lesse simpatia e afeição sincera, continuou:

— Seja! — disse ela. — Mas devo começar de longe. Bem sabes como eu me casei... A educação de mamãe me deixara bastante inocente, ou, para melhor dizer, muito tola... Eu não sabia nada. Dizem que os maridos contam sempre o passado às suas mulheres, mas Stiva... (ela se conteve) Stepane Arcadievitch jamais me disse coisa alguma. Tu, sem dúvida, não o acreditarás. Mas, até o presente, sempre pensei não ter ele conhecido outra mulher senão eu. Vivi oito anos desta maneira. Não somente eu não o supunha infiel, mas acreditava fosse isso uma coisa impossível. Com ideias semelhantes, tu podes imaginar o que eu senti descobrindo de repente este horror... esta abominação! Compreendes bem — prosseguiu ela, quase soluçando: — crer na felicidade sem maus pensamentos e bruscamente descobrir uma carta... uma carta dele à sua amante, à preceptora dos meus filhos! Não, isto é terrível!...

E ela ocultou o rosto no lenço.

— Poderia ainda admitir um instante de arrebatamento — continuou no fim de um minuto —, mas esta traição, este miserável namoro com uma... E quando penso que ele continuou sendo meu marido... É terrível, terrível! Tu não podes calcular...

— Mas eu calculo muito bem, minha querida Dolly — disse Ana, apertando-lhe a mão.

— Se ainda ele compreendesse todo o horror da minha posição! Mas não, está feliz e contente.

— Não! — interrompeu Ana. — Dá pena vê-lo: o remorso o atormenta...

— Será ele capaz de sentir remorso? — interrompeu por sua vez Dolly, examinando avidamente o rosto da cunhada.

— Sim, eu o conheço. Asseguro-te que ele me causa piedade. Nós duas o conhecemos. Ele é bom, mas orgulhoso, e agora está humilhado. O que mais o toca (Ana adivinhou instintivamente a corda sensível da cunhada) é que sofre por causa dos filhos e lastima amargamente te haver ferido, tu, que ele ama... sim, sim, que ele ama mais que tudo no mundo — insistiu ela, vendo Dolly prestes a protestar. "Não, não, ela nunca me perdoará", repete ele incessantemente.

Dolly voltara o rosto, refletia.

— Sim, eu compreendo que ele sofra. O culpado deve sofrer mais do que o inocente, quando se sente a causa de todo o mal. Mas como posso eu perdoar, como posso ser a sua mulher depois dela? A vida em comum será para mim, daqui em diante, um suplício, precisamente porque tenho ainda o amor de tanto tempo...

Os soluços lhe cortaram a palavra. Mas, de um modo espontâneo, ela retornava sempre ao assunto que mais a irritava.

— Porque, afinal — prosseguiu —, ela é jovem, é bonita. Compreendes, Ana, por que a minha beleza, a minha juventude, se destruíram? Por causa dele e dos seus filhos. Tudo sacrifiquei em seu favor, e porque o meu tempo já tivesse passado, ele preferiu uma vulgar criatura e isso, bem entendido, porque ela é mais moça. Certamente gracejavam de mim, pior do que isso, esqueciam-se da minha existência!

Um clarão de ódio passou novamente em seu olhar.

— Que virá ele me dizer após tudo isso? Poderei eu acreditar nele? Jamais! Não, tudo está acabado para mim, tudo isso que constituía a minha consolação, a recompensa das minhas penas e dos meus sofrimentos. Acreditas tu? Ainda há pouco eu fazia Gricha trabalhar e esta lição, que era para mim uma alegria, tornou-se um tormento... Para que me são dadas tantas preocupações? Por que tenho filhos? E o que houve de terrível foi a mudança completa e súbita que se fez em mim: meu amor, minha ternura, se transformaram em ódio, sim, em ódio. Eu poderia matá-lo e...

— Dolly, minha querida, concebo tudo isso mas, suplico-te, não te tortures assim. O teu desgosto, a tua cólera, te impedem de ver muitas coisas sob a sua verdadeira luz...

Dolly acalmou-se e durante alguns instantes as duas guardaram silêncio.

— Que fazer, Ana? Reflita, aconselha-me. Eu examinei tudo e não achei nada.

Ana também não achava nada mas, cada palavra, cada olhar da sua cunhada, despertava um eco no seu coração.

— Eu só posso te dizer uma única coisa, eu sou irmã dele e conheço o seu caráter, aquela faculdade de tudo esquecer (ela fez o gesto de tocar na testa), propícia aos arrebatamentos sem misericórdia, como aos mais profundos arrependimentos. Atualmente, ele não crê, não compreende que tenha feito o que fez.

— Não — interrompeu Dolly. — Ele compreende e sempre compreendeu. Demais, tu me esqueces a mim... Acaso isso torna a coisa mais fácil para mim?

— Espera. Quando ele me falou, o que mais me afligiu, confesso, foi o horror da tua posição. Eu não via senão a ele, que me dava pena, e a desordem da sua família. Depois da nossa conversa, vi, como mulher, outra coisa: vi os teus sofrimentos e senti por ti uma piedade indizível. Mas, Dolly, minha querida, se eu concebo bem a tua dor, é em oposição a um lado da questão que ignoro. Eu não sei... eu não sei até que ponto tu o amas ainda no fundo do coração. Somente tu podes saber se o amas bastante para perdoar. Se o podes, perdoa!

Não, queria dizer Dolly, mas Ana a impediu, beijando-lhe ainda uma vez a mão.

— Eu conheço o mundo mais que tu — disse ela. — Sei como se conduzem em semelhante caso os homens como Stiva. Imaginas que tenham falado de ti juntamente. Esses homens podem cometer infidelidades, a sua mulher e o seu lar não lhes são menos sagrados. No fundo, desprezam essas criaturas e estabelecem entre sua família e elas uma linha de demarcação que nunca é transposta. Eu não entendo bem como isso pode ser feito, mas é assim mesmo.

— Isso não o impediu de beijá-la...

— Espere, Dolly, minha querida. Eu vi Stiva quando se apaixonou por ti, eu me recordo do tempo em que vinha me falar de ti chorando, sei a que altura poética ele te colocava, sei que tanto mais ele viveu contigo, mais tu cresceste na sua admiração. Tornou-se para nós um assunto de brincadeira o seu hábito de repetir a todo propósito: "Dolly é uma mulher surpreendente." Tu sempre foste e serás sempre para ele uma divindade, enquanto que, nessa loucura atual, o coração dele não está em jogo.

— Mas se essa loucura se renovar?

— Isso me parece impossível...

— E tu, tu o perdoarias?

— Eu nada sei, eu não posso julgar... Sim — continuou após refletir e pesar a situação —, eu o posso, eu o posso certamente.

Sim, eu perdoaria. Não seria mais a mesma, mas eu perdoaria... perdoaria sem rodeios, de tal modo que o passado ficasse esquecido.

— A não ser assim, não seria mais o perdão — interrompeu bruscamente Dolly, que pareceu formular uma objeção há muito tempo guardada intimamente. — O perdão não conhece rodeios... Vem, que te conduzirei ao teu quarto — disse ela se levantando. No caminho, Dolly abraçou a cunhada. — Minha querida, como fizeste bem em vir! Sofro menos, muito menos.

20

Ana não saiu durante o dia e não recebeu nenhuma das pessoas que, avisadas da sua presença, vieram visitá-la. Consagrou-se inteiramente a Dolly e às crianças, mas teve o cuidado de enviar um bilhete ao irmão, empenhando-se para que jantasse em casa: "Venha, a misericórdia de Deus é infinita."

Oblonski jantou em casa. A conversa foi geral, e sua mulher tratou-o por "tu", o que não fazia desde a revelação do escândalo. As suas relações continuavam distantes, mas não se cuidava mais da questão de separação, e Stepane Arcadievitch entreviu a possibilidade de uma explicação e de uma reconciliação.

Kitty chegou no fim do jantar. Ela conhecia ligeiramente Ana Karenina e não sabia bem que espécie de cara lhe faria aquela grande dama de Petersburgo que todos levavam às nuvens. Mas logo se tranquilizou, compreendendo que a sua mocidade e a sua beleza agradavam a Ana, de quem, por sua vez, aceitou toda a simpatia ao ponto de enamorar-se como as moças frequentemente se enamoram das mulheres casadas mais idosas. Nada em Ana fazia lembrar a grande dama e nem a dona de casa. Vendo-se a destreza dos seus movimentos, o vigor do seu rosto, a animação do seu olhar e do sorriso — dir-se-ia uma moça de vinte anos, não fora a expressão séria e quase melancólica dos seus belos olhos. Foi justamente esta particularidade que seduziu Kitty: além da franqueza e da simplicidade de Ana, percebia todo um mundo poético, misterioso, complexo, cuja altitude lhe parecia inacessível.

Depois do jantar, aproveitando um momento em que Dolly foi ao quarto, Ana se levantou vivamente do sofá onde se sentara, rodeada pelas crianças, e aproximou-se do irmão que acendia um cigarro.

— Stiva — disse, fazendo sobre ele o sinal da cruz e indicando-lhe a porta com um olhar corajoso —, vá e que Deus te ajude!

Ele compreendeu, atirou o cigarro e desapareceu.

Ela retornou às crianças. Como consequência da afeição que viam sua mãe lhe demonstrar ou simplesmente porque ela os havia conquistado, os dois mais velhos, e os outros por imitação, bem antes do jantar estavam presos àquela nova tia e não queriam mais deixá-la. Divertiam-se vendo quem mais se aproximava dela, a quem estendia a mão, ou quem a abraçava, tocava os seus anéis ou quando nada a franja do seu vestido.

— Vejamos, voltemos aos nossos lugares — disse Ana, sentando-se. E novamente Gricha, radiante, de uma altivez divertida, deslizou a cabeça sobre a mão da tia e apoiou a face sobre o seu vestido acetinado.

— Quando é o próximo baile? — perguntou Ana a Kitty.

— Na próxima semana haverá um baile soberbo, onde sempre nos divertimos muito.

— E há disso? — perguntou Ana num tom de doce ironia.

— Há, sim, por mais estranho que pareça. Em casa dos Bobristchev, por exemplo, ou em casa dos Nikitine, sempre se diverte, enquanto que em casa dos Mejkov o aborrecimento é invariável. A senhora ainda não tinha observado isso?

— Não, minha querida, não existe baile divertido para mim. — E Kitty entreviu nos olhos de Ana o mundo desconhecido que lhe era fechado. — Todos eles são mais ou menos aborrecidos.

— Como a senhora poderá se aborrecer num baile?

— Por que não posso me aborrecer, eu?

Kitty observou que Ana sabia adiantadamente a resposta que lhe ia dar.

— Porque a senhora será sempre a mais bela.

Ana corava facilmente, e essa resposta a fez enrubescer.

— Primeiramente — protestou —, isso não é exato e, se o fosse, pouco me importaria.

— A senhora irá a esse baile? — indagou Kitty.

— Não poderei, sem dúvida, me isentar... Tome isto — disse a Tânia, que se entretinha em retirar os anéis dos seus dedos brancos e finos.

— Eu me sentiria muito feliz, gostaria tanto de vê-la num baile!

— Bem, caso eu deva ir, consolar-me-ei pensando que te faço prazer... Chega, Gricha, já estou toda despenteada — disse, reajustando uma mecha com a qual a criança brincava.

— Vejo-a no baile com um vestido malva.

— Por que precisamente malva? — perguntou Ana, rindo-se. — Vão, meus filhos, não esperem que Miss Hull chame para o chá... — disse, enviando as crianças, e quando elas desapareceram na sala de jantar: — Eu sei por que me queres ver no baile: esperas um feliz resultado e desejas que todo o mundo assista ao teu triunfo.

— Meu Deus, sim, é verdade, mas como é que a senhora sabe?

— Oh, a bela idade que é a tua! Recordo-me ainda dessa obscuridade azulada, semelhante à que se espalha sobre as montanhas da Suíça, e que oculta todas as coisas desta idade feliz onde acaba a infância; mas, logo depois à ampla esplanada dos nossos folguedos, sucede um caminho estreito que vai se apertando gradualmente e no qual nós nos empenhamos com uma alegria misturada de angústia, por mais certo e luminoso que nos pareça... Quem ainda não passou por aí?

Kitty escutou-a, sorrindo. "Como teria ela passado por aí? Como desejo conhecer o seu romance!", dizia a si mesma, pensando no exterior muito pouco poético de Aléxis Alexandrovitch, o marido de Ana.

— Estou a par de tudo — prosseguiu Ana. — Stiva me falou. Todos os meus cumprimentos. Encontrei Vronski esta manhã na estação, muito me agradou.

— Ah, ele estava lá? — perguntou Kitty, enrubescendo. — Que foi que Stiva disse?

— Ele me contou tudo. E, da minha parte, ficaria muito contente... Viajei ontem com a mãe de Vronski e ela não cessou de falar a respeito dele. É o seu filho preferido. E sei como as mães são parciais, mas no entanto...

— E que disse ela?

— Muitas coisas. Vronski deve ter motivos para ser o favorito, percebe-se que ele tem sentimentos nobres... Ela me contou, por exemplo, que ele tinha desejado abandonar toda a sua fortuna ao irmão, que, na infância, salvou uma mulher que se afogava. Em suma, é um herói — acrescentou Ana, rindo e lembrando-se dos duzentos rublos dados na estação.

No entanto, escondeu este último episódio. Lembrava-o com uma certa inquietação, sentindo uma intenção que a tocava intimamente.

— Ela, a mãe de Vronski, insistiu muito para que eu a visitasse. Gostaria de revê-la. Irei amanhã... Parece-me que Stiva se demora com Dolly — prosseguiu, mudando o rumo da conversa e levantando-se, pelo que pareceu a Kitty, um pouco contrariada.

— Primeiro, eu! Não, eu, eu! — gritavam as crianças que, apenas o chá terminado, corriam para a tia Ana.

— Todos de uma vez! — disse ela, dirigindo-se ao encontro dos sobrinhos. Ergueu-os nos braços e levou-os alegremente para o chão.

21

Após o chá das crianças, serviu-se o dos adultos. Dolly saiu sozinha da alcova. Stepane Arcadievitch já a havia deixado, saindo por uma porta oculta.

— Acho que sentirás frio lá em cima — disse Dolly à cunhada. — Vou te instalar aqui, estaremos mais perto uma da outra.

— Não te preocupes comigo, eu te peço — respondeu Ana, tentando apreender no rosto de Dolly se fora feita a reconciliação.

— Aqui será mais claro.

— Asseguro-te que durmo profundamente.

— De que se trata? — indagou Stepane Arcadievitch, saindo do gabinete.

Dirigiu-se à sua mulher com um tal tom de voz que Kitty e Ana compreenderam que a reconciliação se fizera.

— Queria instalar Ana aqui, mas seria preciso mudar as cortinas. Ninguém, a não ser eu mesma, saberia fazer isso — respondeu Dolly.

"Deus sabe se eles se reconciliaram convenientemente", pensava Ana, observando o tom reservado da cunhada.

— Não te preocupes, Dolly — disse Stepane Arcadievitch. — Deixa-me fazer, eu me encarregarei disso.

"Parece-me que sim", pensava Ana.

— Eu sei como tu arranjarás isso! — respondeu Dolly, franzindo os lábios com um trejeito irônico que lhe era habitual. — Darás a Mateus uma ordem impossível de ser executada, depois irás embora e ele fará tudo.

"Reconciliação completa. Graças a Deus!", concluiu Ana. E, radiante por ter sido a intermediária, aproximou-se de Dolly, beijando-a.

— Tu nos tens, a Mateus e a mim, em miserável estima — respondeu Stepane Arcadievitch, esboçando um sorriso.

Durante toda a noite, Dolly mostrou-se, como antigamente, ligeiramente irônica com o marido, enquanto este reprimia o seu bom humor, como acentuando que o perdão não lhe fazia esquecer as torturas.

Uma intimidade normal se estabelecera em torno à mesa de chá familiar, quando sobreveio, às nove horas e meia, um incidente aparentemente fútil mas que pareceu esquisito a todo mundo. As senhoras vieram a falar de uma das suas amigas de Petersburgo. Ana levantou-se vivamente:

— Tenho o retrato dela no meu álbum, vou procurá-lo — disse. — Na mesma ocasião, mostrarei o retrato do meu pequeno Sérgio — acrescentou com um sorriso de orgulho materno.

Ordinariamente, às dez horas, ela se despedia do filho e, muito comumente mesmo, antes de sair para o baile, punha-o no leito com as próprias mãos. Desse modo, essa hora se aproximava, mas Ana se entristecia por se achar tão longe. Fossem quais fossem os assuntos abordados, o seu pensamento recuava sempre para o pequeno Sérgio dos cabelos frisados — e um desejo a possuía, desejo de desviar a conversa para ele e contemplá-lo em imagem. Com o primeiro pretexto, desculpou-se e saiu com o seu passo rápido e decidido. A pequena escada que conduzia ao seu quarto partia da sala de espera aquecida, precisamente onde acabava a grande escada.

Como deixasse o salão, um toque de campainha a reteve na sala de espera.

— Que poderá ser isso? — perguntou Dolly.

— É muito cedo para que venham me procurar — observou Kitty —, e muito tarde para uma visita.

— Provavelmente são os papéis que me trazem — decidiu Stepane Arcadievitch.

No momento em que Ana passava diante da grande escada, um criado subiu rapidamente para anunciar um visitante que esperava embaixo. Deteve-se sob a lâmpada do vestíbulo e procurou alguma coisa nos bolsos. Ana reconheceu Vronski imediatamente e de súbito sentiu nascer em seu coração uma estranha sensação de alegria e de susto. No mesmo instante, o rapaz ergueu os olhos e, fitando-a, seu rosto tomou uma expressão inquieta e confusa. Ela o saudou com um breve sinal de cabeça, ouvindo Stepane Arcadievitch chamar ruidosamente pelo nome de Vronski. Este, com uma voz doce e pausada, desculpou-se resolutamente e não quis entrar.

Quando ela desceu com o álbum, Vronski já não estava e Stepane Arcadievitch contava que ele viera entender-se a respeito de um jantar que dariam, no dia seguinte, a uma celebridade em trânsito.

— Imaginem que não quis entrar! Que estranho!

Kitty corou. Acreditava ser ela sozinha a única pessoa a compreender a causa da sua vinda e da sua brusca partida... "Esteve em nossa casa e, não me encontrando, supôs que eu estivesse aqui. Mas, depois de refletir, não quis entrar por causa de Ana e da hora um pouco imprópria."

Olhou-a sem falar mais nada e pôs-se a examinar o álbum de Ana.

Não havia nada de extraordinário em vir às nove e meia da noite pedir um esclarecimento a um amigo, sem querer entrar no salão. No entanto, tal procedimento surpreendeu a todos, e ninguém mais do que Ana sentiu a sua impertinência.

22

O baile acabava de começar quando Kitty e sua mãe subiram a enorme escada ornada de flores, brilhantemente iluminada, onde estavam os criados vestidos de librés vermelhas e cabeleiras empoadas. Do patamar decorado com arbustos, onde as duas recém-chegadas arranjavam os vestidos e os cabelos, percebia-se um sussurro permanente semelhante ao de uma colmeia. O som dos violões da orquestra atacava, com discrição, a primeira valsa. Um velhinho, que compunha as raras mechas brancas num outro espelho e esparzia os perfumes mais penetrantes, cedeu-lhes o lugar, demorando-se em admirar a beleza de Kitty. Um rapaz imberbe, de colete amplamente enviesado, um daqueles tipos a quem o velho príncipe Stcherbatski chamava de "forçados", cumprimentou-as na passagem, retificando em sua carreira a gravata branca, mas, voltando sobre os próprios passos, veio pedir uma contradança a Kitty. A primeira estava prometida a Vronski, só poderia ceder a segunda ao rapaz. Um militar, que abotoava as luvas perto da porta do salão principal, afastou-se diante de Kitty e, acariciando os bigodes, parou, fascinado com aquela aparição vestida em rosa.

A *toilette*, o penteado, todos os preparativos necessários a este baile tinham provocado muitas preocupações em Kitty — mas quem o poderia suspeitar, vendo-a naquele vestido de filó rosa, com aquele desembaraço tão soberano? Dir-se-ia que aqueles laços, aquelas rendas não tinham custado, nem a ela e nem a ninguém, um só minuto de atenção e que nascera naquele vestido de baile, com aquela rosa e as duas folhas postas no vértice do seu alto penteado.

Antes de entrar no salão, a princesa quis compor na cintura da filha a fita que parecia torcida — mas Kitty recusou-se, adivinhando instintivamente que a sua *toilette* estava maravilhosa.

Realmente, Kitty estava num dos seus melhores dias. O vestido não a apertava, os enfeites de rendas quadravam-se bem nos seus lugares, nenhum dos laços se amarrotava ou descosia, os sapatos róseos, de saltos acurvados, pareciam alegrar os seus pés, os véus simulados, entremeados nos cabelos louros, não enrijeciam a sua cabeça graciosa, as luvas envolviam-lhe o antebraço sem uma dobra e os seus três botões se abotoavam sem dificuldade. A fita de veludo negro que retinha seu medalhão cingia-lhe o pescoço com uma graça particular. Na verdade, aquela fita era encantadora: Kitty, que diante do espelho do quarto já a achara expressiva, sorriu ao revê-la num dos espelhos da sala do baile. Podia sentir alguma ansiedade quanto ao resto dos adornos, mas sobre aquele veludo, não! Não, decididamente ele não podia ser censurado. Sentia nos ombros e nos braços nus o viço marmóreo que tanto amava. Os olhos brilhavam, e a convicção do próprio encanto abria-lhe nos lábios róseos um sorriso espontâneo.

Um grupo de moças, complexo de filó, fitas, rendas e flores, esperava os dançarinos mas, nesta noite mais do que em outras, Kitty não teve necessidade de procurá-los: apenas entrou na sala, viu-se convidada a valsar. Valsar com o melhor cavalheiro, o rei dos bailes, o belo, o elegante Georges Korsounski. Ele acabava de abandonar a condessa Banine com a qual abrira o baile quando, fitando o seu domínio — alguns casais que valsavam — com o olhar de senhor, percebeu Kitty, que entrava. Dirigiu-se a ela imediatamente, com os passos comuns aos príncipes da dança e, sem mesmo lhe pedir autorização, rodeou com os braços a cintura flexível da moça. Kitty procurou com os olhos a quem confiar o leque: a dona da casa tomou-o, sorrindo.

— Fizeste bem em chegar agora — disse Korsounski no momento em que a enlaçava. — Não compreendo os que se atrasam.

Kitty pousou o braço esquerdo no ombro do cavalheiro e, ligeiros e rápidos, os seus pequenos pés deslizaram compassadamente sobre o encerado.

— Repousa-se dançando contigo — disse ele durante os primeiros passos ainda pouco rápidos da valsa. — Que agilidade, que *précision*!

Tinha a mesma linguagem para quase todas as suas damas. Mas Kitty sorriu ante o elogio e continuou a examinar a sala por cima do ombro do cavalheiro. Não era nenhuma estreante, dessas que confundem todos os assistentes, na embriaguez das primeiras impressões, nem uma jovem indiferente, a quem os rostos só inspiram aborrecimentos. Era um meio entre os dois extremos: por mais excitada que estivesse, Kitty conservava o controle sobre si mesma e a sua faculdade de observação. Verificou, pois, que a elite social se agrupava no ângulo esquerdo da sala. Era ali que se achavam a dona da casa e a senhora Korsounski, a bela Lídia, afrontosamente decotada. Era ali que Krivine, que privava sempre com a alta sociedade, instalara a sua calvície. Era para aquele canto privilegiado que, de longe, os moços olhavam sorrateiramente. E foi também ali que ela percebeu Stiva, e logo depois a fascinadora cabeça de Ana e a sua figura envolvida num vestido de veludo negro. "Ele" também estava ali. Kitty não o vira mais desde que recusara Levine: agora os seus olhos penetrantes o reconheciam de longe, observou mesmo que ele a examinava.

— Vamos fazer outra volta? Não estás fatigada? — perguntou-lhe Korsounski, ligeiramente estafado.

— Chega de voltas, obrigada.
— Onde queres que te leve?
— Mme. Karenina está ali, creio... leva-me para o seu lado.
— Inteiramente às tuas ordens.

E Korsounski, diminuindo os passos, mas valsando sempre, dirigiu-se para o grupo da esquerda. Repetia incessantemente "*Pardon, mesdames; pardon, mesdames*" e bordejava tão bem aquela onda de filós, de fitas, de rendas que não se embaraçava na menor pluma. Chegando ao fim, fez bruscamente algumas piruetas com a dama, forçando a cauda do vestido de Kitty a desdobrar-se em ventarolas que vieram cobrir os joelhos de Krivine, deixando ver as pernas bem conformadas da dançarina. Korsounski cumprimentou-a, endireitou-se com desembaraço e ofereceu-lhe o braço para conduzi-la ao pé de Ana Arcadievna. Kitty, enrubescendo e um pouco aturdida, libertando a cauda do vestido de Krivine, pôs-se em busca de Ana. Esta, como tanto desejara Kitty, não trajava um vestido malva e sim uma *toilette* de veludo negro, muito decotada, mostrando os ombros esculturais, alvos como marfim, e os belos braços redondos que terminavam em mãos de estranha delicadeza. Uma renda de seda de Veneza enfeitava-lhe o vestido; uma grinalda de flores estava posta sobre os seus cabelos negros; uma outra, muito semelhante, prendia um nó de rendas brancas e fitas escuras à sua cintura. Do penteado, bastante simples, nada se observava a não ser as curtas mechas frisadas que desciam caprichosamente pela sua nuca e pela fronte. Um colar de finas pérolas rodeava-lhe o pescoço esguio.

Kitty, encantada com Ana, vendo-a todos os dias, não a imaginava de outro modo senão vestida de malva. Mas, quando a percebeu em negro, o encanto da sua amiga apareceu-lhe bruscamente — e foi uma revelação. A grande atração de Ana consistia no retraimento completo da *toilette*; um vestido malva a teria embelezado mas aquele, ao contrário, apesar das rendas suntuosas, não era mais que uma discreta moldura, fazendo sobressair a sua elegância inata, a sua jovialidade, a sua natural perfeição. Ela se mantinha, como sempre, extremamente firme e conversava com o dono da casa, a cabeça voltada para ele. Kitty a ouviu responder com um rápido movimento de ombros:

— Não, eu não jogarei a pedra, apesar de pensar de outro modo...

Não concluiu e acolheu a sua jovem amiga com um sorriso afetuoso e protetor. Com um breve olhar feminino julgou a sua *toilette*, aprovando-a com um pequeno sinal de cabeça, que não escapou a Kitty.

— Fizeste a tua entrada dançando — disse.

— Mademoiselle é para mim uma preciosa auxiliar. Ajuda-me a alegrar os nossos bailes — respondeu Korsounski. — Uma valsa, Ana Arcadievna — acrescentou, inclinando-se.

— Ah, conhecem-se? — indagou o dono da casa.

— Quem não nos conhece, a mim e à minha mulher? Somos como o lobo branco. Uma valsa, Ana Arcadievna?

— Eu não danço quando posso me desculpar.

— Não se pode recusar hoje.

Vronski se aproximou neste momento.

— Neste caso, dancemos — respondeu ela, pousando precipitadamente a mão no ombro de Korsounski, sem dar a menor importância à saudação de Vronski.

"Por que ele a escolheu?", pensou Kitty, que não ficara insensível a esta inadvertência.

Vronski aproximou-se da moça, lembrou-lhe do fato de ela lhe haver prometido a primeira contradança e exprimiu o pesar de não a ver há mais tempo. Seguindo Ana com um olhar de admiração, Kitty ouviu as palavras de Vronski, esperando ser convidada, mas, como este nada fizesse, olhou-o com surpresa. Ele corou, convidando-a com certa pressa, mas, assim que a enlaçou, a música deixou de tocar. Kitty investigou aquele rosto tão próximo ao seu e durante muitos anos não pôde se lembrar, sem ter o coração dilacerado pela vergonha, do olhar que lhe dirigiu e que não foi retribuído.

— *Pardon, pardon!* Uma valsa, uma valsa! — gritava Korsounski para o outro extremo da sala e, agarrando-se à primeira moça que surgiu, pôs-se a rodopiar.

23

Kitty deu algumas voltas com Vronski, retornando depois para junto de sua mãe. Apenas trocara algumas palavras com a condessa Nordston, veio Vronski procurá-la para a contradança, durante a qual só lhe disse coisas insignificantes. Um espetáculo em via de organização e Korsounski e a sua mulher, a quem ele tratava alegremente de crianças de quarenta anos, forneceram o assunto dessa conversa cheia de intervalos. Em um dado momento, Vronski a feriu, perguntando se ela desejava que Levine tivesse vindo ao baile, pois, pelo que se dizia, ele a queria muito. De resto, Kitty não contava com aquela contradança. O que ela esperava, o coração batendo forte, era a mazurca, durante a qual, como lhe parecia, tudo se decidiria. Mesmo Vronski não a convidando, tão segura estava de dançar com ele que recusou cinco convites, dizendo-se comprometida. Todo o baile, até a última contradança, foi para ela como um sonho encantador, povoado de flores, de sons e de movimentos harmoniosos — só deixava de dançar quando as forças lhe faltavam. Mas, durante a última quadrilha, que foi obrigada a conceder a um dos rapazes importunos, achou-se *vis-à-vis* de Vronski e de Ana. E pela segunda vez, no curso daquela noite, em que quase não se tinham procurado, Kitty descobriu bruscamente na amiga uma nova mulher. Não se podia duvidar: Ana cedia à embriaguez do sucesso — e Kitty, que não ignorava aquele entusiasmo, reconheceu-lhe todos os sintomas, o olhar inflamado, o sorriso de triunfo, os lábios entreabertos, a graça, a harmonia suprema dos movimentos.

"Qual é a causa, todas ou uma única?", perguntou a si própria. Ela deixou o seu feliz cavalheiro esgotar em vão os esforços para restabelecer o fio perdido da conversa, e, aparentemente submetida às ordens alegres de Korsounski que decretava o *grand rond*, depois a *chaine*, observou o seu coração apertar-se gradualmente: "Não, não é a admiração da multidão que a embriaga assim, mas o entusiasmo de um só: será ele?" Cada vez que Vronski lhe dirigia a palavra, um clarão passava nos olhos de Ana, um sorriso entreabria os seus lábios: e, por mais que a desejasse repelir, a sua alegria explodia em sinais manifestos. "E ele?", pensou Kitty. Olhou-o e ficou apavorada, porque o rosto de Vronski refletia como um espelho a exaltação que via no de Ana. Que viria a significar aquele aspecto resoluto naquela fisionomia sempre em repouso? Ele só se dirigia a ela abaixando a cabeça, como querendo se prosternar, lendo-se no seu olhar apenas a angústia e a submissão. "Não quero te ofender", parecia dizer o olhar, "só desejo me salvar, mas como fazê-lo?" Kitty nunca o vira assim.

Tinham apenas trocado frases banais sobre assuntos comuns, e a Kitty parecia que cada uma das suas palavras decidia o destino de ambos. E, coisa estranha, aquelas constantes observações sobre o péssimo francês de Ivan Ivanovitch ou o deplorável casamento de Mlle. Ieletski adquiriam efetivamente um valor particular, cujo alcance sentiam tanto quanto Kitty. Na alma da pobre criança, o baile, a assistência, tudo se confundia numa espécie de cerração. Somente a força da educação lhe obrigava a cumprir o dever, isto é, dançar, conversar e mesmo sorrir. No entanto, como arrumassem as cadeiras para a mazurca, e mais de um casal deixasse o pequeno salão para tomar parte na dança, uma enorme crise de desespero a possuiu. Tendo recusado cinco convites, não tinha muita probabilidade de ainda ser convidada: conhecia-se muito o seu sucesso na sociedade, para se supor um só instante que não tivesse cavalheiro. Seria necessário pretextar uma doença e pedir à mãe para partirem. Não teve forças, sentiu-se aniquilada.

Refugiada no fundo de um gabinete, deixou-se cair numa poltrona. Os laços vaporosos do vestido envolviam como uma nuvem o seu corpo frágil. Um dos seus braços nus, magro e delicado, tombou sem forças, afogado nas dobras do vestido rosa, o outro braço agitava lentamente o leque diante do rosto abrasado. Mas, mesmo que se assemelhasse assim a uma borboleta em repouso sobre uma haste de erva e prestes a desfazer as suas asas coloridas, uma horrível angústia a comprimia.

"Talvez eu tenha me enganado, imaginado o que não é possível", pensava. Mas alguma coisa obrigava-a a se recordar do que vira.

— Kitty, que está acontecendo? Eu não compreendo nada — disse a condessa Nordston, que dela se aproximara surdamente.

Os lábios de Kitty tremiam, ela se levantou precipitadamente.

— Kitty, tu não danças a mazurca?

— Não, não — respondeu com a voz inundada de lágrimas.

— Ele a convidou em minha presença — disse a condessa, sabendo perfeitamente que Kitty compreendia do que se tratava. — Ela lhe objetou: "Não dançarás, pois, com Mlle. Stcherbatski?"

— Pouco me importa! — respondeu Kitty.

Unicamente ela podia compreender o horror de sua situação. Não havia, na véspera, acreditando-se amada por um ingrato, recusado a mão de um homem que talvez amasse?

A condessa Nordston veio ao encontro de Korsounski, com quem devia dançar a mazurca, e pediu-lhe para convidar Kitty em seu lugar: esta abriu, pois, a mazurca, sem ter, felizmente, necessidade de falar. O seu cavalheiro passava o tempo a organizar os pares. Vronski e Ana ocupavam um lugar quase na sua frente, de modo que lhe era fácil fitá-los. Ela os seguia ainda de mais perto quando faziam a volta da dança e, mais os olhava, mais julgava a sua infelicidade consumada. Percebeu que eles se sentiam isolados entre a multidão e, sobre os traços ordinariamente impassíveis de Vronski, reviu passar aquela expressão submissa e medrosa, aquela expressão de cão espancado que tanto a impressionava.

Se Ana sorrisse, ele respondia ao seu sorriso; quando ela refletia, ele se tornava inquieto. Uma força quase sobrenatural aprisionava em Ana o olhar de Kitty. E, na verdade, daquela mulher emanava uma sedução irresistível: encantador era o vestido, na sua simplicidade;

fascinantes, os belos braços ornados de pulseiras; sedutor, o pescoço ornamentado de pérolas; sedutores, os cachos amontoados na sua cabeleira em desordem; sedutores, os gestos das mãos finas; os movimentos das pernas nervosas; sedutor, o belo rosto animado — mas, em toda essa sedução, havia alguma coisa de terrível e cruel.

Kitty admirou-a ainda mais do que antes, sentindo aumentar o seu sofrimento. Estava perturbada e o seu rosto o dizia: passando perto, numa volta, Vronski não a reconheceu, de tal modo os seus traços estavam alterados.

— Que lindo baile! — disse-lhe ele por desencargo de consciência.

— Sim — respondeu.

No meio da mazurca, quando se executava uma volta recentemente inventada por Korsounski, Ana ocupou um lugar ao centro do círculo e chamou dois cavalheiros e depois duas damas. Uma delas foi Kitty, que se aproximou bastante confusa. Ana, cerrando os olhos, apertou-lhe a mão, rindo-se, mas, observando a expressão de surpresa desolada com que Kitty respondeu ao seu sorriso, voltou-se para a outra dançarina e entreteve com ela um colóquio animado.

"Sim", pensou Kitty, "ela possui uma sedução estranha, demoníaca."

Como Ana se dispusesse a partir antes da ceia, o dono da casa quis detê-la.

— Fique, Ana Arcadievna — disse Korsounski pegando familiarmente no seu braço. — Verá que ideia reservei para o cotilhão: *un bijou*![10]

E procurou arrastá-la, encorajado pelo sorriso do dono da casa.

— Não, eu não posso ficar — respondeu Ana, rindo-se também, e pelo tom da voz os dois homens compreenderam que ela não ficaria. — Não — prosseguiu, dirigindo um olhar a Vronski, que estava perto. — Dancei esta noite mais que todo o meu inverno em Petersburgo, e, antes da viagem, preciso repousar.

---

10 Em francês, "uma joia". (N.E.)

— Partirá decididamente amanhã? — indagou Vronski.

— Sim, creio — respondeu Ana a quem a ousadia da pergunta pareceu surpreender, sem velar no entanto o olhar e o sorriso cuja chama queimava o coração de Vronski.

Ana Arcadievna não ficou para a ceia.

24

"Decididamente, deve existir em mim alguma coisa de repelente", pensava Levine, retornando a pé para a casa do irmão, após deixar os Stcherbatski. "Orgulho, ao que se julga. Mas não, eu não sou orgulhoso. Se o fosse, estaria numa situação tão ridícula?" E imaginava Vronski, feliz, afável, sagaz, o ponderado Vronski: "Eis um que não cometeria semelhante imprudência! É natural que ela o prefira, nada tenho a queixar-me. O único culpado sou eu. Como é que eu pude supor que ela consentiria em unir sua vida à minha? Que sou eu? E quem sou eu? Um homem inútil para si e para os outros." E a recordação do seu irmão Nicolas voltou-lhe ao espírito, e desta vez ele se demorou nela com complacência. "Não terá ele razão de dizer que tudo é mau e detestável neste mundo? Parece-me que sempre julgamos Nicolas de um modo muito severo. Evidentemente, para Procópio, que o encontrou bêbado e esfarrapado, ele é um ser desprezível. Mas, para mim, que o conheço sob outro aspecto, que penetrei na sua alma, sei que nos parecemos. Por que, em vez de procurá-lo, preferi ir a um jantar e vim a esta reunião?"

Levine tirou da carteira o endereço de Nicolas, leu-o à luz de um candeeiro e chamou uma carruagem de praça. Durante o trajeto, que foi longo, recordou os episódios que sabia da vida do irmão. Lembrou-se de que, quando realizava os seus estudos universitários e mais de um ano depois de concluí-los, Nicolas, apesar do sarcasmo dos colegas, levava uma vida de monge, rigorosamente fiel às prescrições religiosas, assistindo a todos os ofícios, observando todos os jejuns, fugindo a todos os prazeres e principalmente às mulheres. Depois, soltando os freios aos seus maus instintos, ligara-se com gente da pior espécie, dera-se à libertinagem mais sórdida. Levine ainda se recordou das suas deploráveis aventuras: o rapazinho que fizera vir do campo para educar e a quem maltratara de tal forma num acesso de cólera que, pelas feridas feitas, fora condenado; o grego a quem dera uma promissória em pagamento de uma dívida de jogo (justamente essa que Sérgio pagara), tendo sido logo depois disso arrastado à justiça sob a culpa de fraude; a noite em que dormira na prisão devido a uma algazarra noturna; o odioso processo intentado contra o irmão Sérgio, a quem acusara de não lhe haver entregue a parte na herança materna; afinal, a sua última história na Polônia onde, enviado como funcionário, fora julgado por ter agredido gravemente um magistrado. Certamente, tudo aquilo era odioso, menos odioso, porém, aos olhos de Levine que aos das pessoas que não conheciam toda a sua vida e nem o seu coração.

Levine se recordava de que, no tempo em que Nicolas procurava um freio na religião e nas práticas mais austeras, espécie de barreira à sua natureza apaixonada, ninguém o apoiara. Todos, ao contrário, e ele em primeiro lugar, tinham-no ridicularizado, tratando-o de eremita e de carola. Mas a barreira rompida, em lugar de o amparar, todos fugiam dele com horror e desprezo.

Levine sentia que, a despeito da sua vida escandalosa, Nicolas não era mais culpado do que os que o desprezavam. Devia atribuir o crime ao seu caráter indomável, à sua inteligência reduzida? Não tentara sempre domar-se? "Hei de falar-lhe com todo o coração e o obrigarei a fazer o mesmo. Provar-lhe-ei que o estimo e, portanto, que o compreendo", decidiu Levine chegando, às onze horas, em frente ao hotel indicado no endereço.

— Em cima, números 12 e 13 — respondeu o porteiro interrogado por Levine.

— Ele está em casa?

— Provavelmente.

A porta do número doze estava entreaberta e saía do quarto uma espessa nuvem de fumo. Levine ouviu primeiramente uma voz desconhecida e depois a tosse habitual do irmão.

Quando entrou numa espécie de antecâmara, a voz desconhecida dizia:

— Resta saber se o negócio será feito com consciência e compreensão necessárias...

Constantin Levine espreitou e viu que aquele que falava era um rapaz de cabeleira mal-arranjada. No divã, estava sentada uma mulher jovem e magra, trajando um simples vestido de lã, sem punhos. O coração de Constantin se apertou à ideia do meio estranho em que vivia o irmão. Este não o percebeu e, tirando o capote, ouvia as explicações do rapaz de cabeleira. Tratava-se de uma empresa em estudo.

— Eh, que o diabo as leve, as classes privilegiadas! — sussurrou a voz de tosse de Nicolas. — Macha, trata de nos arranjar a ceia, traga-nos vinho, e, se não houver, é preciso ir buscar.

A mulher levantou-se e, na saída, percebeu Constantin.

— Há um senhor te procurando, Nicolas Dmitritch.

— Que disse ele? — grunhiu a voz de Nicolas.

— Sou eu — respondeu Constantin aparecendo.

— Quem? — repetiu Nicolas, cada vez mais irritado.

Levine o ouviu erguer-se vivamente, agarrando-se em alguma coisa, e viu surgir na sua frente a alta silhueta descarnada, um pouco abatida, do irmão. Por mais familiar que lhe fosse, aquela aparição doentia e desvairada não deixou de o aterrorizar.

Nicolas emagrecera depois do seu último encontro; fazia três anos. Trazia um capote curto. As suas largas mãos ossudas pareciam ainda maiores, os cabelos se tornavam mais raros, se bem que a mesma ingenuidade se verificasse no olhar com que fixava o visitante.

— Ah, Kostia! — gritou, reconhecendo o irmão, enquanto os seus olhos brilhavam de alegria. Mas, tossindo, o rapaz fez um movimento nervoso com a cabeça e o pescoço, muito conhecido de Levine, como se a gravata o estrangulasse e uma expressão diferente, em que se misturavam curiosamente o sofrimento e a crueldade, apareceu no seu rosto macilento.

— Escrevi a Sérgio Ivanovitch e a ti, dizendo que não os conheço e que não queria conhecê-los. Que desejas... que queres de mim?

Não era aquele o homem que Constantin esperava encontrar. Pensando ainda há pouco em Nicolas, esquecera aquele caráter áspero e amargo que dificultava toda e qualquer amizade. Recordava-o agora, quando revia os traços do irmão e principalmente o movimento convulsivo da sua cabeça.

— Mas nada quero de ti — respondeu com certa timidez. — Eu vim simplesmente ver-te.

O ar receoso do irmão tranquilizou Nicolas.

— Ah, vens para isso — disse, movendo os lábios num trejeito nervoso. — Então, entra e senta-te. Queres cear? Macha, traze três porções. Não, espera... Sabes quem é? — perguntou ao irmão, mostrando o indivíduo de cabeleira. É Kritski, meu amigo, um homem notável que conheci em Kiev. E, como não é um canalha, a polícia o persegue exatamente por isso.

Cedendo a um gesto que lhe era comum, olhou os presentes em conjunto e, percebendo a mulher prestes a sair:

— Não te disse para esperar?! — gritou-lhe.

Depois, com um novo olhar circular, pôs-se a contar, com a dificuldade de palavra que Constantin muito bem lhe conhecia, a história de Kritski: como fora expulso da universidade por ter querido fundar uma sociedade de socorros mútuos e organizar aulas aos domingos; como se fizera professor primário, perdendo em breve o lugar; como fora processado sem mesmo saber por quê.

— É aluno da Universidade de Kiev? — perguntou Constantin a Kritski para romper o silêncio.

— Eu fui aluno — resmungou o rapaz, aborrecido.

— E esta mulher — interrompeu Nicolas, mostrando-a — é Maria Nicolaievna, a companheira da minha vida. Tirei-a de uma casa — declarou contraindo o pescoço —, mas amo-a e a estimo, e todo aquele que deseje ser meu amigo deve amá-la e respeitá-la — acrescentou, alterando a voz e franzindo a testa. — Considero-a como minha mulher. Desse modo, sabes a quem te diriges, mas, se julgas te rebaixares, poderás sair.

Novamente Nicolas passeou o olhar penetrante em volta do aposento.

— Não compreendo em que me rebaixaria.

— Neste caso, Macha, fazes subir três porções de aguardente e vinho... Não, espera... É... é... isso mesmo... Pode ir.

25

— Vês? — continuou Nicolas fazendo caretas e franzindo a testa com esforço, não sabendo o que dizer nem o que fazer. — Vês...

Mostrou, num canto do quarto, algumas barras de ferro atadas com correias.

— Vês aquilo? — pôde enfim dizer. — São as premissas de uma obra nova a que vamos nos consagrar. Trata-se de um sindicato profissional.

Constantin não o ouvia. Observava o rosto doentio do tísico, e a sua crescente piedade não lhe permitia conceder grande atenção às palavras do irmão. Via perfeitamente que aquela obra representava para Nicolas uma salvação: ela o impedia de desprezar-se completamente. Deixou, pois, que ele falasse:

— Sabes que o capital esmaga o operário. Entre nós, o operário e o mujique suportam todo o peso do trabalho e, por mais que façam, não podem fugir ao seu estado, permanecendo sempre bestas de carga. Todo o benefício, tudo o que permitiria aos trabalhadores melhorar a sua sorte e dar-lhes-ia algum prazer e educação, tudo isso lhes é roubado pelos capitalistas. A sociedade está assim organizada: de modo que, quanto mais os pobres se desgraçam, mais os negociantes e os ricos engordam à sua custa. Eis o que é necessário mudar radicalmente — concluiu, examinando o seu irmão com o olhar.

— Sim, é isso mesmo — disse Constantin, vendo se formarem duas nódoas vermelhas nas maçãs do rosto de Nicolas.

— Estamos organizando um sindicato de serralheiros no qual tudo seja comum: trabalho, benefícios e até os principais instrumentos de trabalho.

— Onde será ele estabelecido?

— Na aldeia de Vozdremo, na província de Kazan.

— Por que numa aldeia? Essa obra no campo não seria um erro?

— Porque os camponeses permanecem servos como no passado. Talvez isso não te agrade, a Sérgio também, mas nós procuramos tirá-los da escravidão — replicou Nicolas, contrariado com a observação.

Constantin, no entanto, examinava o quarto, impróprio e lúgubre. Escapou-lhe um suspiro. E esse suspiro levou ao extremo a irritação de Nicolas.

— Conheço os teus preconceitos aristocráticos, os de Sérgio Ivanovitch e os teus... Sei que ele gasta a força da sua inteligência para justificar a existência do mal.

— Mas a que propósito mencionas o Sérgio? — perguntou Constantin, rindo-se.

— Sérgio Ivanovitch? Eu te direi! — gritou Nicolas exasperado. — Ou melhor, não, é inútil! Dize-me somente: por que vieste? Tu ironizas o nosso trabalho, não é? Seja! Mas agora vai-te, vai-te, vai-te — rugiu, erguendo-se.

— Eu não ironizo, eu não discuto mesmo — objetou docemente Constantin.

Maria Nicolaievna entrou neste momento. Nicolas Levine fulminou-a com o olhar, mas ela se aproximou dele e lhe disse algumas palavras no ouvido.

— Estou doente, torno-me irritado — continuou Nicolas mais calmo e respirando com dificuldade —, e tu vens me falar de Sérgio e do seu artigo! Que acervo de mentiras, de tolices, de insanidades! Como se atreve a escrever sobre isso um homem que ignora tudo a respeito da justiça? Leste o artigo dele? — perguntou a Kritski.

E, sentando-se perto da mesa, empurrou, para formar um lugar, uma pilha de cigarros feitos a meio.

— Não, eu não o li — respondeu Kritski num tom sombrio, recusando-se a participar da conversa.

— Por quê? — inquiriu Nicolas, novamente exasperado.

— Não tenho tempo a perder.

— Desculpa-me, mas como sabes que seria tempo perdido? Para certas pessoas, este artigo é evidentemente inabordável. Para mim, é diferente: vejo o fundo do seu pensamento, conheço os pontos fracos.

Fez-se silêncio. Kritski levantou-se vagarosamente e pegou no seu gorro.

— Não quer cear? Bem, boa noite. Venha amanhã e traga o serralheiro.

Apenas Kritski saiu, Nicolas piscou o olho, rindo-se.

— Este é pouco forte. Eu vejo...

Mas, neste instante, Kritski chamou-o, do limiar.

— Que há ainda? — perguntou Nicolas, indo ao seu encontro no corredor.

Ficando sozinho com Maria Nicolaievna, Levine voltou-se para ela.

— Vives há muito tempo com meu irmão? — perguntou-lhe.

— Há mais de um ano. A sua saúde piorou. Ele bebe muito.

— Como o achas?

— Ele bebe aguardente e isso lhe faz mal.

— Bebe excessivamente?

— Sim — disse ela, olhando assustada para a porta por onde entrava de novo Nicolas Levine.

— De que falavam? — perguntou, a testa franzida, correndo o olhar congestionado de um para outro.

— De nada — respondeu Constantin, confuso.

— Não queres me dizer? Está bem! Apenas tu não tens o que falar com ela: é uma pobre mulher, e tu és um cavalheiro — declarou com uma nova crise no pescoço. — Percebi que compreendeste e julgaste, o que tu consideras os meus erros, com benevolência — acrescentou, alteando a voz, no fim de um instante.

— Nicolas Dmitritch, Nicolas Dmitritch! — murmurou novamente Maria Nicolaievna, aproximando-se dele.

— Está bem, está bem!... Mas e a ceia? Ah, ei-la! — exclamou, vendo entrar um rapaz conduzindo uma bandeja. — Aqui, aqui! — continuou num tom irritado e, sem mais esperar, bebeu um copo de aguardente, o que o alegrou. — Que queres? — perguntou ao irmão. — Vamos, não falemos mais de Sérgio Ivanovitch. Estou contente por te rever. Não, não somos estranhos um ao outro. Bebe, pois, vejamos... E conta-me o que tens feito — continuou, mastigando avidamente um pedaço de pão e bebendo um segundo copo. — Que espécie de vida levas tu?

— Sempre a mesma: moro no campo, faço valer as nossas terras — respondeu Constantin, espantado do modo como o irmão comia e bebia.

— Por que não te casas?

— Isso ainda não me preocupou — respondeu Constantin, corando.

— Por que isso? Quanto a mim é que não resta mais nada. Estraguei a minha vida. Eu digo e direi sempre que, houvessem dado a minha parte da herança quando tive necessidade, e a minha vida teria tomado um outro rumo.

Constantin procurou mudar a conversa.

— Sabes que teu Vânia está comigo em Pokrovskoie, trabalhando no escritório?

Ainda uma vez o pescoço de Nicolas tremeu numa crise. Ele parecia refletir.

— Isso mesmo, fala-me de Pokrovskoie. A casa está sempre direita, e as nossas árvores, e a nossa sala de estudo? E Filipe, o jardineiro, ele ainda vive? Vejo daqui o pavilhão e o seu divã!... Principalmente, não mudes nada da casa, casa-te depressa, faze renascer a boa vida de antigamente. Irei visitar-te, então, caso seja a tua mulher uma boa moça.

— Por que não vens? Nós nos arranjaríamos muito bem juntos.

— Iria, se tivesse certeza de não encontrar Sérgio Ivanovitch.

— Tu não o encontrarás. Estamos totalmente separados.

— Sim, tudo isso é fácil de dizer mas, entre ele e eu, é preciso escolher — disse Nicolas olhando timidamente o irmão.

Constantin sentiu-se tocado por aquela timidez.

— Se queres saber o que penso sobre a vossa disputa, digo-te que não tomo partido nem por um e nem por outro. Ambos, a meu ver, têm sido injustos: apenas em ti a injustiça é mais exterior, e em Sérgio, mais interior.

— Ha, ha! Tu compreendeste, tu compreendeste! — gritou Nicolas numa explosão de alegria.

— E, se também queres saber, é a tua amizade a que eu prefiro, porque...

— Por quê? Por quê?

Nicolas era infeliz, tinha mais necessidade de afeição — era o que Constantin pensava, sem ousar dizer. Ele percebeu e recomeçou a beber com um ar sombrio.

— Chega, Nicolas Dmitritch — disse Maria Nicolaievna estendendo a mão para o garrafão de aguardente.

— Não me aborreças, arreda! — gritou.

Maria Nicolaievna teve um sorriso humilde, que desarmou Nicolas, e retirou a aguardente.

— Acreditas talvez que ela não compreenda nada de nada? Enganas-te. Compreende tudo melhor do que qualquer um de nós. Não é em vão que tem o aspecto de uma brava rapariga!

— A senhora já foi alguma vez a Moscou? — perguntou Constantin para dizer qualquer coisa à moça.

— Não lhe diga "senhora". Isso a amedronta. Salvo o juiz de paz que a julgou quando ela quis sair do prostíbulo, ninguém, depois dele, a tratou por "senhora"... Meu Deus, quanta patetice se vê neste mundo! — concluiu. — Qual a vantagem dessas novas instituições, os juízes de paz, os "zemstvos"?

E começou a falar das suas críticas sobre as novas instituições.

Constantin escutava-o em silêncio. A crítica impiedosa de toda a ordem social, à qual ele mesmo se inclinava, parecia deslocar-se na boca do irmão.

— Compreendemos tudo isso num outro mundo — disse, afinal, à maneira de pilhéria.

— Num outro mundo? Oh, eu não amo esse outro mundo!... Não, eu não o amo — repetiu Nicolas fixando no irmão os olhos desvairados. — Seria esplêndido sair-se desta lama, dizer adeus às nossas baixezas e às do próximo, mas não, eu tenho medo da morte, um medo terrível! — Ele tremia. — Mas bebamos alguma coisa. Queres champanha? Preferes sair? Vamos ver as ciganas. Sabes que eu gosto das ciganas e das canções russas?

A língua atrapalhada saltava de um a outro assunto. Constantin, com o auxílio de Macha, convenceu-o a não sair, e o deitaram completamente bêbado.

Macha prometeu a Constantin escrever-lhe em caso de necessidade. Prometeu também convencer Nicolas a ir viver com o irmão.

26

Na manhã do dia seguinte, Constantin Levine deixou Moscou para chegar em casa à noite. Durante a viagem manteve conversa com os vizinhos, falou de política, ferrovias e, como em Moscou, sentiu-se afogado no tumulto das opiniões, descontente de si mesmo e envergonhado sem saber de quê. Mas quando, sob o clarão indeciso que escapava das janelas da estação, reconheceu Inácio, o seu cocheiro zarolho, a gola do casaco levantada sobre as orelhas, depois o trenó, os cavalos de caudas bem atadas, os arreios ornamentados de anéis e veludos; quando Inácio, pondo as bagagens no trenó, contava as novas da casa: a vinda do empreiteiro, que a vaca Paonne tinha parido — pareceu sair pouco a pouco daquela desordem, sentindo enfraquecer o ódio e o descontentamento. Era apenas uma primeira impressão reconfortante. Envolvendo-se na pele de carneiro que o cocheiro trouxera e, instalando-se no trenó, deu o sinal de partida. Então, pensando nas ordens a transmitir e examinando o cavalo, o seu velho cavalo de sela — um belo animal do Don, usado, mas ainda veloz —, considerou a sua aventura sob uma outra face. Não desejava mais ser outro, desejava apenas ser melhor do que fora até ali. E, em primeiro lugar, em vez de procurar no casamento uma felicidade quimérica, se contentaria com a realidade presente. Em segundo lugar, não mais cederia às vulgares paixões, cuja recordação ainda na véspera, antes de fazer o pedido, o obsedava. Enfim, não perderia de vista o irmão Nicolas — ajudá-lo-ia, desde que piorasse, o que não deveria tardar. Lembrava-se da sua conversa sobre o comunismo, começava a refletir sobre aquele assunto que, até então, examinara artificialmente. Se considerava como absurda uma transformação radical das condições econômicas, o injusto contraste entre a miséria do povo e o excesso de que se dispunha há muito tempo o impressionava. Também, apesar de ter sempre trabalhado e vivido simplesmente, prometia-se trabalhar ainda mais e levar uma vida ainda mais simples. Essas boas resoluções, que o assaltaram durante a viagem, pareceram-lhe fáceis de ser conservadas e, às nove horas da noite, quando chegou em casa, grandes esperanças o animavam: uma vida nova, uma vida mais bela iria começar.

Um raio de luz saía das janelas de Agatha Mikhailovna, a velha criada de Levine promovida a mordomo. Ela ainda não dormia e despertou em sobressalto Kouzma, o moleque de recados, que acorreu à escadaria do patamar tendo os pés nus e meio adormecido. Ele perturbou Mignonne, a cadela envelhecida, que se precipitou com alegres latidos ao encontro do senhor: ergueu-se nas pernas traseiras, esfregando-se nos joelhos de Levine e retesando com dificuldade as pernas da frente.

— O senhor voltou muito depressa — disse Agatha Mikhailovna.

— A saudade, Agatha Mikhailovna! Se estamos bem na casa dos outros, melhor será em nossa casa — respondeu, passando para o seu gabinete.

A luz de uma lanterna, presa no alto, clareava o aposento. Levine viu sair da sombra, gradualmente, os objetos familiares: os chifres de veado, as estantes cheias de livros, o espelho, o fogão que há bastante tempo aguardava uma reforma, o velho divã do seu pai, a enorme carteira onde estava um livro aberto, um cinzeiro quebrado, um caderno coberto com a sua letra. Ao encontrar-se ali, achou difícil executar o modo de vida sonhado durante a viagem. Sentia-se como envolvido pelos vestígios da vida passada. "Não, tu não mudarás, não te tornarás um outro, ficarás sendo o mesmo, com as tuas dúvidas, o teu eterno descontentamento de ti próprio, as tuas inúteis tentativas de reforma, as tuas recaídas, a tua constante esperança numa felicidade que se oculta e que não é feita para ti."

Nesse apelo às coisas, uma voz interior replicava que não devia se tornar escravo do passado, que devia fazer o que desejava. Obedecendo à voz, Levine aproximou-se de um canto do aposento onde se achavam dois pesos de 13 quilos, levantou-os com a intenção de exercitar-se mas, como se fizessem ouvir passos junto à porta, largou-os precipitadamente.

Era o administrador. Ele declarou que, graças a Deus, tudo ia bem, salvo o trigo que se queimara no novo forno. A notícia irritou Levine. Aquele forno, construído e em parte inventado por ele, nunca fora aprovado pelo administrador, que anunciou o acidente com um certo tom de triunfo. Convencido de que ele se descuidara de alguma precaução cem vezes recomendada, Levine repreendeu-o asperamente, mas logo o seu mau humor desapareceu ao anúncio de um feliz acontecimento: Paonne, a melhor das vacas compradas na exposição agrícola, tinha parido.

— Kouzma, traga depressa a minha pele de carneiro! E, o senhor — disse ele ao administrador —, acenda uma lanterna. Eu irei vê-la.

O estábulo das vacas de valor ficava muito perto da casa. Levine sacudiu a neve acumulada na moita de lilás, aproximou-se do estábulo e abriu a porta gelada. Exalava um morno odor de estrume. As vacas, espantadas pela luz da lanterna, retornaram ao leito de palhas frescas. A larga garupa negra, malhada de branco da Holandesa, brilhou na penumbra. Aigle, o touro, que repousava, um anel passado nas narinas, fez menção de erguer-se, logo mudando de ideia e contentando-se em soprar ruidosamente cada vez que se passava perto dele. Paonne, uma bela vaca tostada, imensa como um hipopótamo, estava deitada em frente da bezerra, que ela cheirava furtando-a aos olhares dos recém-vindos.

Levine entrou na baia onde estava Paonne, examinou-a e levantou a bezerra, salpicada de branco e encarnado nas pernas longas e cambaleantes. A vaca mugiu de emoção, mas se tranquilizou quando Levine lhe devolveu a bezerra, que começou a lamber depois de exalar um profundo suspiro. A bezerra remexia a cauda e investia sobre os flancos da vaca em busca das tetas.

— Alumia por aqui, Fiodor, passe-me a lanterna — disse Levine examinando a bezerra. — É igual à mãe, mas tem alguma coisa do pai. Um belo animal, francamente, longo e bem-feito. Não é que é bela, Vassili Fiodorovitch? — disse amavelmente ao administrador, esquecendo-se na sua alegria do aborrecimento provocado pelo trigo queimado.

— Ela teve a quem sair, como poderia ser feia?... A propósito, Simão, o empreiteiro, chegou no dia seguinte ao da partida do senhor, Constantin Dmitrievitch. É necessário, eu penso, falar com ele sobre a máquina. Se o senhor estiver lembrado, eu já lhe falei sobre isto.

Estas últimas palavras lembraram a Levine, em todos os detalhes, como era grande e complexo o seu trabalho. Do estábulo, foi ao gabinete do administrador, onde conferenciou com o empreiteiro. Retornou afinal a casa e subiu ao salão.

27

Era uma enorme casa antiga e, mesmo habitando-a sozinho, Levine ocupava-a inteiramente. Semelhante gênero de vida podia passar como absurdo e não condizer com os seus novos projetos — Levine o sentia, mas esta casa era para ele todo um mundo, o mundo onde viveram e morreram seu pai e sua mãe. Ali levaram uma vida que lhes parecia o ideal de perfeição e que ele, Levine, sonhava recomeçar com uma família própria.

Apesar de mal ter conhecido sua mãe, Levine tinha pela sua memória um verdadeiro culto: parecia-lhe impossível casar-se com uma mulher que não fosse a reencarnação daquele ideal adorado.

Não concebia o amor fora do casamento, mais ainda, pensava primeiramente na família e só depois na mulher que lhe havia de dar aquela. Contrariando neste ponto de vista as opiniões de quase todos os seus amigos, que viam no casamento apenas um dos inúmeros atos da vida social, ele o considerava como sendo o ato principal da existência, do qual resulta toda a nossa felicidade. E eis que fora preciso renunciar a tudo!

Entrou no pequeno salão onde costumava tomar chá, apanhou um livro e sentou-se na poltrona, enquanto Agatha Mikhailovna trazia a xícara e se retirava para perto da janela, declarando como de hábito: "Vou me sentar, senhor." Então Levine sentiu, com grande surpresa, que não renunciara aos seus sonhos e que não podia viver sem Kitty. "Ela ou outra, pouco importa", pensava, "mas necessito de alguém." Gostava de constranger-se lendo ou ouvindo as tolices de Agatha Mikhailovna — e diversas cenas da sua futura vida familiar apresentavam-se assim na sua imaginação. Compreendeu que uma ideia fixa se instalara para sempre no fundo do seu ser.

Agatha Mikhailovna contava que, sucumbindo à tentação, Pocher, a quem Levine dera certo dinheiro para comprar um cavalo, pusera-se a beber e a espancar a mulher. Escutando-a, Levine lia o livro e reencontrava pouco a pouco o rumo das ideias que aquela obra nele despertara recentemente. Era o tratado de Tyndall sobre o calor. Recordava-se de se ter sentido ofuscado pela suficiência do autor, muito inclinado a elogiar as suas experiências, devido à sua ausência de observações filosóficas. Bruscamente, uma ideia feliz atravessou-lhe o cérebro: "Em dois anos poderei ter duas holandesas; Paonne talvez ainda viva, essas três, o touro e as doze filhas de Aigle constituirão um belo quadro." Recomeçou novamente a leitura. "Está certo, suponhamos que a eletricidade e o calor não sejam senão um único e mesmo fenômeno, mas, em uma equação, que deve resolver o problema, podem-se empregar as mesmas unidades? Não. Bem, e então? A associação que existe entre todas as forças da natureza se sente instintivamente... Que bela manada teremos quando a filha de Paonne tornar-se uma linda vaca encarnada e branca e misturar-se com as três holandesas... Minha mulher e eu convidaremos os amigos para vê-la. Minha mulher dirá: 'Kostia e eu criamos a bezerra como nossa filha.' 'Como pudeste te interessar por semelhantes coisas?', perguntará alguém. 'Tudo o que interessa ao meu marido interessa a mim.'" Mas quem será ela? E lembrou-se do que se passara em Moscou. "Que fazer? Eu nada posso. É uma tolice deixar-se dominar pelo passado, pela vida circundante. É preciso lutar para viver melhor, muito melhor." Abandonou o livro e perdeu-se nos próprios pensamentos. Mas a velha cadela, que ainda não extinguira a sua alegria e pusera-se a latir bastante alto, entrou no aposento, aproximou-se remexendo a cauda, pôs a cabeça na mão de Levine e reclamou as carícias com ladridos mansos.

— Só lhe falta falar — disse Agatha Mikhailovna. — Apesar de ser um cão, compreende a volta do seu dono e também que ele voltou magoado.

— Magoado?

— O senhor pensa que eu não vejo? Desde criança que vivo com os senhores, e há muito tempo que os conheço. Não se preocupe: estando a saúde boa e a consciência em paz, o resto pouco importa!

Muito surpreso em vê-la adivinhar os seus pensamentos, Levine examinou-a com toda a atenção.

— O senhor ainda quer um pouco de chá?

Ela saiu levando a xícara.

Mignonne continuou a descansar a cabeça na mão do dono. Ele a acariciou e logo ela se deitou aos seus pés, avançando as pernas e sobre elas apoiando a cabeça. E, para provar que tudo ia a contento, entreabriu a boca, fez um estalo com as mandíbulas, voltou os beiços viscosos em torno dos dentes e permaneceu em santa imobilidade.

"Façamos o mesmo", murmurou Levine, que observara a sua artimanha. "Inútil este tormento. Talvez que tudo se arranje."

28

No dia seguinte ao baile, Ana Arcadievna telegrafou logo cedo ao marido, anunciando que deixaria Moscou naquele dia mesmo. Devia, entretanto, justificar a sua decisão perante a cunhada.

— Tenho absoluta necessidade de partir — declarou categoricamente, como se recordasse os numerosos trabalhos que a esperavam. — Melhor será, pois, que seja hoje.

Stepane Arcadievitch jantava na cidade, mas prometera voltar às sete horas para acompanhar a irmã à estação. Kitty não veio e desculpou-se com uma palavrinha: tinha enxaqueca. Dolly e Ana jantaram sozinhas com a inglesa e as crianças. Cedendo talvez à inconstância da idade, ou adivinhando por instinto não ser Ana a mesma do dia em que lhe tomaram afeição, fazendo pouco-caso delas, as crianças perderam repentinamente toda a amizade pela tia, todo o desejo de brincar com ela, todo o pesar de vê-la partir. Ana gastou o dia inteiro em preparar-se para a partida: escreveu alguns cartões de despedida, terminou as suas contas e fez as malas. Pareceu à cunhada estar presa àquela inquieta agitação que ordinariamente disfarçava — Dolly não o sabia muito bem — uma espécie de enorme descontentamento de si mesma. Depois do jantar, como subisse para se vestir, Dolly a acompanhou.

— Estás esquisita hoje — disse-lhe.

— Eu! Tu achas? Não sou esquisita, sou má. Isso me acontece. Estive todo o tempo com vontade de chorar. É absurdo, isso passará — respondeu Ana, escondendo o rosto ruborizado contra o saquinho onde guardava os lenços e os ornatos do penteado. Nos seus olhos, brilhavam lágrimas que ela continha dificilmente. — Eu deixei Petersburgo contrariada e, no entanto, custa-me a voltar.

— Fizeste bem em vir, vieste praticar uma boa ação — disse Dolly, fitando-a atenciosamente.

Ana olhou-a com os olhos cheios de lágrimas.

— Não diga isso, Dolly. Eu nada fiz e nada podia fazer. Que fiz e que podia eu fazer? Tu é que encontraste em teu coração bastante amor para perdoar...

— Sabe Deus o que aconteceria sem ti! Como és feliz, Ana: tudo é claro e puro em tua alma!

— Todos nós temos esqueletos no armário, como dizem os ingleses.

— Que esqueletos podes ter? Em ti, tudo é claro.

— Mas eu os tenho! — disse Ana, enquanto um sorriso, inesperado depois das lágrimas, um sorriso de astúcia e zombaria lhe corria nos lábios.

— Neste caso, eles têm, a meu ver, um ar mais divertido que lúgubre — insinuou Dolly, sorrindo por sua vez.

— Enganas-te! Sabes por que eu parto hoje e não amanhã? A confissão é dolorosa, mas quero fazê-la — disse Ana, sentando-se numa poltrona e fitando Dolly bem no rosto.

Com surpresa, Dolly percebeu que Ana corara até ao fundo dos olhos, até os cachos negros da nuca.

— Sabes — prosseguiu Ana — por que Kitty não veio jantar? Ela sente ciúmes de mim. Destruí a sua alegria. Fui a culpada de que esse baile, que ela tanto esperava, lhe fosse um suplício. Mas, verdadeiramente, eu não sou tão culpada, e se o sou é apenas um pouco.

Pronunciou as últimas palavras com uma falsa entonação na voz.

— Oh, acabaste agora de repetir os modos de Stiva! — disse Dolly, rindo-se.

Ana se perturbou.

— Oh, não, não, eu não sou como Stiva! — respondeu. — Conto-te isso porque não duvido um só instante de mim mesma.

Mas, no momento em que articulava as palavras, sentia toda a sua fragilidade: não somente duvidava de si mesma como a recordação de Vronski emocionava-a tanto que resolvera partir mais cedo do que desejava.

— Sim, Stiva me disse que dançaste a mazurca com ele e que ele...

— Não calcularás em que tolo desvario essas coisas se tornaram! Pensava ajudar no casamento e eis que... Talvez contra a minha vontade tenha eu...

Ela enrubesceu e calou-se.

— Oh, os homens pressentem logo estas coisas! — disse Dolly.

— Ficaria profundamente aflita se ele tomasse isso a sério — interrompeu Ana —, mas estou convencida de que tudo será esquecido depressa, e que Kitty deixará de me odiar.

— Falando francamente, Ana, esse casamento não me agrada. E, já que Vronski se enamorou de ti num só dia, melhor seria permanecer assim.

— Grande Deus, isso seria um absurdo! — gritou Ana. Mas, vendo-se exprimir tão alto o pensamento que a obsedava, um vivo rubor de satisfação cobriu-lhe novamente o rosto. — E parto deixando como inimiga essa Kitty a quem estimava tanto. Ela é encantadora. Mas tu arranjarás tudo isso, não é mesmo, Dolly?

Dolly reteve dificilmente um sorriso. Ela gostava de Ana, mas não se irritava em descobrir-lhe tais fraquezas.

— Uma inimiga. É impossível!

— Eu desejaria tanto ser estimada por todos como te estimo e, no entanto, amo-te ainda mais do que no passado — disse Ana, as lágrimas nos olhos. — Ah, como eu hoje estou tola!

Passou o lenço nos olhos e começou a vestir-se.

Precisamente na hora da partida, chegou Stepane Arcadievitch no alto do corredor, cheirando a vinho e a fumo.

A ternura de Ana vencera Dolly e, quando ela a abraçou pela última vez, murmurou:

— Ana, podes crer que não me esquecerei nunca do que fizeste por mim. Acredita também que te quero e te quererei sempre como a minha melhor amiga...

— Não compreendo por quê — respondeu Ana, retendo as lágrimas.

— Sempre me compreendeste e ainda me compreendes. Adeus, minha querida!

29

"Enfim, acabou-se tudo, graças a Deus!", tal foi o primeiro pensamento de Ana depois de despedir-se do irmão, que permaneceu no vagão até o terceiro aviso da sineta. Sentou-se ao lado de Annouchka, a sua criada. "Graças a Deus, amanhã verei novamente o meu Sérgio e Aléxis Alexandrovitch, a minha boa vida antiga retomará o seu curso."

Sempre presa à agitação que a possuía desde a manhã, Ana entregou-se a minuciosos preparativos: tirou do saco vermelho uma manta que pôs sobre os joelhos, envolvendo bem as pernas, e instalou-se comodamente. Uma senhora doente já estava deitada. Duas outras senhoras dirigiram a palavra a Ana, enquanto uma velha gorda, rodeando os joelhos com um cobertor, fazia amargas reflexões sobre o aquecimento. Ana respondeu às senhoras, mas, não tomando nenhum interesse pela conversa, pediu a Annouchka a sua lanterna de viagem, prendeu-a no encosto da poltrona e tirou da bolsa uma faca de cortar papel e um romance inglês. A princípio, encontrou dificuldade em ler: os balanços do carro, o ruído do trem em marcha, a neve que batia na janela da esquerda, colando-se ao vidro, o condutor que passava todo agasalhado e coberto de flocos de neve, as observações dos companheiros de viagem sobre a terrível tempestade que caía, tudo a distraía. Mas a monotonia continuando indefinida, sempre os mesmos abalos, a mesma neve na janela, as mesmas vozes, os mesmos rostos entrevistos na penumbra — acabou afinal lendo e entendendo que lia. Annouchka já dormia, as mãos envolvidas nas grossas luvas — uma das luvas estava rasgada —, tendo o pequeno saco vermelho nos joelhos. Ana Arcadievna compreendia o que estava lendo, mas tinha muita necessidade em viver por si mesma para sentir prazer com o reflexo da vida de outrem. A heroína do romance curava doentes: ela gostaria também de andar de leve no quarto daquele doente; um membro do Parlamento discursava, desejaria discursar também; lady Mary galopava atrás da sua matilha, importunava a cunhada, escandalizava as pessoas pela sua audácia: gostaria de fazer o mesmo. Vãos desejos! Restava-lhe mergulhar na leitura, martirizando com as suas mãos miúdas a faca de cortar papel.

O herói do romance tocava o apogeu da felicidade britânica — um título de barão e terras, onde ela gostaria de o acompanhar — quando lhe pareceu que o mesmo devia sofrer uma certa vergonha e que aquela vergonha recairia sobre ela. Mas por que se havia de envergonhar? "E eu, de que me envergonharia?", perguntou-se com uma surpresa indignada. Deixou o livro e revirou-se na poltrona, apertando a faca de cortar papel nas suas mãos nervosas. Que fizera? Passou em revista as suas recordações de Moscou: eram todas ótimas. Lembrou-se do baile, Vronski, o seu rosto apaixonado, a atitude que mantivera para com o rapaz: nada daquilo podia causar a sua confusão. Contudo, o sentimento de vergonha aumentava precisamente com aquela lembrança, enquanto uma voz interior parecia lhe dizer: "Tu abrasas, abrasas!" "Ah, que significa isso?", perguntou-se resolutamente, mudando de lugar na poltrona. "Recearei encarar essa recordação? Afinal de contas, que houve? Existirá, poderá existir algo de comum entre aquele oficial e eu, excluindo as relações mundanas?" Sorriu desdenhosa, retomou o livro, mas, decididamente, não compreendia mais nada. Bateu a faca de cortar papel contra o vidro gelado, passou sobre a face a superfície fria e lisa e, cedendo a uma crise de súbita alegria, pôs-se a rir quase estrepitosamente. Sentia os nervos se distenderem cada vez mais, os olhos se abrirem desmesuradamente, as mãos e os pés se crisparem, alguma coisa a asfixiava e aquela penumbra vacilante de sons e imagens se impunha com estranha intensidade. Perguntava-se a cada instante se o trem avançava, recuava ou se permanecia no mesmo lugar. Seria Annouchka ou uma estranha aquela mulher, ali, junto a si? O que estaria suspenso, uma capa ou um animal? "Sou eu mesma quem está sentada aqui? Sou eu ou uma outra mulher?" Aturdida, naquele estado de inconsciência, receava não resistir. Mas, sentindo-se ainda capaz de resistência, levantou-se, afastou a manta, o capote e acreditou um momento haver se refeito: um homem magro, vestido com um paletó longo, escuro, no qual faltava um botão, entrou. Ela adivinhou que era o substituto do condutor, viu-o consultar o termômetro, verificou que o vento e a neve entravam no vagão... Depois, tudo se confundiu novamente: o indivíduo magro pôs-se a pregar alguma coisa na parede do carro; a velha gorda estendeu as pernas, parecendo encher todo o vagão; por fim, pareceu-lhe ouvir um ruído terrível, de algo que se despedaçasse, como um gemido: uma luz vermelha cegou-a e depois uma sombra absorveu tudo. Ana sentiu-se cair num abismo. Aquelas sensações não eram desagradáveis. A voz do homem bem agasalhado e coberto de neve gritou alguma coisa. Recobrou os sentidos, compreendeu que o trem se aproximava de uma estação e que aquele homem era o condutor. Pediu à criada o seu xale e a capa, e dirigiu-se para a porta.

— A senhora vai sair? — perguntou Annouchka.

— Sim, tenho necessidade de respirar. Aqui está muito abafado.

A rajada de vento e de neve impediu-lhe a passagem. Precisou lutar para abrir a porta. O vento parecia aguardá-la fora do vagão para conduzi-la num bramido de alegria, mas, agarrando-se ao corrimão com uma das mãos e, levantando o vestido com a outra, desceu na plataforma. Abrigada pelo vagão, respirou com uma real tranquilidade o ar puro da noite tempestuosa. De pé, junto ao carro, examinou a plataforma e as luzes da estação.

30

A neve escorria de um canto da estação, perdia-se assobiando entre as rodas do comboio, grudava-se em todas as coisas, postes e pessoas, ameaçando ocultá-las. Após uma segunda calmaria, retornou com uma fúria que parecia irresistível. A grande porta da estação abria-se e fechava-se incessantemente, dando passagem às pessoas que corriam, aqui e ali, ou se entretinham alegremente ao longo da plataforma de tábuas que rangiam sob os seus pés. Uma sombra de homem, curvado, ao pé de Ana, pareceu sair debaixo da terra. Ela percebeu o barulho de um martelo batendo ferro e depois, no lado oposto, o som de uma voz encolerizada subindo nas trevas.

— Deem-me esse telegrama! — dizia a voz, e outras a acompanharam.

— Por aqui, faz favor! Número 28!

Ana viu passar correndo em sua frente as silhuetas, seguidas por senhores que fumavam tranquilamente. Respirou ainda uma vez a plenos pulmões e, a mão já fora do regalo, preparava-se para subir novamente ao vagão quando um homem fardado surgiu a dois passos, interceptando a luz vacilante do candeeiro. Examinou-o e reconheceu Vronski. Cumprimentou-a com uma continência militar, inclinou-se e lhe ofereceu os seus préstimos. Fitou-o alguns momentos, sem dizer nada. Apesar de ele se encontrar na sombra, julgou perceber-lhe nos olhos e nos traços fisionômicos uma outra expressão de entusiasmo que não aquela que na véspera tanto a emocionara. Vinha ainda de se confessar, após o ter repetido muitas e muitas vezes durante todos aqueles dias, que Vronski era um rapaz como já encontrara centenas de outros, no qual não devia pensar: e eis que, desde o primeiro encontro, uma orgulhosa alegria a dominava! Ana julgou inútil perguntar-lhe o que fazia ali — ali estava, evidentemente, para vê-la. Isso, ela o sabia com tanta certeza como se ele mesmo o houvesse dito.

— Não sabia que ias a Petersburgo, que vais fazer? — perguntou, deixando cair a mão que estava apoiada no corrimão do estribo.

O seu rosto brilhou de indizível alegria.

— O que vou fazer — repetiu, mergulhando o olhar no de Ana. — Bem sabes que vou para estar junto a ti, não podia fazer de outro modo.

O vento, neste momento, como se tivesse vencido todos os obstáculos, fez cair a neve do teto do vagão e agitou com triunfo uma folha de zinco que havia despregado. O apito da locomotiva produziu um ruído lúgubre. Ana ainda apreciava a trágica beleza da tempestade. Vinha de ouvir as palavras que a razão temia, mas que o coração cobiçava. Guardou silêncio, mas Vronski leu no seu rosto a luta que no íntimo se travava.

— Perdoa-me se o que disse te desagrada — continuou humildemente, mas com tão marcada obstinação, que ela levou alguns minutos sem poder responder.

— Não devias me dizer isso — disse ela afinal — e, se és cavalheiro, esquece tudo como eu também já esqueci.

— Não esquecerei, eu não posso esquecer nenhum dos teus gestos, nenhuma das tuas palavras.

— Basta, basta! — gritou Ana, inutilmente procurando dar ao rosto, que ele devorava com os olhos, uma expressão de severidade. E, apoiando-se no corrimão gelado, subiu lentamente os degraus.

Sentindo necessidade de recolher-se, deteve-se alguns momentos na entrada do vagão. Sem poder recordar as palavras exatas, sentiu com um misto de susto e alegria que aquele instante de conversa os reaproximara um do outro. No fim de alguns segundos, estava novamente no seu lugar. O seu nervosismo aumentava incessantemente: chegou a crer que uma corda bastante esticada se rompia na sua alma. Não dormiu nada naquela noite. Aquela tensão do espírito, aquele trabalho da imaginação nada tinham de doloroso: sentia apenas uma perturbação, um ardor, uma feliz emoção.

Adormeceu pela madrugada em sua poltrona. Despertou com o dia claro. O trem se aproximava de Petersburgo. Pensou logo no marido, no filho, nos seus trabalhos de dona de casa, e essas preocupações a absorveram inteiramente.

Assim que desceu do vagão, o primeiro rosto que viu foi o do marido. "Bom Deus, por que as suas orelhas cresceram tanto?", perguntou a si mesma, vendo aquela bela e fria criatura em quem o chapéu redondo parecia repousar sobre as salientes cartilagens das orelhas. Os lábios abertos num sorriso irônico que lhe era familiar, ele avançou ao seu encontro e olhou-a fixamente nos grandes olhos fatigados. Àquele olhar tão próximo, Ana sentiu o coração bater com mais força. Esperaria encontrar o marido com outro aspecto? E por que a sua consciência censurava a hipocrisia das suas atitudes? Em verdade, este sentimento estava adormecido há muito tempo nas profundezas do seu ser, mas era a primeira vez que se apresentava com aquela agudeza dolorosa.

— Como vê, o terno marido, terno como no primeiro ano do casamento, ardia no desejo de rever-te — disse com sua voz delicada e lenta, naquele tom de zombaria que habitualmente tomava com Ana, como visando ridicularizar o seu modo de falar.

— Como vai Sérgio? — indagou ela.

— Vês como recompensas o meu ardor!... Ele vai bem, muito bem.

31

Vronski, por sua vez, nem tentou dormir. Passou toda a noite na poltrona, os olhos abertos. Seu olhar, frequentemente fixo, descia algumas vezes sobre os passageiros que iam e vinham, sem distingui--los das coisas. Nunca a sua calma lhe parecera mais desconcertante, o seu orgulho mais inabordável. Essa atitude lhe valeu a inimizade do vizinho, um jovem magistrado nervoso, que tentou o impossível para convencê-lo a fazer parte dos vivos. Pediu-lhe fósforo, dirigiu-lhe a palavra, e Vronski concedeu-lhe tanto interesse como à lanterna do vagão e o infeliz, fatigado com tal calma, continha-se para não explodir.

Se Vronski demonstrava tão grande indiferença, não era porque acreditasse haver tocado o coração de Ana. Não, ainda não ousava acreditar naquilo, mas o sentimento que experimentava por ela o enchia de felicidade e orgulho. Que adviria de tudo aquilo? Ele nada sabia e em nada pensava, mas sentia que todas as suas forças, até então enfraquecidas e dispersas, convergiam com uma energia derradeira para um fim único e extraordinário. Vê-la, ouvi-la, senti-la perto, eis em que se resumia toda a sua vida. Esse pensamento o dominava desde o minuto em que vira Ana na estação de Bologoye, onde descera para beber um copo de soda. Era feliz por ter falado: Ana sabia que ele a amava, ela não podia fugir de pensar nisto. Retornando ao vagão, refez, uma a uma, as menores recordações dos seus encontros, reviu todos os gestos, todas as palavras, todas as atitudes de Ana — e o seu coração enlouquecia com as visões que ganhavam corpo na sua imaginação.

Chegando a Petersburgo, desceu do trem tão bem-disposto, apesar da noite de insônia, como se saísse de um banho frio. Deteve-se perto do vagão de Ana para vê-la passar. "Verei ainda uma vez o seu rosto, o seu andar", pensava, rindo-se involuntariamente, "ela talvez tenha para mim um olhar, um sorriso, uma palavra, um gesto." Mas apareceu, primeiramente, o marido acompanhado, com deferência, pelo chefe da estação. "Ah, sim, o marido!" E quando o viu surgir com a cabeça, as espáduas e as rígidas pernas nas calças negras, quando viu o marido segurar o braço de Ana como uma criatura certa dos seus direitos, Vronski convenceu-se de que aquele homem, cuja existência sempre lhe parecera duvidosa, existia em carne e osso e que laços estreitos o uniam à mulher que ele, Vronski, amava.

O rosto frio, o ar severo e seguro do próprio valor, o chapéu redondo, as costas ligeiramente curvadas; Vronski teve de admitir a sua existência, é verdade, mas admiti-la com a sensação do sedento que descobrisse uma fonte de água pura e, aproximando-se, encontrasse-a enlameada por um cão, um carneiro ou um porco. O andar de Aléxis Alexandrovitch, pernas duras e ancas remexidas, ofuscava-o particularmente. A ninguém, senão a si mesmo, ele reconhecia o direito de amar Ana. Felizmente, aparecendo, Ana continuava sendo a mesma e isso o reanimou. O criado de Vronski — um alemão que fizera a viagem na segunda classe — veio pedir ordens. Entregou-lhe as malas e marchou resolutamente para a mulher. Assistiu, desse modo, ao encontro dos esposos e a sua perspicácia de apaixonado permitiu-lhe interpretar o disfarçado constrangimento com que Ana acolheu o marido. "Não, ela não o ama e nem pode amá-lo."

Apesar de lhe haver dado as costas, observou com alegria ter Ana percebido a sua aproximação: ela se inclinou, reconheceu-o e continuou a conversa iniciada.

— A senhora passou bem a noite? — perguntou-lhe, cumprimentando ao mesmo tempo o marido e a mulher, permitindo assim a Aléxis Alexandrovitch receber a parte do seu cumprimento e reconhecê-lo.

— Muito bem, obrigada — respondeu ela.

O seu rosto fatigado não possuía a animação habitual, mas, percebendo Vronski, um rápido clarão passou pelo seu olhar. Foi um instante que lhe pareceu feliz. Fitou o marido para ver se ele conhecia o conde. Aléxis Alexandrovitch examinava-o com um ar descontente, mas pareceu logo se tranquilizar. Vronski embaraçou-se por sua vez: a intrepidez juvenil chocava-se com a arrogância severa.

— O conde Vronski — disse Ana.

— Ah! Parece-me que nos conhecemos — disse com indiferença Aléxis Alexandrovitch, estendendo a mão ao rapaz. — Como vejo, viajaste com a mãe e voltaste com o filho — acrescentou, fazendo uma espécie de trocadilho. E, sem esperar resposta, voltou-se para a mulher, indagando sempre com ironia: — Choraram muito, em Moscou, com a tua partida?

Pensava assim despedir o rapaz, e completou a lição, tocando no chapéu. Mas Vronski, dirigindo-se a Ana Arcadievna, disse ainda:

— Espero ter a honra de apresentar-me em casa da senhora.

— Com muito prazer, recebemos às segundas-feiras — respondeu friamente Aléxis Alexandrovitch, concedendo-lhe um dos seus olhares enfadonhos. E sem mais fazer caso da sua presença, continuou para Ana no mesmo tom divertido: — Que alegria ter encontrado um momento de liberdade para vir-te achar e provar-te assim a minha ternura!

— Salientas a tua ternura para que melhor eu a perceba — respondeu, prestando ouvidos, involuntariamente, aos passos de Vronski, que os seguia. "Eh, que me importa, vejamos!", pensou ela. E novamente interrogou o marido sobre o modo como Sérgio se comportara na sua ausência.

— Muito bem! Mariette assegura que ele se conduziu gentilmente e, sinto-me triste em dizer, não sentiu a tua falta. Ele não é como o teu marido. Agradeço-te, minha boa amiga, teres voltado um dia mais cedo. Nossa cara "samovar" vai ficar contente (Ele dava este nome à célebre condessa Lídia Ivanovna devido ao seu estado perpétuo de emoção e agitação). Pediu-me incessantemente notícias tuas e, se ouso dar-te um conselho, era o de ir vê-la hoje mesmo. Sabes que ela sempre sofre por tua causa e, atualmente, entre as suas outras preocupações habituais, conta a reconciliação dos Oblonski.

A condessa Lídia era amiga dos Karenine, e o centro de uma certa sociedade que, por causa do marido, Ana devia frequentar antes de qualquer outra.

— Mas eu lhe escrevi a esse respeito!

— Ela quer saber detalhes. Vai, minha boa amiga, se não estás muito fatigada. Vamos, eu te deixo, nós temos uma sessão, mas Quadrat levar-te-á de carruagem. Enfim, não jantarei mais sozinho — acrescentou sem pilhéria desta vez. — Tu não acreditas como me habituei...

Dito isso, apertou-lhe longamente a mão, esboçou o seu melhor sorriso e a pôs na carruagem.

32

O primeiro rosto que Ana viu, entrando em casa, foi o do filho.

Surdo aos gritos da governanta, desceu a escada ao seu encontro, gritando com grande alegria: "Mamãe!" — e lançou-se ao seu pescoço.

— Eu bem dizia que era a tua mãe! — gritou a governanta. — Estava certa!

Mas, como acontecera com o pai, o filho causou logo a Ana uma espécie de desilusão. Via-o de um modo quimérico demais para vê-lo tal como era realmente, isto é, como uma encantadora criança de cachos louros, lindos olhos azuis e pernas bem-feitas nas meias puxadas. Então, ela gozou uma alegria quase física sentindo-o perto, recebendo as suas carícias, e um verdadeiro apaziguamento moral, ouvindo as suas ingênuas perguntas, fitando os seus olhos de expressão tão terna, tão confiante, tão cândida. Desembrulhou os presentes enviados por Dolly e contou-lhe que ele tinha em Moscou uma priminha, chamada Tânia, que já sabia ler e que já ensinava às outras crianças.

— Então, eu sou menos aplicado do que ela? — perguntou Sérgio.

— Para mim, meu amor, ninguém é mais aplicado do que tu.

— Eu bem sabia — disse Sérgio, sorrindo.

Ana acabara de tomar o café, quando se anunciou a condessa Lídia Ivanovna. Era uma enorme e forte mulher, de tez amarelada e doentia, olhos negros e sonhadores. Ana, que a amava, pela primeira vez julgou perceber que ela não era isenta de defeitos.

— Minha amiga, levaste o ramo de oliveira? — perguntou a condessa, mal entrara.

— Sim, tudo se resolveu — respondeu Ana. — O caso não era tão grave como pensávamos. A minha cunhada, comumente, é um pouco impulsiva.

Mas a condessa Lídia, interessando-se pelo que não lhe dizia respeito, se habituara a só prestar atenção ao que a interessava. Ela interrompeu Ana.

— Sim, tantas são as palavras e as tristezas nesta terra, que eu me sinto no fim das minhas forças.

— Que há? — inquiriu Ana, retendo dificilmente o sorriso.

— Começo a estar cansada de romper inutilmente as lanças pela verdade e me desconcerto inteiramente. A obra das nossas irmãs (tratava-se de uma instituição filantrópica, religiosa e patriótica) torna uma boa direção, mas nada há a fazer com esses senhores — declarou a condessa num tom de irônica resignação. Aproveitam-se dessa ideia para desfigurá-la e, no entanto, julgam-na de um modo baixo e miserável. Duas ou três pessoas, entre as quais o teu marido, compreendem a importância da obra que realizamos. Os outros só fazem combatê-la. Recebi ontem uma carta de Pravdine...

Pravdine, célebre panslavista, residia no estrangeiro. A condessa revelou a Ana o conteúdo da carta. Contou-lhe, depois, as numerosas ciladas armadas contra a obra da união das Igrejas e a necessidade de se agir com presteza, razão por que devia assistir ainda naquele dia duas reuniões, uma das quais no "Comitê eslavo".

"Nada disso é novo", pensou Ana, "por que não o observei antes? Ela estará hoje mais nervosa do que de costume? No fundo, tudo isso é divertido: esta mulher, que se diz cristã e só vê a caridade, zanga-se e luta com outras pessoas que visam exatamente o mesmo fim."

Depois da condessa Lídia, veio outra amiga, mulher de um alto funcionário, que lhe contou todas as novidades do dia, partindo às três horas e prometendo voltar para o jantar. Aléxis Alexandrovitch estava no Ministério. Ficando sozinha, Ana assistiu primeiro ao jantar do filho — a criança fazia as refeições em separado — e, depois, pôs ordem nos seus trabalhos e na correspondência atrasada.

Da perturbação, da vergonha inexplicável que a fizera sofrer durante a viagem, já não restavam traços. Retornando ao ritmo normal da vida, sentia-se novamente sem medo e sem censura, nada compreendendo do seu estado de espírito da véspera.

"Que terá se passado de tão grave?", pensava. "Nada. Vronski disse uma loucura e eu lhe respondi como era necessário. Inútil falar a Aléxis, seria dar ao caso excessiva importância." Recordou-se de que um jovem funcionário subordinado ao marido lhe fizera quase uma declaração e ela julgara bom prevenir a Aléxis Alexandrovitch — este lhe respondera então que toda mulher de sociedade estava sujeita a incidentes daquele gênero, que confiava nela e jamais desceria a um ciúme humilhante para todos os dois. "Melhor, pois, é calar-me", concluiu. "Também, graças a Deus, nada tenho a dizer."

33

Aléxis Alexandrovitch voltou do Ministério às quatro horas mas, como sempre acontecia, não teve tempo de ir aos aposentos de sua mulher. Passou diretamente ao gabinete para dar audiência aos solicitadores que o esperavam e assinar alguns papéis trazidos pelo seu chefe de gabinete. À hora do jantar (para o qual sempre eram convidadas três ou quatro pessoas), chegaram os convidados do dia: uma velha prima de Aléxis Alexandrovitch, um diretor do Ministério e a mulher, e um rapaz que lhe fora recomendado. Ana desceu ao salão para recebê-los. O grande relógio de bronze do tempo de Pedro I batia a última pancada das cinco horas, quando Aléxis Alexandrovitch, de roupa e gravata brancas, duas condecorações no peito, apareceu: tinha, por obrigação, fazer visitas depois do jantar. Cada instante da sua vida era contado e, para executar num dia todas as suas obrigações, devia observar aquela rigorosa pontualidade. "Sem pressa e sem repouso" — tal era a sua divisa. Entrou logo e, depois de cumprimentar a todos e sorrir à mulher, sentou-se à mesa.

— Afinal, a minha solidão acabou! Não calcularás como me aborrece (apoiou-se sobre a palavra) jantar sozinho!

Durante o jantar, interrogou sua mulher sobre Moscou e, com um sorriso sarcástico, sobre Stepane Arcadievitch — mas a conversa tornou-se geral e se desenvolveu principalmente sobre questões de trabalho e política. Concluído o jantar, passou meia hora com os seus convidados, e, depois de um novo sorriso e um novo aperto de mão à mulher, saiu para assistir a uma nova reunião do Conselho. Ana não quis ir ao teatro, onde tinha um camarote naquele dia, nem tampouco à casa da princesa Betsy Tverskoi que, sabendo do seu regresso, mandara dizer-lhe que a esperava. Ficou em casa, principalmente porque a costureira faltara com a palavra. Antes de partir para Moscou, dera três vestidos para serem modificados: sabia vestir-se maravilhosamente e com economia. Quando, após partirem os convidados, ocupava-se da sua *toilette*, ficou contrariada por verificar que, dos três vestidos, a ficarem prontos três dias antes da sua volta, dois não tinham vindo e o terceiro não fora refeito como ordenara. A costureira, chamada às pressas, tentou desculpar-se. Ana exaltou-se tanto que se envergonhou depois. Para se acalmar, passou ao quarto do filho, deitando-o ela própria, cobrindo-o cuidadosamente e só o deixando após benzê-lo com o sinal da cruz. Então, muito contente por não ter saído, uma grande paz se fez no seu coração. A cena da estação, que tão importante lhe parecera, surgia agora como um episódio banal da vida mundana, da qual não podia se envergonhar. Instalou-se no canto da chaminé e esperou tranquilamente o marido, lendo um romance inglês. Às nove horas e meia, precisamente, soou a campainha e Aléxis Alexandrovitch entrou.

— Afinal, vejo-te! — disse Ana, estendendo-lhe a mão, que ele beijou antes de sentar-se junto dela.

— Em resumo, tudo acabou bem? — perguntou ele.

— Sim, muito bem.

E ela contou todos os detalhes da sua viagem: o trajeto com a condessa Vronski, a chegada, o acidente, a piedade que o seu irmão lhe inspirara, e Dolly.

— Eu não admito, apesar de ser teu irmão, que se desculpe esse homem — declarou categoricamente Aléxis Alexandrovitch.

Ana sorriu. Ele visava demonstrar que as relações de parentesco não tinham a menor influência sobre a justiça dos seus julgamentos — e era um traço de caráter que Ana apreciava.

— Estou contente — prosseguiu ele — que tudo se tenha acabado bem e que pudesses voltar. E, lá embaixo, que dizem do novo projeto de lei adotado pelo Conselho?

Como ninguém houvesse lhe falado a esse respeito, Ana mostrou-se um pouco confusa por ter esquecido uma coisa a que o marido concedia tanta importância.

— Aqui, está fazendo grande barulho — afirmou ele, com um sorriso de satisfação.

Ela compreendeu que Aléxis Alexandrovitch contava os pormenores lisonjeiros por vaidade. Deixou-o, pois, confessar — sempre com o mesmo sorriso — que a aceitação daquela medida lhe valera uma verdadeira consagração.

— Estou muito, muito contente. Isso prova que se começa a interpretar a questão sobre uma base racional.

Depois de tomar dois copos de chá com creme, Aléxis Alexandrovitch achou-se na obrigação de retornar ao seu gabinete de trabalho.

— Não quiseste sair esta noite? Deves estar aborrecida?

— Oh, não estou! — respondeu, erguendo-se. — Que estás lendo?

— A *Poésie des enfers*, do duque de Lille. Um livro notável.

Ana sorriu como sorrimos às fraquezas dos entes queridos e, abraçando o marido, acompanhou-o até a porta do gabinete. Sabia que o hábito de ler à noite lhe era uma necessidade. Sabia que, apesar dos deveres oficiais que absorviam quase inteiramente o seu tempo, ele gostava de estar a par das coisas do espírito. Não ignorava também que, bastante competente em matéria de política, de filosofia e de religião, Aléxis Alexandrovitch nada entendia a respeito de literatura e de artes, o que não o impedia de se interessar particularmente por obras desses gêneros. E se, em política, e filosofia, e religião, acontecia ter dúvidas e procurar esclarecê-las, emitia sempre em questões de arte, de poesia, de música principalmente, da qual não compreendia nada, opiniões definitivas e dogmáticas. Gostava de discorrer sobre Shakespeare, Rafael ou Beethoven, determinar as fronteiras das novas escolas de música e de poesia, classificá-las numa ordem tão lógica quanto rigorosa.

— Bem, chegou a hora. Deixo-te, vou escrever para Moscou — disse Ana, na porta do gabinete, onde já estavam preparadas, juntas à poltrona do marido, uma garrafa de água e uma vela com o respectivo abajur.

Ainda uma vez apertou-lhe a mão e beijou-a.

"É um homem bom, honesto, leal e notável em seu gênero", pensava Ana entrando no quarto. Como ela o defendia, uma voz secreta soprou-lhe que não se podia amar semelhante criatura. "Mas por que as suas orelhas cresceram tanto? Ele cortou o cabelo muito baixo."

À meia-noite precisamente, Ana escrevia ainda a Dolly em sua pequena carteira, quando passos surdos se aproximaram, e Aléxis Alexandrovitch apareceu, o livro na mão, chinelas nos pés e a *toilette* feita.

— Já é hora de dormir — disse ele com um sorriso malicioso antes de passar para a alcova.

"Com que direito ele o olhou assim?", pensava Ana recordando o olhar que Vronski lançara sobre Aléxis Alexandrovitch.

Ela se reuniu logo depois ao marido — mas onde estava aquela flama que, em Moscou, animava o seu rosto, brilhava em seus olhos, iluminava o seu riso? Estava apagada ou, pelo menos, bem oculta.

34

Deixando Petersburgo, Vronski cedeu ao seu melhor amigo, Petritski, o seu enorme apartamento da rua Morskaia.

Petritski, jovem tenente de origem modesta, só possuía dívidas, apesar da sua fortuna. Embriagava-se todas as noites. As aventuras, travessas ou escandalosas, valiam-lhe frequentes castigos. E tudo isso não o impedia de ser querido dos seus chefes e dos seus companheiros.

Chegando em casa um pouco antes das onze horas, Vronski percebeu, parada em frente da casa, uma carruagem de aluguel que não lhe era desconhecida. Tocando a campainha do apartamento, ouviu do patamar da escada risos de muitos homens, um gorjear feminino e a voz de Petritski que exclamava:

— Se for um desses abutres, bata-lhe a porta no nariz!

Sem se fazer anunciar, Vronski passou silenciosamente à primeira sala. Muito elegante no seu vestido de cetim lilás, a amiga de Petritski, a baronesa Chiltone, os cabelos louros, a carinha cor-de-rosa e de loquacidade parisiense, preparava o café sobre uma mesa. Petritski, de capote, e o capitão Kamerovski, fardado, estavam perto da baronesa.

— Ah, Vronski! Bravo! — gritou Petritski, saltando ruidosamente da cadeira. O dono da casa chegou imprevistamente! Baronesa, sirva-lhe café com a cafeteira nova! Que ótima surpresa! Que dizes do novo arranjo do teu gabinete? — perguntou, indicando a baronesa. — Conhecem-se, não é verdade?

— Como, se nos conhecemos? — respondeu Vronski sorrindo e apertando a mão da baronesa. — Mas somos velhos amigos!

— Chegas de viagem, então eu me retiro — disse a baronesa. — Irei imediatamente, se incomodo.

— Estás em tua casa onde quer que estejas, baronesa — respondeu Vronski. — Bom dia, Kamerovski — continuou ele, apertando com certa frieza a mão do capitão.

— Aí está uma gentileza como jamais saberias encontrar — disse a baronesa dirigindo-se a Petritski.

— Quê! Depois do jantar, eu espero...

— Depois do jantar já não haverá mérito. Bem, prepararei o café enquanto mudas de roupa — disse a baronesa acalmando-se e voltando com precaução o bico da cafeteira nova. — Pedro, passa-me o café — disse a Petritski, a quem chamava Pedro devido ao nome de família, sem dissimular a sua ligação.

— Tu o estragarás!

— Não, eu não o estragarei... E tua mulher? — perguntou de repente a baronesa, interrompendo a conversa de Vronski com os seus companheiros. — Nós te casamos durante a tua ausência. Trouxeste a tua mulher?

— Não, baronesa, eu nasci boêmio e boêmio morrerei.

— Tanto melhor, tanto melhor! Aperta-me a mão.

E, sem o deixar partir, a baronesa se pôs a desenvolver, com brincadeiras, os seus últimos planos de vida e a pedir-lhe conselhos.

— Ele não quer consentir no divórcio, que devo fazer? ("Ele", era o marido.) Espero processá-lo, que pensas?... Kamerovski, repara no café, senão derrama; vê que te falo sobre negócios!... Tenho necessidade da minha fortuna, não é verdade? Compreende essa canalhice — acrescentou num tom de profundo desprezo: pretextando que eu lhe sou infiel, aquele senhor roubou os meus bens!

Vronski se divertia com a tagarelice da baronesa e retomava o tom que lhe era habitual com aquele gênero de mulheres, dando-lhe conselhos meio sérios e meio galhofeiros. As criaturas da sua roda dividiam a humanidade em duas categorias opostas. O primeiro grupo, insípido, tolo e principalmente ridículo: os maridos que exigem fidelidade das esposas, as moças puras, as mulheres castas, os homens corajosos, fortes e moderados, que se julgam obrigados a educar os filhos, pagar as dívidas, ganhar a vida, e outras ninharias: é o velho jogo. O outro, ao contrário, ao qual todos eles se vangloriavam de pertencer, tomado de elegância, de generosidade, de audácia, de bom humor, que se abandona a todas as suas paixões e desdenha o resto.

Ainda sob a impressão dos meios moscovitas — como eram diferentes! —, Vronski surpreendeu-se um momento encontrando aquele mundo alegre e leviano, mas logo penetrou na vida antiga, como se calçasse as suas velhas chinelas.

O famoso café não chegou a ser feito: derramou-se da cafeteira ao tapete, sujou o vestido da baronesa, salpicou todos, mas atingiu o seu verdadeiro fim, que era provocar risos e gracejos.

— Bem, adeus. Se eu ainda ficasse, não farias a tua *toilette* e eu me culparia do pior dos crimes que um rapaz possa cometer, o de não se banhar. Aconselhas-me então a estrangulá-lo?

— Certamente, mas de tal forma que a tua mãozinha se aproxima dos lábios dele: ele a beijará e tudo acabará com grande satisfação — respondeu Vronski.

— Então, até a noite, no Teatro Francês.

Kamerovski também se levantou, e Vronski, sem esperar a sua partida, estendeu-lhe a mão e passou em seguida para o banheiro. Enquanto se banhava, Petritski mostrou-lhe a situação em que se encontrava. Nada de dinheiro; um pai que declarava não querer lhe dar coisa alguma e que não lhe pagaria as dívidas; dois alfaiates a persegui-lo; um coronel resolvido, caso o escândalo continuasse, a obrigá-lo a deixar o regimento; a baronesa, enfadonha como a chuva, principalmente por causa das suas constantes ofertas de dinheiro; e, ainda por cima, uma nova beleza no horizonte, de estilo oriental, "gênero Rebeca, meu caro, e é indispensável que eu te mostre"; um negócio com Berekochov, que o queria enviar aos tribunais, mas certamente não faria nada; em resumo, tudo ia da maneira mais lamentável. Depois, sem deixar ao amigo tempo para refletir, Petritski narrou as novidades do dia. Ouvindo-o, no ambiente familiar da sua residência, que ocupava há três anos, com propósitos não menos familiares, Vronski sentia com prazer o prosseguimento indiferente da vida de Petersburgo.

— Não é possível! — gritou ele, largando o pedal do lavatório que molhava o seu pescoço grosso e vermelho. — Não é possível! — repetiu, recusando-se a acreditar que Laura tivesse deixado Fertingov por Miléiev. — E ele continua sempre idiota e contente consigo próprio? A propósito, e Bouzoulkov?

— Bouzoulkov? Ele arranjou uma boa! Tu conheces a sua paixão pelos bailes? Não, ele não perde nenhum na corte. Ultimamente, foi a um desses com um dos novos chapéus... Já viste algum? São ótimos, muito leves... Estava ele, pois, em grande porte... Escutas-me, hein?

— Eu te escuto, eu te escuto — afirmou Vronski, esfregando-se com uma esponja.

— Uma duquesa passou com um diplomata estrangeiro e, para sua infelicidade, a conversa caiu sobre os novos chapéus. A duquesa quis mostrar um... Percebeu Bouzoulkov em pé, o chapéu na cabeça (Petritski dizia isso arremedando a atitude de Bouzoulkov) e pediu-o para lhe mostrar o seu chapéu. Ele não se mexeu. Que significava aquilo? Ela fez sinais, lançou olhares, e ele, como se fosse um morto, não se mexia. Vejo daqui o espetáculo. Então, o meu amigo... esqueço sempre o seu nome... quis também tomar o chapéu de Bouzoulkov. Ele se alterou, o diplomata arrancou-lhe o chapéu e o entregou à duquesa. "Veja o novo modelo", disse aquela virando o chapéu. E que havia dentro? Tu nunca adivinharias... Uma pera, meu caro, uma pera, depois balas, um quilo de balas! Ele tinha feito provisões, o animal!

Vronski, muito tempo depois, falando de outra coisa, lembrava-se da história do chapéu e explodia em risos, risos francos que descobriam os seus belos dentes regulares.

Uma vez informado das novidades do dia, Vronski vestiu o uniforme com o auxílio do criado e foi se apresentar no Quartel. Queria passar depois em casa do irmão, em casa de Betsy e começar uma série de visitas a fim de introduzir-se no mundo onde teria alguma probabilidade de encontrar Ana Karenina. Como era moda em Petersburgo, ele deixou o seu apartamento com intenção de só voltar com a noite muito avançada.

Segunda parte

1

No fim do inverno, os Stcherbatski reuniram uma conferência médica para examinar a saúde de Kitty: a moça se sentia muito fraca e, com a aproximação da primavera, o mal só fazia piorar. O médico preferido receitara óleo de fígado de bacalhau, depois ferro e finalmente nitrato de prata, mas, como nenhum desses remédios desse resultado, aconselhara uma viagem ao estrangeiro. Resolveram então consultar uma celebridade médica. Essa celebridade, um homem ainda moço e muito elegante, exigiu um exame minucioso da doente. Insistiu com uma certa complacência sobre o fato de ser o pudor das moças apenas um resto de barbárie: nada mais natural do que um homem ainda moço auscultar uma moça seminua. Como o fazia todos os dias sem experimentar — ele o acreditava — a menor emoção, evidentemente só podia considerar o pudor das moças como um resto de barbárie e mesmo como uma injúria pessoal.

Era necessário a resignação. Todos os médicos seguiam os mesmos cursos e não praticavam senão uma única e mesma ciência, no entanto, por uma razão qualquer, decidiu-se que apenas esse famoso médico — os outros eram simplesmente uns sendeiros — possuía os conhecimentos capazes de salvar Kitty. Depois de examinar seriamente a pobre menina perturbada, desvairada, o célebre médico lavou cuidadosamente as mãos e retornou ao salão, para junto do príncipe. Este ouviu-o, tossindo e com o rosto sombrio. Homem idoso, experiente e nada tolo, o príncipe não acreditava na medicina e se irritava tanto mais com aquela comédia quanto era ele talvez o único a compreender a causa do mal de Kitty. "Este fraseador parece-me sair como entrou", pensava, exprimindo com aqueles termos de caçador a sua opinião sobre o diagnóstico do célebre médico. Por seu lado, o homem de ciência dissimulava mal o seu desprezo por aquele velho fidalgo, dirigindo-lhe a palavra apenas como uma formalidade, pois que, era evidente, o cérebro da casa era a princesa. Em sua frente, ele derramaria as pérolas da sua eloquência. Ela retornou logo com o médico da família, e o príncipe se afastou para não se manifestar sobre semelhante farsa. A princesa, embaraçada, não sabia mais o que fazer: sentia-se muito culpada para com Kitty.

— Doutor, decida da nossa sorte: diga-me tudo. — Ela queria acrescentar: "Existe alguma esperança?", mas os seus lábios tremiam, e contentou-se em dizer: — E, então, doutor?

— Permita-me, princesa, conversar primeiramente com o meu colega: depois, então, terei a honra de lhe dar a minha opinião.

— É preciso deixar-vos sozinhos?

— Como melhor lhe parecer.

A princesa suspirou e saiu.

Uma vez sozinhos, o médico da família expôs timidamente o seu parecer: devia tratar-se de um começo de tuberculose, no entanto etc. etc. No meio do discurso, o célebre médico olhou o seu enorme relógio de ouro.

— Sim — disse ele —, mas...

O seu colega calou-se respeitosamente.

— Nós não podemos, como o senhor deve saber, precisar o início do *processus* tuberculoso. No caso atual, entretanto, certos sintomas, tais como a hipoalimentação, nervosismo e outros, nos permitem reforçar essa opinião. A questão se apresenta assim: que deveremos fazer, sendo constatada uma evolução tuberculosa, para se estabelecer uma boa alimentação?

— Não percamos de vista as causas morais — insinuou, com um fino sorriso, o médico da família.

— Isso nem é preciso dizer — respondeu o famoso médico, depois de olhar novamente o relógio. — Desculpe-me: o senhor sabe se a ponte do lago Irouza está consertada, ou se ainda é preciso dar a volta?... Ah, está consertada. Então, disponho de vinte minutos... Dizíamos, pois, que a questão se apresentava assim: regularizar a alimentação e fortificar os nervos. Uma não irá sem a outra e é imprescindível agir sobre as duas metades do círculo.

— Mas a viagem ao estrangeiro...

— Eu não gosto dessas mudanças. De resto, se há ameaça de tuberculose, em que essa viagem seria útil? O essencial é acharmos um meio de manter uma boa alimentação sem prejudicar o organismo...

E o célebre médico expôs o seu plano de cura com a água de Soden, cujo mérito principal consistia em sua inocuidade. O colega escutou-o com uma atenção respeitosa.

— Mas, justificando a viagem ao estrangeiro, teríamos a mudança de hábitos, o afastamento de um clima propício a despertar desagradáveis recordações. Afinal, é o desejo da mãe.

— Ah!... Bem, que partam!... Contanto que esses charlatães da Alemanha não agravem o mal!... É indispensável que sigam estritamente as suas prescrições... Depois de tudo isso, sim, que elas partam!

Olhou ainda o relógio.

— Oh! Já é tempo de o deixar — declarou, e se dirigiu para a porta.

O ilustre médico disse à princesa — provavelmente por um sentimento de conveniência — que desejava ver a doente ainda uma vez.

— Como? — gritou a princesa terrificada. — O senhor quer recomeçar o exame?!

— Não, não, princesa, tão somente alguns detalhes.

— Está bem.

E a princesa levou o médico ao pequeno salão onde estava Kitty, em pé no centro do aposento, muito emagrecida, a face ruborizada e os olhos brilhantes pela confusão que a visita do médico lhe causara. Quando ela os viu entrar, os seus olhos se encheram de lágrimas e enrubesceu ainda muito mais. Os tratamentos impostos lhe pareciam absurdos: não era querer reunir pedaços de um vaso quebrado para tentar refazê-lo? Podiam curar o seu coração com pílulas e pós? Mas Kitty ousava contrariar menos ainda a sua mãe quanto mais se sentia culpada.

— Queira entrar, princesa — disse o grande médico, sorrindo.

Sentou-se em frente de Kitty, tomou-lhe o pulso e recomeçou uma série de aborrecidas perguntas. Ela respondeu depressa e depois, impaciente, levantou-se.

— Desculpe-me, doutor, mas tudo isso me parece inútil! É a terceira vez que o senhor me faz a mesma pergunta.

O grande médico não se ofendeu.

— Irritabilidade doentia — disse ele à princesa, quando Kitty saiu. — Demais, eu já havia acabado.

Dizendo isso, o esculápio, dirigindo-se à princesa como a uma pessoa de inteligência excepcional, explicou-lhe em termos científicos o estado de sua filha e deu-lhe, para concluir, muitas recomendações sobre a maneira de tomar as águas, cujo principal mérito consistia em sua inutilidade. Quanto à pergunta: "Seria preciso viajar ao estrangeiro?", o doutor refletiu profundamente e o resultado das reflexões foi consentir na viagem, sob a condição de não se fiar nos charlatães e de seguir unicamente as suas prescrições.

A partida do médico foi um sinal de repouso: a mãe retornou para junto da filha completamente tranquilizada e Kitty fingiu também o estar, porque, desde algum tempo, recursos não lhe faltavam para fingir.

— De verdade, mamãe! Estou bastante bem. Mas, se desejas viajar, então, vamos! — E, tentando parecer interessada na jornada, começou a falar dos preparativos.

2

Dolly chegou sobre os passos do médico. Levantara-se do leito com dificuldade (dera à luz uma menina, no fim do inverno) e, não obstante as suas inquietações, os seus pesares, como soubesse que se realizava naquele dia a consulta, confiara sua filhinha a uma outra ama para conhecer a sorte de Kitty.

— Então? — disse ela entrando no salão sem tirar o chapéu. — Como estão alegres! É sinal de que tudo vai bem.

Tentou-se contar o que dissera o médico, mas, por mais que este tivesse muito bem e amplamente falado, ninguém soube resumir ao certo as suas palavras. Ele havia autorizado a viagem, não era o essencial?

Dolly suspirou: a sua irmã, a sua melhor amiga, ia partir! E a vida que já lhe era tão pouco alegre! Depois da reconciliação, as suas relações com o marido se tornaram francamente humilhantes: a emenda realizada por Ana sofrera novas rupturas. Como Stepane Arcadievitch não permanecia em casa e só deixava pouco dinheiro, a suposição das suas infidelidades atormentava incessantemente Dolly, que deliberadamente a repelia, em virtude de nada saber de positivo e recordar-se com horror das torturas passadas. Do mesmo modo que a descoberta de uma traição não poderia, para o futuro, despertar-lhe semelhante crise de ciúme, não temia menos uma cisão nos hábitos. Preferia, pois, deixar-se enganar, desprezando o marido e desprezando a si mesma por aquela fraqueza. A sua numerosa família, por outro lado, causava-lhe outras preocupações: ora o aleitamento não ia bem; ora a ama ficava ausente; ora — e era justamente o caso de hoje — um dos pequenos caía doente.

— Como vão as crianças? — perguntou a princesa.

— Ah, mamãe, nós temos muitas misérias. Lili está de cama, e acho que ela tem escarlatina. Saí hoje para saber como iam todos, receando não mais poder vir durante muito tempo se for mesmo (Deus não permita!) escarlatina.

Quando soube que o médico partira, o velho príncipe saiu do seu gabinete, deu a face para Dolly beijar, trocou algumas palavras com ela e se dirigiu à sua mulher:

— Afinal, que decidiram? Viajarão sempre? E que será feito de mim?

— Eu acho, Alexandre, que farias melhor em ficar.

— Como quiseres.

— Por que papai não viria conosco? — indagou Kitty. — Seria mais alegre, tanto para ele como para nós.

O príncipe levantou-se e acariciou os cabelos de Kitty. Ela ergueu a cabeça, olhando-o e fazendo enorme esforço para sorrir. Sempre lhe parecera que, de toda a família, ninguém melhor a compreendia que o seu pai. Era a mais moça e, por conseguinte, a sua preferida: a sua afeição, ela acreditava, devia torná-lo clarividente. Quando o olhar de Kitty cruzou com o do príncipe — que a fitava com os seus olhos azuis —, ele teve a impressão de ler em sua alma e enxergou tudo o que se passava de mal. Corou, inclinou-se, esperando um beijo, mas ele se contentou em lhe bater nos cabelos, dizendo:

— Estes caracóis! Não se chega até a filha, são os cabelos de uma mulher morta que se acaricia... Então, Dolly, que faz o teu "ás"?

— Ele vai bem, papai — disse Dolly, compreendendo que se tratava do marido. — Está sempre ausente, dificilmente eu o vejo — não pôde deixar de acrescentar com um sorriso irônico.

— Ainda não foi ao campo vender o bosque?

— Não, está sempre se preparando para ir.

— Verdadeiramente!... Então, é necessário que também eu faça os meus preparativos? Vá lá — disse o príncipe à sua mulher, sentando-se. — E tu, Kitty — continuou, voltando-se para a filha mais moça —, sabes o que te é preciso fazer? É indispensável que digas, despertando numa bela manhã: "Mas eu estou alegre e disposta, faz um lindo tempo, por que não recomeçar os meus passeios com papai?"

Ouvindo aquelas palavras tão simples, Kitty se perturbou, como se a houvessem condenado por um crime... "Sim, ele sabe tudo, compreende tudo e aquelas palavras significam que eu devo, custe o que custar, suportar a minha humilhação." Ela quis responder, mas lágrimas cortaram-lhe a palavra, e salvou-se.

— Vê bem o que fizeste! — disse a princesa, tomando partido contra o marido. — Tu sempre... — e começou uma repreensão em regra.

O príncipe a ouviu durante longo tempo em silêncio, mas o seu rosto se entristecia cada vez mais.

— Ela causa tanta pena, a pobre menina. Tu não compreendes que ela sofre com a menor alusão ao seu desgosto? Ah! como podemos nos enganar julgando o mundo! (Pela mudança de inflexão na voz, Dolly e o príncipe compreenderam que ela falava de Vronski.) Não compreendo como não existam leis para castigar indivíduos tão miseráveis!

— Farias melhor em calar-te! — gritou o príncipe, erguendo-se e fazendo menção de retirar-se. Mas, parando no limiar, exclamou: — As leis existem, minha boa amiga, e, já que me forças a dizer, eu observo que, em todo aquele caso, a verdadeira culpada foste tu, unicamente tu. Sempre existiram leis contra esses tratantes, e elas existem ainda. E, apesar de velho, eu lhe teria pedido contas, ao miserável, se... se certas coisas, que não deviam ter acontecido, não se tivessem passado. E, não obstante tudo isso, convocaste ainda por cima os teus charlatães!

O príncipe iria longe se a princesa, como sempre fazia nas questões graves, não se mostrasse submissa e arrependida.

— Alexandre, Alexandre! — murmurou, dirigindo-se a ele, desfeita em lágrimas.

Vendo-a chorar, o príncipe calou-se e deu alguns passos ao seu encontro.

— Vamos, vamos, não chore, eu sei que para ti também isto é horrível. Mas, que podemos fazer? De resto, o mal não é tão grande e a misericórdia de Deus é infinita... Obrigado... — acrescentou, não sabendo bem o que dizia, e respondendo ao beijo que a princesa lhe dava na mão. Tomou afinal a decisão de retirar-se.

Guiada pelo instinto materno, Dolly percebera, vendo Kitty em lágrimas, que só uma mulher poderia agir sobre ela com alguma probabilidade de sucesso. Tirou o chapéu e, reunindo toda a sua energia, preparou-se para intervir. Durante o aparte da princesa, ela tentou retê-la como o respeito filial lhe permitia, mas, à resposta de seu pai, opôs apenas o silêncio, tanto sentia vergonha pela mãe e afeição por aquele pai tão fácil de comover-se. Assim que o príncipe saiu, ela resolveu cumprir a sua missão, que era ir até Kitty para consolá-la.

— Eu sempre esqueço de perguntar, mamãe, se a senhora sabia que Levine tinha a intenção de pedir a mão de Kitty quando veio aqui pela última vez. Ele disse a Stiva.

— E então? Eu não compreendo.

— Talvez Kitty o tenha recusado. Ela não lhe disse nada?

— Não, ela não me falou nem de um e nem de outro. É muito orgulhosa. Mas eu sei que tudo isso vem...

— Mas, reflita, se ela recusou Levine!... E jamais o teria recusado sem o outro, eu o sei... E esse outro enganou-a odiosamente!

Assustada com a ideia dos seus erros, a princesa achou melhor não se zangar.

— Eu não compreendo mais nada! Cada qual age pela própria cabeça, nada dizem à sua mãe, e depois...

— Mamãe, eu vou encontrá-la.

— Vai, não serei eu quem te impeça.

3

Penetrando no quartinho forrado de rosa e enfeitado de bonecas de porcelana *vieux saxe*, encantador e agradável aposento, tão alegre como o era Kitty dois meses antes, Dolly lembrou-se da satisfação com que o tinham decorado no ano anterior. Sentiu o coração esfriar, percebendo a irmã imóvel, sentada numa cadeira perto da porta, os olhos fixos num dos cantos do tapete. Tinha no rosto uma expressão severa, da qual não se libertou nem mesmo vendo Dolly. Contentou-se em lançar-lhe um vago olhar.

— Receio não ser possível deixar a minha casa tão cedo, e tu não poderás ir visitar-me — disse Dolly, sentando-se junto da irmã.
— Eis por que vim conversar um pouco contigo.
— Sobre o quê? — perguntou vivamente Kitty erguendo a cabeça.
— Sobre o que, senão teu desgosto?
— Eu não tenho desgosto.
— Deixa-me concluir, Kitty. Pensas verdadeiramente que não sei nada? Eu sei tudo. E, se queres me acreditar, digo-te que tudo aquilo é pouca coisa. Quem de nós não passou por isso?

Kitty calava-se, os traços sempre crispados.

— Ele não vale o desgosto que te causa — continuou Dolly, indo diretamente ao fim.

— Realmente, pois que me rejeitou — murmurou Kitty com a voz trêmula. — Suplico-te, deixemos este assunto!

— Quem te disse isso? Ninguém acredita. Eu estou convencida de que ele esteve apaixonado por ti, que ainda o está, mas...

— Nada me exaspera tanto como essas lamentações! — gritou Kitty, levantando-se rapidamente. Voltou-se, enrubescendo, e, com os dedos nervosos, pôs-se a machucar, ora com uma, ora com outra mão, a fivela do cinto. Dolly conhecia aquele gesto habitual da irmã, quando perdia o controle, e sabia que Kitty, então, seria capaz de pronunciar palavras despidas de toda amenidade. Quis, pois, acalmá-la, mas já era muito tarde. — Que queres que eu sinta — continuou Kitty muito agitada —, que me apaixone por um homem que não quer saber de mim, que morra de amor por ele? E é minha irmã quem me diz isso, uma irmã que eu pensava me... me... me ter alguma amizade!... Não sei o que fazer dessa piedade hipócrita!

— Kitty, tu és muito nervosa!

— Por que me aborreces então?

— Eu não pensei... Vi o teu desgosto e...

Kitty, em sua cólera, não entendia nada.

— Não quero nem me afligir, nem me consolar. Sou muito orgulhosa para amar um homem que não me ama...

— Mas eu não pretendi... Escuta, dize-me a verdade — pronunciou friamente Dolly, apertando-lhe a mão — Levine, ele te falou?

O nome de Levine fez perder a Kitty o resto de controle. Saltou da cadeira, atirou por terra a fivela da cintura e gritou com gestos arrebatados:

— Que vem Levine fazer aqui? Resolveste decididamente me torturar! Eu já disse e repito, sou orgulhosa e incapaz de fazer, jamais, jamais o que tu fizeste: retornar ao homem que me traiu. Isso está acima das minhas forças. Tu te resignas, mas eu, eu não o poderia...

Sem concluir, ela se dirigiu para a porta, mas, vendo que Dolly abaixava tristemente a cabeça sem responder, deixou-se cair numa cadeira e escondeu o rosto no lenço.

O silêncio se prolongou durante um a dois minutos. Dolly pensava nos seus próprios tormentos: a sua humilhação, que ela sentia de modo muito forte, parecia-lhe mais dolorosa ainda descoberta por sua irmã. Kitty a ferira, ela nunca a julgaria capaz de tal crueldade. Mas percebeu imediatamente o sussurro de um vestido e ouviu soluços, enquanto dois braços lhe envolviam o pescoço: Kitty estava ajoelhada na sua frente.

— Minha querida, eu sou tão infeliz! — murmurou ela contritamente, ocultando o lindo rosto molhado de lágrimas na saia de Dolly.

Aquelas lágrimas talvez fossem indispensáveis para facilitar a boa compreensão entre as duas irmãs: depois de muito chorarem, não retornaram ao assunto que as preocupava, mas, falando de outra coisa, se entendiam perfeitamente bem. Kitty sabia que as suas palavras de reprovação e amargura tinham ferido profundamente a irmã; mas sabia também que Dolly já não lhe guardava rancor. Por seu lado, Dolly sentia que previra certo: Kitty recusara Levine para se deixar enganar por Vronski. Era este o ponto doloroso: ela estava agora muito perto de amar Levine e de odiar Vronski. Kitty, naturalmente, não soltara uma palavra sobre tudo aquilo, mas, quando se acalmasse, deixaria entrever o seu estado de alma.

— Eu não tenho desgosto, mas não podes imaginar como tudo se tornou odioso e repugnante, a começar por mim mesma. Tu não acreditarias nos maus pensamentos que me vem ao espírito.

— Que maus pensamentos podes ter? — perguntou Dolly sorrindo.

— Os piores, os mais feios, eu nem os posso descrever. Isso não é nem aborrecimento e nem desespero, é muito pior. Pareceu-me que tudo o que havia de bom em mim cedeu lugar ao mal... Como explicar tudo isso? — prosseguiu ela, descobrindo uma certa surpresa nos olhos da irmã. — Por exemplo: ouviste o que papai me disse; bem, eu compreendo que ele me desejasse um marido o mais cedo possível. Mamãe leva-me à sociedade: parece-me que visa se desembaraçar de mim. Eu sei que isso não é verdade, mas não posso expulsar essas ideias. Os moços solteiros são intoleráveis: sempre tenho a impressão de que me estão medindo. Antigamente, era um prazer ir ao baile, gostava dos vestidos, agora eu os odeio, sinto-me mal com a alegria. Que queres que eu faça? O doutor... Bem...

Kitty deteve-se, confusa. Ela queria dizer que, depois daquela nefasta transformação, detestava Stepane Arcadievitch e não podia vê-lo sem que imagens grosseiras surgissem no seu espírito.

— Sim, tudo toma aos meus olhos um aspecto asqueroso. Vê em que consiste a minha doença. Talvez isso passe...

— Esforce-se para não pensar...

— Impossível. Sinto-me bem apenas em tua casa, com as crianças.

— Que lástima que não possas vir agora!

— Irei. Já tive escarlatina e convencerei a mamãe.

Kitty cumpriu a palavra. A escarlatina sendo efetivamente comprovada, ela se instalou em casa da irmã e ajudou-a a cuidar das seis crianças, que felizmente logo se restabeleceram. Mas a sua saúde em nada melhorou. Os Stcherbatski, durante a quaresma, deixaram Moscou e dirigiram-se para o estrangeiro.

4

A alta sociedade de Petersburgo é constituída de pessoas que mutuamente se conhecem e não convivem senão com elas próprias. No entanto, por mais fechada que seja, aquela sociedade tem os seus grupos. Mme. Karenina frequentava três dentre eles. O primeiro, círculo oficial, compreendendo os colegas e os subordinados do seu marido, unidos ou divididos entre eles pelas relações sociais as mais diversas e caprichosas. No princípio, Ana sentira por aquelas criaturas um respeito quase religioso, de que só lhe restava simples recordação. Ela os conhecia a todos, como numa pequena cidade se conhece as pessoas, com as suas manias e as suas fraquezas, suas simpatias e antipatias. Sabia a quem e por que razão cada um deles devia a sua situação, que relações entretinham entre si e qual o centro comum. Mas, apesar dos conselhos da condessa Lídia, aquele círculo oficial, a quem estava ligada pelos interesses do marido, nunca a interessou e ela o evitava o mais possível.

O segundo círculo, ao qual Aléxis Alexandrovitch devia o sucesso da sua carreira, tinha por centro a condessa Lídia, compunha-se de mulheres idosas, feias, virtuosas e devotas; e de homens inteligentes, instruídos e ambiciosos. Um dos seus membros chamara-o de "consciência da sociedade de Petersburgo"; Aléxis Alexandrovitch levava-o muito a sério, e o caráter flexível de Ana logo lhe permitiu fazer ali muitos amigos. Mas, voltando de Moscou, aquele meio tornou-se insuportável a ela: pareceu-lhe que todo mundo, começando por si mesma, faltava ao natural, e, como se aborrecia e sentia-se mal na comodidade da casa da condessa Lídia, passou a frequentá-la muito pouco.

O terceiro grupo era a sociedade propriamente dita, o mundo dos bailes, dos jantares, das brilhantes *toilettes*, mundo que se retém com uma mão na corte para não tombar na classe média, e que pensa desprezar os interessados na partilha dos seus prazeres. O laço que ligava Mme. Karenina a essa sociedade era a princesa Betsy Tverskoi, mulher de um dos seus primos, que possuía uma renda de cento e vinte mil rublos: desde que Ana chegara de Petersburgo, a princesa Betsy a ela se afeiçoara, apresentando-a ao seu grupo e gracejando muito daquele da condessa Lídia.

— Quando for velha e feia, eu farei como ela — dizia Betsy —, mas, moça e bonita como és, que irás fazer naquele asilo?

No entanto, há muito tempo Ana lutava para se afastar daquele grupo, cujo nível de vida superava os seus meios e que lhe agradava menos que o outro. Mas tudo mudou após a sua volta de Moscou: afastou para o primeiro grupo os seus amigos virtuosos. Tornou a encontrar-se com Vronski, e cada um dos encontros lhe provocava uma deliciosa emoção. Viam-se mais comumente em casa de Betsy, também Vronski de origem e prima em segundo grau de Aléxis. Vronski não perdia ocasião de vê-la e de lhe falar do seu amor. Ela não fazia o menor avanço, mas, vendo-o, sentia no coração a mesma alegria que a surpreendera no primeiro encontro, no vagão. Essa alegria se traía na dobra dos seus lábios e no brilho do seu olhar — tentava sufocá-la, mas lhe faltavam forças.

Em começo, Ana julgou-se sinceramente descontente com as perseguições de Vronski. Uma noite, porém, em que ele não apareceu numa das casas onde pensava encontrá-lo, compreendeu claramente a dor que a torturava, a inutilidade das suas ilusões e que, longe de desagradá-la, aquela assiduidade formava o interesse principal da sua vida.

Uma célebre cantora cantava pela segunda vez. Toda a alta sociedade estava na Ópera, e Vronski na primeira fila. Mas, percebendo a sua prima num camarote, não esperou o intervalo para ir ao seu encontro.

— Por que não vieste jantar conosco? — perguntou ela. Depois, em voz baixa, de modo a ser ouvida somente por ele, acrescentou: — Admiro a segunda vista dos apaixonados: ela também não foi, mas venha depois do espetáculo.

Vronski a interrompeu com o olhar, ela respondeu com um sinal de cabeça. Ele agradeceu com um sorriso e sentou-se junto.

— E os teus antigos divertimentos, em que se tornaram eles? — continuou a princesa, que acompanhava com um prazer particular a marcha daquela paixão. — És estimado, meu caro.

— Mas eu não peço para o ser — respondeu Vronski com o seu riso habitual. — Falando francamente, o que eu lastimo é não o ser em excesso. Começo a perder toda a esperança.

— Que esperanças pensavas ter? — disse Betsy, amparando a virtude da sua amiga. — *Entendons-nous...*[11]

Mas os seus olhos excitados diziam ter ela compreendido tão bem quanto ele em que consistia aquela esperança.

— Nenhuma — respondeu Vronski, descobrindo com um sorriso os seus dentes brancos e bem-dispostos. — Perdão — continuou ele, tomando o binóculo das mãos de Betsy para examinar, sobre a sua espádua desnuda, os camarotes opostos. — Creio tornar-me ridículo.

Ele sabia muito bem que, aos olhos de Betsy, como diante daqueles das pessoas do seu grupo, não corria nenhum perigo daquela espécie. Sabia muito bem que, se um homem pode parecer ridículo amando sem esperança uma moça ou uma mulher inteiramente livre,

---

11 Em francês, "Entendamo-nos". (N.E.)

ele jamais o seria, cortejando uma mulher casada, tudo arriscando para seduzi-la. Essa ideia era bela, grandiosa, e eis por que Vronski, devolvendo o binóculo, olhou a sua prima com um sorriso arrogante que se distendeu sob o seu bigode.

— Mas por que não vieste jantar? — perguntou ela, impossibilitada de esconder a sua admiração.

— É toda uma história. Eu estava ocupado. Com o quê? Vê se adivinhas... Estava ocupado em reconciliar um marido com o conquistador da mulher.

— E tiveste resultado?

— Quase.

— É preciso que me contes tudo no próximo intervalo — disse ela, levantando-se.

— Impossível, irei ao Teatro Francês.

— Deixas Nilsson por aquilo? — disse Betsy indignada, se bem que não pudesse distinguir Nilsson da última corista.

— Nada posso, pois tenho um encontro para a história da reconciliação.

— Bem-aventurados os pacificadores, eles serão salvos — disse Betsy, que se recordava de ter ouvido algo semelhante. — Então, dize-me depressa do que se trata.

E ela sentou-se novamente.

5

É um pouco leviano, mas tão engraçado que não posso deixar de contar-te — disse Vronski, olhando-a nos olhos risonhos. — Está entendido que não citarei nomes.

— Eu os adivinharei, tanto melhor.

— Escuta, pois: dois rapazes bastante alegres...

— Teus companheiros de regimento, não é mesmo?

— Eu não disse dois oficiais, mas simplesmente dois rapazes que almoçaram bem...

— Traduza-se: "beberam demais".

— É possível. Dois rapazes de muito bom humor foram jantar em casa de um camarada. Uma carruagem passou junto deles na rua e a linda mulher que a ocupava voltou-se e, ao que lhe pareceu, fez sorrindo um sinal com a cabeça. Eles, naturalmente, seguiram-na às carreiras. Para grande surpresa deles, a bela desconhecida deteve-se precisamente em frente da casa para onde se dirigiam. Enquanto ela sobe ao andar superior, eles têm o tempo de perceber dois bonitos pezinhos e o brilho dos lábios sob o véu.

— A julgar pelos detalhes, devias ser um deles.

— Esqueces os teus propósitos de ainda há pouco... Os rapazes entraram em casa do camarada que oferecia um jantar de despedida. É possível que, durante o jantar, bebessem mais do que deviam. Acontece sempre assim num caso semelhante. Querem a todo preço saber quem habita o andar de cima: ninguém pode satisfazer-lhes a curiosidade. "Existem *mamzelles*[12] na casa?", perguntaram eles ao criado do seu amigo. "Oh, por aqui, muitas", respondeu. Depois do jantar, passaram no escritório do amigo para escrever uma carta à desconhecida. Fizeram uma inflamada declaração e resolveram entregá-la pessoalmente a fim de explicar, caso necessário, os pontos obscuros.

— Por que contas semelhantes horrores? E depois?

— Eles tocaram a campainha. Uma empregada veio lhes abrir a porta. Entregaram-lhe a carta, dizendo-se loucos de amor e prestes a morrer diante da porta. A criada, estupefata, reflete. Subitamente, aparece um senhor, vermelho como um pimentão, com suíças em forma de pés de coelho, que lhes impede a entrada, não sem declarar antes que, na casa, não havia outra mulher senão a sua.

— Como sabes que ele tinha as suíças em forma de pés de coelho?

---

12 Pronúncia russa para a palavra francesa "mademoiselles". (N.E.)

— Porque tentei hoje uma reconciliação.

— E então...

— É o mais interessante do negócio. Esse feliz casal é constituído por um conselheiro e uma conselheira titulares. O senhor, o conselheiro, apresentou queixa, e eis-me transformado em mediador. Comparado a mim, Talleyrand não era senão um coitado, afirmo-te.

— E que dificuldade te contrariou?

— Irás ver... Começamos por nos desculpar da melhor maneira: "Deplorável desinteligência... Estamos desesperados... Queríamos nos desculpar." O conselheiro estava radiante, e desejou exprimir também os seus sentimentos. Exprimindo-os, ele se arrebatou, soltou grosseiras palavras e obrigou-me a apelar para os meus talentos diplomáticos. "Admito que a conduta deles fosse deplorável, mas o senhor deve levar em consideração que se tratava de um equívoco: são moços e acabavam de jantar. Estão arrependidos profundamente e pedem que os perdoe." O conselheiro se acalmou. "Eu também admito, conde, e estou pronto a perdoar, mas o senhor poderá conceber que a minha mulher, uma honesta mulher, foi exposta às perseguições, às insolências, às grosserias de patifes, de miseráveis..." Referia-se como patifes às pessoas com quem o devia reconciliar. Foi indispensável refazer a diplomacia, mas cada vez que acreditava ter ganho a causa, bumba! O meu conselheiro retomava a sua cólera e o seu rosto se enrubescia: as suas suíças se mexiam e assim tive de recorrer a novas delicadezas.

— Ah, minha querida, é preciso que lhe conte isso — disse Betsy a uma senhora que entrava no seu camarote. — Ele me divertiu bastante... Bem, *bonne chance*[13] — acrescentou, estendendo a Vronski o único dedo que o leque deixava livre.

Antes de retornar à frente do seu camarote, sob a luz viva do gás, elevou o busto com um gesto das espáduas, a fim de apresentar-se a toda a sala em pleno esplendor da sua nudez.

---

13 Em francês, "boa sorte". (N.E.)

Vronski, no entanto, ia ao Teatro Francês, onde o seu coronel, que não faltava a uma única representação, tinha-lhe marcado encontro. Devia informá-lo sobre o progresso de uma negociação que há três dias o preocupava muito.

Os heróis da aventura eram dois oficiais do seu esquadrão, Petritski, de quem muito gostava, e um jovem príncipe Kedrov, recentemente entrado no regimento, amável rapaz e admirável camarada. E, o que era pior, a honra do regimento estava em jogo. Efetivamente, Wenden, o conselheiro, tinha-se queixado ao coronel contra os galanteadores de sua mulher. A acreditá-lo, ela, a sua mulher, casada após seis meses e em estado interessante, fora à Igreja em companhia da mãe; perturbada por uma indisposição súbita, para chegar em casa o mais depressa possível, tomara a primeira carruagem que passara. Perseguida pelos oficiais, tinha, sob a pressão do medo, subido a escada correndo, o que lhe agravou o mal. E, quanto ao que lhe dizia pessoalmente, ouvira, entrando no seu gabinete, o toque da campainha e vozes desconhecidas: em presença dos dois oficiais bêbados, tinha-lhes batido a porta e pedido, depois, que eles fossem severamente punidos. O coronel imediatamente convocou Vronski.

— É forçoso reconhecer — declarou ele — que Petritski torna-se impossível. Não passa uma semana sem causar alguma perturbação. Esteja certo de que não irá mais longe.

Com efeito, o negócio era por demais espinhoso, não se podia pensar em duelo, fazia-se indispensável acalmar o queixoso. Vronski logo o compreendera e o coronel muito contava com a sua delicadeza, a sua habilidade, seu espírito militar. Decidiram que Petritski e Kedrov se desculpariam e que Vronski os acompanharia: o seu nome e as insígnias de ajudante de ordens se imporiam, sem dúvida, ao ofendido. Eles o acreditavam pelo menos, mas aqueles grandes meios não reuniram senão metade e, como se viu, a reconciliação parecia ainda duvidosa.

No Teatro Francês, Vronski acompanhou o coronel até o saguão e contou-lhe o sucesso, ou antes o insucesso, da sua missão. Depois de refletir, o coronel resolveu não continuar o negócio, o que não o impediu de interrogar Vronski e rir-se francamente verificando o ridículo do conselheiro e a maneira hábil como Vronski, aproveitando um minuto de repouso, se retirara trazendo Petritski consigo.

— Abominável história — concluiu ele —, mas bem divertida. Kedrov também não pode bater-se com esse senhor! Ele se enfureceu tanto assim? — perguntou ainda uma vez, rindo-se. — E como o senhor achou Clara esta noite? Maravilhosa, não é verdade? (Tratava-se de uma nova atriz francesa.) É sempre agradável vê-la, ela nunca é a mesma. Não há como as francesas para conseguirem isso, meu caro...

6

A princesa Betsy não esperou o último ato para deixar o teatro. Apenas pôs um pouco de pó no rosto pálido, arranjou ligeiramente a *toilette* e pediu o chá no salão, já as primeiras carruagens chegavam em frente à sua ampla residência da rua Morskaia. Os recém-chegados desciam num largo alpendre, um grandioso porteiro lhes abria a porta de vidro atrás da qual ele lia os jornais todas as manhãs, para edificação dos transeuntes.

O grande salão viu entrar quase ao mesmo tempo os convidados por uma porta, e por outra a dona da casa, com a tez e o penteado refeitos. As paredes estavam guarnecidas de tecidos escuros, o assoalho coberto por espesso tapete; sobre uma enorme mesa, a luz de numerosas velas avivava o brilho da toalha, de um serviço de chá prateado e de um outro de porcelana transparente.

A princesa sentou-se em frente ao serviço de chá e tirou as luvas. Criados hábeis em conduzir cadeiras sem o menor ruído ajudaram todos a se sentarem. Dois grupos se formaram: um, junto à dona da casa; o outro, no canto oposto do salão, em torno de uma bela embaixatriz de pestanas negras bem arqueadas e vestido de veludo negro. Aqui e ali, a conversa, como sempre acontece no começo de uma reunião, permanecia ainda hesitante, interrompida pelos que entravam, pela oferta de chá e pelas trocas de amabilidade.

— Como atriz é perfeita, estudou Kaulbach — afirmava um diplomata no grupo da embaixatriz. — Observaram como ela caiu?...

— Por favor, não falemos de Nilsson, já se disse tudo sobre a sua arte — gritou uma mulher gorda e loura, de pescoço curto, trajando um vestido de seda envelhecida. Era a princesa Miagki, chamada *l'enfant terrible*, devido à sua sem-cerimônia. Sentada entre os dois grupos, apurava os dois ouvidos, e participava das duas conversas.

— Três pessoas me disseram hoje essa mesma coisa sobre Kaulbach. Por que será que essa frase faz tanto sucesso?

A observação cortou repentinamente a conversa. Devia-se procurar um novo tema.

— Conte-nos alguma coisa agradável, mas que não seja maldosa — pediu a embaixatriz ao diplomata. A embaixatriz era muito versada na arte da conversação elegante, o *small talk* como dizem os ingleses.

— Isso é dificílimo, unicamente a malícia passa por ser agradável — respondeu o diplomata sorrindo. — Contudo, eu tentarei. Dê-me um tema. Quando se tem um deles, nada é tão fácil como enfeitá-lo. Parece-me que os brilhantes conversadores do século passado ficariam embaraçados em nossos dias, onde o espírito se tornou aborrecido...

— Isso não é novidade — interrompeu a embaixatriz, rindo-se.

A conversa prosseguiu num tom magnífico, mas bastante serena para que pudesse se manter. Restava um só meio infalível: a maledicência. Era imprescindível recorrer-se a ela.

— Não acham que Touchklevitch possui modos à Luís XV? — continuou o diplomata, mostrando um rapaz louro que estava perto da mesa.

— Oh, sim, tem um estilo de salão. Eis por que frequentemente ele vem aqui.

Desta vez, a conversa se deteve: era muito desagradável abordar por alusão um assunto proibido naquele lugar, como a ligação de Touchklevitch com a dona da casa.

Em torno desta, igualmente, a conversa hesitou algum tempo entre os três temas inevitáveis: a última novidade, o teatro e o julgamento do próximo. Ali também a maledicência prevalecia.

— Ouviram dizer que a Maltistchev, a mãe e não a filha, fez um vestido de *diable rose*?

— Não é possível. Devia ter ficado deliciosa.

— Surpreendo-me com o seu espírito, porque ela não sente esse ridículo.

E todos tiveram uma palavra para criticar e escarnecer a infeliz Maltistchev. As frases se entrechocavam crepitantes como um feixe que arde.

Informado, no momento de partir para o seu grupo, que a princesa recebia convidados, o marido, um gordo e bom colecionador de gravuras, apareceu subitamente. Com um passo macio, ensurdecido ainda mais pelo tapete, dirigiu-se diretamente à condessa Miagki.

— E então, — indagou — a Nilsson lhe agradou?

— Pode-se assustar assim as pessoas! — gritou ela. — Que ideia de cair do céu sem avisar!... Não me fale da Ópera, o senhor não entende nada de música. Eu prefiro abaixar-me até o senhor e ouvi-lo discorrer sobre as suas estampas. Vamos, que novidade descobriu no mercado das pulgas?

— Quer ver a minha última descoberta? Mas a senhora não compreende nada.

— Mostre-me sempre. Fui educada entre os... esqueci o seu nome. O senhor sabe, os banqueiros... Juro-lhe, eles me mostraram todas as extraordinárias gravuras que possuem.

— Como, esteve em casa dos Schutzbourg? — perguntou do seu lugar, perto da mesa, a dona da casa.

— Sim, *ma chére* — respondeu a princesa Miagki, alteando a voz porque se sentia escutada de todos. — Convidaram-nos a jantar, ao meu marido e a mim, e nos serviram um molho que, ao que parece, custara mil rublos. Um molho péssimo, esverdeado. Como tive que os receber por minha vez, servi-lhes um de 85 copeques. Todos ficaram contentes. Não, eu não tenho meios de preparar molhos de mil rublos!

— Ela é única! — disse Betsy.

— Espantosa! — aprovou alguém.

Se a princesa Miagki não perdia jamais a sua boa impressão, era porque sempre falava com bom senso, e nem sempre a propósito, sobre coisas ordinárias. No meio em que vivia, aquele bom senso passava por ser espírito. O seu sucesso surpreendia a si mesma, o que não a impedia de gozá-lo.

Aproveitando o silêncio que se fizera, a dona da casa quis realizar uma ligação entre os dois grupos e, dirigindo-se à embaixatriz:

— Decididamente, não queres beber chá? Vem por aqui!

— Não, obrigada, estamos bem aqui — respondeu a outra sorrindo. E retornou à conversa interrompida. O assunto valia a pena: falava-se dos Karenine, marido e mulher.

— Ana mudou muito depois de sua viagem a Moscou — dizia uma das suas amigas. — Ela tem qualquer coisa de estranho.

— A mudança se explica, pois ela tem a segui-la a sombra de Aléxis Vronski — disse a embaixatriz.

— Que importa! Há um conto de Grimm, onde um homem punido não sei por qual crime é privado da sua sombra; mas não chego a compreender aquele modo de punição. Sem dúvida, é doloroso a uma mulher ser privada da sua sombra.

— Sim — disse a amiga de Ana —, mas as mulheres que têm sombra acabam ordinariamente mal.

Aquelas maledicências chegaram aos ouvidos da princesa Miagki.

— Podem morder a própria língua! — gritou ela subitamente. — Mme. Karenina é uma mulher encantadora. Seu marido, vá lá! Eu não gosto dele. Mas ela é outra coisa.

— E por que a senhora não gosta dele? — perguntou a embaixatriz. — É um homem notável. Meu marido acha que, na Europa, poucos estadistas têm o seu valor.

— O meu acha a mesma coisa, mas eu não acredito. Se os nossos maridos ficassem calados, veríamos Aléxis Alexandrovitch tal como é. E, segundo o meu modo de ver, é um imbecil. Aqui entre nós, bem entendido: mas isso me sossega. Antigamente, quando me inclinava a achar-lhe espírito, tratava-me de tola por não saber onde descobrir tal coisa, mas agora confesso, em voz baixa, é certo: "Trata-se de um imbecil"; e tudo está explicado.

— Como a senhora hoje está perversa!

— Mas não, absolutamente. O caso é que um de nós dois deve ser um imbecil: e aí está um defeito que não é agradável de se confessar.

— Ninguém está contente com a sua sorte nem descontente do seu espírito — insinuou o diplomata, citando um aforisma francês.

— Precisamente — apressou-se em confirmar a princesa Miagki. — Quanto a Ana, eu não a abandonarei. Ela é encantadora. E é sua a culpa se todos os homens se apaixonam por ela e a seguem como a sua sombra?

— Mas eu não visei censurá-la — disse a amiga de Ana para se desculpar.

— Porque não nos seguem a nós como nossas sombras, isso não justifica o direito de julgarmos os outros.

Depois de dar esta lição à amiga de Ana, a princesa levantou-se e, acompanhada pela embaixatriz, aproximou-se da grande mesa onde o rei da Prússia entretinha a conversa.

— De que falava em seu canto? — perguntou Betsy.

— Dos Karenine: a princesa descreveu-nos Aléxis Alexandrovitch — respondeu sorrindo a embaixatriz. E ocupou um lugar na mesa.

— Que pena não pudéssemos ouvi-la! — disse Betsy, o olhar voltado para a porta. — Ah, ei-lo afinal! — acrescentou, com um sorriso dirigido a Vronski, que acabava de entrar.

Vronski conhecia todas as pessoas que ali estavam reunidas. Via-as mesmo todos os dias. Entrou, pois, com a displicência de um homem que novamente encontra as pessoas a quem acabara de deixar.

— De onde eu venho? — respondeu ele a uma pergunta da embaixatriz. — É necessário que o confesse: do teatro bufo, e sempre com novo prazer, apesar de ser pela centésima vez. Confesso a minha vergonha: adormeço na Ópera, ao passo que, no teatro bufo, eu me divirto até o último minuto. Esta noite...

Referiu-se a uma atriz francesa, e quis contar uma história escandalosa, mas a embaixatriz o deteve com uma expressão de asco fingido:

— Não nos fale desse horror!

— Calo-me, apesar de todos conhecerem esses horrores.

— E todos gostariam de vê-los, caso fosse possível como na Ópera — acrescentou a princesa Miagki.

7

Passos fizeram-se ouvir perto da porta da entrada e a princesa Betsy, convencida de que iria surgir Mme. Karenina, deslizou um olhar para o lado de Vronski. O rapaz tinha a fisionomia transfigurada: os olhos fixos na porta, levantou-se lentamente e durante algum tempo pareceu oscilar entre o medo e a alegria. Ana entrou, olhar impassível e busto levantado, como de hábito. Com passos rápidos e decididos, atravessou a curta distância que a separava de Betsy, apertou-lhe a mão sorrindo e se voltou para Vronski. Este se inclinou profundamente, oferecendo-lhe uma cadeira.

Ela pareceu contrariada, corou e foi com dificuldade que agradeceu essa amabilidade, mas, refazendo-se logo, cumprimentou algumas pessoas e disse a Betsy:

— Desejei chegar mais cedo, mas estava em casa da condessa Lídia e me deixei ficar. Estava lá o senhor John, ele é muito interessante.

— O missionário?

— Sim, contou coisas curiosas sobre as Índias.

A conversa, interrompida com a entrada de Ana, novamente se reanimou como um fogo que se acaba de atiçar.

— Senhor John! Sim, eu o vi não há muito. Fala bem. A Vlassiev está positivamente transtornada por ele.

— É verdade que a mais moça das Vlassiev vai casar-se com Topov?

— Dizem que é uma coisa decidida.

— Surpreendo-me que os pais consintam! Ao que dizem, é um casamento de amor.

— De amor! — exclamou a embaixatriz. — Onde arranjaram essas ideias antidiluvianas? Quem fala de paixão em nossos dias?

— Que quer, senhora — disse Vronski —, esta velha moda ridícula não quer ceder o lugar...

— Tanto pior para aqueles que a seguem! Eu só conheço, em matéria de casamentos felizes, os de conveniência.

— Seja! Mas não acontece fracassarem esses casamentos com o aparecimento daquela paixão que se diria intrusa?

— Desculpe-me, mas por casamento de conveniência eu entendo o que se realiza entre duas pessoas serenas e frias. O amor é como a escarlatina: é preciso se ter passado por ele.

— Devia-se então descobrir um meio de inoculá-lo, como as bexigas.

— Na minha mocidade, apaixonei-me por um sacristão — declarou a princesa Miagki —, desejaria saber se o remédio deu resultado.

— Fora de brincadeira — disse Betsy —, eu creio que, para se conhecer o amor, é necessário primeiro que nos enganemos e depois que se faça a reparação do erro.

— Mesmo depois do casamento? — perguntou a embaixatriz, rindo-se.

— Nunca é tarde para se arrepender — disse o diplomata, citando um provérbio inglês.

— Precisamente — aprovou Betsy. — Cometer um erro, repará-lo depois, eis a verdade. Que pensas, minha querida? — perguntou ela a Ana, que escutava a conversa em silêncio, um ligeiro sorriso nos lábios.

— Eu creio — respondeu Ana, brincando com a luva — que, se existem tantas opiniões quantas são as cabeças, devem existir também tantas maneiras de amar quantos são os corações.

Vronski, que, os olhos voltados para Ana, esperara a sua resposta ansiosamente, respirou como se saísse de um perigo. Ela se voltou bruscamente para ele:

— Recebi notícias de Moscou — disse-lhe ela. — Kitty Stcherbatski está muito doente.

— É verdade? — indagou, o rosto sombrio.

Ana lançou-lhe um olhar severo.

— Parece-me que isso não o comove muito.

— Pelo contrário, comove-me profundamente. Posso saber ao certo o que lhe escreveram?

Ana levantou-se e se aproximou de Betsy.

— Queres me dar uma xícara de chá? — disse ela, detendo-se atrás da cadeira.

Enquanto Betsy servia o chá, Vronski aproximou-se de Ana.

— Que escreveram?

— Muitas vezes eu penso — disse ela à maneira de resposta — que os homens não executam os belos sentimentos de que fazem tanto alarde. Há muito tempo que lhe queria dizer isso — acrescentou, indo sentar-se perto de uma mesa coberta de álbuns.

— Não entendo bem o que significam as suas palavras — disse ele, oferecendo-lhe a sua xícara.

E, como Ana mostrasse o sofá com os olhos, ele sentou-se junto dela.

— Sim, queria dizer-lhe — prosseguiu ela, sem levantar os olhos de sobre ele — que o senhor procedeu mal, muito mal.

— Acredita que eu não o saiba? Mas de quem é a culpa?

— Por que me diz isso? — indagou ela, encarando-o provocadoramente.

— A senhora sabe perfeitamente — replicou com exaltação. Ele sustentou ousadamente o olhar de Ana e foi ela quem se perturbou.

— Isso prova simplesmente que o senhor não tem coração — disse. Mas os seus olhos deixavam entender precisamente o contrário.

— Isso a que fez alusão era um erro e não amor.

— Lembre-se de que eu o proíbo de pronunciar esta palavra, esta desagradável palavra — disse ela, estremecendo. (Mas logo compreendeu que por esta única palavra, "proíbo", reconhecia-se com certos direitos sobre ele e parecia animá-lo a lhe falar de amor.)

— Há bastante tempo que desejava ter com o senhor uma conversa séria — prosseguiu, olhando-o bem no rosto, as faces ruborizadas — e só vim hoje porque sabia que o encontraria. É preciso que tudo isso acabe. Eu, até agora, nunca corei em presença de alguém, e o senhor me causa o triste desgosto de sentir-me culpada.

Enquanto falava, a sua beleza adquiria nova expressão, toda espiritual, que maravilhava Vronski.

— Que quer que eu faça? — perguntou ele num tom simples e sério.

— Quero que vá a Moscou implorar o perdão de Kitty.

— A senhora quererá realmente isso?

Ele sentia que Ana se esforçava para dizer uma coisa, mas desejava dizer outra.

— Se me ama como diz — murmurou ela —, devolva a minha tranquilidade.

O rosto de Vronski se iluminou.

— Não sabes que és toda a minha vida? Além disso, eu desconheço a tranquilidade e não saberia conceber tal coisa. Dar-me inteiramente, todo o meu amor... sim... Não posso separar-me de ti pelo pensamento. Tu e eu, a meu ver, somos uma só pessoa. E, no futuro, não vejo nenhuma tranquilidade nem para ti e nem para mim. Vejo apenas a infelicidade e o desespero... ou a felicidade, e que felicidade!... Será isso verdadeiramente impossível? — acrescentou baixinho, mas mesmo assim Ana o escutou.

Ela agregava agora todas as energias da sua vontade para dar a Vronski a réplica que o seu dever exigia, mas só conseguiu lançar sobre ele um olhar inundado de amor.

"Meu Deus", pensou ele com exaltação, "no instante em que perdia toda a esperança, o amor a domina. Ela me ama, ela me confessou."

— Faça isto por mim: não me fale mais dessa maneira e continuemos bons amigos — acabou por dizer, mas os seus olhos tinham uma outra linguagem.

— Jamais seremos amigos, a senhora bem o sabe. Seremos os mais felizes ou os mais desgraçados dos seres! É à senhora que compete decidir.

Ela quis falar, mas ele a interrompeu.

— Pense bem: tudo o que lhe peço é o direito de esperar e de sofrer como neste momento. Se essa pobre coisa é impossível, ordene-me para desaparecer e desaparecerei. Não me verá mais, se a minha presença lhe é dolorosa.

— Eu não o expulso.

— Então não mude nada, deixe ficarem as coisas como estão — disse, a voz trêmula. — Mas eis o seu marido...

Efetivamente, Aléxis Alexandrovitch entrava naquele instante no salão, com o seu andar calmo e desgracioso.

De passagem, olhou a mulher e Vronski, cumprimentou a dona da casa, sentou-se à mesa do chá e declarou com a sua voz lenta e nítida, no tom de sarcasmo que ele apreciava:

— Eu acredito que o seu *Rambouillet* esteja completo: as Graças e as Musas.

Mas a princesa Betsy não podia sofrer aquele tom irônico, *sneering*, como dizia. Como consumada dona de casa arrastou a conversa para um assunto sério, o serviço militar obrigatório. Aléxis Alexandrovitch se inflamou e pôs-se a defender a nova lei contra os ataques de Betsy.

Vronski e Ana continuaram perto da mesa.

— Isso vai se tornando inconveniente — murmurou em voz baixa uma senhora, mostrando com o olhar Karenine, Ana e Vronski.

— Que lhe dizia eu? — respondeu a amiga de Ana.

Não foram apenas as senhoras que fizeram aquela observação. Quase todos os outros, mesmo a princesa Miagki, mesmo Betsy, lançaram aos dois, que estavam isolados, mais de um olhar de reprovação. Unicamente Aléxis Alexandrovitch, interessado na conversa, parecia não vê-los, Betsy, habilidosa, fazendo-se substituir na conversa e para disfarçar o mau efeito produzido, foi ao encontro de Ana.

— Sempre admiro a nitidez expressional do seu marido — disse. — As questões mais transcendentes tornam-se acessíveis a todos quando ele fala.

— Oh, sim! — respondeu Ana, radiante de felicidade e sem entender uma palavra do que dizia Betsy.

Levantou-se, aproximou-se da grande mesa e tomou parte na conversa geral. No fim de meia hora, Aléxis Alexandrovitch propôs à mulher regressarem; mas ela respondeu, sem o olhar, que ficaria para a ceia. Aléxis Alexandrovitch despediu-se e saiu.

A carruagem de Mme. Karenina chegou adiantada. O velho cocheiro, um enorme tártaro de capote encerado, retinha com dificuldade o cavalo pardo que o frio impacientava. Um criado acabava de abrir a portinhola da carruagem, enquanto o porteiro entreabria a porta de entrada. Vronski acompanhava Ana Arcadievna: a cabeça inclinada, ela o escutava com prazer, soltando com a mão nervosa a renda que se prendera na presilha da sua capa.

— Nada me prometeu — dizia ele — e eu não lhe peço nada. Não quero também a sua amizade. A felicidade da minha vida depende dessa única palavra que tanto lhe desagrada: o amor.

— O amor... — repetiu ela vagarosamente como se falasse a si mesma. E a sua renda afinal liberta, ela disse apressadamente, fitando-o no rosto: — Se essa palavra me desagrada, é que tem para mim um sentido tão profundo como nem mesmo o senhor poderá imaginar. Adeus.

Estendeu-lhe a mão e, com o seu passo rápido e ágil, passou pelo porteiro e desapareceu na carruagem.

Aquele olhar e aquele aperto de mão abrasaram Vronski. Levou aos lábios a mão que havia tocado os dedos de Ana e retornou à casa convencido que avançara mais naquela reunião do que durante os dois meses passados.

8

Aléxis Alexandrovitch não achou nada de anormal na animada conversa de sua mulher e de Vronski, mas, verificando que outras pessoas se escandalizavam, julgou-a por sua vez inconveniente e resolveu chamar a atenção de Ana.

Chegando em casa, Aléxis Alexandrovitch se dirigiu, como de costume, ao gabinete, instalou-se numa poltrona, abriu uma obra sobre o papismo com a página marcada pela faca de cortar papel e absorveu-se na leitura até uma hora da manhã — no entanto, de vez em quando, passava a mão na testa e sacudia a cabeça, como para afastar um pensamento importuno. Levantou-se na hora habitual e fez a *toilette* da noite. Ana ainda não havia voltado. O livro embaixo do braço, Aléxis subiu ao quarto, mas o seu espírito, de ordinário preocupado com questões relativas à sua profissão, retornava incessantemente à esposa e a um desagradável incidente acontecido com ela. Contra os seus hábitos, não se deitou logo, mas pôs-se a andar de um para outro lado, as mãos atrás das costas. Julgava necessário refletir profundamente sobre o acontecimento.

A princípio, julgara fácil e muito simples chamar a atenção à sua mulher: mas, refletindo, o caso lhe parecia difícil. Aléxis Alexandrovitch não era ciumento. Sempre achara que um marido deve confiar em sua mulher e procurar não a ofender com ciúmes injustificados. Que razões determinaram aquela resolução? Pouco lhe importava: mostrava-se confiante porque a estimava como era do seu dever. E eis que, subitamente, sem nada abjurar das suas convicções, sentia-se em face de uma situação ilógica, absurda, não sabendo o que devia empreender. Aquela situação não era outra coisa senão a vida real, e, se ele a julgava ilógica e estúpida, era tão somente porque sempre a conhecera através do prisma deformado das suas obrigações profissionais. A impressão que tinha era a de um homem que passa tranquilamente sobre uma ponte, acima de um abismo e percebe repentinamente estar a ponte desmontada e o abismo à vista. Esse abismo era para ele a vida real e a ponte a vida artificial que, até então, unicamente conhecera. Pela primeira vez, a ideia de que a sua mulher pudesse amar a outro homem lhe vinha ao espírito, e essa ideia o apavorava.

Sem despir-se, andava com passo regular no assoalho da sala de jantar iluminada por uma única lâmpada, sobre o espesso tapete do salão escuro onde o seu enorme retrato, recentemente concluído e suspenso acima do divã, refletia um fraco raio de luz; atravessava depois o toucador, onde duas velas acesas na carteira lhe revelavam, entre retratos de parentes e amigos, algumas admiráveis estatuetas que lhe eram familiares há muito tempo; chegava à porta do quarto e retrocedia.

Fez assim inúmeras voltas, durante as quais se detinha infalivelmente — quase sempre na sala de jantar — para dizer a si mesmo: "Sim, é necessário interromper tudo isso, tomar uma resolução, dizer-lhe a minha decisão." E retornava sobre os próprios passos.

"Sim, mas qual?", perguntava-se no salão, sem achar a menor resposta. "E finalmente, o que se passou? Nada. Há bastante tempo que ela conversa com ele, mas com quem não conversa uma mulher na sociedade?", pensava, chegando ao toucador. E, uma vez passada a porta, concluía: "Demais, mostrar-me ciumento seria humilhante para nós dois." Mas esses raciocínios, tão convincentes ainda há pouco, já não valiam nada. O seu passeio retomou depois a extensão do quarto de dormir em sentido contrário; apenas punha os pés no salão escuro ouviu uma voz interior que murmurava: "Não, se os outros se surpreenderam, é que existe alguma coisa." Chegando à sala de jantar, novamente julgava indispensável acabar tudo aquilo, tomar uma resolução. "Mas qual?", perguntava-se no salão, e então: "O que aconteceu?", e lembrava que o ciúme é insultante a uma esposa; mas no toucador se convencia de novo de que algo acontecera. Os seus pensamentos, como o seu corpo, descreviam um círculo perfeito sem descobrirem uma saída. Passou a mão na testa e foi sentar-se no toucador.

Ali, enquanto olhava a carteira de Ana com o seu caderno de malaquita e um bilhete por concluir, as suas ideias tomaram um outro rumo: pensou nela, perguntou que pensamentos ela podia ter, que sentimentos podia experimentar. Pela primeira vez, a sua imaginação apresentou-lhe a vida da sua mulher, as necessidades do seu espírito e do seu coração: e a ideia de que ela devia ter uma existência pessoal afligiu-o tanto que se apressou em afastá-la. Era o abismo que não ousava sondar com os olhos. Penetrar com o pensamento e pelo sentimento na alma de outro parecia-lhe uma fantasia arriscada.

"E o que há de mais terrível", pensava ele, "é que esta insensata inquietude me atormenta no instante de dar a última mão em minha obra (um projeto que queria fosse aprovado), quando tenho mais necessidade de toda minha calma, de todas as forças do meu espírito. Que fazer? Eu não sou daqueles que conhecem a inquietude e a angústia sem ter coragem de olhá-las de frente."

— É necessário refletir, tomar uma resolução e livrar-me desta preocupação — disse em voz alta. — Não tenho o direito de perscrutar os seus sentimentos, de sondar o que se passou ou o que poderá se passar na sua alma, isso compete à sua consciência e ao domínio da religião — decidiu, aliviado por ter achado uma norma que podia ser aplicada às circunstâncias que acabavam de surgir.

"Assim, pois", pensou, "as questões relativas aos seus sentimentos etc. são questões de consciência nas quais não se deve tocar. O meu dever se evidencia claramente. Sou obrigado, como chefe de família, a dirigir a sua conduta, incorro numa responsabilidade moral: devo preveni-la do perigo que entrevejo, executar o indispensável ato de autoridade. Não posso guardar silêncio."

Concluindo assim, cessando de empregar o seu tempo e os seus recursos intelectuais nos negócios de família, Aléxis Alexandrovitch organizou mentalmente um plano de discurso que logo adquiriu a forma nítida, precisa e lógica de um relatório. "Eu devo lhe chamar a atenção para o que se segue: primeiro, a significação e importância da opinião pública; segundo, o sentido religioso do casamento; terceiro, as infelicidades que podem recair sobre o seu filho; quarto, as infelicidades que podem atingir a ela própria." E, unindo as mãos, Aléxis Alexandrovitch estalou as juntas dos dedos. Esse gesto, um mau hábito, sempre o acalmava e o ajudava a reconquistar o equilíbrio moral de que tanto precisava naquele momento.

Uma carruagem deteve-se em frente da casa, e Aléxis Alexandrovitch parou no meio da sala de jantar.

Passos femininos subiram a escada. O discurso preparado, ele ali ficou, de pé, apertando os dedos para os fazer estalar ainda: efetivamente, uma junta estalou.

Apesar de sentir-se satisfeito com o seu discurso, sentindo-a aproximar-se, receou a explicação que iria ter com a sua mulher.

9

Ana entrou, brincando com os enfeites da sua manta. Tinha a cabeça baixa e o seu rosto brilhava, não de alegria — era antes a irradiação terrível de um incêndio depois de uma noite de trevas. Percebendo o marido, levantou a cabeça e sorriu como se despertasse.

— Como, tu não estás deitado! Qual a razão do milagre? — disse ela tirando o chapéu e, sem parar, dirigiu-se para o quarto de *toilette*. — É tarde, Aléxis Alexandrovitch — acrescentou, abrindo a porta.

— Ana, eu preciso te falar.

— Comigo? — voltou-se sobre os passos e o fitou com surpresa. — Sobre que assunto? De que se trata? — perguntou, sentando-se.

— Bem, já que é necessário, falemos, mas acho melhor dormir.

Ana dizia o que lhe vinha à cabeça, surpreendendo-se ela mesma de poder mentir tão facilmente. Como era natural a sua palavra! Como parecia real a necessidade de dormir! Sentia-se impelida, sustentada por um fogo invisível, revestida de uma impenetrável armadura de hipocrisia.

— Ana, deves te colocar sob a tua própria vigilância...

— Sob minha vigilância? Por quê?

O seu olhar era de uma franqueza, de um contentamento perfeitos, e alguém que não a conhecesse como o seu marido nada observaria de anormal nem no tom da voz, nem nos sentidos das palavras. Mas, para ele, que não podia deitar-se cinco minutos atrasado sem que ela não lhe perguntasse o motivo, para ele que sempre era o primeiro confidente das suas alegrias como dos seus desgostos — o fato de não querer observar a sua perturbação, nem falar de si mesma, era muito significativo. Compreendia que aquela alma, para o futuro, lhe seria fechada. Tão mais distante ele se sentia da confissão, mais ela parecia dizer abertamente: "Sim, é deste modo que isto deve ser e assim será para o futuro." Julgava-se como um homem que, retornando a casa, encontrasse a porta fechada. "Talvez ainda se encontre a chave", pensou.

— Eu devo te chamar a atenção — continuou com a voz calma — para a interpretação que se possa dar na sociedade contra a tua imprudência e a tua leviandade. A tua animada conversa desta noite com o conde Vronski (salientou firmemente as sílabas da palavra) não passou despercebida.

Falando, ele fitava os olhos risonhos e impenetráveis de Ana e compreendia a absoluta inutilidade do seu discurso.

— És sempre o mesmo — respondeu como se nada entendesse e só desse importância ao fim da frase. — Para ti são sempre desagradáveis os meus aborrecimentos ou as minhas distrações. Não estive aborrecida esta noite. Isso te feriu?

Aléxis Alexandrovitch estremeceu e apertou ainda uma vez os dedos para os fazer estalar.

— Ah! Por favor, deixa as mãos sossegadas, detesto isso! — disse ela.

— Ana, és realmente tu? — disse docemente Aléxis Alexandrovitch, fazendo um esforço sobre si mesmo.

— Mas, afinal, que houve? — gritou com um arrebatamento sincero e cômico. — Que queres de mim?

Aléxis Alexandrovitch calou-se e passou a mão no rosto. Compreendia que, em lugar de adverti-la simplesmente de uma imprudência mundana, inquietava-se com o que se passava na consciência da sua mulher e se chocava com um obstáculo talvez imaginário.

— Vê o que eu queria dizer — continuou friamente — e peço-te para me escutar até o fim. Considero o ciúme como um sentimento humilhante, e jamais me deixaria guiar por ele. Mas existem certas conveniências sociais que não se violam impunemente. Ora, a julgar ao menos pela impressão que produziste sobre todo mundo, porque, ao que me diz respeito, nada tenho a observar, a tua conduta provocou, em parte, uma crítica geral.

— Decididamente, eu não percebo nada — disse Ana sacudindo as espáduas. "No fundo, pouco lhe importa", pensava, "ele apenas se preocupa com o que se diz." — Estás doente, Aléxis Alexandrovitch — acrescentou, levantando-se, quase partindo. Mas ele se encaminhou para ela como para detê-la.

Ana jamais vira a fisionomia dele tão sombria e tão desagradável. Conservou-se no mesmo lugar, abaixando a cabeça para tirar rapidamente os grampos do cabelo.

— Escuto — articulou ela num tom absolutamente tranquilo — e escuto mesmo com grande interesse porque desejo saber do que se trata.

Ela se surpreendia de poder se exprimir com uma tão natural e perfeita segurança, com tão grande discernimento na escolha das palavras.

— Não tenho o direito e acho mesmo que seja perigoso examinar os teus sentimentos — prosseguiu Aléxis Alexandrovitch. — Descendo em nossas almas, arriscamo-nos a fazer surgir à superfície isso que talvez seja útil permanecer nas profundezas. Os teus sentimentos interessam à tua consciência, mas, perante Deus, a ti, a mim mesmo, sou obrigado a lembrar os teus deveres. Não foram os homens, foi Deus quem uniu as nossas vidas. Só um crime poderia romper este laço e esse crime ocasionaria um castigo.

— Meu Deus, eu não compreendo nada e, para minha infelicidade, morro de sono — disse Ana, tirando os últimos grampos.

— Ana, em nome do céu, não fales assim! — suplicou ele. — Talvez me engane, mas creio que falo em teu interesse e no meu. Eu sou teu marido e te amo!

Ela abaixou a cabeça por um instante, e o brilho dos seus olhos se apagou — mas a palavra "amor" irritou-a novamente. "Amor", pensa, "saberia ele o que aquilo fosse?"

— Aléxis Alexandrovitch, em verdade, eu não te compreendo. Explica-me isso, já que tu achas...

— Deixa-me acabar. Eu te amo, mas não falo por mim. Os principais interesses são teu filho e tu mesma. É muito possível, repito, que as minhas palavras pareçam inúteis e despropositadas. Talvez sejam fruto de um erro da minha parte. Peço-te desculpas, neste caso. Mas, se reconheces qualquer fundamento nas minhas observações, rogo-te que reflitas e, se o coração te diz, podes abrir-te comigo.

Sem que sentisse, Aléxis Alexandrovitch tinha outras intenções que não aquelas que haviam sido meditadas.

— Nada tenho a dizer-te... E, verdadeiramente — acrescentou de súbito, reprimindo um sorriso com dificuldade —, já é tempo de dormir.

Aléxis Alexandrovitch suspirou, não replicou nada e passou para o quarto de dormir.

Quando, por sua vez, ela entrou, ele já estava no leito; uma dobra severa contraía os seus lábios e os seus olhos não a fitavam. Ana se deitou, convencida de que ele prolongaria a conversa, o que tanto receava e desejava ao mesmo tempo. Mas Aléxis guardou silêncio. Ela esperou durante muito tempo sem se mexer e acabou por esquecê-lo. Pensava no outro, via-o, uma emoção alegre e culpada comprimia-lhe o coração. De repente, percebeu um ruído regular e calmo. Aléxis Alexandrovitch pareceu assustar-se, mas logo o ruído recomeçou, calmo e regular.

— Muito tarde! — murmurou Ana, sorrindo. Ficou muito tempo assim, imóvel, os olhos abertos, sentindo-os brilharem na escuridão.

10

Começou neste dia uma vida nova para os Karenine. Aparentemente, nada de anormal: Ana continuava frequentando a sociedade, principalmente a casa de Betsy, e a encontrar-se com Vronski. Aléxis Alexandrovitch sabia de tudo sem nada poder fazer. A todas as suas tentativas de explicação, ela opunha um espanto irônico, totalmente impenetrável. Salvavam-se as aparências, mas os sentimentos estavam mudados. Aléxis Alexandrovitch, tão enérgico quando se tratava dos interesses públicos, sentia-se impotente. Como um boi que vai ser morto, abaixava a cabeça e esperava resignadamente o golpe fatal. Quando os seus pensamentos o obsedavam, dizia-se que a bondade, a ternura, o raciocínio ainda poderiam salvar Ana; propunha-se a lhe falar cada dia; mas, assim que tentava fazê-lo, o mesmo espírito do mal e da mentira que a possuía agarrava-se igualmente nele, e nada dizia do que pensava dizer. Retornava involuntariamente o seu tom irônico e era nesse tom que exprimia as coisas que desejava fazer conhecidas de Ana.

11

O que para Vronski, durante quase um ano, fora o fim único da vida e para Ana um sonho terrificante mas encantador, realizou-se finalmente. Pálido, o queixo trêmulo, inclinado sobre ela, pedia que se acalmasse.

— Ana, Ana — dizia com uma voz confusa — Ana, suplico-te!...

Mas tanto mais ele erguia a voz, mais ela abaixava a cabeça. Esta cabeça ainda há pouco tão arrogante, tão alegre, agora tão humilhada, sim, esta cabeça teria descido até a terra, e do sofá onde estava sentada, ela própria teria caído ao tapete, se ele a não houvesse amparado.

— Meu Deus!... Perdoai-me! — soluçava, apertando-lhe a mão contra o peito.

Achava-se tão culpada, tão criminosa, que só lhe restava pedir perdão — e, não tendo mais que ele no mundo, era a ele que se dirigia. Olhando-o, o seu aviltamento parecia tão claro que nenhuma outra palavra poderia pronunciar. Quanto a Vronski, sentia-se semelhante a um assassino em frente ao corpo inanimado da vítima: esse corpo imolado por ele era o seu amor, a primeira fase do seu amor.

Ele misturava um não sei quê de odioso à recordação de haverem pago o preço horroroso da vergonha. O sentimento da sua nudez moral torturava Ana e se transmitia a Vronski. Mas, qualquer que fosse o pavor do assassino em face da sua vítima, ele não o aumentaria destruindo o cadáver, cortando-o aos pedaços.

Então, com uma raiva frenética, lançou-se sobre o cadáver e o apertou para destruí-lo em pedaços. Foi assim que Vronski cobriu de beijos o rosto e as espáduas de Ana.

Ela lhe deu a mão e ficou imóvel. Sim, aqueles beijos, ela os adquiria com o preço da sua honra, sim, aquela mão que lhe pertencia para sempre era a do seu cúmplice. Ergueu esta mão e beijou-a. Ele ajoelhou-se, procurando ver os traços que ela lhe ocultava, sem dizer uma palavra. Afinal, fazendo grande esforço, ela se levantou, endireitando-se. O seu rosto era tanto mais lastimável quanto nada perdera da sua beleza.

— Está tudo acabado — disse ela. — Nada mais me resta senão tu, não esqueças disso.

— Como esqueceria eu o que é a minha vida? Por um momento desta felicidade...

— Que felicidade? — gritou ela com um sentimento de desgosto e de terror tão profundos que também ele os sentiu. — Suplico-te, nem uma palavra, nem uma palavra a mais...

Ela se levantou vivamente, afastando-o.

— Nem uma palavra a mais! — repetiu, distanciando-se com uma expressão de desespero que a torturava estranhamente.

Ana via-se sem forças para exprimir a vergonha, o terror, a alegria que a possuía na manhã daquela nova vida — às palavras imprecisas ou vulgares, ela preferia o silêncio. Mas nem no dia seguinte, nem nos dias sucessivos lhe vieram as palavras próprias a definir a complexidade dos seus sentimentos, e mesmo os seus pensamentos não traduziam as impressões da alma.

Pensava consigo: "Não, ainda é cedo para que possa refletir sobre tudo isso. Mais tarde, quando estiver menos agitada." Mas a calma do espírito não retornou, cada vez em que pensava no que acontecera, a angústia a arrebatava e lhe afastava os pensamentos.

— Mais tarde, mais tarde — repetia —, quando novamente encontrar a minha calma.

Ao contrário, durante o sono, quando perdia todo o controle sobre as suas reflexões, a sua situação ainda aparecia presa à realidade. Tinha quase todas as noites o mesmo sonho. Sonhava que ambos eram seus maridos e que ambos lhe faziam carícias. Aléxis Alexandrovitch chorava, beijando-a nas mãos e dizendo: "Como somos felizes!" Aléxis Vronski assistia a cena e ele era também seu marido. Surpreendia-se acreditando ser isso impossível; explicava-lhe ser tudo muito simples, que deviam permanecer felizes e contentes. Aquele sonho, porém, a oprimia como um pesadelo e Ana despertava espantada.

12

Nos primeiros tempos que se seguiram à sua volta de Moscou, todas as vezes em que Levine corava e tremia recordando-se da humilhação da recusa, pensava: "Eu corei e tremi igualmente, eu me acreditei um homem perdido quando me deram uma nota má em física no segundo ano e depois quando estraguei o negócio da minha irmã que me fora confiado. No entanto, anos passados, lembro-me de tudo isso com surpresa. Acontecerá o mesmo com o desgosto de hoje. O tempo passará e me tornarei indiferente."

Mas três meses se passaram sem que viesse a menor tranquilidade. O que impedia a ferida de cicatrizar era que, depois de tanto sonhar com a vida de família e acreditar-se tão perto dela, não apenas não se tinha casado mas tinha se afastado muito do casamento. Como todas as pessoas da sua posição, sentia dolorosamente não ser possível a um homem da sua idade viver sozinho. Lembrava-se das palavras do seu vaqueiro Nicolas, um camponês ingênuo com o qual conversava muitas vezes. "Sabes, Nicolas, que desejo casar-me?", dissera-lhe um dia antes da sua partida para Moscou. Nicolas respondera sem a menor hesitação: "Há muito tempo que o senhor devia se ter casado, Constantin Dmitritch." E nunca o casamento lhe parecera tão distante! O lugar estava tomado, e, se a sua imaginação sugeria substituir Kitty por uma das moças que conhecia, o coração logo protestava contra o absurdo desse desejo. A recordação da humilhação que sofrera atormentava-o incessantemente. Apesar de tudo, não havia cometido nenhum crime, enrubescia a essa recordação e outras do mesmo gênero, tão fúteis e que, no entanto, pesavam muito mais sobre a sua consciência que as más ações das quais, como todo mundo, era culpado.

O tempo e o trabalho, no entanto, fizeram a sua obra. Os acontecimentos da vida campestre, tão importantes em sua modéstia, apagavam gradualmente as impressões dolorosas. Cada semana suprimia alguma coisa da recordação de Kitty. Levine aguardava mesmo com impaciência o anúncio do casamento da moça, esperando que essa notícia o curasse à maneira de um dente que se arranca.

A primavera chegou, uma dessas belas e raras primaveras sem manchas e sem traições de que todos se aproveitavam, as plantas, os animais e os homens. Essa esplêndida estação deu a Levine um novo ardor e afirmou a sua resolução de renunciar ao passado para organizar a sua vida solitária em condições de estabilidade e independência. Muitos dos planos elaborados na sua volta continuaram em estado de projeto. O ponto essencial, a castidade da sua vida, não recebera nenhum golpe: a vergonha que ordinariamente, em sua casa, seguiu o mau êxito não o perturbava mais, ousava olhar as pessoas de frente. Por outro lado, Maria Nicolaievna o prevenira, desde o mês de fevereiro, que o estado de seu irmão era pior e que ele não consentia em se tratar. Levine retornou imediatamente a Moscou, soube convencer a Nicolas da necessidade de consultar um médico e mesmo de aceitar uma passagem para uma estação de águas — podia, pois, ao menos neste caso, estar contente de si próprio. Como sempre acontecia no começo da primavera, os trabalhos no campo requeriam toda a sua atenção; demais, prosseguindo em suas leituras, empreendera durante o inverno um estudo de economia rural: partindo do dado que o temperamento do trabalhador agrícola é um fato tão absoluto como o clima e o sol, julgava que a ciência agronômica se resumia num mesmo grau nestes três elementos. Assim, pois, apesar ou talvez devido à sua solidão, a sua vida se tornou extremamente cheia. Apenas de tempos a tempos se lastimava não poder falar com a sua velha criada das ideias que lhe passavam pela cabeça, porque se habituara a discutir frequentemente com ela sobre a física, a agronomia e principalmente a filosofia, assunto favorito de Agatha Mikhailovna.

A bela estação foi lenta em chegar. Um tempo claro e glacial marcou as últimas semanas da quaresma. Se o sol ocasionava durante o dia um certo degelo, à noite vinha um frio de sete graus, e o gelo formava sobre a neve uma crosta tão dura que as estradas desapareciam. O dia de Páscoa se passou sob neve. Mas, no dia seguinte, um vento se ergueu bruscamente, as nuvens se amontoaram, e, durante três dias e três noites, uma chuva tempestuosa não cessou de cair. Na quinta-feira, o vento se acalmou enquanto um sombrio nevoeiro cinzento se estendeu sobre a terra como para dissimular os mistérios que se amontoavam na natureza: a queda da chuva, a fundição das neves, o estalido dos gelos, a explosão das torrentes espumosas e amareladas. Afinal, na segunda-feira após a pascoela, à noite, o nevoeiro se desfez, as nuvens se diluíram em carneiros brancos, e o belo tempo apareceu verdadeiramente. Na manhã do dia seguinte, um sol brilhante acabou de derreter a ligeira camada de gelo que se formara durante a noite, e o ar tépido se impregnou de vapores que subiam da terra. A velha erva cobriu-se de tintas verdes, a germinação das groselhas, as árvores se encheram de seiva e sobre os seus ramos inundados de uma luz de ouro, as abelhas, livres dos seus alojamentos de inverno, zumbiam alegremente. Invisíveis calhandras faziam ecoar os seus cantos das cercas e das palhoças engelhadas. As vacas, cujo pelo crescia irregularmente, mostrando aqui e ali lugares nus, mugiam nas pastagens. À volta, os carneiros baliam começando a perder a lã, os cordeiros saltavam. Os rapazes corriam nas veredas úmidas que imprimiam os traços dos seus pés nus. O falatório das mulheres ocupadas em lavar a roupa se elevava em torno do tanque, enquanto de todos os lados se ouvia o ruído dos machados dos camponeses restaurando as grades e os arados.

A primavera chegara realmente.

13

Pela primeira vez, Levine não pôs a sua capa. Vestido com um paletó de tecido e calçando grandes botas, partiu para uma viagem de inspeção, passando os regatos que o sol diminuía, pondo o pé ora sobre um destroço de gelo, ora na lama viscosa.

Primavera, época de projetos e de planos. Levine, saindo, não sabia mais o que iria fazer, era como as árvores que não adivinham como e em que sentido se estenderão os ramos envolvidos no seu tronco — mas sentia que os mais belos projetos e os planos mais sábios se extravasavam no seu cérebro. Foi primeiramente ver o estábulo. As vacas tinham saído: bem aquecidas e com o novo pelo luzente, mugiam impacientes por ir ao campo. Levine, que as conhecia todas nos menores detalhes, sentiu prazer em vê-las e deu ordem para que as levassem ao pasto e soltassem os bezerros. O pastor, muito alegre, fez os preparativos da partida, enquanto as vaqueiras, arregaçando as saias sobre as pernas nuas ainda virgens do sol, patinhavam na lama perseguindo os bezerros que a primavera fazia berrar de alegria e que eram impelidos pelos golpes de vara a deixar a estrada.

Levine admirou os bezerros de um ano que estavam de uma beleza incomum: os mais idosos já tinham o corpo de uma vaca ordinária, e a filha de Paonne atingia, com três meses, o tamanho das novilhas de um ano. Ele ordenou que se trouxessem as selhas e as manjedouras portáteis. Mas aqueles utensílios, de que não se serviam desde o outono, achavam-se em mau estado. Levine mandou buscar o carpinteiro que devia consertar a máquina de bater, mas, não se encontrando este, ele mesmo reformou as grades que deviam estar prontas após o entrudo. Levine não escondeu o seu aborrecimento: sempre aquela eterna preguiça contra a qual lutava inutilmente há muito tempo! As grades das manjedouras ficaram durante o inverno na cavalariça dos empregados e, sendo de construção frágil, se estragaram depressa. Quanto aos instrumentos de campo, que três carpinteiros expressamente contratados deviam ter refeito no inverno, estavam no mesmo: repararam-se apenas as grades no momento em que eram necessárias. Levine mandou chamar o administrador e, depois, impaciente, pôs-se pessoalmente a procurá-lo. Encontrou-o vindo do celeiro, despedaçando uma palha entre os dedos e radiante como todo o universo naquele dia.

— Por que o carpinteiro não está na máquina?

— Eu queria justamente prevenir-lhe ontem: é indispensável reparar as grades, em breve teremos o momento do trabalho.

— Que fez o senhor durante o inverno?

— Mas que necessidade tem o senhor do carpinteiro?

— Onde estão as manjedouras portáteis?

— Ordenei que as espalhassem. Que deseja o senhor que se faça com este mundo? — respondeu o administrador fazendo um gesto de desespero.

— Não é com este mundo, mas com o administrador que nada fez. Pergunto-me a que o senhor é útil! — replicou Levine se exaltando, mas, lembrando-se a tempo de que os gritos nada adiantariam, deteve-se e contentou-se em suspirar. — Bem — continuou após um instante de silêncio —, pode-se começar a semear?

— Amanhã ou depois de amanhã se poderá fazê-lo, atrás do Tourkino.

— E o trevo?

— Mandei Vassili e Michka semeá-lo, mas ignoro se o conseguiram. O sol ainda está bem fraco.
— Quantos hectares?
— Seis.
— Por que não vinte? — gritou Levine, o aborrecimento aumentando com aquela notícia. Com efeito, a sua própria experiência confirmara a teoria segundo a qual o trevo, para ser belo, deve ser semeado tão cedo quanto possível, quase sobre a neve. E nunca podia fazer-se obedecer!
— Faltam-nos braços. Que se poderá fazer com esta gente? Três não vieram. E Simão, depois...
— O senhor devia chamar aqueles que descarregam a palha.
— Foi o que eu fiz.
— Onde estão todos eles?
— Cinco estão fazendo a compota. — O administrador queria dizer "compostagem". — Quatro outros remoem a aveia: oxalá ela não se inflame, Constantin Dmitritch!

Levine logo compreendeu o que significava aquele "oxalá..."; a aveia inglesa, reservada para sementes, tinha-se inflamado! Uma vez mais haviam contrariado as suas ordens.

— Não lhe disse eu durante a quaresma que era preciso arejar as chaminés? — gritou ele.
— Não se aborreça, tudo será feito a tempo.

Levine respondeu com um gesto de cólera e foi diretamente ao celeiro examinar a aveia: por felicidade, ela ainda não estava estragada, mas os trabalhadores a removiam a pá em lugar de descê-la simplesmente de um andar para outro. Quando deu as ordens indispensáveis e enviou dois trabalhadores ao trevo, Levine sentiu-se mais calmo: tudo estava verdadeiramente muito belo para se encolerizar. Dirigiu-se à estrebaria.

— Inácio! — gritou ao cocheiro que, de mangas arregaçadas, lavava a carruagem perto do poço. — Sele-me um cavalo.
— Qual?

— O Spatula.

— Um momento.

Enquanto selava-se o cavalo, Levine, vendo o administrador ir e vir nos arredores, chamou-o e conversou com ele sobre os próximos trabalhos: era preciso carrear o adubo o mais cedo possível, de modo a terminar aquela tarefa antes da primeira ceifa; lavrar com o arado a parte mais longínqua da fazenda, deixando-a momentaneamente preparada; trabalhar o feno por conta própria e não de meia com os camponeses.

O administrador escutava atenciosamente, fazendo esforços para concordar com os projetos do patrão, mas tinha aquela fisionomia desanimada e abatida que Levine muito lhe conhecia. "Tudo isso está certo e bonito", parecia murmurar, "mas o homem propõe e Deus dispõe".

Nada contrariava tanto Levine como aquele ar aflito, comum a todos os administradores que tivera. Havia feito o propósito de não mais se zangar, mas não lutava menos, com um ardor sempre novo, contra aquela força elementar que incessantemente lhe impedia o caminho e à qual se dava o nome de "Deus dispõe".

— Ainda é preciso que se tenha tempo, Constantin Dmitritch — articulou afinal o administrador.

— Por que o senhor não o tem?

— Necessitamos de mais quinze trabalhadores e não os encontramos. Hoje vieram alguns, mas pedem setenta rublos por verão.

Levine calou-se. Sempre a mesma força inimiga! Ele sabia que, apesar de todos os esforços, jamais seria possível, a preço normal, contratar mais de trinta e sete ou trinta e oito trabalhadores. Às vezes chegava a quarenta, mas nunca se passava daí. Resolveu lutar ainda.

— Mande-os procurar em Soury, em Tchefirovka; se os trabalhadores não vêm, é necessário procurá-los.

— Quanto a mandar procurá-los, isso sempre poderá ser feito — disse Vassili Fiodorovitch em tom de absoluto desânimo. — A propósito, devo dizer ao senhor que os cavalos estão fracos.

— Nós nos compensaremos, mas eu sei que o senhor sempre fará tão pouco e tão mal quanto lhe seja possível! Previno-lhe que este ano não o deixarei agir sozinho, administrarei pessoalmente...

— Não dizem que o senhor dorme muito? Tanto melhor; trabalha-se mais alegremente sob os olhos do dono...

— Agora, ordene para semear o trevo do outro lado do vale. Irei vê-lo — continuou Levine, mostrando o cavalo que o cocheiro trouxera.

— O senhor não passe pelos regatos, Constantin Dmitritch — gritou o cocheiro.

— Está bem, irei pelo bosque.

O cavalo, com passo rápido, na sua alegria de abandonar a estrebaria, puxava as rédeas e fungava em todas as poças d'água, conduzindo Levine fora do lamaçal.

A alegre impressão que Levine experimentava só fez aumentar quando, embalado pelo passo do cavalo, achou-se em pleno campo. Atravessando o bosque, respirava o ar tépido e úmido, porque a neve se retardava em lascas porosas, e se divertia vendo o musgo renascer em cada tronco de árvore, e em cada ramo os botões quase se abrindo. Saindo do bosque, a extensão dos campos apareceu como um imenso tapete de veludo verde, no qual sobressaíam, aqui e ali, manchas alvas de um resto de gelo. Sem sentir a menor surpresa ao avistar um cavalo de camponês e inúmeros potros pisando na grama crescida, ele desceu auxiliado por um aldeão que passava. Ouviu, com a mesma doçura, a resposta ao mesmo tempo ingênua e trocista do camponês a quem perguntava:

— Bem, Hypate, devemos semear logo?

— Cuidemos primeiramente de lavrar, Constantin Dmitritch.

Quanto mais avançava, mais sentia crescer o seu bom humor, mais formava projetos que pareciam sobrepujar uns aos outros em sabedoria: separar os campos com tapumes voltados do lado do sol para que a neve não se acumulasse muito; dividir as terras lavradas em nove parcelas, das quais seis seriam semeadas e três, guardadas em reserva para a cultura de horta; construir um estábulo na parte mais distante da fazenda; chegar a cultivar trezentos hectares de trigo, cem de batatas e cento e cinquenta de forragem sem esgotar a terra.

    Sonhando desse modo, Levine dirigia o animal com atenção para que ele não calcasse o trigo. Chegou afinal ao sítio onde se semeava o trevo. A carroça estava parada num campo de trigo, onde as rodas haviam cavado trilhos que o cavalo pisava. Ela continha uma mistura de terra e de sementes que o frio ou a longa estadia no depósito haviam reduzido ao estado de torrões, sem que se cuidasse de cobri-los. Dois trabalhadores acendiam um cachimbo comum. À vista do patrão, um deles, Vassili, dirigiu-se para a carroça, enquanto o outro, Michka, pôs-se a semear. Tudo aquilo não estava em ordem, mas Levine, que raramente se zangava com os trabalhadores, mandou simplesmente Vassili reconduzir a carroça.

    — Não faz mal, meu patrão — objetou Vassili —, tornará a nascer, acredite-me.

    — Faça-me o favor — replicou Levine — de obedecer sem discutir.

    — Bem, patrão — respondeu Vassili, segurando o animal pelas rédeas. — Que sementeira! — continuou querendo voltar às boas com ele. — Não há nada mais belo. Apenas não se anda depressa, arrasta-se como se tivéssemos grilhões nos pés.

    — Mas, diga-me, por que não a cobriram?

    — Não faz mal, o senhor pode ir, patrão, nós mesmos faremos isso — respondeu Vassili triturando um torrão de sementes na concha da mão.

    O culpado não era Vassili, Levine não podia, pois, repreendê-lo. Para acalmar o seu aborrecimento, recorreu a um meio muitas vezes experimentado. Depois de examinar Michka por um instante, que levantava a cada passo enormes fardos de argila, tomou o semeador de Vassili no desejo de semear ele próprio.

    — Até onde chegaste?

    Vassili indicou o local com o pé, e Levine começou a semear da melhor maneira que lhe era possível. Avançava dificilmente como em um pântano. Também, quando terminou um canteiro, estacou inteiramente suado e devolveu o semeador ao homem.

— Primeiramente, patrão, é preciso secar lentamente este canteiro.

— Achas?

— O senhor verá este verão. Este canteiro produzirá primeiro, sou eu quem lhe digo. Olhe este campo que semeei na outra primavera. É como digo, Constantin Dmitritch, trabalho para o senhor como se fosse para os meus velhos. Não gosto de trabalho malfeito e vejo perfeitamente o que os outros fazem. Quando o patrão está contente, também eu o estou. Ninguém cobiçará este campo. Veja, isso faz bem ao coração — disse Vassili, apontando o campo.

— Que linda primavera, hein, Vassili?

— Sim, nossos velhos nunca viram uma igual. Volto da casa do meu pai. Ele semeou doze alqueires, e eu sustento que não se pode distinguir o centeio.

— Há muito tempo que se semeia trigo em casa dos teus?

— Desde o ano passado, e obedecendo ao seu conselho. Mesmo que o senhor não desse os vinte alqueires: vendiam-se oito e semeava-se o resto.

— Vamos, atenção! — disse Levine voltando a seu cavalo, apertando seriamente os torrões e dirigindo-se para junto de Michka. — E, se a semente produzir bem, terás cinquenta copeques por hectare.

— O senhor é honesto, patrão. Eu ficarei contente.

Levine montou novamente no cavalo para inspecionar o trevo semeado no ano precedente e o campo cultivado pelo trigo da primavera.

O trevo estava bem levantado: ele já exibia, através das palhoças. uma verdura atraente. Naquela terra ainda gelada, o cavalo se enterrava até a curva das pernas. Foi impossível mesmo avançar nos sulcos limpos de neve. Contudo, Levine pôde constatar que a lavoura estava excelente: em dois ou três dias se poderia gradar e semear. Levine retornou pelos regatos, esperando que a água tivesse baixado: efetivamente, pôde atravessá-los e assustou-se com a passagem de dois patos selvagens.

"Aqui deve haver galinholas", pensou, e um guarda florestal que encontrou, aproximando-se da casa, confirmou aquela suposição.

Pôs o cavalo a correr a fim de chegar a tempo de jantar e de preparar o seu fuzil para a noite.

14

No momento em que ia chegar em casa, muito contente, Levine ouviu um ruído de guizos vindo do portão.

"Alguém chega da estação", pensou, "é a hora do trem de Moscou... Quem poderá ser? Nicolas? Quem sabe se, em vez de ir às águas, resolvesse chegar à minha casa?" Esteve um momento contrariado, julgando que a presença do irmão talvez estragasse o seu bom humor, mas sepultando logo este sentimento egoísta, pôs-se, com uma curiosa alegria, a desejar de toda a sua alma que o visitante anunciado pela campainha fosse realmente Nicolas. Apressou o cavalo e, em torno de uma moita de acácias, percebeu, num trenó de aluguel, um senhor de capote que não reconheceu imediatamente. "Que seja alguém com quem se possa conversar."

— Oh! Mas é o mais amável dos hóspedes! — gritou ao fim de um instante, erguendo os braços para o céu, porque acabava de reconhecer Stepane Arcadievitch. — Como estou contente em te ver!

E acrescentou, pensando: "Saberei certamente se ela já se casou." E verificou que, naquele belo dia de primavera, a recordação de Kitty não lhe fazia nenhum mal.

— Confessa que não me esperavas — disse Stepane Arcadievitch, saindo do trenó, o rosto radiante de saúde e de alegria, apesar das manchas de lama presas no nariz, nas faces, nas pestanas. — Eu vim, primeiro, para te ver; segundo, para dar uns tiros de fuzil; terceiro, para vender o meu bosque de Iergouchovo.

— Muito bem. E que dizer desta primavera? Como pudeste chegar até aqui em trenó?

— Em carruagem, seria ainda pior, Constantin Dmitritch — replicou o condutor, um velho conhecido de Levine.

— Pois bem, sinto-me feliz, muito feliz em ver-te — continuou Levine sorrindo infantilmente.

Levou o hóspede para o quarto das visitas, onde logo foram ter as bagagens: uma mala de viagem, um fuzil encapado e uma caixa de cigarros. Deixando Stepane Arcadievitch, Levine desceu ao gabinete para relatar ao administrador as suas observações sobre os trevos e as lavouras. Mas Agatha Mikhailovna, que alimentava no coração o bom nome de hospedeira, barrou-o na sala e pediu as suas ordens sobre o jantar.

— Faze-o como quiseres, mas anda depressa — respondeu, alcançando o gabinete.

Quando voltou, Oblonski, lavado, penteado, radiante, saía do quarto. Subiram juntos para o primeiro andar.

— Como estou satisfeito por ter vindo até aqui! Afinal, vou iniciar-me nos mistérios da tua existência. Fora de brincadeira, sinto inveja. Que magnífica residência, como tudo é claro e alegre! — declamou Stepane Arcadievitch, esquecendo que a primavera não durava sempre e que o ano também apresentava dias sombrios. — E a tua velha criada vale a viagem. Eu preferia talvez uma bonita criadinha, mas a velha fica bem com o teu estilo severo e monástico.

Entre muitas notícias interessantes, Stepane Arcadievitch informou a Levine que Sérgio Ivanovitch pensava vir vê-lo durante o verão; não disse uma palavra a respeito de Kitty e dos Stcherbatski e contentou-se em transmitir as recomendações da sua mulher. Levine apreciou aquela delicadeza. Demais, a visita de Stepane Arcadievitch lhe agradava muito: como sempre acontecia nos seus períodos de solidão, aglomerara um mundo de ideias e impressões que não podia comunicar às pessoas que o cercavam — ele soltaria, pois, no seio do seu amigo, a exaltação que inspirava os seus planos e as suas mortificações agrícolas, os pensamentos que lhe vieram ao espírito, as observações sobre os livros lidos e principalmente a ideia fundamental da obra que meditava, ideia que constituía, sem que duvidasse, a crítica de todos os tratados de economia rural. Stepane Arcadievitch, sempre amável e pronto a tudo saber, mostrou-se desta vez mais atencioso que nunca; Levine observou em sua atitude uma cordialidade diferente, que não deixou de o lisonjear.

Os esforços combinados de Agatha Mikhailovna e do cozinheiro para melhorar o jantar habitual deram como resultado imprevisto que os dois amigos, mortos de fome, lançaram-se sobre os acepipes: comeram pão, manteiga, ganso defumado e cogumelos em conserva, e Levine mandou servir a sopa sem esperar os pastéis com os quais o cozinheiro contava deslumbrar o convidado. De resto, Stepane Arcadievitch, habituado a bons jantares, não cessou de achar tudo excelente: a cerveja de ervas, o pão, a manteiga, em especial o ganso, os cogumelos, a sopa, o frango com molho de manteiga, o vinho branco da Crimeia, tudo o seduziu, tudo o encantou.

— Completo, perfeito — repetia ele acendendo, depois do assado, um cigarro. — Creio verdadeiramente ter abordado a um pacífico rio, após o barulho e a agitação de uma travessia movimentada. Achas, pois, que o elemento representado pelo trabalhador deve ser contado na escolha do modo de cultura. Sou um leigo nessas questões, mas parece-me que esta teoria e a sua aplicação também terão influência sobre o trabalhador.

— Sim, mas espere. Não falo de economia política, falo de economia rural considerada como ciência. Como para as ciências naturais, é indispensável estudar os dados, os fenômenos e o trabalhador do ponto de vista econômico, etnográfico...

Neste momento, Agatha Mikhailovna trouxe as geleias.

— Meus parabéns, Agatha Fiodorovna — disse Stepane Arcadievitch beijando-lhe a ponta dos dedos. — Que ganso defumado, que licores! Kostia — acrescentou ele —, já não é tempo de partirmos?

Levine olhou pela janela o sol que declinava sobre as árvores ainda desnudas.

— Sim, por Deus, Kouzma, que se atrele um carro de bancos!

E desceu a escada correndo. Stepane Arcadievitch seguiu-o e desenfardou o seu fuzil de um estojo de madeira laqueada, coberto com uma capa de linho: era uma arma de modelo novo e custoso. Prevendo uma boa gorjeta, Kouzma ligou-se aos seus passos, e Stepane Arcadievitch não o impediu de lustrar as suas meias e as suas botas.

— A propósito, Kouzma, logo mais deverá chegar um certo Riabinine, um negociante. Queres avisar para que o recebam e peça-lhe para me esperar, sim?

— Será a esse Riabinine que venderás o teu bosque?

— Sim. Tu o conheces?

— Certamente. Fiz um negócio com ele "positiva e definitivamente".

Stepane Arcadievitch pôs-se a rir. "Positiva e definitivamente" eram as palavras favoritas do homem.

— Sim, ele tem um modo de falar muito engraçado. Ah, ah, adivinhas aonde vai o teu patrão — acrescentou, acariciando Mignonne, que rodeava Levine e lhe lambia ora a mão, ora a bota ou o fuzil.

— Pedi o carro, apesar de ser muito perto daqui, mas, se preferes, poderemos ir a pé.

— Gosto tanto de andar de carro — disse Stepane Arcadievitch, ocupando um lugar. Envolveu os joelhos em uma manta que imitava a pele de tigre e acendeu um cigarro. — Como podes passar sem fumar? O cigarro, eis a volúpia suprema... Ah, a boa vida que tu levas! Como eu te invejo!

— Que te impede de fazer o mesmo?

— Não, és um homem feliz, possuis tudo o que te causa prazer: amas os cavalos, os cães, a caça, a cultura, e tens tudo nas tuas mãos. És feliz!

— Talvez porque aprecio o que possuo e não desejo muito o que não possuo — respondeu Levine pensando em Kitty.

Stepane Arcadievitch entendeu a alusão, mas contentou-se em o olhar em silêncio. Por mais grato que fosse a Oblonski de ter percebido, com o seu tato ordinário, como esse assunto lhe era doloroso, Levine gostaria de provocar a questão, mas não sabia como abordá-la.

— Vejamos, dize-me onde estão os teus negócios — prosseguiu ele com o propósito de só pensar nos seus trabalhos.

Os olhos de Stepane Arcadievitch brilharam.

— "Tu" não admites que se deseje o supérfluo quando se tem a porção justa. Segundo o teu modo de pensar, é um crime, e eu não admito que se possa viver sem amor — respondeu ele, compreendendo a seu modo a questão de Levine. — Nada posso, assim fui feito. E, em verdade, quando pensamos, fazemos pouco dos outros e tanto prazer a nós mesmos!

— Há alguma coisa de novo? — indagou Levine.

— Há, meu caro. Tu conheces o tipo das mulheres de Ossian... aquelas mulheres que só são vistas nos sonhos. Algumas vezes, elas existem em carne e osso... e então são terríveis. A mulher, vê, é um tema inesgotável: quanto mais se estuda, mais se encontram novidades...

— O melhor, então, é não estudar.

— Oh, não! Eu não me lembro mais qual foi o matemático que disse que o prazer consistia em procurar a verdade e não em achá-la.

Levine ouviu em silêncio, mas não chegava a penetrar na alma do amigo, a compreender o prazer que ele sentia em estudos daquele gênero.

15

Os dois amigos chegaram logo à entrada de um bosque de faia nova que dominava o rio. Desceram da carruagem. Depois de localizar

Oblonski numa clareira pantanosa, onde o musgo aparecia sobre a neve, Levine colocou-se do lado oposto, perto de uma bétula viçosa e apoiou o fuzil num ramo baixo, tirou o paletó e verificou a destreza dos seus movimentos.

Mignonne, que o seguia de perto, sentou-se com precaução na sua frente, as orelhas à escuta. O sol, que desaparecia atrás dos grandes bosques, dava um intenso relevo aos ramos pendentes, de folhas rendilhadas entre as faias.

No centro, onde a neve ainda não se fundira completamente, ouvia-se a água escorrer com leve ruído nos regatos sinuosos. Os pássaros voavam de uma a outra árvore. Havia também momentos de silêncio absoluto, em que se percebia o ruído das folhas secas removidas pelo degelo ou pela erva que arrebentava.

"Em verdade, vê-se e ouve-se o crescer da erva", pensava Levine observando uma folha da faia úmida e cor de ardósia que erguia a ponta de um talo. Imóvel e escutando, corria os olhos da cachorra à terra coberta de musgo, abaixava-os sobre os cimos despojados onde o marulho subia, no caminho do céu de nuvens brancas que pouco a pouco se obscurecia. Uma águia passou em voo lento, muito alta, distante: uma outra a seguia e desapareceu por sua vez. Ainda no centro, a melodia dos pássaros tornou-se mais viva, mais animada. Um mocho fez-se ouvir, próximo. Mignonne levantou as orelhas, deu alguns passos com prudência e inclinou a cabeça para melhor escutar. Além do rio, um cuco soltou duas vezes o seu apelo cadenciado, mas se esganiçou e só emitiu sons discordantes.

— Ouves o cuco? — indagou Stepane Arcadievitch deixando o seu lugar.

— Sim, estou ouvindo — respondeu Levine, rompendo com pesar o silêncio do bosque. — Mas, atenção, o momento já chegou.

Stepane Arcadievitch retornou ao seu lugar e Levine não viu mais senão o brilho de um fósforo, a luz vermelha, e a fumaça de um cigarro. "Tchik, tchik" — logo percebeu: Oblonski armava o fuzil.

— Que é isso que está gritando? — exclamou, atraindo a atenção de Levine para um ruído surdo e prolongado, muito parecido ao rincho folgazão de um potro.

— Como, tu não sabes? É o grito de uma lebre macho. Mas silêncio! — gritou Levine armando, ele também, o seu fuzil.

Um breve ruído fez-se ouvir longe. Depois, em cadência regular, de dois segundos, um terceiro, e um último seguido de um grasnado.

Levine ergueu os olhos à direita, à esquerda. Subitamente, no céu de um azul turvo, acima dos picos indeterminados das faias, apareceu um pássaro. Um som agudo, semelhante ao tecido que se rasga, chegou-lhe aos ouvidos; distinguiu o pescoço e o longo bico da galinhola; mas, apenas visara, já um clarão vermelho se elevava da moita onde estava Oblonski. O pássaro desceu como uma flecha para fazer em seguida um círculo na altura. Um segundo clarão brilhou, um golpe retiniu, e o pássaro, tentando reanimar-se, bateu inutilmente as asas, imobilizou-se um instante e caiu surdamente na terra pantanosa.

— Errei? — gritou Stepane Arcadievitch, cego pela fumaça.

— Ei-la! — respondeu Levine mostrando Mignonne que, uma orelha erguida, agitando alegremente a ponta da cauda, esboçando uma espécie de sorriso, voltava lentamente, como para prolongar o prazer, a entregar a caça a Levine. — Todos os meus parabéns! — continuou ele, repelindo certo sentimento de inveja.

— Do lado direito, eu sou um mau atirador — resmungou Stepane Arcadievitch carregando novamente a arma. — Silêncio, eis uma outra!

Com efeito, os ruídos se sucederam, rápidos, mas não acompanhados desta vez por nenhum grasnado. Duas galinholas divertindo-se e perseguindo-se mutuamente, voavam bem acima dos caçadores. Quatro tiros ecoaram, mas os pássaros, como se imitassem as andorinhas, em brusca volta, perderam-se nos ares.

A caçada foi excelente. Stepane Arcadievitch matou ainda dois pássaros e Levine, dois outros, sendo que um não foi encontrado. Veio a noite. Muito baixo, do lado onde o sol se põe, Vênus, com dois raios de prata, subia entre as árvores, enquanto espelhava, para o levante, o fogo vermelho do tenebroso Arcturus. Certas estrelas da Grande Ursa brilhavam, com intervalos, sobre Levine. A caçada parecia terminada, mas ele resolveu esperar que Vênus tivesse passado os ramos de uma árvore sobre a qual ele a via, e que a Grande Ursa ficasse completamente visível. Mas a estrela ultrapassou os ramos, e a luz da Grande Ursa mostrava-se inteiramente — e ele esperava ainda.

— Não será tempo de voltarmos? — perguntou Stepane Arcadievitch.

Na floresta, tudo estava silencioso. Não se ouvia o sussurro de um pássaro.

— Esperemos ainda — respondeu Levine.

— Como queiras.

Estavam, naquele momento, a quinze passos um do outro.

— Stiva — gritou subitamente Levine —, não me disseste se a tua cunhada casou-se ou quando se realizará o casamento.

Ele se sentia tão firme, tão calmo, que nenhuma resposta, pensava, poderia comovê-lo. Mas não esperava aquela que Stepane Arcadievitch lhe daria.

— Ela não se casou e nunca pensou em casamento. Está muito doente e o médico enviou-a ao estrangeiro. Teme-se mesmo pela sua vida.

— Que dizes! — exclamou Levine. — Doente... mas que tem? E como...

Mignonne, as orelhas à escuta, examinava o céu e lançava-lhes olhares de reprovação. "Escolheram bem o tempo para tagarelar!", pensava ela. "Veja uma que vem... Sim, veja. Vão matá-la."

No mesmo instante um ruído agudo chamou a atenção dos nossos caçadores. Ambos agarraram os fuzis. Dois clarões, dois tiros que se confundiram. A galinhola, que voava muito alto, bateu as asas e caiu sobre os cogumelos.

— Temos a metade — gritou Levine correndo com Mignonne a procurar a caça. "O que tanto me penalizou ainda há pouco?", indagava-se. "Ah, sim, Kitty está doente. É doloroso, mas que posso fazer?" — Ah, ah, minha bela, aqui tens! — continuou ele em voz alta, tirando da boca de Mignonne o pássaro ainda quente, para colocá-lo na bolsa quase cheia. — Encontrei-a, Stiva! — gritou alegremente.

16

Durante a volta, Levine muito interrogou o amigo sobre a doença de Kitty e os projetos dos Stcherbatski. Sem que ousasse confessar a si mesmo, os detalhes fornecidos lhe deram um secreto prazer: restava-lhe ainda uma esperança e principalmente a satisfação de ver que aquela que tanto o fizera sofrer também sofria, por sua vez. Mas quando Oblonski narrou as causas da doença de Kitty e pronunciou o nome de Vronski, Levine o interrompeu.

— Não tenho o direito de estar a par desses segredos de família que, para falar a verdade, não me interessam em nada.

Stepane Arcadievitch esboçou um sorriso: vinha de surpreender na fisionomia de Levine a brusca passagem da alegria à tristeza que ele tanto conhecia.

— Fechaste com Riabinine o negócio do teu bosque? — indagou Levine.

— Sim, ele me ofereceu um bom preço: trinta e oito mil rublos, oito mil adiantados e trinta mil em prestações de seis anos. Esse negócio me causou muitos aborrecimentos, ninguém oferecia grande coisa.

— Entregas o teu bosque de graça! — articulou Levine com ar sombrio.

— Como assim, de graça! — replicou Stepane Arcadievitch com um falso sorriso, porque sabia que Levine estava descontente com tudo.

— O teu bosque vale pelo menos quinhentos rublos por hectare — afirmou Levine.

— Ah, esses agricultores! — exclamou Stepane Arcadievitch. — Tu sempre acabas por desprezar os pobres citadinos que somos, mas, quando se trata de fechar um negócio, nós nos saímos melhor que os agricultores. Acredita-me, calculei tudo: o bosque está vendido em excelentes condições, e eu só temo uma coisa, é que o comprador se arrependa. Não existe lá madeira de construção — prosseguiu ele destacando as palavras e pensando reduzir a nada, com aquele termo técnico, todas as dúvidas de Levine —, quase todas são madeiras de lenha, e existem apenas trezentos esteres por hectare. Ora, deu-me ele duzentos rublos por hectare.

Levine teve um sorriso de dúvida. "Vê bem", pensou, "o gênero desses senhores da cidade que, uma ou duas vezes em dez anos, vêm ao campo e, por duas ou três palavras técnicas que conseguiram arranjar, imaginam que já nos podem enganar! O pobre rapaz fala de coisas das quais ignora até a primeira palavra."

— Não me permito dar-lhe lições quando se trata da papelada da tua administração — replicou ele —, e nesse caso, eu te pediria conselho. Mas tu pensas conhecer a fundo estes negócios de bosques. Eles são complicadíssimos, asseguro-te. Tu contaste as árvores?

— Como assim, contar as minhas árvores! — objetou, rindo-se, Stepane Arcadievitch que, a todo custo, queria fazer renascer o bom humor do amigo. — "Contar as areias do mar, os raios dos planetas, só um gênio, se for possível!"

— Respondo-te que o gênio de Riabinine pode tudo. Não existe negociante que compre sem contar, a menos que lhe deem o bosque de graça, como tu estás fazendo. Eu o conheço, o teu bosque, nele caçava todos os anos: vale quinhentos rublos por hectare, dinheiro contado, enquanto te oferecem apenas duzentos. Fazes-lhe um presente de mais de trinta mil rublos...

— Não se entusiasme — disse Oblonski gracejando. — Por que ninguém me ofereceu ainda esse preço?

— Porque os negociantes estão combinados uns com os outros e recebem mútuas compensações. Conheço toda essa gente, é do próprio negócio, entendem-se como ladrões nas feiras. Fique tranquilo, Riabinine despreza os lucros de dez ou quinze por cento, ele espera a sua hora e compra a vinte copeques o que corresponde a um rublo.

— Vês as coisas muito negras!

— Absolutamente! — concluiu Levine num tom sombrio, no momento em que se aproximavam da casa.

Em frente da porta estava parada uma carruagem, solidamente guarnecida de ferro e couro, atrelada a um cavalo bem alimentado, onde se enfatuava o caixeiro de Riabinine, um rapaz vermelho, que naquela ocasião lhe servia como cocheiro. O patrão em pessoa esperava os dois amigos no vestíbulo. Era um homem de meia-idade, alto, magro, com o bigode e a barba inteiramente raspados, olhos ternos. Vestia um capote, calçava botas. Limpou o rosto com o lenço, fechou ainda mais o capote e avançou para os recém-chegados com um sorriso, enquanto estendia a Oblonski uma mão que parecia querer apanhar qualquer coisa.

— Ah! — disse-lhe Stepane Arcadievitch estendendo-lhe a mão — Muito bem.

— Os caminhos são péssimos, mas eu não ousaria desobedecer às ordens de Vossa Excelência. Positivamente faria a viagem a pé, mas aqui estou no dia marcado… Meus cumprimentos. Constantin Dmitritch — continuou ele, voltando-se para Levine, com a intenção também de apertar-lhe a mão. Mas Levine, que retirava as galinholas da bolsa, simulou não ter visto o seu gesto. — Os senhores vieram da caça? — acrescentou Riabinine com um olhar de desprezo para as galinholas. — Que pássaros são estes? Será possível que tenham bom gosto? Verdadeiramente — balançou a cabeça num gesto desaprovador —, será isto comida de cristão?

— Queres vir ao meu gabinete? — perguntou Levine em francês, num tom decididamente lúgubre. — Entrem no meu gabinete, discutireis assim os vossos negócios — prosseguiu em russo.

— Onde queiram — disse o negociante com desdenhosa superioridade, querendo dar a entender assim que, se os outros não sabiam viver, ele, Riabinine, sempre o soubera.

Penetrando no gabinete, Riabinine automaticamente procurou com o olhar uma imagem santa; achando-a, não se benzeu. Teve para a biblioteca e para as estantes carregadas de livros o mesmo ar de desdém, o mesmo balançar de cabeça que tivera para com as galinholas.

— Trouxeste o dinheiro? — perguntou Oblonski. — Mas sente-se...

— O dinheiro não fará falta. No momento, vamos conversar um pouco.

— A que propósito? Mas sente-se.

— Pode-se sentar no que foi feito para se sentar — disse Riabinine deixando-se cair numa poltrona e se apoiando ao encosto da maneira mais incômoda. — É preciso ceder qualquer coisa, meu príncipe, seria pecado não o fazer... Quanto ao dinheiro, ele será entregue, definitivamente e até o último copeque. Por este lado, não haverá demora.

Aquele discurso chegou até Levine que, depois de colocar o fuzil no armário, quis se retirar.

— Como — gritou ele. — Ainda pede abatimento! Mas o senhor já oferece um preço irrisório! Se o meu amigo me procurasse mais cedo, "eu" lhe teria feito outra proposta!

Riabinine levantou-se e tossiu. Levine sorria.

— Constantin Dmitritch é muito sovina — disse dirigindo-se a Oblonski. — Definitivamente, não se pode tratar com ele. Eu negociei o seu trigo, ofereci um último preço e...

— Por que é que eu lhe faria presente dos meus bens? Ao que sei, nada achei e nem roubei coisa alguma.

— Desculpe-me, mas, nos dias presentes, é positivamente impossível roubar-se. Nos dias presentes, o negócio definitivamente tornou-se público. Tudo é feito honestamente e às claras. Como se poderia roubar nessas condições? Tratamos com pessoas honestas.

O bosque é muito caro, eu não reunirei as duas pontas. É preciso, portanto, que me faça um pequeno abatimento.

— Mas o negócio já não está feito? Sim ou não, decida! Se já está, nada mais há para se negociar; se não está sou eu quem compra o bosque — falou Levine.

O sorriso desapareceu do rosto de Riabinine, cedendo lugar a uma expressão de ave de rapina, ávida e cruel. Com os dedos ágeis e ossudos, ele desabotoou o capote, exibindo a sua blusa russa, o colete de botões de ouro, a cadeia do relógio, e puxou uma carteira usada.

— O bosque é meu, se faz favor — articulou, estendendo a mão depois num rápido sinal da cruz. — Fique com seu dinheiro, o bosque é meu. Vejam como Riabinine compreende os negócios, ele não regateia — acrescentou num tom brusco, agitando a carteira.

— Em teu lugar, eu não me apressaria — aconselhou Levine.

— Que dizes! — objetou, não sem surpresa, Oblonski. — Eu dei a minha palavra.

Levine saiu, batendo a porta. Riabinine sacudiu a cabeça, rindo-se.

— Tudo isso é infantilidade, positiva e definitivamente. Palavra de honra, eu compro o bosque pela glória, porque quero que se diga: "Foi Riabinine e não outro quem comprou o bosque de Oblonski." E sabe Deus se lucrarei! Palavra de honra... Está bem, agora tratemos de redigir o contrato...

Uma hora mais tarde, o negociante, com o capote bem abotoado, o casaco bem fechado sobre o peito, subia em sua sólida carruagem, levando para casa um contrato em boa e devida forma.

— Oh, esses senhores — disse ao cocheiro — sempre a mesma história!

— É sempre a mesma coisa — respondeu o cocheiro, dando-lhe as rédeas para abrir a porta da carruagem. — E quanto ao negócio, Mikhail Ignatitch?

— Ah, ah!...

17

Stepane Arcadievitch subiu ao primeiro andar, os bolsos cheios de letras passadas a três meses que Riabinine o fizera aceitar por conta. A venda estava concluída, tinha o dinheiro na carteira, a caçada fora ótima: sentia-se, pois, com muito bom humor e desejava acabar com uma alegre ceia o dia tão bem começado.

Por isso, ele devia a todo custo distrair Levine, mas, por mais que se mostrasse amável, não chegava a afastar as suas ideias negras. A notícia de que Kitty não se casara tinha como que o embriagado pouco a pouco.

Não se casara e estava doente, doente de amor por aquele que a desprezara! Era quase uma injúria pessoal. Vronski a desprezara, mas ela o desprezara a ele, Levine. Consequentemente, Vronski teria adquirido o direito de desprezá-lo e era, portanto, seu inimigo. Isso, de resto, era tão somente uma vaga impressão. Como verdadeira causa da sua contrariedade, Levine apresentava ninharias. Aquela absurda venda da floresta, o logro de que Oblonski fora vítima sob o seu teto, irritavam-no particularmente.

— Então, tudo acabado? — perguntou, vendo Oblonski. — Queres cear?

— Não posso recusar. A champanha me deu um apetite de lobo. Mas por que não convidaste Riabinine?

— Que se vá para o inferno!

— Como tu o tratas! Não lhe apertas nem a mão, por quê?

— Porque não dou a minha mão aos criados, que são cem vezes melhor do que ele.

— Que ideias atrasadas! E a fusão das classes, que dizes?

— Eu a deixo para as pessoas a quem ela agrada. Quanto a mim, não a quero.

— Decididamente, és um retrógrado.

— Em verdade, nunca me preocupei com o que sou. Sou simplesmente Constantin Dmitritch Levine.

— Um Constantin Levine muito aborrecido — disse Oblonski sorrindo.

— É verdade, e sabes por quê? Por causa daquela estúpida venda, desculpa-me a palavra.

Stepane Arcadievitch tomou um ar de inocência constrangida.

— Vejamos — disse ele —, quando alguém acaba de vender qualquer coisa, logo aparece outro para dizer: "Mas isso vale muito mais!" Infelizmente, ninguém oferece tal preço antes da venda. Não, no fundo, tens alguma queixa contra esse infeliz Riabinine...

— Talvez, e vou dizer-te por quê. Poderás ainda me chamar de retrógrado ou de outra coisa qualquer tão ridícula, eu não deploraria o geral empobrecimento dessa nobreza à qual, apesar da fusão das classes, eu sou muito feliz de pertencer. Se ao menos esse empobrecimento fosse uma consequência das nossas prodigalidades, ainda bem: governar a vida é um trabalho dos nobres, e só eles o entendem. Não me preocupo quando vejo os camponeses comprarem as nossas terras. O proprietário não faz nada, o camponês trabalha e não é ocioso. Isso é a ordem. Mas o que me preocupa é verificar que a nossa nobreza se deixa roubar por... como direi... sim, é isso mesmo, por inocência! Aqui, é um fazendeiro polonês que compra pela metade do preço, a uma senhora de Nice, uma admirável propriedade. Ali, é um negociante que adquire uma fazenda a um rublo por hectare e que, na verdade, vale dez. Hoje, foste tu quem, sem a menor razão, presenteaste aquele canalha com uma trintena de mil rublos.

— Então, segundo o teu modo de ver, devia contar as minhas árvores uma a uma?

— Perfeitamente. Se não fizeste isto, fica certo de que Riabinine o fez por ti. Os filhos dele terão com que viver e se educar, e Deus sabe se os teus...

— Desculpa-me, acho esses cálculos mesquinhos. Nós temos as nossas ocupações, eles têm a sua, e é preciso que cada qual faça as suas melhoras. Demais, o negócio está fechado e já não há remédio... Mas vê os ovos que vêm! Parecem-me apetitosos! E Agatha Mikhailovna que nos trará aquela excelente aguardente...

Oblonski pôs-se à mesa e pilheriou com Agatha Mikhailovna, assegurando não ter, há muito tempo, jantado tão bem e tão bem ceado.

— Ao menos — disse Agatha — o senhor tem sempre uma palavra agradável a dizer, enquanto Constantin Levine serve-se apenas de um naco sem nada dizer.

Por mais esforços que fizesse para se dominar, Levine continuava sombrio e silencioso. Tinha nos lábios uma pergunta que não se decidia a colocar, ignorando a maneira e o propósito de formulá-la. Stepane Arcadievitch teve tempo de retornar ao quarto, de fazer a *toilette*, de vestir uma camisa de noite e, afinal, de deitar-se. Levine prosseguia rodando-o, abordando mil assuntos, sem coragem de perguntar o que tinha no coração.

— Como é bem-apresentado! — disse ele, devolvendo um sabonete perfumado, atenção de Agatha Mikhailovna, da qual Oblonski não mais se esqueceria. — Olhe, é indiscutivelmente uma obra de arte.

— Sim, tudo se aperfeiçoa em nossos dias — aprovou Stepane Arcadievitch com um movimento de beatitude. — Os teatros, por exemplo, e outros lugares de diversão... — Novo movimento. — Em toda a parte já existe a luz elétrica...

— Sim, a luz elétrica... — repetiu Levine. — A propósito, e Vronski, que fim levou? — arriscou-se a perguntar, deixando o sabonete.

— Vronski? — disse Stepane Arcadievitch. — Ele está em Petersburgo. Partiu pouco tempo depois de ti e não mais voltou a Moscou. Sabes, Kostia — continuou, apoiando-se na mesinha de cabeceira e descansando na mão o belo rosto onde brilhavam, como duas estrelas, os olhos um pouco sonolentos —, com franqueza, tu és o único culpado. Tiveste medo de um rival, e repito o que então te dizia, ignoro qual dos dois tinha mais probabilidades. Por que não foste adiante? Eu não te preveni que...

E ele moveu as mandíbulas, sem abrir a boca.

"Ele sabe ou não sabe do meu pedido?", perguntava-se Levine, fitando-o. "Sim, é manhoso, há certa diplomacia no seu rosto." E, sentindo-se corar, voltou em silêncio o seu olhar para Oblonski.

— Admitindo-se — continuou Stepane Arcadievitch — que tenha ela experimentado por Vronski um sentimento qualquer, esse sentimento só poderia ter sido superficial. Foi a mãe que se deixou seduzir pelas suas maneiras aristocráticas e a brilhante posição que um dia ele ocupará na sociedade...

Levine franziu a testa. A injúria da recusa magoava novamente o seu coração como uma ferida recente. Felizmente, estava em sua casa e, na sua casa, Levine se sentia mais forte.

— Um instante — gritou ele, interrompendo Oblonski. — Tu falas de aristocracia. Queres me dizer em que consiste a aristocracia de Vronski ou de não importa quem e em que justifica ela um desprezo por mim? Tu o consideras como um aristocrata. Eu não sou dessa opinião. Um homem cujo pai era um pobre diabo e a mãe teve não sei quantas aventuras... Não, obrigado. Chamo de aristocratas as pessoas que, como eu, descendem de três ou quatro gerações de pessoas honestas, instruídas, cultas (não falo dos dons do espírito, é um outro negócio), que, nunca tendo necessidade de ninguém, jamais se abaixaram diante de quem quer que fosse. Assim foram meu pai e meu avô. Conheço inúmeras famílias semelhantes. Fazes presente de trinta mil rublos a um Riabinine e achas mesquinho que eu conte as árvores do meu bosque, mas te empregaste um dia como funcionário público e não sei o que mais, não, isso eu jamais farei! Eis por que dirijo os bens que meu pai me deixou e aqueles que adquiri com o meu trabalho... Nós, sim, é que somos os aristocratas e não aqueles que vivem à sombra dos poderosos e se deixam vender por pouca coisa.

— A que propósito dizes isso? Sou da tua opinião — respondeu sinceramente Stepane Arcadievitch, muito aborrecido com a inclusão que Levine fizera do seu nome entre as pessoas que se deixam vender por pouca coisa. — Tu não és justo para com Vronski, mas não se trata disso. Digo-te francamente: devias partir comigo para Moscou e...

— Não. Não sei se tu sabes o que se passou. De certo, pouco me importa. É indispensável dizer-te: declarei-me a Catarina Alexandrovna e sofri uma recusa que me humilhou.

— Por que isso? Que loucura!

— Não falemos mais. E, se me exaltei, peço-te todas as desculpas. Assim que explicou, readquiriu novamente o seu bom humor.

— Vamos — continuou ele, rindo-se, e apertando a mão de Oblonski. — Não me queiras mal, sim, Stiva?

— Mas eu não me aborreci. Estou satisfeito que nos abríssemos um ao outro. A caçada pela manhã foi esplêndida, mas de qualquer modo eu ficaria sem dormir e, depois, iria diretamente para a estação.

— Está certo.

18

Se a vida interior de Vronski era absorvida inteiramente pela paixão, a sua vida exterior continuava o seu curso inevitável, oscilante entre os deveres sociais e as obrigações militares. O regimento ocupava um grande lugar na sua existência, primeiramente porque ele o amava, e mais ainda porque era querido. Não apenas o queriam, mas o respeitavam, pois era agradável ver-se um homem tão rico, tão instruído, tão bem-dotado, subordinar aos interesses do regimento e dos camaradas o sucesso do amor-próprio e da vaidade. Vronski sabia dos sentimentos que inspirava e tudo fazia para conservá-los. Demais, o trabalho militar o seduzia.

Nada dizia a ninguém do seu amor, nenhuma palavra imprudente lhe escapava durante as conversas mais prolongadas (e ele jamais se embebedava ao ponto de perder totalmente o controle), sabia calar os indiscretos que insinuavam as menores coisas sobre os seus negócios do coração. Esses negócios constituíam o fraco da cidade, todo mundo suspeitava mais ou menos do seu romance com Mme. Karenina. A maior parte dos rapazes abordava precisamente o que mais lhe pesava naquela ligação, a alta posição do marido, e isso constituía um acontecimento mundano.

A maior parte das moças, invejosas de Ana, a quem sempre ouviram tratar de "justa", viam com prazer as suas previsões realizadas e não esperavam senão a sanção da opinião pública para oprimi-la com o desprezo — poupavam o falatório para quando chegasse o momento oportuno. Os velhos e as pessoas de posição elevada temiam um escândalo e mostravam-se descontentes.

A condessa Vronski soubera primeiramente, com uma alegria maliciosa, dos amores do filho. Nada, a seu ver, formava melhor um rapaz que uma ligação na alta sociedade. Não estava desgostosa que aquela Mme. Karenina, que só falava do próprio filho, acabasse saltando sobre os seus passos, assim como acontecia a todas as mulheres bonitas de idêntica posição. Mas aquela indulgência cessou desde que soube que Aléxis, para não se afastar da sua amante, recusara uma promoção importante, razão por que lhe guardava um certo rancor. Ela dizia também que, longe do brilhante capricho que sentiria, aquela paixão chegaria ao trágico, à moda de Werther, e obrigaria o seu filho a cometer as maiores tolices. Como ela não o vira mais após a sua brusca partida de Moscou, avisou-o pelo irmão mais velho que precisava vê-lo.

Esse irmão não escondia o seu descontentamento, não que se inquietasse por saber se o amor de Aléxis era profundo ou efêmero, calmo ou apaixonado, inocente ou criminoso (ele mesmo, apesar de pai de família, mantinha uma dançarina e não tinha o direito de mostrar-se severo), mas, sabendo que aquele amor superava o direito, só podia condenar Aléxis.

Entre o seu trabalho e as relações sociais, Vronski consagrava uma parte do seu tempo a uma segunda paixão, a dos cavalos. Os oficiais organizavam aquele ano corridas de obstáculos. Inscrevera-se e escolhera um cavalo inglês puro-sangue. Apesar do seu amor, aquelas corridas lhe despertavam uma grande atração.

As duas paixões não se anulavam. Era preciso a Vronski, fora de Ana, uma distração qualquer para descansá-lo e afastá-lo das emoções violentas que o perturbavam.

19

No dia das corridas de Krasnoie Selo, Vronski veio mais cedo que de costume comer um bife na sala dos oficiais. Não era rigorosamente obrigado a restringir a sua alimentação, o seu peso correspondia ao peso exigido, mas ele não devia engordar e, em consequência, abstinha-se do açúcar e das farinhas. Os cotovelos na mesa, a túnica desabotoada deixando ver o colete branco, parecia mergulhado na leitura de um romance francês aberto sobre o prato, mas só tomava aquela atitude para se livrar dos que passavam. O seu pensamento estava longe.

Pensava no encontro que Ana lhe marcara para depois das corridas. Não a vendo já há três dias, indagava a si próprio se poderia ela cumprir a promessa, porque o seu marido acabava de chegar de uma viagem ao estrangeiro e não sabia como certificar-se. Tinham-se visto pela última vez em casa de Betsy, sua prima, porque ele não frequentava a dos Karenine. Era, portanto, ali que Vronski projetava encontrá-la e para isso procurava um pretexto plausível.

"Direi que Betsy pediu-me para lhe perguntar se conta vir às corridas: sim, irei certamente", decidiu ele. E a sua imaginação tanta vivacidade emprestava à felicidade daquela entrevista que o seu rosto, transfigurando-se subitamente, brilhou de alegria.

— Vá até minha casa e diga para atrelarem a carruagem mais cedo — disse ele ao rapaz que lhe trazia o bife numa bandeja de prata. Puxou o prato, e começou a comer.

Da sala de bilhar vizinha, ouvia-se subir entre o choque das bolas um ruído de vozes misturado à explosão de risos. Dois oficiais apareceram na porta: um, muito jovem, de rosto afetado, recentemente saído do Corpo dos Pajens; outro, gordo e velho, com uns olhinhos pesados de gordura e uma pulseira no braço.

Vronski dirigiu-lhe um olhar aborrecido e, voltando os olhos para o livro, simulou não os ter visto.

— Ah! Arranjas forças? — disse o oficial gordo sentando-se junto dele.

— Como estás vendo — respondeu Vronski sem levantar os olhos.

— Não receias engordar? — continuou o oficial, oferecendo uma cadeira ao jovem camarada.

— Que dizes? — perguntou Vronski bruscamente, sem esconder uma careta de aversão.

— Não receias engordar?

— Garçom, traga o xerez! — gritou Vronski sem responder e, depois de colocar o livro do outro lado do prato, prosseguiu na leitura.

O oficial gordo tomou a lista dos vinhos, estendeu-a ao mais jovem e disse:

— Veja o que podemos beber.

— Vinho do Reno, se queres — respondeu o outro, que, alisando o seu imperceptível bigode, lançava sobre Vronski um olhar fixo. Vendo que este não respondia, levantou-se.

— Retornemos à sala de bilhar — propôs.

O oficial gordo o seguiu docilmente. Iam saindo quando surgiu um soberbo rapaz, o capitão Iachvine. Concedeu-lhes uma saudação e foi diretamente a Vronski.

— Ah! — gritou, deixando cair vigorosamente a mão no ombro do rapaz. Vronski voltou-se com ar descontente, mas o seu rosto logo adquiriu a expressão de serenidade que lhe era habitual.

— Bravo, Aléxis — gritou o capitão —, vamos comer um pouco e beber um copo!

— Eu não tenho fome.

— Lá se vão os inseparáveis — continuou Iachvine, com um olhar irônico para os dois oficiais que se afastavam. E sentou-se perto de Vronski, dobrando as suas enormes pernas muito grandes para a altura das cadeiras. — Por que não foste ao teatro de Krasnoie? A Numerov não tocou mal. Onde estavas?

— Atrasei-me em casa dos Tverskoi.

— Ah! sim...

Bêbado, debochado, despido de qualquer princípio ou, antes, provido de princípios unicamente imorais, Iachvine era no regimento o melhor camarada de Vronski. Este admirava a sua excepcional força física, de que fazia prova bebendo como uma esponja e ficando sem dormir; não lhe admirava menos a força moral que lhe valia a admiração dos seus chefes e dos seus camaradas, e lhe permitia arriscar-se no jogo, mesmo depois dos mais fortes reveses, e perder dezenas de milhares de rublos com uma calma e uma presença de espírito tão imperturbáveis como se fora, no Clube Inglês, o primeiro dos jogadores. Vronski sentia-se querido de Iachvine por ele mesmo e não pelo seu nome ou sua riqueza, motivo por que ele lhe dedicava uma afeição sincera, porque lhe falava — e unicamente a ele — do seu amor, convencido de que, apesar do desprezo que mantinha por todo sentimento, Iachvine somente podia compreender a profundeza daquela paixão. Além disso, sentia que Iachvine certamente não gostava de maledicência e escândalos, e entendia seu sentimento — ou seja, ele sabia e acreditava que esse amor não era brincadeira e levava a coisa com seriedade.

Sem que ele nada lhe dissesse, Vronski lia nos seus olhos que Iachvine sabia de tudo e levava a coisa com seriedade.

— Ah, sim — disse o capitão. Um clarão brilhou nos seus olhos negros enquanto, obedecendo a um tique familiar, apertava com os dedos nervosos a ponta esquerda do bigode entre os lábios.

— E tu, que fizeste da tua noite? Ganhaste?

— Oito mil rublos, três dos quais talvez eu não receba nunca.

— Então posso te fazer perder sem remorsos — disse Vronski sorrindo, sabendo que Iachvine apostara nele uma soma elevada.

— Não penso em perder. O perigo é Makhotine.

E a conversa se entabulou sobre corridas, o único assunto que podia interessar Vronski naquele momento.

— Afinal, eu já acabei e podemos partir — disse.

Dirigiu-se para a porta. Iachvine levantou-se, erguendo o seu alto busto e as longas pernas.

— Não posso jantar nesta hora, mas quero beber alguma coisa. Ei! Traga vinho! — gritou com a voz poderosa, que fazia tremer os vidros e que era sem igual para comandar. — Não, inútil — gritou logo depois. — Se voltas à tua casa, eu te acompanho.

E saíram do quartel.

20

Vronski ocupava no acampamento uma barraca ampla e própria, dividida em duas partes por um tabique. Como em Petersburgo, tinha por comensal Petritski. Quando Vronski e Iachvine entraram, Petritski dormia.

— Chega de dormir, levanta-te! — disse Iachvine indo sacudir o dorminhoco pelos ombros, atrás do tabique onde ele estava deitado com a cabeleira em desordem e o nariz no travesseiro.

Petritski pôs-se de joelhos e fitou-os com os olhos mal despertos.

— Teu irmão chegou — disse ele a Vronski. — Acordou-me, o animal, para dizer que voltaria mais tarde.

Lançou-se de novo sobre os travesseiros, puxando a coberta.

— Deixa-me tranquilo — gritou com cólera para Iachvine, que tencionava lhe tirar a coberta. Depois, voltando-se para ele e abrindo definitivamente os olhos: — Farias melhor em dizer-me o que deverei beber para tirar da boca este gosto amargo.

— Aguardente, é o que há de melhor — bradou Iachvine. — Terestchenko, traze depressa aguardente e pepinos para teu patrão! — ordenou, sentindo evidente prazer com os trinados da própria voz.

— Aguardente? — perguntou Petritski esfregando os olhos. — Se bebes, serei o teu companheiro! E tu, Vronski, não virás nos fazer companhia?

Deixando o leito, ele avançou, envolvido no cobertor, os braços no ar, cantarolando em francês: "Era ele um rei de Tu... u... le."

— Bem, Vronski, não virás nos fazer companhia, sim ou não?

— Vá passear! — respondeu Vronski, a quem o criado entregava o capote.

— Aonde pretendes ir? — indagou Iachvine, vendo aproximar-se da casa uma carruagem atrelada a três cavalos.

— À cocheira e depois em casa de Brianski, com quem tenho um negócio a acertar.

Ele havia, com efeito, prometido a Brianski, que residia a dez léguas de Peterhof, de ir acertar uma compra de cavalos e esperava ter tempo para passar lá. Os seus companheiros, porém, compreenderam logo que ele ainda iria a outro lugar. Cantarolando, Petritski olhou-o e fez um gesto que significava: "Sabemos perfeitamente o que Brianski quer dizer."

— Não te demores — contentou-se em dizer Iachvine para romper o mal-estar. — A propósito, e o meu cavalo, está a teu serviço? — perguntou, examinando pela janela o cavalo que emprestara a Vronski.

No momento em que Vronski ia saindo, Petritski chamou-o, gritando:

— Espera, teu irmão me deixou uma carta e um bilhete para ti. Onde eu os teria guardado?

— Onde estão eles?

— Onde eles estão? Aí está precisamente a questão — declarou Petritski, pondo o dedo na testa.

— Acabemos, isto é insuportável! — disse Vronski sorrindo.

— Eu não acendi o fogo na chaminé. Devem estar por aí, em qualquer parte.

— Deixa de brincadeiras. Onde está a carta?

— Juro-te, não sei mais nada. Teria eu, por acaso, sonhado? Espere, espere, não te irritarei. Se tivesses bebido quatro garrafas como eu o fiz ontem à noite, tu perderias, também, a noção das coisas... Espera, vou fazer o possível para lembrar-me.

Petritski voltou para trás do tabique e deixou-se cair sobre o leito.

— Foi assim que estive deitado, e ele estava ali... Sim, sim, sim, lembro-me bem.

E tirou a carta debaixo do colchão.

Vronski tomou-a; estava acompanhada por um bilhete do seu irmão. Era bem o que supunha: a sua mãe o repreendia por não ter ido vê-la, e o seu irmão desejava falar-lhe urgentemente. "Que desejam eles?", pensou e, amarrotando os dois papéis, meteu-os nos bolsos da túnica com intenção de lê-los novamente na estrada, mais à vontade. Encontrou-se na saída com dois oficiais, um dos quais pertencia a outro regimento.

A barraca de Vronski era usada como ponto de reunião.

— Aonde vais? — indagou um deles.

— A um negócio em Peterhof.

— O teu cavalo chegou de Tsarskoie?

— Sim, mas eu ainda não o vi.

— Dizem que Gladiator, o cavalo de Makhotine, é defeituoso.

— São pilhérias! — disse o outro oficial. — Mas como farás tu para correr com uma lama igual?

— Ah, ah! Vieram me salvar! — gritou Petritski, vendo entrar os novos visitantes, e a quem o ordenança oferecia numa bandeja os pepinos e a aguardente. — Como veem, Iachvine aconselhou-me a beber para refrescar as ideias.

— Sabes que nos fizeste passar a noite em claro? — disse um dos oficiais.

— Sim, mas tudo terminou com música. Volkov subiu no telhado e nos anunciou dali que estava louco. Se tocássemos um pouco? Propus uma marcha fúnebre… E, ao som desta, ele adormeceu no telhado.

— Bebe, pois, a tua aguardente e, por cima, a água de Seltz com limão — disse Iachvine, encorajando Petritski como uma mãe que trata o filho. — Depois disso, poderás beber uma garrafa de champanha.

— Isso seria melhor! Espera um pouco, Vronski, venha beber conosco…

— Não, senhores, adeus. Eu não bebo hoje.

— Temes o atordoamento. Bem, dispensamos a tua companhia. Depressa, traga a água de Seltz e limão!

— Vronski! — gritou alguém quando ele saía.

— Que é?

— Devias cortar os cabelos, eles pesam muito!

Uma calvície precoce aflige Vronski. Ele sorriu da brincadeira e, puxando a boina sobre a testa para esconder a calvície, saiu e subiu na carruagem.

— À cocheira! — ordenou.

Ia reler as cartas quando, refletindo, preferiu não se distrair e transferiu a leitura para depois da visita à cocheira.

21

Desde a véspera, tinham posto o cavalo de Vronski na cocheira provisória: era uma barraca de tábuas construída no alto, nas vizinhanças do campo de corrida. Como, após alguns dias, só o treinador montasse o cavalo, Vronski não sabia bem em que estado ele o iria encontrar.

Assim que viram a carruagem se aproximar, chamaram o treinador. Este, um inglês emagrecido, com um tufo de cabelos no queixo, usava casaco curto e botas de montaria; veio esperar Vronski com o seu andar bamboleante, os cotovelos moles, tão normais nos jóqueis.

— Como vai Fru-Fru? — perguntou Vronski em inglês.

— *All right, sir* — respondeu o inglês do fundo da garganta. — Melhor seria não entrar — acrescentou tirando o chapéu. — Botei nela uma focinheira, isso a incomoda. A qualquer aproximação, ela se agita.

— Irei assim mesmo, quero vê-la.

— Então, vamos — consentiu o inglês, contrariado, falando sempre sem abrir a boca. E, com o mesmo passo bamboleante, os braços sempre moles, tomou a dianteira, sacudindo os cotovelos.

Entraram no pequeno pátio em frente da barraca. O empregado de serviço, um rapaz de boa fisionomia, introduziu-os, tendo uma vassoura na mão. Cinco cavalos ocupavam a cocheira, cada um no seu compartimento; o de Makhotine, o mais sério concorrente de Vronski, Gladiator, um alazão robusto, devia estar entre eles. Vronski, que não o conhecia, estava mais curioso de vê-lo do que ao seu próprio cavalo, mas as regras das corridas proibiam que ele o visse e até mesmo pedisse informações a respeito do animal. Quando percorriam o corredor, o empregado abriu a porta do segundo compartimento da esquerda, e Vronski entreviu um vigoroso cavalo de malhas brancas nas pernas. Adivinhou ser Gladiator, mas se voltou imediatamente para Fru-Fru, como se se tratasse de uma carta aberta que não lhe fosse endereçada.

— É o cavalo de Ma... Mak... não consigo articular este nome — disse o inglês por cima do ombro, mostrando o compartimento de Gladiator.

— De Makhotine? Sim, é o meu único adversário sério.

— Se o senhor o montasse, eu apostaria no senhor.

— Fru-Fru é mais nervosa, Gladiator, mais resistente — respondeu Vronski sorrindo ao elogio.

— Em corridas de obstáculos — prosseguiu o inglês — tudo está na arte de saber montar, no *pluck*.

O *pluck*, isto é, energia e audácia, não faltava a Vronski. Ele o sabia e, o que era ainda melhor, estava firmemente convencido de que ninguém o poderia superar.

— Estás certo de não ser necessária uma forte transpiração?

— Certíssimo — respondeu o inglês. — Não fale alto, eu lhe peço, o cavalo se agitará — acrescentou ele, fazendo um sinal de cabeça para um lado do compartimento fechado, onde se ouvia patinhar o cavalo nas palhas.

Abriu a porta e Vronski penetrou no compartimento, fracamente iluminado por uma pequena claraboia. Um cavalo baio escuro, com uma focinheira, roía nervosamente a palha fresca. Quando os seus olhos se habituaram à penumbra do compartimento, Vronski examinou ainda uma vez todas as formas do cavalo favorito. Fru-Fru era um animal de altura média, pouco defeituoso de conformação. Tinha os membros franzinos. O peito estreito, apesar do peitoral saliente. A garupa ligeiramente decaída. As pernas, principalmente as traseiras, um pouco cambaias e pouco musculosas. Apesar de o treinador ter conseguido diminuir o seu ventre, ela não tinha o peito muito profundo. Vistas de frente, as suas pernas pareciam delgadas; vistas de lado, porém, pareciam muito largas. Malgrado os seus flancos côncavos, era um pouco longa de busto. Mas uma grande qualidade encobria todos esses defeitos: ela tinha "sangue", aquele sangue que "se revela", como dizem os ingleses. Os seus músculos, muito desenvolvidos sob o entrelaçamento das veias que corriam paralelas à pele fina, macia e lisa como o cetim, pareciam tão duros quanto os ossos. A cabeça enxuta, os olhos brilhantes e alegres, as narinas abertas.

Desde que Vronski entrou, ela fungou, lançou um olhar tão forte que a menina dos seus olhos se injetou de sangue e lançou um outro olhar para os que vinham atrás, tentando libertar-se da focinheira e movendo inquietamente os pés.

— Veja como é nervosa! — disse o inglês.

— Ho, minha linda, ho! — fez Vronski, aproximando-se para acalmá-la.

Mais avançava, mais ela se agitava. Mas, quando chegou perto da sua cabeça, ela se acalmou subitamente e seus músculos tremeram sob o pelo delicado. Vronski acariciou o pescoço poderoso, refez uma mecha das crinas que ela atirara do outro lado do pescoço, e aproximou o rosto das narinas dilatadas e tênues como uma asa de morcego. Respirou ruidosamente, estremeceu, inclinou a orelha e estendeu para ele o focinho negro, como para o agarrar pelo braço, mas, impedida pela focinheira, sacudiu-a, enquanto, com as pernas, renovou o seu patinhar impaciente.

— Acalma-te, minha linda, acalma-te — disse Vronski acariciando-a nas ancas.

Deixou o compartimento com a absoluta convicção de que o seu cavalo estava em excelente estado.

O animal comunicara a sua agitação a Vronski. O sangue lhe afluía ao coração, ele gozava a sensação de excitar-se e morder, sensação perturbadora e agradável ao mesmo tempo.

— Eu conto com o senhor — disse ele ao inglês — às seis horas e meia na pista.

— *All right.* Mas aonde vai o senhor, *my Lord?* — indagou o inglês empregando o termo *Lord*, o que raramente fazia.

A ousadia daquela pergunta surpreendeu Vronski. Levantou a cabeça e olhou o inglês — como ele sabia fazer —, não nos olhos, mas em pleno rosto. Logo compreendeu que o treinador não lhe falara como a um patrão, mas como a um jóquei.

— Preciso ver Brianski — respondeu. — Voltarei dentro de uma hora.

"Quantas vezes me fizeram hoje essa pergunta!", pensou Vronski. E, o que raramente lhe acontecia, corou sob os olhos inquiridores do inglês. Como se ele soubesse aonde ia Vronski, prosseguiu:

— O essencial é conservar a calma. O senhor não deve se aborrecer, evitando contrariedades.

— *All right* — respondeu Vronski sorrindo. E, saltando em sua carruagem, transportou-se a Peterhof.

O céu, que desde a manhã ameaçava chuva, ensombreceu bruscamente. Um violento aguaceiro começou a cair.

"É terrível", pensava Vronski, puxando o toldo da carruagem, "o terreno, que já estava ruim, agora se transformará em pântano."

Aproveitou aquele momento de solidão para reler os bilhetes. Era sempre a mesma coisa. Sua mãe, como seu irmão, achavam bom imiscuir-se nos negócios do seu coração. Aquele modo de proceder provocava-lhe uma irritação insólita. "Que lhes importa? Por que essa irritante solicitude? Sentem provavelmente a existência de qualquer coisa que não podem compreender. Fosse uma vulgar ligação mundana, e me deixariam tranquilo; mas percebem que aquela mulher me é mais cara do que a minha própria vida. Eis o que lhes escapa e, em consequência, os irrita. Qualquer que seja o nosso destino, o que fizemos já está feito", pensava ele, unindo-se a Ana com a ideia do "nós". "Querem, a todo custo, nos ensinar a viver, eles que não têm nenhuma ideia desta felicidade. Não sabem que, sem esse amor, não existirá para nós nem alegria e nem dor neste mundo, e a vida também não existirá mais."

No fundo, o que mais o irritava contra os seus era que a sua consciência lhe dizia que eles tinham razão. O seu amor por Ana não era passatempo passageiro destinado, como tantas ligações, a desaparecer não deixando outros traços senão recordações agradáveis ou dolorosas. Sentia vivamente a falsidade da sua situação, maldizia as obrigações sociais que o constrangiam para salvar as aparências, a levar uma vida de hipocrisia e dissimulação, a se preocupar incessantemente com a opinião alheia — quando todas as coisas estranhas à sua paixão lhe eram perfeitamente indiferentes.

Aquelas necessidades frequentes de fingir retornaram-lhe vivamente à memória; nada era tão contrário à sua natureza e lembrou-se do sentimento de vergonha que, mais de uma vez, surpreendera em Ana quando também ela se achava constrangida a mentir. O estranho desgosto que, após muito tempo, se apoderava dele, também a possuía. Por que sentia aquela repulsa? Por causa de Aléxis Alexandrovitch, por si mesmo, pelo mundo inteiro? Não, não sabia quase nada e não tinha elementos para combatê-la. Recalcou uma vez ainda aquela impressão e deixou que os pensamentos seguissem normalmente os seus caminhos.

"Sim, antes, Ana era infeliz, mas orgulhosa e tranquila, E, por mais que se esforce para não o demonstrar, ela agora perdeu a calma e a dignidade. É preciso acabar com isso."

E, pela primeira vez, a ideia de acabar aquela vida de mentira lhe apareceu nítida e precisa. "Nenhuma vacilação", decidiu ele. "É preciso que deixemos tudo, ela e eu, e que, sozinhos com o nosso amor, procuremos nos esconder em qualquer parte."

22

A chuva durou muito pouco e quando Vronski chegou, com a carruagem puxada pelos cavalos que galopavam na lama a toda velocidade, o sol, já de volta, fazia cintilar nos dois lados da rua os tetos das casas, que jorravam água, e a folhagem úmida das velhas tílias das quais caíam gotas alegres. Vronski bendizia a chuva: pouco importava o mau estado do campo de corridas, já que, graças ao aguaceiro, iria encontrar Ana provavelmente sozinha. O marido, que regressara já há alguns dias de uma estação de águas, ainda não fora para o campo.

A fim de atrair o menos possível a atenção, Vronski, como de costume, desceu da carruagem um pouco antes do ponto e alcançou a pé a casa dos Karenine. Não tocou a campainha da porta principal, mas, fazendo uma volta, dirigiu-se para os fundos.

— O senhor já chegou? — perguntou ao jardineiro.

— Ainda não, mas a senhora está aí. Queira bater na porta da frente, que o atenderão.

— Não, prefiro passar pelo jardim.

Sabendo-a sozinha, queria surpreendê-la. Como não prometera vir, ela não poderia esperá-lo no dia das corridas. Levantou o sabre para não fazer ruído e subiu com precaução a vereda coberta de areia e ornada de flores que levava ao terraço que se abria daquele lado da casa. Esquecendo as preocupações que o atormentavam na viagem, só pensava agora na felicidade de "vê-la" logo, em carne e osso e não apenas em imaginação. Quando transpunha o mais docemente possível a encosta do terraço, foi que se lembrou de algo de que sempre se esquecia e que constituía o ponto mais doloroso das suas relações com Ana, a presença do filho, daquela criança de olhar inquisidor e, pensava ele, hostil.

A criança era o principal obstáculo às suas entrevistas. Na sua vista, nunca emitiam uma palavra que não pudesse ser ouvida por todo mundo, jamais a menor alusão de natureza a intrigá-lo. Estabelecera-se entre eles, sobre esse assunto, uma sorte de entendimento mútuo: enganar a criança era como injuriar a eles mesmos. Conversavam, pois, em sua frente, como simples conhecidos. Apesar dessas precauções, Vronski encontrava sempre o olhar perplexo e inquisidor da criança fixo sobre ele — acariciador certas horas, frio em outras, Sérgio parecia adivinhar instintivamente que existia entre aquele homem e a sua mãe um laço sério, do qual lhe escapava a significação.

Efetivamente, a pobre criança não sabia muito como se comportar com aquele senhor; graças à finura da intuição própria à infância, observava que, apesar do seu pai, a governanta e a criada sentiam por Vronski uma repulsa misturada de pavor. Entretanto, sua mãe tratava-o como a um querido amigo.

"Que significava aquilo? Devo amá-lo? Se eu nada compreendo é porque, sem dúvida, sou malicioso", pensava a criança. Daí a sua timidez, o seu olhar interrogador e um pouco desconfiado, a mobilidade de humor que tanto incomodava Vronski. A presença daquela pequena criatura provocava nele invariavelmente, sem causa aparente, uma estranha repugnância que o perseguia já há algum tempo. Ela os tornava aos dois — tanto a Ana como a Vronski — semelhantes a navegadores aos quais a bússola provaria que iam derivando sem que pudessem modificar seu curso; cada minuto os afastava do caminho certo, e reconhecer esse erro de direção equivaleria a reconhecer a própria perda.

A criança, com seu olhar cândido, era aquela bússola implacável; ambos o sentiam sem que quisessem confessá-lo.

Mas, naquele dia, Ana estava absolutamente sozinha. Esperava no terraço a volta do filho preso pela chuva no decurso de um passeio. Enviara à sua procura um criado e uma criada. Trajando um vestido branco ornado de grandes bordados, estava sentada em um canto, oculta pelas plantas, e não sentiu chegar o seu amante. A cabeça inclinada, apoiava a testa no metal frio de um regador que estava sobre a balaustrada, e que segurava com as mãos cheias de anéis, tão familiares a Vronski. A beleza daquela cabeça de cabelos negros frisados, do pescoço, dos braços, de toda a pessoa, provocava no rapaz uma nova surpresa. Deteve-se e contemplou-a com exaltação. Ela sentiu instintivamente a sua aproximação e, apenas dera um passo, afastou o regador e voltou para ele o rosto abrasado.

— Que tens? Estás doente? — perguntou ele em francês, aproximando-se dela. Ana quis correr, pensando ser observada, e lançou um olhar para a porta do terraço que a fez enrubescer, como tudo o que lhe lembrava a presença do constrangimento e da dissimulação.

— Não, estou bem — respondeu ela, levantando-se e apertando firmemente a mão que ele lhe dava. — Eu não... te esperava.

— Meu Deus, que mãos frias!

— Tu me amedrontaste. Estava sozinha e esperava Sérgio, que foi passear. Eles voltarão por aqui.

Ela afetava calma, mas os seus lábios tremiam.

— Desculpe-me por ter vindo, não podia passar o dia sem vê-la — continuou ele em francês, o que lhe permitia, para evitar um tratamento infeliz, recorrer ao *vós*, muito cerimonioso em russo.

— Desculpar-te quando a tua visita me torna tão feliz!

— Mas estás doente ou desgostosa — prosseguiu ele, inclinando-se sobre ela sem deixar-lhe a mão. — Em que pensavas?

— Sempre a mesma coisa — respondeu ela sorrindo.

Ela dizia a verdade. A qualquer hora do dia em que fosse interrogada, daria a mesma resposta, porque não pensava senão na sua felicidade e no seu infortúnio. No momento em que ele a surpreendera, perguntava a si mesma por que algumas pessoas, Betsy por exemplo, de quem conhecia a ligação dissimulada com Touchkevitch, preocupam-se ligeiramente com o que tanto lhe fazia sofrer. Por certas razões, esse pensamento a atormentara particularmente naquele dia. Ele falou das corridas, querendo distraí-la da perturbação em que a via, contou-lhe o mais naturalmente possível os preparativos que se faziam.

"Será preciso dizer-lhe?", pensava ela fitando os seus olhos límpidos e acariciadores. "Ele tem o ar feliz, entusiasma-se tanto por essa corrida que talvez não compreenda a importância do que nos acontece!"

Mas, bruscamente, ele se interrompeu.

— Por que não me disseste no que pensavas quando eu cheguei? Dize-me, eu te peço.

Ela não respondia. A cabeça inclinada, ergueu os olhos para ele. Abaixo das pestanas, o seu olhar brilhava cheio de interrogação, a sua mão brincava nervosamente com uma folha arrancada a qualquer planta. O rosto de Vronski tomou imediatamente uma expressão de absoluto devotamento, ao qual ela não podia resistir.

— Vejo que aconteceu alguma coisa. Posso eu estar tranquilo um instante quando tens um desgosto de que não posso compartilhar? Fale, em nome do céu! — suplicou ele.

"Não, se ele não sentir toda a importância do que lhe tenho a dizer, eu não o perdoarei. Melhor será calar-me que colocá-lo à prova", pensava, o olhar sempre fixo nele, e a mão cada vez mais trêmula.

— Em nome de Deus — repetiu ele.

— É indispensável dizer-lhe?

— Sim, sim.

— Estou grávida — disse ela em voz baixa e suave.

A folha que tinha entre os dedos tremia ainda mais, mas ela não lhe tirou os olhos, procurando no seu rosto como ele aceitaria aquela confissão. Vronski empalideceu, quis falar, mas se deteve, baixou a cabeça e deixou cair a mão que tinha entre as de Ana. "Sim", pensou ela, "ele sente toda a grandeza do acontecimento." Agradeceu-lhe com um aperto de mão.

Mas ela se enganava acreditando que ele desse ao fato a importância que ela lhe atribuía como mulher. Primeiramente, aquela notícia criara-lhe um acesso de desgosto mais violento do que nunca, mas compreendeu logo que a crise há tanto esperada havia chegado: nada mais se podia esconder ao marido e era preciso sair o mais cedo, não importava a que preço, daquela situação odiosa. A perturbação de Ana se comunicava a ele: fitou-a nos olhos ternamente submissos, beijou-a na mão, ergueu-se e pôs-se a andar no terraço sem dizer uma palavra. No fim de algum tempo, retornou para junto dela e disse resolutamente:

— Nenhum de nós considerou esta ligação como um acontecimento sem importância. A nossa sorte está decidida. A todo custo, precisamos acabar com... — Lançou-lhe um olhar circunspecto — a mentira em que vivemos.

— Mas como acabar, Aléxis? — perguntou ela docemente.

Ela estava calma e sorria com ternura.

— É preciso que deixes o teu marido e que unamos as nossas vidas.

— Elas já estão unidas — murmurou Ana.

— Mas não totalmente.

— Como fazer, Aléxis? Ensina-me — disse ela pensando com amargura no que sua situação tinha de incompreensível. — Existe alguma saída? Não sou a mulher do meu marido?

— Existe uma saída para todas as situações, trata-se apenas de tomar uma decisão. Tudo é preferível à vida que levas. Pensas que não vejo como tudo é tormento para ti: a sociedade, teu filho, teu marido...

— Meu marido, não! — disse ela com um sorriso franco. — Eu não penso nele, ignoro a sua existência.

— Tu não és sincera. Conheço-te, também te atormentas por causa dele.

— Mas ele não sabe nada — disse ela e, subitamente, o seu rosto se cobriu de um vivo rubor: as faces, a testa, o pescoço, ela inteira enrubesceu, enquanto lágrimas de vergonha lhe vinham aos olhos. — Não falemos mais dele!

23

Muitas vezes Vronski ensaiara, embora nunca tão definitivamente quanto agora, fazer com que ela compreendesse a sua posição, mas sempre encontrara a superficialidade e os argumentos fúteis com que ela agora o recebia. Era como se houvesse elementos que ela não pudesse e não quisesse aprofundar porque, assim que os abordavam, a verdadeira Ana desaparecia para ceder lugar a uma mulher estranha que o irritava e quase odiava. Desta vez, porém, resolveu explicar-lhe totalmente.

— Que ele saiba ou não, pouco nos importa — disse num tom firme e calmo. — Nós não podemos... Tu não podes continuar nesta situação, principalmente agora.

— Segundo a tua opinião, que devo fazer? — perguntou ela, sempre com o mesmo acento ligeiramente agressivo. Ela, que tanto receava vê-lo acolher friamente a notícia da sua gravidez, espantava-se pelo fato de ele deduzir a necessidade de uma resolução tão enérgica.

— Confessar-lhe tudo e abandoná-lo.

— Muito bem, mas, supondo que eu o faça, sabes o que resultará? Quero explicar-te isto.

Um olhar perverso brilhou nos seus olhos há pouco tão ternos.

— "Ah! A senhora ama a um outro, tem com ele uma ligação criminosa" — prosseguiu ela, imitando Aléxis Alexandrovitch e, como ele, destacando a palavra "criminosa". — "Eu preveni a senhora o que essa conduta implica sob o ponto de vista da religião, da sociedade, da família. Não me ouviu. Eu não posso, entretanto, afastar a vergonha que recairá sobre o meu nome e..." — Ela ia dizer "meu filho", mas se deteve porque a criança não podia ser objeto daquela zombaria —..."e alguma coisa nesse gênero" — acrescentou. — Em breve, com o seu tom oficial, notificar-me-á, nítida e precisamente, que não pode me dar a liberdade, mas que tomará medidas para evitar o escândalo. E essas medidas serão tomadas do modo mais tranquilo do mundo, acredite-me... Ele não é um homem, mas uma máquina e, quando se zanga, uma máquina perversa — acrescentou lembrando-se dos menores gestos, das menores taras físicas de Aléxis Alexandrovitch, a fim de achar uma compensação à horrível falta de que ela se tornara culpada.

— No entanto, Ana — disse Vronski com doçura, na esperança de convencê-la e acalmá-la —, é preciso dizer-lhe tudo. Agiremos depois segundo a maneira como ele proceda.

— Então deverei fugir?

— Por que não? Esta vida não pode continuar. Eu não penso em mim, mas no teu sofrimento.

— Fugir e tornar-me ostensivamente a tua amante, não é isto? — gritou ela com despeito.

— Ana! — exclamou ele, ofendido.

— Sim, tua amante, e perder... tudo.

Uma vez ainda ela quisera dizer "meu filho", mas não pôde pronunciar aquelas palavras.

Vronski recusava-se a admitir que esta forte e leal natureza aceitasse, sem procurar uma saída, a situação falsa em que se encontrava — ele não percebia que o obstáculo era precisamente a palavra "filho" que ela não podia articular. Quando Ana pensava na criança, nos sentimentos que teria para com ela se abandonasse o marido, o horror da sua falta lhe aparecia tão evidente que não podia mais raciocinar; verdadeira mulher, procurava se convencer, com argumentos especiais, de que tudo poderia continuar como no passado: era imprescindível esquecer aquela terrível pergunta: "O que aconteceria com a criança?"

— Suplico-te — continuou ele num tom inteiramente diferente, com uma voz cheia de ternura e de sinceridade —, suplico-te, nunca me fales nisso.

Ele pegou-lhe com meiguice na mão.

— Mas, Ana...

— Nunca, nunca. Deixa que eu continue juiz da situação. Compreendo a baixeza e o horror, mas não é tão fácil, como tu pensas, realizar uma mudança, tomar uma decisão. Deixa-me agir livremente e nunca me fales nisso, prometes?

— Prometo tudo o que queiras. Mas como podes desejar que eu fique tranquilo, principalmente depois do que acabas de me dizer? Posso ficar calmo quando tu não o estás?

— Eu? É verdade que algumas vezes me atormento, mas tudo passará se não me falares nada. Apenas quando conversas comigo é que tudo me inquieta.

— Não compreendo...

— Eu sei — interrompeu ela, como a mentira é repugnante à natureza leal. — Frequentemente sinto piedade por ti e digo-te que sacrificaste a tua vida por mim.

— E sempre me pergunto como pudeste imolar-te por mim. Não me perdoaria se te fizesse infeliz.

— Minha infelicidade... — disse, aproximando-se dele e olhando-o com um sorriso de adoração. — Mas eu sou semelhante a um pobre faminto que pudesse satisfazer a sua fome. Talvez tivesse vergonha e frio nos seus farrapos, mas não se sentisse infeliz. Eu, infeliz! Não enxergas a minha felicidade...

A voz da criança, que voltava do passeio, fez-se ouvir. Ela se levantou precipitadamente e lançou em volta um daqueles olhares inflamados que Vronski conhecia tão bem. Depois, com um gesto impetuoso, apertou-lhe a cabeça, fitou-o longamente, aproximou o rosto do seu, pôs os lábios nos olhos do homem, dando-lhe um rápido beijo. Então, quis afastá-lo, mas ele a deteve.

— Quando? — murmurou Vronski, olhando-a com exaltação.

— Esta noite, à uma hora — respondeu com um sorriso. E, escapando-se, ela correu rapidamente para receber o filho.

A chuva surpreendera Sérgio e a criada no grande parque e eles se tinham abrigado num pavilhão.

— Até logo — disse a Vronski. — É tempo de partir para as corridas. Betsy prometeu vir buscar-me.

Vronski olhou o relógio e saiu apressadamente.

24

Vronski, apesar de ter olhado o relógio e devido à emoção que o possuía, não viu a hora marcada pelos ponteiros. Saiu do parque, e, andando com precaução no caminho lamacento, alcançou a sua carruagem. O espírito inteiramente absorvido por Ana, perdera a noção do tempo e não se preocupava se ainda era possível passar em casa de Brianski. Caso muito frequente, a sua memória lembrava-lhe do que resolvera fazer, sem que a reflexão interviesse. Quando subiu na carruagem, distraiu-se um instante com os folguedos dos mosquitos que rodavam em colunas cintilantes em torno dos cavalos suados, despertou o cocheiro adormecido num banco à sombra de uma tília e ordenou-lhe que o conduzisse à casa de Brianski. A presença de espírito só lhe voltou ao fim de seis ou sete verstas. Olhou novamente o relógio e, desta vez, compreendeu que eram cinco horas e meia e que estava atrasado.

Devia haver inúmeras corridas naquele dia: a primeira estava reservada aos oficiais da escolta de Sua Majestade; vinha depois uma corrida de dois mil metros para oficiais, uma outra de quatro mil e, afinal, aquela em que ele deveria correr. Ainda podia alcançá-la, mas, se não faltasse à casa de Brianski, arriscava-se a chegar depois da corrida: isso não era conveniente. Contudo, como dera a sua palavra a Brianski, continuou a viagem recomendando ao cocheiro que não poupasse os cavalos.

Ficou cinco minutos em casa de Brianski e voltou a todo galope. Essa rápida viagem o acalmou. Esqueceu pouco a pouco, para se abandonar a uma alegre emoção esportiva, o lado doloroso das suas relações com Ana, o resultado impreciso de que tentara junto a ela. De tempos a tempos, a sua imaginação pintava-lhe em vivas cores as delícias do encontro noturno, mas, tanto mais avançava, passando carruagens que chegavam de Petersburgo e arredores, mais se deixava absorver pela atmosfera das corridas.

Em casa, só achou a ordenança que o esperava à porta: ajudando-o a trocar de roupa, o rapaz advertiu-o de que a segunda corrida já começara, muitas pessoas perguntavam por ele, e o treinador viera procurá-lo duas vezes.

Vronski vestiu-se tranquilamente, sem perder a sua calma habitual, e dirigiu-se para a estrebaria. Via-se ali um mundo de carruagens, de peões, de soldados, que passeavam em torno do hipódromo. Os pavilhões estavam repletos de espectadores. A segunda corrida devia estar se realizando porque, ao se aproximar da estrebaria, ouviu um toque de sineta. Na porta, encontrou Gladiator, o cavalo de Makhotine, que era conduzido coberto por uma gualdrapa alaranjada que parecia enorme.

— Onde está Cord? — perguntou a um palafreneiro.

— Selando o cavalo na cocheira.

Fru-Fru estava selada em seu compartimento aberto. Iam trazê-la para fora.

— Eu não estou atrasado?

— *All right, all right* — disse o inglês. — O senhor não precisa se inquietar.

Vronski acariciou com o olhar as belas formas do animal, que tremia inteiramente, e afastou-se com pesar daquele admirável espetáculo. O momento era propício para se aproximar dos pavilhões sem ser observado. A corrida de dois mil metros se acabava e todos os olhos estavam fixos num cavalheiro da guarda, seguido por um hussardo: ambos animavam desesperadamente os cavalos à aproximação do fim. De todas as partes, a atenção das pessoas se congregava junto ao poste. Um grupo de cavalheiros da guarda saudava com gritos de alegria o triunfo antecipado do seu camarada. Vronski misturou-se com a multidão quase no instante em que a sineta anunciava o fim da corrida, enquanto o vencedor, um enorme rapaz salpicado de lama, abaixava-se na sela e batia com a mão no cavalo que fungava, tendo a camisa parda manchada pelo suor.

O animal deteve com dificuldade o seu rápido galope e o oficial, como se saísse de um sonho mau, passeou em torno um olhar e esboçou um vago sorriso. Uma multidão de amigos e curiosos o cercava.

Era deliberadamente que Vronski evitava o público selecionado que passeava em frente dos pavilhões. Reconhecera, de longe, a sua cunhada, Ana, Betsy e, evitando-as, preferiu manter-se à distância. Mas, a cada passo, pessoas conhecidas o detinham para contar-lhe os detalhes das primeiras corridas ou perguntar-lhe a causa do seu atraso.

Enquanto se distribuíam os prêmios na tribuna de honra e todos se dirigiam para aquele lado, Vronski viu aproximar-se o seu irmão mais velho, Alexandre, um coronel uniformizado, pequeno e gordo como ele, porém mais belo, apesar do nariz vermelho e da tez corada dos ébrios.

— Recebeste o meu recado? — perguntou o coronel. — Nunca te encontro em casa!

Bêbado e debochado, Alexandre Vronski não era menos o tipo perfeito do homem da corte. Também, entretendo-se com o seu irmão sobre um assunto tão espinhoso, conservava, devido aos olhos que sentia fixos nele, uma fisionomia risonha e livre. A distância, acreditar-se-ia que estivessem brincando.

— Recebi — disse Aléxis —, mas ignoro verdadeiramente por que te inquietas.

— Eis aqui: alguém me falou da tua ausência e te viram segunda-feira em Peterhof.

— Há coisas que só podem ser julgadas pelos que nelas estão diretamente interessados, e o negócio com que te preocupas é precisamente destes.

— Sim, mas então não se fica ao serviço, não se...

— Não te envolvas nisso, é tudo o que te peço.

O rosto de Aléxis Vronski empalideceu subitamente, e o seu queixo pôs-se a tremer. Era nele, como em todas as naturezas essencialmente boas, o sinal de uma cólera tanto mais terrível quanto os acessos eram raros. Alexandre Vronski, que não a desconhecia, achou prudente sorrir.

— Queria entregar-te somente a carta de nossa mãe. Responde-lhe e não te zangues antes da corrida. *Bonne chance.*

Afastou-se sempre sorrindo, mas logo alguém gritou atrás dele:

— Tu não reconheces mais os teus amigos? Bom dia, *mon cher.* — Era Stepane Arcadievitch, o semblante animado, tão contente em Moscou como na sociedade de Petersburgo. — Cheguei ontem e venho assistir ao teu triunfo. Quando nos veremos?

— Amanhã, no cassino dos oficiais, e todas as minhas desculpas — disse Vronski roçando, com o punho das mãos, a manga do capote. E ganhou rapidamente o local em que já estavam os cavalos que deviam participar da corrida de obstáculos.

Os moços de estrebaria conduziam os cavalos fatigados da última corrida, enquanto os da corrida seguinte, na maioria puros-sangues ingleses, que as cobertas tornavam semelhantes a grandes pássaros estranhos, apareciam um atrás do outro. À direita, trazia-se Fru-Fru, bela na sua magreza, que andava como sobre molas nas ranilhas elásticas e longas. Não longe dali, tirava-se a coberta de Gladiator; as formas admiráveis, robustas e perfeitamente regulares do cavalo, as suas ancas esplêndidas, as suas ranilhas bastante justas retiveram um instante a atenção de Vronski. Ele ia se aproximar de Fru-Fru, mas teve que trocar ainda algumas palavras com um amigo, que o deteve na passagem.

— Olha, eis ali Karenina — disse subitamente o amigo. — Ele procura a mulher que está reinando no centro do pavilhão. Viu-a?

— Meu Deus, não! — respondeu Vronski, sem mesmo voltar a cabeça para o lado onde lhe mostravam Mme. Karenina.

Aprontava-se para examinar a sela quando os concorrentes foram chamados para o sorteio dos números. Dezessete oficiais, sérios, solenes, alguns mesmo muito pálidos, aproximaram-se da tribuna. Vronski tirou o número 7.

— A cavalo! — gritaram.

Vronski retornou ao seu cavalo. Sentia-se, como os seus camaradas, o ponto de mira de todos os olhares e, como sempre acontecia em casos semelhantes, a solenidade do momento tornava os seus movimentos mais lentos e mais ponderados. Em homenagem às corridas, Cord pusera o seu terno de cerimônia; uma sobrecasaca negra cuidadosamente abotoada, colarinho postiço, chapéu redondo e botas de montaria. Calmo e importante segundo seu hábito, trazia em pessoa o cavalo pelas rédeas. Fru-Fru tremia sempre, como tomada de um acesso de febre, e lançava sobre Vronski um olhar cheio de fogo. Vronski passava o dedo na cilha, o cavalo olhou-o mais vivamente, mostrou os dentes, estendeu a orelha, enquanto o inglês, ironicamente, revelava o seu espanto: duvidava-se do modo como ele selava um cavalo.

— O senhor deve montar, ela estará assim menos agitada.

Vronski abraçou os seus concorrentes com um último olhar; sabia que, durante as corridas, não os veria mais. Dois dentre eles se dirigiram para a linha de partida. Galitsine, um amigo e dos melhores corredores, rodava em torno do seu cavalo baio sem chegar a montá-lo. Um hussardo da guarda, em culote apertado, fazia um galope de ensaio, arqueado sobre a sela, como um gato encolhido. Branco como uma linha, o príncipe Kouzovlev montava um cavalo puro-sangue que provinha da cudelaria de Grabovo e que um inglês trazia pelas rédeas. Como todos os seus camaradas, Vronski sabia perfeitamente que ao lado de um amor-próprio monstruoso,

Kouzovlev tinha uma surpreendente "fraqueza" de nervos: aquele homem tinha medo de tudo, medo mesmo de montar um simples cavalo de classe, mas, precisamente por causa desse medo, porque se arriscava a quebrar o pescoço e sabia que encontraria atrás de cada obstáculo uma enfermeira e uma ambulância, resolvera correr. No entanto, como os seus olhares se encontrassem, Vronski encorajou-o com uma expressão amiga. Procurava em vão o seu rival mais perigoso, Makhotine e o seu Gladiator.

— Não te apresses — dizia-lhe Cord — e principalmente lembra-te de que, diante do obstáculo, não é necessário nem reter e nem lançar o cavalo, mas simplesmente deixá-lo agir.

— Está bem, está bem — respondeu Vronski tomando as rédeas.

— Tanto quanto possível, governe a corrida. Não perca a coragem, nem mesmo quando seja o último.

Sem deixar à sua montaria tempo de se mexer, Vronski pôs o pé no estribo dentado e, com um movimento rápido e firme, sentou-se na sela. Passando o pé direito no estribo, nivelou com um gesto familiar as duplas rédeas entre os dedos, e Cord deixou o animal. Fru-Fru alongou o pescoço para repuxar a rédea — parecia indagar com que pé partiria. Afinal, com um passo elástico, lançou-se, sacudindo o cavaleiro em seu dorso flexível. Cord seguia-o a grandes passadas. O cavalo, inquieto, procurava enganar o cavaleiro lançando-se à direita e à esquerda. Vronski, inutilmente, esforçava-se para o tranquilizar com o gesto e a voz.

Aproximava-se da ribeira, não longe da linha de partida. Vronski, precedido por uns, seguido por outros, ouviu ressoar atrás de si, na lama do caminho, o galope de um cavalo. Era Gladiator, o cavalo das manchas brancas e das orelhas pendentes. Makhotine, que o montava, sorriu ao passar por Vronski, que respondeu com um olhar irritado. Em geral, ele não gostava de Makhotine e, o que era mais sério, via-o como o seu mais rude adversário, e se encolerizava por vê-lo excitar o cavalo galopando junto dele. Fru-Fru partiu a galope, com a pata esquerda deu dois pulos e fatigada de sentir-se presa pela brida, mudou o modo de andar e tomou um trote que sacudiu fortemente o cavaleiro. Cord, descontente, trotava, travando o passo, atrás de Vronski.

25

Dezessete oficiais participavam da prova. O campo de corridas, uma pista elíptica de 4 mil metros, contava com nove obstáculos: a ribeira; uma grande e alta barreira de um metro e cinquenta situada à cabeça dos pavilhões; um fosso vazio; um outro cheio d'água; uma escarpa; uma banqueta irlandesa, isto é, uma paliçada fortificada dissimulando um fosso, obstáculo duplo e muito perigoso, porque os cavalos deviam transpô-lo com um salto sob pena de morrerem; dois fossos cheios d'água e um último fosso vazio. Dava-se a chegada em frente dos pavilhões, mas a partida tinha lugar a duzentos metros dali; era nesse primeiro percurso que se achava a ribeira de dois metros, que se podia saltar à vontade ou passar a pé.

Três vezes os concorrentes num grupo desigual para o qual se voltavam todos os olhos, todos os binóculos, se alinharam para o sinal e três vezes a partida fracassou para grande descontentamento do coronel Sestrine, *starter* experimentado. Afinal, o quarto sinal ressoou.

Imediatamente, mil vozes romperam o silêncio da espera:

— Enfim, eles partiram!

E todos os espectadores se precipitaram daqui e dali, para melhor assistir às peripécias da corrida. De longe, os cavaleiros pareciam avançar em pelotão compacto. Na realidade, já haviam se separado e aproximavam-se da ribeira em grupo de dois ou três e mesmo isolados. As frações de distância que os separavam, tinham, para eles, uma grave importância.

Fru-Fru, agitada e muito nervosa, perdeu terreno no começo, mas, desde antes do ribeirão, Vronski retinha com todas as forças o animal que facilmente passara três cavalos e só foi superado pelo cavalo de Makhotine, Gladiator, que movia as ancas regular e ligeiramente em sua frente, e pela linda Diana à frente de todos, levando o infeliz Kouzovlev mais morto do que vivo.

Durante os primeiros minutos, Vronski não foi senhor nem de si nem de sua montaria.

Gladiator e Diana transpuseram a ribeira quase que simultaneamente. Fru-Fru lançou-se atrás deles como se tivesse asas — no momento em que Vronski se sentia nos ares percebeu, quase sobre as patas do seu cavalo, Kouzovlev debatendo-se com Diana do outro lado da ribeira. Depois do salto, ele largara as rédeas e caíra com o seu cavalo; mas Vronski só mais tarde verificou esses detalhes; no momento, apenas entreviu uma coisa: era que Fru-Fru cairia sobre o corpo de Diana. Mas, como um gato que cai, Fru-Fru fez grande esforço saltando e alcançou um ponto adiante do cavalo caído.

"Oh, o lindo animal!", pensou Vronski.

Depois da ribeira, ele dominou completamente o animal e o reteve mesmo um pouco, no desejo de saltar a grande barreira atrás de Makhotine. Cobriria a distância nos quatrocentos metros livres de obstáculos.

Aquela barreira — o "diabo", como era chamada — elevava-se bem em frente do pavilhão imperial. O imperador, toda a corte, uma multidão imensa, olhava-os chegar, a certa distância um do outro. Vronski sentia todos os olhos fixos em si, mas não via senão as orelhas e o pescoço da égua, a terra que fugia atrás da carreira de Gladiator e os pés brancos conservando sempre a mesma distância de Fru-Fru. Gladiator lançou-se à barreira, agitou a cauda cortada e desapareceu ante os olhos de Vronski sem ter tocado o obstáculo.

— Bravo! — gritou uma voz.

No mesmo instante, passaram como um clarão nos olhos de Vronski as pranchas da barreira que o seu cavalo transpunha sem mudar o passo. Ouviu um estalido. Perturbada pela vista de Gladiator, Fru-Fru saltara muito cedo e tocara no obstáculo com a sua pata traseira, a sua carreira não se modificou e Vronski, tendo recebido no rosto um salpico de lama, compreendeu que a distância que o separava de Gladiator não aumentara, observando a carreira do cavalo, a sua cauda cortada e os seus rápidos pés brancos.

Vronski julgou o momento oportuno para passar Makhotine. Fru-Fru parecia fazer a mesma reflexão, porque, sem estar solicitada, ela aumentou sensivelmente a velocidade e aproximou-se de Gladiator do lado mais vantajoso, o da corda. Makhotine conservava-o, mas era possível passá-lo pelo exterior e, assim que Vronski se certificou disso, Fru-Fru mudou de pé e tomou ela própria aquela direção: a sua espádua, escurecida pelo suor, já igualava a de Gladiator. Correram um momento lado a lado, mas Vronski, desejando aproximar-se da corda antes do obstáculo, excitou o seu cavalo e passou Makhotine, vendo-lhe o rosto sujo de lama que parecia sorrir. Apesar de superado, Gladiator estava sempre sobre os passos de Fru-Fru, e Vronski ouvia sempre o mesmo galope regular e a respiração precipitada, ainda fresca, do cavalo.

Os dois obstáculos seguintes, um fosso e uma barreira, foram facilmente transpostos, mas o sopro e o galope de Gladiator melhor se faziam ouvir. Vronski forçou a marcha de Fru-Fru e sentiu com alegria que ela aumentava a sua velocidade: a diferença foi rapidamente restabelecida.

Era ele quem, agora, liderava a corrida segundo o seu desejo e a recomendação de Cord. Estava certo do sucesso. A sua emoção, sua alegria, sua ternura por Fru-Fru cresciam sempre. Por mais que desejasse, não ousava acalmá-la, dirigi-la, obrigá-la a guardar as mesmas reservas de forças que percebia em Gladiator.

Só tinha em sua frente um obstáculo sério, a banqueta irlandesa; se a transpusesse antes dos outros, o seu triunfo seria inevitável. Ele e Fru-Fru perceberam a banqueta de longe e, todos os dois, cavalo e cavaleiro, tiveram um momento de hesitação. Vronski observou aquela indecisão nas orelhas da égua, ia erguer o chicote, mas verificou a tempo ter ela compreendido o que devia fazer. Retomou a carreira e, como ele previra, entregou-se à velocidade adquirida que a transportou muito além do fosso — depois, retomou a mesma cadência, naturalmente, e sem mudar de pé.

— Bravo, Vronski! — gritaram os camaradas de regimento que haviam se colocado perto da banqueta. Vronski não viu Iachvine, mas reconheceu a sua voz.

"Oh, a linda égua!", pensava ele sobre Fru-Fru, escutando o que se passava atrás. "Ele saltou", disse a si mesmo, percebendo o galope muito próximo de Gladiator. Restava ainda um fosso cheio de água de um metro e cinquenta, mas Vronski não se preocupava. Desejoso de chegar ao pavilhão bem antes dos outros, pôs-se a "animar" Fru-Fru que ele percebia exausta, porque o seu pescoço e as suas espáduas estavam molhados, o suor umedecia a sua cabeça e as orelhas, a sua respiração se tornava curta e ofegante. No entanto, ele sabia que ela teria forças para vencer — e até mais — os quatrocentos metros que a separavam do fim. Apenas a perfeita doçura da carreira e a maior aproximação do grande solo revelavam a Vronski o aumento da velocidade. Fru-Fru transpôs, ou melhor, sobrevoou o fosso sem ele se preparar, mas, no mesmo momento, Vronski observou com horror que, em lugar de sentir o movimento do cavalo, o peso do seu corpo seguira um movimento tão incompreensível quanto imperdoável, caindo em falso na sela. Verificou que a sua posição mudara e que uma coisa terrível lhe acontecia — ao certo, que acontecia? Ainda não se certificara bem e viu passar em sua frente como um raio o cavalo de Makhotine. Vronski tocava a terra com uma perna sobre a qual a égua se oprimia, teve apenas tempo de puxá-la e a égua tombou imediatamente, ofegando penosamente, fazendo com o pescoço delicado e coberto de suor inúteis esforços para se levantar. Debatia-se como um pássaro ferido: o falso movimento de Vronski tinha-lhe despedaçado a coluna. Vronski só compreendeu a sua falta muito mais tarde. No momento, só via uma coisa: Gladiator afastando-se rapidamente enquanto ele permanecia ali, estorcendo-se sobre a terra dissolvida, em frente de

Fru-Fru arquejante que estendia para ele a cabeça e o fitava com os seus belos olhos. Puxou-lhe as rédeas, ainda sem saber direito o que fazia. Ela sobressaltou-se como um peixe e desimpediu as pernas da frente, mas, sem poder levantar as traseiras, caiu, trêmula, de lado. Pálido, o queixo trêmulo, o rosto desfigurado pela cólera, Vronski deu-lhe um pontapé no ventre e puxou-a novamente pelas rédeas. Desta vez, porém, ela não se mexeu e contentou-se em fitá-lo com um daqueles olhares que falavam, enterrando o focinho na terra.

— Ah, meu Deus! Que fiz eu? — gemeu Vronski apertando a cabeça com as mãos. — Eis a corrida perdida e por minha culpa... Uma culpa humilhante, imperdoável... E este querido animal que eu matei... Ah, meu Deus, que fiz eu?

Corriam pessoas para ele: os seus camaradas, o major, o enfermeiro, todo o mundo. Para seu maior desgosto, sentia-se são e salvo. A égua tinha quebrado a espinha dorsal. Decidiram matá-la. Incapaz de responder às perguntas, de proferir uma única palavra, Vronski, sem mesmo apanhar o boné, deixou o campo de corridas, andando ao acaso, sem saber aonde ia. Pela primeira vez na vida, sentia-se infeliz, infeliz sem esperança e infeliz por sua culpa.

Logo Iachvine o encontrou, deu-lhe o boné e conduziu-o à casa. No fim de meia hora, voltou a si. Mas aquela corrida, durante muito tempo, constituiu para ele uma penosa recordação, a mais dolorosa da sua vida.

26

Nada parecia ter mudado exteriormente nas relações dos dois esposos, apenas Aléxis Alexandrovitch trabalhava mais. Como de hábito, fora ao estrangeiro na primavera para refazer, com uma estação de águas, as fadigas do inverno. Como de hábito, retornou em julho e ocupou as suas funções com uma nova energia. E como de hábito, deixou a sua mulher instalar-se no campo, enquanto ele permanecia em Petersburgo.

Após a conversa que se seguiu à reunião em casa da condessa Tverskoi, Aléxis Alexandrovitch não fez a menor alusão ao seu ciúme. O tom irônico de que sempre gostava lhe permitia particulares comodidades. Mostrava-se ligeiramente mais frio para com Ana, se bem que aparentasse conservar da conversa noturna apenas uma certa contrariedade; era tão somente uma sombra, nada mais. "Tu não quiseste ter uma explicação comigo", parecia dizer-lhe em pensamento. "Está certo. Dia virá em que me procurarás e recusarei por minha vez aceitar qualquer explicação. Tanto pior para ti." Seria assim que um homem furioso, não podendo apagar o incêndio que devorava a sua casa, diria: "Tanto pior, queima tanto quanto queiras!"

Como é que aquele homem, tão fino e sensato quando se tratava do seu trabalho, não compreendia que a sua conduta era absurda? A situação lhe parecia muito terrível para que a ousasse medir... Preferia aprisionar os seus sentimentos familiares nas profundezas de si mesmo. E, no fim do inverno, aquele pai tão atencioso tomou para com o filho uma atitude singularmente fria, só o chamando pelo nome de "rapaz", com o mesmo tom irônico com que se dirigia a Ana.

Aléxis Alexandrovitch achava que nunca verão algum o enchera de tantos negócios como o daquele ano, mas não confessava aceitá-lo com prazer, porque, assim, não abriria o cofre secreto que continha pensamentos e sentimentos tanto mais confusos quanto trancados há mais tempo. Se alguém tivesse o direito de o interpelar sobre a conduta da sua mulher, o doce, o pacífico Aléxis Alexandrovitch se encolerizaria. Também, todas as vezes em que se lhe falava de Ana, a sua fisionomia adquiria um ar digno e severo. À força de não querer pensar na conduta e nos sentimentos da sua mulher, acabou afinal por não pensar.

Os Karenine sempre passavam o verão em sua casa de Peterhof e, ordinariamente, a condessa Lídia se estabelecia não longe deles, mantendo frequentes relações com Ana. Naquele ano, a condessa não se fixou em Peterhof, e não fez uma única visita a Mme. Karenina, mas, conversando um dia com Aléxis Alexandrovitch, aludiu aos inconvenientes que apresentavam a intimidade de Ana com Betsy e Vronski. Aléxis Alexandrovitch a deteve, declarou categoricamente que a sua mulher estava acima de qualquer suspeita e evitou desde então a condessa Lídia. Resolvido a nada ver, ele observava entretanto que inúmeras pessoas tratavam friamente a sua mulher; resolvido a nada aprofundar, perguntava por que ela quisera ir para Tsarkoie, onde estava Betsy e perto do acampamento de Vronski. No entanto, por um esforço de vontade, conseguira destruir tais pensamentos, e não estava menos convencido do seu infortúnio: não possuindo nenhuma prova, não ousava confessá-lo, mas não duvidava em nenhum instante e sofria profundamente.

Quantas vezes, durante os seus oito anos de felicidade conjugal, vendo maridos enganados e esposas infiéis, perguntava a si próprio: "Como acontece isso? Como não se evita a todo custo essa odiosa situação?" No entanto, aquela situação era a sua e, longe de pensar em sair, admitia-a, e isso precisamente porque ela lhe parecia muito odiosa, e contra a natureza.

Voltando do exterior, Aléxis Alexandrovitch fora duas vezes ao campo: uma, para jantar; outra, para receber convidados, não tendo o cuidado de ali passar a noite, como fazia nos anos anteriores.

Achou que as corridas se realizavam num dia de muito trabalho e, estabelecendo pela manhã o programa do dia, decidiu chegar até Peterhof, jantando mais cedo, e dali partir para as corridas, onde julgava a sua presença indispensável já que toda a corte devia comparecer. Por conveniência, queria ser visto em casa da sua mulher ao menos uma vez por semana; depois, aproximava-se o dia quinze e tinha de, como era de praxe naquele dia, entregar o dinheiro necessário para a despesa da casa.

Essas decisões foram tomadas com a sua força de vontade habitual e sem permitir ao pensamento ir um pouco além.

Tivera uma manhã bastante ocupada. A condessa Lídia, na véspera, enviara-lhe o livro de um viajante célebre por suas viagens na

China, pedindo-lhe que recebesse aquele personagem, que lhe parecia interessante por mais de um título. Como não pudesse terminar a leitura do livro, teve que acabá-la pela manhã. Em seguida, vieram as aproximações, as recepções, as apresentações, os apontamentos, as gratificações, a correspondência, toda aquela "aflição cotidiana", como dizia Aléxis Alexandrovitch, e que lhe tomava tanto tempo. Ocupou-se depois dos seus negócios pessoais, recebeu o médico e o procurador. Este não lhe tomou muito tempo: entregou-lhe o dinheiro e um breve relatório sobre o estado dos negócios que, naquele ano, não estavam muito brilhantes: a despesa excedia a receita. O médico, porém, uma celebridade de Petersburgo que mantinha com ele relações de amizade, tomou-lhe um tempo considerável. Aléxis Alexandrovitch, que não o chamara, surpreendeu-se com a sua visita e ainda mais com a escrupulosa atenção com que o interrogou, e o auscultou, apalpando-lhe o fígado. Ele ignorava que, impressionada com o seu estado pouco normal, a condessa Lídia pedira ao médico para ir vê-lo e examiná-lo cuidadosamente.

— Faça isto por mim — dissera-lhe a condessa.

— Eu o farei pela Rússia, condessa — replicou o médico.

— O senhor é um homem inestimável — concluíra a condessa.

O médico ficou descontente com o seu exame: o fígado estava hipertrofiado, a nutrição defeituosa, nulo o resultado da cura. Ordenou mais exercício, menos tensão de espírito e, principalmente, nenhuma contrariedade, tudo isso que a Aléxis Alexandrovitch era tão fácil como respirar. Deixou Karenine sob a impressão desagradável de ter um começo de doença quase incurável.

Afastando-se do seu doente, o médico encontrou na escadaria o chefe de gabinete de Aléxis Alexandrovitch, de nome Sludine. Conheciam-se desde a universidade e viam-se raramente, o que não os impedia de serem bons amigos. O doutor, também, a ninguém mais falaria com a franqueza com que se dirigiu a Sludine.

— Estou bem satisfeito que o senhor o tenha visto — disse Sludine.

— Ele não está passando bem e creio mesmo... Mas que diz o senhor?

— O que eu digo? — respondeu o médico, chamando o cocheiro com um gesto por cima da cabeça de Sludine. — Ouça o que eu digo: se o senhor ensaiar partir uma corda que não esteja esticada, dificilmente terá bom êxito — explicou ele, tirando as alvas mãos das luvas geladas —, mas, se o senhor a esticar até o máximo, a partirá apenas com um dedo. É o que acontece com a vida sedentária e o trabalho muito consciencioso de Aléxis Alexandrovitch, ele tem uma pressão forte, muito elevada mesmo — concluiu, levantando os olhos com um ar significativo. — O senhor não vai às corridas? — acrescentou descendo os degraus da escadaria e alcançando a carruagem. — Sim, sim, evidentemente, isso toma muito tempo — respondeu a algumas palavras de Sludine, que não chegara a ouvir.

Ao médico, seguiu-se o célebre viajante. Aléxis Alexandrovitch, auxiliado pela brochura que acabara de ler e de outras noções anteriores sobre o assunto, surpreendeu o visitante pela extensão dos seus conhecimentos e pela sua largueza de vista.

Teve que receber, depois, um marechal que estava de passagem por Petersburgo. Concluiu a atividade cotidiana com o chefe de gabinete. Fez uma visita importante a um grande personagem. Aléxis Alexandrovitch só pôde voltar às cinco horas, momento habitual do seu jantar, feito em companhia do chefe de gabinete, a quem também convidou para o acompanhar às corridas.

Sem que reparasse, procurava sempre uma testemunha para assistir às suas conversas com Ana.

27

Ana estava no seu quarto, de pé em face do espelho e arranjava, ajudada por Annouchka, o último laço do vestido, quando um ruído de rodas fez-se ouvir na areia em frente da escadaria.

"É muito cedo para ser Betsy", pensou. Um olhar à janela permitiu-lhe observar uma carruagem e reconhecer o chapéu negro e as famosas orelhas de Aléxis Alexandrovitch. "Que contratempo! Por que não veio ele à noite?" As possíveis consequências daquela visita a espantaram; sem refletir um minuto e dominada pelo espírito da mentira e hipocrisia que se lhe tornava familiar, desceu, o rosto radiante, para receber o marido, pondo-se a falar sem mesmo saber o que dizia.

— Que encantadora atenção! — disse, estendendo a mão ao marido, enquanto sorria a Sludine, íntimo da casa. — Espero que fiques aqui esta noite — continuou, apossada pelo espírito da mentira. — Iremos às corridas juntamente, não é verdade? Que pena ter combinado com Betsy! Ela deverá vir buscar-me.

Ouvindo aquele nome, Aléxis Alexandrovitch fez uma rápida careta.

— Oh! Eu não separarei as inseparáveis — disse ironicamente: — Mikhail Vassilievitch me acompanhará. O médico prescreveu-me exercícios, farei uma parte da estrada a pé e acreditar-me-ei ainda nas águas.

— Mas não vá fatigar-se — disse Ana. — Queres chá?

Tocou a campainha.

— Sirva o chá e previna Sérgio que Aléxis Alexandrovitch chegou... Mas como vais?... Mikhail Vassilievitch, o senhor ainda não me veio ver. Olhe como eu arranjei o terraço.

Dirigia-se ora a um, ora a outro, com uma maneira simples e natural. Falava muito e depressa, julgando surpreender certa curiosidade no olhar que Mikhail Vassilievitch lançava sobre ela.

Mikhail alcançou logo o terraço, e ela sentou-se junto ao marido.

— Tu não tens boa fisionomia — disse Ana.

— Realmente. Recebi hoje a visita do médico que me fez perder uma hora. Estou convencido ter sido ele enviado por um dos meus amigos: a minha saúde é tão preciosa!

— Mas que disse ele?

Ela o interrogou ainda sobre a sua saúde e os seus trabalhos, aconselhou-o a repousar, convidou-o a ir para o campo.

Dizendo isso, os seus olhos brilhavam com um clarão estranho, o seu modo de falar era vivo e animado. Aléxis Alexandrovitch não dava nenhuma importância a esse modo de falar. Ele só ouvia as palavras, tomava-as no sentido literal e respondia simplesmente com alguma ironia. A conversa nada tinha de particular, e Ana nunca pôde recordá-la sem certo constrangimento.

O pequeno Sérgio entrou, acompanhado pela sua preceptora. Resolvesse Aléxis Alexandrovitch a observar e observaria o ar tímido, embaraçado com que a criança o olhava e também à mãe. Mas nada queria ver e nada viu.

— Ah, ah, eis o rapaz... Temos crescido, tornamo-nos um homem... Vamos, bom dia, rapaz.

E estendeu a mão à criança perturbada.

Sérgio sempre fora tímido com o pai, mas, depois que ele passara a chamá-lo "rapaz" e sacudir a cabeça para saber se Vronski era um amigo ou um inimigo, a sua timidez aumentara. Voltou-se para a mãe, como procurando proteção. Sentia-se bem junto a Ana. No entanto, Aléxis Alexandrovitch, agarrando o filho, entabulou conversação com a preceptora. O pequeno se sentia tão incomodado que Ana viu aproximar-se o momento em que ele choraria.

Corou vendo a criança entrar e, percebendo logo o seu embaraço, levantou-se, apertou a mão de Aléxis Alexandrovitch, abraçou a criança e conduziu-a ao terraço. Voltou alguns passos depois.

— Já é tarde — disse ela consultando o relógio. — Por que Betsy não veio?

— Sim — disse Aléxis Alexandrovitch, levantando-se. — A propósito — continuou, fazendo estalar as juntas dos dedos —, venho também trazer-te dinheiro. Deves ter necessidade, porque não nos alimentamos com as canções dos rouxinóis.

— Não... quero dizer, tenho necessidade — respondeu com o olhar, corando até a raiz dos cabelos. — Mas tu, sem dúvida, voltarás depois das corridas?

— Certamente — disse Karenine. — Mas eis a glória de Peterhof, a princesa Tverskoi — acrescentou, vendo aproximar-se uma comitiva à inglesa com uma carruagem pequena e alta. — Que elegância! É verdade, partamos também!

A princesa Tverskoi não deixou a sua carruagem. O seu criado, de polainas e chapéu, saltou em frente do portão.

— Eu já vou, adeus — disse Ana, estendendo a mão ao marido, depois de abraçar o filho. — Foste muito amável em ter vindo.

Aléxis Alexandrovitch beijou-lhe a mão.

— Até logo, voltarás para o chá, não? — disse ela, afastando-se, o ar radiante.

Mas, logo que se achou fora da vista do marido, Ana tremia sentindo na mão o vestígio do beijo que ele lhe dera.

28

Quando Aléxis Alexandrovitch apareceu nas corridas, Ana já estava sentada junto a Betsy no pavilhão de honra, onde a alta sociedade se achava reunida. Dois homens, o seu marido e o seu amante, constituíam os dois polos da sua vida, e ela percebia a aproximação de ambos sem o auxílio dos sentidos. O instinto revelou-lhe a presença de Aléxis Alexandrovitch e ela o seguiu involuntariamente com os olhos no redemoinho da multidão. Viu-o caminhar para o pavilhão, respondendo aos cumprimentos obsequiosos, trocando distraídas saudações com os seus colegas, mas solicitando os olhares dos poderosos e tirando-lhes o chapéu redondo, o famoso chapéu que lhe machucava a ponta das orelhas. Ela conhecia aquelas maneiras de cumprimentar do marido e achava-as todas antipáticas. "A alma deste homem é apenas ambição", pensou. "Quanto às frases sobre as luzes e a religião, são meios para atingir o seu fim. Nada mais."

Pelos olhares que lançava ao pavilhão, Ana compreendeu que ele a procurava, mas, como não chegou a descobri-la naquele mar de musselinas, fitas, plumas, flores e sombrinhas, ela fez que não o viu.

— Aléxis Alexandrovitch! — gritou-lhe a princesa Betsy. — Não estás vendo a tua mulher? Aqui está ela.

Ele sorriu friamente.

— Tudo aqui é tão brilhante que os meus olhos estão deslumbrados — respondeu, entrando no pavilhão.

Sorriu para Ana como deve fazer um marido que vem de deixar a mulher, cumprimentou a princesa e outros conhecidos, concedendo palavras graciosas às senhoras e delicadas aos maridos. Um general, reputado pelo seu espírito e saber, colocara-se ao pé do pavilhão; Aléxis Alexandrovitch, que o estimava muito, abordou-o e, como se estivesse num intervalo, conversaram à vontade.

O general criticava aquele gênero de divertimento, Aléxis Alexandrovitch defendia-o com a sua voz delicada e medida. Ana não perdia uma única das palavras do marido: todas pareciam ter um som falso.

Quando a corrida de obstáculos começou, ela se inclinou para a frente, não deixando de fitar Vronski, que montava o cavalo. Temia por ele algum acidente, mas aquele receio lhe fazia sofrer menos que o eco da voz odiosa que ela conhecia em todas as entonações e que lhe parecia interminável.

"Eu sou uma mulher perversa, uma mulher perdida", pensava, "mas odeio a mentira, enquanto 'ele' a utiliza em todos os momentos. Ele sabe tudo, vê tudo e, no entanto, fala com a maior calma. Que existirá de seu, no coração, fora de tudo isso? Respeitá-lo-ia se me matasse, se matasse Vronski. Mas, não, ele prefere as mentiras e as conveniências a tudo o mais." No fundo, Ana não sabia que espécie de homem desejaria achar no seu marido. Não compreendia tampouco que a irritante volubilidade de Aléxis Alexandrovitch fosse uma expressão da sua agitação interior. À criança que se maltrata, é necessário um movimento físico para distraí-la; a Karenine era necessário um movimento intelectual qualquer, para sufocar as ideias que o oprimiam em presença da mulher e de Vronski, cujo nome estava em todos os lábios. Como a criança que, em igual caso, salta instintivamente, Aléxis Alexandrovitch falava naturalmente, satisfazendo a sua necessidade de discorrer.

— Nas corridas oficiais — dizia —, o perigo é um elemento indispensável. Se a Inglaterra pode se orgulhar dos mais belos feitos de cavalaria, ela o deve unicamente ao desenvolvimento histórico da força nos seus homens e nos seus cavalos. O esporte, segundo o meu modo de pensar, tem um sentido mais profundo, mas, como sempre, só vemos o lado superficial.

— Nem tão superficial assim — objetou a princesa Tverskoi.

Aléxis Alexandrovitch sorriu inexpressivamente, mostrando apenas as gengivas.

— Eu admito, princesa, que este caso seja interno e não superficial, mas não se trata disso. — E, voltando-se para o general, reforçou a sua opinião: — Não se esqueça de que os que correm são militares, foram eles que escolheram esta corrida e toda vocação tem o seu reverso de medalha: isso faz parte dos deveres do soldado. Se os esportes brutos, como o boxe e as touradas, são sinais certos de barbárie, o esporte especializado me parece, ao contrário, um índice de civilização.

— Não, decididamente, eu não virei mais — disse a princesa Betsy. — Isto me emociona muito, não é verdade, Ana?

— Emociona, sim, mas fascina — disse uma outra senhora —; se eu fosse romana, frequentaria assiduamente o circo.

Sem nada dizer, Ana assestava o binóculo sempre do mesmo lado.

Neste momento, um general muito alto atravessou o pavilhão. Cessando de falar, Aléxis Alexandrovitch levantou-se com uma prontidão que não excluía a dignidade e se inclinou profundamente.

— O senhor não vai correr? — perguntou-lhe brincando o general.

— A minha corrida pertence a um gênero mais difícil — respondeu Karenine respeitosamente. Apesar de aquela resposta não ter nenhum sentido, o militar teve o ar de recolher a palavra profunda de um homem de espírito e de compreender *la pointe de la sauce*.[14] Aléxis Alexandrovitch voltou ao assunto:

— A questão é evidentemente complexa, não se poderia confundir os cavaleiros com os espectadores. O amor por esses espetáculos denota um nível baixo, no entanto...

— Princesa, uma aposta! — gritou uma voz, a de Stepane Arcadievitch interpelando Betsy. — Em quem a senhora aposta?

— Ana e eu apostamos no príncipe Kouzovlev — respondeu Betsy.

— E eu em Vronski. Um par de luvas.

— Certo.

— No entanto, os jogos viris... — quis prosseguir Aléxis Alexandrovitch, que se calara enquanto falavam perto, mas, como a partida acabava de ser dada, todo mundo se calou, e ele se viu obrigado a fazer o mesmo. As corridas não o interessavam. Em lugar de seguir os cavaleiros, fitava distraidamente a assembleia. O seu olhar deteve-se na mulher.

Evidentemente, para ela, nada existia fora do que acompanhava naquele momento com os olhos. Tinha o rosto pálido e sério, a mão apertava convulsivamente o leque, ela não respirava. Karenine voltou-se para examinar outros rostos femininos. "Eis outra senhora muito emocionada, e ainda uma outra — é muito natural", pensou, esforçando-se para olhar a esmo. Mas, apesar de tudo, os seus olhos sempre se voltavam para aquele rosto no qual lia, muito claramente e com horror, o que não queria saber.

---

14 Em francês, "o toque picante do molho". (N.E.)

A primeira queda, aquela de Kouzovlev, emocionou todo mundo, mas, à expressão triunfante de Ana, Aléxis Alexandrovitch viu bem que ela não olhava o príncipe. Quando um outro oficial, que transpunha a segunda barreira sobre os passos de Makhotine e de Vronski, caiu e se acreditou que ele tivesse morrido, um murmúrio de terror correu pela assistência. Karenine observou que Ana de nada se apercebera e que dificilmente compreenderia a emoção geral. Mas, como ele a fitasse com uma curiosidade crescente, Ana, por mais absorvida que estivesse, sentiu o olhar do marido. Voltou-se para ele com um ar interrogador. "Tudo me é igual", parecia dizer-lhe com um rápido franzir de testa.

Ela não deixou mais o binóculo.

A corrida foi infeliz: entre dezessete cavalheiros, mais da metade caiu. No fim, como o imperador demonstrasse o seu descontentamento, a emoção tornou-se intensa.

29

Então, todos desaprovaram aquele gênero de divertimento. Repetia-se a frase de um dos espectadores: "Depois disso, só restam as arenas com os leões." O pavor era tão geral que o grito de horror de Ana à queda de Vronski não surpreendeu ninguém. Por infelicidade, o seu rosto logo revelou sentimentos que as conveniências mandavam ocultar. Desvairada, perturbada, ela se debatia como um pássaro preso numa armadilha.

— Vamos, vamos embora — pediu, voltando-se para Betsy.

Mas esta não a escutava. Inclinada para o general, ela lhe falava com animação.

Aléxis Alexandrovitch aproximou-se da sua mulher e, polidamente, ofereceu-lhe o braço.

— Se queres, podemos ir — disse ele em francês.

Ana não o ouviu: interessava-se agora pelo que dizia o general.

— Dizem que ele quebrou a perna, mas isso não é verdade — afirmava o general.

Sem responder ao marido, tomando o binóculo, olhou diretamente para o lugar, mas nada distinguiu. Desceu o binóculo e resolvia-se a partir quando um oficial, a galope, veio informar o imperador. Inclinou-se para ouvir também.

— Stiva, Stiva! — gritou ao irmão, mas ele não a ouviu. Quis deixar o pavilhão novamente.

— Ofereço-te, uma vez ainda, o meu braço, se desejas ir embora — repetiu Aléxis Alexandrovitch, tocando-lhe a mão.

— Não, não, deixa-me, eu ficarei — respondeu sem o olhar, afastando-o com repulsa.

Vinha de perceber um oficial que, saindo do lugar do acidente, corria a toda velocidade cortando o campo de corridas. Betsy fez-lhe sinal com o lenço. Ele informou que o cavaleiro nada sofrera, mas que o cavalo tinha quebrado a coluna.

Ouvindo aquela notícia, Ana deixou-se cair na cadeira, fraca para reter as lágrimas e reprimir os soluços que lhe agitavam o peito. Ocultou o rosto no leque. E, para lhe dar tempo de refazer-se, Aléxis Alexandrovitch colocou-se na sua frente.

— Pela terceira vez, ofereço-te o meu braço — disse ele no fim de alguns instantes.

Ana olhou-o, não sabendo bem o que responder. Betsy ajudou-a.

— Não — disse ela. — Trouxe Ana e prometi levá-la.

— Desculpe, princesa — replicou Aléxis Alexandrovitch com um sorriso pálido e um olhar imperioso. — Vejo que Ana está incomodada e eu mesmo quero levá-la.

Ana, o olhar vazio, levantou-se com submissão e tomou o braço do marido.

— Saberei notícias e te informarei — disse Betsy em voz baixa.

Saindo do pavilhão, Aléxis Alexandrovitch conversou, como sempre, do modo mais natural, com inúmeras pessoas e, como sempre,

Ana foi obrigada a ouvir e responder — mas não se governava e julgava sonhar andando com o marido.

"Será verdade? Não estará ferido? Virá? Vê-lo-ei esta noite?", pensava Ana.

Subiu na carruagem em silêncio e logo se acharam fora do campo de corridas. Apesar de tudo o que vira, Aléxis Alexandrovitch não aceitava ainda a evidência. Contudo, como ele não concedia nenhuma importância aos sintomas exteriores, julgava indispensável mostrar à mulher a inconveniência da sua conduta, mas ignorava como fazer a observação sem ir muito longe. Abriu a boca para falar. Disse involuntariamente outra coisa e não o que quisera dizer.

— Como somos atraídos para esses espetáculos cruéis! Eu observei...

— Que dizes? Não compreendo.

Aquele tom de desprezo o feriu, e ele revidou imediatamente.

— Devo dizer-te... — começou em francês.

"Eis a explicação", pensou Ana, assustada.

— Devo dizer-te que hoje a tua conduta foi inconveniente.

— Em que, se faz favor? — perguntou ela em voz alta, voltando-se vivamente para ele e olhando-o bem no rosto, não mais com falso contentamento, mas com uma segurança que dissimulava mal a sua angústia.

— Preste atenção! — disse ele mostrando a vidraça da carruagem descida nas costas do cocheiro, que se inclinou para fechá-la.

— Que achaste de inconveniente? — repetiu Ana.

— O desespero que não pudeste ocultar quando um dos cavaleiros caiu.

Ele esperou uma objeção, mas ela se calava, o olhar fixo.

— Eu já lhe pedi para se comportar em sociedade de maneira a não dar lugar à maledicência. Houve tempo em que falei dos sentimentos íntimos; agora, considero apenas as relações exteriores. Tiveste, ainda há pouco, uma conduta inconveniente, e desejo que isso não se repita.

Aquelas palavras chegaram pela metade aos ouvidos de Ana: o seu marido pensava amedrontá-la, ela só pensava em Vronski. "Será verdade que realmente não está ferido? Referia-se a ele a notícia que o oficial trouxera?" Quando Aléxis Alexandrovitch acabou, ela lhe respondeu com um fingido sorriso de ironia. Vendo aquele sorriso, Karenine, que tinha, ele também, se amedrontado sentindo a força das próprias palavras, desprezou-se estranhamente.

"Ela sorri das minhas suspeitas. Irá dizer-me então por que são ridículas e despidas de fundamento."

Antes de ver as suas crenças confirmadas, desejava acreditar no que ela quisesse. Mas a expressão daquele rosto sombrio e terrificado não a deixaria mentir.

— Talvez eu me engane — continuou ele. — Nesse caso, perdoa-me.

— Não, não te enganaste muito — articulou lentamente, lançando um olhar bravio ao rosto glacial do marido. — Não te enganaste muito. Estive e ainda estou desesperada. É-me indiferente te escutar, é nele em quem eu penso. Eu o amo, eu sou a sua amante. Eu não posso te suportar, sinto medo de ti, eu te odeio... Faze de mim o que quiseres.

Encolhendo-se no fundo da carruagem, ela cobriu o rosto com as mãos e se desfez em soluços. Aléxis Alexandrovitch não se mexeu, seu olhar permaneceu fixo, mas a sua fisionomia adquiriu e conservou durante toda a viagem uma rigidez cadavérica. Aproximando-se da casa, ele se voltou para ela.

— Está bem — disse com uma voz que tremia ligeiramente. — Mas exijo que observes as conveniências até o momento em que eu tome medidas indispensáveis para a defesa da minha honra. Elas te serão comunicadas.

Ele saiu da carruagem e, para salvar as aparências diante dos criados, ajudou a mulher a descer e apertou-lhe a mão. Retomou novamente o lugar na carruagem e voltou para Petersburgo.

Mal ele partiu, um criado de Betsy trouxe um bilhete assim redigido: "Soube notícias de Aléxis. Escreveu-me que está bem, mas desesperado."

"Então, ele virá", pensou. "Fiz muito bem em confessar."

Olhou o relógio. Faltavam ainda três horas. Pensou no último encontro e certas recordações a perturbaram.

"Meu Deus, como ainda está claro! É horrível, mas gosto de ver o seu rosto e aprecio aquela luz fantástica... Meu marido? Ah, sim. Foi melhor, tudo acabou entre nós."

30

Em toda a parte onde os homens se reúnem, uma espécie de cristalização situa definitivamente cada um em seu próprio lugar. A pequena estância alemã de águas, onde descansavam os Stcherbatski, não fugia a essa regra: como uma gota de água exposta ao frio toma invariavelmente uma certa forma cristalina, do mesmo modo cada novo veranista se inseria em uma certa categoria social. Graças ao seu nome, ao apartamento que ocupavam, aos amigos que encontraram, os *Fürst Stcherbatski sammt Gemahlin und Tochter*[15] se inseriram no lugar a que tinham direito.

Esse trabalho de estratificação operava-se mais seriamente aquele ano, pois uma autêntica *Fürstin*[16] alemã honrava as águas com a sua presença.

A princesa julgou-se no dever de apresentar-lhe sua filha e, afinal, essa cerimônia se realizou no dia seguinte ao da sua chegada.

Kitty, extremamente graciosa no seu vestido de verão "muito simples", isto é, muito elegante e vindo de Paris, fez uma profunda reverência à ilustre dama.

---

15 Em alemão, "o príncipe Stcherbatski com sua esposa e filha". (N.E.)
16 Em alemão, "princesa". (N.E.)

— Eu imagino — disse-lhe aquela — que as rosas nascerão depressa em tão lindo rosto.

Aquela visita classificou definitivamente os Stcherbatski. Conheceram uma lady inglesa e a sua família; uma condessa alemã e o seu filho ferido na última guerra; um sábio sueco; um senhor Canut e a sua irmã. No entanto, como era natural, foi com os veranistas russos que travaram maiores relações. Havia notadamente duas senhoras de Moscou, Maria Evguenievna Rtistchev e sua filha, assim como um coronel, igualmente moscovita, velho amigo dos Stcherbatski. Kitty não gostava muito de Mlle. Rtistchev, que sofria, como ela, de um amor contrariado; quanto ao coronel, que sempre vira fardado, achava-o ridículo com os seus pequenos olhos, o pescoço descoberto, as gravatas coloridas, e as suas importunas visitas. Estabelecido o programa de vida e tendo o velho príncipe partido para Carlbad, Kitty ficou sozinha com a sua mãe e começou a achar que os dias se tornavam longos. Indiferente aos antigos conhecidos, que não lhe prometiam nenhuma sensação nova, julgou mais atraente observar os desconhecidos e perder-se em suposições sobre as suas vidas: isso, em breve, constituiu uma verdadeira paixão. A sua natureza a arrastava a ver todo mundo com simpatia, as observações que fazia sobre os veranistas os seus caracteres, as suas mútuas relações, eram exageradamente benévolas.

Ninguém lhe inspirava tanto interesse como uma moça, vinda às águas com uma senhora russa da alta sociedade, a quem davam o nome de Mme. Stahl. Essa criatura, muito doente, perdera o uso das pernas. Aparecia raramente, somente nos dias claros e belos, conduzida num pequeno carro. Não convivia com os seus compatriotas, mais por orgulho que devido à doença, afirmava a princesa. A moça, que se chamava Varinka, olhava-a bondosamente; mas Kitty observou que ela não a tratava nem como parente, nem como enfermeira paga. Além disso, aquela moça tornava-se rapidamente amiga das doentes em estado grave, que lhe dedicavam, muito naturalmente, o mesmo devotamento que Mme. Stahl. Que espécie de aproximação existiria entre as duas senhoras? Kitty perguntava a si mesma, com uma curiosidade tanto mais viva quanto se sentia irresistivelmente atraída para Mlle. Varinka e pensava não lhe desagradar, a julgar por certos olhares que a moça lançava sobre ela.

Essa Varinka era uma dessas pessoas sem idade, a quem se pode dar indiferentemente tanto trinta como dezenove anos. Apesar da sua palidez doentia, permitia-se, analisando os seus traços, achá-la bonita e passaria por o ser, se não fosse a cabeça muito grande e o busto um pouco desenvolvido. No entanto, ela devia desagradar aos homens: fazia lembrar uma linda flor que, apesar de haver conservado as suas pétalas, houvesse murchado e perdido o perfume. Faltava-lhe um pouco daquele ardor que devorava Kitty, não tinha consciência do próprio encanto. Parecia estar sempre absorvida pelo dever de uma necessidade inelutável, não podendo, em consequência, distrair-se. Era precisamente aquele contraste com a sua própria vida o que seduzia Kitty. O exemplo de Varinka, sem dúvida, lhe revelaria o que procurava com tanta ansiedade: como dar algum interesse, alguma dignidade à sua vida, como escapar às abomináveis relações mundanas que, descobria agora, fazem da moça uma espécie de mercadoria exposta à concupiscência dos compradores? E mais Kitty observava a sua amiga desconhecida, mais desejava conhecê-la, vendo-a como um modelo de todas as perfeições.

As moças se encontravam muitas vezes no dia e, a cada encontro, os olhos de Kitty pareciam dizer: "Que tens? Eu não me engano certamente, não te julgas um ser adorável? Mas lembra-te", acrescentava o olhar, "que não terei a indiscrição de solicitar a tua amizade. Contento-me em admirar-te e amar-te." "Eu também gosto de ti e acho-te encantadora", respondia o olhar da desconhecida, "e gostaria ainda mais de ti se tivesse tempo." Realmente, ela era muito ocupada. Kitty via bem: ora ela passeava no estabelecimento com as crianças de uma família russa, ora trazia o cobertor para uma doente, biscoitos para outra ou preocupava-se em distrair uma terceira.

Uma manhã, pouco depois da chegada dos Stcherbatski, apareceu um casal que se tornou objeto de uma atenção pouco benevolente.

O homem, muito alto, magro, tinha as mãos enormes e os olhos negros, singelos e assustadores ao mesmo tempo, usando um capote muito curto. Apesar de possuir marcas da varíola, a mulher tinha a fisionomia graciosa, mas de semblante bastante desagradável. Kitty reconheceu-os como sendo russos e, desde aí, a sua imaginação trabalhou um romance onde eles eram os heróis. Quando a princesa soube, pela lista dos veranistas, que os recém-chegados não eram outros se não Nicolas Levine e Maria Nicolaievna, cortou as asas às quimeras da filha, explicando-lhe ser esse Levine um homem infeliz. De resto, mais que as palavras da princesa, o fato de aquele indivíduo ser irmão de Constantin Levine tornou-o, como também a sua companheira, particularmente antipáticos a Kitty.

E logo aquele homem, de singulares movimentos de cabeça, inspirou-lhe uma verdadeira repulsa: julgava ler nos seus grandes olhos, que a seguiam com obstinação, sentimentos irônicos e malévolos. Evitou tanto quanto possível encontrá-lo.

31

Como chovesse à tarde, os banhistas, munidos de guarda-chuvas, invadiram a galeria do estabelecimento.

Kitty e sua mãe achavam-se em companhia do coronel, que exibia um terno à europeia, feito em Frankfurt. Eles se apertavam num canto a fim de evitar Nicolas Levine, que andava os cem passos de uma a outra extremidade. Varinka, trajando como sempre um vestido escuro, um chapéu de abas caídas, passeava de um lado a outro da galeria com uma senhora francesa cega. Toda vez que Kitty e ela se encontravam, trocavam um olhar amigo.

— Mamãe, posso lhe falar? — perguntou Kitty, vendo a sua amiga desconhecida aproximar-se da fonte e julgando o momento oportuno para uma primeira conversa.

— Se tanto desejas — respondeu a princesa —, deixa-me tomar as informações, eu falarei primeiro. Mas que achas nela de tão notável? É alguma dama de companhia. Se queres, irei ver Mme. Stahl. Conheci a sua cunhada — acrescentou, erguendo a cabeça.

A princesa estava ofendida com a atitude de Mme. Stahl, que parecia não desejar conhecê-la. Kitty não insistiu.

— Ela é adorável! — disse, olhando Varinka entregar um copo à senhora francesa. — Vê como tudo o que ela faz é amável e simples.

— Tu me aborreces com as tuas paixões — respondeu a princesa. — Mas, no momento, afastemo-nos — acrescentou, vendo Levine aproximar-se em companhia da mulher e de um médico alemão ao qual falava asperamente.

Como elas retornassem sobre os próprios passos, um ruído de vozes obrigou-as a se voltarem. Levine, parado em frente do médico que se enfurecia por sua vez, soltava verdadeiros gritos. Formava-se um círculo à volta deles. A princesa arrastou Kitty, enquanto o coronel misturava-se à multidão a fim de saber o assunto da discussão.

— Que foi? — indagou a princesa quando, no fim de alguns minutos o coronel voltou a encontrá-las.

— Uma abominação! — respondeu aquele. — Nada receio tanto como encontrar russos no estrangeiro. Aquele senhor começou a discutir com o médico, que não o trata a seu gosto e acabou por levantar a bengala contra ele. Uma abominação, repito!

— Sim, é bem desagradável — disse a princesa. — E como terminou tudo isso?

— Graças à intervenção daquela senhorita de chapéu em forma de cogumelo, uma russa, creio...

— Mlle. Varinka? — perguntou Kitty muito alegre.

— Sim. Foi ela quem primeiro teve a presença de espírito de segurar o senhor pelo braço e levá-lo.

— Vê, mamãe — disse Kitty. — Depois disso a senhora estranha ainda o meu entusiasmo?

No dia seguinte, Kitty observou que Varinka agregara Levine e a sua companheira aos seus *protegés*: entretinha-os e servia de intérprete à mulher que não falava nenhuma língua estrangeira.

Cada vez mais apaixonada pela desconhecida, Kitty suplicou ainda uma vez à sua mãe que permitisse conhecê-la. Apesar do que acontecera — porque não queria se adiantar com aquela orgulhosa Mme. Stahl! —, a princesa foi buscar informações: uma vez convencida da absoluta honestidade da moça, deu ela própria os primeiros passos.

Escolhendo um momento em que Kitty estava na fonte, abordou Varinka em frente da padaria.

— Permita que eu mesma me apresente — disse-lhe com um sorriso de grande dama. Minha filha está totalmente atraída pela senhora. Mas talvez não me conheça... Eu...

— É uma atração mais que recíproca, princesa — apressou-se em responder Varinka.

— A senhora, ontem, fez uma boa ação com o nosso triste compatriota — continuou a princesa.

— Eu não me lembro — disse Varinka, corando. — Parece-me que nada fiz...

— Mas a senhora livrou esse Levine de aborrecimentos que viriam daquele mau negócio...

— Ah, sim, *sa compagne*[17] me chamou, e eu tentei acalmá-lo. Está gravemente doente e muito descontente com o seu médico. Estou habituada a esse gênero de doentes.

— Sim, eu sei que a senhora vive em Menton com Mme. Stahl, que é, penso, sua tia. Eu conheci a sua cunhada.

— Não, ela não é minha tia. Chamo-a de *maman*, mas não lhe tenho nenhum parentesco, fui criada por ela.

Tudo isso dito simplesmente. A expressão daquele adorável rosto era tão aberta, tão sincera que a princesa compreendeu por que Kitty se apaixonara por Varinka.

---

17 Em francês, "sua companheira". (N.E.)

— E que fará esse Levine? — perguntou ela.

— Ele vai embora — respondeu Varinka.

Kitty voltava da fonte. Vendo a sua mãe em conversa com a amiga desconhecida, ficou radiante de alegria.

— Kitty, o teu ardente desejo de conhecer Mlle...

— Varinka — disse a moça sorrindo. — É assim que todos me chamam.

Kitty corou de alegria e apertou durante muito tempo a mão da sua nova amiga, que abandonava a sua sem responder à pressão. Em retribuição, o seu rosto se iluminou com um sorriso um pouco melancólico que descobriu dentes grandes, mas belos.

— Eu também, há muito tempo, desejo conhecê-la.

— Mas Mlle. está sempre tão ocupada...

— Eu? Ao contrário, nada tenho a fazer... — respondeu Varinka que, no mesmo instante, abandonou os seus novos conhecidos para atender ao chamado de dois pequenos russos, filhos de uma doente.

— Varinka — gritavam eles —, mamãe está chamando!

32

Eis o que a princesa soube de Varinka, das suas relações com Mme. Stahl e de Mme. Stahl ela própria.

Mme. Stahl sempre fora doente e exaltada. Achavam alguns que ela tinha feito a infelicidade do marido. Outros, ao contrário, que ele a tinha indignamente enganado. Ela viu-se obrigada a separar-se dele e, algum tempo depois, em Petersburgo, pôs no mundo uma criança que nasceu morta. Conhecendo sua sensibilidade e julgando que aquela notícia a matasse, a família substituiu a criança morta pela filha de uma cozinheira da corte, nascida na mesma noite e na mesma casa: era Varinka. Depois, Mme. Stahl soube que a pequena não era sua filha, continuou a ocupar-se dela, tanto mais que os verdadeiros pais da criança haviam morrido.

Já se tinham passado mais de dez anos que Mme. Stahl vivia no estrangeiro, sem quase deixar o leito. Uns diziam que ela criara no mundo um pedestal da sua piedade, de amor ao próximo; outros, asseguravam a sua sinceridade. Ninguém sabia ao certo se ela era católica, protestante, ortodoxa, mas o que era certo era que mantinha relações de amizade com as sumidades de todas as Igrejas, de todos os credos.

A sua filha adotiva nunca a deixaria e todos aqueles que conheciam Mme. Stahl conheciam e amavam "Mlle. Varinka" — todos a chamavam por esse nome.

A par de todos esses detalhes, a princesa viu com bons olhos a amizade das duas moças: Varinka tinha excelentes modos, falava com perfeição o francês e o inglês, e, depois, o que ainda era melhor, desde o começo, em nome de Mme. Stahl pedira-lhe desculpas por não a ter reconhecido, devido à doença.

Kitty ligava-se cada vez mais à sua amiga, em quem descobria novas perfeições. A princesa, sabendo que Varinka cantava, pediu para esta visitá-la durante a noite.

— Kitty toca piano e, se bem que o piano não seja muito bom, gostaríamos de ouvi-la cantar — disse a princesa com seu indispensável sorriso.

Aquele sorriso desagradou a Kitty, tanto mais que ela julgou perceber a pouca vontade que a sua amiga tinha de cantar. No entanto, naquela mesma noite, Varinka veio e trouxe as músicas. A princesa convidara Maria Evguenievna, sua filha e o coronel.

Varinka parecia indiferente em frente daquelas pessoas a quem não conhecia e aproximou-se do piano sem se fazer de rogada. Como não sabia acompanhar, Kitty, que tocava muito bem, prestou-lhe esse serviço.

— A senhora tem um talento notável — disse-lhe a princesa depois que ela cantou o primeiro trecho, com rara beleza.

Maria Evguenievna e a filha uniram os seus cumprimentos aos da princesa.

— Veja o público que se deixou atrair — disse o coronel, que olhava pela janela, sob a qual se reunia um grande número de pessoas.

— Sinto-me feliz em lhes proporcionar este prazer — respondeu simplesmente Varinka.

Kitty olhava a sua amiga com orgulho. Admirava o seu talento, a sua voz, toda a sua pessoa e ainda a sua atitude: era claro que Varinka não tinha nenhum grande mérito como cantora. Indiferente aos aplausos, tinha o ar de perguntar simplesmente: "É preciso que eu cante ainda ou não?"

"Se eu estivesse no seu lugar", pensava Kitty observando aquele rosto impassível, "como estaria orgulhosa por ver esta multidão debaixo da janela! Como acha tudo isso indiferente! Ela só parece sensível ao prazer de ser agradável a mamãe. Que tem, pois? Onde adquire esta indiferença, esta magnífica serenidade? Gostaria muito que me ensinasse como se consegue tudo isso." A princesa pediu um segundo trecho, e Varinka, rígida junto ao piano, bateu o compasso com a sua mão morena e cantou, com a mesma perfeição do primeiro, um segundo trecho.

O trecho seguinte, na partitura, era uma ária italiana. Kitty tocou o prelúdio e voltou-se para a sua amiga.

— Saltemos esta — disse Varinka, corando.

Kitty interrogou-a com um olhar.

— Então, uma outra! — apressou-se ela em dizer virando as páginas.

Ela compreendera que aquela ária devia reavivar na cantora alguma recordação dolorosa.

— Não — respondeu Varinka, pondo a mão no caderno. — Cantemos aquela — acrescentou sorrindo.

E Varinka cantou-a com a mesma calma, a mesma frieza, a mesma perfeição das anteriores.

Quando acabou, todos a aplaudiram ainda uma vez. E, enquanto se tomava o chá, as moças foram ao pequeno jardim ligado à casa.

— Tens uma lembrança associada àquela ária, não é verdade? — perguntou Kitty. — Não, não — acrescentou com vivacidade —, não me conte nada, dize apenas se é verdade.

— Por que esconderia? — fez Varinka tranquilamente. — Sim, é uma lembrança e tem sido bem dolorosa. Amei alguém a quem cantava essa ária.

Kitty, os enormes olhos abertos, envolvia a sua amiga num olhar de ternura. Ela não ousava dizer uma só palavra.

— Eu o amei e ele me amou — continuou Varinka —, mas a sua mãe se opôs ao nosso casamento, e ele casou-se com uma outra. Ele mora perto da nossa casa e eu o vejo sempre. Pensavas que eu tivesse um romance? — perguntou, enquanto passava no seu rosto um clarão de fogo que quase a iluminou inteiramente.

Kitty sentiu aquilo.

— Que dizes? — gritou ela. — Mas, se eu fosse homem, não poderia amar a mais ninguém desde que te encontrei. O que eu acho é que, para obedecer à mãe, ele pôde te esquecer, tornar-te infeliz: este homem não deve ter coração.

— Mas ele é um excelente homem e eu não sou infeliz, ao contrário... Bem, cantaremos ainda hoje? — acrescentou, dirigindo-se para a casa.

— Como és boa, como és boa! — exclamou Kitty, detendo-a para abraçá-la. — Se eu pudesse me parecer contigo, um pouco, ao menos...

— Por que desejas ser uma outra se não o que é a tua própria personalidade? És encantadora — disse Varinka, sorrindo.

— Oh, não, eu não sou assim... Dize-me. Espera, sentemo-nos um pouco — disse Kitty fazendo a sua amiga sentar-se no mesmo banco. — Dize-me, não é humilhante ver um homem desprezar o teu amor?

— Ele não desprezou totalmente, estou certa de que me amava, mas era um filho obediente.

— E se tivesse agido de própria vontade? — perguntou Kitty, sentindo que revelava o seu segredo e que o seu rosto, ruborizado, a traía.

— Então ele cometeria uma ação má, e eu pouco o ligaria — respondeu Varinka compreendendo que a pergunta se relacionava com Kitty.

— Mas a ofensa... podemos esquecê-la? Não, é impossível — afirmou, lembrando-se do olhar com que "ele" a examinara no baile quando a música deixara de tocar.

— De que ofensa falas? Fizeste alguma coisa de mal?

— Pior do que isso. Fui humilhada.

Varinka balançou a cabeça e pôs a mão sobre a de Kitty.

— Em que foste humilhada? Pudeste confessar o teu amor a um homem que te demonstrava indiferença?

— Certo que não, eu nada disse, mas ele o sabia. Há olhares, modos de ser... Não, não, ainda que eu viva cem anos não me esquecerei daquela ofensa.

— Mas eu não compreendo. Tu ainda o amas, sim ou não? — indagou Varinka pondo os pingos nos is.

— Não posso me perdoar por detestá-lo.

— E então?

— Mas a vergonha, a ofensa...

— Ah, meu Deus, se todo mundo fosse sensível como tu! Toda moça passou por isso. E tudo isso tem pouca importância...

— Então, que há de importante? — perguntou Kitty, olhando-a com espantada curiosidade.

— Muitas coisas — insinuou Varinka sorrindo.

— Quais?

— Muitas coisas mais importantes — respondeu Varinka não sabendo bem o que dizer.

A princesa, neste momento, gritou pela janela:

— Kitty, está fazendo frio. Ponha um xale ou entre.

— Já é tempo de ir embora — disse Varinka, levantando-se. — Prometi a Mme. Bertha passar em sua casa.

Kitty segurou-a pela mão e interrogou-a com um olhar suplicante: "Que há de mais importante? Que é que apazigua, tranquiliza? Se tu o sabes, dize-me." Mas Varinka não entendia o sentido daquele olhar. Ela só pensava na visita que ainda lhe faltava fazer antes de tomar o chá com *maman*, à meia-noite. Entrou no salão, apanhou as músicas, despediu-se de todos e se dispôs a sair.

— Se a senhora permite — ofereceu-se o coronel — acompanhá-la-ei.

— Com efeito — disse a princesa —, a senhora não poderá voltar sozinha a esta hora. Mandarei consigo uma criada.

Kitty percebeu que Varinka reprimia dificilmente um sorriso.

— Obrigada — respondeu a moça apanhando o chapéu. — Eu sempre ando sozinha e nunca me aconteceu nada.

Depois de abraçar Kitty ainda uma vez, sem lhe dizer o que era importante, afastou-se com passo firme, as músicas debaixo do braço e desapareceu na meia obscuridade da noite de verão, levando o segredo daquela calma, daquela dignidade que tanta inveja causava à sua amiga.

33

Kitty conheceu também Mme. Stahl e, como sucedera com a sua amizade por Varinka, as relações que manteve com aquela senhora contribuíram para diminuir a sua mágoa. Um mundo novo bem diferente do seu, um mundo cheio de beleza e nobreza lhe foi revelado: desta altura, pôde julgar o passado com sangue-frio. Aprendeu que, fora da vida instintiva que até então fora a sua, existe uma vida espiritual na qual se penetrava através da religião. Aquela religião em nada se parecia com a que praticava desde a infância e que se resumia em assistir à missa onde se encontravam os conhecidos ou decorar com o coração os textos religiosos com o auxílio dos sacerdotes. Era uma religião nobre, misteriosa, que provocava os pensamentos mais elevados e os sentimentos mais puros, e na qual não se acreditava por dever, mas por amor.

Kitty aprendeu tudo aquilo — mas não em palavras. Mme. Stahl tratava-a como uma criança igual à que fora na mocidade. Somente uma vez lembrou-lhe de que a fé e a caridade eram os únicos bálsamos para todas as dores humanas e que o Cristo, na sua compaixão, não conhecia pontos insignificantes — e logo mudou de assunto. Mas, em cada gesto, em cada palavra daquela senhora, nos seus olhares "celestes", como ela os qualificava, na história da sua vida principalmente, que conhecera por intermédio de Varinka, Kitty descobria "o que era importante" e que até então havia ignorado.

No entanto, apesar da elevação da sua natureza e da unção dos seus propósitos, Mme. Stahl deixava escapar certos traços de caráter que desconcertavam Kitty. Um dia, por exemplo, quando a interrogava sobre os seus pais, aquela senhora não pôde reter um sorriso de condescendência, o que era contrário à caridade cristã. Uma outra vez recebendo um padre católico, ocultava-se constantemente na sombra do abajur, rindo-se de um modo singular. Por mais importantes que fossem essas observações, elas afligiam Kitty obrigando-a a duvidar de Mme. Stahl. Em compensação, Varinka sozinha, sem família, sem amigos, não esperando e nem desesperando depois da sua triste decepção, dia a dia parecia-lhe o cúmulo da perfeição. O exemplo da moça lhe mostrava que, para se ter um futuro feliz, tranquilo e bom como ela o desejava, fazia-se necessário o esquecimento de si própria e amar o próximo. Uma vez que compreendera o que era *mais importante*, não contentou-se apenas em admirá-la, mas se entregou de todo coração à vida nova que descobria. Depois das narrações que Varinka lhe fizera sobre Mme. Stahl, Kitty elaborou um plano de vida. Decidiu que, a exemplo de Aline, sobrinha de Mme. Stahl, cuja história Varinka lhe contara, procuraria os pobres não importa onde ela se achasse, e os ajudaria da melhor maneira, com eles distribuindo os Evangelhos e lendo o livro santo aos doentes, aos moribundos, aos criminosos. Realizava esses sonhos secretamente, sem comunicá-los à sua mãe e nem à sua amiga.

De resto, esperava poder executar os planos amplamente, e não lhe seria difícil, imitando Varinka, pôr os seus novos princípios em prática: nas águas, os doentes e os infelizes não faltavam.

A princesa rapidamente observou como Kitty cedia ao seu *engouement*[18] por Mme. Stahl e principalmente por Varinka, a quem imitava nas boas obras, no modo de andar, de falar e de olhar. Mais tarde, ela reconheceu que, fora da influência exercida, a moça passava por uma séria crise interior. Contra o seu hábito, lia à noite os Evangelhos que Mme. Stahl lhe oferecera num exemplar em francês; evitava toda relação mundana, interessava-se pelos doentes protegidos de Varinka, especialmente pela família de um pobre pintor chamado Petrov, junto ao qual parecia orgulhosa de desempenhar o papel de enfermeira. A princesa não se opunha, visto que a mulher de Petrov era uma criatura bem-procedida, e um dia a *Fürstin*, observando a bondade de Kitty, fizera-lhe o elogio, chamando-a de anjo consolador. Tudo caminharia para o melhor se a princesa não receasse ver a sua filha cair no exagero.

— *Il ne faut jamais rien outrer*[19] — dizia ela.

Kitty não respondeu nada, mas, no fundo do coração, estava convencida de que praticava uma religião que mandava dar a face esquerda quando esbofeteada a direita ou entregar a camisa quando fosse tirado o capote. De resto, mais ainda do que isso, a princesa estava melindrada com as reticências de Kitty: adivinhava que ela não lhe abria inteiramente o coração. Realmente, a moça sentia certo tormento em confiar os seus novos sentimentos à mãe — nem o respeito, nem a afeição, aqui, entravam em jogo.

---

18 Em francês, "encanto". (N.E.)

19 Em francês, "Nunca se deve exagerar". (N.E.)

— Há muito tempo que não vemos Ana Pavlovna — disse um dia a princesa quando falavam de Mme. Petrov. — Eu a convidei, mas ela me pareceu contrariada.

— Eu não observei isso, mamãe — respondeu Kitty, corando.

— Não a tens visitado estes dias?

— Nós projetamos para amanhã uma excursão à montanha.

— Não vejo nenhum inconveniente — respondeu a princesa, surpresa com a perturbação que dominava a sua filha e procurando descobrir-lhe a causa.

Varinka, que veio jantar, advertiu Kitty que Ana Pavlovna renunciara ao passeio projetado para o dia seguinte. A princesa verificou que a sua filha corava ainda mais.

— Kitty, nada houve de desagradável entre os Petrov e tu? — perguntou-lhe quando elas se encontraram sozinhas. — Por que Ana Pavlovna deixou de mandar os filhos e não veio mais ela própria?

Kitty respondeu que nada se passara e que não compreendia por que aquela senhora procedia assim. Ela dizia a verdade, mas, se ignorava a causa da frieza de Mme. Petrov para consigo, adivinhava-a: e era ela de tal natureza que não ousava confessar a si mesma, quanto mais à sua mãe, tão humilhante seria o fato de se enganar.

Evocou mais uma vez todas as recordações das suas relações com aquela família. Lembrava-se da ingênua alegria que surgia, nos seus primeiros encontros, no rosto redondo de Ana Pavlovna; as reuniões secretas para tentar distrair o doente, arrancá-lo aos trabalhos que o médico proibia, levá-lo para tomar ar; a amizade da menor das crianças que a chamava "minha Kitty" e não se deitava sem que ela a acompanhasse. Como tudo ia bem! Revia depois a insignificante pessoa de Petrov, o longo pescoço, os raros cabelos, os olhos azuis e inquiridores que tanto a assustaram, os esforços doentios para parecer animado e enérgico em presença da moça. Como era difícil a Kitty recalcar a repugnância que lhe inspirava aquele tuberculoso, como sofrera para achar um assunto de conversa! Com que humildade o considerava enquanto sentia nascer no seu coração um estranho sentimento de compaixão, de tortura e de satisfação íntima! Como tudo aquilo era bom! E por que, depois de alguns dias, uma brusca mudança influíra nas suas relações? Ana Pavlovna recebia Kitty com uma fingida amabilidade, não cessando de vigiá-la como também ao marido.

Devia atribuir aquela frieza à ingênua alegria que o marido sentia com a sua aproximação?

"Sim", pensava, "houve anteontem alguma coisa de pouco natural, e que não se parecia em nada com a sua costumeira bondade, no ar contrariado com que Ana me disse: 'Ele não quer tomar o café sem a senhora; apesar de muito fraco, está à sua espera.' Talvez tivesse visto com maus olhos eu arranjar o cobertor do seu marido; era um gesto simples, mas Petrov agradeceu tanto que me senti orgulhosa. E o meu retrato, que saiu tão bem! E principalmente o olhar terno e confuso! Sim, sim, é bom isso", Kitty era obrigada a confessar com desespero. "Mas não", acrescentou interiormente, "isto não pode, isto não deve ser! Ele é tão digno de piedade!"

E esses receios envenenaram a alegria da sua nova vida.

34

Perto do fim da temporada, o príncipe Stcherbatski, que fizera uma volta pelas águas de Carlsbad, Bade, Kissingen, para ver amigos russos e "respirar um pouco de ar russo", voltou a sua família.

O príncipe mantinha pelos países estrangeiros sentimentos diametralmente opostos aos da princesa. Esta achava tudo perfeito e, apesar da sua situação bem estabelecida na sociedade russa, imitava as damas europeias, o que nem sempre lhe era fácil. O seu marido, ao contrário, achava tudo detestável, não renunciando a nenhum dos seus hábitos russos e procurando parecer menos europeu do que o era na realidade.

O príncipe voltou mais magro, mas cheio de alegria. Aquela feliz disposição aumentou quando encontrou Kitty completamente restabelecida. Em verdade, os detalhes que a princesa lhe deu sobre a transformação moral que se processava na moça, graças à sua intimidade com Mme. Stahl e Varinka — esses detalhes, a princípio, contrariaram o príncipe e despertaram o sentimento habitual de ciúme que sentia por tudo que pudesse roubar Kitty à sua influência e levá-la a regiões inacessíveis para ele. Essas desagradáveis notícias, porém, se perderam no oceano de alegre felicidade que era o fundo da sua natureza e que ainda crescera mais nas águas de Carlsbad.

No dia seguinte ao da sua volta, o príncipe, vestindo o seu enorme capote, as bochechas enrugadas e pouco inchadas, emolduradas num colarinho engomado, acompanhou com o melhor bom humor do mundo a sua filha às termas.

A manhã estava esplêndida. A vista daquelas casas alegres cercadas de pequenos jardins, daquelas robustas criadas alimentadas com cerveja, de braços vermelhos e faces coradas, o sol resplandecente — tudo tocava o seu coração. Quanto mais se aproximava da fonte, mais encontrava doentes cujo estado lamentável contrastava com o bem-estar e a boa organização da vida alemã. Para Kitty, aquele belo sol, aquela verdura resplandecente, aquela música divertida, formavam um quadro natural para aqueles rostos bem conhecidos, em que percebia a volta da saúde. Para o príncipe, ao contrário, a luminosa manhã de junho, a orquestra tocando alegremente a valsa da moda, em especial as robustas criadas, opunham-se com uma indecência quase monstruosa a esses moribundos vindos dos quatro cantos da Europa que tratavam ali os seus membros enfraquecidos.

Apesar do orgulho e da quase volta à mocidade pelo fato de ter a sua filha querida tão perto, o príncipe se sentia, com o seu andar firme e os membros vigorosos, um pouco mal em face daquelas misérias que julgava esquecidas no meio de uma sociedade elegante.

— Apresenta-me aos teus novos amigos — disse à filha, apertando-lhe o cotovelo. — Estou resolvido a gostar até do teu terrível

Soden, pelo bem que te fez! Mas eis aqui coisas bem tristes... Quem são?

Kitty chamava as pessoas que ia encontrando. Na entrada mesmo do parque, cruzaram com Mme. Bertha e a sua condutora. O príncipe sentiu prazer em ver a expressão de ternura que se desenhou no rosto da velha cega, ao som da voz de Kitty. Com uma exuberância bem francesa, aquela senhora se desfez em delicadezas e felicitou o príncipe por ter uma filha tão encantadora, uma pérola, um anjo consolador.

— Neste caso — disse o príncipe sorrindo —, é o anjo número dois, porque ela reservou o número um a Mlle. Varinka.

— Certamente — concordou Mme. Bertha. — Mlle. Varinka também é um anjo.

Na galeria, Varinka em pessoa veio a eles com o seu passo rápido, tendo uma elegante bolsa vermelha na mão.

— Aqui está papai de volta! — disse-lhe Kitty.

Varinka executou, com o modo mais natural do mundo, um movimento que tinha de cumprimento e de reverência e entabulou, sem falsa timidez, uma conversa com o príncipe.

— É desnecessário dizer que te conheço, e muito — disse o príncipe, com um sorriso que, para grande alegria de Kitty, provou que a amiga agradava ao pai. — Aonde vais com tanta pressa?

— *Maman* está aqui — respondeu Varinka voltando-se para Kitty. — Ela não dormiu à noite, e o médico lhe aconselhou que tomasse ar. Vou levar-lhe o seu trabalho.

— Eis aí o anjo número um — disse o príncipe quando a moça se afastou.

Kitty logo compreendeu que Varinka conquistara ao pai: efetivamente, por mais desejo que tivesse, o príncipe evitou interrogá-la sobre a conduta da sua amiga.

— Iremos ver todos os teus amigos, uns após outros, inclusive Mme. Stahl, se ela se dignar me reconhecer.

— Tu a conheces, papai? — perguntou Kitty com receio, porque observara um clarão de ironia nos olhos do pai.

— Conheci o seu marido e conheci um pouco a ela mesma antes de meter-se com os devotos.

— Quem são esses devotos, papai? — indagou Kitty, inquieta por ver o pai dar este nome ao que lhe parecia de tão alto valor em Mme. Stahl.

— Eu sei muito pouco. O que sei é que ela agradece a Deus todas as infelicidades que lhe aconteceram, como a de ter perdido o marido, e isso se torna cômico quando se sabe que viviam muito mal juntos... Mas quem é aquele pobre diabo? — perguntou, vendo num banco um doente de estatura média, trajando roupa branca que formava estranhas pregas nos joelhos descarnados. Ele tirou o chapéu de palha, descobrindo uma testa que a pressão do chapéu tornara vermelha.

— É Petrov, um pintor — respondeu Kitty, corando. — E ali está a sua mulher — acrescentou, mostrando Ana Pavlovna que, de forma preconcebida, levantara-se, vendo-os aproximar-se, e pusera-se a correr atrás de uma das crianças.

— Este homem me causa pena — disse o príncipe —, tanto mais que possui traços encantadores. Mas por que não te aproximas? Ele parece querer te falar.

— Então, vamos! — disse Kitty caminhando resolutamente para Petrov. — Como está passando hoje? — perguntou-lhe.

Petrov ergueu-se, apoiando-se na bengala, e olhou o príncipe com uma certa timidez.

— É minha filha — disse o príncipe. — Muito prazer em conhecê-lo.

O príncipe cumprimentou e sorriu, mostrando assim os dentes de uma brancura estranha.

— Esperamos ontem pela senhora — disse a Kitty.

Falando, ele se enfraquecia, mas, para que não se percebesse a sua fraqueza, resolveu dar um novo passo.

— Eu pretendia ir, mas Varinka me disse que Ana Pavlovna avisara que o senhor não sairia mais.

— Como? — exclamou Petrov que, tornando-se vermelho, tossiu procurando a mulher com o olhar — Annette, Annette! — chamou aos gritos, enquanto as veias nodosas forçavam-lhe o pescoço magro.

Ana Pavlovna se aproximou.

— Então mandaste dizer que nós não sairíamos mais? — perguntou-lhe com voz rouca e colérica.

— Bom dia — cumprimentou Ana Pavlovna com um sorriso constrangido, em nada semelhante ao das acolhidas passadas. — Sinto-me feliz em conhecê-lo — acrescentou, voltando-se para o príncipe. — Esperavam o senhor há muito tempo, príncipe.

— Então mandaste dizer que não sairíamos? — repetiu Petrov, muito irritado porque a perda da voz não lhe permitia dar à pergunta o tom que desejava.

— Meu Deus, pensei apenas que nós não sairíamos — respondeu a mulher com ar estúpido.

— Mas por quê?

Uma crise de tosse impediu-o de acabar. Ele teve um gesto de desolação. O príncipe tirou o chapéu e afastou-se com a filha.

— Oh, as pobres criaturas! — disse, soltando um profundo suspiro.

— É verdade, papai — respondeu Kitty —, e eles têm filhos, não possuem criado e quase nenhum recurso. Recebem alguma coisa da Academia — prosseguiu com animação, a fim de dissimular a emoção que a mudança de Ana Pavlovna lhe causava. — Mas eis ali Mme. Stahl — disse, mostrando um pequeno carro no qual estava deitada uma forma humana envolvida em cinzento e azul, amparada por travesseiros e abrigada por uma sombrinha. Atrás da doente estava o seu condutor, um alemão pesado e lúgubre. Ao lado, andava um conde sueco de cabeleira loura, que Kitty conhecia de vista. Alguns doentes entretinham-se junto da carruagem, examinando Mme. Stahl como uma coisa curiosa.

O príncipe se aproximou, e Kitty observou no seu olhar aquela ponta de ironia que a assustava. Tirou o chapéu e falou com Mme. Stahl amavelmente, num francês excelente, que poucas pessoas seriam capazes de falar.

— Sem dúvida, madame, a senhora já me esqueceu, mas tenho o dever de me fazer lembrado para lhe agradecer as bondades que dispensou à minha filha — disse ele, segurando o chapéu.

— O príncipe Alexandre Stcherbatski, não é verdade? — fez Mme. Stahl levantando os olhos celestes, nos quais Kitty viu passar uma sombra de descontentamento. — Sinto-me feliz com a realização deste encontro. Gosto muito da sua filha.

— A sua saúde, comumente, não é boa?

— Oh, já me habituei — disse Mme. Stahl e apresentou-o ao conde sueco.

— A senhora mudou pouco — disse o príncipe. — Não tenho a honra de vê-la há dez ou onze anos.

— Sim, Deus, que deu a cruz, deu-me também a força para conduzi-la. Frequentemente me pergunto o que fazemos durante tanto tempo neste mundo... Do outro lado, vamos — disse a Varinka que tentava envolver-lhe as pernas num cobertor, sem chegar a satisfazê-la.

— Mas... o bem, provavelmente — respondeu o príncipe com os olhos risonhos.

— Não nos compete a nós o julgamento — replicou Mme. Stahl a quem aquela sombra de ironia não escapou. — Que o senhor, pois, me envie o livro e agradeço-lhe infinitamente, meu caro conde — disse, voltando-se para o jovem sueco.

— Ah! — gritou o príncipe que vinha de perceber o coronel moscovita parado mais ou menos perto do seu grupo. E, despedindo-se de Mme. Stahl, foi encontrá-lo, sempre acompanhado de Kitty.

— Eis a nossa aristocracia, príncipe — disse o coronel com zombaria, despeitado com Mme. Stahl: ele bem quisera ser-lhe apresentado, mas ela nunca se mostrara desejosa.

— Sempre a mesma — respondeu o príncipe.

— O senhor conheceu-a antes da sua doença, ou melhor, antes da sua enfermidade.

— Sim, eu a conheci precisamente quando adoeceu.

— Dizem que há dez anos ela não anda.

— Ela não anda porque tem uma perna menor do que a outra. É muito malfeita...

— Mas, papai, é impossível! — gritou Kitty.

— Dizem as más línguas, minha querida. E, acredita-me, a tua amiga Varinka deve conhecê-la de todos os modos. Oh, essas ilustres senhoras doentes!

— Mas não, papai — protestou energicamente Kitty. — Juro-te que Varinka a adora. E ela faz tanto bem! Pergunte a quem quiser: todos a conhecem tanto como a sua sobrinha Aline.

— É possível — respondeu o pai, apertando-lhe docemente o braço —, mas, quando se pratica o bem, é preferível que ninguém o saiba.

Kitty calou-se, não que lhe faltasse resposta, mas as suas ideias íntimas não podiam ser reveladas ao pai. No entanto, coisa estranha: por mais resolvida que estivesse a não se submeter aos juízos do pai, a não o deixar penetrar no seu santuário íntimo, ela compreendeu que a imagem da santidade ideal, que há mais de um mês trazia em sua alma, desaparecera — e desaparecera como essas formas que a imaginação descobre nas roupas largadas ao acaso e que desaparecem assim que se percebe o modo como foram expostas. Tinha apenas a visão de uma mulher defeituosa, que guardava o leito, para ocultar a sua deformidade e que atormentava a pobre Varinka por causa de um cobertor mal-arranjado. Nenhum esforço de imaginação lhe permitiu reencontrar a antiga Mme. Stahl.

35

O príncipe comunicou o seu bom humor a todos os que o cercavam, inclusive ao hoteleiro.

Voltando do seu passeio com Kitty, durante o qual convidara o coronel para tomar café, juntamente com Varinka e Maria Evguenievna, mandou colocar a mesa no jardim. Excitados por aquela alegria, hoteleiro e criados distinguiram-se tanto mais quanto a generosidade do príncipe era sobejamente conhecida. Também, logo mais tarde, o inquilino do primeiro andar, um médico de Hamburgo, pôde contemplar com certa inveja o grupo folgazão reunido à sombra da grande árvore. A princesa, um barrete de fitas lilás posto no alto da cabeça, presidia a mesa coberta por uma toalha branca na qual se colocara a cafeteira, o pão, a manteiga, o queijo e a caça fria; distribuía as xícaras e as fatias de pão, enquanto, na outra extremidade da mesa, o príncipe comia com apetite e conversava alegremente. À volta, exibia todas as suas compras de viagem: pequenos cofres esculpidos, facas de cortar papel, distribuindo tudo com prazer, não esquecendo ninguém, nem mesmo a criada Lieschen, nem o hoteleiro, a quem fazia, no seu péssimo alemão, as observações mais cômicas, assegurando-lhe não terem sido as águas a causa da cura de Kitty, mas a sua excelente cozinha, especialmente a sopa de ameixas. A princesa pilheriava com o marido sobre as suas manias russas, e nunca uma estação de águas se mostrara tão alegre e animada. O coronel sorria, como sempre, das brincadeiras do príncipe, partilhando da opinião da princesa quanto à Europa, que pensava conhecer a fundo. Maria Evguenievna gargalhava, e até Varinka, para grande surpresa de Kitty, tinha de vez em quando um riso modesto e comunicativo.

Aquele divertimento não fazia esquecer a Kitty as suas preocupações: fazendo um julgamento frívolo sobre as suas amigas e a nova vida que lhe parecia tão bela, seu pai tinha involuntariamente lhe dado a resolver um problema muito árduo, e que se complicava com a mudança de atitude de Mme. Petrov, mudança que vinha de manifestar-se com uma evidência desagradável. Todos riam, mas aquele contentamento oprimia Kitty: pensava haver voltado aos tempos da sua infância, fechada no quarto como castigo por alguma traquinada, ouvindo o riso das irmãs e impossibilitada de participar dele.

— Que necessidade tiveste de comprar todos esses horrores? — perguntou a princesa, oferecendo, com um sorriso, uma xícara de café ao marido.

— Que queres, quando se vai passear, aproxima-se de uma loja, veem-se os anúncios: *Erlaucht, Excellenz, Durchlaucht*! E quando se volta ao *Durchlaucht*, não se pode resistir mais...

— É mais para distrair os teus próprios aborrecimentos — disse a princesa.

— O fato, querida, é que nos aborrecemos aqui até a morte!

— Como, príncipe! — exclamou Maria Evguenievna. — Existem tantas coisas para se ver na Alemanha...

— Mas eu já vi todas. Conheço a sopa de ameixas e o salsichão de ervilhas. Isto me basta.

— É fácil dizer isso, príncipe — objetou o coronel. — As suas instituições são interessantes.

— Em quê, se faz favor? Eles estão contentes, venceram o mundo inteiro. Acha o senhor que isso possa me preocupar? Eu não venci ninguém. Ao contrário, devo tirar os meus sapatos e, o que é pior, colocá-los pessoalmente na porta do corredor. Pela manhã, apenas me levanto, devo vestir-me e ir tomar na sala um chá execrável; ao passo que, em minha casa, desperto quando quero, faço o que quero e muito docemente ponho ordem nos meus negócios.

— Mas o tempo é dinheiro, não esqueça, príncipe — replicou o coronel.

— Isso depende: existem meses inteiros que daríamos por dez copeques e quartos de hora que não trocaríamos por nenhum tesouro. Não é verdade, Kitty? Mas que tens? Tu pareces triste...

— Não tenho nada, papai.

— Aonde vai? — disse o príncipe, vendo Varinka levantar-se. — Fique um pouco mais.

— Preciso voltar — respondeu Varinka, presa de uma nova crise de riso.

Quando se acalmou, despediu-se de todos e dirigiu-se a casa para apanhar o chapéu. Kitty seguiu-a. A sua amiga parecia tão diferente como ela nunca pudera imaginar.

— Há muito tempo que não ria tanto — disse Varinka procurando a sombrinha e a bolsa. — O teu pai é delicioso.

Kitty não respondeu nada.

— Quando nos veremos novamente? — perguntou Varinka.

— Mamãe quer ir à casa dos Petrov. Tu não queres ir? — indagou Kitty a fim de examinar o pensamento da sua amiga.

— Eu irei — respondeu. — Eles se preparam para partir, e prometi ajudá-los.

— Eu também irei.

— Mas por que irás?

— Por quê? Por quê? Por quê? — indagou Kitty abrindo os olhos e segurando a sombrinha de Varinka. — Não, não queres que eu vá. Dize-me por quê.

— Primeiramente, porque tens o teu pai e, depois, porque eles se aborreceram contigo.

— Não, não é isso. Dize-me por que não queres que eu vá à casa dos Petrov, pois vejo bem que não queres.

— Eu não disse isso — retrucou Varinka.

— Peço-te, responde-me.

— Queres mesmo que te diga?

— Tudo, tudo! — gritou Kitty.

— No fundo, não há nada de grave, apenas Mikhail Alexeievitch, que sempre quisera partir, resolveu ficar — respondeu, sorrindo, Varinka.

— E então? — perguntou febrilmente Kitty, lançando a sua amiga um olhar mau.

— Então Ana Pavlovna pensou que ele não quisesse partir por tua causa. Essa ideia provocou uma discussão, da qual foste a causa indireta, e bem sabes como os doentes se irritam facilmente.

Kitty, cada vez mais sombria, guardou silêncio. Varinka falava sozinha, procurando acalmá-la, a fim de evitar uma explosão de lágrimas ou de impropérios.

— Eis por que acho melhor não ires... Estou certa de que compreenderás.

— Tenho mesmo o que mereço! — gritou Kitty, sem ousar olhar Varinka, segurando a sombrinha.

Vendo aquela cólera, Varinka reteve um sorriso para não perturbar Kitty.

— Como, tens o que mereces? Não compreendo.

— Porque tudo isso era hipocrisia e nada vinha do coração. Que necessidade tinha eu de ocupar-me com um estranho! Eis que fui causa de uma discussão, imiscuí-me no que não me dizia respeito!... Tudo era hipocrisia, hipocrisia, hipocrisia!

— Por que hipocrisia? Com que intenção? — disse docemente Varinka.

— Como tudo isso é absurdo, odioso! Que necessidade tinha... Tudo era hipocrisia — continuou ela, abrindo e fechando a sombrinha automaticamente.

— Mas com que intenção?

— Queria parecer melhor aos outros, a mim mesma, a Deus. Queria enganar todo mundo. Não, não continuarei. Prefiro ser má e não mentir, não enganar.

— A quem enganaste aqui? — disse Varinka num tom de censura. — Falas como...

Kitty estava num dos seus acessos de cólera. Não deixou a amiga acabar o que dizia.

— Não se trata de ti. És uma perfeição. Sim, sim, eu sei, todas são perfeitas; mas eu sou má e nada posso contra isso. Nada teria acontecido se eu não fosse má. Tanto pior, continuarei sendo o que sou, não dissimularei. Eu me rio de Ana Pavlovna! Que vivam como entendam, farei o mesmo. Não posso mudar... Depois, decididamente, não era o que eu pensava!...

— Que queres dizer? — perguntou Varinka.

— Não, não é o que eu pensava. Sempre obedeci aos impulsos do meu coração, ao passo que tu não conheces os teus princípios. Gostei de ti simplesmente, e só tiveste em vista a minha salvação, a minha edificação.

— És injusta — disse Varinka.

— Mas não, eu só falo de mim, deixo os outros em paz...

— Kitty! — gritou neste momento a princesa. — Mostra os teus corais ao papai.

Sem se reconciliar com a sua amiga, Kitty, com ar muito digno, apanhou sobre a mesa a caixa de corais, e saiu para o jardim.

— Que tens? Por que estás tão vermelha? — gritaram a uma voz o seu pai e a sua mãe.

— Nada, eu já volto — disse ela, recuando sobre os próprios passos.

"Ela ainda está ali, que lhe direi? Meu Deus, que fiz eu, que disse? Por que a ofendi? Que conduta terei agora?", disse, detendo-se na porta.

Varinka, o chapéu na cabeça, estava sentada perto da mesa, examinando a mola da sombrinha que Kitty quebrara. Ela levantou a cabeça.

— Varinka, perdoa-me — murmurou Kitty, aproximando-se. — Eu não sei o que te disse... Eu...

— Francamente, não tive a intenção de te magoar — disse Varinka, sorrindo.

A paz estava feita. Mas a volta do pai transtornara, aos olhos de Kitty, o mundo no qual vivia desde algum tempo. Sem renunciar a tudo o que aprendera, confessou que se iludira crendo tornar-se o que desejava ser. Foi como um despertar: compreendeu que não saberia conservar-se sem hipocrisia nem fanfarronices em tão grande altura e sentiu mais vivamente todo o horror dos desgostos, das enfermidades, das agonias que a cercavam; achou muito doloroso prolongar os esforços que fazia para se interessar por aquele mundo de dores. Sentia necessidade de respirar um ar mais puro, de voltar à Rússia, a Iergouchovo, onde se achavam Dolly e os filhos, como avisava uma carta que acabara de receber.

Mas a sua afeição por Varinka não se enfraquecera. No momento da partida, pediu-lhe para ir visitá-la na Rússia.

— Eu irei quando te casares — disse a moça.

— Eu nunca me casarei.

— Então eu nunca irei.

— Neste caso, só me casarei para que venhas. Não esqueças a tua promessa!

Realizaram-se as previsões do médico. Kitty entrou na Rússia, quando não despreocupada como antigamente, pelo menos calma e curada. As tristes horas de Moscou eram apenas uma recordação.

Terceira parte

1

Com a vinda da primavera, Sérgio Ivanovitch Koznychev sentia o cérebro fatigado, mas em lugar de viajar para o estrangeiro, como era seu costume, tomou no fim de maio o caminho de Prokovskoie. Nada, segundo o seu modo de pensar, valia a vida dos campos e assim vinha descansar junto ao irmão. Constantin recebeu-o com o maior prazer ainda pelo fato de constituir uma visita de Nicolas uma coisa problemática. No entanto, apesar do seu respeito e da sua amizade por Sérgio, o modo de ele compreender a vida no campo dava-lhe um certo mal-estar. Para Constantin, o campo era o teatro mesmo da sua vida, das suas alegrias, das suas dores, dos seus trabalhos; para Sérgio, o campo era um agradável lugar de repouso, um útil antídoto às corrupções da cidade, o direito de nada fazer. De resto, os dois irmãos pensavam contrariamente a respeito dos homens do povo. Sérgio julgava conhecer e amar os camponeses, conversava espontaneamente com eles, o que fazia sem afetação nem fingimento, tirando dessas conversas conclusões que apresentava como provas do seu pretenso conhecimento dos meios populares. Essa atitude irritava Levine, para quem o homem do povo representava principalmente a associação mais importante de um trabalho comum. Ele afirmava ter sugado no leite da sua ama uma ternura fraterna pelos camponeses. Admirava o seu vigor, a sua serenidade, o seu espírito de justiça. Mas, frequentemente, quando o interesse comum exigia outras qualidades, voltava-se contra eles e só via a sua incúria, a sua embriaguez, o seu amor pela mentira. Ficaria bastante embaraçado se lhe perguntassem se gostava ou não do povo. Homem de coração, era inclinado a amar o próximo; mas que fosse obrigado a alimentar por eles sentimentos particulares, isso lhe parecia impossível; vivia da sua vida, os seus interesses coincidiam com os deles, consequentemente, ele fazia parte do povo. Por outro lado, como proprietário, "árbitro de paz" e principalmente como conselheiro (a dez léguas em redor vinham lhe pedir conselhos), como alguém que há longos anos mantinha relações com os camponeses, ele não formava nenhuma opinião definida. Ficaria igualmente surpreso se lhe perguntassem se conhecia os camponeses: "Tanto como conheço os outros homens", responderia certamente. Observava incessantemente grande número de pessoas que julgava dignas de interesse, mas, à proporção que ia verificando novos traços, os julgamentos variavam. Sérgio, ao contrário, considerava todas as coisas com espírito de oposição: preferia a vida do campo a qualquer outro gênero de vida, o povo a qualquer outra classe social, e só estudava para se opor aos homens em geral. O seu espírito metódico formara, uma vez por todas, uma concepção de vida popular fundada em parte sobre a experiência e mais ainda sobre comparações teóricas — e nunca aquela simpática concepção variava em coisa alguma. Eis por que a vitória sempre lhe pertencia nas discussões que travava com o irmão sobre o caráter, os gostos, as particularidades do povo: às suas apreciações inquebrantáveis, Constantin opunha opiniões comumente modificadas. Sérgio não tinha, pois, nenhum meio de ser apanhado em contradição.

Sérgio Ivanovitch considerava o irmão mais moço um excelente rapaz, que tinha um bom coração, mas de um espírito impressionável e cheio de incongruências. Com a condescendência de um irmão mais velho, ele se dignava explicar-lhe o verdadeiro sentido das coisas, discutindo sem entusiasmo com adversário tão fácil de ser derrotado.

Por seu lado, Constantin admirava a bela inteligência, a vasta cultura, a nobreza de alma do irmão e o dom que possuía em se devotar ao bem geral. Mas tanto melhor o conhecia, mais a si mesmo perguntava se aquela faculdade de efusão — da qual se sentia desprovido — não seria antes um defeito do que uma qualidade. Não mostrava ela, senão ausência de aspirações nobres e generosas, pelo menos certa falta de força vital que se chama coração, certa impotência em se abrir uma estrada pessoal entre todas aquelas que a vida abre aos homens? Demais, não é apenas o coração, mas a cabeça que conduz a maior parte das pessoas a se devotar aos interesses gerais: elas só os praticam com um certo conhecimento. Levine se convenceu dessa verdade vendo o irmão conceder tanta importância ao bem público ou à imortalidade da alma como a uma partida de xadrez ou ao engenhoso funcionamento de uma máquina.

Constantin sentia ainda um outro gênero de constrangimento em relação ao irmão, quando moravam juntos. Então, os dias parecendo curtos, principalmente durante o verão, Sérgio só pensava no repouso. Naquele ano, pois, havia abandonado a sua grande obra, mas a atividade do seu espírito era muito incessante para que ele não tivesse necessidade de exprimir a alguém, sob forma concisa e elegante, as ideias que lhe vinham: e tomava naturalmente o irmão por ouvinte. Eis por que, apesar da simplicidade amiga das suas declarações, Levine não ousava deixá-lo sozinho. Sérgio sentia prazer em deitar-se na relva e falar tranquilamente, aquecendo-se ao sol.

— Tu não acreditarias — dizia ao irmão — no prazer que me causa este *dolce far niente*. Não tenho uma só ideia na cabeça: ela está vazia.

Mas Constantin depressa se cansava da inação porque sabia muito bem o que se passava na sua ausência: distribuía-se desregradamente o adubo nos campos não trabalhados; aparafusavam-se mal as relhas das charruas inglesas para se dizer, no dia seguinte, que elas nunca valeriam o velho enxadão de antigamente.

— Não estás cansado de correr neste calor? — perguntava-lhe Sérgio.

— Deixo-te apenas um instante, o tempo de olhar o gabinete — respondia Constantin. E se dirigia para o campo.

2

Nos primeiros dias de junho, Agatha Mikhailovna, a velha criada que exercia as funções de governanta, descendo à adega com um vidro de cogumelos que acabara de pôr em conserva, escorregou na escada e torceu o pulso. Chamaram o médico do "zemstvo", rapaz saído há pouco da universidade. Examinou a doente, afirmou não existir torção e sentiu evidente prazer em conversar com o célebre Sérgio Ivanovitch Koznychev. Querendo exibir o seu liberalismo, mostrou todos os defeitos do distrito, insistindo sobre a deplorável situação em que se encontravam as instituições provinciais. Sérgio Ivanovitch ouviu-o atenciosamente, fazendo de vez em quando certas perguntas. Depois, animado com a presença de um novo ouvinte, tomou a palavra, apresentando observações justas e finas, respeitosamente apreciadas pelo jovem médico, e logo se achou naquela disposição de espírito um pouco excitada que ordinariamente lhe provocava uma conversa viva e brilhante. Após a partida do médico, achou que devia pescar — tinha um fraco pela pesca de anzol —, passatempo fútil de que se orgulhava saber tirar algum prazer. Constantin, que desejava examinar o estado da lavoura e dos prados, ofereceu-se para levá-lo de carruagem até ao rio.

Estava-se nessa volta do verão em que as colheitas se desenham, em que a sega se aproxima, quando já se preocupam com as sementes. As espigas já formadas, ainda leves e esverdeadas, balançavam-se ao sopro do vento; as aveias, misturadas com as ervas, saíam irregularmente da terra nos campos tardiamente semeados; os primeiros rebentos de trigo já cobriam o solo; os campos mais longe, com os seus outeiros quase petrificados e as suas veredas onde nenhum arado passara ainda, estão pouco lavrados; os montinhos de adubo fundem na madrugada o seu odor ao perfume da "rainha dos prados". É no calendário rural uma época de calmaria antes da ceifa, o grande esforço imposto cada ano ao camponês. Naquele verão, ali, a colheita se anunciava magnífica; os dias eram longos e quentes, as noites curtas e úmidas.

Para atingir os prados, eles passaram bosques cuja vegetação maravilhou a Sérgio. Atraíam a sua admiração, ora a esmeralda dos ramos, ora uma antiga tília matizada de estípulas amarelas quase abertas. Constantin, que nunca falava das belezas da natureza, amava-as assim: faltavam-lhe palavras para o espetáculo. E, aderindo laconicamente ao entusiasmo do irmão, preocupava-se com outras coisas. Saindo do bosque, concentrou a atenção num outeiro onde placas amareladas alternavam com os quadrados já cavados; algumas estavam cobertas de adubo; outras, completamente lavradas. Apareceu uma fila de carretas, Levine contou-as, achando o número suficiente. Vendo os prados, o problema da ceifa e do recolhimento do feno — operação que preocupava particularmente o seu coração — impôs-se às suas meditações. Ele deteve o cavalo. Como a erva alta e abundante ainda estivesse úmida aos pés, Sérgio, que receava molhá-los, pediu ao irmão para conduzi-lo até a moita de salgueiro junto da qual se pescavam percas. Constantin satisfez aquele desejo, deplorando machucar a erva que se enrolava nos pés do cavalo e nas rodas da carruagem, distribuindo sementes à volta.

Enquanto Sérgio, instalado na moita, preparava os anzóis, Constantin conduziu um pouco mais longe o cavalo e afundou-se no imenso mar verde que não era agitado por nenhum vento: nos lugares fertilizados, à margem do rio, a erva sedosa e pesada chegava quase à cintura. Alcançando a estrada, encontrou um velho com os olhos inchados que trazia uma dessas *corbeilles* de tília que servem para recolher os enxames.

— Recolheste as abelhas, Fomitch?

— Constantin Dmitritch, guardo muito mal o que é meu. Escaparam pela segunda vez... Felizmente os rapazes as agarraram novamente. Eles estavam quase trabalhando com o senhor.

— Dize-me, Fomitch, não é o momento de trabalhar-se no feno?

— Por Deus, o senhor sabe, em casa nós esperamos até São Pedro, mas o senhor ceifa sempre mais cedo. Muito bem, felicidades, a erva está bela e o gado terá o que remoer.

— Mas o tempo, Fomitch, que achas?

— Ah! O tempo é o bom Deus quem decide. Talvez se faça belo!

Levine voltou para encontrar o irmão. Apesar de nada ter conseguido, ele parecia de excelente humor. Entusiasmado com a palestra que tivera com o médico, só desejava conversar. Isso não interessava a Levine: o problema do feno lhe torturava a cabeça e tinha pressa de regressar a casa para tomar uma decisão e contratar ceifeiros.

— Vamos voltar — disse a Sérgio.

— Quem nos apressa? Descanse um pouco, pois estás inteiramente molhado. Nada tenho a fazer, sinto-me à vontade. Vê, distrações desta espécie são boas porque nos põem em contato com a natureza... Olhe aquela linda corrente de água que se diria de prata. E aqueles prados da margem do rio, sempre me fazem pensar na famosa lenda em que a erva dizia à água: "Curvemo-nos, curvemo-nos!"

— Ignoro completamente essa lenda — murmurou Levine.

3

— A propósito — continuou Sérgio —, eu pensava justamente em ti. Sabes que, a se acreditar neste médico, que não é tolo, passam-se coisas espantosas no nosso distrito. E isso me obriga a voltar ao que já te disse: ages mal não assistindo às assembleias e afastando-te do "zemstvo". Se as pessoas honestas se afastam, será uma desordem de todos os diabos. Aonde vai, pois, o nosso dinheiro? Não temos escolas, nem farmácias, nem enfermarias, nem maternidades, nada.

— Que queres que eu faça? — respondeu Constantin, contrariado. — Tentei interessar-me por tudo isso, mas está acima das minhas forças.

— É precisamente o que não posso admitir. Quais são os motivos do teu afastamento? Indiferença? Eu não posso crer. Incapacidade? Ainda menos. Apatia? Talvez.

— Nada disso — replicou Constantin. — Eu me convenci inteiramente de que não conseguirei nada.

Ouvia o irmão distraidamente. Um ponto negro, que se agitava embaixo, nas lavouras do outro lado da água, prendia a sua atenção: não seria o administrador a cavalo?

— Mas por quê? Por quê? — insistia Sérgio. — Resignas-te muito facilmente. Não tens nenhuma ambição?

— Que vem fazer a ambição em semelhante caso! — replicou Constantin, bastante magoado. — Na universidade, se ali me julgasse incapaz de compreender o cálculo integral como os meus colegas, sim, eu sentiria orgulho. Mas, neste caso, seria preciso crer em primeiro lugar que essa espécie de atividade exige capacidades particulares, e seria necessário principalmente estar convencido da utilidade das inovações na ordem do dia.

— Julga-as, pois, inúteis! — exclamou Sérgio, ofendido por ver o irmão tratar superficialmente de coisas que ele estimava como de importância essencial, e ainda mais vexado por vê-lo só conceder às suas opiniões uma medíocre atenção.

— Sim, tudo isso me deixa indiferente — respondeu Constantin, que acabava de se convencer que era bem o administrador o ponto negro ao longe, despedindo provavelmente os lavradores que voltavam com as charruas. "Já teriam acabado?", pensou.

— Ah, meu caro — disse o irmão mais velho entristecendo a fisionomia —, há um limite para tudo. É muito fácil detestar a presunção e a mentira, e eu acho que a originalidade é uma virtude, mas o que acabas de dizer, não tem o menor sentido. Como podes achar indiferente que o povo que pretendes amar...

— Nunca desejei nada semelhante — disse Constantin.

— ... que esse povo morra sem socorros. As maternidades improvisadas concorrem para matar os recém-nascidos, nossos camponeses apodrecem na ignorância e são vítimas da burocracia. E quando surge um meio para ajudá-los, voltas, dizendo: tudo isso não tem importância.

E Sérgio apresentou ao irmão o seguinte dilema:

— De duas, uma: ou a noção do dever te escapa, ou não queres sacrificar o teu bem-estar, talvez a tua vaidade...

Constantin compreendeu que, se não quisesse passar por egoísta, devia submeter-se. Sentiu-se mortificado.

— Nem uma e nem outra coisa — declarou categoricamente —, mas não acho possível...

— Como? Não acreditas que um melhor emprego da contribuição permitiria, por exemplo, organizar uma séria assistência médica?

— Não, eu não acredito. Tu esqueces que o nosso distrito se estende sobre quatro mil quilômetros quadrados onde, frequentemente, as neves e os charcos interrompem as comunicações; que os períodos de trabalhos intensos põem todos os nossos camponeses fora de casa... E depois, falando francamente, não creio muito na eficácia da medicina.

— Tu exageras, poderia citar mil exemplos... Mas e as escolas?

— Para que abrir escolas?

— Como, para que abrir? Pode-se duvidar das vantagens da instrução! Se a achas útil para ti, não a podes recusar aos outros.

Constantin sentiu que fracassava e, na sua irritação, confessou involuntariamente a verdadeira causa da sua indiferença.

— Tudo isso pode ser verdade — disse —, mas por que iria eu lidar com postos médicos de que jamais me servirei, com escolas às quais nunca enviarei os meus filhos, às quais os camponeses recusam a enviar os seus e às quais nem mesmo estou certo de que seja bom enviá-los?

Aquela saída desconcertou Sérgio, que, imediatamente, formou um novo plano de ataque. Mudou tranquilamente de lugar um dos seus anzóis e voltou-se para o irmão:

— Estás errado — disse, sorrindo. — Em primeiro lugar, o posto médico te servirá para qualquer coisa, pois que recorreste ao médico do "zemstvo" para curar Agatha Mikhailovna...

— Nem por isso o braço lhe ficará menos estropiado.

— Veremos... Em segundo lugar, um camponês, um operário que sabe ler e escrever, está apto a prestar mais serviços...

— Oh, quanto a isso, não! — respondeu Levine. — Pergunta a quem tu queiras e ouvirás dizer que um camponês que sabe ler, trabalha menos que os outros: impossível fazê-lo consertar um caminho e, se estiver construindo uma ponte, roubará as tábuas.

— Demais, a questão não é essa — disse Sérgio, franzindo a testa. Ele detestava a contradição e, principalmente, aquele modo de saltar de um assunto a outro, de sempre criar argumentos novos e sem ligação entre si. — Espere um pouco. Achas que a instrução seja um bem para o povo?

— Acho — deixou escapar Constantin, logo confessando o contrário e não duvidando que o irmão iria sem mais tardar convencê-lo da incoerência. Mas como se realizaria aquela demonstração? Acabou sendo muito mais simples do que ele pensava.

— Desde o momento em que o achas — declarou Sérgio —, não podes, com honestidade, recusar a essa obra nem a tua simpatia nem a tua colaboração.

— Mas se não reconheço ainda essa obra como boa? — objetou Constantin enrubescendo.

— Como! Queres dizer...

— Não, eu não acho que ela seja boa e nem possível.

— Como sabes, se não tentaste nenhum esforço para te convenceres?

— Está certo, admitamos que a instrução do povo seja um bem — concedeu Levine sem a menor convicção. — Isso não constitui ainda uma razão para que eu me interesse.

— Verdadeiramente?

— Mas sim. E já que chegamos aqui, eu te desafio a provar filosoficamente que tenho o dever de me interessar.

— A filosofia nada tem a ver com isso, que eu saiba — replicou Sérgio num tom que inquietou Constantin. Ele compreendeu que o irmão lhe negava o direito de falar em filosofia.

— Acreditas? — replicou ele, sentindo o sangue ferver. — Parece-me que o interesse pessoal continua sendo a mola das nossas ações. Ora, enquanto cavalheiro, nada vejo nas novas instituições que contribua para o meu bem-estar. As estradas não são melhores e não podem se tornar melhores; de resto, os meus cavalos me conduzem do mesmo modo pelos maus caminhos. Não tenho necessidade de médico, nem de posto médico. Dispenso também o juiz de paz, a quem jamais procurei. Quanto às escolas, longe de serem úteis, elas virão me causar prejuízos, eu já te expliquei. O "zemstvo", pois, só representa para mim um imposto suplementar de dezoito copeques por hectare e fastidiosas viagens à sede do distrito, onde luto com os percevejos e ouço toda a sorte de inépcias e incongruências. Em tudo isso, o meu interesse pessoal não existe.

— Meu Deus — interrompeu Sérgio sorrindo —, ele também não existia quando trabalhamos pela emancipação dos camponeses.

— Perdão! — gritou Constantin que se exaltava cada vez mais. — Quisemos, nós, as pessoas honestas, afastar um jugo que nos pesava. Mas que necessidade tenho de ser conselheiro municipal, de discutir sobre o número de conduções necessárias a uma cidade que não habito? Que me interessa presidir um júri, um processo de roubo de presunto, ouvir durante seis horas a fio as elucubrações do promotor e do advogado, interrogar o acusado, algum velho inocente meu conhecido: "Reconhece, senhor acusado, ter roubado um presunto?"

E Constantin, dominado pelo discurso, ilustrou com gestos a cena entre o presidente e o acusado, pensando assim ser mais útil à argumentação. Mas Sérgio ergueu os ombros.

— Aonde queres chegar?

— Aqui: quando se tratar de direitos que me digam respeito, isto é, que toquem o meu interesse pessoal, saberei defendê-los com todas as minhas forças. Quero discutir o serviço militar obrigatório porque é um assunto que diz respeito aos meus filhos, aos meus irmãos, a mim, em consequência; mas trapacear o emprego de quarenta mil rublos de imposto predial, executar o processo de um pobre-diabo, não, francamente, disto eu não me sinto capaz.

O obstáculo se desfizera: Constantin não se detêve mais. Sérgio sorriu.

— E se fores processado amanhã, preferirás ser julgado pelos tribunais antigos?

— Eu não serei processado, não pretendo matar ninguém. Tudo isso, repito, não me serve para nada... Vê — prosseguiu, saltando novamente para uma ideia completamente estranha à discussão —, esses "zemstvos" me fazem pensar em galhos de árvores que tivéssemos enterrado na terra, como se faz durante as festas de Pentecostes, para imitar uma floresta que, na Europa, atingisse todo o seu crescimento. Recuso-me a regar esses galhos, a pensar que adquirirão raízes e se tornarão lindas árvores.

Apesar de compreender perfeitamente o que o irmão queria dizer, Sérgio exprimiu com um movimento dos ombros a sua surpresa por ver as árvores intervirem na resposta.

— Espere aí! Isso não é um raciocínio — começou ele.

Constantin, porém, que se sentia culpado de ser indiferente para com os negócios públicos, resolveu justificar a sua atitude.

— Eu creio — prosseguiu — não existir atividade durável que não seja fundada sobre o interesse pessoal. É uma verdade geral, filosófica, sim, *filosófica* — continuou, como para provar que também tinha o direito de falar em filosofia.

Sérgio sorriu ainda. "Ele também inventa uma filosofia para colocá-la a serviço dos seus argumentos!", pensou.

— Deixe a filosofia ficar tranquila — pôde afinal dizer. — O seu fim, em todos os tempos, foi precisamente este de conhecer a ligação indispensável que existe entre o interesse pessoal e o interesse geral. Nós não plantamos galhos de árvores, plantamos pequenas árvores que tratamos com atenção. As únicas nações que têm futuro, as únicas que podem ser chamadas históricas, são as que compreendem o valor das suas instituições e que, em consequência, são recompensadas.

A questão transportada para esse campo — o da filosofia da história — onde Constantin não poderia segui-lo, Sérgio demonstrou a falsidade do seu ponto de vista.

— Quanto à sua repugnância pelos negócios públicos — concluiu ele —, me desculparás se a incluo na indolência russa, aos nossos antigos hábitos de nobres. Esperarei que atravesses esse erro passageiro.

Constantin calou-se. Sentindo-se vencido, achava que o irmão não o compreendera. Teria se explicado mal, Sérgio o ouvira com má vontade? Sem aprofundar a pergunta, não fez nenhuma objeção e só pensou num único assunto preso particularmente ao seu coração.

Sérgio, porém, enrolava a linha do último anzol e desatava o cavalo. Tomaram a estrada de volta.

4

Durante toda aquela conversa, a grande preocupação de Levine fora somente uma. No ano anterior, quando se ceifava o feno, zangara-se com o administrador e, para se acalmar, recorrera ao seu meio ordinário, isto é, pusera-se ele próprio a ceifar. Esse trabalho tanto lhe serviu que começou muitas vezes a ceifar e ceifou mesmo, com a sua própria mão, o prado que se estendia em frente da casa. E, desde a primavera, propusera-se, vinda a época, a ceifar dias inteiros com os camponeses. A vista de Sérgio perturbou aquele projeto: tinha escrúpulo em abandonar o irmão durante todo o dia, e também porque receava as suas ironias. Mas, atravessando o prado e reavivando as antigas impressões, sentiu-se prestes a ceder à tentação; e a discussão na margem do rio aumentara tal desejo. "Tenho necessidade de um exercício violento, senão me tornarei intratável", concluiu, decidido a afrontar as possíveis zombarias do irmão e dos camponeses.

Na mesma noite, Levine ordenou ao administrador que convocasse para o dia seguinte os ceifeiros contratados nas povoações vizinhas.

— O senhor não se esqueça — acrescentou dissimulando da melhor maneira o seu embaraço — de mandar a minha foice ao Tito para que a conserte, trazendo amanhã a sua. Talvez eu também ceife.

— Está certo — respondeu o administrador, sorrindo.

À hora do chá, Levine comunicou ao irmão a sua intenção.

— Decididamente — disse ele —, o tempo está belo. Amanhã, começarei a ceifar.

— Eis um trabalho que me agrada muito.

— A mim também. Já me aconteceu ceifar com os camponeses, e pretendo trabalhar amanhã durante todo o dia.

Sérgio examinou o irmão com o olhar.

— Como? Trabalhar todo o dia como um camponês?

— Sim, é uma ocupação bastante agradável.

— É principalmente um ótimo exercício físico, mas duvido que possas suportar semelhante fadiga — replicou Sérgio sem a menor intenção de ironia.

— Uma questão de experiência. No começo, é duro. Depois, nos acostumamos. Penso que irei até o fim.

— É verdade? E como os camponeses verão isso? Não levarão a ridículo os caprichos do patrão?

— Ainda não pensei. Demais, o trabalho é muito sedutor para que possa pensar noutra coisa.

— Mas como jantarás? Não será possível mandar lá uma garrafa de Château e uma perua assada.

— Virei até em casa enquanto os camponeses descansam.

No dia seguinte, Levine se levantou mais cedo que de costume, mas, detido pelas ordens a dar, só se encontrou com os ceifeiros no momento em que encetavam a segunda linha.

Do alto, ao lado, Levine percebeu a parte do prado onde o sol não batia; era precisamente aquela que os ceifeiros tinham acometido e as roupas, despidas por eles antes de começar o trabalho, formavam pequenos montes negros que dividiam o feno ceifado. Logo distinguiu os ceifeiros: vestidos ou em paletós, ou em simples blusas, moviam as foices com gestos diferentes, avançavam em degraus no prado, onde uma antiga colheita tornara o terreno desigual. Mais Levine se aproximava, mais os camponeses se descobriam; contou quarenta e dois, entre os quais reconheceu alguns: o velho Ermil, em longa blusa branca, que se abaixava para dar os golpes de foice; o jovem Vaska, um rapaz que Levine empregara como cocheiro; Tito, afinal, o instrutor de Levine, um homenzinho seco, que andava firmemente e trabalhava como se brincasse em largas ceifadas.

Levine saltou do cavalo, amarrou o animal na beira da estrada e dirigiu-se para Tito, que tirou uma foice escondida atrás de uma moita, entregando-a e sorrindo.

— Está bem amolada, patrão. É quase uma navalha de barba, ceifa sozinha — disse Tito, cumprimentando-o com o boné.

Levine tomou a foice e viu se dava bem na sua mão. Atenciosos e dispostos, ainda que encharcados de suor, os ceifeiros ganhavam a estrada para empreender uma nova linha e cumprimentaram alegremente o patrão, sem lhe dirigir a palavra. Enfim, um enorme velho, de rosto imberbe e franzido, trajando um curto capote de pele de carneiro, apareceu.

— Tome cuidado para não recuar, senhor. Quando o vinho está feito, é preciso bebê-lo — disse a Levine.

Um riso abafado correu entre os homens.

— Espero não ficar atrás — respondeu Levine. E, obedecendo à ordem, colocou-se perto de Tito.

— Tome cuidado — repetiu o velho.

Tito começou a andar, Levine imitou-o e, no começo, nada fez que fosse bem-feito. A falar a verdade, ele conduzia a foice vigorosamente, mas faltava-lhe o hábito e os olhares o perturbavam; além disso, a erva pequena e densa que beirava a estrada não se cortava facilmente.

— Começou mal, o cabo está muito alto, vejam como ele corta — observou alguém nas suas costas.

— Firme mais o sapato — aconselhou uma outra voz.

— Não, não, ele vai indo... — disse o velho. — Eis que se embala... Não é preciso ser tão forte, patrão, assim o senhor se cansará... Não corte tão raso. No meu tempo, trabalho igual a este nos valia alguns golpes no rosto. — Sem responder a essas observações, Levine acompanhava sempre os passos de Tito. A erva tornava-se mais fraca. Tito avançava sem manifestar o menor cansaço, mas, depois de uma centena de passos, Levine, quase no fim das suas forças, sentiu que abandonaria o trabalho.

Ia chamar Tito quando este, por si mesmo, parou e, depois de limpar a foice num feixe de ervas, pôs-se a amolá-la. Levine se endireitou, soltou um suspiro de alívio e olhou em torno. O seu companheiro de fila também devia estar cansado, porque se detivera sem o encontrar e já afiava a foice. Quando acabou de amolar a sua foice e a do patrão, Tito recomeçou o trabalho.

Continuando, tudo prosseguiu no mesmo: Tito, infatigável, avançava mecanicamente, enquanto Levine sentia as forças lhe faltarem pouco a pouco. Precisamente no instante em que ia gritar por auxílio, Tito refreou os passos.

Chegaram assim ao fim da primeira linha, que pareceu a Levine de um comprimento infinito. Afinal, quando Tito pôs a sua foice no ombro, Levine imitou-o, e os dois refizeram a passos lentos o caminho percorrido, guiando-se pelo rasto que as foices haviam deixado no feno. Apesar de molhado dos pés à cabeça, Levine se sentia orgulhoso, porque estava certo de que não mais recuaria. Não obstante, comparando a sua foiçada irregular e espalhada com a de Tito, que parecia ter cortado seguindo uma linha, a sua alegria diminuiu um pouco. "Vamos", pensou, "falta-me antes o hábito de trabalhar com o corpo do que com os braços."

Ele verificou que, desejoso sem dúvida de experimentá-lo, Tito andara a grandes passos. Demais, como um fato premeditado, o percurso fora muito longo: as linhas seguintes foram mais fáceis e, para não se atrasar, Levine teve que lançar mão de todas as suas energias. Não tinha outro pensamento, outro desejo, senão o de ceifar tão rapidamente e tão bem como os camponeses. Ouvia somente o ruído das foices, via apenas o corpo de Tito se afastando, a queda lenta, ondulosa das ervas e das flores sobre a lâmina da foice e, embaixo, longe, no fim do prado, a esperança de descanso.

Subitamente, sentiu sobre os ombros uma agradável sensação de frescura que não explicou imediatamente. Durante a pausa, observou que uma espessa nuvem negra, que corria baixo, sob o céu, acabava de se arrebentar — alguns camponeses correram para vestir os capotes, outros curvaram o busto sob a chuva, com um contentamento igual ao de Levine.

Curtas ou longas, fáceis ou difíceis, as linhas se sucediam às linhas. Levine perdera completamente a noção do tempo. Verificava com imenso prazer ter mudado o modo de usar a foice; se, por momentos, a sua vontade só obtinha medíocres resultados, conhecia também minutos de esquecimento em que as suas foiçadas eram tão regulares como as de Tito.

No instante em que chegava ao fim de uma linha, e se dispunha a retroceder, viu, com surpresa, Tito se aproximar do velho e dizer-lhe docemente algumas palavras. Todos dois consultaram o sol. "Que significava aquela suspensão?", pensou Levine, sem perceber que os homens trabalhavam mais ou menos quatro horas.

— É o momento de partir a côdea, patrão — disse o velho.

— É verdade! Como é tarde!

Entregou a foice a Tito e alcançou a estrada através da ampla extensão do feno ceifado, que a chuva acabava de molhar ligeiramente. Alguns camponeses andavam ao seu lado tirando o pão dos capotes. Verificou que se enganara nas previsões: a água ia molhar o feno.

— O feno apodrecerá — disse ele.

— Não acontecerá nada, patrão — replicou o velho. — Como se diz entre nós: ceifado à chuva, seco ao sol.

Levine desamarrou o cavalo e voltou para casa na hora do café. Sérgio acabava de levantar-se, mas, antes de aparecer na sala de jantar, Constantin ali já não estava.

5

Recomeçando o trabalho, convidado pelo velho farsista, Levine situou-se entre ele e um rapazinho, casado no outono, que ceifava pela primeira vez. O velho avançava com grandes foiçadas regulares, movendo a foice com um gesto flexível e ritmado que parecia não lhe custar nenhum esforço: as suas foiçadas largas e precisas davam ideia de ser a foice que cortava por si mesma o feno gorduroso, e que o homem apenas a seguia, os braços desengonçados.

O rapaz, ao contrário, achava a tarefa rude; o seu jovem e belo rosto, coroado por uma faixa de ervas enroladas, contraía-se com o esforço; olhando-o, ele esboçava um sorriso e, evidentemente, preferiria a morte à confissão da sua angústia.

Durante o calor intenso, o trabalho pareceu menos penoso a Levine: encontrava um alívio no suor que o inundava, um estimulante nas pontas de fogo que o sol lançava nas suas costas, na sua cabeça e nos seus braços desnudos. Os minutos de esquecimento, os minutos felizes onde a foice trabalhava espontaneamente, faziam-se mais numerosos — mais felizes ainda eram aqueles em que, terminada a linha, o velho limpava a foice com a erva úmida, lavava a lâmina no rio e tirava água fresca para oferecer a Levine.

— O meu *kvass*[20] não é mau, hein? — disse ele com um olhar malicioso.

Levine acreditou jamais ter conhecido melhor bebida do que aquela água tépida onde nadavam as ervas e que tomava um gosto de ferrugem. Depois vinha o passeio lento e cheio de beatitude em que, o dedo na foice, podia enxugar a testa molhada, respirar a plenos pulmões, reunir com um golpe do olhar a fila dos ceifeiros, os campos, os bosques.

Mais avançava o dia, mais frequentes se tornavam para Levine os momentos de esquecimento em que a foice parecia conduzir um corpo que não perdera a consciência e executar como por milagre um trabalho mais regular. Decididamente, nada superava aquele instante.

Mas, quando o choque da foice em uma moita ou um feixe de azedas selvagens interrompia a atividade mecânica, a volta aos movimentos anteriores se tornava penosa. Para o velho, aquela mudança de cadência era apenas um jogo. Encontrasse, por exemplo, um torrão muito duro, e ele o açoitaria com a foice, logo reduzindo-o a migalhas. Trabalhando assim, nada escapava aos seus olhos penetrantes: era aqui uma haste de azeda que ele saboreava ou oferecia ao patrão; ali, um ramo que destruía com a ponta da foice, um ninho de codornizes de onde voava a fêmea; mais longe, uma cobra que ele levantava e lançava a distância, depois de mostrá-la a Levine. Este, como o seu jovem companheiro, não via nada: arrastados por um movimento ritmado, muito dificilmente poderiam modificá-lo.

Levine ainda uma vez perdera a noção do tempo e julgava ceifar havia meia hora. Mas a hora do jantar se aproximava. Quando os homens começavam uma nova linha, o velho chamou a atenção de

---

20 Típica bebida russa. (N.E.)

Levine para um grupo de crianças oculto nas ervas: vinham trazer aos ceifeiros, passando por longas estradas e pelos campos, em pesados fardos para os seus pequenos braços, os pães e os cântaros de *kvass* com os esfregões.

— Veja os mosquitos que se aproximam — disse o velho. E, abrigando os olhos com a mão, consultou o sol. No fim de duas linhas, deteve-se e, num tom decidido, anunciou: — É hora de jantar, patrão.

Então, pela segunda vez, os ceifeiros subiram à margem do rio, ao mesmo lugar onde haviam deixado as roupas. As crianças esperavam ali; as que vinham de longe ocupavam as suas carruagens, os outros sentavam-se num molhe de vime que cobriam, para refrescar, com ramos de ervas.

Levine, que não tinha nenhuma pressa de voltar, sentou-se junto deles.

Agora, a presença do patrão não inspirava nenhum receio. Enquanto uns se lavavam à beira da água e os rapazes se banhavam, os outros preparavam um lugar para a sesta, tirando o pão dos alforjes, desarrolhando os cântaros de *kvass*. O velho pôs o pão numa tigela, esmagou-o com o cabo da colher, derramou água, cortou-o ainda em fatias, salgou-o. Voltou-se então para o oriente a fim de fazer uma prece e depois se ajoelhou em frente da tigela.

— Bem, patrão, venha provar estas migalhas — disse.

Levine achou-as tão boas que resolveu ficar. Honrando aquela sóbria refeição, deixou que o velho lhe contasse os seus pequenos negócios, pelos quais se interessou vivamente, e confiou-lhe, por sua vez, os projetos que julgava suscetíveis de acordar a curiosidade do camponês. Sentia-se mais à vontade com aquele homem gasto do que com o irmão, e a simpatia que nutria por ele trazia aos seus lábios um sorriso involuntário. A refeição terminada, o velho se levantou, rezou novamente e deitou-se à sombra da moita depois de arranjar um travesseiro de ervas. Levine imitou-o e, apesar das moscas e dos insetos que incomodavam o seu rosto e o seu corpo coberto de suor, adormeceu para o despertar quando o sol, virando a moita, brilhou acima da sua cabeça. O velho, que acordara havia muito tempo, afiava as foices dos rapazes.

Levine correu os olhos em torno e custou a reconhecer onde estava. O prado ceifado se estendia, imenso em sua frente, com as suas fileiras de feno já perfumado; os raios oblíquos do sol que declinava projetavam uma luz que não era mais a do meio-dia. Os ramos de salgueiro, que se destacavam na margem da água; o rio, há pouco invisível, que desenrolava a perder de vista a sua fita sinuosa; as pessoas que iam e vinham; os gaviões que sobrevoavam aquela ampla extensão desnuda — tudo aquilo oferecia a Levine um espetáculo imprevisto. Quando se habituou, ele calculou o que se tinha feito e o que ainda restava fazer. Os quarenta e dois ceifeiros executaram um trabalho considerável; no tempo da escravidão dificilmente trinta homens, em dois dias, chegariam a ceifar aquele prado; e restavam apenas alguns cantos intatos. Mas aquele resultado ainda não satisfez completamente Levine. O sol descia rapidamente. Ele não sentia nenhuma fadiga e ansiava por retomar a foice.

— Dize-me — perguntou ele ao velho —, ainda temos tempo de ceifar a Ravina Maria? Que achas?

— Isso depende de Deus! O sol já não está alto. Talvez se pagando um gole aos rapazes...

Durante a refeição ligeira, enquanto os fumantes acendiam os seus cigarros, o velho avisou aos rapazes que, se a Ravina Maria fosse ceifada, haveria vodca.

— Por que não a ceifaremos? Vamos, Tito! Vamos, rapazes! Levantemos isso numa volta de mão. Teremos tempo para comer à noite. Para a frente! — gritaram algumas vozes. E, terminando a refeição, os ceifeiros se puseram a caminho.

— Vamos, rapazes, falta dar um arranco! — disse Tito abrindo o caminho, rapidamente. — Vamos! — repetia o velho estimulando-os a que o alcançassem. — Mais depressa, mais depressa, senão eu ceifarei tudo!

Moços e velhos ceifaram ansiosamente, mas, por mais pressa que tivessem, as camadas de feno estendiam-se límpidas e regulares como antes. Os cantos ainda intatos foram abatidos em cinco minutos. Os últimos ceifeiros terminavam a sua linha e já os primeiros, paletós nos ombros, dirigiam-se para a Ravina Maria. Quando ali chegaram, o sol descia das árvores. A relva tenra, mole, gordurosa, semelhante à cauda de raposa nas encostas forradas, chegava-lhes até a cintura.

Depois de um rápido entendimento para saber se se ceifava ao comprido ou ao longo, Prochor Iermiline, um enorme rapaz de barbas negras, célebre pelo seu golpe de foice, tomou a frente. Então todos se alinharam atrás dele, descendo uma encosta do barranco, sempre ceifando, atravessando o fundo e subindo a outra encosta até a extremidade da floresta. Nesta altura, o sol, que se deitava atrás das árvores, brilhava ainda; mas, no fundo do barranco, a umidade já se erguia; no outro lado da encosta, eles trabalhavam sob uma sombra fresca impregnada de umidade. O trabalho avançava rapidamente.

O feno produzia na foice um ruído abafado e era abatido em altas camadas que exalavam um forte odor. Os ceifeiros, apertados, excitavam-se, as foices rangendo nas pedras de amolar. Outros se entrechocavam, gritos alegres subiam de todos os lados.

Levine continuava entre os seus dois companheiros. O velho vestia o capote de pele de carneiro, mas os seus movimentos conservaram a mesma tranquilidade, e o seu bom humor nada sofrera. No bosque, as foices cortavam, a cada instante, alguns frutos enterrados na erva. Vendo-os, abaixavam-se para apanhá-los, guardando-os e dizendo:

— Um presente para a minha velha!

O feno úmido e tenro era facilmente ceifado, mas não era simples subir e descer as encostas escarpadas da ravina. O velho não se protegia: manejando a foice com incrível agilidade, avançava com passos enérgicos; embora lhe tremesse todo o corpo e a sua calça ameaçasse cair sobre os altos borzeguins, ele não deixava passar nada: nem uma pilhéria, nem um cumprimento. Levine, logo atrás, murmurava que nunca subira, com a foice na mão, àquelas alturas difíceis de serem galgadas mesmo com as mãos livres. No entanto, ele subia e fazia ótimo trabalho. Uma força exterior parecia sustentá-lo.

6

Uma vez ceifada a Ravina Maria, os últimos lugares limpos, os camponeses vestiram os capotes e tomaram alegremente o caminho de casa. Levine montou a cavalo, separando-se dos seus companheiros. Chegando ao alto, voltou-se: os vapores da noite os dissimulavam aos seus olhos, mas percebeu ainda os choques das foices, o ruído de vozes, o barulho de risos.

Sérgio já jantara havia muito tempo. No quarto, ele bebia uma limonada gelada, lendo os jornais e as revistas que o carteiro trouxera, quando Levine entrou bruscamente, a blusa encharcada de suor, os cabelos em desordem e colados nas têmporas, e gritou alegre:

— Ceifamos todo o prado, não imaginas o bem que me fez! E tu, que fizeste? — gritou, não pensando mais na penosa conversa da véspera.

— Bom Deus, que ar tens! — disse Sérgio concedendo ao irmão uma atenção frívola. — Mas fecha a porta, deixaste entrar pelo menos uma dúzia de moscas!

Sérgio tinha horror aos insetos; só abria as suas janelas durante a noite e tinha a porta sempre fechada.

— Não deixei entrar uma única — replicou Levine sorrindo. — Ah! Que bom dia!... Como tu o passaste?

— Muito bem. Mas diz-me, tu ceifaste de manhã até a noite? Deves ter uma fome de lobo! Kouzma preparou tudo para o teu jantar.

— Não, eu já comi, não tenho necessidade de nada. Quero apenas tomar um banho.

— Vai, vai, eu te encontrarei depois — disse Sérgio sacudindo a cabeça. — Apressa-te — acrescentou, arrumando os livros. Ele não queria magoar o irmão, que tinha um bom humor comunicativo. — E onde ficaste durante a chuva?

— Que chuva? Caíram apenas alguns pingos... Voltarei num instante... Então, estás contente com o teu dia? Tanto melhor!

E Levine foi arranjar-se.

Cinco minutos depois, os dois irmãos se encontraram na sala de jantar. Constantin julgava não ter fome e pôs-se à mesa para satisfazer Kouzma. Mas, uma vez ali, fez honra ao jantar. Sérgio olhava-o, risonho.

— A propósito — disse ele —, esqueci que lá embaixo existe uma carta para ti. Vai procurá-la, Kouzma, mas fecha bem a porta.

A carta era de Oblonski e estava datada de Petersburgo. Levine a leu em voz alta: "Dolly me escreveu de Iergouchovo que tudo vai mal. Tu, que sabes tudo, seria muito amável se fosses vê-la e ajudá-la com os teus conselhos. Ela está sozinha. Minha sogra continua no estrangeiro com todos os seus."

— Muito bem — disse Levine —, irei vê-la sem falta. Tu deverias vir comigo, é uma boa mulher.

— É longe daqui?

— Umas trinta verstas, quarenta, no máximo. A estrada é ótima, faremos a viagem num instante.

— Com prazer — disse Sérgio sempre sorrindo, porque a presença do irmão o alegrava. — Que apetite! — acrescentou, olhando seu pescoço queimado pelo sol e sua cabeça debruçada sobre o prato.

— Sim, meu caro, nenhum regime igual para limpar o cérebro. Espero enriquecer a medicina com um novo termo: *Arbeitscur*.

— Uma cura de que não precisavas.

— Não, mas eu a acho excelente para combater as doenças nervosas.

— É uma experiência a ser feita. Quis ir ver-te ao trabalho, mas estava tão quente que me abriguei à sombra das árvores. Alcancei então, através do bosque, a aldeia. Encontrei a tua ama de leite e, por intermédio dela, procurei saber como viam o teu novo capricho. Se compreendi bem, não te aprovam muito. "Isso não é trabalho dos patrões", disse-me ela. Penso que o povo tem ideias atrasadas sobre o que convém aos patrões fazer e não gosta de vê-los sair das suas atribuições.

— É possível, mas eu nunca senti tanto prazer. Não fiz mal a ninguém, não é mesmo? Tanto pior se isso lhes desagrada!

— Vejo que o teu dia te satisfez completamente.

— Sim, estou alegre. Ceifamos todo o prado e liguei-me a um homem delicioso.

— Tanto melhor. Eu também empreguei o meu tempo. Resolvi primeiramente dois problemas de xadrez bastante curiosos: ataca-se com um peão; eu te mostrarei. Depois, refleti sobre a nossa conversa de ontem.

— Sobre o quê? Que conversa? — indagou Constantin, incapaz de lembrar-se da conversa da véspera. Os olhos semifechados, a boca entreaberta, deixava-se dominar por uma doce beatitude.

— Acho que, em parte, tens razão. A diferença das nossas opiniões está em que tomas o interesse pessoal como causa das nossas ações, ao passo que, segundo o meu modo de pensar, todo homem dotado de um certo grau de cultura deve ter como causa o interesse geral. Talvez tenhas razão em preferir uma atividade dirigida para um fim utilitário. A tua natureza é bastante *primesautière*, como dizem os franceses: ou uma atividade apaixonada, ou nada.

Levine escutava sem compreender e sem mesmo tentar compreender. Temia apenas que o irmão lhe apresentasse uma pergunta à qual não soubesse responder, descobrindo assim a sua falta de atenção.

— Não tenho razão? — disse Sérgio, tocando-lhe no ombro.

— Certamente. E, depois, eu não pretendo estar com a verdade — respondeu com um sorriso de criança culpada. "Que discussão tivemos?", pensava. "Evidentemente, nós ambos temos razão. É o melhor... Falta-me agora dar as minhas ordens para amanhã."

Levantou-se e se espreguiçou, sorrindo. Sérgio, que não queria separar-se do irmão, reconfortado com a sua robusta tranquilidade, sorriu também e disse:

— Vamos dar uma volta. Caso tenhas necessidade, passaremos pelo teu gabinete.

— Ah, meu Deus! — exclamou Constantin.

— Que foi? — fez Sérgio, assustado.

— E o braço de Agatha Mikhailovna? — disse Constantin, batendo na testa. — Eu o esqueci.

— Ela está muito melhor.

— Mesmo assim, vou fazer-lhe uma pequena visita. Antes de colocares o chapéu na cabeça, já estarei de volta.

E desceu a escada correndo. Os sapatos faziam nos degraus um barulho singular.

7

Enquanto Stepane Arcadievitch cumpria em Petersburgo o dever de todo funcionário — dever sagrado, dever indiscutível, apesar de incompreensível ao comum dos mortais —, que consiste em se fazer lembrado do ministro; enquanto, provido de quase todo o dinheiro do lar, passava agradavelmente o tempo nas corridas e outras diversões, Dolly acompanhava os filhos ao campo para viver da melhor maneira possível. Ela se estabeleceu em Iergouchovo, propriedade que fazia parte do seu dote e da qual o seu marido acabava de vender o bosque. O Pokrovskoie, de Levine, ficava distante cinquenta verstas.

A velha casa senhorial de Iergouchovo há muito tinha desaparecido. O príncipe se contentara em aumentar e refazer uma das alas. Vinte anos antes, durante a infância de Dolly, aquela ala, apesar de voltada para o norte e construída sem simetria devido ao fato de se aproximar da grande alameda, era uma habitação espaçosa e cômoda. Agora, ao contrário, caía em ruínas. Quando, na primavera, Stepane Arcadievitch viera vender o bosque, Dolly pedira que ele olhasse a casa e a tornasse habitável. Preocupado, como todos os maridos culpados, em proporcionar à sua mulher uma vida material tão confortável quanto possível, Stepane Arcadievitch, depois de examiná-la, mandou executar certos trabalhos que lhe pareceram de urgente necessidade: cobriram-se os móveis com cretone, puseram-se cortinas, limparam o jardim, plantaram flores, construíram uma ponte sobre o tanque. Mas esqueceram certos detalhes que viriam submeter Dolly a rudes provas.

Stepane Arcadievitch, que se julgava um marido prevenido e um pai modelo, sempre se esquecia que tinha mulher e filhos, e os seus gostos continuavam sendo os de um solteirão. Voltando a Moscou, anunciou triunfante a Dolly que tudo estava em ordem: transformara a casa de campo numa casinha elegante e aconselhava-a a se mudar. Aquela mudança lhe convinha por muitas razões: os filhos se conduziriam melhor, as despesas diminuiriam e, principalmente, ele estaria livre. Dolly julgava, ela também, aquela estada indispensável: a saúde das crianças o exigia, principalmente a mais velha das meninas, que passava mal de escarlatina; não teria a recear penosas discussões com certos fornecedores, tais como o sapateiro, o vendedor de lenha e o peixeiro, cujas dívidas a aterrorizavam; esperava, enfim, a volta de Kitty, que devia chegar à Rússia em meados do verão e a quem os médicos haviam recomendado banhos frios. Efetivamente, Kitty avisou que nada lhe poderia acontecer de melhor do que terminar o verão em Iergouchovo, onde encontrariam — ela e Dolly — tantas recordações da infância.

No entanto, mais de um aborrecimento aguardava Dolly. O campo, por ela revisto através das suas impressões de juventude, parecia um refúgio contra todos os descontentamentos da cidade. Esperava levar uma vida se não elegante (pouco lhe importava), pelo menos, cômoda e econômica. Não tinha tudo ao alcance das mãos? E, depois, as crianças estariam como num paraíso. Teve muito a que renunciar quando se achou em Iergouchovo como dona de casa.

No dia seguinte ao da chegada, choveu a cântaros e a água atravessou o teto, molhando o corredor e o quarto das crianças, sendo preciso conduzi-las para o salão. Não se pôde encontrar uma cozinheira; o vaqueiro dizia que, das nove vacas que estavam no estábulo, umas estavam prenhes, outras eram novas ou muito velhas: não se podia esperar, pois, manteiga e nem leite para as crianças. Galinhas, frangos, ovos, tudo faltava; devia se contentar, na cozinha, com os velhos galos arroxeados e fibrosos. Impossível conseguir mulheres para lavar o assoalho: todas trabalhavam na plantação de batatas. Impossível passear de carruagem, um dos cavalos, muito insubmisso, não se deixava atrelar. Impossível tomar banhos, os animais sujavam a beira do rio que, além do mais, ficava muito a descoberto. Impossível, mesmo, pôr o nariz do lado de fora: as cercas malconservadas do jardim não impediam que o gado entrasse, e entre eles havia um touro terrível que mugia e que, por esta razão, se supunha capaz de agredir as pessoas com os chifres. Os armários que havia não se fechavam ou abriam-se quando se passava perto. Nem bilhas, nem panelas. Nenhum caldeirão, nem mesmo tábua de engomar!

Em lugar, pois, de encontrar no campo repouso e tranquilidade, Dolly passou primeiramente por uma crise de desespero. Esses pequenos aborrecimentos tomavam a seus olhos proporções de uma catástrofe; incapaz, apesar de todo o trabalho a que se dava, de remediar o mal, julgava a situação sem saída e, durante todo o dia, retinha as lágrimas com dificuldade. A propriedade era administrada por um velho dono de casas que consagrara os lazeres da sua aposentadoria às funções mais modestas de porteiro; seduzira, com a sua bela presença e suas maneiras de acatar, a Stepane Arcadievitch, que o fez administrador. Os aborrecimentos de Dolly Alexandrovna o deixavam indiferente. "Que deseja, senhora", dizia com o seu tom mais respeitoso, "com um mundo tão mau e sem nenhum meio de fazermos qualquer coisa..." E não fazia nada.

A situação seria verdadeiramente insolúvel se, em casa dos Oblonski, como na maioria das famílias, não existisse uma dessas criaturas de incontestável utilidade e de considerável importância — essa criatura era Matrona Philimonovna. A mulher acalmava a patroa, assegurava-lhe que tudo se "desenvolveria" (porque essa expressão lhe pertencia e Mateus tomara-a sem-cerimônia) e agia sem pressa e sem barulho. Desde o primeiro dia conheceu a mulher do administrador que a convidou para beber chá sob as acácias, em companhia do marido. Um grupo, que reunia muitas pessoas, se formou sob as árvores: pouco a pouco, graças a ele as dificuldades diminuíram tão bem que, no fim de oito dias, tudo se "desenvolveu" para melhor. O teto foi reparado; conseguida uma cozinheira; acharam-se galinhas; as vacas imediatamente deram leite; reformou-se a cerca, puseram-se ferrolhos nos armários que cessaram de abrir intempestivamente; o carpinteiro fabricou um rolo para prensar e lustrar as roupas; a tábua de engomar, coberta com um pedaço de pano grosseiro, estendia-se da cômoda ao encosto de uma cadeira, e logo o cheiro dos ferros se espalhou no aposento.

— Veja — disse Matrona Philimonovna mostrando a tábua à patroa —, não havia motivo para que a senhora desesperasse.

Achou-se mesmo um meio de construir um banheiro, e Lili pôde começar a tomar banhos. Os desejos de Daria Alexandrovna, afinal, tornaram-se — em parte, pelo menos — uma realidade: levava uma vida agradável, até tranquila. Com seis filhos, só podia conhecer raros períodos de repouso: um caía doente, outro ameaçava adoecer, aquele reclamava tal e tal coisa, aquele outro dava prova de mau caráter etc. etc. Mas as inquietudes e as confusões constituíam a única possibilidade de felicidade para Dolly: privada de aborrecimentos, teria sucumbido ao desgosto causado por aquele marido que não a amava mais. De resto, essas mesmas crianças, cuja saúde ou as más propensões tanto a preocupavam, compensavam-na com um mundo de pequenas alegrias. Alegrias imperceptíveis sem dúvida, como fios de ouro na areia; alegrias reais, no entanto. E, se em horas de tristeza Dolly só via a areia, em outros momentos o ouro se deixava perceber.

A solidão do campo tornava estas alegrias mais frequentes. Algumas vezes, desculpando-se da parcialidade maternal, pensava ser raro encontrar seis crianças tão encantadoras, cada qual em seu gênero. Então, sentia-se feliz e orgulhosa.

8

No fim de maio, quando tudo já estava mais ou menos organizado, Dolly recebeu, em resposta às suas queixas, uma carta do marido desculpando-se por não ter previsto tudo e prometendo vir encontrá-la "na primeira ocasião". Essa ocasião não se apresentava. Ela permaneceu sozinha no campo até os últimos dias de junho.

Um domingo, depois do jejum que precede o dia de São Pedro, Dolly decidiu comungar com todos os seus filhos. Dolly surpreendeu muitas vezes a sua mãe, sua irmã, seus amigos, com opiniões que exaltavam o livre pensamento. Tinha uma religião própria, muito ligada ao coração, que aceitava antes a metempsicose do que os dogmas cristãos. Contudo, observava e fazia estritamente observar em sua família as prescrições da Igreja, e isso menos para dar exemplo do que para obedecer a uma necessidade da sua alma. Muito inquieta com a ideia de que os seus filhos, após um ano, não tinham ainda se aproximado da santa mesa, resolveu, para grande contentamento de Maria Philimonovna, cumprir aquele dever durante a sua estada no campo.

A reforma das roupas exigiu muitos dias: foi preciso cortar, transformar, limpar, aumentar os vestidos, reajustar os folhos, pregar os botões e dar os laços nas fitas. A inglesa encarregou-se do vestido de Tânia e disse, atormentada, a Daria Alexandrovna: as cavas eram bastante estreitas; as pregas do corpo do vestido, muito altas; dava pena ver a pobre criança, tanto o vestido lhe apertava os ombros. Matrona Philimonovna teve a feliz ideia de ajuntar pequenas peças ao corpo do vestido, refazendo-o assim, e dizendo amargas palavras contra a inglesa. Na manhã do domingo, tudo estava pronto, e, um pouco antes das nove horas — para encontrar o pároco logo após a missa —, as crianças enfeitadas e radiantes de alegria esperavam a mãe em frente da carruagem que estava parada no portão.

Graças à influência de Maria Philimonovna, o cavalo negro rebelde fora substituído pelo trigueiro do intendente. Afinal, Daria

Alexandrovna, que se retardara com a *toilette*, apareceu trajando um vestido de musselina branco.

O gosto pelos enfeites, ao qual se sacrificara como mulher, por *coquetterie*, por desejo de luxo — e a que renunciara com a aproximação da idade e o declínio da beleza —, esse gosto lhe voltava novamente com uma alegria misturada de emoção, devido ao fato de ser mãe de lindas crianças e não desejar escurecer o espetáculo. Um último olhar ao espelho a convencera, hoje, de que ainda era bela, pelo menos da beleza que quisera ter, senão daquela que antigamente irradiava nos bailes.

Na igreja, não havia ninguém, salvo algumas pessoas da aldeia e os criados. Daria Alexandrovna, porém, observou — ou julgou observar — que os filhos, e ela mesma, provocavam admiração. Em verdade, dava prazer presenciar a gravidade daquelas pobres criaturas em roupas de festas. O pequeno Aléxis encontrou algumas distrações nas abas da roupa, querendo admirar o efeito por detrás até o último instante; mas como era gentil! Tânia se comportava como uma mulherzinha e fiscalizava as mais jovens. Quanto a Lili, a última, a sua ingênua admiração era simplesmente adorável, e foi impossível não sorrir quando, depois de receber a comunhão, ela disse ao padre: *Please, some more.*[21]

Durante a volta, as crianças, ainda impressionadas com o ato solene que acabavam de realizar, mostraram-se muito sensatas.

Em casa, procederam assim até o almoço — Gricha assobiou naquele instante e desobedeceu à inglesa que o privou da sobremesa. Quando soube do mau procedimento do filho, Daria Alexandrovna que, presente, não deixaria as coisas irem tão longe, apoiou a preceptora e confirmou o seu castigo. Essa cena perturbou um pouco a alegria geral.

Gricha pôs-se a chorar, dizendo que Nicolas também assobiara, mas que somente ele era castigado e que, se chorava, não era por

---

21 Em inglês, "Um pouco mais, por favor". (N.E.)

causa da torta, mas devido à injustiça que se fazia. A cena tomava um aspecto muito triste, e Daria Alexandrovna resolveu pedir à inglesa que perdoasse Gricha. Ela se dirigia para o quarto do menino quando, atravessando a sala, percebeu uma cena que a fez chorar de alegria e perdoar espontaneamente ao culpado.

Tânia, um prato na mão, estava junto do irmão sentado no apoio de uma janela de esquina. Pretextando um jantarzinho para as suas bonecas, a menina obtivera permissão da inglesa para levar o seu pedaço de torta ao quarto das crianças, mas era ao irmão que ela o destinava. Chorando pela injustiça de que se acreditava vítima, Gricha devorava o doce dizendo à irmã através dos soluços:

— Come também... comamos juntos... juntos... — Comovida primeiramente pela piedade que lhe inspirava o irmão, e depois pelo sentimento da sua boa ação, Tânia também tinha lágrimas nos olhos, o que não a impedia de comer a sua parte.

As crianças sentiram medo percebendo a mãe, mas, sossegadas pela expressão do seu rosto, explodiram em risadas: a boca cheia de torta, limpavam com as mãos os lábios risonhos e sujavam de confeitos os rostos de onde a alegria brilhava através dos soluços.

— Grande Deus, Tânia, o teu vestido branco! Gricha! — dizia a mãe, cogitando de preservar as roupas novas. Mas ela também chorava e sorria de felicidade.

As lindas roupas despidas, as meninas puseram simples vestidos e os meninos, as velhas jaquetas. Daria Alexandrovna mandou atrelar então o carro (para grande mágoa do administrador, o trigueiro novamente serviu) e avisou que, depois da colheita dos cogumelos, todos iriam ao banho. Um clamor de alegria, que se prolongou até a partida, acolheu essa notícia.

Recolheu-se um grande cesto de cogumelos. Lili, ela própria, achou um. Ainda era preciso que miss Hull os procurasse, mas naquele dia, sozinha, ela descobriu outro, e isso provocou um entusiasmo geral:

— Lili achou um cogumelo!

Depois, dirigiram-se para o rio. Amarraram os cavalos nas árvores, e o cocheiro Terêncio, deixando-os espantar as moscas com suas caudas, deitou-se à sombra dos arvoredos e fumou tranquilamente o seu cachimbo, ouvindo as exclamações de alegria que partiam do banheiro.

Era coisa árdua fiscalizar as brincadeiras dos pequenos e examinar aquela coleção de meias, sapatos, calças, e desatar, desabotoar, e depois reatar, abotoar, reabotoar todos os botões, cordões, colchetes e fitas. Contudo, Daria Alexandrovna, que sempre gostara dos banhos frios e os julgara excelentes para a infância, deles compartilhava. Mergulhar os pequenos, vê-los passar dentro da água, salpicar-se de lama, admirar os olhos risonhos ou amedrontados, ouvir os seus gritos de alegria, acariciar os pequenos braços rechonchudos — era para Dolly uma verdadeira alegria.

As crianças estavam quase vestidas quando as camponesas endomingadas, que vinham de colher euforbiáceas e relva para os gotosos, passaram em frente do banheiro e se detiveram com alguma timidez. Matrona Philimonovna pediu a uma delas para apanhar uma camisa que caíra no rio, e Daria Alexandrovna dirigiu-lhes a palavra. As camponesas, a princípio, sufocaram os risos sem compreender bem as perguntas que ela fazia mas, pouco a pouco, animaram-se e conquistaram o coração da mãe demonstrando uma sincera admiração pelos filhos.

— Ah, a bela pequenina!... Ela é alva como o açúcar — disse uma delas, extasiada em frente de Tânia. — Mas bastante magra — acrescentou, sacudindo a cabeça.

— É porque esteve doente.

— E aquela também toma banho? — perguntou uma outra mostrando a mais jovem.

— Oh! Não, ela só tem três meses — respondeu orgulhosamente Daria Alexandrovna.

— É verdade?

— E tu, tens filhos?

— Eu tive quatro. Restam-me dois: um menino e uma menina. Já desmamei a menina.

— Que idade tem ela?

— Anda pelos dois anos.

— Por que a amamentaste durante tanto tempo?

— É o nosso costume. Deixa-se passar três quaresmas.

Daria Alexandrovna, tomando gosto pela conversa, ainda fez algumas perguntas: tinha a mulher partos difíceis, que doenças os seus filhos tiveram, onde vivia o seu marido, ele sempre vinha vê-la?

Aqueles sentimentos estavam inteiramente de acordo com seu coração. Sentia-se em uma comunhão de ideias tão perfeita com aquelas camponesas que não tinha nenhuma pressa em deixá-las. Mas o que mais a alegrava era a evidente admiração das mulheres pelo número e a beleza dos seus filhos.

Uma das mais jovens observara a inglesa que se vestia por último e enfiava saiotes sobre saiotes. Quando vestiu o terceiro, não pôde deixar de dizer:

— Olhem como ela se veste, e nunca se verá o fim.

Aquela observação provocou um riso unânime, ao qual não pôde resistir Daria Alexandrovna, mas a inglesa, que se sentia observada sem nada entender, não escondeu o seu descontentamento.

9

Cercada por todos os seus pequenos banhistas, Daria Alexandrovna, um lenço na cabeça, aproximava-se da casa, quando o cocheiro gritou:

— Vai alguém à nossa frente. Parece-me ser o senhor de Pokrovskoie.

Efetivamente, Dolly reconheceu de imediato a figura familiar de Levine, trajando paletó cinzento e chapéu da mesma cor. Ela sempre o via com prazer, mas naquele dia experimentou uma satisfação particular em mostrar-se em toda a glória que, ninguém melhor do que ele, sabia apreciar. Percebendo-a, Levine julgou ver realizado um dos seus sonhos de felicidade conjugal.

— A senhora se parece com uma galinha, Daria Alexandrovna.

— Como estou contente em vê-lo — disse, estendendo-lhe a mão.

— Contente! E a senhora não me mandou dizer nada? Meu irmão passa o verão comigo. Venho até aqui porque Stiva me pediu.

— Stiva? — perguntou Dolly, muito surpresa.

— Sim, ele me escreveu avisando que a senhora estava no campo e que talvez eu pudesse lhe prestar alguns serviços...

Subitamente Levine se perturbou, interrompeu-se e andou silenciosamente junto do carro, arrancando folhas das tílias que mordia nervosamente. Ocorrera-lhe a ideia de que Daria Alexandrovna, sem dúvida, acharia penoso ver um estranho oferecer-lhe o auxílio que devia encontrar no marido. Na realidade, Dolly não gostava do modo como Stepane Arcadievitch se desfazia dos seus embaraços domésticos. Logo compreendeu que Levine o sentia. Era esse tato, essa delicadeza, o que ela principalmente apreciava nele.

— Eu percebi — continuou Levine — que era um modo amável de pensar que a minha visita lhe agradaria. Imagino ainda que uma dona de casa, habituada ao conforto das grandes cidades, deve se achar aqui ligeiramente desambientada. Caso possa ser útil em qualquer coisa, disponha. Peço-lhe.

— Ah, não! — replicou Dolly. — Falando francamente, no começo encontrei muitos aborrecimentos, mas agora tudo anda maravilhosamente... graças à minha velha criada — acrescentou, mostrando Matrona Philimonovna, que, compreendendo que se falava dela, dirigiu a Levine um sorriso de contentamento. Ela o conhecia, sabia que ele era um bom partido para a moça e desejava muito que o negócio tomasse um bom caminho.

— Sente-se ao nosso lado — disse ela. — Apertar-nos-emos um pouco...

— Obrigado, prefiro seguir a pé... Meninos! Quem quer correr comigo para tentar passar os cavalos?

Todo aquele pequeno mundo só tinha de Levine uma vaga lembrança, no entanto, ele não lhe causava aquela repugnância que as crianças sentem pelos adultos que fingem compreendê-los, sentimento estranho que lhes vale penosas repreensões e castigos. O fingimento melhor urdido poderá enganar o mais penetrante dos homens, mas a criança mais tola nunca se deixará enganar.

Ora, qualquer defeito de que se pudesse acusar a Levine, não tinha, entretanto, sombra de hipocrisia — e as crianças experimentavam para com ele os mesmos sentimentos que se viam impressos no rosto da sua mãe. Respondendo ao seu convite, os dois maiores saltaram da carruagem e correram ao seu lado como se o fizessem com a empregada, miss Hull, ou a sua mãe. Lili também quis estar com ele; Daria Alexandrovna entregou-a, ele a colocou sobre os ombros e se pôs a correr.

— Não receie nada — disse sorrindo alegremente à mãe. — Eu não a deixarei cair.

Vendo como ele era ágil, prudente, ponderado nos seus movimentos, Dolly, imediatamente tranquilizada, respondeu-lhe com um sorriso de confiança.

A familiaridade do campo, a presença das crianças, a companhia daquela mulher por quem sentia uma verdadeira simpatia e que gostava de ver naquela disposição de espírito, tudo concorria para criar em Levine uma alegria quase infantil. Correndo com os pequenos, achou meio de ensinar-lhes certos princípios de ginástica, de contar à sua mãe as suas ocupações rurais e de fazer rir a governanta resmungando algumas palavras em inglês.

Depois do jantar, como eles se encontrassem a sós na varanda, Daria Alexandrovna julgou o momento oportuno para falar sobre Kitty.

— O senhor sabe — disse ela — que Kitty vem passar o verão comigo?

— É verdade? — fez Levine corando e, mudando logo a conversa: — Assim, mandarei duas vacas e, se a senhora quiser pagar de qualquer modo, o que não a faça enrubescer de vergonha, poderá fazê-lo a cinco rublos por mês.

— Não, obrigada. Afirmo que eu mesma arranjo tudo.

— Neste caso, irei ver as suas vacas e, com a sua permissão, darei ordens sobre a alimentação. A alimentação, eis a base de tudo.

E expôs uma teoria sobre a indústria de laticínios, segundo a qual as vacas eram simples máquinas destinadas a transformar a forragem em leite etc. Isso para não ouvir falar em Kitty, de quem ansiava saber notícias! Sentia medo de destruir uma paz tão dificilmente conquistada.

— O senhor talvez tenha razão — disse Daria Alexandrovna —, mas tudo isso exige fiscalização, e quem se encarregará de tal coisa?

Agora que, graças a Matrona Philimonovna, a ordem se estabelecera no seu lar, ela não tinha nenhum desejo de mudar coisa alguma. De resto, Levine não era aos seus olhos nenhuma autoridade na matéria, as suas teorias sobre as vacas-máquinas pareciam suspeitas e talvez nocivas. Preferia o sistema lembrado por Maria Philimonovna, que era o seguinte; melhor alimentar a Branca e a Mouchete, e proibir a cozinheira de dar a água gordurosa da cozinha à vaca esbranquiçada. Que valiam, após um processo tão claro, as considerações nebulosas sobre a alimentação de farináceos e a alimentação de forragem? E depois, antes de mais nada, ela tinha que falar sobre Kitty.

10

— Kitty me escreveu que só aspira à solidão e ao repouso — prosseguiu Dolly após um momento de silêncio.

— A saúde dela melhorou? — perguntou Levine, emocionado.

— Deus bondoso, ela está completamente restabelecida. Nunca acreditei que estivesse doente dos pulmões.

— Sinto-me feliz — disse Levine, e Dolly julgou ler no seu rosto a tocante expressão de uma mágoa sem esperança.

— Vejamos, Constantin Dmitritch — perguntou ela esboçando um dos seus sorrisos habituais em que a bondade lutava com a malícia —, por que o senhor está chateado com Kitty?

— Eu? Mas não estou.

— Oh! Por que não foi à nossa casa na sua última viagem a Moscou?

— Daria Alexandrovna — disse ele corando até a raiz dos cabelos —, como se explica que a senhora, boa como é, me faça semelhante pergunta? A senhora não tem piedade de mim, sabendo...

— Sabendo o quê?

— Sabendo que o meu pedido foi recusado — deixou escapar Levine, e toda a ternura que um momento antes sentira por Kitty desfez-se à lembrança da injúria recebida.

— Por que julga o senhor que eu o saiba?

— Porque todo mundo sabe.

— É onde o senhor se engana: eu supunha, mas não sabia nada de positivo.

— Bem, a senhora agora sabe.

— Eu sabia que se passara alguma coisa que a atormentava, porque ela me pedira que não lhe fizesse nenhuma pergunta. Se a mim ela nada disse, estou certa de que não falou a ninguém. Que houve, afinal?

— Eu acabo de lhe dizer.

— Quando o senhor fez o pedido?

— Na minha última visita à casa dos seus pais.

— Sabe, Kitty me causa imensa pena. O senhor sofre principalmente no seu orgulho...

— É possível — concebeu Levine. — No entanto...

Ela o interrompeu:

— Mas a pobre menina é verdadeiramente lastimável. Agora, eu compreendo tudo.

— Desculpe se deixo a senhora, Daria Alexandrovna — disse Levine, levantando-se. — Até logo.

— Não, espere! — gritou a mulher, segurando-o pela manga do paletó. — Fique ainda um momento.

— Suplico, não falemos mais disso — disse Levine sentando-se e sentindo nascer no seu coração um brilho daquela esperança que pensava desaparecida para sempre.

— Se eu não gostasse do senhor — disse Dolly com os olhos cheios de lágrimas —, se eu não o conhecesse como conheço...

O sentimento que ele julgava morto invadiu novamente a alma de Levine.

— Sim, agora eu compreendo tudo — continuou Daria Alexandrovna. — Os homens, que são livres na escolha, sempre sabem a quem amam; uma moça, ao contrário, deve esperar com a reserva imposta ao seu sexo; nessas condições, acredite-me, ela frequentemente pode não saber o que responder.

— Sim, se o seu coração não fala...

— Mesmo que o coração fale. Pense: o senhor vê uma moça, pode ir à casa dos seus pais, observá-la, estudá-la e pedi-la em casamento depois de conhecê-la bastante.

— Isso não é totalmente exato.

— Pouco importa. O senhor só fará a sua declaração quando o seu amor estiver amadurecido ou quando, entre duas pessoas, uma cativar as suas preferências. Quanto à moça, não se pergunta a sua opinião. Como se ousaria desejar que ela escolhesse quando, na realidade, ela não pode responder sim ou não?

"Ah! Sim, a escolha entre mim e Vronski", pensou Levine. E o sentimento que renascia na sua alma pareceu-lhe morrer pela segunda vez.

— Daria Alexandrovna, escolhe-se assim um vestido ou outro objeto de pouca importância, mas não o amor... A escolha foi feita, tanto melhor! Essas coisas não se recomeçam.

— Ah, o orgulho, sempre o orgulho! — gritou Daria Alexandrovna, com os olhos exprimindo um sentimento que parecia pesar bem pouco em relação a esse outro que unicamente as mulheres conhecem. — Quando o senhor se declarou a Kitty, ela se achava precisamente numa dessas situações em que não se sabe o que responder. Hesitava entre Vronski e o senhor. Mas ela via aquele todos os dias, enquanto o senhor aparecia raras vezes. Evidentemente, se ela fosse mais velha... Eu, por exemplo, não hesitaria: aquela criatura sempre me foi profundamente antipática...

Levine lembrava-se da resposta de Kitty: "É impossível... Perdoe-me."

— Daria Alexandrovna — disse ele secamente —, sou muito grato à sua confiança, mas creio que a senhora se engana. De mais, certo ou errado, esse orgulho que a senhora tanto despreza não me permite mais pensar em Catarina Alexandrovna.

— Ainda uma palavra: o senhor sabe que falo de uma irmã que me é tão querida como os meus próprios filhos. Eu não desejo que ela ame ao senhor. Quis apenas dizer que, no momento em que recusou o seu pedido, a sua recusa nada significava.

— A senhora acredita! — disse Levine, saltando da cadeira. — Ah, se a senhora soubesse o mal que me está fazendo! É como se a senhora perdesse um filho e fossem lhe dizer: "Veja como ele seria, poderia viver, seria a sua alegria." Mas ele está morto, morto, morto...

— Como o senhor é esquisito! — disse Daria Alexandrovna examinando com um sorriso aflito a agitação de Levine. — Ah! Cada vez mais eu compreendo melhor... — continuou, com ar pensativo. — Então o senhor não voltará quando Kitty estiver aqui?

— Não. É verdade que não fugirei de Catarina Alexandrovna. Mas, tanto quanto possível, eu lhe pouparei o aborrecimento da minha presença.

— Decididamente, o senhor é original — concluiu Dolly examinando-o com um olhar afetuoso. — Bem, suponhamos que não dissemos nada... Que queres, Tânia? — perguntou em francês à filha que acabava de entrar.

— Onde está a minha pá, mamãe?

— Eu te falo em francês, responde do mesmo modo.

Como a criança não achasse a palavra francesa, a mãe ensinou-a e disse depois, sempre na língua francesa, onde ela devia encontrar a pá. Esse incidente agravou o mau humor de Levine. Daria Alexandrovna e os seus filhos perderam, a seus olhos, muito do seu encanto.

"Por que diabo fala em francês?", pensava. "Isso soa falso. As crianças o sentem: ensinam-lhes o francês e fazem-lhes esquecer a sinceridade." Ele não pensava que Daria Alexandrovna já fizera vinte vezes aquele raciocínio e passara a outro, não conhecendo melhor método para ensinar línguas aos seus filhos.

— Mas — prosseguiu ela — por que se despede? Fique ainda um pouco mais.

Levine ficou até o chá, mas o seu bom humor desaparecera. Sentia-se desassossegado.

Depois do chá, saiu da sala para ordenar que se preparasse a carruagem e, quando retornou ao salão, encontrou Daria Alexandrovna, o rosto congestionado, os olhos cheios de lágrimas.

Durante a curta ausência de Levine, um desagradável acontecimento destruíra a felicidade que aquele dia causara a Dolly e o orgulho que lhe inspiravam os seus filhos. Gricha e Tânia brigaram por causa de uma bala. Atraída pelos gritos, Dolly os encontrara num estado terrível: Tânia puxava o irmão pelos cabelos e este, a fisionomia descomposta pela cólera, dava-lhe fortes murros. Vendo isso, Dolly sentiu alguma coisa rasgar o seu coração. Uma nuvem negra pareceu cair sobre ela: longe de diferir dos outros, aqueles filhos, de quem se mostrava tão orgulhosa, eram maus, viciados, inclinados às propensões mais grosseiras. Esse pensamento a perturbou a tal ponto que foi difícil confiar a sua mágoa a Levine que, vendo-a assim, procurou acalmá-la da melhor maneira possível.

Levine afirmou-lhe não haver razão para inquietude porque todas as crianças brigavam, mas, no fundo do coração, ele dizia: "Não, não serei comediante, não falarei francês com os meus filhos. Eles não serão como estes. Para que as crianças sejam encantadoras, basta não desfigurar os seus caracteres. Não, não, os meus serão inteiramente diferentes destes."

Despediu-se de Dolly e partiu sem que ela pensasse retê-lo.

11

Nos meados de julho, o administrador da propriedade da irmã de Levine, que ficava a vinte verstas de Pokrovskoie, veio fazer relatório sobre a evolução dos negócios e particularmente sobre a sega de feno. Essa terra tirava o seu principal rendimento da margem do rio, que os camponeses arrendavam antigamente à razão de vinte rublos por hectare. Quando Levine se encarregou da gerência, achou, depois de examinar os prados, que era um preço muito módico e subiu o hectare para vinte e cinco rublos. Os camponeses recusaram-se a arrendá-los nessas condições, e, como Levine supôs, os outros rendeiros desanimaram. Fora preciso trabalhar por conta própria, contratara trabalhadores e ceifara, para grande descontentamento dos camponeses que tudo fizeram para destruir a inovação. Apesar disso, desde o primeiro verão, os prados renderam quase o dobro. A resistência dos camponeses se prolongara durante dois anos, mas nesse ano ofereciam os seus serviços contra um terço da colheita. O administrador vinha anunciar que tudo estava concluído: receando a chuva, ele tinha, em presença do caixeiro do escritório, realizado a partilha: onze medas de feno constituíam a parte da proprietária. Essa pressa pareceu suspeita a Levine. Pediu dados precisos sobre a renda do grande prado, mas, só obtendo respostas evasivas, compreendeu que havia agulha sobre a pedra e resolveu tirar o caso a limpo.

Chegando à aldeia na hora do jantar, deixou o cavalo em casa do marido da ama de leite do seu irmão, com quem mantinha boas relações, e foi imediatamente buscar alguém, nas colmeias, esperando obter certos esclarecimentos sobre a partilha do feno. Parmenitch, um velho, acolheu-o com alegria, mostrou-lhe detalhadamente a sua propriedade, contou-lhe a história de todas as suas colmeias e do último enxame, mas só respondeu às suas perguntas vagamente e como se estivesse contrariado. Essa atitude embaraçada fortaleceu as suposições de Levine, e, quando ele alcançou o prado, um simples exame das medas de feno convenceu-o de que elas não podiam conter cinquenta carradas, como afirmavam os camponeses. Para convencer os camponeses de que mentiam, mandou buscar os carros que serviram de medida e ordenou que se transportasse para um telheiro todo o feno de uma das medas: contaram-se apenas 32 carradas. O administrador jurou que tudo fora feito conscientemente e que o feno devia ser empilhado. Levine replicou que a partilha fora realizada sem ordem e que se recusava a aceitar as medas como valendo cinquenta carradas. Depois de longas discussões, decidiu-se a executar uma nova partilha, as 11 medas da questão devendo retornar aos camponeses. Esta discussão prolongou-se até a hora do cotejo. Feita a partilha, Levine aproximou-se do caixeiro do escritório, sentou-se numa das medas marcadas com um ramo de salgueiro e contemplou com prazer o espetáculo que o prado lhe oferecia com o seu mundo de trabalhadores.

Em sua frente, num ângulo do rio, um bando mesclado de mulheres, de vozes sonoras, removia o feno e o espalhava em traços ondeantes cujo cinzento contrastava com o verde-claro. Da esquerda, chegavam ruídos das carruagens que, carregadas pelos longos forcados, as braçadas ondeantes amontoando-se umas sobre as outras, transbordavam até sobre as crinas dos cavalos.

— Um bom tempo para recolher-se o feno, olhe como está lindo! — disse o velho, sentando-se junto de Levine. — Tem tão bom perfume que até se parece com o chá. Os rapazes levantavam-no com tanta dificuldade como se jogassem grãos aos patinhos. Depois do jantar, já haviam conduzido metade. É a última? — gritou a um rapaz que, em pé, defronte de um carro, passava na sua frente agitando as rédeas.

— Por Deus que é a última, pai — gritou o rapaz, retendo um instante o seu cavalo. Após trocar um sorriso com uma rapariga sentada no carro, deu rédeas ao cavalo.

— Quem é? — perguntou Levine. — Um dos teus filhos?

— O mais moço — respondeu o velho com um sorriso carinhoso.

— Parece ser um rapaz bem-disposto.

— Sim, é um bom rapaz.

— Já se casou?

— Sim, há dois anos, pelo Advento.

— Ele tem filhos?

— Ah, sim! Durante mais de um ano, ele se fez de inocente. Quanto ao feno, é sempre o feno, tornou o homem. Precisamos envergonhá-lo...

Levine concentrou toda a atenção em Ivan Parmenov e sua mulher, que, mais ou menos perto, carregavam também o seu carro. Primeiramente Ivan recebia, arrumava, empilhava enormes braçadas de feno que a sua jovem e bela mulher lhe dava, a princípio com os braços, depois com a ajuda do forcado. Como o feno não se deixasse agarrar facilmente, ela o dividia, depois passava o forcado, comprimindo-o com um movimento brusco e elástico de todo o corpo; em seguida, curvando os rins e arqueando os seios — sob a blusa alva e presos por uma cinta —, erguia o forcado com as duas mãos e jogava a carga no carro. Ivan, evidentemente desejoso de lhe diminuir um minuto de trabalho que fosse, os braços ligeiramente separados, apanhava o feno e o amontoava no carro. Depois de raspar o feno miúdo com o auxílio de uma pá, a mulher endireitou o lenço que caía sobre a sua testa alva e subiu no carro para prender a carga. Ivan ensinou-lhe o modo de amarrar as cordas, e, a uma observação da sua companheira, explodiu numa risada estridente. Um amor jovem, forte, recentemente desperto, pintava-se nos dois rostos.

12

A carga bem amarrada, Ivan saltou em terra e, tomando o cavalo pelas rédeas, um animal robusto, ganhou a estrada onde se misturou à fila das carruagens. A mulher jogou a pá na carruagem e foi, passos firmes, braços oscilantes, juntar-se às companheiras que, as pás nos ombros, formavam atrás das carruagens um grupo brilhante de cores e vibrante de alegria. Uma voz rouca entoou uma canção que cinquenta outras, graves ou agudas, imediatamente acompanharam em coro.

À aproximação das cantoras, Levine, deitado na meda, julgou ver descer sobre ele uma nuvem de extraordinária alegria. As medas, os carros, o prado, os campos longínquos, tudo parecia arrebatado por aquela louca canção, acompanhada de assobios e de intensos gritos. Aquela alegria sã, aquela bela alegria de viver lhe causou inveja, porque ele só podia ser um pobre espectador. Quando o grupo desapareceu, quando não mais ouviu o eco das canções, sentiu-se terrivelmente sozinho e criticou a preguiça corporal e a animosidade que julgava experimentar para com aquelas pessoas. Os mesmos homens que, no negócio do feno, mostraram-se tão trapaceadores e a quem não quisera enganar, que o injuriaram, esses mesmos homens o saudavam agora alegremente, sem rancor e como sem remorso. O agradável trabalho em comum destruíra todas as más recordações. Deus lhes dera a luz do dia e a força dos braços; e uma e outra tinham sido consagradas ao trabalho e esse trabalho em si mesmo trazia a recompensa. Ninguém pensaria em perguntar a razão daquele trabalho e quem gozaria dos seus frutos: eram questões secundárias, insignificantes.

Frequentemente, aquela vida tentara Levine, mas, hoje, e particularmente com a impressão que lhe causaram Ivan Parmenov e sua mulher, ele compreendeu pela primeira vez ser inteiramente livre para trocar a vida ociosa, artificial, egoísta, que o torturava, pela vida de trabalho, tão pura, tão nobre, tão devotada ao bem comum.

O velho, há muito tempo que o deixara. Os camponeses regressaram aos seus lares. Os trabalhadores, vindos de longe, instalavam-se no prado à noite e preparavam a ceia. Sem ser visto, Levine sempre deitado na meda, olhava, ouvia, pensava. Os camponeses passaram acordados quase a noite inteira de verão; o dia de trabalho só lhes deixara a alegria como único sinal. Levine ouviu primeiramente as palestras cortadas por explosões de risos e, muito tempo depois da ceia, as canções e sempre os risos.

Um pouco antes da madrugada, fez-se profundo silêncio. Ouvia-se apenas o coaxar incessante das rãs no pântano e o ruído dos cavalos bufando na bruma matinal. Levine, que afinal adormecera, verificou, olhando as estrelas, que a noite passara. Deixou o seu abrigo.

"Bem, que resolverei?", pensava, procurando dar uma forma aos sonhos que o possuíram nesse curto sono e que podiam ser divididos em três ordens de ideias. Em primeiro lugar, a renúncia à sua vida passada, à sua inútil cultura intelectual, àquela instrução que de nada lhe servia: nada lhe parecia mais simples, mais fácil, mais agradável. Depois, a organização da sua vida futura, cheia de pureza e de simplicidade; não duvidava um instante da sua legitimidade, estava certo de que lhe traria dignidade, paz de espírito, o contentamento de si mesmo que tão dolorosamente lhe faltava. Restava a questão essencial: como realizar a transição da sua vida atual para a outra? Sobre esse assunto nada lhe parecia claro. "É-me indispensável conseguir uma mulher e, desta linha ao final, necessário dedicar-me a um trabalho qualquer. Deverei abandonar Pokrovskoie? Comprar terra? Tornar-me membro de uma câmara rural, casar-me com uma camponesa? Mas como resolver?", perguntava-se mais uma vez sem achar resposta. "Demais, se não tivesse dormido, não teria as ideias claras. O que há de certo é que esta noite decidi o meu destino. Os meus velhos sonhos de felicidade conjugal são apenas tolices. O que agora quero é bem mais simples e melhor… Como é belo!", pensava, examinando uma estranha junção de nuvens que formavam acima da sua cabeça uma espécie de concha cor de madrepérola. "Como tudo, nesta admirável noite, é encantador! Mas quando esta concha se formou? Há momentos, no céu, viam-se apenas duas faixas brancas! Transformaram-se sem que eu percebesse, e assim também as ideias que eu tinha sobre a vida."

Alcançou a estrada principal e encaminhou-se para a aldeia. Soprava um vento fresco, e tudo adquiria cores cinzentas e tristes, como é comum nesse pálido minuto que precede o triunfo da luz sobre as trevas. Curvando os ombros ao frio, Levine andava em grandes passadas, os olhos fixos na terra.

Um barulho de guizos fez-lhe voltar o rosto. Quem poderia andar em hora semelhante? A quarenta passos, uma pesada carruagem de viagem, puxada por quatro cavalos, vinha ao seu encontro. Receando os sulcos abertos no solo por outros carros, os cavalos se apertavam contra a lança da carruagem, mas o hábil cocheiro, desajeitadamente empoleirado na boleia, dirigia-os muito bem. Preso a estes detalhes, Levine olhou distraidamente a carruagem e os seus passageiros.

Uma velha senhora dormia numa extremidade. À janela, uma moça, que sem dúvida acordara naquele minuto, examinava os clarões da madrugada, segurando com as duas mãos as fitas do seu penteado noturno. Calmo e pensativo, Levine percebeu que ela estava possuída de vida interior estranha, intensa, muito afastada das suas próprias preocupações.

No momento em que a visão ia desaparecer, dois olhos límpidos detiveram-se sobre ele. Ela o reconheceu e uma alegria extraordinária iluminou o seu rosto sereno. Ele não podia se enganar: aqueles olhos eram únicos no mundo, e uma única criatura personificava a alegria de viver, justificava a existência do universo. Era Kitty. Compreendeu que ela vinha da estação da estrada de ferro e ia para Iergouchovo. Logo as resoluções que acabara de tomar, as agitações da sua noite de insônia, tudo se esclareceu. Horrorizou-lhe a ideia de casar-se com uma camponesa. Ali, naquela carruagem que se afastava rapidamente, estava a resposta à pergunta que há tanto tempo a si mesmo fazia com aspereza: para que nasci e fui posto no mundo?

Ela não se mostrava mais. Não se ouvia o ruído das molas. Apenas o barulho de guizos chegava até ele. Verificou, pelo latido dos cães, que a carruagem atravessava a aldeia. E permaneceu sozinho no meio dos campos desertos, estranho a tudo, caminhando a grandes passos na estrada abandonada.

Ergueu os olhos, esperando achar a encantadora concha que lhe parecia simbolizar os seus sonhos da noite. Encontrou apenas um vestígio. Transformara-se misteriosamente num amplo tapete de nuvens amontoadas que se desenrolava em metade do firmamento. O céu, que estava azul, ao seu olhar perscrutador opôs um profundo mutismo.

"Não", pensou Levine, "não saberia entregar-me a essa bela vida por mais simples e laboriosa que fosse. É 'ela' que eu amo."

13

Ninguém, salvo os íntimos de Aléxis Alexandrovitch, poderia supor que esse homem frio e metódico revelasse algumas vezes uma fraqueza que não se identificava com os traços dominantes do seu caráter: ele não podia ver chorar uma mulher ou uma criança sem perder o sangue-frio e até o uso das próprias faculdades. O seu chefe de gabinete e o seu secretário o sabiam bem, razão por que pediam às solicitadoras que retivessem as lágrimas. "Demais", diziam eles, "as senhoras comprometerão as suas causas; ele se irritará e não ouvirá mais nada." Realmente, a perturbação que as lágrimas causavam a Aléxis Alexandrovitch se traduzia num sobressalto de cólera. "Eu nada posso fazer, saia!", gritava ordinariamente em casos semelhantes.

Quando, voltando das corridas, Ana confessara a sua ligação com Vronski e, cobrindo o rosto com as mãos, desfizera-se em soluços, Aléxis Alexandrovitch, apesar da cólera provocada por aquela revelação, sentiu-se quase vencido pela deplorável emoção que já conhecia bastante. Temendo manifestar os seus sentimentos através duma forma incompatível com a situação, esforçou-se por sufocar até mesmo a aparência de vida. Imóvel, o olhar fixo, tinha o rosto dominado por aquela expressão de rigidez cadavérica que tanto afligia Ana. Fizera um grande esforço sobre si mesmo para ajudar a mulher a descer da carruagem, para dizer-lhe algumas palavras vazias, para deixá-la finalmente com a polidez habitual.

A brutal confissão de Ana tinha, confirmando as suas suposições, ferido o coração de Aléxis Alexandrovitch, e a piedade toda tísica que as lágrimas da infeliz provocaram agravara ainda mais a sua inquietação. No entanto, quando se encontrou sozinho na carruagem, sentiu uma satisfação mesclada de surpresa, de dúvidas, de ciúme, e de piedade.

Gozava a sensação de um homem que acaba de extrair um dente que o fazia sofrer há muito tempo: o choque é terrível, o paciente imagina que lhe arrancaram do queixo um corpo enorme, maior que a cabeça, mas, logo constata, sem ainda acreditar na sua felicidade, o desaparecimento da abominável coisa que envenenava a sua vida: pode novamente viver, pensar, interessar-se por outras coisas que não o antigo mal. Aléxis Alexandrovitch passara por um momento assim: depois de um golpe terrível, inesperado, não sentia mais dor, mas julgava-se capaz de viver, de possuir outras ideias.

"É uma mulher perdida, sem coração, sem honra, sem religião! Eu sempre o senti e por piedade me iludia", pensava, acreditando sinceramente na sua perspicácia. Lembrava-se de diversos detalhes do passado, que julgara inocentes e que agora lhe apareciam como provas certas da corrupção de Ana. "Cometi um erro unindo a minha vida à sua, mas o meu erro nada tem de culpável, por conseguinte, não devo ser infeliz. A culpada é ela, mas o que a fere não me diz respeito, ela não existe mais para mim."

Pouco lhe importava, para o futuro, o que a ela aconteceria como ao seu filho — a respeito do qual seus sentimentos sofreram idêntica mudança. Não pensava senão em atormentá-la pelo modo mais correto, mais justo, deixando que a lama o salpicasse, e isso sem que a sua vida de honra e de desinteresse fosse prejudicada. "Porque uma mulher desprezível cometeu uma falta, será isso razão suficiente para me tornar infeliz? Não, mas preciso achar a melhor saída possível para a situação em que estou. Essa saída, eu a acharei. Não sou o primeiro nem o último", pensava, exaltando-se cada vez mais. E sem falar dos exemplos históricos, sendo "A bela Elena" o mais antigo de que se lembrava, Aléxis Alexandrovitch recordou certas infidelidades conjugais de que tinham sido vítimas homens do seu meio social.

"Darialov, Poltavski, o príncipe Karibanov, o conde Paskoudine, Dram... sim, o honesto e excelente Dram... Semionova, Tchaguine, Sigonime... Lançaram sobre eles um *ridicule* injusto; da minha parte, eu só vi as suas infelicidades e sempre os lamentei." Nada era tão falso: nunca Aléxis Alexandrovitch pensara em se apiedar de semelhantes infortúnios e o número dos maridos enganados sempre o valorizara perante a si mesmo.

"O que magoou a tantos outros magoa-me também a mim. O essencial é saber dominar a situação."

E lembrou-se das inúmeras atitudes assumidas por aqueles homens.

"Darialov bateu-se em duelo..."

Na sua mocidade, a ideia do duelo sempre preocupara Aléxis Alexandrovitch. Sabia-se dono de um temperamento tímido: a ideia de uma pistola assestada contra ele perturbava-o; jamais se utilizara de uma arma. Esse horror instintivo inspirara-lhe muitas reflexões: que faria no dia em que a obrigação o forçasse a arriscar a vida? Mais tarde, quando a sua posição ficou solidamente assentada, ele não pensou mais naquelas coisas. Nesse dia, porém, o seu temperamento tímido retomou o assunto: sabendo muito bem que não chegaria até ao duelo, a força do hábito obrigava-o a examinar, sob todos os aspectos, aquela eventualidade.

"Que pena não estarmos na Inglaterra! Com sociedade tão bárbara como a nossa, um duelo seria aprovado, sem a menor dúvida, por grande número de pessoas" (entre as quais estava a maioria daqueles cujas opiniões muito lhe interessavam). "Mas a quem isso favoreceria? Suponhamos que eu o provoque", continuou, imaginando a noite que passaria após a provocação, a pistola dirigida contra ele — e ao estremecimento que teve, compreendeu que nunca se resolveria por aquele ato.

"Suponhamos que eu o provoque, que aprenda a atirar, que esteja diante dele, que puxe o gatilho…" Fechou os olhos… "e que o mate". Balançou a cabeça para afastar aquelas ideias absurdas. "Que necessidade tenho de matar um homem para saber que conduta terá uma mulher culpada e seu filho? Seria um absurdo! E se, probabilidade muito mais lógica, o ferido, ou o morto, fosse eu? Eu, que nada tenho a censurar-me e que sou a vítima? Não seria isso ainda mais estúpido? Demais, provocando-o, agiria como um cavalheiro? Não, estou certo de que os meus amigos interviriam, não deixariam expor a vida de um homem tão útil à Rússia. O que, então, aconteceria? Adquiriria o aspecto de um valentão, de querer possuir uma glória inútil. Renunciemos a esse duelo absurdo que ninguém esperará de mim. O meu único fim deve ser guardar a reputação intata, e não prejudicar a minha carreira." Mais que nunca, a carreira tomava aos olhos de Aléxis Alexandrovitch uma importância considerável.

O duelo desfeito, ficava o divórcio, solução mais frequentemente adotada pelas pessoas do seu meio social. Mas gostava de lembrar-se dos numerosos casos que conhecia, nenhum deles parecendo responder ao fim que se propunha. Na verdade, sempre o marido cedera ou vendera a mulher; e, se bem que ela não tivesse nenhum direito a segundo casamento, a culpada poderia contrair com um pseudomarido uma pseudounião arbitrariamente legalizada. Quanto ao divórcio legal, aquele que seria por confirmação do castigo da infiel, Aléxis Alexandrovitch sentia que não podia recorrer a ele. As complexas condições de sua vida não lhe permitiriam fornecer as provas brutais exigidas pela lei; a tradição o proibia, sob pena de cair mais baixo do que a culpada na opinião pública. Um processo escandaloso alegraria aos seus inimigos. Aproveitá-lo-iam para o caluniar, para abalar a sua alta situação oficial. Também, como a primeira, aquela solução o impedia de atingir o seu fim que era sair da crise com a menor inquietude possível. Uma instância em divórcio lançaria definitivamente a sua mulher nos braços de Vronski. Ora, apesar da alta indiferença que Aléxis Alexandrovitch julgava sentir por Ana, uma ideia muito viva lhe restava no fundo da alma: o horror de tudo que a pudesse aproximar do amante, e tornar o seu erro favorável. Esse pensamento arrancou-lhe um grito de dor. Ergueu-se na carruagem, mudou de lugar, e, o rosto cada vez mais sombrio, cobriu com a manta de viagem as pernas friorentas.

"Talvez possa seguir o exemplo de Karibanov, de Paskoudine, do bom Dram e contentar-me com uma simples separação." Mas logo viu que aquela medida apresentava os inconvenientes de um divórcio formal e, do mesmo modo, jogaria a sua mulher nos braços de Vronski. "Não, isso é impossível", decidiu em voz alta, e pôs-se a sacudir a manta. "O importante é que eu não sofra e que ele e ela não sejam felizes."

Libertando-o dos pavores do ciúme, a confissão de Ana fizera nascer no fundo do seu coração um sentimento que ele não ousava revelar, isto é, o desejo de vê-la expiar pelo sofrimento, o golpe que dera no seu repouso e na sua honra. Aléxis Alexandrovitch, ainda uma vez, examinou as três soluções. Depois de rejeitá-las definitivamente, convenceu-se de que a única saída seria esconder a sua infelicidade à sociedade, guardar a mulher e empregar todos os meios imaginários para que a ligação fosse rompida e — o que a si mesmo ele não confessava — a culpada expiasse o seu erro. "Devo dizer-lhe que, após estudar todas as soluções possíveis para a penosa situação em que nos encontramos, achei o *statu quo* aparente preferível e consinto viver consigo sob a expressa condição de que cessará toda ligação com o seu amante." Tomada essa resolução, Aléxis Alexandrovitch aconselhou-se com um argumento que o seu espírito aprovou. "Deste modo, e apenas deste modo, eu ajo segundo os preceitos da nossa religião: não repilo a mulher adúltera, dou-lhe meios de se emendar e mesmo, por mais doloroso que seja para mim, consagro uma parte do meu tempo, das minhas forças, à sua reabilitação."

Aléxis Alexandrovitch sabia perfeitamente que não podia ter nenhuma influência sobre a mulher, que toda tentativa nesse sentido seria puramente ilusória; nem um só instante, no curso daqueles minutos dolorosos, pensara em procurar um ponto de apoio na religião; mas, assim que a julgou de acordo com a determinação que acabava de tomar, sentiu um certo apaziguamento. Sentiu-se aliviado em pensar que ninguém poderia lhe censurar o fato de ter, numa crise tão grave da sua vida, agido contrariamente à doutrina dessa religião que sempre elevara tão no meio da indiferença geral.

Refletindo ainda, acabou por achar que, definitivamente, as suas relações com Ana permaneceriam as mesmas dos últimos meses. Naturalmente que não podia estimar aquela mulher viciada, adúltera: mas sofrer por sua causa, perturbar a sua vida, isso não!

"Deixemos o tempo agir", concluiu, "o tempo resolve tudo. Dia virá talvez em que as nossas relações se restabelecerão como no passado, em que a minha vida retomará o seu curso normal. É preciso que ela seja infeliz, mas eu, que não sou culpado, não, eu não deverei sofrer."

14

Quando a carruagem se aproximou de Petersburgo, a decisão de Aléxis Alexandrovitch estava tomada de tal modo que já compusera mentalmente a carta em que a comunicaria à mulher. Ao entrar em casa, lançou um olhar sobre os papéis do Ministério que o porteiro trouxera e a quem ordenou que os levasse ao seu gabinete.

— Que se desatrelem os animais e que não se receba pessoa alguma — respondeu a uma pergunta do cocheiro, salientando as últimas palavras com uma espécie de satisfação, sinal evidente de melhor disposição de espírito.

Uma vez no gabinete, ele caminhou duas vezes pela extensão do aposento, indo afinal se deter em frente da sua enorme secretária, sobre a qual o criado acabara de acender seis velas. Estalou os dedos, sentou-se, tomou de uma pena e depois do papel, a cabeça inclinada, um cotovelo na mesa e começou a escrever após um minuto de reflexão. Não pôs nenhuma introdução na carta e escreveu em francês, empregando o pronome *vós*, que tem nessa língua um caráter de frieza tão marcado como em russo.

Em vos deixando, quero exprimir a minha resolução relativa ao assunto da nossa conversa. Depois de refletir ponderadamente, venho cumprir a minha promessa. Vede a minha decisão: qualquer que tenha sido a vossa conduta, a mim não reconheço o direito de romper laços que uma força suprema consagrou. A família não poderia estar à mercê de um capricho, de um ato arbitrário, do crime de um dos esposos. Nossa vida deve seguir o seu curso, e isso em favor dos vossos como dos meus interesses, e em favor ainda dos interesses do vosso filho. Estou firmemente convencido de que estais arrependida do ato que me obriga a vos escrever, que me ajudareis a desfazer pela raiz a causa da nossa divergência, e a esquecer o passado. Caso contrário, podereis imaginar o que vos espera, a vós e ao vosso filho. Julgo ser possível, quando nos encontrarmos, expor-vos tudo isso com os menores detalhes. E, como o verão está no fim, agradeço se regressardes à cidade o mais cedo possível, terça-feira o mais tardar. Todas as medidas serão tomadas para a mudança. Observai que ligo particular importância a que seja obedecido o meu pedido.

A. KARENINE

P. S. — Junto a esta, remeto o dinheiro de que podereis necessitar neste momento.

Releu a carta e mostrou-se satisfeito. A ideia de enviar o dinheiro pareceu-lhe particularmente feliz. Nem uma só palavra rude, nem uma censura, mas também não havia fraqueza. Atingira o essencial. Era preciso uma ponte de ouro para que voltasse sobre os próprios passos. Tomou a carta, dobrou-a com uma enorme faca de cortar papel de espesso marfim, colocou-a no envelope juntamente com o dinheiro e tocou a campainha, enquanto se abandonava à sensação de bem-estar que sempre experimentava depois de usar os objetos da secretária, sempre tão perfeitamente ordenados.

— Ponha esta carta no correio, de modo que Ana Arcadievna possa recebê-la amanhã.

— Às ordens. Vossa Excelência deseja que traga o chá aqui?

— Sim.

Aléxis Alexandrovitch, brincando com a faca de cortar papel, aproximou-se de uma poltrona junto à mesa onde estava o candeeiro e um livro francês, a sua leitura do momento. O retrato de Ana, notável obra de um pintor célebre, estava suspenso numa moldura oval acima da poltrona. Aléxis Alexandrovitch lançou-lhe um olhar: dois olhos impenetráveis o fitavam com aquela irônica insolência que tanto o ferira na noite da famosa explicação. Tudo, naquele lindo retrato, pareceu-lhe uma odiosa provocação, desde a renda que emoldurava a cabeça e os cabelos negros até a admirável mão branca, com os dedos cheios de anéis. Depois que o examinou por alguns instantes, tremeu-lhe o corpo todo e os seus lábios deixaram escapar um "brr" de desgosto. Voltou-se, caiu na poltrona e abriu o livro. Tentou ler, mas não pôde se interessar pela leitura. Os olhos viam as páginas, os pensamentos estavam longe. Não era mais a sua mulher que o preocupava, mas uma grave complicação recentemente originada num importante negócio que, no momento, constituía o principal interesse da sua carreira. Sentia-se mais do que nunca senhor da questão e acabava mesmo de ter uma ideia genial — para que dissimular? — que lhe permitia resolver todas as dificuldades, diminuir os seus inimigos, subir um novo degrau na sua carreira, prestar um grande serviço ao país. Quando o criado trouxe o chá e deixou o aposento, Aléxis Alexandrovitch ergueu-se e sentou-se novamente na secretária. Puxou a pasta que continha os trabalhos comuns, tirou um lápis e, com um imperceptível sorriso de satisfação, absorveu-se na leitura dos documentos relativos à dificuldade que o preocupava. Eis como ela se apresentava. Como todo funcionário de mérito, Aléxis Alexandrovitch possuía um traço característico: esse traço, que contribuíra para a sua elevação tanto quanto para a sua ambição permanente, a sua probidade, e o seu controle, consistia em ter um desprezo absoluto pela papelada oficial: tomava os negócios, por assim dizer, corpo a corpo, expedindo-os rapidamente, economicamente, suprimindo as escritas inúteis. Aconteceu que o famoso Comitê de 2 de Junho ocupou-se de um negócio que dependia de documentos guardados na secretária de Aléxis Alexandrovitch e oferecia um exemplo surpreendente dos medíocres resultados obtidos pelas despesas e correspondências oficiais. Esse negócio — a irrigação das terras aráveis da província de Zaraisk — tivera como promotor o predecessor do predecessor de Aléxis Alexandrovitch. Gastara-se muito dinheiro inutilmente. Karenine, desde que entrara para o Ministério, conheceu o negócio e, querendo freá-lo, certificou-se de que melindraria inúmeros interesses e receou agir sem discernimento, mesmo porque ainda não tinha absoluta liberdade de ação; mais tarde, entre tantos negócios, ele esqueceu este, que seguiu normalmente a sua trilha levado pela simples força da inércia. (Muitas pessoas continuavam vivendo desse negócio, entre as quais uma família bastante honesta e dotada para a música; todas as filhas tocavam um instrumento de corda; Aléxis Alexandrovitch servira de testemunha no casamento de uma delas). No entanto, tendo uma administração rival levantado a lebre, Karenine mostrou-se indignado: negócios daquela espécie existiam em todos os ministérios sem que ninguém pensasse em vê--los — semelhante processo, entre colegas, era falta de delicadeza. E já que o desafiavam, pediu altivamente a nomeação de uma comissão extraordinária que novamente examinaria os trabalhos da comissão de irrigação da província de Zaraisk. E logo devolveu a moeda recebida pedindo energicamente junto ao referido Comitê uma moção que controlasse a atividade da comissão dos estrangeiros: ao que se dizia, aqueles senhores se achavam numa situação lamentável, e ele exigiu a nomeação imediata de uma comissão não menos extraordinária. Seguiu-se uma discussão no seio do Comitê. O representante do Ministério hostil a Aléxis Alexandrovitch objetou que a situação dos estrangeiros era ótima: a medida projetada só poderia ser prejudicial e, se havia algum defeito, era preciso aceitá-lo com a mesma negligência com que o Ministério de Aléxis Alexandrovitch observava as leis. As coisas estavam nesse ponto. No entanto, Karenine esperava: primeiro, exigir a ida ao local de uma comissão de estudos; segundo, caso a situação dos estrangeiros fosse como os documentos oficiais revelavam, nomear uma comissão científica para pesquisar as causas daquele triste estado de coisas sob o ponto de vista: a) político, b) administrativo, c) econômico, d) etnográfico, e) material, f) religioso; terceiro, intimar o Ministério hostil a fornecer: a) informações exatas sobre as medidas tomadas nos últimos dez anos para destruir os males de que eram vítimas os estrangeiros, b) esclarecimentos sobre o fato de ter agido em absoluta contradição com o artigo 18 e a nota do artigo 36 do volume 123 das leis fundamentais do império, assim como provavam, entre os dados submetidos ao Comitê, dois documentos que traziam os números 17015 e 18398, datados respectivamente de 5 de dezembro de 1863 e de 7 de junho de 1864.

Enquanto Aléxis Alexandrovitch escrevia as suas ideias, o seu rosto se coloriu de um vivo rubor. Quando escreveu toda uma página, levantou-se, tocou a campainha e mandou um recado ao seu chefe de gabinete pedindo algumas informações suplementares.

Passando em frente ao retrato, não pôde deixar de o olhar novamente com um gesto de desprezo. Mergulhou afinal na leitura e conseguiu ler com muito interesse. Às 11 horas precisamente, ganhou o quarto de dormir e quando, antes de adormecer, lembrou-se da deplorável conduta da sua mulher, já não viu as coisas sob o mesmo aspecto lúgubre.

15

Ana se recusara obstinadamente a concordar com Vronski. No entanto, intimamente, sentia tanto como ele a falsidade da situação e nada desejava mais do que uma solução. Também, quando dominada pela emoção deixara escapar a confissão fatal, sentira apesar de tudo um certo alívio. Ficando sozinha, repetia que, graças a Deus, todo o equívoco acabara: nenhuma necessidade mais de enganar e de mentir. Via nisso uma compensação ao mal que a sua confissão causara ao marido e a ela própria. À hora do encontro, ela nada preveniu a Vronski, como deveria ter feito, para que a situação ficasse verdadeiramente clara.

Na manhã do dia seguinte, desde que acordou, as palavras que dissera ao marido retornaram-lhe à memória, a brutalidade parecendo tão monstruosa que não podia conceber como tivera coragem de pronunciá-las. Impossível agora agarrá-las de novo. Qual seria o resultado? Aléxis Alexandrovitch partira sem tornar conhecida a sua decisão.

"Estive com Vronski e calei-me. No momento em que partia, quis dizer-lhe tudo, mas renunciei porque ele acharia estranho que não o tivesse dito no começo. Por que, desejando falar, guardei silêncio?"

Em resposta a essa pergunta, o rubor cobriu-lhe o rosto. Compreendeu que o que a retivera fora a vergonha. E a situação, que na noite anterior julgara esclarecida, pareceu-lhe mais confusa do que nunca. Tinha pela primeira vez a compreensão da desonra e sentia-se enlouquecer pensando nas várias atitudes que o seu marido poderia tomar: o administrador viria para expulsá-la de casa; o seu erro seria proclamado ao mundo inteiro; onde encontraria um refúgio? Ela nada sabia.

Pensava em Vronski, achava que ele já não a amava tanto, que começava a se cansar. Como se imporia a ele? E um sentimento de amargura se elevava contra o amante na sua alma. Perseguiam-na as confissões que fizera ao marido. Julgava ter falado em frente de todos e que todos a tinham ouvido.

Agora, ousaria fitar aqueles com quem vivia? Não podia se resolver a chamar a criada, ainda menos a descer para almoçar com o filho e a governanta.

A criada, que mais de uma vez viera escutar à porta, decidiu-se a entrar. Ana sentiu medo, enrubesceu, interrogou-a com o olhar. A criada se desculpou: pensara ter ouvido a campainha.

Trazia um vestido e um bilhete. O bilhete era de Betsy. "Não esqueças que Lisa Merkalov e a baronesa Stolz se reúnem em minha casa com os seus apaixonados: Kaloujski e o velho Stremov, para jogarmos uma partida de *croquet*. Venha, o estudo de costumes vale a pena."

Ana leu o bilhete e soltou um profundo suspiro.

— Não preciso de nada — disse a Annouchka que arrumava os frascos da mesa. — Podes sair. Vou me vestir e descerei imediatamente. Não preciso de nada, de nada...

Annouchka saiu, mas Ana não se vestiu... A cabeça baixa e os braços descidos, ela tremia, esboçando um gesto, querendo falar, mas recaindo no mesmo entorpecimento. "Meu Deus, meu Deus!", repetiu maquinalmente, sem emprestar o menor sentido a esta exclamação. Acreditava firmemente em certas verdades da religião em que fora criada, mas não pensava implorar socorros ou procurar refúgio junto a Aléxis Alexandrovitch. Não sabia de antemão que aquela religião exigia como dever a renúncia do que constituía a sua única razão de viver? A sua tortura moral se agravava com um sentimento novo, que ela via com surpresa apossar-se da sua consciência: sentia duplamente, como algumas vezes os olhos fatigados veem duplamente, e, por momentos, ignorava o que temia e o que desejava: seria o passado ou o futuro? Ao certo, que desejaria?

"Ah! Mas o que farei?", exclamou, sentindo uma viva dor nas têmporas. Então, percebeu que tinha as mãos entre os cabelos e que os repartia em duas partes. Saltou do leito e pôs-se a andar.

— O café já foi servido. Mademoiselle e Sérgio esperam — disse Annouchka entrando novamente no quarto.

— Sérgio? Que fez Sérgio? — indagou Ana, animando-se com a ideia do filho de quem, durante a manhã, se lembrava pela primeira vez.

— Penso que fez tolices — disse Annouchka sorrindo.

— Tolices?

— Sim, parece-me que tirou um dos pêssegos da sala e o foi comer às escondidas.

A lembrança do filho libertou Ana do impasse moral em que se debatia. O papel, meio sincero e meio artificial que vinha assumindo há muitos anos, de uma mãe inteiramente consagrada ao filho, retornou-lhe à memória e ela sentiu com felicidade que lhe restava um ponto de apoio fora do marido e de Vronski. Qualquer situação que lhe fosse imposta, ela não abandonaria o pequeno Sérgio.

O marido poderia expulsá-la, cobri-la de vergonha, Vronski afastar-se e retomar a vida independente (fato em que não podia pensar sem uma nova crise de amargura), mas não saberia sacrificar o filho. Tinha, pois, um fim na vida. Fazia-se indispensável agir, agir a todo custo, salvaguardar a sua posição em benefício do filho, conduzi-lo antes que o tirassem... Sim, sim, era indispensável partir com ele, partir quanto antes, e, isso, para se acalmar e livrar-se da angústia que a torturava... E a ideia de uma ação tendo por finalidade o filho, uma viagem com ele não importa para onde, acalmou-a.

Vestiu-se apressadamente, desceu e entrou firmemente na sala onde, como de costume, a governanta e Sérgio a esperavam para o almoço. Sérgio, em pé entre duas janelas, vestido inteiramente de branco, a cabeça baixa, separava as flores com grande atenção; nesses momentos, muito frequentes, ele se parecia com o pai. Assim que percebeu Ana, soltou um daqueles gritos estridentes de que tinha costume: "Ah, mamãe!" Depois, parou indeciso, não sabendo se deixaria as flores para encontrar-se com Ana ou se acabaria o *bouquet* para lhe oferecer.

A governanta tinha o aspecto severo. Após um cumprimento de delicadeza, iniciou a narração longa e detalhada do procedimento de Sérgio. Ana não a ouvia. Perguntava a si mesma se seria preciso levar também aquela mulher.

"Não, eu a deixarei", decidiu, "partirei sozinha com o meu filho."

— Sim, fez muito mal — disse, enfim. E tomando Sérgio pelo braço olhou-o ansiosamente, tão ansiosamente que perturbou o pequeno. — Deixa-me — disse à governanta surpresa, e, sem deixar o braço da criança, sentou-se à mesa onde o café já fora servido.

— Mamãe, eu... eu... não... — balbuciou Sérgio, procurando ler no rosto da mãe o que achava ela da história do pêssego.

— Sérgio — disse Ana logo que a governanta se retirou —, fizeste mal, mas não mais repetirás tal coisa, não é mesmo? Tu gostas de mim?

Uma grande ternura a possuía.

"Posso eu não o amar?", pensava, examinando o olhar feliz da criança. "Não se unirá ao pai para me castigar? Não sentirá piedade de mim?" Lágrimas escorriam pelas suas faces e, tentando escondê-las, levantou-se bruscamente, refugiando-se quase correndo no terraço.

Às chuvas tempestuosas dos últimos dias, sucedera um tempo claro, mas frio, apesar do sol cujos raios se filtravam através da folhagem deslavada. O ar fresco agravou a indisposição de Ana. Ela tremia com o frio e o terror, que a tomava com nova potência ao ar livre.

— Vá procurar Marieta — disse a Sérgio, que a seguira, e pôs-se a andar na esteira que cobria o terraço. "Poderá ele não me perdoar, recusar-se a compreender que não podia ser de outro modo?"

Ela parou, contemplou um momento os cimos das faias cujas folhas úmidas brilhavam ao sol e compreendeu subitamente que não a perdoariam, que o mundo inteiro seria impiedoso como aquele céu e aquela vegetação. Sentiu-se dominada novamente pelas hesitações, com o desdobramento interior.

"Vamos, não é preciso pensar... É preciso fugir... Mas para onde? Quando? Com quem?... Para Moscou, pelo trem noturno... Levarei Sérgio, Annouchka e o estritamente necessário... Mas, primeiramente, devo escrever a todos dois."

E, entrando vivamente no seu *boudoir*, sentou-se à escrivaninha para escrever ao marido.

"Depois do que se passou, não posso viver em sua casa. Parto e levo comigo o meu filho. Não conhecendo a lei, ignorando com quem ele deve ficar, levo-o comigo porque não posso viver sem ele. Seja generoso, deixe-o comigo."

Até aí escrevera rápida e naturalmente, mas esse apelo a uma generosidade que não reconhecia em Aléxis Alexandrovitch e a necessidade de concluir com algumas palavras tocantes detiveram-na.

"Não posso falar do meu erro e do meu arrependimento porque..." Deteve-se ainda porque não encontrava palavras que exprimissem o seu pensamento. "Não", pensou, "ele não fará nada disso." E, rasgando a carta, escreveu uma outra em que excluiu todo apelo à generosidade do marido.

A segunda carta devia ser para Vronski.

"Tudo confessei ao meu marido", começou, mas permaneceu durante muito tempo sem poder continuar: era tão brutal, tão pouco feminino! "Demais, que posso lhe escrever?" Uma vez mais enrubesceu de vergonha e, lembrando-se com uma certa rispidez da tranquilidade do rapaz, rasgou o bilhete em mil pedaços.

"É preferível o silêncio", decidiu, fechando o bloco. Subiu para anunciar à governanta e aos criados que, naquela noite mesma, viajaria para Moscou. E, sem mais tardar, começou os preparativos de viagem.

16

Os criados, o porteiro e até os jardineiros tinham esvaziado todos os aposentos. As cômodas e os armários estavam abertos. Jornais cobriam o assoalho. Duas vezes correram para comprar cordas. Malas, valises, um embrulho de mantas enchia a sala. A carruagem particular e duas carruagens de praça esperavam defronte do portão. Em pé, junto à mesa do seu *boudoir*, Ana, um pouco tranquilizada pela febre dos preparativos, arrumava a sua bolsa de viagem quando Annouchka chamou a sua atenção para um barulho de carruagem que se aproximava. Olhou pela janela e viu o portador de Aléxis Alexandrovitch que tocava a campainha da porta de entrada.

— Vá ver o que é — disse e, cruzando os braços sobre os joelhos, sentou-se resignadamente numa poltrona.

Um criado trouxe um enorme pacote endereçado pelo próprio punho de Aléxis Alexandrovitch.

— O portador recebeu ordens de esperar uma resposta — disse ele.

— Está bem — respondeu ela e, logo que o criado se afastou, rasgou com a mão trêmula o envelope, de onde caiu um maço de notas do banco. Achou afinal a carta e foi diretamente ao fim. "Todas as medidas serão tomadas para a mudança. Observai que ligo particular importância a que seja obedecido o meu pedido." Depois, percorreu a carta e, afinal, leu-a inteiramente de uma a outra extremidade. Pôs-se então a tremer, sentindo-se esmagada por uma infelicidade terrível e imprevista.

Naquela manhã mesmo, deplorara ter feito a confissão, desejara retomar as palavras — e eis que uma carta os considerava como não rompidos, trazendo-lhe o que ambicionara, e aquelas poucas linhas pareciam sobrepassar as suas mais negras previsões.

"Ele tem razão", murmurou. "Como não teria sempre razão, não é cristão e magnânimo? Oh, como esse homem é vil e desprezível!

E dizer que ninguém o compreende e que só eu o compreendo, eu que não posso me exprimir! Elogiam a sua piedade, a sua probidade, inteligência, mas não viram o que eu vi; ignoram que durante oito anos asfixiou tudo o que palpitava em mim, sem nunca verificar que eu era uma criatura viva e que necessitava de amor; ignoram que me feria a cada passo e só estava satisfeito consigo mesmo. Não procurei, com todas minhas forças, dar um fim à minha vida? Não fiz o possível para amá-lo e, não conseguindo isso, não transferi o meu amor para o meu filho? Mas chegou um tempo em que julguei não mais ser possível me iludir, pois também era um ser de carne e osso. É minha culpa, se Deus me fez assim, se tenho eu necessidade de amar e de viver?... E agora? Se ele me matasse, se matasse o outro, poderia compreender, perdoar, mas não, ele... Como não previ o que ele faria? Uma natureza baixa como a sua não poderia agir de outro modo. Deveria defender os seus direitos e eu, infelizmente, perder-me mais ainda. 'Podereis imaginar o que vos espera, a vós e ao vosso filho.' É evidentemente uma ameaça para levar o meu filho, as suas absurdas leis sem dúvida o autorizam. Mas não vejo por que ele me diz isso. Não acredita no meu amor pelo meu filho, despreza esse sentimento de que sempre escarneceu; mas sabe que eu não o abandonarei, sem meu filho a vida não me seria suportável mesmo com aquele que amo, e, se o abandonasse, cairia na classe das mulheres mais vis; ele sabe tudo isso, sabe que eu nunca teria forças para agir assim... 'Nossa vida deve continuar a mesma', afirmava ele. Mas essa vida sempre fora um tormento e, nos últimos tempos, piorara. Agora, que acontecerá? Ele bem sabe que não posso arrepender-me de respirar, de amar; sabe que tudo isso que exige só resultará em falsidade, mas precisa aumentar a minha tortura. Conheço-o, sei que ele nada na mentira como um peixe na água... Não, não lhe darei essa alegria, carregarei para longe a teia de hipocrisia em que pretende me envolver. Aconteça o que acontecer, tudo será melhor do que enganar e mentir!... Mas como? Meu Deus, meu Deus, já existiu uma mulher tão infeliz quanto eu?..."

— Sim, eu o aniquilarei — gritou, aproximando-se da escrivaninha para escrever uma outra carta ao marido, mas, no fundo da alma, sentia perfeitamente que não aniquilaria coisa alguma: por mais falsa que fosse a sua situação, não tinha coragem de sair dela.

Sentou-se em frente da mesa e, em vez de escrever, apoiou a cabeça nos braços e chorou como choram as crianças, com soluços que lhe sacudiam o peito. Compreendia agora como fora ingênua julgando a situação prestes a se esclarecer. Sabia que tudo continuaria como no passado, que tudo iria mesmo piorar. Sentia também que a sua posição na sociedade, que ainda há pouco desvalorizava, era querida — e que não teria força para trocá-la pela de uma mulher que abandona o marido e o filho para acompanhar o amante. Não, por mais esforços que fizesse, não dominaria nunca a sua fraqueza. Jamais conheceria o amor na sua liberdade, seria sempre a mulher criminosa, constantemente ameaçada de ser surpreendida, enganando o marido com um homem com quem nunca poderia repartir a vida. O destino surgia-lhe tão pavoroso que não ousava encará-lo nem prever um desfecho. E chorava, chorava sem pausa, como uma criança castigada.

Os passos de um criado fizeram-na tremer. Desviando o rosto, fez como se estivesse escrevendo.

— O portador pede a resposta — disse o criado.

— A resposta? Sim, que espere. Tocarei a campainha. — "Que posso escrever? Sozinha, que decidirei? Que posso querer?" E, apegando-se ao primeiro pretexto vindo para escapar à dualidade que, surpresa, sentia renascer, pensou: "É preciso que eu veja Aléxis, unicamente ele poderá dizer o que devo fazer. Irei à casa de Betsy, talvez o encontre lá." Esquecia-se completamente de que, na noite anterior, dissera a Vronski não poder ir mais à casa da princesa Tverskoi, e que ele resolvera também não ir. Imediatamente escreveu ao marido estas palavras lacônicas: *Recebi a vossa carta. A.*

Tocou a campainha e entregou o bilhete ao criado.

— Não viajaremos mais — disse a Annouchka que entrava.

— Nem depois?

— Não desarrume as malas antes de amanhã, e que a carruagem espere. Vou à casa da princesa.

— Que vestido Madame usará?

17

A sociedade que se reunia em casa da princesa Tverskoi para a partida de *croquet*, para a qual Ana fora convidada, compunha-se de duas senhoras e seus respectivos apaixonados. Essas senhoras eram as personalidades mais notáveis de um novo grupo de Petersburgo que, por imitação a outra imitação, se chamavam *les sept merveilles du monde*.[22] Ambas pertenciam à alta sociedade, mas de uma facção hostil àquela que frequentava Ana. Demais, o velho Stremov, um dos homens mais influentes de Petersburgo, era inimigo declarado de Aléxis Alexandrovitch. Por todas essas razões, Ana se julgara na obrigação de recusar o primeiro convite de Betsy, recusa a que ela aludia no seu bilhete. Mas a esperança de encontrar Vronski fê-la mudar de opinião — e foi ela quem primeiro chegou à casa da princesa.

Quando entrava na sala, um homem bem penteado parou para deixá-la passar, tirando o chapéu. Reconheceu o criado de Vronski e lembrou-se então de que ele prevenira que não viria; sem dúvida, enviava um bilhete para se desculpar.

Enquanto despia a capa, ouviu aquele homem, pronunciando os "rr", dizer:

— Da parte do conde para a senhora princesa.

Ela desejou-lhe perguntar onde se achava o seu patrão. Teve vontade de entrar para escrever a Vronski pedindo-lhe para vir ou de ir ela mesma encontrá-lo. Mas era muito tarde: uma campainha já havia anunciado a sua visita e, com uma atitude respeitosa perto

---

22 Em francês, "as sete maravilhas do mundo". (N.E.)

da porta que acabava de abrir, um dos criados da princesa esperava que ela se dignasse de entrar. Quando chegou à primeira sala, um segundo criado avisou-a de que a princesa estava no jardim.

— Vou preveni-la — acrescentou ele —, a não ser que Madame a queira encontrar lá.

A situação tornava-se cada vez mais confusa: sem ter visto Vronski, sem poder tomar nenhuma decisão, Ana devia permanecer entre estranhos cujas preocupações diferiam totalmente das suas. Contudo, logo se sentiu sossegada: aquela atmosfera de ócio solene era-lhe familiar, não ignorava que o seu vestido lhe ficava ótimo e, não mais estando sozinha, não podia agastar-se procurando o melhor caminho a tomar. Também, vendo vir Betsy num vestido branco de extrema elegância, acolheu-a com o seu sorriso habitual. Betsy estava acompanhada por Touchkevitch e uma jovem parenta da província que, para grande alegria da sua família, passava o verão em casa da célebre princesa.

Ana tinha provavelmente um ar estranho, porque Betsy o observou imediatamente.

— Dormi muito pouco — respondeu Ana, cujo olhar seguia os movimentos de um criado que se aproximava do seu grupo e que devia levar o bilhete de Vronski.

— Estou contente por teres vindo — disse Betsy. — Desejava precisamente tomar uma xícara de chá antes da sua chegada... E o senhor — disse, voltando-se para Touchkevitch —, o senhor deveria experimentar com Macha o campo de croqué ali onde cortaram a relva... Nós conversaríamos enquanto bebêssemos o chá, *we'll have a cosy chat*,[23] não é mesmo? — perguntou, sorrindo para Ana e lhe apertando a mão.

— De boa vontade, tanto mais que não posso ficar muito tempo. Preciso ir à casa da velha Wrede, há cem anos que lhe prometo uma visita — disse Ana, em quem a mentira, contrária à natureza,

---

23 Em inglês, "teremos uma conversa agradável". (N.E.)

tornava-se uma coisa muito simples, natural, divertida, quando se achava na sociedade. Por que dissera uma coisa em que não pensara um minuto antes? Era que, involuntariamente, procurava uma porta de saída para tentar, no caso em que Vronski não viesse, encontrá-lo em alguma parte. Mas por que o nome daquela velha lhe viera ao espírito antes que outro qualquer? Ela não o sabia dizer, mas o fato provava que, de todas as desculpas que poderia arranjar, era aquela a melhor.

— Oh, não, eu não te deixarei sair! — replicou Betsy, fitando Ana. — Em verdade, se eu não gostasse tanto de ti, pouco me aborreceria. Receias que a minha sociedade te comprometa?... O chá deve ser servido no salão pequeno — ordenou com um olhar que lhe era habitual quando se dirigia aos criados. E tomando o bilhete, leu-o.

— Aléxis nos faltou com a palavra — disse ela em francês. — Desculpa-se de não poder vir — acrescentou com o tom mais natural, como se nunca houvesse suposto ser a sua amiga para Vronski senão uma simples companheira no jogo de *croquet*. Betsy sabia perfeitamente por que se conter; Ana não duvidava, mas, cada vez em que a ouvia falar de Vronski, ficava convencida de que a princesa ignorava tudo.

— Ah! — fez Ana simulando indiferença. — Como a tua sociedade poderia comprometer alguém? — indagou, sorrindo.

Para Ana, como para todas as mulheres, aquele modo de esconder um segredo brincando com as palavras tinha um enorme encanto. Obedecia menos à necessidade que ao prazer de dissimular.

— Não saberia ser mais católica que o papa — continuou ela. — Stremov e Lisa Merkalov... mas são as flores da sociedade! Demais, não são recebidos em toda parte? Quanto a mim — destacou esta palavra —, nunca fui severa e nem intolerante.

— Mas talvez não gostasses de encontrar Stremov! Que despedace lanças com Aléxis Alexandrovitch nas suas comissões, pouco nos importa. Não existe homem mais amável no mundo e nem jogador de *croquet* mais entusiasmado. Verás também como esse velho apaixonado de Lisa sai de uma situação cômica... Um homem magnífico, asseguro-te... E Sapho Stolz, tu não a conheces?

Falando, Betsy olhava Ana com um ar de quem percebia o embaraço da sua amiga.

— Espere, é preciso responder a Aléxis — continuou ela. E, sentando-se à escrivaninha, escreveu um bilhete que pôs no envelope. — "Peça-lhe para vir jantar, falta-me um cavalheiro para uma das minhas damas." Verás como a minha eloquência é persuasiva... Desculpa-me deixar-te um instante, tenho uma ordem a dar. Fecha e envia, eu te peço — disse Betsy, da porta.

Sem hesitar um instante, Ana ocupou o lugar de Betsy na carteira e, sem ler o bilhete, acrescentou estas linhas: "Tenho absoluta necessidade de ver-te. Espero-te às seis horas no jardim de Mlle. Wrede." Fechou a carta que, na volta, Betsy expediu.

As duas amigas tiveram, efetivamente, um *cosy chat* tomando o chá que foi servido no *boudoir*, aposento fresco e íntimo. A conversa se desenrolou sobre as pessoas esperadas, particularmente sobre Lisa Merkalov.

— Ela é encantadora e sempre me foi simpática — disse Ana.

— E isso deves a ela, porque também te adora. Ontem à noite, depois das corridas, ficou desolada por não estares junto a mim. Ela te vê como uma verdadeira heroína de romance e acha que, se fosse homem, faria mil loucuras por ti. Stremov lhe disse que ela já fazia suficientemente esse papel.

— Mas explique-me uma coisa que nunca compreendi — disse Ana depois de um momento de silêncio, num tom que provava claramente ligar muita importância à questão —, que relações existem entre ela e o príncipe Kaloujski, Michka, como se chama? Eu os conheço pouco. Que existe entre eles?

Betsy sorriu com os olhos e fitou atentamente Ana.

— É a moda — respondeu. — Todas essas senhoras têm procedido assim, mas há jeito para tudo...

— Sim, mas que relações existem entre ela e o príncipe Kaloujski?

Betsy, de natureza pouca risonha, cedeu a um irresistível e louco acesso de riso.

— Mas tu andas sobre os passos da princesa Miagki — disse, sem poder conter o riso contagioso próprio às pessoas que raramente sorriem. — É preciso perguntar-lhe.

— Ri tanto quanto queiras — disse Ana, possuída por aquele bom humor —, mas eu nunca compreendi nada. Qual é o papel do marido?

— O marido? Mas o de Lisa o defende e até colocou-se a seu serviço. Quanto ao fundo da questão, ninguém o poderá conhecer. Na sociedade, tu sabes, existem certos objetos de que nunca se fala. Acontece o mesmo com certas questões.

— Irás à festa dos Rolandaki? — indagou Ana para mudar de conversa.

— Não penso ir — respondeu Betsy e, sem olhar a amiga, encheu duas pequenas xícaras de porcelana transparente com o chá perfumado, entregando uma a Ana. Depois, tirando um *pajitos* de uma cigarreira de prata, acendeu-o. — Vê — disse ela seriamente, com a xícara na mão —, estou numa situação privilegiada. Mas eu te compreendo e compreendo Lisa. Lisa é uma dessas naturezas ingênuas, infantis, que ignoram o bem e o mal. Pelo menos, era assim na sua mocidade, e, depois que verificou que essa ingenuidade lhe ficava bem, aparentou não a compreender. Isso vem a dar no mesmo. Que queres, podemos considerar as mesmas coisas de modos bem diferentes: uns levam ao trágico e se atormentam, outros veem mais simplesmente e mesmo com alegria. Talvez sejam trágicos os teus modos de ver!

— Desejava conhecer os outros como conheço a mim mesma — disse Ana com um ar pensativo. — Sou melhor ou pior do que os outros? Acho que sou pior.

— Criança terrível, criança terrível! — disse Betsy. — Mas eles aí estão.

18

Passos fizeram-se ouvir, depois uma voz de homem, em seguida uma voz de mulher e finalmente uma explosão de risos. Os visitantes apareceram. Era Sapho Stolz e um rapaz que se chamava Vaska, possuidor de um rosto radiante e de ótima saúde: as batatas, as carnes sangrentas e o vinho de Borgonha lhe haviam feito muito bem. Vaska cumprimentou as duas senhoras quando entrava, mas o olhar com que as fitou só durou um segundo; atravessou a sala atrás de Sapho como se estivesse enfeitiçado, devorando-a com os olhos ávidos. Sapho Stolz, loura de olhos negros, com um andar propositadamente vagaroso, cumprimentou as senhoras apertando-lhes as mãos vigorosamente, num gesto masculino.

Ana, que nunca encontrara aquela nova estrela, admirou-se da sua beleza, da sua soberana elegância, da sua desenvoltura. Uma cabeleira de cabelos falsos e verdadeiros, de delicado aspecto dourado, dava à cabeça da baronesa, que estava perto, a mesma altura que ao seu busto, que era bastante arqueado. A cada movimento, as formas dos seus joelhos e das pernas incitavam a perguntar onde podia terminar aquele pequeno corpo encantador tão descoberto no alto e tão dissimulado embaixo.

Betsy apressou-se em apresentá-la a Ana.

— Imaginem que escapamos de esmagar dois militares — disse logo, sorrindo e piscando. — Eu vinha com Vaska... Ah! Esqueci, a senhora não o conhece...

E ela apresentou o rapaz pelo verdadeiro nome, corando e rindo-se muito por o ter chamado de Vaska em presença de uma desconhecida. O rapaz cumprimentou Mme. Karenina pela segunda vez, mas não lhe disse uma só palavra. Foi a Sapho que se dirigiu:

— Perdeste a aposta — disse sorrindo. — Nós chegamos primeiro e tu deves pagar.

Sapho riu ainda mais forte.

— Ainda não.

— Pouco importa, pagarás mais tarde.

— Ah, meu Deus! — gritou ela imediatamente, voltando-se para a dona da casa. — Esqueci de dizer, esquecida que sou! Trago-te uma visita... Ei-la.

A criatura esquecida por Sapho era de tal importância que, apesar da sua mocidade, as senhoras se levantaram para a receber.

Era o novo apaixonado de Sapho que, a exemplo de Vaska, seguia todos os seus passos.

Logo depois chegaram o príncipe Kaloujski e Lisa Merkalov acompanhados por Stremov. Lisa era uma loura bastante magra, de tipo oriental, o ar indolente e com belos olhos que todos achavam enigmáticos. O seu vestido escuro, que Ana imediatamente observou e apreciou, convinha admiravelmente ao seu gênero de beleza.

À inquietude de Sapho, Lisa opunha uma negligência cheia de abandono.

Foram para esta última as preferências de Ana. Assim que a viu, achou que Betsy fora injusta criticando o seu ar de criança inocente. Por mais depravada que fosse Lisa, a sua ingênua inconsciência desarmava. As suas maneiras não eram melhores do que as de Sapho: ela também trazia, unidos à sua pele, dois apaixonados que a devoravam com os olhos, um moço e outro velho; mas alguma coisa havia que a tornava superior aos que a cercavam; dir-se-ia um diamante entre miçangas. A luz da pedra preciosa brilhava nos seus lindos olhos verdadeiramente enigmáticos, cercados por um halo bistre, e cujo olhar, cheio de paixão, comovia pela sinceridade. Quem encontrasse esse olhar julgaria ler a alma de Lisa, e conhecê-la seria amá-la.

— Ah, como estou contente em ver-te! — disse ela, aproximando-se. — Ontem à noite, nas corridas, eu quis me aproximar, mas tu acabavas de partir. Foi horrível, não achaste? — disse, concedendo-lhe um daqueles olhares em que parecia abrir o seu coração.

Sim, nunca pensei que aquilo pudesse me comover a tal ponto — respondeu Ana, corando.

Os jogadores de *croquet* levantaram-se para ir ao jardim.

— Eu não irei — disse Lisa, sentando-se mais perto de Ana. — Tu não vais? Que prazer pode-se achar em semelhante jogo?

— Mas eu gosto muito — disse Ana.

— Como fazes para não te aborreceres? Olhando-te, sinto-me feliz. Tu vives, eu me aborreço!

— Tu te aborreces! Mas o teu grupo passa por ser o mais alegre de toda Petersburgo!

— Talvez que esses que nos julgam os mais alegres sejam ainda mais aborrecidos do que nós. Eu, porém, não me divirto. Aborreço-me terrivelmente.

Sapho, depois de acender um cigarro, reuniu-se aos rapazes, no jardim. Betsy e Stremov continuaram pertos da mesa do chá.

— Que dizem! — exclamou Betsy. — Sapho acha que se passou o tempo muito bem em tua casa ontem à noite...

— Não me fales, estava-se a morrer de aborrecimento. Todos vieram nos encontrar depois das corridas. Sempre a mesma coisa, sempre os mesmos rostos. Passamos a reunião inteira chafurdados nos divãs. Que acharam de tão alegre?... Olhe — prosseguiu, dirigindo-se a Ana —, como fazer para não conhecer o aborrecimento? Vendo-se a ti percebe-se que, feliz ou infeliz, nunca estás aborrecida. Que fazes para isso?

— Não faço nada — respondeu, Ana enrubescendo com aquela insistência.

— É o que se pode fazer de melhor — disse Stremov ingressando na conversa.

Era um homem de cinquenta anos, encanecido mas bem conservado, feio mas de uma feiura original. Consagrava todos os seus lazeres a Lisa Merkalov, sua sobrinha por aliança. Encontrando Mme. Karenina num salão, procurou, como homem de sociedade e homem de espírito, mostrar-se particularmente amável para com ela, em consequência mesmo das suas más relações com Aléxis Alexandrovitch.

— O melhor dos meios é não fazer nada — continuou com um sorriso malicioso. — Há muito tempo que digo: para não nos aborrecermos, basta acreditar que não nos aborrecemos. É a mesma coisa que sofrer de insônia, basta dizer que nunca dormiremos. Exatamente o que Ana Arcadievna quis dizer.

— Sentir-me-ia orgulhosa se tivesse dito realmente isso — prosseguiu Ana, sorrindo — porque não é apenas espirituoso, é verdadeiro.

— Mas por que é tão difícil dormir quanto não se aborrecer?

— Porque, tanto para um como para outro, é preciso que se tenha trabalhado.

— Por que desejaria eu, trabalhando, adquirir uma fadiga inútil? E, quanto a representar uma comédia, nem o sei nem o quero.

— És incorrigível — concluiu Stremov, sem a olhar.

Ocupou-se unicamente com Mme. Karenina. Como a encontrava raramente, só pôde dizer-lhe banalidades sobre a sua volta a Petersburgo ou sobre a amizade que lhe tinha a condessa Lídia, mas soube dizer de tal modo, que a fez entender estar às suas ordens, que sentia por ela um infinito respeito e mesmo alguma coisa mais.

Touchkevitch veio dizer que todos esperavam os jogadores.

— Por favor, não vá! — esforçou-se Lisa por detê-la, ao saber que Ana queria despedir-se. Stremov apoiou-a.

— A senhora achará — disse ele — um contraste muito grande entre a sociedade daqui e a da velha Wrede. Depois, será apenas um assunto de maledicência, ao passo que aqui desperta sentimentos de outra espécie.

Ana ficou pensativa um momento. As palavras lisonjeiras desse homem de espírito, a simpatia infantil que Lisa lhe dedicava, o meio mundano em que julgava respirar mais livremente, provocaram-lhe um minuto de hesitação: não podia transferir para mais tarde o momento terrível da explicação? Mas lembrou-se do que a esperava se não tomasse uma resolução e recordou com terror o gesto que fizera na sua aflição, de arrancar os cabelos. Então se decidiu, despediu-se e saiu.

19

Apesar da sua vida mundana e da sua aparente leviandade, Vronski tinha horror à desordem. Ainda aluno do Corpo dos Pajens, um dia, estando com pouco dinheiro, pedindo-o emprestado, sofrera uma recusa. Jurou desde essa época não mais se expor a semelhante humilhação.

Por isso realizava com cuidado o balanço cinco ou seis vezes por ano: era o que chamava *faire la lessive*.[24] No dia seguinte ao das corridas, acordando tarde, Vronski, antes de tomar o banho e fazer a barba, vestiu a sua blusa e, jogando sobre a carteira, letras, dinheiro e diversas contas, sentiu-se obrigado a classificar tudo aquilo.

Petritski conhecendo o temperamento do companheiro naqueles casos, levantou-se, vestiu-se e saiu sem fazer barulho.

Todo homem de vida complicada vê nessa confusão uma fatalidade a ele somente reservada. Vronski pensava assim e se orgulhava com razão de ter evitado obstáculo onde outros teriam sucumbido. No entanto, gostava de pôr ao claro, em certos momentos, a sua situação.

Focalizou o problema financeiro. Numa folha de papel de bloco imprimiu com a sua letra fina o estado das suas dívidas. O total subia a dezessete mil rublos, sem contar as centenas que cancelava para melhor esclarecer a soma. Os seus haveres, em mão e no banco, atingiam a mil e oitocentos rublos sem nenhuma outra entrada antes do novo ano. Então classificou as dívidas dividindo-as em três categorias. Em primeiro lugar, as dívidas urgentes, que subiam a quatro mil rublos, mil e quinhentos para pagar o seu cavalo e dois e quinhentos pagar a um grego que as ganhara do jovem Venevski, um

---

24 Em francês, "lavar a roupa". (N.E.)

dos seus companheiros. Prestando a caução sem participar do jogo, Vronski, então com dinheiro, quis regular imediatamente aquela dívida de honra, mas Iachvine e Venevski acharam que só a eles a dívida pertencia e que dela se incumbiriam. Como quer que fosse, Vronski tinha que lançar, em caso de reclamação, aquela quantia no rosto do ladrão que o caloteara. Depois vinham as dívidas das cavalariças, oito mil rublos, ao fornecedor de feno e de aveia, ao treinador, ao albardeiro etc.: dois mil rublos de prestações bastavam no momento.

Quanto à terceira categoria dos credores — restauradores, alfaiates, comerciantes —, esses podiam esperar. Em suma, precisava imediatamente de seis mil rublos e tinha apenas mil e oitocentos. Eram dívidas pequenas, no caso em que Vronski tivesse verdadeiramente de renda os cem mil rublos que lhe atribuíam. Na realidade, a grande fortuna paterna não fora dividida, Vronski cedera quase toda a sua parte ao irmão mais velho, quando esse se casara com uma moça pobre, a princesa Barba Tchizkov, filha de um revolucionário de dezembro de 25. Reservara-se uma renda de vinte e cinco mil rublos que julgara lhe chegasse até o casamento, eventualidade muito pouco provável. Seu irmão, bastante endividado e comandando um regimento que exigia grandes despesas, não pôde recusar aquele presente. A mãe, da sua fortuna pessoal, dava-lhe uma pensão de vinte mil rublos, mas, depois de algum tempo, descontente com a sua brusca partida de Moscou e com a sua ligação com Mme. Karenina, deixara de o fazer. De um golpe, Vronski, habituado a gastar largamente, viu a sua renda reduzida à metade, o que muito o atormentava. Não queria a nenhum preço abaixar-se perante a mãe. Recebera ainda da velha uma carta repleta de irritantes alusões: a boa senhora o ajudaria para o futuro da sua carreira e não para vê-lo levar uma vida que escandalizava toda a sociedade. Essa espécie de repreensão indireta ferira-o até o fundo do coração. Sentia-se mais frio que nunca em relação à mãe. Demais, não podia pensar em desfazer a palavra generosa que dera ao irmão — palavra que, apesar de tudo, fora um pouco irrefletida; ele via agora como a ligação com Ana podia tornar a sua renda tão necessária como se fosse casado. A lembrança da sua cunhada, aquela boa e admirável Varia, que lhe demonstrava a cada momento a sua amizade, retribuindo a elegância do seu gesto, bastou para impedir uma decisão: era tão impossível como espancar uma mulher, roubar ou mentir. A única solução prática, e Vronski agarrou-a sem hesitação, era tomar emprestados dez mil rublos a um usurário, o que não oferecia nenhuma dificuldade, reduzir as despesas e vender as cavalariças. A decisão resolvida, escreveu logo a Rolandaki, que sempre desejara lhe comprar os cavalos, mandou o treinador e o usurário, e dividiu em diversas contas o dinheiro que lhe restava. Depois, respondeu à carta da mãe, com delicadeza, e releu pela última vez, antes de queimar, as três últimas cartas de Ana: à recordação da conversa da véspera caiu em profunda meditação.

20

Para sua felicidade, a vida de Vronski se regularizava por um código de leis que determinava estritamente todos os seus atos. Esse código, em verdade, aplicava-se a um círculo de deveres pouco extenso, prescrevendo-lhe, por exemplo, pagar uma dívida de jogo a um grego, mas deixando sem receber o alfaiate; proibia a mentira para os homens, mas a autorizava para as mulheres; proibia enganar quem quer que fosse... excetuando os maridos; admitia as ofensas, mas não o perdão das injúrias etc. Esses princípios, por mais extravagantes que pudessem ser, não tinham menos um caráter de certeza absoluta e, desde o instante em que os observava, Vronski julgava-se com o direito de levantar a cabeça. Não obstante, após algum tempo, em consequência da sua ligação com Ana, ele verificava lacunas no código e não achava nenhuma solução para certos pontos espinhosos e certas complicações que sentia prestes a surgir.

Até aqui, as suas relações com Ana, o marido e a sociedade estavam no quadro dos princípios admitidos e reconhecidos. Ana, que a ele se dera por amor, tinha direito a todo o seu respeito mais ainda do que se fosse a sua esposa legítima — a mais alta estima que possa uma mulher desejar, ele mantinha por Ana, e antes deixaria cortar a mão do que a ferir com uma palavra ou uma simples alusão.

Suas relações sociais também eram claras. Todos podiam supor a sua ligação, mas a ninguém permitia falar sobre tal coisa: obrigava os indiscretos a ficarem em silêncio e a respeitar assim a honra da mulher que ele amava.

Quanto à conduta que tinha para o marido, nada era tão claro: desde o dia em que Ana o amara, a ele, Vronski, os seus direitos sobre ela lhe pareciam indiscutíveis. O marido era apenas um personagem inútil e importuno, posição pouco conveniente, mas da qual ninguém duvidava. O último direito que lhe restava era exigir uma satisfação pelas armas, coisa que Vronski estava pronto a lhe conceder.

Mas eis que um novo incidente fez nascer em seu espírito certas dúvidas que, apesar de todo esforço, não podia sufocar. Ana, na véspera, dissera-lhe que estava grávida, esperava da sua parte uma resolução qualquer, mas os princípios que dirigiam a sua vida não determinavam qual devia ser aquela resolução. No primeiro momento, o seu coração o levara a exigir que ela abandonasse o marido — essa ruptura, porém, depois que refletira e sem que ousasse mesmo se confessar, parecia-lhe pouco desejável.

"Fazê-la abandonar o marido é unir a sua vida à minha: e eu estarei preparado? Não, porque me falta dinheiro, mal que se pode remediar e, coisa ainda mais grave, estou preso às minhas obrigações de serviço... No ponto em que estamos, devo preparar-me para todas as eventualidades. Preciso encontrar o dinheiro e pedir a minha demissão."

A ideia de deixar o exército levou-o a olhar um lado da sua vida moral que, por mais secreta que fosse, não tinha menos uma grande importância.

Apesar de tudo, a ambição, única paixão da sua mocidade, ainda existia lutando contra o seu amor por Ana. Os seus primeiros passos na carreira militar foram tão felizes como na sociedade, mas, há dois anos, ele sofria as consequências de uma incrível falta de habilidade. Para fazer sentir ao mesmo tempo a sua independência e o seu valor, recusara uma promoção que lhe fora oferecida, o gesto pareceu muito altivo, e desde então haviam-no esquecido. Nos primeiros tempos, tomara a coisa como homem de espírito que sorri a todo mau jogo e pedia somente que o deixassem viver em paz. Mas, na época da sua viagem a Moscou, o seu bom humor abandonara-o: verificara que a sua reputação começava a empalidecer e que inúmeras pessoas o viam como um bom rapaz sem o menor futuro. Levando-o ao auge, a ligação com Ana acalmara por um momento o verme roedor da ambição insatisfeita, mas, logo depois, ela o torturava mais violentamente do que nunca.

Um dos seus camaradas de promoção, Serpoukhovskoi, que pertencia ao mesmo meio social de Vronski, tendo partilhado de seus jogos e estudos, sonhos de glória e loucuras da mocidade, voltava da Ásia central como general (saltara, com um pulo, dois degraus) e de posse de uma condecoração raramente concedida a homem da sua idade. Todos saudavam a ascensão do novo astro, todos esperavam a sua nomeação para um posto de primeiro plano. Junto a esse amigo de infância, Vronski, livre e brilhante como era, amante de uma mulher adorável, fazia ainda assim uma triste figura, pobre capitãozinho a quem permitiam ser independente à sua vontade.

"Certamente, eu não sinto inveja de Serpoukhovskoi, mas o seu sucesso prova que um homem como eu precisa esperar sua hora para fazer uma carreira rápida. Há três anos ele era igual a mim. Se deixo o serviço, queimo os meus navios. Ficando, eu não perco nada. Ela própria me disse que não desejava nenhuma mudança da situação... E, possuindo o seu amor, posso verdadeiramente invejar Serpoukhovskoi?" Levantou-se e se pôs a andar torcendo o bigode.

Os seus olhos brilhavam. Sentia uma calma de espírito, um perfeito contentamento que sempre lhe sucedia à organização dos seus negócios. Tudo, ainda desta vez, fora posto em ordem. Barbeou-se, tomou um banho frio, vestiu-se e saiu para se encontrar com Petritski.

21

— Eu vinha te procurar — disse Petritski. — As tuas contas demoraram hoje. Já acabaste?

— Sim — respondeu Vronski sorrindo e alisando com infinita cautela a ponta do bigode, como se receasse que um movimento brusco destruísse a linda ordem que impusera nos negócios.

— Sempre se dirá, nestes momentos, que tu vens do banho... Eu venho da casa de Gritsko. — Era o sobrenome do coronel. — Estão te esperando.

Vronski olhava o camarada sem responder. O seu pensamento estava longe.

— Ah! É em casa dele que se toca — disse, ouvindo o ruído de polcas e valsas que os músicos do regimento tocavam. — Que festa há hoje?

— Chegou Serpoukhovskoi.

— Oh, e eu não sabia de nada! — exclamou Vronski, cada vez mais risonho. — Estou contente em vê-lo novamente.

O seu contentamento era sincero. Como resolvera preferir o amor à ambição — ou pelo menos tentar —, não podia invejar Serpoukhovskoi nem fugir de ser o primeiro a bater-lhe na porta.

O coronel, cujo verdadeiro nome era Demine, residia numa enorme casa. Toda a sociedade estava reunida no terraço. Vronski percebeu primeiramente os cantores do regimento vestidos com as suas blusas de verão, reunidos no corredor, em redor de uma pipa de vodca. Depois, no primeiro degrau da escada, a figura do coronel cercada por alguns oficiais. Com muitos gestos e uma voz poderosa que superava a da música (que executava uma polca de Offenbach), Demine dava ordens a alguns soldados. Um grupo de suboficiais, soldados e um sargento-major se aproximavam do terraço ao mesmo tempo que Vronski. O coronel, que voltara à mesa, reapareceu, uma taça de champanha na mão, e ergueu o seguinte brinde:

— A saúde do vosso antigo camarada, o general príncipe Serpoukhovskoi! Hurra!

O coronel, depois, mostrou Serpoukhovskoi, risonho, tendo uma taça na mão.

— Tu sempre rejuvenesces, Bondarenko — disse ele ao primeiro suboficial que viu.

Serpoukhovskoi, que Vronski não via há três anos, usava agora barba, o que lhe dava um aspecto mais viril. Era um rapaz bem-feito, de traços mais finos que belos. Uma nobreza inata emanava da sua pessoa e Vronski observou no seu rosto — única mudança notável — aquela calma irradiação própria dos que triunfam e sentem o sucesso. Conhecia-a por experiência.

Como Serpoukhovskoi descesse a escada, viu Vronski e um alegre sorriso iluminou o seu rosto. Fez-lhe um sinal amigo com a cabeça para avisar-lhe que primeiro devia beber com Bondarenko, ereto como uma estaca, e prestes a receber o abraço.

— Ei-lo, até que afinal! Iachvine julgava que estivesses de mau humor.

Serpoukhovskoi beijou por três vezes os lábios úmidos do bravo soldado, limpou a boca com o lenço e aproximou-se de Vronski.

— Como estou contente em ver-te! — disse, apertando-lhe a mão a levando-o para um canto.

— Ocupa-te com ele — disse o coronel a Iachvine mostrando Vronski, enquanto se dirigia ao grupo de soldados.

— Por que não foste ontem às corridas? Eu pensei te encontrar — perguntou Vronski, examinando Serpoukhovskoi.

— Quando cheguei, já era muito tarde... Um instante, sim? Ohé — disse ao ajudante de ordem —, distribua isso.

E tirou, corando, três notas de cem rublos da sua carteira.

— Que preferes, Vronski? — perguntou Iachvine. — Sólido ou líquido? Oh, quando se serve o almoço ao conde!

A festa se prolongou durante muito tempo. Beberam excessivamente. Saudaram em triunfo Serpoukhovskoi e o coronel. O coronel dançou em frente dos cantores em companhia de Petritski e depois, sentado num banco do corredor, achou-se na obrigação de demonstrar a Iachvine a superioridade da Rússia sobre a Prússia, especialmente no que se referia às cargas de cavalaria. Aproveitando a pausa, Serpoukhovskoi foi lavar as mãos. Encontrou Vronski que, sem a blusa, deixava a água cair na cabeça congestionada e na nuca coberta de pelos. Quando Serpoukhovskoi acabou de lavar as mãos, os dois amigos sentaram-se num sofá e conversaram à vontade.

— Minha mulher — começou Serpoukhovskoi — sempre me informou sobre a tua vida. Fiquei contente em saber que a vias frequentemente.

— Ela é muito amiga de Varia e, em Petersburgo, são as únicas mulheres que visito com prazer — respondeu Vronski, rindo-se. Ele previa o rumo que a conversa tomaria e não o achava desagradável.

— As únicas? — perguntou Serpoukhovskoi, sorrindo por sua vez.

Vronski cortou a alusão:

— Eu também sabia notícias tuas, mas não somente por tua mulher. Dou-te os parabéns pelos teus sucessos que não me surpreenderam. Eu ainda esperava mais.

Serpoukhovskoi sorriu novamente: aquela opinião o lisonjeava e não via razão para esconder tal sentimento.

— Quanto a mim — disse ele —, não esperava tanto. Estou muito satisfeito. A ambição é a minha fraqueza, confesso sem disfarce.

— Tu não a confessarias se não houvesses saído tão bem.

— Eu não sei — fez Serpoukhovskoi, sempre risonho. — Sem ambição, a vida talvez ainda valesse a pena ser vivida, mas seria bem monótona. Penso que não me engano, é possível que possua as qualidades necessárias à atividade que escolhi e que, nas minhas mãos, o poder, se a mim fosse dado um poder qualquer, estaria mais bem colocado que entre as mãos de muitas pessoas que conheço. Eis por que quanto mais me aproximo do fim, mais me sinto contente — acrescentou com um ar de piedosa suficiência.

— Talvez seja verdade para ti, mas não para todo mundo. Antigamente eu também pensava assim. Mas, hoje, não acho que a ambição seja o único fim da vida.

— Avisei-te desde o começo que estava a par da tua vida. Soube da tua recusa e naturalmente te apoiei. Falando com franqueza, no fundo, talvez tivesses razão, mas não observaste as formas requeridas.

— O que está feito está feito. Sabes que nunca renego os meus atos. Demais, sinto-me muito bem assim.

— Muito bem no momento, mas isso não durará sempre. Teu irmão, como nosso hospedeiro, é admirável. Ouves? — perguntou, ouvindo uma explosão de hurras. — Ele também se julga feliz. Mas igual gênero de vida não te satisfaria.

— E nem desejo isso.

— Depois, os homens como tu são necessários.

— A quem?

— A quem? À sociedade, ao país. A Rússia necessita de homens, ela precisa de um partido. A não ser assim, tudo iria por água abaixo.

— Que entendes por isso? O partido de Berteniev contra os comunistas russos?

— Não — disse Serpoukhovskoi, preocupado com a ideia de que se pudesse supor fosse ele capaz de semelhante tolice — *Tout ça est une blague*.[25] Não há comunistas. Mas os intrigantes precisam

---

25 Em francês, "Isso é tudo uma farsa". (N.E.)

inventar um partido perigoso qualquer. Isso é velho como o mundo. Não, o que falta ao país é um partido capaz de levar ao poder homens independentes como nós.

— Para que isso? Fulano e fulano — Vronski citou alguns nomes influentes da política — não são independentes?

— Não, e eles porque não têm origem e nem fortuna pessoal e não viram, como nós, o dia perto do sol. O dinheiro, a bajulação, poderia comprá-los. Para se manterem, precisam defender uma ideia qualquer, ideia talvez má, na qual nem eles próprios acreditam, mas que lhe dão casa de graça e belos ordenados. Quando vemos esse jogo, *cela n'est pas plus fin que ça*.[26] Admitindo-se que eu seja pior ou mais tolo que eles, o que, aliás, não acho, muito mais difícil seria a probabilidade de compra. E os homens dessa têmpera mais do que nunca são necessários.

Vronski o ouvia com atenção, preso menos às palavras de Serpoukhovskoi do que à elevação das suas vistas. Enquanto ele próprio se desterrava nos pequenos interesses do esquadrão, o seu amigo meditava lutar contra os senhores do momento e fazia amigos nas altas esferas. Que força não adquiriria graças à inteligência, ao seu poder de assimilação, graças principalmente à facilidade de palavra tão rara no seu meio? Por mais que sentisse vergonha, Vronski se surpreendeu com um movimento de inveja.

— Tudo isso é belo e bom — respondeu —, mas falta-me uma qualidade essencial: o amor do poder. Tive-o, mas o perdi.

— Tu me desculparás, mas eu não acredito — objetou, sorrindo, Serpoukhovskoi. — "Agora", talvez, mas isso não durará sempre.

— É possível.

— Tu dizes "é possível", e eu digo "certamente não" — continuou Serpoukhovskoi, como se adivinhasse o seu pensamento. — Eis por que quis conversar contigo. Aprovo a tua atitude, mas erras na

---

26 Em francês, "não fica melhor do que isso". (N.E.)

obstinação. Peço-te somente *carte blanche*. Não viso representar o papel de teu protetor... Depois, por que não o seria, tu não foste muitas vezes o meu? A nossa amizade está acima disso — afirmou ele com uma ternura quase feminina. — Vamos, dá-me *carte blanche*, sai do regimento, e eu te ajudarei.

— Compreenda — insistiu Vronski — que não peço nada. Não é apenas o presente que subsiste.

Serpoukhovskoi ergueu-se e colocou-se em frente dele.

— Entendo o que queres dizer, mas escuta-me. Temos a mesma idade. Talvez tenhas conhecido mais mulheres do que eu — O seu sorriso e o seu gesto certificaram a Vronski da delicadeza que punha para tocar no local sensível —, mas sou casado e, como já disse, não sei quem mais conhece o assunto: se o que conheceu mil ou se aquele que apenas sabe da sua própria mulher.

— Neste momento! — gritou Vronski a um oficial que vinha procurá-lo da parte do coronel. — Estava curioso por ver onde Serpoukhovskoi queria chegar.

— Vê — prosseguiu aquele —, na carreira de um homem, a mulher é sempre o grande obstáculo. É difícil amar a mulher e fazer alguma coisa de útil. Só o casamento permite não nos reduzirmos à inação pelo amor. Como explicar-se isso? — continuou Serpoukhovskoi, procurando uma dessas comparações de que era amador. — Ah, olhe! Suponhamos que tragas um *fardeau*: enquanto não o vestires, as tuas mãos estarão ocupadas. Foi o que senti me casando: as minhas mãos se tornaram livres. Mas arrastar esse *fardeau*, sem o casamento, é dedicar-se fatalmente à inatividade. Olhe Mazankov, Kroupov... Foram as mulheres que comprometeram as suas carreiras.

— Sim, mas que mulheres! — objetou Vronski, pensando na comediante e na atriz francesa a quem aqueles dois homens haviam ligado os seus destinos.

— Tanto mais elevada a posição da mulher, mais aumenta a dificuldade: já não é arrastar um fardo, é tirá-lo de alguém.

— Tu nunca amaste — murmurou Vronski, o olhar fixo e pensando em Ana.

— Talvez, mas pensa no que eu te disse e não o esqueças. Todas as mulheres são mais materialistas do que os homens: em amor, nós voamos, mas elas rastejam sempre... Daqui a pouco, neste momento! — disse ele a um criado que entrava, julgando que viessem procurá-lo.

O homem trazia simplesmente um bilhete a Vronski.

— Seu criado trouxe da princesa Tverskoi.

— Sinto dor de cabeça e vou para casa — disse a Serpoukhovskoi.

— Então, até breve. Tu me dás a *carte blanche*?

— Ainda falaremos. Encontrar-te-ei em Petersburgo.

22

Passava das cinco horas. Para chegar a tempo na entrevista e principalmente para não se deter com os seus cavalos que todos conheciam, Vronski saltou na carruagem de Iachvine e ordenou ao cocheiro que corresse. Era um velho carro de quatro lugares: ele sentou-se num canto, espichou as pernas e pôs-se a pensar. Afinal, reinava ordem nos seus negócios, Serpoukhovskoi tratava-o sempre como amigo, vendo-o como um homem necessário, dando-lhe uma confiança lisonjeira. O sentimento um pouco confuso que tinha de tudo aquilo e mais ainda a expectativa deliciosa da entrevista faziam-lhe ver a vida sob um aspecto tão belo que um sorriso lhe veio aos lábios. Cruzou as pernas, apalpou a que ainda estava dolorida pela queda da véspera, deitou-se novamente no fundo da carruagem e respirou a plenos pulmões.

"Como é bom viver!", murmurava. Nunca estivera assim tão satisfeito de si mesmo: a ligeira dor que sentia na perna causava-lhe tanto prazer como o livre movimento dos pulmões. Aquele claro e fresco dia de agosto, que tinha sobre Ana uma ação tão nefasta, estimulava Vronski ao mais alto grau: o ar refrescava o seu rosto excitado, e a brilhantina do seu bigode exalava um perfume particularmente agradável. O ar e a luz da tarde davam às coisas que entrevia pela janela um aspecto alegre, sadio, que se assemelhava ao seu estado de alma. Os telhados das casas douradas pelos raios do sol que se ocultava, as arestas das paredes e dos pinhões, as rápidas silhuetas das carruagens e dos peões, o verde imóvel das árvores e das moitas, os campos com as suas regulares plantações de batatas, tudo, até as sombras oblíquas que caíam das casas, tudo parecia compor uma linda paisagem recentemente polida.

— Mais depressa, mais depressa! — disse ao cocheiro, inclinando-se na janela para entregar-lhe uma nota de três rublos. A mão do homem tateou perto da lanterna, o chicote estalou, e a carruagem rolou mais rapidamente rua acima.

"Não me falta nada senão essa felicidade", pensava, os olhos fixos no botão da campainha, enquanto idealizava Ana tal como a vira na última vez. "Mais a vejo, mais eu a amo!... Eis o jardim da vila Wrede. Onde ela estará? Que significa isso? Por que me deu a entrevista aqui e, assim mesmo, escrevendo no bilhete de Betsy?" Era a primeira vez que colocava aquela pergunta, mas já não tinha tempo para refletir. Chamou o cocheiro antes de alcançar a avenida, abriu a porta, desceu com a carruagem ainda em movimento e penetrou na aleia que levava à casa. Não viu ninguém, mas, olhando à direita do parque, percebeu Ana. Apesar de um véu espesso desfigurar o seu rosto, ele a reconheceu pelo andar, pelos movimentos dos ombros e pela cabeça. Logo sentiu correr no seu corpo alguma coisa como uma corrente elétrica — seus passos se tornaram mais rápidos, a respiração mais ampla, os lábios tremiam de alegria.

Assim que se encontraram, ela apertou-lhe a mão com um gesto nervoso.

— Não me queres mal por te haver chamado? Tinha absoluta necessidade de falar-te — disse ela, e o movimento dos seus lábios, sob o véu, destruiu subitamente o bom humor de Vronski.

— Eu, querer-te mal? Mas como te encontras aqui? Aonde vais?

— Pouco importa — disse ela segurando-o pelo braço. — Vem, é preciso que eu te fale.

Ele compreendeu ter acontecido alguma coisa, e que a entrevista não seria alegre: e como a sua vontade ruísse em presença de Ana, sentiu-se tomado pela agitação da sua amante, sem que ainda soubesse a causa.

— Que houve, que houve? — perguntou, apertando-lhe o braço e tentando ler-lhe no rosto.

Ela deu alguns passos em silêncio e se deteve subitamente.

— Eu não te disse ontem — começou, respirando com dificuldade — que, voltando das corridas com Aléxis Alexandrovitch, tudo lhe confessei... disse-lhe que não podia ser mais mulher dele... enfim, tudo!

Ele a ouvia, o busto inclinado sobre ela como se quisesse tornar a confidência menos penosa. Mas, assim que ela acabou de falar ele se endireitou e seu rosto tomou uma expressão orgulhosa e altiva.

— Sim, sim, assim foi mil vezes melhor. Compreendo como deves ter sofrido.

Sem muito controlar as palavras, ela procurava ler no seu rosto a impressão que a confissão lhe causara. Um duelo seria inevitável: tal fora o primeiro pensamento de Vronski. Mas Ana, que nunca pensara na possibilidade de um duelo, atribuiu a outra coisa aquela brusca mudança de fisionomia. Depois da carta do marido, ela sentia no fundo da alma que tudo continuaria como no passado, que não teria forças de sacrificar pelo amante o seu filho e a situação na sociedade. A sua visita à princesa Tverskoi confirmara essa convicção. Contudo, atribuía uma importância essencial à entrevista com Vronski: não esperava nada mais senão a salvação. Se, no primeiro momento, ele lhe dissesse sem hesitar "deixa tudo e vem comigo" — ela o seguiria, abandonando até o próprio filho. Mas ele não teve nenhum movimento desta espécie, a notícia parecia mesmo tê-lo ferido.

— Eu não sofri nada, tudo corre naturalmente — disse ela com uma certa irritação. — E olhe...

Tirou de dentro da luva a carta do marido.

— Compreendo, compreendo — interrompeu Vronski tomando a carta, sem a ler, e se esforçando por acalmar Ana. — Eu sempre te pedi para que acabasses tudo de uma vez. Tinha pressa de consagrar a minha vida à tua felicidade.

— Por que me dizes isso? Posso duvidar? Se eu duvidasse...

— Quem vem ali? — interrompeu Vronski mostrando duas senhoras que vinham ao seu encontro. — Talvez nos conheçam. — E arrastou Ana para uma vereda.

— Que me importa! — fez ela, os lábios trêmulos, e a Vronski pareceu que Ana, sob o véu, lhe lançava um olhar de ódio... — Eu não duvido de ti. Mas lê o que ele me escreveu. — E ela parou novamente.

Durante a leitura da carta, Vronski tomou-se involuntariamente, como lhe acontecera ao saber da ruptura, da emoção bem natural que despertava nele a lembrança das suas relações com aquele marido ofendido. Imaginava a provocação que receberia de uma hora para outra, os detalhes do duelo; via-se calmo e frio como naquele momento, esperando, depois de ter descarregado no ar a sua arma, que o adversário atirasse sobre ele... Subitamente, as palavras de Serpoukhovskoi, que tanto lhe pareceram justas, atravessaram-lhe o espírito: "É melhor não nos prendermos." Não seria possível fazer com que Ana compreendesse aquilo.

Lida a carta, fitou a amante com um olhar em que faltava decisão. Ela compreendeu que ele refletia longamente naquelas coisas e que nada lhe diria da essência do seu pensamento. A entrevista não tomava o rumo previsto, morria a sua derradeira esperança.

— Vê que espécie de homem ele é — disse ela com a voz trêmula. — Ele...

— Perdoa-me — interrompeu Vronski —, mas não estou desgostoso com a sua decisão... Por Deus, deixa-me acabar — acrescentou, suplicando com o olhar que lhe desse tempo de explicar-se. — Eu não estou desgostoso porque, ao contrário do que ele acredita, as coisas não podem ficar assim.

— Por quê? — indagou ela, reprimindo as lágrimas, sem se inquietar com o que responderia porque já sentia a sua sorte decidida.

Vronski queria dizer que após o duelo, que julgava inevitável, a situação forçosamente mudaria, mas disse coisa inteiramente diferente.

— Isto assim não pode continuar. Espero que tu o abandones e me permita — aqui ele enrubesceu e se perturbou — pensar na organização da nossa vida em comum. Amanhã...

Ela não o deixou concluir.

— E meu filho? — gritou. — Viste o que ele escreveu? Eu teria necessariamente que o deixar. Eu não posso nem quero isso.

— Preferes, pois, continuar esta vida humilhante?

— Para quem é humilhante?

— Para todos, mas principalmente para ti.

— Humilhante eu não digo, essa palavra não tem sentido para mim — murmurou com a voz trêmula. Ela não lhe queria mentir, restava-lhe apenas o amor e tinha sede de amar. — Compreendes que, desde o dia em que te amei, tudo na vida se transformou para mim. Nada mais existe senão o teu amor. Se me pertencesses sempre, sentir-me-ia numa altura na qual nada poderia me alcançar. Tenho orgulho da minha situação porque... porque...

Lágrimas de vergonha e de desespero perturbavam a sua voz. Ela parou, soluçando. Ele também sentiu alguma coisa na garganta e, pela primeira vez na sua vida, viu-se quase obrigado a chorar, sem saber ao certo o que mais o comovia: se a sua piedade por ela, sua fraqueza em ajudá-la, ou se o sentimento de ter, falando da infelicidade de Ana, cometido uma ação má.

— Um divórcio seria impossível? — indagou.

Ela sacudiu a cabeça sem responder.

— Não o poderias deixar trazendo o teu filho?
— Sim, mas tudo depende dele. E agora é preciso que eu vá encontrá-lo — disse secamente.

O seu pressentimento se realizava: tudo ficava como no passado.

— Estarei em Petersburgo terça-feira e tomaremos uma decisão.
— Está certo, mas não falemos mais nisso.

A carruagem de Ana, que ela mandara embora com ordem de voltar para tomá-la no portão do jardim Wrede, aproximava-se. Ana disse adeus a Vronski e partiu.

23

O Comitê de 2 de Junho geralmente se reunia às segundas-feiras. Aléxis Alexandrovitch entrou na sala de sessões, cumprimentou como era de hábito o presidente e os colegas, e sentou-se no seu lugar, pondo a mão sobre os papéis arrumados em sua frente. Ele tinha ali, entre outras notas, o rascunho do discurso que contava pronunciar. Inútil precaução, porque o sabia em todos os seus pontos. Chegado o momento, quando se achasse em face do adversário — o qual, em vão, procuraria mostrar uma fisionomia indiferente —, as palavras lhe chegariam espontaneamente, trazendo todas elas uma importância histórica. Enquanto isso, escutava com o ar mais inocente a leitura do processo verbal. Vendo-se esse homem de cabeça baixa, de aspecto fatigado, apalpando docemente com as suas mãos brancas as veias inchadas, os dedos separados sobre os papéis alvos em sua frente, ninguém acreditaria que esse homem iria, daí a pouco, levantar uma verdadeira tempestade, lançar os membros do Comitê uns contra os outros, contradizer o presidente e chamá-los à ordem. Terminada a leitura, Aléxis Alexandrovitch declarou, com a sua voz fraca e medida, ter algumas observações a fazer sobre o estatuto dos estrangeiros. Concentrou-se a atenção geral. Depois de pigarrear, Aléxis Alexandrovitch, fiel ao seu hábito de não olhar o adversário quando realizava o seu discurso, dirigiu-se à primeira pessoa sentada em sua frente e que era um velho tímido que não abria a boca. Expôs primeiramente os seus pontos de vista no silêncio, mas, quando abordou as leis orgânicas, o seu adversário saltou do assento e aparteou. Stremov, que também fazia parte do Comitê e se sentiu igualmente ferido, defendeu-se por sua vez. Logo, a sessão tornou-se das mais tempestuosas; mas Aléxis Alexandrovitch triunfou e as suas propostas foram aceitas; nomearam-se três novas comissões, e no dia seguinte em certas esferas de Petersburgo, não se falou em outra coisa senão nessa sessão. O sucesso de Aléxis Alexandrovitch ultrapassou mesmo a sua expectativa.

Terça-feira de manhã, quando despertava, lembrou-se com prazer do triunfo da véspera e não pôde, apesar do desejo de parecer indiferente, reprimir um sorriso quando o seu chefe de gabinete lhe comunicou os rumores que corriam na cidade.

Absorvido pelo trabalho, Aléxis Alexandrovitch esqueceu completamente que era terça-feira o dia marcado para a volta de sua mulher: e ficou bastante surpreendido quando um criado veio preveni-lo de que ela havia chegado.

Ana chegara a Petersburgo muito cedo. O seu marido poderia ter sabido, pois que pedira uma carruagem por telegrama, mas ele, que estava em conferência com o seu chefe de gabinete, não chegou a recebê-lo. Depois de avisá-lo que chegara, Ana foi aos seus aposentos e passou uma hora sem que ele aparecesse. Pretextando dar ordens, entrou na sala de jantar, falou em voz alta aos criados, mas sem sucesso. Ouviu o marido conduzir até a sala o chefe de gabinete, soube que ele voltaria ao Ministério e que precisava vê-lo antes para regularizar as suas futuras relações.

Decidiu-se a ir procurá-lo e, atravessando firmemente a sala, entrou no seu gabinete de trabalho. Encostado numa pequena mesa, Aléxis Alexandrovitch, vestido solenemente e prestes a sair, olhava triste à sua frente. Ana viu-o antes que ele a percebesse e compreendeu que estava pensando nela.

Ao vê-la, ele quis aprumar-se, hesitou, enrubesceu, o que nunca lhe acontecia, e erguendo-se bruscamente caminhou ao seu encontro, os olhos fixos na sua testa e na sua cabeleira para evitar o seu olhar. Chegando junto, ele tomou-a pela mão, convidando-a a sentar-se.

— Estou contente por saber que voltaste — começou ele, com evidente desejo de falar, mas não pôde continuar. Ensaiou ainda muitas vezes inutilmente abrir a boca. Preparando-se para aquela entrevista, Ana se dispusera a acusá-lo e desprezá-lo, mas nada achou para dizer e teve pena dele. O silêncio se prolongou durante muito tempo.

— Sérgio vai bem? — pronunciou ele afinal e, sem esperar resposta, acrescentou: — Não jantarei em casa e devo sair sem demora.

— Eu queria viajar para Moscou — disse Ana.

— Não, fizeste bem, muito bem em voltar — respondeu, impossibilitado de ir mais longe.

Vendo-o incapaz de abordar o assunto, Ana tomou a palavra.

— Aléxis Alexandrovitch — disse, sem abaixar os olhos ante aquele olhar fixo na sua cabeleira —, eu sou uma mulher má e culpada, mas sou o que fui e o que te confessei ter sido. Venho dizer-te que não posso mudar.

— Eu não te peço isso — respondeu decididamente, fitando Ana nos olhos com uma expressão de ódio. A cólera apossava-se evidentemente de todas as suas faculdades. — Suspeitava, mas, como já te disse e escrevi — continuou com uma voz aguda —, assim como ainda repito, eu de nada quero saber. Desejo ignorar tudo. Nem todas as mulheres têm, como tu, a atenção de comunicar aos maridos esta "agradável" notícia. — Destacou a palavra "agradável". — Ignorarei tudo enquanto a sociedade não saiba e o meu nome não seja desonrado. Eis por que te previno que as nossas relações devem continuar sendo o que sempre foram, só procurarei salvar a minha honra no caso em que tu a "comprometas".

— Mas as nossas relações não podem continuar sendo o que eram — disse, olhando-o com frieza.

Encontrando-o com os seus gestos calmos, a sua voz trocista, delicada, um pouco infantil — a piedade que sentira no princípio cedeu lugar à repulsa e ao medo e quis a todo custo esclarecer a situação.

— Não posso ser tua mulher quando... — ela quis dizer, mas ele a deteve com um sorriso frio e mau.

— O gênero de vida que te agradou escolher se reflete até na tua compreensão. Mas eu respeito muito o passado e desprezo muito o presente para que as minhas palavras se prestem à interpretação que tu queiras dar.

Ana suspirou e abaixou a cabeça.

— De resto — continuou ele se exaltando —, dificilmente compreendo como uma mulher que julga bom prevenir o seu marido da sua infidelidade não ache nada de condenável na sua conduta, e que ainda possa ter escrúpulos nos cumprimentos dos seus deveres de esposa.

— Aléxis Alexandrovitch, que exiges de mim?

— Desejo que não encontres mais esse homem. Exijo que te comportes de tal modo que ninguém, nem a sociedade e nem as pessoas, possa te acusar. Exijo que não o vejas mais. Creio que não é pedir muito. Em troca, gozarás, sem retribuição de deveres, dos direitos de uma mulher honesta. Nada mais tenho a dizer-te. Preciso sair e não jantarei em casa.

Levantou-se e se dirigiu para a porta. Ana o seguiu. Ele a cumprimentou em silêncio, deixando-a passar.

24

A noite que passou sobre a meda foi decisiva para Levine: sentia-se incapaz daí por diante de interessar-se pela sua própria atividade. Nunca, apesar da abundância da colheita, experimentara — ou pensava experimentar — tantos aborrecimentos com os camponeses, e nunca soubera tão bem a causa primordial de todas aquelas decepções. A ceifa, em companhia dos camponeses, deixara-lhe recordações estranhas. Invejara a vida que eles levavam e desejara dela participar. Esse desejo, a princípio vago, transformou-se durante aquela noite num desejo tão firme que ele pensava em diversas maneiras de executá-lo. Dominado por essas reflexões, as suas ideias sobre as coisas do campo mudaram inteiramente, e logo ele compreendeu que o vício radical dos seus trabalhos consistia na perpétua desinteligência com os camponeses. Um grupo de vacas selecionadas do tipo da Paonne, uma terra fertilizada com estrume, trabalhada com arados, dividida em nove campos do mesmo tamanho, separados por tapumes de vime, oitenta hectares plantados de trigo, sementes aperfeiçoadas, tudo isso seria perfeito se explorasse a sua propriedade sozinho ou auxiliado por companheiros completamente de acordo com ele. Mas via claramente (o estudo que preparava sobre a economia rural, e no qual achava ser o trabalhador o fator principal de toda empresa agrícola, muito contribuiu para lhe abrir os olhos) que o seu modo de valorizar era uma luta encarniçada, incessante entre os seus trabalhadores, presos à ordem natural das coisas. Luta surda, em verdade, os seus adversários só opunham uma força de inércia inocente, mas na qual devia empregar toda a sua energia — em pura perda, de resto, porque tudo ia pior, os instrumentos mais aperfeiçoados se estragavam, o mais belo gado morria, a melhor terra só dava uma medíocre renda. O pior era que o jogo não valia a pena — agora já não duvidava. Que caráter tomava, pois, aquela luta? Enquanto defendia asperamente a sua propriedade, não fosse senão para pagar aos seus trabalhadores, exigindo em consequência um trabalho perseverante, refletido, assim como o cuidado pelos instrumentos — as grades de pulverizar as terras lavradas, os semeadores, os batedores etc. — a eles confiados, só pensavam na sua comodidade, no "deixar correr o barco", segundo o velho hábito. Quantas vezes não os observara durante aquele verão!

Ele mandava ceifar, para a alimentação dos animais, o trigo arruinado pela erva má, e ceifavam por preguiça os melhores campos. "Mas, patrão", respondiam quando ele reclamava, "tivemos ordem do administrador, e depois, como o senhor vê, isso dava uma ótima forragem". Os arados aperfeiçoados eram inutilizados porque o seu condutor só fazia abaixar as relhas, o que estragava o instrumento, fatigava o cavalo e prejudicava a terra. Deixavam que os cavalos entrassem nos campos de trigo, porque ninguém os queria vigiar durante a noite; os trabalhadores organizavam, apesar das desculpas, um rodeio, e o pobre Vânia no fim das forças adormecia e só podia confessar a sua fraqueza.

Três das melhores bezerras, deixadas sem água, morreram inchadas; o patrão consolou-se quando lhe contaram que o vizinho perdera cento e doze animais em três dias. Ninguém tinha a menor intenção de prejudicar Levine, isso se sabia muito bem. Todos gostavam dele, não o achavam "orgulhoso", o que constituía o mais belo dos elogios. Mas, em compensação, todos queriam agir a seu modo, preocupavam-se pouco com os interesses do patrão, dos quais nada entendiam e aos quais forçosamente se opunham. Levine, já há muito tempo, sentia o barco soçobrar sem que pudesse explicar como a água penetrava nele. Procurava iludir-se porque, faltando-lhe aquele interesse na vida, como poderia encher o vazio? Agora, devia ver a realidade e se sentia dominado pela falta de coragem.

A presença de Kitty Stcherbatski, a trinta verstas da sua casa, agravava a sua inquietação moral. Desejava vê-la, mas não podia se resolver a retornar à casa de Daria Alexandrovna, apesar de ela lhe haver dito que um novo pedido teria toda probabilidade de ser aceito. Embora, quando a vira na estrada, sentisse que a amava para sempre, a recusa da moça colocava entre eles uma barreira intransponível.

"Em verdade, eu não sei o que aconteceria de pior se a pedisse para me aceitar" — e esse pensamento a tornava quase odiosa. "Será impossível fitá-la sem aspereza, olhá-la sem irritação, elevando assim ao máximo a aversão que ela sente por mim. Não poderia ocultar a minha conversa com a sua irmã, e teria o aspecto do amante magnânimo, de conceder-lhe a honra do meu perdão!... Ah! Se Daria Alexandrovna não me houvesse falado, poderia encontrá-la casualmente e tudo talvez se arranjaria, mas agora é impossível... impossível!"

Daria Alexandrovna escreveu-lhe um dia pedindo um selim de senhora para Kitty. "Disseram-me que o senhor tem um. Espero que o traga pessoalmente."

Era o golpe de misericórdia. Como uma mulher tão fina, tão inteligente, podia humilhar assim a irmã! Rasgou sucessivamente dez respostas: não podia ir, não podia abrigar-se atrás de desculpas inverossímeis e, o que era pior, não podia pretextar uma viagem. Enviou o selim sem uma palavra de resposta e no dia seguinte, sentindo que cometera uma grosseria, encarregou o administrador de resolver os negócios e partiu para fazer uma longínqua viagem. Um dos seus amigos, Sviajski, lembrara-lhe recentemente da sua promessa de ir caçar narcejas.

Os pântanos, repletos de caça, de Sourov, tentavam Levine há muito tempo, mas o trabalho não lhe permitira ainda a viagem. Não se zangava em abandonar ainda uma vez as suas ocupações, afastar-se dos Stcherbatski, e ir buscar na caça um remédio para o seu mau humor.

25

Como o distrito de Sourov ainda não possuía estradas de ferro, Levine teve que atrelar os seus cavalos a uma carruagem.

A meio do caminho, parou em casa de um rico camponês para alimentar os animais. O camponês, um velho calvo de enorme barba ruiva encanecida, abriu o portão da cocheira e, comprimindo-se numa das paredes, deixou passar a carruagem. Depois de indicar ao cocheiro, no pátio, um lugar no telheiro onde estavam alguns arados meio queimados, convidou Levine para entrar na casa. Uma jovem mulher, decentemente vestida, com sapatos de borracha, lavava roupa no vestíbulo. Ela se assustou e soltou um grito vendo o cão de Levine, mas tranquilizou-se quando avisaram que ele não mordia. Com o braço, a manga arregaçada, mostrou a Levine a porta do quarto e escondeu outra vez o lindo rosto, continuando a lavar, completamente curvada.

— O senhor quer chá?

— Eu não o recuso.

O aposento era amplo, possuindo um fogão holandês e era separado em dois por um tabique. No lugar de honra, abaixo das imagens dos santos, estava uma mesa pintada de arabescos. Rodeavam-na um banco e duas cadeiras. Perto da porta, um pequeno armário contendo a louça. As portas rigorosamente fechadas não deixavam entrar as moscas. Tudo estava tão bem que Levine obrigou Mignonne a deitar-se num canto perto da porta, receando que ela salpicasse o chão depois dos banhos tomados em todas as poças do caminho. Após examinar rapidamente o aposento, Levine foi visitar o pátio e as dependências. A afável moça dos sapatos de borracha passou correndo junto dele em direção ao poço: trazia nos ombros uma tábua onde se balançavam dois baldes vazios.

— Mais depressa! — gritou-lhe o homem em tom de brincadeira, vendo-a correr para o poço. E voltando-se para Levine: — Bem, senhor — disse, encostando-se no portão com o desejo manifesto de conversar —, vai à casa de Nicolas Ivanovitch Sviajski, não é verdade? Ele também se detém em nossa casa.

O velho começou a contar a história das suas boas relações com Sviajski mas, no meio, a porta girou uma segunda vez sobre os ferrolhos e trabalhadores entraram trazendo ervas e arados. Os cavalos, atrelados nos instrumentos da lavoura, eram vigorosos e bem alimentados. Os homens pareciam membros da família: dois dentre eles ainda moços, usavam bonés e blusas indianas; outros dois, um velho e um garoto, trajando grosseiras blusas de algodão, deviam ser trabalhadores contratados.

O homem deixou o portão para ajudar a desatrelar os cavalos.

— Que lavraram eles? — indagou Levine.

— Campos de batatas. Lavraram também o seu quinhão. Ponha o castrado na manjedoura, Fedote, atrele um outro.

— Diga-me, pai, eu pedi as relhas dos arados, trouxeram? — perguntou um rapaz, forte, provavelmente o filho do velho.

— Estão nos trenós — respondeu o velho que enrolava as rédeas e as jogava no chão. — Arranje isso antes do jantar.

A moça, sacudindo os ombros ao peso dos dois baldes cheios, alcançou o vestíbulo. E subitamente chegou, Deus sabe de onde, todo um grupo de mulheres, jovens e velhas, belas e feias, sozinhas ou acompanhadas por crianças.

O chá pôs-se a chiar. A família e os criados foram jantar. Levine tirou as suas provisões da carruagem e convidou o dono da casa para tomar chá.

— É o que há muito tempo não faço. Afinal, para ser agradável ao senhor, eu aceito — respondeu o homem, visivelmente agradecido.

Enquanto comiam, Levine o obrigou a falar. Dez anos antes ele alugara a uma senhora cento e vinte hectares que só no ano anterior conseguira comprar. A outro proprietário da vizinhança, alugara trezentos hectares, dos quais subarrendara os piores e cultivava o resto com o auxílio da família e de dois empregados. Achou conveniente lamentar-se, mas Levine compreendeu que os seus negócios prosperavam. Se tudo fosse tão mal como julgava, não teria comprado a terra a cinco rublos o hectare nem casado três filhos e um sobrinho, nem refeito a sua casa duas vezes depois do incêndio, cada vez sensivelmente melhor. Apesar das suas lamentações, percebia-se o seu orgulho pelo seu bem-estar, o dos filhos, do sobrinho, dos seus cavalos, das vacas, de toda a propriedade. No correr da conversa, ele provou que não repudiava as inovações. Cultivava batata em grande quantidade e Levine, logo que chegara, viu que elas já cresciam enquanto as suas apenas floresciam. Lavrava os campos de batatas com uma charrua emprestada de um proprietário. Cultivava até o trigo candial. Um detalhe principalmente escapou a Levine: o velho lustrava o centeio e procurava uma excelente forragem para os cavalos, coisa que Levine não conseguira obter.

— Disso se ocupam as mulheres — dizia o homem que parecia encantado com a sua invenção. — Elas só têm que fazer pilhas na beira da estrada, e a charrua conduz o que se empilhou.

— Está bem, mas nós, proprietários, não chegamos a fazer com que os trabalhadores compreendam isto — disse Levine dando-lhe um segundo copo de chá.

— O senhor é muito amável — fez o velho aceitando o copo, mas recusando o açúcar. — Com os trabalhadores, acredite-me, corre-se para a ruína. Veja, como exemplo, o senhor Sviajski. A sua terra é ótima, mas as colheitas são péssimas! A falta de vigilância, veja o senhor.

— Mas tens trabalhadores e consegues bom lucro. Como diabo o fazes?

— É que nós, camponeses, vemos tudo. Quando o trabalhador não presta, mandamo-lo passear. Há muito braço sem ele.

— Pai, Teógenes pede o alcatrão — disse, entrando, a mulher dos sapatos de borracha.

— É assim mesmo, senhor — concluiu o velho, levantando-se. Depois de fazer muitas vezes o sinal da cruz e agradecer a Levine, retirou-se.

Quando Levine entrou no quarto comum para chamar o cocheiro, achou todos os homens à mesa enquanto as mulheres os serviam. Um dos filhos, rapaz espadaúdo, contava, com a boca cheia, uma história que fazia sorrir a todos e mais particularmente à mulher dos sapatos de borracha, que enchia um prato de sopa.

Esse ambiente interior de uma residência camponesa produziu em Levine uma impressão muito forte. A mulher de lindo rosto dele participava. E, até chegar à casa de Sviajski, não pôde pensar noutra coisa, como se aquele modesto lar merecesse uma atenção especial.

26

Em seu distrito, Sviajski desempenhava as funções de marechal da nobreza. Cinco anos mais velho que Levine, casara-se havia muito tempo. A sua cunhada, uma moça encantadora, vivia com ele e Levine sabia — instintivamente, sem que ninguém o dissesse, como os solteiros sabem certas coisas — que, em casa, todos queriam vê-la casada. Embora pensasse no casamento e não duvidasse que essa amável criatura lhe seria uma excelente mulher, achava tão impossível casar-se com ela — admitindo mesmo que não estivesse apaixonado por Kitty — como voar. O receio de ser visto como pretendente diminuiu-lhe o prazer da visita quando recebeu o apressado convite de Sviajski.

Levine, porém, aceitara-o e isso por várias razões: não queria emprestar ao amigo intenções talvez gratuitas; visava experimentar os sentimentos que, no fundo do coração, podia nutrir pela moça; finalmente, a casa de Sviajski era das mais agradáveis e Sviajski, ele próprio, um dos mais curiosos tipos dos novos administradores provinciais.

Pertencia a uma categoria de indivíduos que Levine não chegava a compreender, professando opiniões dogmáticas apesar de pouco pessoais e levando uma vida que contrastava singularmente com os seus modos de ver. Sviajski dizia-se ultraliberal. Desprezava os nobres e acusava-os de desejarem intimamente a vergonhosa escravidão. Via na Rússia um país acabado, uma segunda Turquia, e não se abaixava em criticar os atos do seu detestável governo. Tudo isso não o impedia de aceitar as funções de marechal da nobreza e de desempenhá-las conscienciosamente: nunca viajava sem usar o boné oficial, bordado a vermelho e ornado com uma insígnia. A acreditá-lo, um homem honesto só poderia viver no estrangeiro. No estrangeiro, ele fazia inúmeras estações, mas, na Rússia, também possuía uma vasta propriedade que valorizava com os processos mais aperfeiçoados, procurando saber com um ardor febril dos menores acontecimentos russos. Via no camponês russo um intermediário entre o homem e o macaco mas, na época de eleições para o conselho, era ao camponês que mais voluntariamente apertava a mão, e a sua opinião a que mais ouvia. Não acreditava em Deus e nem no diabo, mas se preocupava muito em melhorar a sorte do clero e reduzir o número das paróquias, excetuando naturalmente a sua. Proclamava bem alto os direitos da mulher à liberdade e ao trabalho, mas, vivendo em paz com a sua, não lhe permitia nenhuma iniciativa, a não ser deliberar com ele o melhor modo de passar o tempo.

Se Levine não visse sempre as pessoas pelo lado bom, entenderia perfeitamente, sem procurar aprofundar-se, o caráter de Sviajski: "É um tolo ou um patife." E cada um desses epítetos constituiria um julgamento temerário. Aquele homem inteligente e culto não apregoava a sua instrução. Bom e honesto, incapaz de praticar uma ação má, consagrava-se de todo coração a realizar uma obra que todos apreciavam. Era um enigma vivo. Valendo-se da sua amizade, Levine muitas vezes tentara decifrar aquele mistério mas, cada vez, Sviajski, um pouco perturbado, repelia o seu exame como se receasse ser compreendido, e cortava com alguma brincadeira a tentativa de descoberta da sua natureza íntima.

Depois das suas recentes desilusões, Levine muito esperava da sua visita a Sviajski. Pensava afastar por uns tempos as suas ideias negras. Contava arrancar desta vez ao amigo o segredo da sua vida tão serena, tão segura do seu fim. Demais, em sua casa, esperava encontrar certos proprietários da vizinhança e com eles conversar sobre as coisas da terra como as colheitas, contrato de trabalhadores e outros assuntos banais, mas que agora, a seus olhos, adquiriram uma importância capital.

"Talvez tudo isso", pensava Levine, "não tivesse realmente nenhuma importância no tempo da escravidão, e não o tivesse também na Inglaterra, em razão de condições exatamente determinadas. Mas, neste momento, onde tudo entre nós está por se fazer, a reorganização do trabalho sob formas novas é o único problema que vale realmente a pena de prender a nossa atenção."

A diversão da caça não agradou a Levine: os pântanos estavam secos e as galinholas muito raras. Andou todo o dia para matar apenas três, mas, em compensação, adquiriu um admirável apetite, um perfeito humor e a excitação intelectual que um violento exercício físico sempre lhe provocava. E, ainda no curso daquela diversão, frequentemente, quando deixava o pensamento livre, lembrava-se do velho camponês e da sua família, como se tivesse de achar ali a solução de um problema que o interessava diretamente.

À noite, na hora do chá, entabulou — graças à presença de dois proprietários que vieram regular uma questão de tutela — interessante conversa que há muito esperava.

Sentara-se ao lado da dona da casa, loira, de estatura mediana, cujo rosto redondo era apenas sorrisos e covinhas, e em frente da irmã. Primeiramente, através da mulher, ensaiou decifrar o enigma do marido, mas renunciou logo, porque a presença da moça, cujo vestido aberto parecia ter sido posto por sua causa, perturbava-lhe o uso da razão. Esse corte descobria um colo muito belo, e era precisamente este colo a causa da sua perturbação. Julgava, talvez injustamente, ter sido aquela garganta alva descoberta em sua honra e, não se sentindo com o direito de fitá-la, voltava a cabeça, enrubescendo. Mas, pelo fato mesmo de que o decote existia, sentia-se culpado, imaginava enganar alguém e queria — coisa bem impossível — se explicar lealmente. Sentiu-se preso aos olhos ardentes. A sua tortura comunicou-se à moça, mas a dona da casa parecia nada ver e introduzia, como se fosse intencional, a sua irmã na conversa.

— O senhor acha que as coisas russas deixam o meu marido indiferente. Ao contrário, ele nunca está de tão bom humor para o estrangeiro como em nossa casa. Aqui, sente-se verdadeiramente no seu clima. Tem muito o que fazer e não pode se interessar por tudo. O senhor não conhece a nossa escola?

— Eu a vi... uma casinha coberta de trepadeira, não é verdade?

— Sim, é um trabalho de Nastia — disse, apontando a irmã.

— A senhora mesma é quem dá as lições? — perguntou Levine, tentando, esforço inútil, não ver o decote.

— Dei e ainda dou, mas temos uma excelente professora. Também ensinamos ginástica.

— Não, obrigado, eu não bebo chá. Ouço ali uma conversa que me interessa — disse Levine no fim das forças. E, corando pela sua impolidez, sentou-se na outra extremidade da mesa, onde o dono da casa conversava com os dois nobres provincianos. Encostado à mesa perto da qual ele estava sentado, Sviajski agitava a xícara com uma mão, enquanto com a outra agarrava a barba, pondo-a sobre o nariz, deixando-a cair e erguendo-a novamente. Os seus olhos negros e brilhantes fitavam um homem de bigode grisalho que se lamentava dos camponeses. Levine compreendeu imediatamente que Sviajski podia, com uma palavra, reduzir a pó os seus argumentos, mas, devido à sua posição oficial, preferia se deleitar em silêncio com aquelas lamentações.

O fidalgo de bigode grisalho era evidentemente um camponês embrutecido, sem cultura e convencido partidário da escravidão.

Levine o percebeu pela maneira como ele usava um velho capote, pelos seus olhos finos, a linguagem corrente, de tom autoritário, fruto de uma longa experiência, os gestos imperiosos, feitos com enormes mãos queimadas e enfeitadas por uma aliança.

27

— Se isso não me fizesse mal, porque vos asseguro que isso me faz mal, eu abandonaria tudo e iria, como Nicolas Ivanovitch, ouvir "A bela Elena" — disse o velho proprietário, iluminando o rosto inteligente com um sorriso.

— Se o senhor fica, é porque achou a sua conta — replicou Sviajski.

— Eu achei a conta do cocheiro no telhado. Depois, sempre espero levar as pessoas à razão... Que fazer com os bêbados, os pândegos desta espécie? De partilha em partilha, ele não deixou um só cavalo e nem uma só vaca. Mas proponha tomá-los como trabalhadores, eles estragarão o trabalho e ainda acharão meios de nos comprometer com o juiz de paz.

— Junto a quem, aliás, o senhor também poderá comprometê-los.

— Eu, queixar-me ao juiz? Nunca na vida! Ele me tornaria insensível. O senhor sabe a história da fábrica. Depois de ela ter sido penhorada, os operários abandonaram tudo. Que fez o seu juiz? Ele os absolveu, senhor! Não, eu sou pelo bom e velho tribunal comunal; ali, ao menos, julgava-se o homem como no tempo passado. É ainda uma probabilidade que nos resta e, a não ser assim, isso seria caminhar para o fim do mundo!

O homem queria evidentemente pôr Sviajski fora de combate, mas este só fazia sorrir.

— Portanto, nem Levine, nem eu, nem o senhor, chegaremos ali — disse ele, mostrando o segundo proprietário.

— Sim, mas perguntem a Michel Petrovitch como agiu para fazer andar os seus negócios. Está ali, eu quero perguntar, uma administração "racional"? — replicou o fidalgo que parecia muito orgulhoso por ter empregado aquela sábia palavra.

— Graças a Deus — fez o outro — eu não dei tratos à imaginação. Toda a questão é termos dinheiro no outono para os impostos. Os camponeses vêm me procurar: "Nosso pai", dizem, "livra-nos deste negócio." E, como são vizinhos, eu sinto pena. Adianto uma terça parte dos impostos, mas previno: "Atenção, meninos, para com as obrigações de volta: as sementes, a forragem, a ceifa, espero contar convosco." Falando francamente, encontram-se também entre eles pessoas sem consciência...

Levine, que sabia como se manter nesses meios patriarcais, trocou um olhar com Sviajski e, interrompendo Michel Petrovitch, dirigiu-se ao homem do bigode grisalho:

— Segundo o senhor, que devemos fazer?

— Imitar Michel Petrovitch, ou arrendar a terra aos camponeses, ou cultivá-la de meia com eles. Tudo isso é falível, mas não é menos verdade que assim a riqueza do país crescerá. Uma terra que no tempo da escravidão rendia nove vezes a semente, agora não rende mais do que três vezes. A emancipação arruinou a Rússia!

Sviajski sorriu a Levine com o olhar e esboçou mesmo um gesto de zombaria, mas Levine achou as observações do velho mais sensatas e o seu caráter mais aberto que o de Sviajski. As justificativas que o homem apresentava em defesa das suas ideias pareceram-lhe novas e irrefutáveis. Coisa muito rara, aquele fidalgo exprimia ideias próprias, ideias que não eram um simples jogo do espírito, amadurecidas por longas reflexões solitárias, mas por uma profunda experiência da vida do campo.

— Explico-me — dizia ele feliz por mostrar que também tinha alguma instrução. — Todo progresso é feito pela força e somente pela força. Observem as reformas de Pedro, Catarina, Alexandre, observem a história da Europa. A agricultura, ao contrário, não foge à regra. A batata, ela própria, só pôde ser introduzida entre nós pela força. E os senhores pensam que as terras sempre foram lavradas com o arado? Não, esse modesto instrumento data talvez dos tempos feudais, mas fiquem certos de ter sido necessária a força para obrigar que o adotassem. E se, em nossos dias, os proprietários puderam aperfeiçoar os métodos de cultura, introduzir os secadouros, os adubos etc., foi porque, graças à escravidão, empregou-se a força e os camponeses, a princípio refratários, obedeciam e acabaram por imitar. Agora, que nos tiraram os nossos direitos, a agricultura, que antigamente fizera grandes progressos, deve fatalmente cair na barbárie primitiva. Tal é pelo menos a minha opinião.

— Por que isso? — objetou Sviajski. — Desde que o senhor acha ra-ci-o-nais os seus métodos de cultura, execute-os com o auxílio de trabalhadores assalariados.

— Impossível, pois que me falta autoridade.

"Aí está!", pensava Levine: "O trabalhador é o principal fator de toda empresa agrícola."

— Os nossos trabalhadores — continuava o fidalgo — não querem trabalhar e não querem empregar bons instrumentos. Só sabem viver como porcos e estragar tudo o que tocam. Confiem-lhes um cavalo, eles o esgotarão antes do tempo; uma carruagem, eles a destruirão e acharão um meio de beber até o aro de ferro das rodas; uma máquina de bater, introduzirão uma cavilha para colocá-la fora de uso. Tudo o que escapa à rotina, os aborrece. Também a nossa agricultura desceu em toda linha: a terra é descuidada e permanece inculta a não ser que a cedamos aos camponeses. Uma propriedade que rendia dois milhões não rende mais que algumas centenas de milhares. Se queriam a abolição a todo custo, deviam ter agido com prudência...

Pôs-se a desenvolver o seu plano pessoal, que tinha a vantagem de afastar todos esses inconvenientes.

Sem tomar grande interesse pela história, Levine deixou-o concluir e, voltando-se para Sviajski na esperança de o ajudar a se explicar, retornou ao ponto de partida.

— É inegável — disse ele — que o nível da nossa agricultura é baixo e que as nossas relações atuais com os trabalhadores não permitem um trabalho racional.

— Eu não tenho essa opinião — replicou Sviajski ficando sério. — A verdade é que somos os piores agricultores e que, mesmo no tempo da escravidão, só obtínhamos das nossas terras um rendimento medíocre. Nunca tivemos máquinas, nem gado conveniente, nem boa administração, não sabemos nem mesmo contar. Interroguem um proprietário, ignora tanto o que compra como o que vende.

— Ah, sim, a contabilidade em partida dupla! — ironizou o fidalgo. — O senhor poderá bem contar e recontar, mas, no momento em que tudo está perdido, não se pode encontrar benefício.

— Por que o senhor sempre fala em perdido? O seu velho pilão russo passa, mas eu lhe asseguro que não se queimará o meu batedor a vapor. Os seus cavalos russos, que precisam ser puxados pelas caudas, é possível que nada valham, mas comprem cavalos de raça Perche ou mesmo Orlov e verão se isto irá para a frente ou não! O resto será agradável. O que nos falta é melhorar a nossa técnica.

— Ainda falta ver uma coisa, Nicolas Ivanovitch. O senhor fala de seu ponto de vista, mas, quando se tem um filho na universidade, como eu tenho, e outros no colégio, não sei como poderemos comprar cavalos Perche.

— O senhor pode se dirigir aos bancos.

— Para ver a minha terra vendida em leilão? Não, obrigado.

— Eu não penso — disse Levine — que a nossa técnica possa e deva ser melhorada. Tive oportunidade de arriscar dinheiro em melhoramentos, mas, até aqui, todos os que tentei, máquinas, gado etc., só me deram prejuízos. Quanto aos bancos, desejava saber em que eles são úteis.

— Perfeitamente, isso mesmo! — confirmou o fidalgo com um riso de satisfação.

— E eu não estou sozinho — prosseguiu Levine —, chamo todos aqueles dentre nós que tentaram valorizar as terras seguindo os bons métodos: com raras exceções, todos foram prejudicados. Vejamos, o senhor primeiramente, como se sairá desse negócio? — perguntou a Sviajski, para ler imediatamente no seu rosto o embaraço que lhe causava toda tentativa de sondar a fundo o seu pensamento. Essa pergunta, aliás, não era de boa política. Durante o chá, Mme. Sviajski contara a Levine que um guarda-livros alemão, vindo de Moscou para organizar o caixa da propriedade, constatara um prejuízo de três mil rublos. Isso, em cifras redondas, porque ela não se recordava mais da soma exata.

A pergunta de Levine fez sorrir o fidalgo que sabia qual a renda das terras do seu vizinho e marechal.

— Talvez não me saia bem — respondeu Sviajski. — Mas isso prova simplesmente que sou um medíocre agrônomo ou que gasto o meu capital para aumentar a minha renda.

— A renda! — gritou Levine com receio. — Talvez ela exista na Europa onde mais se cultivou e mais se aperfeiçoou a terra mas, entre nós, acontece precisamente o contrário. Em consequência, a renda não existe.

— É que estamos precisamente fora da lei: esta palavra, renda, não esclarece nada, mas, ao contrário, complica tudo. Diga-me como a teoria da renda pode...

— Os senhores gostam de coalhada? Macha, traga coalhada e framboesas — disse Sviajski voltando-se para a sua mulher. — É surpreendente como, este ano, as framboesas estão durando...

Ele se levantou com o melhor humor possível, acreditando sinceramente a discussão terminada, quando Levine a julgava apenas esboçada.

Privado do seu interlocutor, Levine se voltou para o fidalgo procurando fazer com que ele entendesse que todo o mal vinha do que se pensava ser o temperamento e os costumes do trabalhador, mas, como todas as pessoas habituadas a refletir, o homem não participava das suas ideias e defendia apaixonadamente as suas próprias opiniões.

Ele sempre retornava à ideia de ser o camponês russo um porco que só poderia ser retirado da sua pocilga pela força. Mas, por infelicidade, estavam há mais de mil anos a se divertirem com o liberalismo, a substituírem esses meios aprovados sabe Deus por que advogados, cujas resoluções impediam a essa canalha o reconhecimento ao direito de tantos pratos de sopa e tantos pés cúbicos de ar.

— Mas — disse Levine, procurando restaurar a questão — não será possível instituir entre os trabalhadores e os patrões certas relações que permitam ao trabalho ser realmente produtivo?

— Não, com os russos não se deve nem pensar nisso. Não existe mais autoridade — respondeu o fidalgo.

— Demais, que novas condições de trabalho poderiam ser descobertas? — disse Sviajski, que, depois de esvaziar um prato de coalhada e acender um cigarro, voltava a tomar parte na conversa. — As relações possíveis com os trabalhadores já foram estudadas e definidas uma vez por todas. Esse legado dos tempos bárbaros, a comuna primitiva onde cada um era responsável por todos, caiu lentamente por si mesmo. A escravidão foi abolida. Resta apenas o trabalho livre do qual todas as formas, há muito tempo, são bastante conhecidas.

— Mas a própria Europa está descontente com essas formas.

— Sim, ela procura outras, que provavelmente encontrará.

— Então por que, da nossa parte, também não as procuramos?

— Porque seria como se quiséssemos inventar novos processos para construir estradas de ferro. Esses processos já existem.

— Mas se eles não convêm, se são absurdos?

Sviajski readquiriu a sua expressão de susto.

— Sim, é verdade, a Europa procura o que há muito tempo encontramos! Eu conheço essa antiga canção. Diga-me, o senhor leu tudo o que se escreveu na Europa sobre a questão trabalhista?

— Não, conheço essa questão muito mal.

— No entanto, ela preocupa os melhores espíritos europeus. O senhor tem, de uma parte, a escola de Schulze-Delitzsch e, de outra parte, a escola de Lassalle, a mais avançada de todas, que produziu uma literatura considerável... O senhor conhece a associação de Mulhouse, é um fato antigo.

— Tenho apenas uma vaga ideia.

— É um modo de dizer, o senhor certamente conhece tão bem quanto eu. Sem ser sociólogo, entendo um pouco desses problemas e, já que eles lhe interessam, o senhor deve também se preocupar.

— A que conclusão chegaram todos eles?

— Um instante, se o senhor permite...

Os proprietários se levantaram e Sviajski achou-se na obrigação de acompanhá-los até a porta. Ele levantara, ainda uma vez, outra barreira à curiosidade intempestiva de Levine.

28

Levine passou em companhia das senhoras uma noite bastante penosa. Convencido de que a crise de desânimo que sofrera era uma consequência do estado geral das coisas, não cessava de pensar na questão que lhe interessava. "Sim, é indispensável que encontremos, custe o que custar, um *modus vivendi* que permita aos trabalhadores nos tratar tão francamente como faziam os velhos camponeses de antigamente. Isso não é uma utopia, é um simples problema que temos o direito e o dever de resolver."

Despedindo-se das senhoras, prometeu consagrar-lhes todo o dia seguinte: verificara-se um curioso desmoronamento na floresta vizinha, o que servia de motivo para um passeio a cavalo. Antes de deitar-se, Levine entrou no gabinete de Sviajski para tomar as obras de que ele lhe aconselhara a leitura. Esse gabinete era um enorme aposento, muitas estantes cobriam as paredes. Uma escrivaninha flanqueada por um armário ocupava o centro. E na mesa, onde estava o candeeiro, viam-se os últimos números dos jornais e revistas em todas as línguas.

Sviajski afastou os livros, sentou-se numa poltrona e pôs-se a balançar.

— Que estás olhando? — perguntou a Levine, que folheava uma revista. — Ah, sim, neste número há um artigo muito bem-feito. Parece — acrescentou, animando-se — que o instigador da partilha da Polônia não foi Frederico II.

E resumiu, com a clareza que lhe era própria, o conteúdo dos importantes documentos que acabavam de ser descobertos. Apesar de ter o pensamento longe, Levine não podia deixar de ouvi-lo, perguntando intimamente: "Que existirá no fundo deste homem? Em que o interessará a partilha da Polônia?"

Quando Sviajski acabou de falar, Levine perguntou involuntariamente:

— E depois?

Não havia nenhuma razão para aquela pergunta. A publicação era curiosa, e Sviajski julgou inútil explicar em que ela o interessava particularmente.

— Sabes que gostei de ouvir o teu velho fidalgo — disse Levine depois de um suspiro. — Ele não é tolo e, entre as suas palavras, diz coisas verdadeiras.

— Como! É um escravagista, odioso como todos os outros.

— O que não te impede de orientá-los.

— Sim, mas para dirigi-los em sentido inverso — disse Sviajski, rindo-se.

— Em todo caso — insistiu Levine —, uma das suas afirmações me parece inegável: quem desejar, dentre nós, valorizar a propriedade através dos métodos racionais, está destinado a um prejuízo certo: só tem êxito os usurários ou os que ficaram com um sistema de exploração primitiva... Eu gostaria de saber de quem é a culpa.

— Nossa, evidentemente. De resto, alguns fazem bons negócios. Vassiltchikov, por exemplo.

— Ele tem uma usina...

— Está certo. Mas a tua surpresa deve me espantar. Nosso povo é tão pouco desenvolvido, moral e materialmente, que sempre se opõe a qualquer inovação. Se os métodos racionais conquistaram a Europa, foi porque a instrução se disseminou entre o povo. Temos que a espalhar também entre os nossos camponeses.

— De que maneira?

— Abrindo escolas, escolas e mais escolas.

— Mas se tu próprio achas que ao nosso povo falta o menor bem-estar: para que servirão escolas neste triste estado de coisas?

— A tua resposta me faz lembrar a de um doente a um amigo que lhe aconselhava: "Tome um purgante." "Eu tomei e me fez mal." "Ponha as sanguessugas." "Eu pus e me fizeram mal." "Reze para o bom Deus." "Eu rezei e me fez mal." Tu repeles do mesmo modo todos os remédios que proponho: economia, política, socialismo, instrução.

— É que não vejo o bem que as escolas possam fazer.

— Criarão novas necessidades.

— Tanto pior — exaltou-se Levine — pois que o povo não está em condições de satisfazê-las. E em que melhorará a sua situação material sabendo somar, diminuir e o catecismo? Anteontem à noite, encontrei uma camponesa que trazia o filho ao colo. "De onde vens tu?", perguntei. Respondeu-me: "Venho da casa de uma parteira, a criança só fazia gritar e eu a levei para que ela a curasse." "E que fez ela?" "Pôs o pequeno no poleiro das aves e resmoneou uma porção de palavras."

— Bem vê — disse Sviajski sorrindo —, para que não mais se recorra ao poleiro, é preciso...

— Não! — interrompeu Levine. — São as tuas escolas, como remédio para o povo, que eu comparo ao gesto da parteira. Que o povo seja pobre e atrasado, nós o vemos tão claramente como a boa mulher ouvia os gritos da criança, mas pretender lutar contra essa miséria com a criação de escolas é, segundo o meu modo de ver, tão absurdo como querer curar a criança com o auxílio do poleiro. É preciso, primeiramente, atacar as raízes do mal.

— Chegas às mesmas conclusões que Spencer, um autor de quem gostas. Acha Spencer que a civilização pode resultar de um aumento do bem-estar, de abluções mais frequentes, mas que o alfabeto e a aritmética não influem em nada.

— Tanto pior, ou tanto melhor, para mim, se estou de acordo com Spencer. A minha convicção há muito tempo que está formada: só existe um remédio eficaz, que é uma situação econômica que permita ao povo enriquecer e gozar maior descanso. Então, e somente então, poderás criar escolas.

— Mas a instrução vai-se tornando obrigatória em toda a Europa.

— Como interpretaste Spencer neste ponto?

O olhar de Sviajski perturbou-se e ele disse, rindo:

— A história da tua camponesa é excelente. Isso aconteceu realmente?

Levine compreendeu que nunca acharia ligação entre a vida e as ideias daquele homem. O que o interessava era a discussão em si mesma e não as conclusões a que se pudesse chegar. Não gostando de deixar a discussão em suspenso, teve o cuidado de desviar a tempo a conversa.

Levine sentiu-se profundamente perturbado sob o afluxo das suas novas impressões. O velho camponês e a sua família — primeira causa de todas as suas reflexões do dia —; Sviajski que, como muitos outros, guiava a opinião pública entre ideias alheias e pensamentos impenetráveis; aquele fidalgo irritado cujos raciocínios, frutos de uma rude experiência, seriam justos se não desconhecesse ele a melhor classe da população; os seus próprios desgostos, que esperava poder remediar em breve; todas essas impressões fundiam-se na sua alma numa espécie de agitação.

Deitado numa cama cujas molas rangiam a cada movimento dos seus braços ou das suas pernas, Levine preocupou-se menos com os argumentos dignos de interesse de Sviajski do que com as afirmações dogmáticas do proprietário. Agora, a sua imaginação lhe sugeria objeções que não fizera.

"Sim", pensava, "eis o que eu deveria responder: o senhor acha que a nossa agricultura anda mal porque o camponês detesta as inovações e que é preciso obrigá-lo a aceitá-las pela força. Na verdade, unicamente os que respeitam os costumes dos trabalhadores, como o homem que encontrei pela manhã, conseguem bons resultados. As nossas decepções se originam do fato de que não sabemos nos conduzir. Queremos impor os nossos métodos europeus sem nos preocuparmos com a natureza mesma da mão de obra. Tentemos não mais considerar esta mão de obra como uma entidade teórica, vejamos nela o camponês russo e os seus instintos, e tiremos daí as conclusões. Suponhamos, por exemplo, que o senhor ache o meio de interessar os trabalhadores na sua empresa, de fazê-los admitir um mínimo de aperfeiçoamento e que, sem esgotar a terra, obrigue-a a render duas ou três vezes mais do que antes. Divida-a em duas partes, faça presente de uma aos camponeses e explore a outra por sua conta. Mas, para que se obtenha esse resultado, é necessário abaixar o nível da nossa cultura e interessar os trabalhadores na empresa. Como fazer tal coisa? A questão deve ser examinada nos detalhes, mas não duvido que possa ser resolvida."

Levine passou uma boa parte da noite examinando esses detalhes e resolveu parte deles na manhã do dia seguinte. A lembrança da cunhada de Sviajski, com o vestido decotado, provocou-lhe um sentimento de vergonha e remorso. Mas devia submeter aos seus trabalhadores, antes das plantações do outono, o plano de uma reforma completa do seu sistema de trabalho.

29

A execução do plano apresentava numerosas dificuldades, mas Levine se saiu tão bem que, sem obter o resultado previsto, podia dizer não ter perdido o tempo nem o trabalho. Um dos principais obstáculos que o contrariaram foi a impossibilidade de simplificar: a máquina devia ser transformada em pleno movimento.

Chegando em casa à noite, Levine comunicou os seus projetos ao administrador, que aprovou com uma satisfação não dissimulada a parte destrutiva: tudo o que até então se fizera era absurdo, cansava-se há muito tempo de dizer sem que ninguém o quisesse ouvir! Mas, quando Levine propôs associá-lo assim como aos camponeses na sua empresa, tomou um ar abatido e, sem responder diretamente, mostrou a necessidade de, já no dia seguinte, recolherem-se os últimos molhos de trigo e de começar uma segunda lavoura. A hora, decididamente, não era propícia a uma reforma tão radical. Levine viu perfeitamente isso quando observou que os camponeses estavam muito ocupados e não podiam compreender a reforma. O vaqueiro Ivan, por exemplo, um ingênuo rapaz que ele desejara associar com a sua família nos lucros das aves, pareceu a princípio ter entendido as intenções do patrão, mas, quando este resolveu explicar-lhe as vantagens que tiraria, o seu rosto exprimiu a inquietude, e logo inventou uma ocupação qualquer: manjedouras para esvaziar, selhas para encher, adubos para remover.

A inveterada desconfiança dos camponeses constituía um empecilho não menos sério: não podiam admitir que o patrão não os procurasse explorar e, por outro lado, falando muito, tinham o cuidado de não exprimir a essência do seu pensamento. Demais, como para justificar as palavras do bilioso fidalgo, apresentavam como primeira condição do negócio que nunca seriam obrigados ao emprego de instrumentos aperfeiçoados ou de novos métodos de cultura. Achavam que a charrua e o extirpador eram ótimos, mas encontravam cem razões para não os empregarem. Indispensável baixar o nível da cultura — tão persuadido estivesse dessa necessidade, Levine não renunciou alegremente a certas inovações cujas vantagens eram por demais evidentes.

Apesar dos contratempos, Levine alcançou os seus fins e, desde o outono, o negócio tomou ou pareceu tomar o seu ritmo. No entanto, teve que renunciar à extensão da sociedade por toda a sua propriedade e dividiu-a em cinco ramos — pátio das aves, jardim, horta, prados, lavouras —, compreendendo cada um muitos lotes. O ingênuo vaqueiro Ivan, que parecera melhor entender que os outros de quem ele dependeria, formou um grupo com parentes e amigos e se encarregou do pátio das aves. Uma terra afastada, inculta havia oito anos e invadida pelo mato, foi confiada a Fedor Rezounov, um carpinteiro nada tolo e que se reuniu a seis famílias de agricultores. A horta foi cedida a um outro camponês, chamado Chouraiev. Todo o resto permaneceu como no passado, mas aqueles três lotes, sob a futura reforma geral, deram a Levine alguma inquietação.

Em verdade, as vacas não prosperaram muito: Ivan não quis ouvir falar de um estábulo quente alegando que as vacas, no frio, consumiam menos forragem e que o creme mais espesso daria melhor manteiga que o creme líquido. Achou que devia ser pago como era costume e não entendeu que a quantia que lhe tocava não era representada pelo salário, mas pelo adiantamento sobre a sua parte nos lucros.

Por seu lado, o grupo organizado por Fedor Rezounov, argumentando que estava muito avançado, só plantara uma parte da terra em lugar das duas convencionadas. Obstinava-se a crer que trabalhava com mais da metade dos lucros e mais de uma vez os seus participantes, Rezounov inclusive, propuseram a Levine pagar-lhes o arrendamento. Com isso, diziam eles, o senhor estará mais tranquilo e nós estaremos quites um pouco mais cedo. Fez, sob inúmeros pretextos, demorar a construção do celeiro e do estábulo que se comprometera a erguer antes do inverno.

Quanto a Chouraiev, mal compreendera, ou fingia mal compreender, as condições em que lhe fora confiada a horta: alugava-a por lotes a outros camponeses.

Levine tentou explicar a essas pessoas as vantagens que tirariam da empresa: não lhe prestaram atenção e juraram definitivamente não se deixarem levar pelas belas palavras do patrão. E em nenhum olhar aquela decisão melhor se lia que no do mais nocivo, do mais esperto dentre eles, o carpinteiro Rezounov.

Isso não impedia a Levine de acreditar que, com perseverança e uma permanente apresentação de contas, pudesse finalmente provar a razão das suas palavras. Tudo, então, marcharia naturalmente.

O movimento desse negócio, a gerência à velha moda de outras partes da propriedade e a composição do seu livro ocuparam Levine de tal modo que ele quase não caçou durante o verão. Nos fins de agosto, soube, por um mensageiro que lhe trouxe o selim, que os Oblonski haviam voltado para Moscou. Sentia, além disso, que, deixando sem resposta o bilhete de Daria Alexandrovna — grosseria de que nunca se lembrava sem enrubescer —, jamais retornaria à sua casa. Também não retornaria à casa de Sviajski, de quem não se despedira quando da sua brusca partida. Depois, que importava! Estava bastante absorvido pelas preocupações para se sobrecarregar com remorsos. Nunca havia trabalhado tanto. Devorou todos os livros que Sviajski lhe emprestara e ainda outros que mandara buscar, mas, como julgara, nada encontrou de útil nas respectivas teses. Os clássicos da economia política — Mill, por exemplo, sobre quem primeiro se lançou na esperança de descobrir a solução dos problemas que o preocupavam — apontaram-lhe leis que provinham da situação econômica da Europa, mas ele não via como essas leis, inaplicáveis na Rússia, deviam ter um caráter geral. As obras socialistas eram ou lindas utopias, que o seduziram nos bancos da universidade, ou correções tiradas à economia europeia, que não tinha absolutamente nada de comum com a economia russa: a doutrina ortodoxa considerava como irrefutáveis e universais as leis pelas quais se constituíra e ainda se constituía a riqueza da Europa. A doutrina socialista sustentava que a aplicação dessas leis conduzia o mundo para a desgraça. Mas nem uma, nem outra ofereciam a Levine a menor indicação sobre os esforços a tentar pelos proprietários e camponeses russos para contribuírem, na mais ampla medida possível, com os seus milhões de braços e de hectares para a prosperidade geral.

À força de ler, veio a projetar, para o outono, uma viagem ao estrangeiro a fim de estudar *in loco* a questão que o apaixonava. Não quis mais se expor ao que diziam as autoridades na matéria. "Mas Kaufmann, Jones, Dubois, Miceli? O senhor não os leu? Leia-os, eles trataram profundamente esta questão."

Via perfeitamente que os Kaufmann e os Miceli nada tinham para lhe dizer. Sabia agora o que queria saber. "A Rússia", pensava, "possui excelentes terras e excelentes trabalhadores, mas bem raramente acontece que essas terras e esses trabalhadores produzam verdadeiramente, como no caso daquele camponês de outro dia — a maior parte do tempo, quando o capital é empregado à europeia, a renda é medíocre, porque os trabalhadores não querem trabalhar e só trabalham realmente bem ao seu modo. É um fenômeno constante que está preso ao espírito do nosso povo. Esse povo, cuja vocação foi a de colonizar espaços imensos, sempre se manteve ligado aos seus próprios processos, que não são maus como vulgarmente se pensa." Eis o que Levine desejava provar, teoricamente, no seu livro e praticamente na sua propriedade.

30

No fim de setembro, o grupo organizado por Rezounov deixou afinal sobre a terra a madeira destinada à construção do estábulo e, por outro lado, vendeu a reserva de manteiga dividindo o lucro. A prática dava, pois, bons resultados, ou, pelo menos, Levine assim o julgava. Quanto à teoria, só lhe restava requerer do estrangeiro provas irrefutáveis capazes de compor uma obra atraente, de estabelecer as bases de uma ciência nova sobre as ruínas da velha economia política. Para viajar, esperava apenas a venda do trigo, quando as chuvas torrenciais o puseram positivamente doente. Uma parte da ceifa e toda a colheita de batatas não chegaram a ser recolhidas; todos os trabalhos, mesmo a entrega do trigo, se atrasaram; as enchentes levaram dois moinhos; as estradas se tornaram intransitáveis; e o tempo piorava sempre.

Na manhã de 30 de setembro, o sol mostrou-se afinal, e isso forçou Levine a apressar os seus preparativos de viagem: mandou ensacar o trigo, ordenou ao administrador que se interessasse pela venda e realizou uma última volta de inspeção.

Voltou muito tarde, molhado até os ossos apesar da roupa de couro, mas satisfeito. À noite, a chuva prosseguiu, fustigando o cavalo; Levine, trêmulo da cabeça aos pés, abrigado no seu capote, achava-se muito à vontade e olhava tudo o que a sua vista alcançava: regatos lodosos desciam pelos sulcos cavados pelas rodas dos carros, gotas de chuva suspensas nos ramos despidos, manchas brancas de granizo nas tábuas de uma ponte. Malgrado a desolação da natureza, ele se sentia bastante alegre: uma conversa com os camponeses de uma aldeia afastada convencera-o de que eles se ajustavam à nova vida e, por outro lado, um velho guarda, em casa de quem entrara devido à chuva, aprovava evidentemente os seus planos porque pedira para ser associado na compra do gado.

"É necessário apenas perseverar", pensava Levine, "e alcançarei o que desejo. Não há lugar para aborrecimentos porque trabalho para a prosperidade geral. A carreira econômica do país será modificada profundamente. À miséria, sucederá o conforto; à hostilidade, a concórdia e a solidariedade dos interesses. Realizar-se-á, sem o menor derramamento de sangue, uma revolução que, partindo do nosso distrito, conquistará a nossa província, toda a Rússia, o mundo inteiro, porque uma ideia justa não poderá ser estéril, um fim tão grandioso merece ser executado com obstinação. E que o autor dessa revolução seja aquele simplório Constantin Levine, que foi ao baile com a gravata negra para ser recusado por Mlle. Stcherbatski, isso não tem nenhuma importância. Estou certo de que Franklin, quando examinava a si mesmo, também sentia falta de confiança e não se julgava melhor do que eu me julgo. E, por certo, como eu, ele tinha uma Agatha Mikhailovna a quem confiava os segredos".

Essas reflexões ainda preocupavam Levine quando ele entrou em casa, já noite. O administrador viera lhe falar sobre a venda da colheita: o trigo não chegara ainda de parte alguma e podia se julgar feliz pelo fato de só restarem cento e sessenta medas.

Depois do jantar, Levine sentou-se, como de costume, na sua poltrona com um livro na mão, mas, lendo, prosseguia as meditações sobre o fim da viagem. Sentia o espírito lúcido, e as ideias se traduziam em frases que revelavam perfeitamente a essência do seu pensamento. "É preciso observar isso. Achei a pequena introdução que até aqui me parecia inútil." Levantou-se para escrevê-la, enquanto Mignonne, deitada aos seus pés, interrogava-o com os olhos sobre a estrada a tomar. Os chefes de serviço, porém, esperavam-no na sala, e Levine devia, primeiramente, fornecer instruções para o dia seguinte.

Somente então pôde sentar-se à escrivaninha, sob a qual se deitou a cadela enquanto Agatha Mikhailovna, uma meia na mão, sentava-se no seu lugar de costume. Depois de escrever por certo tempo, Levine se ergueu e pôs-se a medir o quarto: a lembrança de Kitty, da sua recusa, do seu último encontro, atravessou-lhe o espírito com uma vivacidade cruel.

— O senhor se prejudica em ficar zangado — disse-lhe Agatha Mikhailovna. — Que está fazendo aqui? Parta para as águas quentes, já que se decidiu.

— Pretendo partir depois de amanhã. É necessário prosseguir no meu negócio.

— O lindo negócio! O senhor acredita já o ter realizado? Sabe o que pensam os camponeses: "O teu patrão seguramente vai ser recompensado pelo tzar." Que necessidade tem o senhor em se preocupar com eles?

— Não é com eles que eu me preocupo, mas comigo mesmo.

Agatha Mikhailovna conhecia detalhadamente todos os projetos de Levine porque ele os explicara e, mesmo frequentemente, haviam discutido sobre aquilo. Mas, desta vez, ela interpretou as suas palavras com um outro sentido que não o verdadeiro.

— Está certo — disse ela, suspirando —, antes de mais nada devemos pensar na alma. Parthene Denissitch, por exemplo (era o nome de um criado recentemente falecido), achava ótimo não saber nem o ABC... Que Deus nos faça a graça de morrer como ele! Recebeu o bom Deus, a extrema unção, tudo o que era necessário.

— Não é assim que penso — replicou Levine. — Trabalho para o meu próprio interesse. Quando os camponeses trabalharem mais, mais eu ganharei.

— O senhor poderá fazer o que quiser, o preguiçoso será sempre preguiçoso e o que tiver consciência sempre trabalhará. O senhor não influirá em nada.

— Mas tu não disseste que o Ivan trata melhor as vacas do que antes?

— O que eu digo é que já é tempo de o senhor casar-se — respondeu Agatha Mikhailovna, seguindo uma ideia que lhe era cara.

A coincidência dessa observação com as lembranças que o dominavam melindrou Levine. Franziu a testa e, sem responder, voltou à sua obra, que lhe pareceu uma vez mais de essencial importância. De quando em vez, porém, o bater das agulhas da velha criada lhe despertava pensamentos importunos.

Às nove horas, um zunido de guizos e o ruído surdo de uma carruagem rodando na lama subiram até o corredor.

— É uma visita que chega, o senhor não tem de que se aborrecer — disse Agatha Mikhailovna, dirigindo-se para a porta. Mas Levine a ela se antecipou: sentindo que o trabalho não avançava, alegrou-se por ver chegar alguém.

31

Do patamar da escada, Levine ouviu o som de uma tosse que lhe pareceu conhecida, mas, como o barulho dos seus passos o impedisse de ouvir distintamente, esperou o momento de certificar-se. Logo distinguiu uma figura magra e, se bem que a dúvida não lhe fosse possível, quis ainda acreditar não ser aquele enorme homem que tossia e de capote o seu irmão Nicolas.

Realmente, por mais afeição que lhe tivesse, a companhia daquele infeliz era para Levine um verdadeiro suplício — e eis que Nicolas chegava justamente no instante em que, perturbado pelo afluxo das recordações e pela insidiosa observação da criada, Constantin só desejava encontrar o seu equilíbrio moral. Em lugar do alegre visitante que previra, estranho às suas preocupações e capaz de distraí-lo, encontrava-se com um irmão que, conhecendo-o a fundo, iria constrangê-lo a confessar os seus sonhos íntimos — o que acima de tudo, ele mais temia.

Condenando esses maus pensamentos, Levine deslizou pela escada. Assim que viu o irmão, o seu desapontamento cedeu lugar a uma profunda piedade. Mais lívido, mais descarnado do que nunca, Nicolas causava medo aos que o vissem: dir-se-ia um esqueleto ambulante. Estendia, para libertar-se do lenço de seda, um longo pescoço desajeitado e esboçava um sorriso humilde, resignado, à vista do qual Constantin sentiu a garganta apertar-se.

— Afinal, aqui estou na tua casa — disse Nicolas com uma voz surda, não tirando os olhos do irmão. — Há muito tempo que desejava vir, mas a minha saúde não permitia. Agora, isso vai bem melhor — acrescentou, enxugando a barba com as grandes mãos ossudas.

— Sim, sim — respondeu Levine. E a sua surpresa aumentou quando, abraçando Nicolas, tocando os lábios naquele rosto seco, viu de perto o estranho brilho dos seus olhos dilatados.

Algumas semanas antes, Constantin escrevera ao irmão dizendo que liquidara a pequena porção que restava da fortuna móvel em comum e que possuía dois mil rublos para lhe enviar.

Nicolas declarou que, vindo buscar esse dinheiro, visava principalmente rever o ninho antigo, pisar a terra natal para adquirir forças, como os heróis dos velhos tempos. Apesar do corpo cada vez mais arqueado e da incrível magreza, ainda tinha movimentos vivos e bruscos; Levine conduziu-o para o seu quarto.

Nicolas mudou de roupa com muito cuidado, o que antigamente não fazia, penteou os raros cabelos e depois, risonho, subiu ao primeiro andar. Estava com um humor alegre e doce, que Levine conhecera no tempo da sua infância, e falou mesmo sem amargura de Sérgio Ivanovitch. Pilheriou com Agatha Mikhailovna e perguntou pelos velhos criados. A morte de Parthene Denissitch pareceu impressioná-lo vivamente, o seu rosto tomou uma expressão de desespero, mas logo se refez.

— Ele estava muito velho, não é verdade? — perguntou, mudando imediatamente de assunto. — Ficarei um ou dois meses em tua casa, voltarei depois a Moscou, onde Miagkov me prometeu um emprego, e começarei a trabalhar. Pretendo viver de outra maneira... Tu sabes, afastei-me daquela pessoa.

— Maria Nicolaievna? Por quê?

— Era uma mulher mesquinha, que me deu todos os aborrecimentos possíveis.

Escondeu que a abandonara porque ela lhe servia um chá muito fraco e principalmente porque o tratava como doente.

— Quero, de resto, mudar totalmente o meu modo de vida. Fiz inúmeras tolices, como todo mundo. Mas a fortuna não me interessa, o que me interessa é a saúde e, graças a Deus, eu me sinto muito melhor.

Ouvindo-o, Levine procurava inutilmente uma resposta. Nicolas pôs-se a interrogá-lo sobre o andamento dos seus negócios, e Constantin, feliz de poder falar sem dissimulação, contou-lhe os seus projetos e os ensaios de reforma.

Nicolas ouvia distraidamente.

Esses dois homens estavam tão perto um do outro que percebiam até os menores gestos, as menores inflexões de voz. Um único e mesmo pensamento os possuía naquele momento: a morte próxima de Nicolas. Mas, como nenhum dos dois ousasse fazer alusão a isso, as suas palavras só podiam ser mentirosas. Nunca Levine vira se aproximar com tanto alívio a hora de se recolher. Nunca um estranho, em nenhuma visita oficial, o perturbara tanto. A consciência e o remorso que sentia mais agravavam ainda o seu embaraço. Enquanto o seu coração se despedaçava à vista do irmão moribundo, precisava manter uma conversa sobre a vida que este se propunha levar.

A casa só tinha um quarto quente, e Levine, para afastar o irmão de qualquer umidade, fê-lo partilhar do seu.

Nicolas deitou-se, dormiu como um doente, voltando-se incessantemente no leito, tossindo, resmungando. Soltava por vezes um profundo suspiro e murmurava:

— Ah, meu Deus!
Outras vezes, quando uma queixa o oprimia, gritava:
— Vá para o diabo!
Constantin, durante muito tempo, ouviu-o sem poder dormir, preso a diversos pensamentos, que se associavam à ideia da morte.

Pela primeira vez, a morte, termo inevitável de todas as coisas, apresentou-se a ele em todo o seu trágico poder. Era ela quem, naquele irmão de sono agitado, invocava indiferentemente Deus ou o diabo. Era também a morte que surgiria nele hoje, amanhã, em trinta anos, que importava! E, ao certo, que era essa morte inexorável? Não, ele não sabia, nunca pensara, nunca tivera coragem de perguntar a si mesmo.

"Eu trabalho, sacrifico-me por um fim e esqueço que tudo acaba... que é indispensável morrer."

Sentado na cama, dentro da obscuridade, envolvendo os joelhos com os braços, a tensão do espírito obrigava-o a reter a respiração. Mas tanto mais refletia, mais via claramente que, em sua concepção da vida, omitira aquele ligeiro detalhe, a morte, que viria um dia levá-lo. Para que empreender então o que quer que fosse? Não havia nenhum remédio para a morte. Era horrível, mas inevitável.

"Mas eu vivo ainda. Que deverei fazer agora?", perguntava-se desesperadamente. Acendeu uma vela, levantou-se sem fazer barulho, aproximou-se do espelho a fim de examinar o rosto e os cabelos: algumas mechas grisalhas mostravam-se nas suas têmporas. Abriu a boca, os dentes começavam a se estragar. Descobriu os braços musculosos e achou-os robustos. Mas aquele pobre Nicolas, que respirava tão dificilmente com o pouco de pulmões que lhe restava, também tivera um corpo vigoroso. E lembrou-se na hora de quando eram crianças, de quando se deitavam à noite, no tempo em que a felicidade constituía em esperar que Fedor Bogdanytch deixasse o quarto e rir-se, rir-se tão amplamente que o próprio receio de Fedor Bogdanytch não perturbava aquela exuberante alegria de viver. "E agora ele está deitado com o pobre peito cavado e arqueado... e inutilmente me pergunto por que vivo e o que me tornarei!"

— Kha! Kha! Kha! Que diabo fazes aí e por que não dormes?
— Não tenho nada... Uma insônia.
— Eu dormi bem... Não transpiro mais. Ponha a mão na minha camisa: está enxuta, não é mesmo?

Levine obedeceu, retornou à sua cama, apagou a vela, mas continuou sem sono. Trouxera alguma luz ao grave problema da organização da vida para ver surgir um outro, insolúvel, o problema da morte!

"Sim, ele morre, morrerá na primavera. Que posso fazer para ajudá-lo? Que posso dizer-lhe? Que sei de tudo isso? Já tinha mesmo esquecido que é inevitável morrer."

32

Todo excesso de humildade provoca na maior parte das pessoas uma reação violenta: então as exigências, as discórdias já não conhecem limites. Levine, que sabia isso por experiência, duvidava que a doçura do irmão durasse muito tempo. No dia seguinte, efetivamente, Nicolas se irritou com as menores coisas e começou a melindrar Constantin nos seus pontos mais sensíveis.

Levine achava-se hipócrita, mas não podia ser de outro modo. Via perfeitamente que, se ambos tivessem sido sinceros, não se fitariam e só teriam dito palavras assim: "Tu vais morrer, tu vais morrer!". "Eu sei, e tenho medo, um medo horrível!" Mas, como aquela sinceridade não era possível, Constantin tentava falar sobre assuntos indiferentes. Com essa tática, que vira empregada por outros, nunca se saíra bem. O seu embaraço era muito visível, e o seu irmão, que o percebia, notava cada uma das suas palavras.

No dia seguinte, Nicolas levantou a questão das reformas do irmão, reformas que não somente criticou, mas que confundia com o comunismo.

— Tomaste as ideias de outros para desfigurá-las e aplicá-las onde são inaplicáveis...

— Não, viso um outro fim. Os comunistas negam a legitimidade da propriedade, do capital, da herança, enquanto eu pretendo unicamente regularizar o trabalho sem desconhecer absolutamente esses "estimulantes". — (Depois que se apaixonara pelas ciências sociais, Levine lutava cada vez mais para exprimir o seu pensamento através de horrendos vocábulos bárbaros.)

— Tomas uma ideia estranha, tiras o que lhe dê força e pretendes passá-la por nova — disse Nicolas, desatando a gravata.

— Mas eu te asseguro que não existe nenhuma aproximação...

— Aquelas doutrinas — continuou Nicolas com um sorriso irônico e um olhar cintilante de cólera — têm pelo menos a atração, que chamarei geométrica, de serem claras e lógicas. Naturalmente, são utopias. Mas, se chegarmos a negar o passado, não mais existindo família e nem propriedade, podemos evidentemente produzir uma nova forma de trabalho. Mas tu não deste aos teus projetos nenhuma base séria...

— Por que queres sempre confundir as coisas? Eu nunca fui comunista.

— Eu o fui e acho que, se o comunismo é prematuro, tem a seu favor a lógica e o futuro, como o cristianismo dos primeiros séculos.

— Acho tão somente que o trabalho é uma força elementar precisando ser estudada cientificamente, a fim de reconhecer as suas propriedades...

— É perfeitamente inútil. Essa força move-se por si mesma e sempre acha as formas que lhe convêm. Em toda parte, houve primeiramente os escravos, e depois os *métayers*.[27] Nós conhecemos também a renda total, a meia renda e o valor direto. Que procuras mais?

Levine exaltou-se ouvindo aquelas últimas palavras, tanto mais que receava que o irmão tivesse razão: talvez, realmente, procurasse

---

27 Em francês, "rendeiros". (N.E.)

um meio-termo — muito difícil de ser descoberto — entre o comunismo e as formas existentes do trabalho.

— Eu procuro uma forma de trabalho que seja útil a todos, a mim como aos meus trabalhadores — respondeu ele alteando a voz.

— Queres representar o original como fizeste toda a vida e ao invés de explorar francamente os teus trabalhadores, empresta-lhes princípios.

— Está bem, já que entendes assim, deixemos este assunto — replicou Levine, que sentia os músculos da face esquerda tremerem involuntariamente.

— Tu nunca tiveste convicções, só procuras lisonjear o teu orgulho.

— Bem, mas então deixa-me em paz!

— Desejaria fazê-lo há muito tempo. Que o diabo te leve! Arrependo-me bastante de ter vindo.

Levine tentou acalmá-lo, Nicolas não o ouviu e persistiu em dizer que seria melhor separarem-se. Constantin verificou que a vida se tornara intolerável para o irmão e, na hora da partida, apressou-se em pedir desculpas, um pouco forçadas.

— Ah, ah, a magnanimidade agora! — disse Nicolas sorrindo. — Se te atormentas com a necessidade de ter a razão, concedo que estejas com a verdade. Mas parto de qualquer modo.

Nicolas, no último momento, abraçou o irmão e disse-lhe com voz trêmula e um olhar de estranha gravidade:

— Vamos, Kostia, não me queiras mal.

Foram as únicas palavras sinceras trocadas entre os dois irmãos. Constantin compreendeu o que significavam: "Vê, tu o sabes, eu vou embora, talvez não nos encontremos nunca mais." E as lágrimas brotaram-lhe dos olhos. Abraçou ainda Nicolas, mas nada achou para lhe dizer.

Levine, por sua vez, viajou três dias após a partida do irmão. Encontrou, na estação, o jovem Stcherbatski, primo de Kitty, que se espantou por vê-lo tão triste.

— Que tens? — perguntou o rapaz.

— Nada, apenas a vida que não é alegre.

— Não é alegre? Vem comigo a Paris em lugar de te enterrares num buraco como Mulhouse, verás as coisas de um modo mais róseo.

— Não, tudo acabou para mim, não me resta mais nada senão a morte.

— Verdadeiramente! — disse Stcherbatski, rindo-se. — E eu que me preparo somente para viver!

— Há pouco eu pensava assim, mas sei agora que morrerei em breve.

Levine falava com toda a franqueza: só via a morte sem, no entanto, abandonar os seus projetos de reforma — era necessário ocupar a vida até o fim! Nas trevas que o envolviam, a sua grande ideia servia-lhe de fio condutor e a ela se unia com todas as suas forças.

QUARTA PARTE

1

Os Karenine continuaram a viver sob o mesmo teto, mas permanecendo completamente estranhos um ao outro. Para não dar motivo aos comentários dos criados, Aléxis Alexandrovitch julgava necessário aparecer todos os dias em companhia da mulher. Raramente, porém, jantava em casa. Vronski não aparecia nunca. Ana o encontrava fora, e o seu marido o sabia.

Sofriam com aquela situação, que seria intolerável se não a julgassem transitória. Aléxis Alexandrovitch esperava assistir ao fim daquela paixão, já que tudo no mundo tem um fim, antes que a sua honra fosse ostensivamente manchada. Ana, causa de todo o mal e sobre quem as consequências pesavam mais cruelmente, só aceitava aquela situação na certeza de um desfecho próximo que, ao certo, ignorava como seria. Influenciado por Ana sem o saber, Vronski partilhava daquela convicção: sobreviria um acontecimento, independentemente da sua vontade, que suprimiria todos os obstáculos.

Vronski, no meado do inverno, atravessou uma semana aborrecida. Encarregaram-no de mostrar Petersburgo a um príncipe estrangeiro, e essa honra, consequência da sua boa presença, da sua perfeita habilidade e do seu conhecimento da alta sociedade, pareceu-lhe fastidiosa. O príncipe queria preparar-se para responder a todas as perguntas que lhe fizessem na volta, bem como aproveitar largamente as diversões russas. Foi preciso, pois, mostrar-lhe as curiosidades durante o dia e o *bas-fond* durante a noite. Apesar de príncipe, gozava ele de uma saúde excepcional. Os minuciosos cuidados higiênicos juntos a uma ginástica apropriada, conservavam-no em tão belo estado que, apesar dos excessos a que se entregava, possuía a frescura de um pepino holandês, alto, verde e brilhante. Viajara muito. A facilidade das modernas comunicações oferecia-lhe a vantagem, que ele aproveitava, de poder adaptar-se divertidamente aos costumes dos diversos países. Na Espanha, dera serenatas e cortejara uma tocadora de bandolim; na Suíça, matara cabritos; na Inglaterra, saltara valados com vestimentas vermelhas e apostara abater duzentos faisões; na Turquia, penetrara num harém; na Índia, passeara montado num elefante; agora, gozava os prazeres tipicamente russos.

Em sua qualidade de cicerone, Vronski organizara — não sem dificuldade, visto o grande número de convites — o programa dos divertimentos: corridas de cavalos, caçadas aos ursos, canções dos boêmios, regabofes com uma facilidade surpreendente, mas, quando quebrava pilhas de pratos ou punha uma cigana sobre os joelhos, sentia-se inclinado a perguntar se estava ali verdadeiramente a finalidade daquele espírito. No fundo, o que mais o agradou foram as atrizes francesas, uma moça do corpo de bailados e o vinho.

Vronski conhecia a vida dos príncipes, mas, quer tivesse mudado nos últimos tempos, quer visse aquele de muito perto, a semana que passou em sua companhia pareceu-lhe cruelmente longa. Sentira incessantemente a impressão de um homem encarregado de guardar um louco perigoso, que receava a sua doença e temia pela sua própria razão. Para não se expor a uma afronta, fora-lhe preciso, do começo ao fim, manter-se numa reserva prudente e oficial. O príncipe tratara altivamente até mesmo as pessoas que, para a surpresa do seu guia, humilhavam-se para lhe proporcionar os "prazeres nacionais" — e as observações que fizera sobre as mulheres russas, que se dignava de estudar, forçaram mais de uma vez o rapaz a corar de indignação.

No entanto, o que mais irritava Vronski fora achar naquela criatura um reflexo de si mesmo, e aquele espelho nada tinha de lisonjeiro. A imagem que vira fora a de um homem bem situado, muito cuidado, bastante tolo e orgulhoso de si próprio. Evidentemente, era um cavalheiro de temperamento nivelado aos seus superiores, simples e bom com os seus iguais, mas altivo para com os inferiores. Vronski procedia exatamente assim e julgava ser isso um mérito, mas, dirigindo-se a ele, os seus ares protetores o ofuscavam.

"Que animal! Será possível que me pareça com ele?", pensara.

Também, no fim da semana, sentiu-se feliz por deixar aquele espelho incômodo na plataforma da estação onde, partindo para Moscou, o príncipe muito lhe agradeceu. Voltavam de uma caçada aos ursos onde a temeridade russa, durante toda uma noite, se mostrara livremente.

2

Entrando em casa, Vronski encontrou um bilhete de Ana: "Sinto-me doente e infeliz. Não posso sair e não posso passar mais tempo sem ver-te. Espero-te esta noite. Aléxis Alexandrovitch estará no Conselho das sete às dez horas." Apesar de um pouco surpreso em ver Ana violar a proibição formal do marido, resolveu satisfazer ao seu pedido.

Promovido a coronel durante o inverno, Vronski abandonara o Regimento e vivia sozinho. Depois do almoço, deitando-se num divã, lembrou-se das cenas odiosas dos últimos dias e ligou à imagem de Ana a de um homem que desempenhara importante papel na caçada aos ursos. Acabou por adormecer e só despertou, trêmulo de pavor, em plena noite. Apressou-se em acender uma lanterna. "Que me aconteceu? Que vi de tão horrível no sonho?... Ah, sim, o homem, um pobre homem de barba eriçada que fazia não sei o quê, curvado em dois, e que de repente se pusera a pronunciar em francês palavras estranhas. Nunca tive um sonho semelhante. Por que este terror?" Mas, lembrando-se do homem e das suas palavras em francês, sentiu-se tremer da cabeça aos pés.

— Que loucura! — murmurou, olhando o relógio. Eram oito horas e meia.

Tocou a campainha chamando o criado, vestiu-se rapidamente, saiu, e, esquecendo o sonho, só se inquietou com o atraso em que estava. Aproximando-se da casa dos Karenine, consultou o relógio e viu que faltavam dez minutos para as nove horas. Uma carruagem, puxada por dois cavalos castanhos, estava em frente à porta. Reconheceu a carruagem de Ana. "Ela quer ir à minha casa e isso será preferível, porque não gosto de entrar nesta casa. Depois, não desejo aparentar que me escondo." E, com o sangue-frio de um homem habituado desde a infância a não corar, deixou o seu trenó e dirigiu-se para a porta. Esta abriu-se no mesmo momento, e o porteiro, uma capa nos braços, chamou a carruagem. Por menos observador que fosse Vronski, a surpresa impressa no rosto do porteiro não lhe escapou. Avançou e quase chocou-se com Aléxis Alexandrovitch; um bico de gás clareava o seu rosto lívido e abatido, o chapéu negro e a gravata branca justa no colarinho. Os olhos tristes de Karenine fixaram-se em Vronski, que o cumprimentou, comprimindo os lábios e levando a mão ao chapéu. Vronski viu-o subir na carruagem sem se voltar, receber pela janela a capa e o binóculo que o porteiro lhe entregava e desaparecer. Entrou no vestíbulo, por sua vez, com a fisionomia transtornada e um sinistro clarão de orgulho ferido correu no seu olhar.

"Que situação!", pensou. "Se ele ainda quisesse defender a sua honra, eu poderia agir, manifestar os meus sentimentos de um modo qualquer. Mas aquela fraqueza ou aquela pusilanimidade... Graças a ele, tenho o aspecto de um patife e nada me poderia ser tão penoso."

Depois da explicação que tivera com Ana no jardim de Mlle. Wrede, as ideias de Vronski haviam mudado muito. Como Ana se entregasse totalmente e nada mais esperava do futuro que não viesse do seu amante, este, dominado por ela, não acreditava mais na possibilidade de uma ruptura. Renunciando novamente aos seus sonhos ambiciosos, deixava-se vencer pela violência da paixão que cada vez mais o levava para aquela mulher.

Desde a antecâmara, ouviu passos que se afastavam. Percebeu que ela entrava no salão, e isso depois de espreitar a sua chegada.

— Não! — gritou Ana ao ver Vronski, enquanto os seus olhos se enchiam de lágrimas ao som da própria voz. — Não podemos viver assim. Ou então isso acontecerá muito, muito mais cedo...

— Que houve, minha amiga?

— É que eu te espero, torturo-me há duas horas... Mas não, eu não quero discutir. Se não vieste, foi porque um obstáculo sério te impediu! Não, eu não te repreendo...

Pôs as mãos nos ombros dele e o envolveu num olhar extasiado, apesar de perscrutador. Contemplava-o por todo o tempo que não o vira, impaciente como sempre de verificar a imagem que dele fizera durante a ausência. E, como sempre, a imaginação superava a realidade.

3

— Tu o encontraste? — perguntou Ana quando estavam perto da mesa que sustentava o candeeiro. — Foste castigado por teres vindo tão tarde!

— Sim, mas como aconteceu isso? Eu o julgava no Conselho.

— Voltou para ir não sei onde. Mas pouco importa, não falemos mais nisso. Dize-me, antes, onde estiveste: sempre com o príncipe?

Ela conhecia os menores detalhes da sua vida. Ele quis responder que, não tendo dormido à noite, deixara-se surpreender pelo sono, mas o rosto feliz de Ana o impedia de fazer aquela penosa confissão. Desculpou-se, dizendo ter sido obrigado a apresentar o seu relatório depois da viagem do príncipe.

— Sim, graças a Deus. Já não o suportava, asseguro-te.

— Por quê? Não levavas a vida que te é normal, a ti e aos outros rapazes? — disse ela, subitamente transfigurada, tomando, sem olhar Vronski, um crochê que estava na mesa.

— Há muito tempo que renunciei a essa vida — respondeu, procurando adivinhar a causa daquela súbita mudança de fisionomia. — E devo confessar — acrescentou, enquanto um sorriso descobria os seus dentes brancos — que me foi desagradável rever tal existência como num espelho.

Sem começar o trabalho no crochê, ela cobriu Vronski com um olhar inflamado, estranho, hostil.

— Lisa veio me ver há pouco... ela ainda vem à minha casa, apesar da condessa Lídia... e contou-me a tua reunião ateniense. Que horror!

— Eu queria precisamente dizer-te...

Ela o interrompeu.

— Essa Teresa era a tua velha ligação?

— Eu queria dizer...

— Como tu és odioso, tu e os outros homens! Como podes supor que uma mulher esqueça essas coisas? — disse, animando-se cada vez mais, revelando assim a causa da sua irritação. — E principalmente uma mulher que, como eu, só pode conhecer da tua vida o que queiras dizer... E posso acaso saber se é verdade?...

— Ana, tu me feres. Não acreditas em mim? Não te dei a palavra de que não havia escondido o menor dos meus pensamentos?

— Tens razão, mas se tu soubesses como eu sofro! — disse, esforçando-se por subjugar o ciúme. — Eu acredito em ti, eu acredito em ti. Que me dizias?

Ele não conseguiu mais lembrar. As crises de ciúme de Ana tornavam-se cada vez mais frequentes, eram infalivelmente provas de amor que o assustavam e, se bem que nada deixasse transparecer, contribuíam para que esfriasse em relação à amante. Quantas vezes não repetira que a felicidade só existia naquele amor! E, agora que ela o amava como só pode amar uma mulher que tudo sacrificou pela sua paixão, sentia a felicidade mais longe do que na época em que deixara Moscou para segui-la. Era que então uma promessa de felicidade brilhava no seu infortúnio, e agora os dias luminosos pertenciam ao passado. Uma grande mudança, tanto moral como física, realizara-se em Ana: ela engordara e, algumas vezes, como ainda há pouco, uma expressão de ódio alterava os seus traços. Para Vronski, era apenas uma flor murcha na qual não encontrava mais aquelas marcas de beleza que o haviam incitado a colhê-la. Contudo, antigamente, por um esforço de vontade, ele poderia extrair o amor do coração, e sentia agora que, pensando não mais amá-la, a ela estava preso para sempre.

— Bem, que querias me dizer sobre o príncipe? — continuou Ana. — Fica tranquilo, que já afastei os demônios... — (Era assim que chamavam as suas crises de ciúme.) — Em que ele te desagradou?

— É insuportável! — respondeu Vronski, tentando encontrar o fio do pensamento. — Não lucra nada em ser visto de perto. Não poderia compará-lo melhor senão a esses animais bem cevados que são premiados nas exposições — acrescentou, num tom de desprezo que pareceu interessar a Ana.

— Que dizes? — replicou ela. — É um homem instruído, que viajou muito.

— A instrução dessas pessoas não é a nossa. Dir-se-ia que ele se instruiu para ter o direito de desprezar a instrução, como despreza tudo, menos os prazeres animais.

— Mas tu não amas também a todos esses prazeres animais? — disse Ana, afastando um olhar em que Vronski observou a desolação.

— Por que o defendes? — perguntou ele, sorrindo.

— Eu não o defendo, ele me é bastante indiferente para isso. Mas se aquela vida te desagrada tanto como o dizes, poderias te desculpar perfeitamente. Não, até gostaste de ver aquela Teresa em trajes de Eva...

— Eis o demônio que volta! — disse Vronski, dirigindo-se para beijar a mão que Ana colocara sobre a mesa.

— Sim, é mais forte do que eu! Não imaginas o que sofri te esperando! No fundo, eu não sou ciumenta: acredito-te quando estás junto a mim, mas quando estás Deus sabe onde, metido em não sei que vida...

Ela se voltou e, pegando afinal no crochê, pôs-se a fiar, utilizando o dedo indicador e as malhas da lã branca que brilhavam na luz. A sua mão fina volteava nervosamente sob o punho bordado.

— Dize-me, onde encontraste Aléxis Alexandrovitch? — perguntou subitamente com voz constrangida.

— Quase nos esbarramos um com o outro, na porta.

— E ele te cumprimentou assim?

Ela alongou o rosto, semicerrou os olhos, cruzou os braços e mudou de tal forma a fisionomia que Vronski imediatamente reconheceu Aléxis Alexandrovitch. Sorriu. Ana pôs-se a rir também, aquele riso fresco e sonoro que era um dos seus grandes encantos.

— Nada percebo — disse Vronski. — Queria compreender como, depois da conversa que tiveste com ele no campo, não brigou contigo e não me convidou para um duelo. Mas como esse homem pode suportar tal situação? Vê-se que ele sofre...

— Ele? — fez Ana com um sorriso irônico. — Não, ao contrário, sente-se muito feliz.

— Por que todos nós sofremos quando tudo poderia se arranjar?

— Fique certo de que ele não sofre... Oh, como eu conheço aquela natureza mentirosa! Quem poderia, a não ser um insensível, viver com uma mulher culpada sob o mesmo teto, falar-lhe como ele me fala, tratá-la como ele me trata?... — Ela o imitou novamente: — "Tu, minha querida, tu, Ana..." Não, não — prosseguiu —, ele não sente e não compreende nada. Aquilo não é um homem, é um autômato. Estivesse em seu lugar, há muito tempo teria expulsado uma mulher como eu, em vez de dizer: "Tu, minha querida, Ana!...". Ainda uma vez eu digo, não é um homem, é uma máquina ministerial. Não compreende que eu te pertenço, que ele não é mais nada para mim, que é demais. Não, não, deixemos isso.

— És injusta, minha amiga — disse Vronski, procurando acalmá-la. — Mas pouco importa, não falemos mais dele. Falemos de ti, da tua saúde. Que disse o médico?

Ela fitou-o com uma alegria zombeteira. Lembrava-se evidentemente de certos caprichos do marido, que espontaneamente ridicularizava.

— Sem dúvida, a doença de que sofres é uma consequência do teu estado. Quando esperas ter a criança?

O brilho mau apagou-se nos olhos de Ana, e o ricto zombeteiro foi substituído por um sorriso de doce melancolia.

— Em breve, em breve... Dizes que a nossa posição é difícil e que precisamos sair dela. Se soubesses como me é odiosa e o que daria para te amar livremente, não sofreria mais e não te aborreceria com o meu ciúme... Mas, em breve, tudo mudará, e não como pensamos...

Ela se comoveu intimamente, e as lágrimas não a deixaram prosseguir. Pôs a mão, onde os anéis brilhavam sob a luz, no braço de Vronski.

— Não — continuou ela —, isso não acontecerá como pensamos. Não queria dizer-te, mas tu me obrigaste. Em breve, tudo mudará e não sofreremos mais.

— Não te compreendo — disse Vronski, apesar de compreendê-la perfeitamente.

— Queres saber quando "isso" se realizará? Brevemente. Não me interrompas — disse ela, precipitando as palavras. — Eu o sei, eu o sei com certeza. Morrerei e estarei contente. Para mim, como para ti e ele, a minha morte será uma libertação.

As lágrimas corriam dos seus olhos. Vronski inclinou-se sobre ela e cobriu-lhe a mão de beijos, dissimulando a própria emoção, que não escondia totalmente porque a sabia infundada.

— Sim, é isso, ama-me muito — murmurou ela, apertando-lhe vigorosamente a mão. — É tudo o que nos resta...

— Que loucura! — pôde Vronski exclamar afinal, levantando a cabeça. — Tu não sabes o que dizes.

— Eu digo a verdade.

— Que verdade?

— Que vou morrer. Vi em sonho.

— Em sonho?... — repetiu Vronski, que, imediatamente, se lembrou do homenzinho do seu pesadelo.

— Sim, em sonho, e isso faz muito tempo. Sonhei que entrava correndo em meu quarto para apanhar ou pedir não sei o quê... Bem sabes como isso se passa nos sonhos — fez Ana, os olhos dilatados pelo terror. — E, a um canto do meu quarto, percebi alguma coisa.

— Que extravagância! Como podes acreditar nisto?

Mas ela não se deixou interromper: o que contava parecia-lhe muito importante.

— E aquela coisa voltou-se, e eu percebi que era um homenzinho de barba eriçada, malcuidada, horrível à vista. Quis correr, mas ele se debruçou sobre um saco, do qual removeu não sei o quê...

Ela fez o gesto de alguém que revista um saco. O terror estava impresso no seu rosto e Vronski, lembrando-se do próprio sonho, sentiu dominá-lo idêntico terror.

— Remexendo o saco, ele falava depressa, depressa, depressa, em francês e numa pronúncia ruim: *il faut battre le fer, le broyer, le pétrir...*[28] Emocionada, procurei despertar, mas despertava no sonho

---

[28] Em francês, "É preciso bater o ferro, moer, moldar". (N.E.)

indagando-me o que aquilo significava. Então, ouvi Kornei me dizer: "Será no leito, minha cara senhora, será no leito que morrerá..." E, depois disso, voltei a mim.

— Quantos absurdos! — obstinava-se a dizer Vronski sem a menor convicção.

— Não falemos mais. Toca a campainha, pedirei o chá. Não, espere, parece-me que...

Ana se deteve subitamente. Acalmaram-se as linhas do seu rosto, uma grave serenidade a envolveu. Vronski, porém, não compreendeu que ela vinha de sentir uma vida nova agitar-se no seu seio.

4

Depois do encontro com Vronski, Aléxis Alexandrovitch, como era a sua intenção, foi aos italianos. Ouviu dois atos da ópera, viu todas as pessoas que desejava ver e voltou para casa. Depois de constatar devidamente que não existia nenhum capote de uniforme no vestíbulo, encaminhou-se diretamente para o seu quarto. Contra o hábito, em lugar de deitar-se, andou de um lado para outro lado até as três horas da manhã. Não podia perdoar à mulher a violação de uma condição que lhe impusera: a de não receber o amante em sua própria casa. E, como ela não obedecera a essa ordem, ele devia puni-la, executar a ameaça, pedir o divórcio e lhe tirar o filho. Essa ameaça não era de execução fácil, mas por coisa alguma no mundo saberia trair o propósito feito e, de resto, a condessa Lídia achava o divórcio a melhor saída para uma situação tão delicada. Com o divórcio, há muito tempo simplificado na prática, ele esperava esquivar-se às dificuldades formais. Além do mais, uma infelicidade não vinha nunca sozinha, o código dos estrangeiros e o caso da província de Zaraisk traziam-lhe tantos aborrecimentos que se sentia em estado de perpétua irritação.

Não dormiu à noite; a sua cólera aumentava sempre. E, vinda a manhã, assim que soube ter Ana se levantado, vestiu-se apressadamente, indo ao seu quarto com verdadeira exasperação.

Ana, que pensava conhecer a fundo o marido, ficou surpresa vendo-o surgir com o rosto sombrio, os olhos tristes, os lábios sarcásticos. Nunca vira tanta decisão no seu aspecto. Ele entrou sem lhe desejar bom dia, indo diretamente à secretária, onde abriu a gaveta.

— Que queres?! — gritou ela.

— As cartas do teu amante.

— Elas não estão aí — disse, precipitando-se para a gaveta. Este gesto o fez compreender que adivinhara e, empurrando brutalmente a mão da mulher, apanhou a pasta onde Ana guardava os papéis de importância. Inutilmente, ela tentou retomá-la: ele a pôs sob o braço e a apertou tão fortemente com o cotovelo que o seu ombro se levantou.

— Senta-te — disse ele. — Preciso falar contigo.

Ela lançou-lhe um olhar surpreso e medroso.

— Não te proibi de receber o teu amante em minha casa?

— Eu tinha necessidade de vê-lo para...

Deteve-se, não sabendo o que inventar.

— Pouco me importam as razões pelas quais uma mulher tenha necessidade de ver o seu amante.

— Eu apenas queria... — prosseguiu ela, corando. Mas a grosseria do marido tirava-lhe a audácia. — É possível que não sintas como te é fácil me ferir?!

— Fere-se apenas um homem honesto ou uma mulher honesta, mas dizer ao ladrão que ele é ladrão é muito simplesmente *la constatation d'un fait*.[29]

— Eis um traço de crueldade de que não queria julgar-te capaz.

— Achas cruel um marido que dá inteira liberdade à mulher com a única condição de respeitar as conveniências? É isso crueldade?

---

29 Em francês, "a constatação de um fato". (N.E.)

— É pior do que isso, é baixeza, se tu o desejas saber! — exclamou num acesso de indignação. E levantou-se para se retirar.

— Não! — ganiu ele com a sua voz aguda, que ainda se alteou mais. E, segurando-lhe os braços, forçou-a a sentar-se. Os grandes dedos ossudos apertaram-na tão duramente que a pulseira de Ana se imprimiu na pele. — Por que falas de baixeza? Esta palavra não convém a quem abandona o marido e o filho por um amante e nem por isto deixa de comer o pão desse marido!

Ana abaixou a cabeça. Esmagavam-na a precisão daquelas palavras. Não mais ousou, mesmo intimamente, acusar o marido de ser excessivo, como na véspera dissera ao amante. E, em tom resignado, respondeu:

— Não podes julgar a minha situação mais severamente do que eu mesma. Mas por que me dizes isso?

— Por que eu te digo? — continuou ele, encolerizado. — A fim de que saibas que a tua recusa em observar as conveniências me obriga a tomar medidas que venham acabar com esta situação.

— Ela acabará por si mesma e em breve, muito breve — repetiu Ana, os olhos cheios de lágrimas com a ideia daquela morte que sentia próxima mas que, agora, lhe parecia desejável.

— Mais cedo mesmo do que o teu amante e tu o imaginam! Ah, procuras a satisfação das paixões carnais...

— Aléxis Alexandrovitch, à parte toda generosidade, achas conveniente magoar alguém?

— Oh, tu só pensas em ti! Os sofrimentos desse que foi o teu marido te interessam pouco. Pouco te importa que ele sofra, que a sua vida seja trans... transtor... nada.

Em sua emoção, Aléxis Alexandrovitch falava tão depressa que tartamudeava.

Esta gagueira pareceu cômica a Ana, que logo se censurou pelo fato de poder ser sensível ao ridículo em caso semelhante. Pela primeira vez, no espaço de um instante, verificou o sofrimento do marido e sentiu piedade por ele. Mas que podia dizer e fazer senão calar-se e abaixar a cabeça? Ele também se calou, para imediatamente prosseguir numa voz mais calma, mais glacial, salientando as palavras que não tinham nenhuma importância particular:

— Vim para te dizer...

Ela ergueu os olhos sobre ele, lembrando-se da expressão que julgara ler no seu rosto, ouvindo-o pronunciar a palavra: "transtornada": "Não", pensava ela, "devo me enganar. Este homem de olhos tristes, tão seguro de si mesmo, não, ele não pode sentir coisa alguma".

— Eu não saberia mudar nada — murmurou ela.

— Vim para te dizer que viajo para Moscou e que não mais voltarei a esta casa. O advogado que se encarregará das preliminares do divórcio a fará saber quais são as minhas resoluções... Meu filho irá para a casa de minha irmã — acrescentou, esforçando-se para lembrar o que queria dizer sobre a criança.

— Levas Sérgio para me fazer sofrer — balbuciou ela, ousando fitá-lo com dificuldade. — Tu não o amas, deixa-o comigo.

— É verdade. O horror que tu me causas projetou-se sobre o meu próprio filho. Contudo, ficarei com ele. Adeus.

Ele quis sair, mas, desta vez, foi ela quem o deteve.

— Aléxis Alexandrovitch, deixa-me Sérgio — suplicou. — Eu só te peço isso. Deixa-me até... Em breve, eu serei mãe, deixa-me Sérgio.

Aléxis Alexandrovitch corou, empurrou o braço que o retinha e partiu sem uma palavra de resposta.

5

A sala de espera do célebre advogado a que se dirigira Aléxis Alexandrovitch estava repleta quando ele entrou. Ali estava uma senhora idosa, uma senhora jovem, uma mulher da classe dos negociantes, um banqueiro alemão que trazia no dedo um enorme anel, um comerciante de longas barbas, um funcionário intratável trajando o seu uniforme com uma decoração no pescoço. Todos pareciam esperar havia muito tempo. Dois secretários trabalhavam em carteiras cujos enfeites magníficos logo prenderam a atenção de Aléxis Alexandrovitch, grande amador daquele tipo de objetos. Um dos escreventes olhou o recém-chegado e, sem se levantar, perguntou rudemente:

— Que deseja o senhor?

— Falar com o advogado.

— Ele está ocupado — disse o escrevente, mostrando com a caneta as pessoas que esperavam. E pôs-se a escrever.

— Não achará um momento para me receber?

— Nunca tem um instante livre. Queira esperar.

— O senhor quereria entregar-lhe o meu cartão — articulou Aléxis Alexandrovitch, compreendendo ser impossível manter o incógnito.

O secretário tomou o cartão, cujo texto pareceu aborrecê-lo, e saiu.

Aprovando o princípio da reforma judiciária, Aléxis Alexandrovitch criticava certos detalhes da sua aplicação tanto, pelo menos, quanto era capaz de criticar uma instituição sancionada pelo poder supremo. A sua longa prática administrativa tornava-o indulgente com o erro; julgava-o como um mal inevitável para o qual sempre se podia trazer algum remédio. No entanto, criticara continuamente as prerrogativas que aquela reforma concedia aos advogados, e a acolhida que lhe era feita reforçava ainda mais as suas prevenções.

— O doutor não se demorará — disse o secretário, entrando.

Era um homenzinho calvo, com uma barba negra tendendo para o ruivo, uma testa abaulada e enormes pestanas claras. Desde a gravata e a corrente do relógio até os sapatos de verniz, o seu traje revelava pretensão e mau gosto. Tinha os traços inteligentes, mas vulgares.

— O senhor quer dar-se ao trabalho de entrar? — convidou lugubremente, voltando-se para Aléxis Alexandrovitch.

E, fazendo-o passar em sua frente, fechou a porta.

— Faça o favor — disse o advogado, mostrando uma poltrona perto da carteira cheia de papéis. Sentou-se ele próprio no lugar principal, apertou uma contra a outra as suas mãozinhas cujos dedos curtos eram cobertos de pelos brancos e inclinou a cabeça para escutar. Mas, logo que se fixou nesta posição, corrigiu-se subitamente com uma vivacidade imprevista, e apanhou uma traça que estava sobre a mesa. Retornou depois, e rapidamente, à primeira atitude.

— Antes de explicar ao senhor o caso que me traz aqui — disse Aléxis Alexandrovitch surpreso com os gestos do advogado —, devo lhe pedir o mais absoluto segredo.

Um sorriso imperceptível ergueu o enorme bigode ruivo do homem da lei.

— Não fosse eu capaz de guardar os segredos que me confiam, não seria advogado — disse ele. — No entanto, se o senhor quiser uma certeza particular...

Aléxis Alexandrovitch olhou-o e julgou observar que os seus olhos cinzentos e maliciosos tinham percebido tudo.

— Meu nome, sem dúvida, não lhe é desconhecido? — prosseguiu ele.

— Como todos os russos, sei dos serviços que o senhor tem prestado ao nosso país — respondeu o advogado, que se inclinou depois de pegar uma segunda traça.

Aléxis Alexandrovitch suspirou. Ele hesitou ainda para falar, mas bruscamente se decidiu e, uma vez começado, continuou inflexivelmente com voz clara e aguda, insistindo sobre certas palavras.

— Tenho a infelicidade de ser um marido enganado. Queria romper legalmente os laços que me unem à minha mulher. Em outras palavras, queria me divorciar, mas de maneira que o meu filho fique separado da mãe.

Os olhos cinzentos do advogado faziam o possível para permanecerem sérios. Aléxis Alexandrovitch não pôde esconder que eles brilhavam com uma alegria que não explicava suficientemente a perspectiva de um bom negócio. Era o clarão do entusiasmo, do triunfo, aquele fogo sinistro que já observara nos olhos da sua mulher.

— O senhor deseja os meus serviços para obter o divórcio?

— Precisamente, mas devo avisar ao senhor que se trata hoje de uma simples consulta. Eu viso manter-me em certos limites e renunciarei ao divórcio caso não possa ele se conciliar com as formas que desejo observar.

— Será sempre assim, o senhor ficará perfeitamente livre de agir como queira.

Receando ofender o seu cliente com uma zombaria que o seu rosto mal escondia, o homem da lei fitou os pés de Aléxis Alexandrovitch e, se bem que neste momento um inseto voasse em torno da sua mão, absteve-se de apanhá-lo por respeito à situação.

— Conheço, em seus traços gerais, a legislação de semelhante matéria, mas ignoro as diversas formas usadas na prática.

— O senhor deseja que eu lhe exponha as diversas maneiras de realizar a sua vontade — disse o advogado, que, a um sinal afirmativo de Aléxis Alexandrovitch, continuou lançando sobre ele, de quando em quando, um olhar furtivo. — Segundo as nossas leis — Ele teve uma inflexão de desdém para "nossas leis" —, o divórcio só é possível nos três casos seguintes... Espere! — gritou ele, vendo que o secretário abria a porta. Levantou-se, não obstante, foi até o secretário, disse-lhe algumas palavras e retornou ao seu lugar. — Eu dizia, pois, nos três casos seguintes: defeitos físicos de um dos esposos, desaparecimento de um deles durante cinco anos — Ele dobrava, fazendo esta enumeração, os grossos dedos peludos um após o outro — e, afinal, o adultério — pronunciou esta palavra com evidente satisfação. — Estes três casos compreendem subdivisões — Continuou a dobrar os dedos —, apesar das subdivisões fazerem parte de uma outra classificação: defeitos físicos do marido ou da mulher, adultério do marido, adultério da mulher... — Todos os dedos estavam dobrados e, por isso, foi obrigado a erguê-los de novo. — Eis o lado teórico, mas penso que, se o senhor me deu a honra de me consultar, é porque se interessa e deseja conhecer o lado prático. Em consequência, guiando-me pelos antecedentes, devo dizer-lhe que os casos de divórcio se reduzem todos aos seguintes... Julgo compreender que nem os defeitos físicos e nem a ausência de um dos cônjuges entram aqui em linha de conta?

Aléxis Alexandrovitch inclinou afirmativamente a cabeça.

— Bem, só resta o adultério de um dos cônjuges e o flagrante delito forçado ou involuntário. Devo dizer-lhe que esse último caso raramente se encontra na prática.

O advogado calou-se e olhou o cliente com o ar de um vendedor de armas que, depois de explicar a um comprador o uso de duas pistolas diferentes, esperasse pacientemente a sua escolha. Mas, como Aléxis Alexandrovitch conservasse o silêncio, ele prosseguiu:

— Segundo o meu modo de ver, o meio mais simples, mais racional e também o mais usado é o adultério por consentimento mútuo. Não ousaria falar assim a todo mundo, mas suponho que nos compreendemos.

Aléxis Alexandrovitch estava tão perturbado que não compreendeu imediatamente a vantagem daquela combinação. Como o seu rosto exprimisse surpresa, o homem da lei ajudou-o.

— Suponho que dois esposos não possam mais viver juntamente. Se, pois, os dois consentem no divórcio, os pormenores e as formalidades tornam-se sem importância. Acredite-me, é o meio mais simples e mais seguro.

Dessa vez, Aléxis Alexandrovitch compreendeu, mas os seus sentimentos religiosos se opunham a semelhante medida.

— Esse meio está fora de discussão — declarou ele. — Só podemos agir fazendo constar o adultério por meio de cartas que estão em meu poder.

A esta palavra "cartas", o advogado deixou escapar uma exclamação mista de compaixão e desdém.

— Não esqueça — prosseguiu o advogado — que os negócios desta espécie são da competência do nosso alto clero. E esses dignos sacerdotes se interessam muito por certos detalhes — acrescentou, com um sorriso de simpatia para aquele caráter dos eclesiásticos. — Evidentemente, as cartas podem ser de alguma utilidade, mas a prova deve ser feita com o auxílio de testemunhas. Se o senhor me conceder a honra da sua confiança, é necessário deixar ao meu cargo as medidas a tomar.

— Já que é assim... — fez Aléxis Alexandrovitch, muito pálido. Mas o advogado se levantou e correu à porta para responder a uma segunda interrupção do secretário.

— Diga a essa senhora que não se negocia aqui como num armazém! — gritou ele, antes de retornar ao seu lugar. Andando, pegou discretamente uma nova traça. "Nunca o meu repouso chegou até o verão!", pensou, endireitando-se.

— Que me dizia o senhor? — perguntou ele a Aléxis Alexandrovitch.

— Eu lhe comunicarei a minha decisão — declarou Karenine, levantando-se e apoiando-se na mesa. Após alguns instantes de silêncio, ele prosseguiu: — As suas palavras me autorizam, pois, a achar o divórcio possível. Ficaria grato ao senhor se me fizesse conhecer as suas condições.

— Tudo será possível caso o senhor me permita uma inteira liberdade de ação — disse o advogado, evitando a última pergunta. — Quando poderei contar com uma comunicação da sua parte? — indagou, dirigindo-se para a porta.

— Dentro de oito dias. O senhor, então, terá a bondade de me informar se aceita o negócio e em que condições.

— Inteiramente às suas ordens.

O advogado inclinou-se respeitosamente, mas, por uma única vez, deu livre curso à hilaridade. O seu contentamento era tão grande que, contrariando os seus princípios, concedeu um desconto à senhora que o importunava. Esqueceu mesmo as traças e resolveu, no inverno seguinte, atender ao convite do seu confrade Sigonine.

6

A brilhante vitória conseguida por Aléxis Alexandrovitch no comitê em 17 de agosto tivera deploráveis consequências. Graças à sua firmeza, a nova comissão destinada a estudar profundamente a situação dos estrangeiros foi constituída e enviada com uma rapidez extraordinária. No fim de três meses, ela já apresentava relatório. Examinava-se o estado daqueles estrangeiros sob seis pontos diferentes: político, administrativo, econômico, etnográfico, material e religioso. Cada pergunta era acompanhada de uma resposta admiravelmente redigida, que não deixava subsistir nenhuma dúvida, e isso porque essas respostas não eram obras do espírito humano, sempre sujeito a erros, mas de uma infalível burocracia. Elas se apoiavam em dados oficiais fornecidos pelos governadores e bispos, segundo relações de autoridades cantonais e dos párocos, que tinham, por sua vez, inquirido as autoridades das comunas e os padres das aldeias: como, depois de tudo isso, duvidar da sua exatidão? Em perguntas como essas: "Por que existem péssimas colheitas? Por que os habitantes de certas localidades teimam em praticar a sua própria religião?" — perguntas que não se resolveriam sem o auxílio da máquina oficial de muitos séculos acharam uma solução clara, definitiva, confirmando em todos os pontos as opiniões de Aléxis Alexandrovitch. Stremov, então, que se sentia vivamente ferido, idealizou uma tática que o seu adversário não esperava: arrastando consigo muitos membros do comitê, passou de repente para o campo de Karenine e, não contente de apoiar ardentemente as medidas propostas por aquele, apresentou outras que superaram bastante as intenções de Aléxis Alexandrovitch. Impelidas ao extremo, as senhoras influentes, os jornais, indignaram-se contra as suas decisões e contra o seu pai adotivo, Karenine. Encantado pelo sucesso da sua astúcia, Stremov tomou um ar inocente, espantou-se dos resultados obtidos e suprimiu a fé cega que o plano do seu colega lhe inspirava. Apesar da saúde cambaleante e das infelicidades domésticas, Aléxis Alexandrovitch aparou o golpe, mas não se rendeu. Produziu-se uma ruptura no seio do comitê: uns, como Stremov, explicaram os seus erros por um excesso de confiança nos trabalhos da comissão de inquérito, chamando agora os seus relatórios de absurdos; outros, como Karenine, compreenderam os perigos que ocultava uma atitude tão revolucionária em face dos historiadores e sustentaram energicamente as conclusões dos relatórios. A questão, que apaixonava tanto ao governo como à sociedade, complicava-se de tal modo que ninguém saberia dizer, ao certo, se os estrangeiros conheciam ou não a prosperidade. Repentinamente, a situação de Aléxis Alexandrovitch, já abalada pelo desprezo oriundo da sua desgraça conjugal, pareceu bastante comprometida. No entanto, uma vez ainda ele deteve os adversários, tomando uma resolução atrevida: pediu em altas vozes a autorização de ir pessoalmente estudar o problema *in loco* e viajou para uma província distante.

    Essa viagem foi tanto mais ruidosa quando, antes de partir, ele recusara oficialmente as despesas da mudança que lhe haviam sido creditadas à razão de doze cavalos de posta.

    — Achei o gesto muito elegante — disse, a este propósito, Betsy à princesa Miagki. — Por que conceder as despesas dos cavalos de posta quando todo mundo sabe que as estradas de ferro, agora, vão a toda parte?

    Esse modo de ver não agradou à princesa.

    — Ah, isso é bom de se dizer! — replicou ela. — Vê-se bem que tu és rica e tens milhões. Quanto a mim, sempre fico contente de ver o meu marido partir em viagem de inspeção. O crédito para as suas viagens paga a minha carruagem e o meu cocheiro.

Aléxis Alexandrovitch passou por Moscou e aí se deteve por três dias. No dia seguinte ao da sua chegada, quando ia visitar o governador, como atingisse a encruzilhada da rua das Gazetas, sempre cheia de carruagens, ouviu uma voz tão alegre, tão clara, que lhe foi impossível não se voltar. No canto de um passeio, trajando um paletó curto à última moda, chapéu não menos curto e não menos na moda, sorrindo com os seus dentes alvos e os lábios vermelhos, sempre jovem, sempre alegre, sempre fascinador, Stepane Arcadievitch intimava-o a parar. Fazendo com uma das mãos gestos enérgicos ao cunhado, apoiava-se com a outra na portinhola da carruagem, onde se mostrava, entre duas cabeças de crianças, uma senhora de chapéu de veludo que também gesticulava e sorria: era Dolly e seus filhos.

Aléxis Alexandrovitch não pensava ver ninguém em Moscou e, muito menos, o seu cunhado. Contentou-se em levantar o chapéu e quis continuar a andar, quando Stepane Arcadievitch, fazendo sinal ao cocheiro para que se detivesse, encaminhou-se para ele sobre a neve.

— Como, és tu, e tiveste o atrevimento de não nos prevenir? Ontem à noite, em casa de Dusseaux, vi o nome de Karenine no quadro dos recém-chegados e não me veio a ideia de que fosse tu — disse ele, passando a cabeça na portinhola e batendo os pés, um contra o outro, para sacudir a neve. — Vejamos — prosseguiu —, como não nos preveniste?

— Faltou-me tempo, não tenho um só minuto vazio — respondeu secamente Aléxis Alexandrovitch.

— Vem ver a minha mulher, ela o deseja muito.

Karenine afastou a manta que cobria as suas pernas friorentas e, deixando a carruagem, abriu um caminho na neve até a carruagem de Dolly.

— Que se passa, Aléxis Alexandrovitch, para que nos evite assim? — perguntou ela, sorrindo.

— Estive muito ocupado. Sinto-me feliz em vê-la — respondeu num tom que exprimia precisamente o contrário. — Como estão passando?

— Que faz a minha querida Ana?

Aléxis Alexandrovitch articulou alguns sons vagos, querendo retirar-se, mas Stepane Arcadievitch o reteve.

— Sabes o que vamos fazer? Dolly, convida-o para jantar amanhã com Koznychev e Pestsov, e o apresentaremos aos nossos grandes intelectuais.

— Isso mesmo, o senhor queira vir, eu lhe peço. Esperaremos das cinco às seis horas. Mas diga-me o que faz a minha querida Ana. Há tanto tempo...

— Ela vai bem — tartamudeou Aléxis Alexandrovitch, franzindo a testa. — Sinto-me feliz em tê-los encontrado.

E voltou para a sua carruagem.

— O senhor virá? — gritou-lhe ainda Dolly.

Aléxis Alexandrovitch respondeu algumas palavras que se perderam no ruído das carruagens.

— Eu passarei amanhã para te ver! — gritou-lhe Stepane Arcadievitch.

Aléxis Alexandrovitch afundou-se na sua carruagem como se quisesse desaparecer.

— Que excêntrico! — concluiu Stepane Arcadievitch. E, depois de olhar o relógio e acariciar a mulher e os filhos, afastou-se com agilidade.

— Stiva, Stiva! — gritou Dolly, corando.

Ele se voltou.

— E o dinheiro para as roupas de Gricha e de Tânia?

— Dirás que eu pagarei depois.

Saudou com um sinal de cabeça a um dos seus amigos que passava de carruagem e perdeu-se na multidão.

7

No dia seguinte, que era domingo, Stepane Arcadievitch passou pelo Teatro a fim de assistir à repetição de um *ballet* e oferecer a Maria Tchibissov, uma linda dançarina que estreava sob a sua proteção, o colar de coral que, na véspera, lhe prometera. Aproveitando a semiobscuridade dos bastidores, pôde abraçá-la à vontade e combinar que, não podendo chegar no começo do *ballet*, apareceria no último ato e a levaria para cear. Do teatro, Stepane Arcadievitch foi ao restaurante para escolher pessoalmente o peixe e os aspargos da ceia. Precisamente ao meio-dia, ele entrava no hotel Dusseaux com a intenção de visitar três viajantes que, felizmente, estavam hospedados no mesmo lugar: o seu amigo Levine, que voltava do estrangeiro; o seu novo diretor, chegado recentemente a Moscou para uma inspeção; e o seu cunhado Karenine, que esperava contar entre os seus convivas.

Stepane Arcadievitch gostava de oferecer jantares brilhantes, não só pela disposição das iguarias como pela escolha dos convidados. O programa que traçara para esse dia o enchia de contentamento. O cardápio compreendia percas frescas saídas da água, aspargos e, como *pièce de résistance*,[30] um simples mas soberbo rosbife, tudo acompanhado de vinhos apropriados. Quanto aos convidados, pensava reunir Kitty e Levine e, para dissimular esse encontro, uma prima e o jovem Stcherbatski. Koznychev, o filósofo moscovita, e Karenine, o homem prático de Petersburgo, constituiriam a *pièce de résistance*, peça que seria ornada por aquele estranho Pestsov, simpático jovem de cinquenta anos, historiador, músico, tagarela, entusiasta a liberal, que serviria de agitador.

A ideia dessa festa alegrava ainda mais Stepane Arcadievitch porque vinha de receber a segunda prestação da venda do bosque,

---

30 Em francês, "prato principal". (N.E.)

e, há algum tempo, Dolly demonstrava para com ele uma esquisita indulgência. Todavia, sem alterar precisamente o seu bom humor, dois pontos negros não o deixavam de perturbar. Em primeiro lugar, a conduta do cunhado que, fugindo de visitá-los, lhe fizera na rua uma acolhida bastante desagradável. E, aproximando a frieza de Aléxis Alexandrovitch de certos ruídos que chegaram até ele sobre a sua irmã e Vronski, adivinhou um incidente grave entre o marido e a mulher.

Em segundo lugar, a inquietante reputação do novo diretor que passava, como todos os novos chefes, por uma máquina de trabalho e um monstro de severidade: levantava-se todas as manhãs às seis horas, trabalhava como um cavalo e, não contente de exigir dos subordinados um labor idêntico, ainda os tratava como a escravos; atribuíam-lhe ideias políticas diametralmente opostas às do seu antecessor e às de Stepane Arcadievitch. Ora, na véspera, quando Oblonski se apresentara a ele em uniforme, o pretenso rabugento lhe demonstrara uma amabilidade tão marcada que julgara do seu dever fazer-lhe uma visita não oficial. Que recepção o esperaria? Preocupava-se muito pouco, mas, instintivamente, sentia que tudo "se arranjaria". "Ah", pensava, "todos não somos pecadores? Por que iremos ter uma altercação?"

— Bom dia, Vassili! — gritou ele ao garçom encarregado do serviço no andar, depois de entrar no hotel, atravessando o corredor, o chapéu na mão. — Onde puseste os teus favoritos? Dize-me, o senhor Levine é mesmo no número sete? Mostra-me o caminho e, depois, queira perguntar ao conde Anitchkine — Era o nome do novo diretor — se pode me receber.

— Às suas ordens — respondeu Vassili, rindo-se. — Há muito tempo que não vemos o senhor.

— Aqui estive ontem, mas entrei por outro lugar. É ali, no número sete?

Em pé, no meio do quarto, Levine, com um camponês de Tver, media a pele de um urso.

— Ah, ah, mataste um! — gritou, ainda na porta, Stepane Arcadievitch. — Que linda peça, é uma fêmea! Bom dia, Archippe.

— Fique à vontade — disse Levine, arrancando-lhe o chapéu.

— Não, entrei apenas por um momento — respondeu Oblonski, o que não o impediu de desabotoar o sobretudo, de tirá-lo finalmente e conversar uma hora inteira com Levine sobre a caça e outros assuntos mais íntimos.

— Dize-me o que fizeste no estrangeiro: onde passaste o verão? — inquiriu Stepane Arcadievitch assim que o camponês se retirou.

— Estive na Alemanha, na França, na Inglaterra, mas somente nos centros industriais e não nas capitais. Vi muitas coisas novas e interessantes. Sinto-me contente com a minha viagem.

— Ah! Sim, sempre a questão operária.

— Não, não existe para nós a questão operária. A única questão importante para a Rússia é a das aproximações do trabalhador com a terra. Ela existe também naqueles países, mas lá não se pode fazer remendos, enquanto que aqui...

Oblonski ouvia com atenção.

— Sim, sim, talvez tenhas razão. Mas o essencial é que voltaste mais bem-disposto: caças ursos, trabalhas, entusiasmas-te pelas ideias. E Stcherbatski que disse te haver encontrado sombrio e melancólico, só falando da morte!

— Mas é verdade, eu sempre penso nela. Tudo é vaidade, é inevitável morrer. Falando francamente, gosto muito das minhas ideias e do meu trabalho, mas quando penso que este mundo é apenas uma placa bolorenta na superfície do menor dos planetas! Quando penso que as nossas ideias, nossas obras, o que pensamos fazer de grande, tudo se equivale ao menor grão de poeira!...

— Tudo isso é velho como o mundo, meu caro.

— Sim, mas, quando o compreendemos claramente, como a vida nos parece miserável! Quando se sabe que a morte virá, que não restará nada de nós, que abominável dor no coração! Concedo grande importância a tal ou tal das minhas ideias, e de repente adquiro a certeza de que, mesmo postas em prática, elas valem tão pouco como o fato de haver encurralado este urso. É para fugir à ideia da morte que se caça, que se trabalha, e que se procura distrair-se...

Oblonski, ouvindo-o, sorria. Era um sorriso fino e acariciador.

— Evidentemente — fez ele. — E as acusações que me dirigias recentemente eram falsas. Fui injusto em procurar os prazeres na vida? Não sejas tão severo para o futuro, moralista!

— Isso é o que há de bom na vida... — quis replicar Levine, mas, como se atrapalhasse: — No fundo, eu só sei uma coisa: é que em breve morreremos.

— Por que em breve?

— E, estejas certo, quando se alcança bem esta verdade, há menos gosto nos prazeres na vida, mas há maior calma.

— É preciso gozar, e eu vou embora! — gritou Stepane Arcadievitch, levantando-se pela décima vez.

— Fique ainda um pouco — disse Levine, segurando-o. — Quando nos veremos agora? Viajo amanhã.

— Ah! Mas onde estou com a cabeça? Ia esquecendo o assunto que me trouxe aqui! Exijo que venhas jantar conosco hoje. Teu irmão será dos nossos, assim como o meu cunhado Karenine.

— Como, ele está aqui? — perguntou Levine, morrendo de desejo de indagar por Kitty. Sabia que ela passara o começo do inverno em casa da outra irmã, casada com um diplomata. Mas, depois de refletir, disse intimamente: "Tanto pior, tenha voltado ou não, eu irei!".

— Então, está certo?

— Está certo.

— Às cinco horas, de sobrecasaca.

Stepane Arcadievitch levantou-se e desceu para o quarto do seu novo chefe. O instinto não o enganara: aquele espantalho era um homem encantador com quem almoçou e se retardou conversando de tal modo que, quando entrou no quarto de Aléxis Alexandrovitch, há muito tempo já passara das três horas.

8

Depois de assistir à missa, Aléxis Alexandrovitch não se mexeu naquele dia de casa, porque precisava determinar dois negócios importantes: receber uma deputação de estrangeiros em viagem para Petersburgo e mandar ao advogado as instruções que prometera. Apesar de constituída em consequência do seu pedido, a deputação de estrangeiros podia apresentar certos inconvenientes, certos perigos, e Karenine ficou muito contente em encontrá-la ainda em Moscou. Aquelas ingênuas pessoas não concebiam as funções para que haviam sido designadas: acreditavam dever expor cruelmente as suas necessidades e se recusavam a compreender que certas das suas queixas podiam favorecer o partido adversário e estragar todo o negócio. Aléxis Alexandrovitch teve que os censurar longamente e traçar-lhes um programa por escrito, programa de que não deveriam se afastar de modo algum. Depois de mandá-los embora, enviou atrás deles inúmeras mensagens a Petersburgo, especialmente à condessa Lídia, que se especializara em deputações e, melhor que ninguém, conseguia o partido que desejava.

Então, e sem a menor hesitação, escreveu uma carta ao advogado dando-lhe plenos poderes. Teve o cuidado de juntar à carta três bilhetes de Vronski a Ana, encontrados na pasta. Depois que abandonara a sua residência, confiara as suas intenções a um homem da lei, incorporara, por assim dizer, aquele negócio íntimo à sua papelada, tinha cada vez mais a sua decisão como a melhor e sentia pressa de vê-la posta em prática.

No momento em que fechava a carta, ouviu ruído de vozes na antessala: Stepane Arcadievitch insistia para ser anunciado.

"Afinal", pensou Karenine, "esse homem fez bem em vir. Eu lhe direi o que se passa e ele compreenderá por que não posso jantar na sua casa."

— Faça-o entrar — ordenou, ajuntando os papéis e guardando-os numa pasta.

— Bem vês que estás mentindo! — gritou Stepane Arcadievitch ao criado. E, andando e tirando o capote, encaminhou-se para o cunhado. — Sinto-me feliz em achar-te — começou ele alegremente —, espero...

— Não, eu não poderei ir — respondeu secamente Aléxis Alexandrovitch, recebendo-o de pé e sem convidá-lo a sentar. Julgava bom adotar o tom frio que lhe parecia o melhor para se dirigir ao irmão da mulher de quem pretendia se divorciar. Era desconhecer a irresistível bonomia de Stepane Arcadievitch.

— Por que não? Que queres dizer? — perguntou Oblonski em francês, abrindo totalmente os belos olhos claros. — Contávamos contigo.

— É impossível, pois as nossas relações de família devem ser desfeitas.

— Desfeitas? Que queres dizer? — fez Oblonski com um sorriso.

— Porque penso divorciar-me da minha mulher, tua irmã. Queria...

Não teve tempo de acabar a frase que meditara. Contra toda expectativa, Stepane Arcadievitch deixou-se cair numa poltrona e soltou um profundo suspiro.

— Aléxis Alexandrovitch, isso não é possível! — gritou ele dolorosamente.

— É verdade.

— Desculpa-me, mas eu não posso acreditar...

Karenine sentou-se. Ele sentia que as suas palavras não haviam produzido o efeito desejado, que seria seu dever explicar-se e que uma explicação, mesmo categórica, não mudaria em nada as suas relações com Oblonski.

— Sim — prosseguiu —, vejo-me na triste necessidade de pedir o divórcio.

— Deixa-me dizer-te uma coisa, Aléxis Alexandrovitch. Conhecendo de um lado a tua alta consciência, e de outro as excelentes qualidades de Ana (perdoa-me não me ser possível mudar de opinião sobre a sua conduta), não posso crer em tudo isso. Existe algum mal-entendido.

— Oh, se isso fosse apenas um mal-entendido!...

— Permita... eu compreendo, mas, peço-te, não precipites as coisas!

— Eu não as precipitei — disse friamente Aléxis Alexandrovitch —, mas, em questão semelhante, não se pode aceitar conselho de ninguém. A minha decisão é irremovível.

— É espantoso! — suspirou Stepane Arcadievitch. — Se, como julgo, o divórcio ainda não estiver encaminhado, peço-te que nada faças antes de conversar com a minha mulher. Ela gosta de Ana como de uma irmã, gosta também de ti, é uma criatura de grande sensibilidade. Pela nossa amizade, conversa com ela.

Aléxis Alexandrovitch pôs-se a refletir. Stepane Arcadievitch examinava-o com compaixão.

— Então — continuou ele, depois de respeitar por alguns momentos o seu silêncio —, tu irás vê-la?

— Não sei... Parece-me que as nossas relações devem ser mudadas.

— Por quê? Não vejo nenhuma razão. Deixa-me acreditar que, além dos laços da família, tu me tens amizade e estima sinceras — disse Oblonski apertando-lhe a mão. — Mesmo que as tuas suposições fossem confirmadas, eu não me permitiria julgar nada do que se passasse entre Ana e tu. Nossas relações não sofrerão nenhuma mudança. Eis porque eu te peço para falares com a minha mulher.

— Nós discordamos sobre esse ponto — replicou secamente Aléxis Alexandrovitch. — Demais, deixemos isso.

— Mas não, vejamos. Que te impede de vir? Hoje seria boa ocasião, porque ela te espera para o jantar. Digo-te ainda uma vez que é uma mulher admirável!

— Se o desejas tanto, irei — disse Aléxis Alexandrovitch, suspirando.

E, para mudar de conversa, abordou um assunto que muito os interessava, isto é, a nomeação inesperada do conde Anitchkine para um cargo elevado. Karenine, que nunca gostara dele, não podia esconder um sentimento de inveja, bem natural num funcionário ameaçado de insucesso.

— Então, tu o viste? — indagou ele com um sorriso amargo como fel.

— Passou ontem na repartição. Deu-me a impressão de um homem ativo, muito a par dos negócios.

— Ativo, é possível, mas em que emprega ele a sua atividade? A criar novamente ou a modificar a criação dos outros? O flagelo do nosso país é essa burocracia de que ele se mostra o digno representante.

— Ignoro as suas ideias, mas pareceu-me muito bom homem. Venho da casa dele, almoçamos juntos, e eu lhe ensinei a fazer laranjada com vinho. Imagina que ele ainda não conhecia esta bebida: apreciou-a muito. Não, eu te asseguro, é um homem admirável.

Stepane Arcadievitch olhou o relógio.

— Arre! Já são mais de quatro horas e eu ainda preciso ir à casa de Dolgouchine! Está combinado, vens jantar, não é mesmo? Recusando, tu nos causarias, à minha mulher e a mim, um verdadeiro aborrecimento.

Aléxis Alexandrovitch despediu-se do cunhado de maneira diferente da que o acolhera.

— Desde que prometi, irei — respondeu ele sem o menor entusiasmo.

— Aprecio convenientemente a tua força de vontade e espero que nada encontres para te arrependeres — concluiu Oblonski, que readquirira o seu bom humor.

Como ele se retirasse vestindo o capote, uma das suas mangas bateu na cabeça do criado. Explodiu em risos e, voltando-se para a porta:

— Às cinco horas — insistiu ainda uma vez. — De sobrecasaca.

9

Cinco horas já haviam soado, e muitos convidados esperavam no salão, quando o dono da casa entrou em companhia de Koznychev e de Pestsov. Graças à firmeza de caráter e à bela inteligência daqueles dois grandes intelectuais moscovitas, como os chamava Stepane Arcadievitch, gozavam da estima geral. Estimavam-se também um ao outro, o que não os impedia de, em quase todas as coisas, terem um ponto de vista diferente. Como pertenciam ao mesmo partido, os seus adversários não os distinguiam. No entanto, cada um deles tomava no partido uma posição particular e, como nada facilite mais as desarmonias que as atitudes pessoais, nunca se entendiam, se bem que tivessem se habituado a castigar desde há muito tempo, sem muita malícia, suas incorrigíveis loucuras mútuas.

Estavam encostados à porta e conversavam sobre a chuva e o tempo quando foram encontrados por Oblonski. Todos os três penetraram no salão onde já estavam reunidos o príncipe Alexandre Dmitrievitch Stcherbatski, Karenine, Tourovtsine, o jovem Stcherbatski e Kitty. Stepane Arcadievitch compreendeu imediatamente que a conversa era insípida. Preocupada com o atraso do marido e com a sorte dos filhos, que deviam jantar sozinhos no quarto, Daria Alexandrovna, num vestido de seda parda, não soubera pôr os seus convidados à vontade. Tinham o ar de perguntar o que faziam ali e rompiam o silêncio com monossílabos. O magnífico Tourovtsine não dissimulava a sua tortura e o piedoso sorriso com que acolheu Oblonski significava claramente: "Ah, meu caro, em que ninho de vespas me puseste? Realmente, à alta sociedade eu prefiro a bebida e o Château des Fleurs." Sem articular uma palavra, o velho príncipe lançava a Karenine olhares furtivos e zombeteiros — e o seu genro verificou que ele compunha algum epigrama dirigido àquele homem de Estado que constituía ali a figura principal. Kitty tinha os olhos fixos na porta e procurava coragem para não enrubescer quando Levine entrasse. O jovem Stcherbatski, que se esquivara de ser apresentado a Karenine, afetava ares indiferentes. Karenine, ele próprio, fiel aos costumes de Petersburgo, trajava roupa e gravata brancas; as suas maneiras davam a entender que ali viera tão somente para cumprir sua palavra e um penoso dever. A sua presença gelava a todo mundo.

Stepane Arcadievitch começou por desculpar-se do seu atraso, lançando a culpa sobre o príncipe que, em casos semelhantes, lhe servia de bode expiatório. Não lhe foi necessário senão um minuto para mudar o aspecto lúgubre do salão. Reuniu Karenine com Koznychev e os lançou numa conversa sobre a russificação da Polônia, à qual logo se imiscuiu Pestsov. Bateu no ombro de Tourovtsine, disse-lhe uma boa pilhéria ao ouvido e confiou-o aos cuidados da sua mulher e do seu sogro. Elogiou a beleza de Kitty e achou um meio de apresentar o jovem Stcherbatski a Karenine. Levine, no entanto, faltava sempre à chamada. Oblonski bendisse aquele atraso porque, inspecionando a sala de jantar, constatou aterrorizado que se tomara em casa de Depret o vinho de Xerez e do Porto: passou imediatamente à copa e deu ordem para enviar a toda pressa o cocheiro em casa de Levé. Atravessando a sala de jantar, de volta, tropeçou com Levine.

— Cheguei atrasado? — perguntou.

— Podes tu não o chegar? — respondeu Oblonski, tomando-o pelo braço.

— Tens aí muita gente? Quem? — indagou Levine, que, corando involuntariamente, pôs-se a sacudir com a luva os flocos de neve espalhados no gorro.

— Apenas a família. Kitty está aqui. Vem que te apresentarei a Karenine.

Apesar das suas opiniões liberais, Oblonski não ignorava que a maior parte das pessoas se sentia honrada em conhecer o seu cunhado — reservava, pois, aos melhores amigos, esse prazer que Levine, naquela noite, era incapaz de gozar plenamente. O rapaz, efetivamente, só pensava em Kitty, que vira pela última vez na reunião fatal, salvo a rápida aparição na grande estrada. No íntimo do ser, ele a esperava encontrar em casa de Oblonski, mas, para salvaguardar a sua independência espiritual, tomava o ar de não o saber. Quando se certificou da evidência, um terror impregnado de alegria arrebatou-lhe a respiração e a palavra.

"Como a encontrarei?", pensava. "Será a moça de antigamente ou a que me apareceu na manhã de verão na carruagem? Teria Daria Alexandrovna dito a verdade? E por que me mentiria ela?"

— Está certo — pôde afinal dizer. — Apresente-me a Karenine.

Ele se precipitou no salão com a coragem do desespero. Os seus olhares se cruzaram. E logo compreendeu que a moça que se apresentava à sua vista não era nem aquela de antigamente e nem a da carruagem: a emoção, a vergonha, a timidez, davam-lhe um novo encanto. Enquanto Levine, dirigindo-lhe outro olhar, encaminhava-se para cumprimentar a dona da casa, a pobre criança acreditava desfazer-se em lágrimas. Essa perturbação não escapou a Levine e nem a Dolly, que observava a irmã furtivamente. Corando, empalidecendo para corar ainda mais, acabou por impor à fisionomia uma calma artificial: unicamente os seus lábios tremiam de leve. Aproximou-se dela em silêncio. O sorriso com que ela o acolheu passou por ser calmo e os seus olhos úmidos e brilhantes não traíram a sua emoção.

— Há muito tempo que não nos vemos — disse ela apertando com os dedos gelados a mão que ele lhe oferecia.

— A senhora não me viu, mas eu a vi, de carruagem, na estrada de Iergouchovo — respondeu Levine, radiante de felicidade.

— Quando aconteceu isso? — disse ela, inteiramente surpresa.

— Uma manhã de verão. A senhora vinha da estação da estrada de ferro para Iergouchovo.

Sentia-se asfixiado pela alegria. "Como acreditei num sentimento que não fosse inocente nesta tocante criatura! E, decididamente, parece-me que Daria Alexandrovna tinha razão."

Stepane Arcadievitch veio pegá-lo pelo braço para o apresentar a Karenine.

— Feliz por encontrar o senhor aqui — disse friamente Karenine, apertando a mão de Levine.

— Como, já se conhecem? — perguntou Oblonski, bastante surpreso.

— Passamos três horas juntos no vagão e, quando nos separamos, estávamos tão intrigados como num baile de máscara, eu, pelo menos.

— É verdade?... Façam o favor, senhores — disse Stepane Arcadievitch, dirigindo-se para a sala de jantar.

Os homens o seguiram e se aproximaram da mesa onde os esperavam seis espécies de aguardente acompanhadas de igual número de queijos, inúmeras variedades de caviar, arenques, uma profusão de conservas, montículos de doces...

Enquanto esses senhores, de pé na extremidade da mesa, assim se entretinham aguardando o jantar, a russificação da Polônia deteve-se por algum tempo. Koznychev, que dava melhor do que ninguém uma conclusão satisfatória às conversas mais abstratas, ofereceu uma nova prova do seu aticismo.

Karenine demonstrava que unicamente os altos princípios que guiavam a administração russa obteriam o resultado desejado. Pestsov sustentava que uma nação não pode parecer com outra quando possui densidade de população, Koznychev, que partilhava com restrição dos dois pontos de vista, disse, sorrindo, quando deixavam o salão:

— O melhor método seria ter o maior número de crianças possível. É aí onde meu irmão e eu somos imperfeitos, enquanto vós, senhores, e principalmente Stepane Arcadievitch, agem como bons patriotas. Quantos tens? — perguntou a Stepane, estendendo-lhe um cálice.

Todos riram, Oblonski mais do que ninguém.

— É realmente o melhor método — aprovou ele mastigando uma lingueta de queijo e servindo a Koznychev um gole de aguardente de sabor todo especial. — Este queijo não é verdadeiramente mau... Ah, sempre fazes exercícios? — continuou, tomando Levine pelo braço. E, como sentisse os músculos de ferro do amigo sob o tecido da sobrecasaca: — Que bíceps! Tu és um autêntico Sansão...

— Suponho que, para se caçar ursos, é preciso ser dotado de uma força considerável! — disse Aléxis Alexandrovitch, que se esforçava por espalhar um pedaço de queijo num naco de pão frágil como uma teia de aranha.

Ele tinha sobre o assunto apenas noções muito vagas. Levine não pode esconder um sorriso.

— Absolutamente, não — respondeu —, até uma criança pode matar um urso.

E, por sua vez, cedeu lugar às senhoras que se aproximavam da mesa.

— Disseram-me que o senhor acabou de matar um urso? — indagou Kitty, apreensiva com um cogumelo recalcitrante: o seu garfo escorregava, ela se impacientava, arregaçava as rendas da manga, descobrindo um pouco do seu lindo braço. — Existem ursos em suas terras? — acrescentou, inclinando para ele o rosto risonho.

Como aquelas palavras, insignificantes em si mesmas, aquela voz, aqueles movimentos dos olhos e dos lábios, como tudo aquilo constituía um encanto para ele! Via um pedido de perdão, um ato de confiança, uma promessa, uma esperança, uma inegável prova de amor que o asfixiava de felicidade.

— Oh, não! — respondeu ele, rindo-se. — Fomos caçar na província de Tver e, na volta dessa excursão, encontrei o seu cunhado, quero dizer, o cunhado do seu cunhado. O encontro foi cômico.

E ele descreveu muito caricatamente, interrompendo-se, como entrara fatigado e vestido como um camponês, no compartimento de Aléxis Alexandrovitch.

— Contrariando o ditado popular, o condutor julgou pela minha maneira de vestir e quis me despedir. Deve ter recorrido a palavras bem sensíveis. E o senhor também — disse ele se voltando para Karenine, sem o chamar pelo nome que esquecera —, o senhor também estranhou a minha pele de carneiro, mas depois tomou a minha defesa, pelo que ainda estou muito reconhecido.

— Os direitos dos viajantes à escolha de lugares são realmente pouco determinados — respondeu Karenine, enxugando as pontas dos dedos.

— Oh, eu bem observei a sua hesitação — disse Levine com um sorriso de bonomia. — Eis por que encetei uma conversa séria, para que o senhor esquecesse a minha pele de carneiro.

Koznychev que, embora conversando com a dona da casa, ouvia as palavras do irmão, lançou-lhe um olhar de pasmo. "Que tem ele hoje?", pensava. "De onde lhe vem este ar conquistador?" Não tinha a menor dúvida de que Levine se sentia impelido por asas: "ela" o escutava, "ela" sentia prazer em ouvi-lo falar e qualquer outro interesse desaparecia. Ele estava sozinho com ela, não apenas naquela sala, mas no universo inteiro, e pairava em alturas vertiginosas, enquanto que embaixo se arrastavam os Karenine, Oblonski e o resto da humanidade.

Quando se pôs à mesa, Stepane Arcadievitch fez menção de não mais ver Levine e Kitty. Depois, lembrando-se de repente deles, colocou-os, um ao pé do outro, nos dois únicos lugares que permaneciam livres.

— Bem, pode-se sentar aqui — disse ele a Levine.

O jantar, objeto especial das preocupações de Oblonski, correu normalmente. A sopa Marie-Louise, acompanhada de pequenas empadas que se desfaziam na boca, constituiu um verdadeiro regalo. Mateus, com dois criados de gravatas brancas, serviu admiravelmente sem ruídos. O sucesso espiritual correspondeu ao sucesso material: ora geral, ora particular, a conversa não se esgotou se bem que, ao levantar-se da mesa, o próprio Karenine estivesse aquecido.

10

Pestsov, que gostava de aprofundar uma questão, sentia tanto menos a conclusão de Koznychev quanto começava a descobrir a injustiça do seu ponto de vista.

— Falando na densidade da população — continuou ele depois da sopa, dirigindo-se especialmente a Aléxis Alexandrovitch —, eu queria dizer ser necessário dominar as forças latentes e não somente os princípios.

— Parece-me que isso vem a dar ao mesmo — pronunciou lentamente Aléxis Alexandrovitch. — A meu ver, um povo só pode ter influência sobre um outro povo quanto à condição de ser superior em civilização, de...

— Eis precisamente a questão! — interrompeu Pestsov, que sempre tinha pressa de falar e parecia pôr toda a sua alma em defesa das suas opiniões. — Como se deve entender essa civilização superior? Quem, entre as diversas nações da Europa, supera as outras? É a Inglaterra, a França ou a Alemanha quem nacionalizará os seus vizinhos? Vimos o afrancesamento das províncias renanas, e isso será uma prova de inferioridade da parte dos alemães? Não, existe uma outra lei — gritou com a sua voz de baixo.

— Acredito que a balança penderá sempre para o lado da verdadeira cultura — disse Karenine franzindo um pouco a testa.

— Mas quais são os índices da verdadeira cultura?

— Julgo que todo mundo os conhece.

— Conhecê-los-ão verdadeiramente? — perguntou Koznychev com um sorriso malicioso. — Admite-se geralmente que ela descansa sobre a instrução clássica, mas, neste ponto, assistimos a furiosos debates e o partido oposto adianta provas de algum valor.

— Tu és pelos clássicos, Sérgio Ivanovitch — disse Oblonski. — Queres o vinho de Bordéus?

— Não se cogita das minhas opiniões pessoais — respondeu Koznychev com a condescendência que sentiria por uma criança, o que não o impediu de avançar o copo. — Desejo apenas que se demonstrem boas razões de uma e de outra parte — continuou, voltando-se para Karenine. — Sendo clássico por minha educação, confesso que os estudos clássicos não oferecem provas irrefutáveis de sua superioridade sobre os outros.

— As ciências naturais atribuem tudo, do mesmo modo, ao desenvolvimento pedagógico do espírito humano — aprovou Pestsov. — Vejam a astronomia, a botânica, a zoologia, com a unidade das suas leis.

— É uma opinião de que eu não saberia partilhar amplamente — objetou Aléxis Alexandrovitch. — O estudo das línguas mortas contribui muito para o desenvolvimento da inteligência. Por outro lado, os escritores da antiguidade exerceram uma influência eminentemente moral enquanto que, para nossa infelicidade, reúnem-se ao estudo das ciências naturais as doutrinas funestas e falsas que são os flagelos da nossa época.

Sérgio Ivanovitch ia responder, mas Pestsov o interrompeu com a sua voz grossa para demonstrar calorosamente a injustiça daquele julgamento. Koznychev, que parecia ter achado um argumento decisivo, deixou-o falar sem muita impaciência. E, afinal, quando pôde dizer uma palavra:

— Confesse — disse ele a Karenine com o seu sorriso sarcástico — que os prós e os contras dos dois sistemas seriam difíceis de estabelecer se a influência moral, *disons le mot*,[31] antiniilista, da educação clássica não atuasse o seu favor.

— Sem nenhuma dúvida.

— Deixaríamos o campo mais livre aos dois sistemas se não considerássemos a educação clássica como uma pílula preservativa que oferecemos às nossas doenças contra o niilismo. Mas estamos

---

31 Em francês, "digamos a palavra". (N.E.)

bem seguros das virtudes curativas dessas pílulas? — concluiu por uma dessas voltas espirituosas de que tanto gostava.

A frase fez rir a todo mundo e, mais particularmente, a Tourovtsine que há muito tempo esperava uma saída deste gênero.

Stepane Arcadievitch tinha razão de contar com Pestsov para atiçar a conversa. Realmente, apenas os debates pareceram se esfriar com a *boutade* de Koznychev, aquele impaciente discursador os fez saltar novamente.

— Nem mesmo se poderia acusar o governo de propor uma cura. Ele obedece sem dúvida às considerações de ordem geral e não se preocupa com as consequências que possam resultar das medidas que tome. Citarei como exemplo a instrução superior das mulheres: quando ele a deveria considerar funesta, abre cursos sobre cursos em seu favor.

Aléxis Alexandrovitch objetou que ordinariamente se confundia a instrução com a emancipação, de onde resultavam prejuízos contra aquela.

— Eu penso, pelo contrário — replicou Pestsov —, que esses dois problemas estão intimamente ligados um ao outro. A mulher é privada de direitos porque ela é privada de instrução, e a falta de instrução provém da ausência de direitos. Não esqueçamos que a escravidão da mulher é tão antiga que muito frequentemente somos incapazes de compreender o abismo legal que a separa de nós.

— O senhor fala de direitos — disse Sérgio Ivanovitch quando pôde abrir a boca. — É o direito de desempenhar as funções de jurado, de conselheiro municipal, de funcionário público, de membro do parlamento?...

— Sem dúvida.

— Mas, se as mulheres excepcionalmente desempenham essas funções, não seria mais justo dar a esses direitos o nome de deveres? Um jurado, um conselheiro municipal, um empregado do telégrafo cumprem um dever, ninguém duvida. Digamos pois que se as mulheres buscam, e muito legitimamente, os deveres, só podemos simpatizar com o seu desejo de participar dos trabalhos dos homens.

— É justo — apoiou Karenine —, mas resta saber se elas são capazes de desempenhar esses deveres.

— Certamente o serão desde que recebam uma instrução mais desenvolvida — disse Stepane Arcadievitch. — Não vemos...

— E o provérbio? — disse o velho príncipe que escutava aquela conversa rindo com os seus olhos zombeteiros. — Eu posso citá-lo em frente das minhas filhas: a mulher de longos cabelos...

— Era assim que se julgavam os negros antes da sua emancipação! — gritou Pestsov, descontente.

— O que me surpreende — prosseguiu Sérgio Ivanovitch — é ver as mulheres ambicionarem deveres que frequentemente os homens procuram afastar.

— Esses deveres — disse Pestsov — são acompanhados de direitos: as honras, o poder, o dinheiro... eis o que procuram as mulheres.

— É necessariamente como se eu solicitasse o direito de ser alimentado e achasse a recusa má. As mulheres são pagas para isso — disse o velho príncipe.

Tourovtsine explodiu em risos, e Sérgio Ivanovitch lastimou não ter sido o autor da brincadeira. O próprio Karenine alegrou-se.

— Sim — disse Pestsov —, mas um homem não pode amamentar enquanto que uma mulher...

— Perdão, um inglês, a bordo de um navio, chegou a amamentar o seu filho — disse o velho príncipe que, em frente das filhas, se permitia algumas liberdades de linguagem.

— Está certo, existem tantas mulheres funcionárias quantos ingleses amamentadores — disse Sérgio Ivanovitch, também ele feliz de ter achado a sua blague.

— Mas e as moças sem família? — perguntou Stepane Arcadievitch, que, apoiando Pestsov, visara a sua pequena dançarina Tchibissov.

— Se examinares a vida dessas moças — disse imprevistamente Daria Alexandrovna, e não sem amargura porque percebera a que o seu marido aludia —, verificarás certamente que elas abandonaram uma família na qual os deveres das mulheres estavam ao seu alcance.

— Talvez, mas nós defendemos um princípio, um ideal — respondeu Pestsov com a sua voz poderosa. — A mulher reclama o direito à independência, e sofre da impotência de não o conseguir.

— E eu sofro por não me aceitarem como ama em casa das crianças abandonadas — repetiu o velho príncipe para grande alegria de Tourovtsine que deixou cair pela ponta um aspargo no molho.

11

Somente Kitty e Levine não participaram da conversa geral. No começo do jantar, quando se falou da influência de um país sobre outro, Levine lembrou-se involuntariamente das ideias que tinha sobre aquele assunto, mas, sentindo-se incapaz de organizá-las, achou estranho que pudesse se incomodar com um problema que ainda há pouco tempo o apaixonara e que agora lhe parecia totalmente inútil. Da sua parte, Kitty se interessaria pela discussão sobre os direitos femininos, questões de que sempre se ocupara, quer por causa da rude dependência que Varinka exercera sobre ela, quer por ela mesma no caso em que não se casasse: frequentemente, ela e a irmã discutiam sobre aquele assunto. Agora, como aquilo a interessava pouco! Entre Levine e ela estabelecia-se uma espécie de afinidade que os aproximava cada vez mais e lhes causava um sentimento de divertido terror no limiar daquele desconhecido que anteviam.

Kitty lhe perguntara onde ele a vira no verão. Levine contou-lhe que voltava dos prados pela grande estrada, depois da ceifa:

— Era de madrugada e fazia um tempo magnífico. Tu, sem dúvida, acabavas de despertar, e a tua mamãe dormia ainda no seu canto. Perguntava a mim próprio: "Uma carruagem de quatro cavalos? Que poderá ser aquilo?". E enquanto os cavalos — que belos animais! — passavam agitando os seus guizos, tu me apareceste de repente como um clarão. Estavas sentada perto da portinhola e tinhas nas mãos as fitas do teu penteado de viagem e parecias abismada em profundas reflexões. Como desejava saber em que tu pensavas! — acrescentou ele, rindo-se. — Era alguma coisa muito importante?

"Queira Deus que eu não estivesse despenteada!", pensou Kitty. Mas, vendo o sorriso entusiasta que aquela recordação fazia nascer no rosto de Levine, tranquilizou-se a respeito da impressão que produzira.

— Eu não sei verdadeiramente de mais nada — respondeu ela, risonha e enrubescendo.

— Como Tourovtsine ri com vontade! — disse Levine, admirando a satisfação do rapaz cujos olhos estavam úmidos e o corpo levantado pelo riso.

— Conhece-o há muito tempo? — indagou Kitty.

— Quem não o conhece!

— Tu pareces não ter boa opinião sobre ele.

— Ele não me dá a impressão de ser grande coisa.

— Estás enganado e vais me fazer o favor de retratar rapidamente a tua opinião. Também eu, antigamente, julguei-o mal. No entanto, eu te asseguro, é um admirável rapaz, um coração de ouro.

— Como fizeste para lhe apreciar os dons de coração?

— Somos bons amigos, eu o conheço profundamente. No último inverno, pouco tempo depois... depois da tua visita — disse ela com um sorriso forçado mas confiante —, os filhos de Dolly tiveram escarlatina, e um dia em que ele veio visitá-la... Acredita — continuou, baixando a voz —, ele sentiu tanta pena que durante três semanas ajudou Dolly a curar as crianças... Estou contando a Constantin Dmitrich qual foi a conduta de Tourovtsine durante a escarlatina — disse, inclinando-se para a irmã.

— Sim, ele foi admirável! — respondeu Dolly olhando Tourovtsine com um bom sorriso, enquanto este duvidava que se falasse sobre ele. Levine fitou-o por sua vez e admirou-se de não o ter compreendido até então...

— Perdão, perdão, eu nunca julguei ninguém ligeiramente! — gritou ele com voz sarcástica. E exprimia com sinceridade o que sentia.

12

A discussão sobre a emancipação das mulheres oferecia um lado espinhoso a tratar-se em frente das senhoras, aquele da desigualdade de direitos entre os esposos. Em inúmeros momentos durante o jantar, Pestsov roçou de leve a questão, mas, de cada vez, Koznychev e Oblonski prudentemente desviavam a conversa.

Ao levantar-se da mesa, Pestsov, recusando-se a acompanhar as senhoras ao salão, reteve Aléxis Alexandrovitch para lhe demonstrar que a razão principal daquela desigualdade provinha da diferença estabelecida pela lei e pela opinião pública entre a infidelidade da mulher e a do marido.

Stepane Arcadievitch, precipitadamente, ofereceu um cigarro ao cunhado.

— Não, eu não fumo — respondeu Karenine tranquilamente e, como para provar que não temia aquele assunto, disse a Pestsov com sorriso glacial: — Parece-me que esta diferença se origina da natureza mesma das coisas.

Ele se dirigia para o salão quando Tourovtsine, alegre pelo champanha e impaciente para romper o silêncio que há muito tempo lhe passava, gritou, o seu bom sorriso habitual flutuando nos lábios vermelhos e úmidos:

— Já contaram ao senhor a história de Priatchnikov? Disseram-me que se bateu com Kvyteski, em Tver, e que ele o matou.

Ele se dirigia mais particularmente a Karenine, como sendo o principal convidado. Todos pareciam recear tocar o ponto sensível daquele homem, mas, rebelde aos esforços de Oblonski para o levar consigo, ele perguntou, subitamente interessado:

— Por que Priatchnikov se bateu?

— Por causa da mulher. Portou-se muito bem: desafiou o rival, que o matou.

— Ah! — fez Aléxis Alexandrovitch com uma voz insensível.

E, a testa franzida, passou para o pequeno salão. Dolly, que o esperava, disse-lhe com um sorriso forçado:

— Como me sinto feliz por ter vindo! Tenho necessidade de lhe falar. Sentemo-nos aqui.

Aléxis Alexandrovitch, conservando o ar de indiferença que a sua testa franzida lhe dava, sentou-se ao pé de Dolly.

— Mas tanto maior desejo — disse ele com um sorriso parado — quanto em breve devo me retirar. Viajarei amanhã de manhã.

Firmemente convencida da inocência de Ana, Dolly se sentia empalidecer e tremer de cólera em frente daquele ser insensível que se dispunha friamente a perder a sua cunhada e amiga.

— Aléxis Alexandrovitch — disse ela, reunindo toda a sua firmeza para o olhar no rosto —, eu lhe pedi notícias de Ana e o senhor não me respondeu. Como vai ela passando?

— Suponho que passa muito bem, Daria Alexandrovna — respondeu ele, evitando o olhar de Dolly.

— Perdoe-me se insisto sem ter esse direito, mas gosto de Ana como de uma irmã. Diga-me, eu lhe peço, o que se passa entre o senhor e ela... De que a acusa?

Aléxis Alexandrovitch endireitou-se e, com os olhos semicerrados, abaixou a cabeça.

— O seu marido lhe disse, sem dúvida, as razões que me obrigaram a romper com Ana Arcadievna — disse ele, lançando um olhar descontente ao jovem Stcherbatski, que atravessava o aposento.

— Não acredito e nunca acreditarei em tudo isso!... — murmurou Dolly apertando, com um gesto enérgico, as suas mãos emagrecidas. Levantou-se bruscamente e, tocando o braço de Aléxis Alexandrovitch: — Não estaremos tranquilos aqui. Venha por ali, eu lhe peço.

A emoção de Dolly se comunicava a Karenine. Ele obedeceu, levantou-se e seguiu-a até a sala de estudos das crianças, onde se sentaram em frente de uma mesa coberta por uma tela encerada, entalhada a golpes de canivete.

— Não acredito em nada de tudo isso — repetiu Dolly, procurando agarrar aquele olhar que fugia do seu.

— Pode-se negar os fatos, Daria Alexandrovna? — disse ele, salientando a última palavra.

— Mas que falta cometeu ela?

— Faltou aos seus deveres e traiu o seu marido. Eis o que ela fez.

— Não, não, é impossível! Não, diga-me que o senhor se enganou! — gritou Dolly, fechando os olhos e franzindo as têmporas.

Aléxis Alexandrovitch sorriu friamente com a extremidade dos lábios: queria provar assim, a Dolly e a si mesmo, que a sua convicção era inabalável. Mas aquela calorosa intervenção reabriu a sua ferida e foi com certa animosidade que respondeu a Dolly:

— O erro é difícil quando a própria mulher vem declarar ao marido que oito anos de casamento e um filho não valem nada e que se faz preciso recomeçar a vida.

— Ana e o vício, como associar essas duas ideias, como acreditar?

— Daria Alexandrovna — disse, sentindo a língua se desligar e olhando firmemente o rosto emocionado de Dolly —, eu próprio ainda daria muito para não acreditar. A dúvida seria cruel, mas o presente é mais cruel ainda. Quando duvidava, apesar de tudo, eu esperava. Agora, não conservo mais esperanças e, no entanto, tenho outras dúvidas: sinto aversão pelo meu filho e, por vezes, me pergunto se ele é realmente meu. Sou muito infeliz.

Aquelas últimas palavras eram inúteis. Desde que encontrou o seu olhar, Dolly compreendeu que aquele homem dizia a verdade. Sentiu piedade por ele, e a fé na inocência da sua amiga se despedaçou:

— Mas é terrível, terrível!... E o senhor se decidiu verdadeiramente pelo divórcio?

— Tomo este último partido porque não vejo nenhum outro para tomar.

— Nenhum, nenhum outro... — murmurou, as lágrimas nos olhos.

— O mais terrível numa infelicidade desta espécie — prosseguiu ele como se ela adivinhasse o seu pensamento — é que não se pode conduzir a sua cruz como qualquer outro infortúnio, uma desgraça, uma morte por exemplo... É indispensável agir porque não se pode ficar na posição humilhante que se formou, não se pode viver a três.

— Sim, eu compreendo, eu compreendo — respondeu Dolly, abaixando a cabeça. Calou-se, lembrando-se das suas próprias mágoas domésticas e, de repente, erguendo o olhar para o de Karenine, juntou as mãos num gesto de súplica: — O senhor é cristão, creio, pense no que ela se tornará com o seu abandono!

— Já pensei, pensei muito, Daria Alexandrovna — respondeu ele, oferecendo-se à sua piedade, que ela concedia agora totalmente, os olhos perturbados e os lábios cobertos de manchas vermelhas. — Quando ela própria anunciou a minha desonra, dei-lhe a possibilidade de reabilitar-se, procurei salvá-la. Que fez então? Ela nem mesmo observou a modesta condição que reclamei, o respeito às conveniências! Pode-se — acrescentou ele, inflamando-se — salvar um ser que só quer perecer, numa natureza corrompida a ponto de ver a felicidade na própria perda? Que quererá a senhora que eu faça?

— Tudo, menos o divórcio!

— A que chama de "tudo"?

— Pense, pois, que ela não seria mais a mulher de ninguém. Estaria perdida! É terrível!

— Que quer que eu faça? — respondeu ele, erguendo os ombros. A lembrança da última falta de sua mulher reconduziu-o ao mesmo grau de frieza do começo da conversa. — A simpatia que a senhora me demonstra toca-me profundamente — acrescentou, levantando-se —, mas já é tempo de retirar-me.

— Não, espere. Não faça a sua infelicidade... Eu também fui enganada, e em meu ciúme, em minha indignação, quis acabar tudo... Mas refleti... e quem me salvou? Ana... Agora, meus filhos crescem, meu marido voltou à família, compreende as suas injustiças, tornou-se melhor, e eu readquiri o gosto pela vida... Perdoei, perdoe o senhor também.

Aléxis Alexandrovitch escutou, mas as palavras de Dolly permaneciam sem efeito sobre ele porque em sua alma crescia a cólera que o decidira pelo divórcio. Revoltou-se e declarou com voz alta e pungente vertendo lágrimas de cólera:

— Não posso e nem quero perdoar, isso seria injusto. Fiz o impossível por aquela mulher, e ela fez o que lhe pareceu conveniente, tudo arrastou na lama que lhe parece convir. Não sou um homem perverso e nunca odiei ninguém, mas ela, eu a odeio com todas as forças da minha alma, e o ódio que lhe dedico é que me impede de perdoá-la.

— Amai aqueles que vos odeiam... — murmurou Dolly.

Karenine deu um sorriso de desprezo: aquelas palavras, que ele conhecia perfeitamente bem, não podiam ser aplicadas à situação.

— Podemos amar aqueles que nos odeiam, mas não aqueles a que odiamos. Perdoe-me tê-la incomodado. A cada um as suas penas.

E, readquirindo o controle, Aléxis Alexandrovitch despediu-se e retirou-se.

13

Permanecendo à mesa, Levine, receando desagradar Kitty com uma assiduidade muito marcada, resistiu à tentação de acompanhá-la ao salão. Ficou com os homens e participou da conversa geral. Mas, sem ver a moça, adivinhava cada um dos seus gestos, dos seus olhares e até o lugar que ela ocupava.

A promessa que fizera de amar o próximo e só pensar no bem pareceu-lhe fácil de ser mantida. A conversa recaiu sobre a comuna rural, que Pestsov considerava como um princípio típico ao qual dava o estranho nome de "princípio coral". Levine partilhava tão pouco da opinião dele como da do seu irmão, que reconhecia e negava ao mesmo tempo o valor de semelhante instituição. Procurou, portanto, conciliar os seus pontos de vista sem se interessar pelos argumentos e nem pelas suas próprias palavras: o seu único desejo era de ver cada um feliz e contente. Uma única pessoa, depois de ter demorado no salão, aproximou-se da porta — ele sentiu um olhar e um sorriso, e viu-se obrigado a se voltar. Ela ali estava em companhia do jovem Stcherbatski, olhando-o.

— Pensei que fosse tocar piano — disse ele, encaminhando-se para ela. Eis o que me falta no campo: música.

— Não, viemos simplesmente procurar o senhor, e eu lhe agradeço ter compreendido isso — respondeu ela, recompensando-o com um sorriso. — Que prazer sentem em discutir? Nunca se convence ninguém.

— É verdade, conclui-se, por vezes, que se discute unicamente porque não se chega a compreender o que se pretende demonstrar ao interlocutor.

Acontecia frequentemente, mesmo entre as pessoas de valor, verificar que tal discussão começada e mantida com grandes esforços de lógica e uma enorme despesa de palavras não era, no fundo, senão medo de pô-la em dúvida. Se um dos adversários conseguisse com uma questão de preferência, cada qual receando desviar a sua, com felizes voltas de frases, fazer o outro partilhar de sua predileção, a discussão terminaria por si mesma. Eis o que quisera dizer Levine que, mais de uma vez fizera semelhante constatação.

A testa franzida, Kitty esforçava-se por compreender, e já Levine queria ajudá-la, quando ela disse subitamente:

— Ah, já sei! — gritou. — É preciso compreender primeiro as razões que o nosso adversário tem na discussão, perceber as suas tendências, então...

Levine sorriu de felicidade: ela exprimia em termos claríssimos a ideia que ele dificilmente expusera. Que diferença entre aquela maneira sóbria, lacônica, de exteriorizar os pensamentos mais complexos, e a prolixidade de Pestsov e do seu irmão!

Tendo-os deixado Stcherbatski, ela sentou-se numa mesa de jogo e pôs-se a traçar com o giz alguns círculos no pano verde. Levine reavivou novamente a célebre questão das ocupações femininas. Ele aceitava, naquele ponto, a opinião de Dolly e julgou apoiar um argumento novo sustentando que toda família, rica ou pobre, necessitaria sempre de auxiliares, criadas, governantas etc., quer seja interna ou externamente.

— Não — afirmou Kitty, corando, o que não a impediu de erguer sobre ele um olhar límpido e ousado. — Não existem casos em que uma jovem não pode entrar numa família, sem se expor à humilhação, onde ela própria...

Ele compreendeu a alusão.

— Sim, sim — gritou —, tens mil vezes razão!

Aqueles receios puros fizeram-lhe afinal apreciar o valor dos argumentos de Pestsov e, por amor a Kitty, renunciou às próprias teorias.

Fez-se silêncio. Ela movia sempre o bastonete de giz, os seus olhos brilhavam com doce clarão. Uma rajada de felicidade envolvia Levine.

— Ah, meu Deus! Enchi toda a mesa com as minhas garatujas — disse ela, largando o giz e fazendo menção de levantar-se.

"Como farei para permanecer sem ela?", pensou Levine com terror.

— Espere — disse ele, sentando-se por sua vez. — Há muito tempo que desejo te perguntar certa coisa.

Lançou sobre a moça um olhar terno mas ainda medroso.

— Pergunte.

— Vê — disse ele, traçando a giz as letras *q, m, r, é, i, e, i, e, o, p, s?* — que eram as primeiras das palavras: "Quando me respondeste 'é impossível', era impossível então ou para sempre?". Era pouco provável que Kitty pudesse resolver aquela questão complicada. Contudo, ele a olhou com a expressão de um homem cuja vida dependia da explicação daquela frase.

Ela apoiou a testa na mão e pôs-se a decifrar com muita atenção. Algumas vezes, interrogava Levine com os olhos.

— Compreendi — disse ela afinal, corando.

— Que quer dizer esta letra? — indagou ele, mostrando o *s*.

— "Sempre", mas isso não é verdade.

Ele apagou bruscamente o que escrevera e lhe entregou o giz. Ela escreveu: *e, n, p, e, r, d, o, m.*

Quando Dolly percebeu a irmã com o giz entre os dedos, um sorriso tímido e feliz nos lábios, erguendo os olhos para Levine, que fitava a moça com um olhar inflamado, sentiu-se consolada da conversa com Karenine. Subitamente, Levine estremeceu de alegria. Compreendera a réplica: "Eu não podia então responder de outro modo."

Ele a interrogou timidamente:

— Somente então?

— Sim — respondeu o sorriso da moça.

— E... agora? — perguntou ele.

— Leia. Vou escrever o que desejo de toda a minha alma.

Traçou as primeiras letras das palavras: "Que possas esquecer e perdoar."

Com os dedos trêmulos, ele agarrou o bastão de giz, quebrou-o em sua perturbação e respondeu do mesmo modo: "Nada posso esquecer e perdoar, porque nunca deixei de te amar."

Kitty olhou-o e continuou a sorrir.

— Compreendi — murmurou ela.

Levine sentou-se e escreveu uma longa frase. Ela a compreendeu sem hesitação e respondeu com uma outra que ele levou muito tempo a interpretar porque a felicidade lhe extinguia o uso das faculdades. Mas, nos olhos ébrios de alegria de Kitty, ele leu o que desejava saber. Escreveu ainda três letras, mas a moça, tirando-lhe o giz, concluiu ela mesma a frase e respondeu com um "sim".

— Estão brincando de "secretário"? — disse o velho príncipe, aproximando-se. — Muito bem. Mas se queres ir ao teatro é tempo de partirmos.

Levine ergueu-se e conduziu Kitty até a porta. Eles haviam tido tempo de se explicar: ela o amava, preveniria aos pais, e ele deveria pedi-la em casamento no dia seguinte.

14

Kitty ausente, Levine sentiu-se apossado pela inquietude. Teve medo, como da morte, das quatorze horas que o separavam do momento em que a veria novamente, em que as suas duas vidas se uniriam para sempre. Para enganar o tempo, experimentou a imperiosa necessidade de não ficar sozinho, de falar com alguém. Por infelicidade, Stepane Arcadievitch, cuja companhia lhe era mais conveniente do que qualquer outra, deixou-o para ir ao bailado. Levine só pôde dizer-lhe que era feliz e que não se esqueceria nunca, nunca, o que lhe devia. Com um olhar e um sorriso, Oblonski fez entender ao seu amigo como ele apreciava aquele sentimento.

— Espero que não me fales mais em morrer? — disse-lhe com um aperto de mão bem sensível.

— Não! — respondeu energicamente Levine.

E foi despedir-se de Daria Alexandrovna.

— Como eu sou feliz — murmurou Dolly — em saber que o senhor vive novamente em boa paz com Kitty! E necessário não esquecermos os velhos amigos...

Aquelas palavras, nas quais Levine pressentira um cumprimento, tiveram o dom de o desagradar: a sua felicidade era sublime demais para que o comum dos mortais fizesse tal alusão!

Finalmente, para não ficar sozinho, agarrou-se ao irmão.

— Aonde vais tu?

— A uma reunião.

— Posso te acompanhar?

— Por que não? — disse Sérgio, rindo-se. — Que te aconteceu hoje?

— O que me aconteceu? A felicidade! — respondeu Levine, abaixando a vidraça da carruagem. — Permites? Sinto-me asfixiado. Por que nunca te casaste?

— Vamos, todos os meus parabéns — disse Sérgio sempre risonho. — É, eu penso, uma encantadora...

— Cala-te, cala-te! — gritou Levine, agarrando-o pelo colete e cobrindo-lhe o rosto com a capa. "Uma encantadora pessoa"... Que palavras vulgares, indignas dos seus belos sentimentos!

Sérgio Ivanovitch explodiu em risos, o que não lhe acontecia frequentemente.

— Posso eu, pelo menos, dizer-te que estou contente?

— Amanhã, mas nem mais uma palavra!... Silêncio!... — ordenou Levine, fechando-lhe a boca ainda uma vez. — Aprecio-te muito, ajuntou ele. Posso assistir à tua reunião?

— Perfeitamente.

— De que questão se tratará hoje? — indagou Levine entre dois sorrisos.

Chegaram. Levine ouviu o secretário anunciar um processo-verbal do qual o infeliz parecia nada entender mas, sob essa confusão, Levine nele percebeu um calmo e admirável rapaz. Levantou-se depois um debate sobre a citação de certas somas e a instalação de certos canais.

Sérgio Ivanovitch dirigiu-se a dois membros do comitê, que fulminou num discurso muito longo, provocando num outro membro, que tomara muitas notas e dominara um acesso de timidez, uma resposta tão bem-feita quanto amarga. Afinal, Sviajski, que também se achava ali, terminou a discussão com algumas lindas frases nobremente pronunciadas. Levine ouvia sempre e sentia perfeitamente que aquela pseudodiscordância era apenas um pretexto para reunir amáveis pessoas que, no fundo, se entendiam às maravilhas. Graças a ligeiros indícios, aos quais, antigamente, não prestaria nenhuma atenção, Levine penetrou os pensamentos dos assistentes, lendo na sua alma, apreciando principalmente a perfeita bondade das suas naturezas: realmente, mesmo aqueles que não o conheciam dirigiam-lhe hoje palavras e olhares de uma perfeita amenidade.

— Bem, estás contente? — indagou-lhe o irmão.

— Muito contente. Nunca acreditaria que isso fosse assim interessante.

E, como Sviajski o convidasse para terminar a reunião em casa dele, aceitou com solicitude, indagando por sua mulher e sua cunhada. Não subsistia nada das suas prevenções de antigamente, nem mesmo uma simples recordação: aquele senhor, cujos mistérios não conseguia decifrar, pareceu-lhe o melhor, o mais educado dos homens e, por uma estranha relação, como a cunhada daquela criatura esquisita sempre se associasse a ideia do casamento, julgou que ninguém melhor do que aquelas senhoras escutaria a história da sua felicidade.

Sviajski interrogou-o sobre o estado dos seus negócios, recusando-se sempre à ideia que se pudesse inovar o que quer que fosse em matéria de economia rural, já que a Europa, há muito tempo, determinara todas as formas possíveis. Dessa vez Levine, longe de se sentir melindrado com aquela tese, achou-a plausível e admirou a doçura, a delicadeza com que Sviajski a defendia. As senhoras mostraram-se particularmente amáveis. Levine julgou compreender que elas sabiam tudo, que participavam da sua alegria, mas que, por discrição, evitavam lhe falar. Passou uma hora em sua companhia, depois duas e três, abordando inúmeros assuntos que se congregavam em torno das suas preocupações do momento, sem observar que as aborrecia mortalmente e que elas caíam de sono. Sviajski, afinal, não sabendo o que pensar dos estranhos modos do seu amigo, cambaleante, reconduziu-o até a antessala. Era mais de uma hora.

Voltando ao hotel, Levine espantou-se pensando nas dez horas que ainda restavam para passar na solidão e na impaciência. O empregado de plantão quis retirar-se depois de acender as lanternas, mas Levine o deteve. Esse empregado, que ele conhecia apenas de nome, apareceu-lhe de súbito como um admirável rapaz, não inteiramente tolo e, o que valia muito mais ainda, completamente bom.

— Dize-me, Iegor, deve ser muito duro não dormir?

— Que podemos fazer, senhor, é o nosso trabalho. Nas casas particulares é melhor, mas aqui tem-se mais lucro.

Ele imaginou que Iegor teria quatro filhos, três rapazes e uma moça, sendo a moça costureira e noiva de um caixeiro de casa comercial. Levine, a este propósito, observou que o casamento devia basear-se no amor: quando se ama, sempre se está feliz porque a felicidade está em nós mesmos. Iegor, que o escutava atenciosamente, pareceu convencido daquela verdade. Confirmou-a com uma reflexão inesperada, isto é que, quando servia a bons patrões, sempre vivera contente e que o seu patrão atual, por mais francês que fosse, lhe convinha perfeitamente.

"Que bom temperamento de homem!", pensou Levine.

— E tu, Iegor, amavas a tua mulher quando casaste?

— Mas, certamente, o senhor não quererá...

Levine verificou que a sua exaltação se transmitira a Iegor e que o rapaz se preparava para lhe expor os seus sentimentos mais íntimos.

— Veja, senhor — começou ele com os olhos brilhantes, possuído pelo entusiasmo de Levine —, eu tive, como direi, aventuras... Desde a mais tenra idade...

Nesse momento, porém, a campainha tocou. Iegor saiu e Levine achou-se novamente sozinho. Embora só houvesse tocado no jantar e recusado a ceia de Sviajski, não sentia fome; após uma noite de insônia, não pensava em dormir; e, apesar da temperatura fresca, sentia-se sufocado no quarto. Abriu os dois enormes postigos e sentou-se numa mesa em frente das janelas. Acima dos tetos cheios de neve, erguia-se a cruz de uma igreja e, mais alto, o triângulo da constelação Boreal dominado pelo clarão amarelado da principal estrela da constelação do Cocheiro. Aspirando o ar glacial, deixava errar os seus olhares da cruz para a estrela, dando livre curso às fantasias da memória e da imaginação. Pouco depois das três horas, passos retumbaram no corredor. Ele entreabriu a porta e reconheceu um certo Miaskine que voltava do seu grupo, o rosto sombrio e o busto arqueado. "O infeliz!", pensou Levine, ouvindo-o tossir, e lágrimas de piedade molharam as suas pálpebras. Quis reconfortá-lo, mas lembrou a tempo que estava em camisa. Voltou a submergir-se no ar glacial e a examinar aquela cruz de forma estranha, cujo silêncio tinha para ele profunda significação, e a linda estrela brilhante que subia no horizonte. Às seis horas, os enceradores começaram a fazer barulho, os sinos tocaram para o ofício matinal, e Levine sentiu afinal os golpes do frio. Fechou os postigos, preparou-se e saiu.

15

As ruas ainda estavam desertas quando Levine chegou em frente da casa dos Stcherbatski: achou o portão fechado, e todos adormecidos. Retornou ao hotel e pediu café. O empregado que o atendeu não era mais Iegor. Levine, não obstante, entabulou com aquele homem uma conversa que a campainha veio interromper bruscamente. Tentou tomar o café, mas sem conseguir engolir o pedaço de bolo que pusera na boca. Cuspiu-o impacientemente, vestiu de novo o capote e, pouco depois das nove horas, encontrava-se em frente ao portão. Acabavam de se levantar. Era necessário resolver esperar pelo menos duas boas horas.

Desde a manhã, Levine vivia num completo estado de inconsciência, fora das condições materiais da existência. Não comera e nem dormira, expusera-se ao frio durante muitas horas quase despido e, apesar de tudo, sentia-se forte, disposto, livre de toda servidão corporal, capaz dos atos mais extraordinários, como o de voar nos espaços ou de recuar as paredes de uma casa. Para acalmar o terror da espera, rodou pelas ruas, consultando o relógio a cada instante e deixando vagar os olhos em torno. O que viu nesse dia não devia jamais esquecer.

Crianças que se dirigiam para a escola, os pombos de plumagem inconstante que voavam dos tetos aos passeios, tudo aquilo era prodigioso. Um escolar correu para os pombos, e um deles sacudiu as asas e voou, brilhando ao sol através de uma tênue poeira de neve, e um perfume de pão quente exalou da vitrine onde apareciam bolos. Tudo aquilo reunido formava uma cena tão tocante que Levine se pôs a rir e a chorar ao mesmo tempo. Depois de ter feito uma grande volta, retornou pela segunda vez ao hotel, sentou-se, colocou o relógio em frente e esperou que marcasse meio-dia. Os seus vizinhos de quarto discutiam um negócio de máquinas: os infelizes não duvidavam que a agulha se aproximasse do meio-dia. Quando, afinal, ela atingiu o lugar fatal, Levine precipitou-se na rua e logo os cocheiros das carruagens de aluguel, que evidentemente sabiam tudo, cercaram-no com fisionomias alegres, disputando a honra de conduzi-lo. Escolheu um e, para não magoar os outros, prometeu ocupá-los em outras ocasiões. O cocheiro lhe pareceu admirável, com a sua blusa branca que abria uma nódoa no pescoço vermelho e vigoroso. Ele tinha uma carruagem cômoda, mais alta que as carruagens ordinárias (nunca Levine encontrara outra semelhante), puxada por um pequeno cavalo que fazia tudo para correr mas que não avançava. O cocheiro conhecia muito bem a casa dos Stcherbatski e, para demonstrar ao seu freguês uma consideração toda particular, deteve o cavalo em frente do portão, seguindo todas as regras do ofício, gritando "alto!" e levantando os braços. O porteiro, ele também, devia estar a par do que se passava; via-se isso no seu olhar risonho e no modo como disse:

— Há muito tempo que o senhor não aparecia, Constantin Dmitrievitch.

E não somente ele sabia tudo, mas transbordava de alegria e esforçava-se por esconder essa alegria. Encontrando o bom olhar do velho, Levine sentiu um novo aspecto na sua felicidade.

— Já se levantaram?

— Certamente. Queira ter a bondade de entrar... Deixe-o aqui — acrescentou o bom homem, rindo-se, quando Levine quis voltar para apanhar o seu gorro.

— A quem anunciarei, senhor? — indagou o criado de quarto.

Embora ele pertencesse, evidentemente, ao grupo dos novos empregados, e denotasse pretensões de elegância, aquele criado não era menos um bom rapaz que devia também ter compreendido tudo.

— Mas à princesa... ao príncipe... à senhorita — respondeu Levine.

A primeira pessoa que ele percebeu foi Mlle. Linon. Atravessava o salão e as suas argolas brilhavam como o seu rosto. Apenas ela lhe dirigira algumas palavras, o barulho de um vestido fez-se ouvir perto da porta. Mlle. Linon desapareceu para os seus olhos, enquanto um receio divertido o possuía. A velha preceptora apressou-se em sair. Pequenos pés velozes correram sobre o assoalho, e a sua felicidade, a sua vida, a melhor parte de si mesmo, aproximou-se. Ela não andava naturalmente — uma força invisível conduzia-a para ele.

Viu apenas dois olhos límpidos, brilhantes daquela alegria que também ele trazia no coração. Aqueles olhos, radiantes à proporção que se aproximavam, quase o cegavam com a sua luz. Ela pôs as mãos sobre os seus ombros. E, trêmula, feliz, entregou-se totalmente. Ele a apertou nos braços e os seus lábios se uniram.

Ela também, após uma noite de insônia, esperara-o durante toda a manhã.

Os seus pais estavam contentes e perfeitamente de acordo. Espreitara a vinda do noivo, querendo ser a primeira a anunciar-lhe a sua felicidade. Envergonhada e confusa, não sabia muito bem como executar o seu projeto. Também, ouvindo os passos e a voz de Levine, escondera-se atrás da porta para esperar que Mlle. Linon saísse. Então, sem hesitar mais, viera a ele.

— Vamos agora encontrar mamãe — disse ela, segurando-lhe a mão.

Ficou muito tempo sem poder articular uma palavra. Não que receasse, falando, diminuir a intensidade da sua felicidade, mas, porque, cada vez que queria abrir a boca, sentia-se asfixiado pelas lágrimas. Tomou a mão da moça e beijou-a.

— É verdade? — disse afinal com voz sufocada. — Não posso acreditar que tu me amas!

Ela sorriu daquele "tu" e do medo com que ele a fitou.

— Sim — respondeu, destacando a palavra. — Sinto-me tão feliz!

Sem deixar a sua mão, ela o conduziu ao pequeno salão. Percebendo-os, a princesa pôs-se, bastante aflita, a chorar e, logo depois, a rir-se. E, correndo para Levine com uma energia de que não se pensaria que ela fosse capaz, abraçou-o, molhando-o de lágrimas.

— Assim tudo se arranjou! Sinto-me contente. Sinto-me contente... Kitty!

— Rapidamente chegaram a um acordo — disse o príncipe, tentando mostrar-se calmo, apesar dos olhos cheios de lágrimas.

Vamos — continuou ele, puxando Levine —, é uma coisa que eu desejava há muito tempo... sempre. E, mesmo quando esta leviana pôs aquilo na cabeça!...

— Papai! — gritou Kitty, fechando-lhe a boca com as mãos.

— Está bem, está bem, eu não direi nada — fez ele. — Eu estou muito... muito... muito... fe... Deus, como eu sou tolo!

Tomou Kitty nos braços, beijando-a no rosto, nas mãos, e ainda no rosto, benzendo-a finalmente com um sinal da cruz.

Levine experimentou um novo sentimento de amor para o velho príncipe quando viu com que ternura Kitty beijava a sua mão musculosa.

16

A princesa, primeiramente, recordou os sentimentos e os pensamentos relacionados com a vida real. Todos eles sentiram, no primeiro momento, uma impressão estranha e penosa.

— Bem, trata-se agora de arranjar este noivado em boa e devida forma e de anunciar o casamento. Quando será o casamento? Que pensas tu, Alexandre?

— É a ele que compete decidir — disse o príncipe, mostrando Levine.

— Se a senhora e o senhor pedem a minha opinião — respondeu Levine, corando —, quanto mais cedo, melhor: hoje, o noivado, e amanhã, o casamento.

— Vejamos, *mon cher*, não fale tolices.

— Bem, em oito dias.

— Palavra de honra, ele enlouqueceu!

— Mas por que não?

— E o enxoval? — disse a mãe, a quem aquela impaciência fez sorrir.

"Será possível que o enxoval e tudo o mais sejam indispensáveis?", pensou Levine, assustado. "Demais, nem o enxoval, nem o noivado, nem o resto poderão estragar a minha felicidade." Um olhar a Kitty provou-lhe que a ideia do enxoval não a contrariava. "É preciso crer que é imprescindível", disse intimamente.

— Eu não entendo nada, exprimi simplesmente o meu desejo — murmurou ele, desculpando-se.

— Vamos pensar. Mas anunciaremos o casamento imediatamente.

A princesa levantou-se, abraçou o seu marido e quis se afastar, mas ele a reteve, abraçando-a muitas vezes, sorrindo, como um jovem namorado. Os dois velhos esposos achavam-se perturbados e pareciam prestes a acreditar que se tratava deles e não da filha. Quando saíram, Levine deu a mão à noiva. Controlara-se e recuperara o uso da palavra, mas sentia-se impotente para exprimir todas as coisas que trazia no coração.

— Sabia que isso seria assim — afirmou ele. — Sem nunca ter ousado esperar, no fundo da minha alma, estava convencido. Meu destino o queria.

— E eu — respondeu Kitty —, quando mesmo... — Ela se deteve por um instante e, fitando-o resolutamente com os seus olhos sinceros, continuou: — Quando mesmo repelia a minha felicidade, era a ti somente que eu amava. Fui vencida por um arrebatamento. Julguei do meu dever dizer-te. Poderás tu esquecer?

— Talvez fosse melhor que tivesse sido assim. Tens também que me perdoar certas coisas, porque devo confessar que...

Estava resolvido a confessar — e era o que tinha no coração —, desde os primeiros dias, que não era tão puro quanto ela. Por mais doloroso que fosse, julgava do seu dever fazer aquelas confissões.

— Não, agora não, mais tarde... — decidiu.

— Está certo, mas dize-me tudo. Eu não receio nada e quero saber tudo. Está combinado?

— Que me aceitarás tal como eu sou? Não é verdade? Não te retratarás mais?

— Não, não.

A conversa foi interrompida por Mlle. Linon que, com um doce sorriso, veio cumprimentar o seu aluno preferido. Ainda não deixara ela o salão, quando os criados, por sua vez, quiseram dar as suas felicitações. Depois, foi o desfile dos parentes. E, desse modo, transcorreu aquele período feliz e absurdo que só acabou no dia seguinte ao casamento de Levine.

Embora se sentisse cada vez mais incomodado, a sua felicidade aumentava sempre. Exigiam dele coisas em que nunca pensara, e sentia prazer em executá-las. Ele imaginara que, se o noivado não saísse absolutamente das tradições ordinárias, a sua felicidade seria arruinada, mas, embora fizesse exatamente o que todos faziam em caso semelhante, ela tomava proporções extraordinárias.

— Agora — insinuava Mlle. Linon — precisamos de balas.

E Levine corria para comprar as balas.

— Todos os meus parabéns — disse-lhe Sviajski. — Aconselho-te a comprar flores na casa de Fomine.

— Ah! É necessário?

O seu irmão foi de opinião que ele devia tomar dinheiro para os presentes e as despesas do momento.

— Como, é preciso oferecer presentes?

E corria para a casa de Foulda.

Em casa do confeiteiro, de Fomine, de Foulda, todos que o atendiam pareciam felizes e triunfantes como ele. Era, de resto, o sentimento geral e, coisa notável, o seu entusiasmo era partilhado pelos outros, mesmo por aqueles que antigamente lhe pareciam frios e indiferentes: apoiavam-no em tudo, tratavam o seu amor com uma delicadeza infinita, acreditavam na sua palavra quando se dizia o ser mais feliz da terra porque a sua noiva era a própria perfeição.

Kitty sentia impressões idênticas. A condessa Nordstone permitiu uma alusão às esperanças mais brilhantes que tivera para a sua amiga, Kitty encolerizou-se e defendeu asperamente a superioridade de Levine, de tal modo que a condessa acabou por lhe dar razão.

E, desde então, ela não mais encontrou Levine em presença da sua amiga que não lhe dirigisse um sorriso de admiração.

Um dos acidentes mais penosos dessa época da sua vida foi o das explicações prometidas. Atendendo à opinião do príncipe, Levine entregou a Kitty um diário que escrevera muito tempo antes sob a inspiração daquela que mais tarde seria sua esposa. Dos dois pontos delicados que o preocupavam, a sua incredulidade foi aquela que passou quase despercebida. Crente ela mesma e incapaz de duvidar das verdades da sua religião, a pretensa falta de fé do seu noivo deixou Kitty indiferente: aquele coração, que o amor lhe fizera conhecer, encerrava o que ela precisava achar — pouco lhe importava que ele qualificasse de incredulidade o estado da sua alma! Mas a segunda confissão obrigou-a a verter lágrimas amargas.

Levine resolvera fazer aquela confissão depois de uma enorme luta interior e porque não queria segredos entre ambos, sem pensar, no entanto, na impressão que aquela leitura deixaria na moça. O abismo, que separava aquela pureza do seu abominável passado, apareceu-lhe quando, entrando uma noite no quarto de Kitty antes de ir ao teatro, viu o seu rosto encantador desfeito em lágrimas. Compreendeu então o mal irreparável que causara e sentiu-se apavorado.

— Leve estes horríveis cadernos — disse ela, entregando as folhas abandonadas na mesa. — Por que me deste isto? Mas, afinal, foi melhor assim — acrescentou, presa de piedade à vista do desespero de Levine. — Mas é terrível, terrível!

Ele abaixou a cabeça, incapaz de articular uma palavra de resposta.

— Tu não me perdoarás? — murmurou ele.

— Sim, já perdoei, mas é terrível.

Esse incidente não teve outra consequência senão agregar um elemento a mais à sua imensa felicidade. Compreendeu ainda melhor a grandeza de Kitty após o perdão, do qual se sentia indigno.

17

Retornando ao seu quarto solitário, Aléxis Alexandrovitch lembrou-se das conversas da reunião. As súplicas de Daria Alexandrovna não tiveram outro êxito senão causar-lhe indignação: aplicar, sem conhecimento suficiente de causa, os preceitos dos Evangelhos a uma situação como a sua parecia-lhe empresa arriscada. Demais, aquela questão ele a havia julgado e julgado negativamente. Uma frase gravara-se profundamente na sua memória, e era aquela, do imbecil Tourovtsine: "Portou-se muito bem. Provocou o rival, que o matou." Evidentemente, todo mundo aprovara aquela conduta e, se não o declararam abertamente, fora tão somente por simples delicadeza. "Depois de tudo isso", pensou, "para que examinar estas coisas? A questão já não está resolvida?"

Como retornasse à sua casa, perguntou ao porteiro pelo criado. Verificando que o patife saíra, fez-se servir de chá e mergulhou no estudo do indicador: os seus deveres profissionais novamente o absorviam por completo. O criado não tardou em voltar.

— Vossa Excelência poderia me desculpar? — disse o criado. — Saí apenas por um momento. Acabam de chegar dois telegramas.

Aléxis Alexandrovitch abriu um: anunciava a nomeação de Stremov para o lugar que ele cobiçava. Karenine enrubesceu, atirou fora o telegrama e pôs-se a andar no aposento. "*Quos vult perdere dementat*",[32] disse a si mesmo, incluindo no *quos* todos os que haviam contribuído para aquela nomeação. Sentia-se menos contrariado pelo fracasso do que pelo fato de ver em seu lugar um tagarela, um demagogo como Stremov. Então não compreendiam que semelhante coisa comprometia o seu prestígio?

"Sem dúvida, outra notícia da mesma espécie!", pensou ele, com amargura, abrindo o segundo telegrama. Era de sua mulher:

---

32 Em latim, "[Os deuses] Primeiro enlouquecem aqueles a quem querem destruir." (N.E.)

a assinatura "Ana", em lápis azul, saltou-lhe aos olhos. "Estou à morte, suplico-te que venhas. Morreria mais tranquila se obtivesse o teu perdão." Leu aquelas palavras com um sorriso de desprezo e afastou o papel. "Que nova mentira!" — tal foi a sua primeira impressão. "Não existe fraude de que ela não seja capaz. Deve estar perto de dar à luz uma criança. Mas qual poderá ser o seu fim? Tornar legal o nascimento da criança? Comprometer-me? Impedir o divórcio?... Mas que significa isso: estou à morte?..." Releu o telegrama e, desta vez, o sentido real do seu conteúdo o afligiu. "Se fosse verdade? Se o arrependimento, a aproximação da morte, a conduzissem a um arrependimento sincero? Não respondendo ao seu apelo eu seria não apenas cruel, mas inábil, e faria com que me julgassem severamente..."

— Pedro, uma carruagem! Viajo para Petersburgo — gritou ele ao criado.

Aléxis Alexandrovitch resolvera rever a mulher e certificar-se logo de que a doença era fingida. Estivesse verdadeiramente doente, ele a perdoaria. E, caso chegasse muito tarde, poderia, ao menos, dar-lhe a extrema-unção.

Tomada aquela decisão, não pensou mais durante a viagem.

E, pela madrugada, ainda fatigado da noite na estrada de ferro, os seus olhos tentavam atravessar o nevoeiro matinal sem que o seu espírito quisesse refletir no que o esperava em casa. Pensava involuntariamente, cedendo a uma ideia persistente, que aquela morte cortaria imediatamente todas as dificuldades. Os padeiros, as carruagens retardatárias, os porteiros lavando os passeios, as farmácias fechadas, passavam como um clarão diante dos seus olhos: observava tudo e procurava abafar a esperança do que se aproximava. Em frente da casa percebeu duas carruagens com um cocheiro adormecido deitado à porta. No vestíbulo, Aléxis Alexandrovitch fez um esforço para controlar-se e, do canto mais recôndito do seu cérebro, arrancou uma decisão que podia ser formulada assim: "Se ela me enganou, observarei uma calma desprezível e partirei novamente; se disse a verdade, observarei as conveniências."

Antes mesmo de tocar a campainha, o criado Petrov, aliás Kapitonytch, abriu a porta: sem gravata, vestido com uma velha sobrecasaca e calçado em chinelas, o bom homem tinha um ar estranho.

— Como está Ana?

— A senhora teve ontem um parto feliz.

Aléxis Alexandrovitch, completamente pálido, deteve-se. Ele compreendia agora como desejara vivamente aquela morte.

— Mas a sua saúde?

Kornei desceu precipitadamente a escada.

— A senhora vai muito mal — respondeu ele. — Fizeram uma consulta ontem à noite, e o doutor, neste momento, está aqui.

— Toma conta das minhas bagagens — disse Karenine, um pouco consolado, verificando que não era totalmente perdida a esperança de um desenlace fatal.

Entrou na antessala e, observando no cabide um capote de militar, perguntou:

— Quem está aqui?

— O doutor, a parteira e o conde Vronski.

Não havia ninguém no salão. O barulho dos seus passos fez sair do quarto uma pessoa que usava uma touca ornada de fitas malvas: era a parteira. Aproximou-se e tomou-o pela mão, com a intimidade dada pela vizinhança da morte. Conduziu-o ao quarto vizinho.

— Graças a Deus; afinal o senhor chegou! — disse a mulher. — Ela só fala do senhor, e unicamente do senhor.

— Gelo! Depressa, gelo! — pediu no quarto a voz imperiosa do médico.

No outro quarto, perto da mesa, sentado numa cadeira baixa, Vronski chorava, o rosto nas mãos. Estremeceu ouvindo a voz do médico e, erguendo a cabeça, achou-se em frente de Karenine. Aquela aparição o perturbou de tal modo que ele enterrou a cabeça nos ombros como querendo desaparecer. Um grande esforço de vontade, porém, obrigou-o a colocar-se de pé. E disse:

— Ela está morrendo. Os médicos asseguram já não existir nenhuma esperança. Estou às suas ordens, deixe-me ficar aqui. Demais, estarei conformado com a sua vontade...

Diante das lágrimas de Vronski, Aléxis Alexandrovitch não pôde resistir à perturbação que os sofrimentos alheios sempre lhe causavam. Voltou a cabeça sem responder e dirigiu-se para o quarto de dormir. Ouvia-se a voz de Ana, viva, alegre, com entonações muito nítidas. Karenine entrou e aproximou-se do leito. Ela tinha o rosto voltado para ele, as faces animadas, os olhos brilhantes. As suas mãozinhas alvas, saindo das mangas da camisola, encontravam-se com as pontas do cobertor.

Ela parecia não somente vigorosa e bem-disposta, mas numa feliz disposição de espírito: falava alto e com vivacidade, acentuando as palavras com muita precisão.

— Porque Aléxis, eu falo de Aléxis Alexandrovitch (não é estranho e cruel que ambos se chamem Aléxis?), Aléxis me recusou. Eu esqueceria, ele teria perdoado... Por que ainda não chegou? Ele é bom, ele mesmo ignora como é bom... Ah, meu Deus, meu Deus, que angústia! Água, dá-me água! Depressa! Mas isso não seria bom para o meu filhinho... Então, deem a ele uma ama, eu consinto, será mesmo melhor: quando Aléxis chegar...

— Ana Arcadievna, ele chegou. Ei-lo! — disse a parteira, tentando reter a sua atenção em Aléxis Alexandrovitch.

— Que loucura! — continuou Ana, sem ver o marido. — Dá-me a criança, quero-a! Ele ainda não chegou. Se o senhor acha que o meu marido se mostrará inflexível, é porque o senhor não o conhece. Ninguém o conhece, apenas eu o conheço. No fim, aquilo se tornou doloroso... os seus olhos, é preciso conhecê-los. Os de Sérgio são parecidos, e é por isso que não posso vê-los mais... Deram o jantar a Sérgio? Estou certa de que ninguém pensa nesse pequeno. Ele não o teria esquecido. Que se leve Sérgio para o quarto do canto e que Marieta se deite ao seu lado.

Concentrou-se subitamente em si mesma, adquiriu um aspecto espantado e colocou os braços à altura do rosto, como para aparar um golpe: reconhecera o marido.

— Não, não, prosseguiu, não é dele que eu tenho medo, é da morte. Aléxis, aproxima-te! Eu me apresso por causa da carência do tempo, só tenho alguns minutos de vida, a febre vai retornar e não compreenderei mais nada. Agora compreendo, compreendo e vejo tudo.

O rosto enrugado de Aléxis Alexandrovitch exprimiu um vivo sofrimento. Tomou a mão da mulher e quis falar, mas o seu lábio inferior tremia tão fortemente que não pôde articular palavra. A sua emoção lhe permitia, de quando em vez, fitar a doente e, a cada momento em que via os seus olhos fixos, descobria-lhes uma doçura, uma exaltada ternura que nunca conhecera.

— Espera, tu não sabes... Espera, espera... — Ela se deteve, procurando coordenar as ideias. — Sim, sim, sim, eis o que eu queria dizer. Não te espantes, eu sou sempre a mesma. Mas existe uma outra em mim de quem tenho medo. Foi ela quem amou a "ele", e eu queria odiar-te, mas não podia esquecer aquela que fui antigamente... Agora, eu sou totalmente eu, verdadeiramente eu, e não a outra. Morro, sei que morro, pergunta a ele. Sinto-me a mim mesma: esses pesos terríveis nas mãos, nos pés, nos dedos. Meus dedos, como estão enormes!... Mas tudo isso acabará depressa... Uma única coisa me é indispensável: perdoa-me tudo. Fui criminosa, mas houve uma santa... como ela se chamava? A criada de Sérgio me falou dela... Que foi pior do que eu. Irei a Roma, lá existe um deserto, não incomodarei ninguém, só levarei Sérgio e a minha filhinha... Não, tu não podes me perdoar, sei que é impossível... Vai-te, vai-te, tu és muito perfeito...

Ela o puxava com uma das suas mãos abrasadas e o afastava com a outra. A perturbação de Aléxis Alexandrovitch era tão forte que ele não mais se defendeu — sentia mesmo aquela emoção transformar-se numa espécie de apaziguamento moral que lhe pareceu uma beatitude imprevista. Não acreditara que aquela religião cristã, que tomara como regra para a sua vida, lhe prescrevesse o perdão das ofensas e o amor para os inimigos, e eis que um estranho sentimento de amor e de perdão inundava a sua alma. Ajoelhado perto do leito, a testa apoiada naqueles braços cuja febre o queimava através da camisola, soluçava como uma criança. Ela se inclinou, envolveu com os braços a cabeça do marido e ergueu os olhos num ar de desafio.

— Ei-lo, eu bem o sabia! Agora, adeus, adeus a todos... Eles estão voltando, por que não se foram embora? Abram todas estas cortinas.

O médico deitou-a docemente nos travesseiros, tendo o cuidado de cobrir-lhe os braços e os ombros. Ana deixou-o fazer sem resistência, o olhar fixo.

— Lembra-te que só pedi o teu perdão, nada mais... Mas por que ele não vem? — perguntou, olhando para o lado da porta. — Vem, vem, dá-me a mão.

Vronski aproximou-se do leito e, vendo Ana, escondeu novamente o rosto entre as mãos.

— Descobre o teu rosto — disse ela. — Olha-o, é um santo! Mas descobre o teu rosto — repetiu, com a voz irritada. — Aléxis Alexandrovitch, descobre-lhe o rosto, quero vê-lo.

Aléxis Alexandrovitch tomou as mãos de Vronski e descobriu o rosto desfigurado pelo sofrimento e pela humilhação.

— Dá a mão a ele e perdoa-o.

Aléxis Alexandrovitch estendeu-lhe as mãos sem procurar reter as lágrimas.

— Obrigada, meu Deus. Estou preparada. Resta-me apenas estender um pouco as pernas, assim, está muito bem... Como essas flores são feias, não parecem violetas — disse, mostrando a pintura do quarto. — Meu Deus, quando acabará tudo isso! Dê-me morfina, doutor! Oh, meu Deus, meu Deus!...

E ela se debatia no leito.

Os médicos tinham pouca esperança, a febre puerperal quase nunca falha. O dia se passou entre o delírio e a inconsciência. À meia-noite, a doente não tinha quase pulso.

Esperava-se o fim de um minuto para outro.

Vronski retornou à casa, mas, no dia seguinte, voltou para saber notícias. Aléxis Alexandrovitch veio encontrá-lo na antessala e disse-lhe:

— Fique, talvez ela chame pelo senhor.

Depois, ele próprio conduziu-o ao quarto de sua mulher. Durante a manhã, a agitação, a vivacidade dos pensamentos e das palavras reapareceram para terminar ainda num estado de inconsciência. O terceiro dia se apresentou com o mesmo caráter, e os médicos adquiriram esperança. Nesse dia, Karenine entrou no quarto, onde se achava Vronski, fechou a porta e sentou-se em frente dele.

— Aléxis Alexandrovitch — disse Vronski, que sentia uma explicação se aproximar —, eu, no momento, sinto-me incapaz de falar e de compreender. Tenha piedade de mim! Qualquer que seja o seu sofrimento, acredite que o meu é ainda mais terrível.

Fez menção de levantar-se, mas Aléxis Alexandrovitch o deteve e disse:

— Peço-lhe que me escute, é indispensável. Vejo-me forçado a explicar ao senhor a natureza dos sentimentos que me guiam e ainda guiarão, a fim de evitar um erro da sua parte em relação a mim. O senhor sabe que estava resolvido a divorciar-me e que dera os primeiros passos para fazê-lo, é preciso confessar, isso depois de longas hesitações, mas o desejo de vingar-me de Ana e do senhor acabara por vencer os meus escrúpulos. Vindo aqui, eu desejava a morte de Ana, mas... — Calou-se por um instante, tentando descobrir o sentimento que o fazia agir. — Mas eu a vi novamente e a perdoei. A felicidade de poder perdoá-la mostrou-me com clareza o dever. Perdoei irrestritamente. Entrego a outra face à bofetada, dou a minha última roupa ao que me despiu. A única coisa que peço a Deus é deixar-me a alegria do perdão.

As lágrimas enchiam-lhe os olhos. O seu olhar luminoso e calmo afligia Vronski.

— Eis a minha atitude. O senhor poderá me arrastar na lama e lançar sobre mim o riso da sociedade, mas não abandonarei Ana por isso e nem o senhor ouvirá, da minha parte, uma palavra de censura. O meu dever está nitidamente traçado: devo ficar com ela, e ficarei. Se ela desejar ver o senhor, eu o avisarei, mas, no momento, penso que seria melhor se afastar...

Ele se levantou. Os soluços perturbavam a sua voz. Vronski fez o mesmo, curvado em dois e olhando-o sob os olhos. Incapaz de compreender as razões que dirigiam Karenine, confessava-se que ali estavam sentimentos superiores que não caberiam no código de conveniências a que ordinariamente obedecia.

18

Quando, depois dessa conversa, Vronski saiu da residência dos Karenine, deteve-se no limiar, perguntando onde estava e o que fizera. Humilhado e confuso, sentia-se privado de todo o meio de lavar a sua vergonha, posto fora do caminho que sempre trilhara com facilidade e orgulho. Todas as normas que serviram de base à sua vida, e que ele acreditara inatacáveis, revelavam-se falsas e mentirosas. O marido enganado, aquele triste personagem que considerara como um obstáculo acidental e algumas vezes cômico para a sua felicidade, acabava de ser elevado por ela a uma altura que inspirava respeito e, em vez de parecer ridículo, mostrara-se simples, grande e generoso. Os papéis estavam invertidos: Vronski não podia esconder, ele sentia a grandeza, a probidade de Karenine, e a sua própria baixeza; aquele marido enganado aparecia magnânimo na sua dor, enquanto ele próprio se julgava mesquinho e miserável. Todavia, aquele sentimento de inferioridade para com um homem que tão injustamente desprezara só contava com uma fraca parte do seu abatimento. O que causava o seu desespero era a ideia de perder Ana para sempre. A sua paixão, que julgara um momento arrefecida, despertara mais violenta do que nunca. A doença da sua amante obrigara-o a conhecê-la melhor, e ele pensava nunca a ter amado ainda. E agora que a conhecia e a amava realmente, ia perdê-la, restando apenas uma recordação abjeta e humilhante. Lembrava-se com horror do instante ridículo e odioso em que Aléxis Alexandrovitch lhe descobrira o rosto, enquanto ele o escondia nas mãos. Imóvel na entrada da casa, ele parecia não ter mais consciência dos próprios atos.

— Chamarei uma carruagem? — perguntou o porteiro.

— Precisamente, sim, uma carruagem...

Entrando em casa, de volta, Vronski, esgotado por três noites de insônia, deitou-se num divã sem se despir. A sua cabeça, pesada pela fadiga, repousava sobre os braços cruzados. As reminiscências, as ideias, as impressões mais estranhas se sucediam em seu espírito com uma rapidez e uma lucidez extraordinárias. Via-se, por vezes, dando remédio à doente e o entornando pela colher; por vezes, via as mãos brancas da parteira ou ainda a singular atitude de Aléxis Alexandrovitch ajoelhado perto do leito.

"Dormir! Esquecer!", murmurava com a calma resolução do homem bem seguro de poder, em caso de fadiga, adormecer à vontade. E, realmente, as suas ideias se misturaram e ele se sentiu cair no abismo do esquecimento. Ia desaparecer no inconsciente quando, de súbito, tremeu com todo o corpo, como sob a ação de uma violenta corrente elétrica, e achou-se ajoelhado, os olhos tão abertos que não mais pensou em dormir. Desaparecera toda a lassidão.

"O senhor poderá me arrastar na lama." Aquelas palavras de Aléxis Alexandrovitch ressoavam aos seus ouvidos. Ele o via em sua frente e via também o rosto febril de Ana e os seus olhares inflamados colocando-se não mais sobre ele mas sobre o marido; via o esgar estúpido que contraíra o seu rosto quando Karenine o descobrira. E, ante o horror daquela visão, fechou os olhos e tornou a se deitar.

"Dormir! Esquecer!", repetiu. Então, apesar dos olhos fechados, o rosto de Ana, tal qual como a ele se mostrara na noite memorável das corridas, surgiu nas trevas com uma surpreendente precisão. "É impossível, ela desejava apagá-lo da sua memória. No entanto, eu não posso viver sem ela. Como nos reconciliar, como nos reconciliar?" Ele pronunciou aquelas palavras muito alto e pôs-se a repeti-las inconscientemente e, durante alguns segundos, aquela repetição automática impediu a renovação das imagens que assediavam o seu cérebro. Mas logo os doces fatos do passado e as humilhações recentes novamente o dominaram. "Descobre o teu rosto", dizia a voz de Ana. Afastava as mãos e sentia até que ponto devia ter parecido humilhado e ridículo.

Permaneceu muito tempo deitado, procurando o sono sem esperança de o conseguir, murmurando restos de frases para evitar novas alucinações. Escutava a sua própria voz repetir num murmúrio de demência: "Tu não a soubeste apreciar, tu não a soubeste aproveitar; tu não a soubeste apreciar, tu não a soubeste aproveitar…"

"Que está me acontecendo? Ter-me-ei tornado louco?", perguntou intimamente. "Talvez. Por que se enlouquece e por que se morre?" E, respondendo a si próprio, abriu os olhos e percebeu ao lado uma almofada bordada por sua cunhada Varia. Tentou, brincando com o enfeite da almofada, lembrar-se da última visita que lhe fizera. Mas qualquer ideia estranha àquela que o torturava era um martírio a mais. "Não, é preciso dormir!" E, aproximando a almofada da cabeça, nela se apoiou, esforçando-se por manter os olhos fechados. Imprevistamente, sentou-se, estremecendo ainda. "Tudo acabou para mim. Que me resta fazer?" E pensou na vida sem Ana.

"A ambição? Serpoukhovskoi? A sociedade? A corte?" Tudo aquilo, antigamente, tivera um sentido. Agora já não o tinha. Levantou-se, arrancou a túnica, despiu-se da cintura para cima a fim de poder respirar mais livremente e pôs-se a andar no aposento. "É assim que se torna louco, é assim que se suicida...", prosseguiu. "Para evitar a vergonha", acrescentou lentamente. Foi até a porta, que fechou. Depois, o olhar fixo e os dentes cerrados, aproximou-se da carteira, tomou um revólver, examinou-o, armou-o e refletiu. Ficou dois minutos imóvel, a cabeça baixa e o revólver na mão, preso a uma profunda meditação. "Certamente", disse, afinal, e aquela decisão parecia o resultado lógico de uma série de ideias nítidas e precisas, mas, no fundo, ele rodava sempre no mesmo círculo de impressões e recordações — felicidade perdida, futuro impossível, vergonha destruidora — que, após uma hora, percorria pela centésima vez. "Certamente", repetiu, vendo retornar uma vez mais o eterno desfile. Então, apoiando o revólver do lado esquerdo do peito, contraiu nervosamente a mão e apertou o gatilho. Não ouviu nenhuma detonação, mas o golpe violento que recebeu no peito o obrigou a cair. Procurou inutilmente agarrar-se na extremidade da carteira, vacilou, largou o revólver e, lançando olhares assustados em volta, sentiu que se abatia. Os pés contornaram a carteira, a cesta de papel, a pele de tigre estendida no solo. Ele não reconhecia nada. Os passos do criado, que atravessava a sala, forçaram-no a dominar-se. Acabou por compreender que estava deitado e, vendo sangue na mão e na pele do tigre, teve consciência do que fizera.

"Que tolice! Errei!", murmurou, procurando com a mão o revólver que não viu perto. Esgotou-se em inúteis esforços, perdeu o equilíbrio e caiu novamente, banhado em sangue.

O criado, uma elegante criatura que usava bigode e se vangloriava perante os amigos da delicadeza dos seus nervos, ficou aterrorizado ao ver o patrão. Deixou-o gemendo e correu a procurar socorros. No fim de uma hora, Varia, a cunhada de Vronski, chegou e, auxiliada por três médicos — que fizera procurar nos três cantos da cidade e que chegaram ao mesmo tempo —, deitou perfeitamente o ferido no divã, tornando-se logo a sua enfermeira.

19

Aléxis Alexandrovitch não previra que a sua mulher se arrependesse sinceramente, que conseguisse o perdão e se restabelecesse. Dois meses depois da sua volta de Moscou, aquele erro surgiu-lhe em toda a sua gravidade. Ele provinha menos de uma falta de cálculo que do desconhecimento do seu próprio coração. Perto do leito da mulher moribunda, pela primeira vez na vida, abandonou-se ao sentimento de comiseração pelas dores de outrem, sentimento contra o qual sempre lutara como se luta contra uma perigosa fraqueza. O remorso de haver desejado a morte de Ana, a piedade que ela lhe inspirara, e, acima de tudo, a felicidade mesma do perdão, transformaram as suas angústias morais numa paz profunda e transfiguraram uma fonte de sofrimento numa fonte de alegria: tudo o que em seu ódio e em sua cólera parecera incompreensível, agora, que a amava e perdoava, tornava-se claro e simples.

Perdoara à mulher e o fizera por causa dos seus sofrimentos e do seu arrependimento. Perdoara Vronski e o fizera igualmente depois que vira o seu ato de desespero. Lamentava o filho, e mais do que antes, porque se censurava de o haver esquecido. Quanto à recém-nascida, ele sentia por ela mais que piedade, era uma verdadeira ternura. Vendo aquela menina débil, esquecida durante a doença da mãe, graças aos seus cuidados arrancara-a da morte e prendera-se a ela quase sem o sentir. A criada e a ama viam-no entrar muitas vezes por dia no quarto das crianças e, primeiramente intimidadas, acabaram habituando-se com a sua presença. Por vezes, ficava uma meia hora contemplando o rosto enrugado, penugento, da criança que não era sua, acompanhando os movimentos da sua testa franzida, vendo-a esfregar o nariz e os olhos com as costas das mãozinhas gordas e de dedos curvos. Nesses momentos, Aléxis Alexandrovitch sentia-se tranquilo, em paz consigo mesmo, e nada via de anormal na situação.

No entanto, mais avançava, mais verificava que aquela situação, por mais natural que parecesse, não lhe permitia ficar contente. Fora da sublime força moral que o guiava interiormente, sentia a presença de uma outra força brutal que dirigia a sua vida e lhe impedia a conquista da paz tão desejada. Todo mundo parecia interrogar a sua atitude, recusar-se a compreendê-la, dele esperando algo de diferente. Quanto às suas relações com a mulher, elas não tinham naturalidade e nem estabilidade.

Quando cessou o enternecimento provocado pela aproximação da morte, Aléxis Alexandrovitch observou imediatamente que Ana o temia, receava a sua presença e não ousava fitá-lo de frente nem lhe falar de coração aberto. Pressentindo, sem dúvida, a curta duração das relações atuais, ela esperava, também, alguma coisa do marido.

Nos fins de fevereiro, a menina, a quem se dera o nome da mãe, caiu doente. Aléxis Alexandrovitch vira-a pela manhã, antes de ir para o Ministério, e mandara buscar o médico. Voltando um pouco depois das três horas, viu na antessala um criado muito alto e magro, cuja libré era adornada com uma pele de urso e tinha nos braços uma caixa.

— Quem está aí? — perguntou.

— A princesa Elizabeth Fiodorovna Tverskoi — respondeu o homem, e Aléxis Alexandrovitch julgou verificar que ele sorria.

Durante aquele penoso período, Karenine observara por parte das suas relações mundanas, principalmente femininas, um interesse muito particular por ele e por sua mulher. Em todos, descobria aquela alegria mal dissimulada que lera nos olhos do advogado e que agora encontrava nos daquele patife: todos perguntavam pela sua saúde, pareciam encantados, como se fossem casar alguém.

A presença da princesa não podia ser agradável a Aléxis Alexandrovitch: jamais gostara dela, que o fazia lembrar-se de tristes recordações e, por isso, entrara diretamente no apartamento das crianças. Na primeira sala, Sérgio, deitado em uma mesa e com os pés numa cadeira, desenhava tagarelando alegremente. Perto dele, sentada, a governanta inglesa, que substituía a francesa, fazia crochê. Assim que viu entrar Karenine, ela se levantou, fez uma reverência e pôs Sérgio no chão.

Aléxis Alexandrovitch acariciou a cabeça do filho, respondeu às perguntas da governanta sobre a saúde de Ana e indagou a opinião do médico sobre o estado do bebê.

— O doutor nada achou de grave, senhor. Receitou banhos.

— No entanto, ela sofre — disse Aléxis Alexandrovitch, ouvindo a criança gritar no quarto vizinho.

— Eu penso, senhor, que a ama não é boa — respondeu a inglesa, convencida.

— Por que pensa assim?

— Eu vi isso em casa da condessa Pohl. Curavam a criança com remédios, enquanto ela sofria unicamente de fome: a ama não tinha leite.

Aléxis Alexandrovitch refletiu e, no fim de alguns instantes, entrou na segunda sala. A menina gritava, deitada nos braços da ama, a cabeça virada recusando o seio. A ama e a criada não conseguiam acalmá-la.

— Ela não está melhor? — indagou Aléxis Alexandrovitch.

— Está muito agitada — respondeu a criada à meia-voz.

— Miss Edward acha que a ama não tem leite.

— Eu também o acho, Aléxis Alexandrovitch.

— Por que não disseram?

— Dizer a quem? Ana Arcadievna está sempre doente — respondeu brutalmente a mulher que estava na casa há muito tempo. Esta frase muito simples pareceu a Karenine uma nova alusão à sua situação.

A criança gritava cada vez mais forte, perdendo o fôlego e ficando rouca. A criada teve um gesto de impaciência e, tomando a pequena da ama, pôs-se a acalentá-la, andando.

— É preciso dizer ao médico para examinar a ama.

A ama, uma mulher de robusta aparência e vestida com belos enfeites, receando perder o emprego, cobriu os seios resmungando algumas palavras incompreensíveis. A ideia de que pudessem supor que lhe faltasse leite arrancou-lhe um sorriso de desdém que Karenine novamente interpretou mal.

— Pobre menina! — disse a criada, esforçando-se por acalmar a criança.

Aléxis Alexandrovitch sentou-se e, durante algum tempo, com um aspecto triste, acompanhou o passeio da criada. Quando ela o deixou afinal, depois de ter posto a criança no berço e arranjado as almofadas, ele se aproximou nas pontas dos pés, examinou a menina durante alguns instantes sem dizer uma palavra e com o mesmo ar de tristeza. De súbito, um sorriso desfez as pregas da sua testa, e ele saiu docemente.

De volta à sala de jantar, tocou a campainha e mandou chamar o médico. Descontente por ver que a sua mulher se ocupava tão pouco com aquela encantadora menina, não quis entrar no quarto dela, tanto mais que não desejava encontrar a princesa. No entanto, como Ana pudesse se espantar vendo-o desfazer um hábito já adquirido, dominou os próprios sentimentos e se dirigiu para o quarto de dormir. Enquanto se aproximava, um espesso tapete sufocando o barulho dos seus passos, ouviu sem querer a seguinte conversa:

— Se ele não partisse, eu compreenderia a sua recusa e a dele. Mas o teu marido deve estar acima de tudo isso — dizia Betsy.

— Não se trata de meu marido, mas de mim. Não falemos mais nisso — dizia a voz emocionada de Ana.

— É possível que não desejes mais ver aquele que quis morrer por ti?...

— É precisamente por isso que não o quero mais.

Aléxis Alexandrovitch parou, assustado. Pensou mesmo em retroceder, mas, refletindo que aquela fuga não seria digna, continuou andando, tossindo. As vozes se extinguiram, e ele penetrou no quarto.

Ana, trajando um penhoar cinzento, os cabelos negros, cortados, estava sentada numa cadeira. Como de costume, à vista do marido, toda a sua animação desapareceu. Abaixou a cabeça e lançou um olhar inquieto a Betsy, que estava vestida à última moda, trazendo um chapeuzinho no alto da cabeça como um abajur sobre uma lâmpada, e um vestido pescoço de pombo ornado de listras diagonais. Sentada ao pé de Ana, conservava o seu busto vulgar tão firme quanto possível. Acolheu Aléxis Alexandrovitch com um cumprimento acompanhado de um sorriso irônico.

— Ah! — fez ela, com surpresa. — Desejava encontrá-lo aqui. O senhor não vai a parte alguma e desde a doença de Ana que não o vejo. Sei, não obstante, o cuidado que teve com ela. O senhor é um marido admirável!

Gratificou com um terno olhar a grandeza da alma de Karenine. Mas, saudando-a friamente e beijando a mão de sua mulher, ele indagou de sua saúde.

— Acho que vou melhor — respondeu, evitando-lhe o olhar.

— No entanto, a cor da tua pele é de febre — tornou ele, insistindo na última palavra.

— Nós conversamos muito — disse Betsy. — Sinto perfeitamente que isso é um egoísmo da minha parte e me retiro.

Ela se levantou, mas Ana, tornando-se vermelha, a reteve vivamente pelo braço.

— Não, peço-te que fiques. Devo te dizer... não, antes a ti — continuou ela, voltando-se para o marido, enquanto o rubor ganhava a sua testa e o pescoço. — Não posso e nem quero esconder nada.

Aléxis Alexandrovitch abaixou a cabeça e estalou os dedos.

— Betsy me disse que o conde Vronski desejava despedir-se antes da sua partida para Tachkent. — Falava rapidamente, sem olhar o marido com pressa de acabar. — Eu respondi que não o podia receber.

— Perdão, querida — corrigiu Betsy —, tu respondeste que isso dependia de Aléxis Alexandrovitch.

— Mas não, eu não o posso receber... — deteve-se de repente, interrogando o marido com o olhar. Ele voltara a cabeça. — Em suma, eu não quero...

Aléxis Alexandrovitch aproximou-se e fez o gesto de agarrar-lhe a mão.

O primeiro movimento de Ana foi de repelir aquela mão úmida, de veias grossas, que procurava a sua. Mas dominou-se e apertou-a.

— Eu quero agradecer a tua confiança, mas...

Ele se deteve e olhou a princesa com despeito. Aquilo que, perante a sua própria consciência, podia julgar facilmente tornava-se impossível de ser examinado em presença daquela mulher em quem se encarnava a força brutal que dirigia a sua vida aos olhos da sociedade e o impedia de entregar-se por inteiro ao amor e ao perdão.

— Bem, adeus, querida — disse Betsy, erguendo-se.

Abraçou Ana e saiu. Karenine acompanhou-a.

— Aléxis Alexandrovitch — disse ela, parando no meio do quarto para lhe apertar a mão de uma maneira significativa. — Tenho o senhor como sendo um homem sinceramente generoso. Estimo-o tanto e gosto tanto do senhor que me permito, por mais desinteressada que seja na questão, dar-lhe um conselho. Receba-o. Aléxis Vronski é a própria honra e vai partir para Tachkent.

— Fico-lhe muito agradecido, princesa, por sua simpatia e pelo seu conselho. À minha mulher unicamente compete decidir se pode ou não receber alguém.

Pronunciou estas palavras, como de hábito, com dignidade, mas sentiu imediatamente que, apesar das palavras, a dignidade quadrava mal com a situação criada. O sorriso moderado, irônico e perverso com que Betsy acolheu a sua resposta, provou-o suficientemente.

20

Aléxis Alexandrovitch acompanhou Betsy até ao salão, despediu-se e voltou ao quarto da sua mulher. Ana estava deitada na espreguiçadeira, mas, percebendo que o marido voltava, endireitou-se precipitadamente e o fitou com espanto. Ele verificou que ela tinha chorado.

— Agradeço a tua confiança — falou docemente, repetindo em russo a resposta que dera em francês diante de Betsy. (Aquela mania de tratá-la por "tu" quando falava russo tinha o dom de irritar Ana.) — Sim — prosseguiu, sentando-se perto, sou muito grato pela tua decisão. — Como tu, acho que, desde o momento em que o conde partiu, não há nenhuma necessidade para que o recebamos aqui. De resto...

— Mas, se já o disse, por que falar nisso outra vez? — interrompeu Ana com uma irritação que não soube dominar. "Não há nenhuma necessidade", pensava, "para um homem que quis se matar, de dizer adeus à mulher que ama e que, por seu lado, não pode viver sem ele!"

Mordeu os lábios e abaixou o olhar até as mãos do marido que as esfregava lentamente uma contra a outra.

— Não falemos mais nisso — acrescentou ela, num tom mais calmo.

— Deixei-te resolver esta questão com toda a liberdade e sinto-me feliz por ver...

— Que os meus desejos são iguais aos teus — concluiu Ana, impaciente de o ouvir falar tão lentamente quando sabia de antemão tudo o que ele ia dizer.

— Sim — confirmou Karenine —; e a princesa Tverskoi fez muito mal em imiscuir-se nos penosos negócios de família, principalmente ela, que...

— Não creio em nada do que se diz, e sei que ela me ama com sinceridade.

Aléxis Alexandrovitch suspirou e calou-se. Ana fitava-o nervosa de vez em quando, com aquele sentimento de repulsa física que experimentava sem poder vencer. Era odiosa a presença daquele homem. Desejava unicamente desembaraçar-se dele o mais cedo possível.

— Acabo de mandar chamar o médico — disse afinal Aléxis Alexandrovitch.

— Para quê? Estou muito bem.

— Para a pequena, que chora muito. Dizem que a ama tem pouco leite.

— Por que não me deixaram amamentá-la, não pedi que me deixassem tentar? Apesar de tudo — Karenine compreendeu o que ela entendia por "apesar de tudo" —, é uma criança que acabarão por deixar morrer.

Tocou a campainha, e pediu que trouxessem a criança.

— Quero amamentá-la, não me deixaram e me censuram agora...

— Não te censuro em nada...

— Tu me censuraste! Meu Deus, por que não morri?! — e desfez-se em soluços. — Perdoa-me, estou tão nervosa, prosseguiu, tentando dominar-se. Mas deixa-me.

"Não, isto não pode continuar", decidiu intimamente Aléxis Alexandrovitch, retirando-se.

Nunca a impossibilidade de prolongar aos olhos da sociedade semelhante situação o preocupara tão vivamente. Nunca Ana deixara transparecer tão claramente a repulsa que lhe causava. Nunca a energia daquela misteriosa força brutal que, contrária às aspirações da sua alma, dirigia imperiosamente a sua vida e exigia uma mudança de atitude em relação a sua mulher lhe aparecera com tão grande evidência. A sociedade e a mulher exigiam uma coisa que ele não compreendia bem, mas aquela coisa agitava no seu coração uma revolta que destruía o mérito da vitória sobre si mesmo. Gostando que Ana rompesse com Vronski, estava quase a tolerar — se todos julgassem aquela ruptura impossível — semelhante ligação, contanto que os filhos permanecessem com ele, obrigados contra a desonra, e a sua própria vida não fosse perturbada. Essa solução, por mais miserável que fosse, seria melhor que colocar Ana numa posição vergonhosa e sem saída — privando a ele de tudo o que amava. Mas, sentindo sua impotência naquela luta, sabia que não o deixariam agir sabiamente, para o forçarem o fazer o mal que todos julgavam necessário.

21

À porta do salão, Betsy foi ao encontro de Stepane Arcadievitch que chegava da casa de Elisseiev, onde havia ostras frescas.

— Princesa, a senhora aqui? Que belo encontro! Venho de sua casa.

— O encontro será rápido, eu parto — respondeu Betsy, rindo-se, e abotoando uma das luvas.

— Um momento, princesa. Permita que eu beije, antes que seja enluvada, a sua encantadora mãozinha. Voltemos à velha moda, nada me agrada tanto como beijar a mão de uma dama.

E, curvando-se, beijou a mão de Betsy.

— Quando nos veremos novamente?

— O senhor não é digno — respondeu Betsy, sempre risonha.

— Oh! Por que me torno o mais sério dos homens? Não somente arranjo os meus próprios negócios como ainda os dos outros — disse ele com importância.

— É verdade? — respondeu Betsy, compreendendo que se tratava de Ana.

E, entrando novamente no salão, arrastou Oblonski para um canto.

— O senhor verá que ele a matará — murmurou ela, com convicção. É impossível que isso não aconteça.

— Estou satisfeito que pense assim — respondeu Stepane Arcadievitch balançando a cabeça com uma simpática comiseração. — Eis aí a razão da minha viagem a Petersburgo.

— Todos falam nisso — continuou a princesa. — Esta situação é intolerável. Ana emagrece a olhos vistos. Aquele homem não compreende que ela é uma dessas mulheres que não brincam com os sentimentos. Das duas, uma: ou ele agirá energicamente e a levará consigo, ou se divorciará. A situação atual, porém, acabará por matá-la.

— Sim... sim... é certo — disse Oblonski, suspirando. — Eu vim por isso... ou antes, não. Acabo de ser nomeado camarista, é preciso agradecer a quem de direito. Mas o essencial é resolver este negócio.

— Que Deus o ajude! — disse Betsy.

Stepane Arcadievitch acompanhou a princesa até o vestíbulo, beijou-lhe a mão desta vez sobre a luva e, depois de contar-lhe muitas inconveniências, deixou-a ir ver a irmã. Ana desfazia-se em lágrimas.

Oblonski, muito naturalmente, passou da alegria mais exuberante para o enternecimento que harmonizava com o estado de espírito da irmã. Perguntou como ela estava e como passara o dia.

— Muito mal, muito mal — respondeu. — E os dias futuros não serão melhores do que os dias passados.

— Vê? As coisas negras. É preciso readquirir coragem, olhar a vida de frente. É difícil, eu o sei.

— Dizem — declarou ela, subitamente — que certas mulheres amam até os vícios dos homens. Bem, eu odeio-o por causa da sua virtude! Não posso mais viver com ele: a sua presença basta para pôr-me fora de mim. Não, eu não posso mais, eu não posso mais viver com ele! Que preciso fazer? Fui infeliz e pensei que não se pudesse ser mais infeliz, mas isso supera tudo o que se possa imaginar. Concebes tu que, sabendo-o bom, perfeito, e sentindo toda a minha inferioridade, possa odiá-lo? Sim, a sua generosidade me causa ódio. Só me resta...

Ela quis acrescentar: morrer, mas o irmão não a deixou acabar.

— Estás doente e nervosa, e exageras fortemente as coisas. Nada há assim de tão terrível.

Diante daquele desespero, Stepane Arcadievitch teve um gesto que, em casa de qualquer outro, passaria como sendo uma inconveniência: sorriu. O sorriso era tão bom, tão terno que, longe de perturbá-la, acalmou-a e comoveu-a. E, acompanhando o sorriso, as suas palavras tranquilizaram-na como uma loção de óleo de amêndoa. Ana sentiu isso imediatamente.

— Não, Stiva, eu estou perdida, perdida. Estou mais do que perdida, porque não posso dizer que tudo esteja acabado. Sinto perfeitamente o contrário. Tenho a impressão de ser uma corda bem esticada, que se deve romper necessariamente nalgum ponto. Mas o fim ainda não chegou... e ele será terrível!

— Não, não, a corda pode ser distendida muito docemente. Não existe nenhuma situação sem uma saída qualquer.

— Pensei bastante e não vejo senão uma...

Ele compreendeu, pelo olhar espantado de Ana, que aquela saída era a morte e interrompeu-a novamente.

— Não, tu não podes julgar a tua situação como eu. Deixa-me dizer francamente a minha opinião. — Esboçou ainda um sorriso confortador. — Tomemos as coisas do começo: casaste-te com um homem mais velho do que tu vinte anos, e casaste-te sem amor ou, pelo menos, sem conhecer o amor. Isso foi, eu admito, um erro.

— Um erro terrível!

— Mas, repito, é um fato consumado. Tiveste depois a infelicidade de amar um outro que não o teu marido. Segunda infelicidade, mas segundo fato consumado. Teu marido soube tudo e te perdoou. — Detinha-se após cada frase como para dar tempo a que ela replicasse, mas Ana o fitava em silêncio. — Agora, o problema se apresenta assim: podes continuar a viver com o teu marido? Desejas? Ele também o deseja?

— Eu não sei de nada...

— Vens de dizer que não o podias mais suportar.

— Não, eu não disse isso. Retrato-me. Não sei mais nada, não compreendo mais nada.

— Mas permita-me...

— Tu não o saberias compreender. Sinto que precipitei a cabeça num abismo, e que não devo me salvar. E, de resto, eu não posso.

— Verás que nós te impediremos de cair. Tu nem sequer podes exprimir os teus sentimentos, os teus desejos.

— Eu não desejo nada, senão que tudo isso acabe.

— Acreditas que ele não percebe? Pensas que ele também não sofre? E que pode resultar de todas estas torturas? O divórcio, ao contrário, resolveria tudo.

Enunciada sua principal ideia, o que lhe custou algum esforço, Stepane Arcadievitch observou o efeito no rosto da irmã.

Ela sacudiu a cabeça negativamente, sem dizer uma só palavra, mas um clarão da sua beleza antiga iluminou-lhe a face. Oblonski concluiu que, se ela não desejava o divórcio, era que o tinha por uma felicidade impossível.

— Tu me causas uma pena enorme! Como seria feliz se conseguisse tudo isso! — prosseguiu ele, rindo-se, com mais confiança. — Não, não, não digas nada, deixa-me agir. Queira Deus possa eu exprimir tudo o que sinto! Vou procurá-lo.

Como única resposta, Ana o fitou com os seus olhos brilhantes e pensativos.

22

Stepane Arcadievitch entrou no gabinete do cunhado com o rosto solene com que presidia às sessões do conselho. Aléxis Alexandrovitch, os braços atrás das costas, andando de um lado a outro do aposento, debatia interiormente o mesmo problema que a sua mulher e o seu cunhado acabavam de discutir.

— Não te aborreço? — perguntou Stepane Arcadievitch, bruscamente perturbado pela vista de Karenine. E, para dissimular aquela fraqueza de que não tinha costume, tirou do bolso uma cigarreira de novo tipo que acabara de comprar, cheirou-a e puxou um cigarro.

— Não. Tens necessidade de alguma coisa? — indagou rudemente Aléxis Alexandrovitch.

— Sim... eu queria... desejava... sim, queria falar-te — respondeu Stepane Arcadievitch, surpreso de sentir-se cada vez mais intimidado.

Aquele sentimento pareceu-lhe tão estranho que não reconheceu a voz da consciência desaconselhando-o de uma ação má. Dominou-se da melhor maneira possível e, corando, prosseguiu:

— Espero que não duvides da afeição que tenho por minha irmã e nem da profunda estima que sinto por ti.

Aléxis Alexandrovitch parou, e o seu aspecto de vítima resignada desconcertou Stepane Arcadievitch.

— Bem — continuou Oblonski, sem conseguir reencontrar a calma —, tinha a intenção de falar de minha irmã, da situação que existe entre ti e ela.

Aléxis Alexandrovitch olhou o cunhado com um sorriso triste e, sem responder, apanhou na mesa uma carta inacabada, que lhe entregou.

— Não canso de pensar — disse ele, afinal. — Eis o que tentei dizer-lhe, julgando me exprimir melhor por escrito, já que a minha presença a irrita.

Stepane Arcadievitch examinou com espanto os olhos ternos do cunhado fixos nele, agarrou o papel e leu: "Vejo que a minha presença lhe é uma obrigação e, por mais triste que me seja reconhecer tal coisa, reconheço-a e sinto que não poderia ser de outro modo. Não lhe faço a menor censura. Deus é testemunha de que, durante a sua doença, resolvi firmemente esquecer o passado e começar uma nova vida. Não me arrependo, não me arrependeria nunca do que fiz então. Mas era a sua salvação, a salvação da sua alma o que eu desejava, e vejo que não fui bem-sucedido. Diga-me a senhora o que lhe trará repouso e felicidade. Submeto-me de antemão ao sentimento de justiça que guiará a sua escolha."

Devolveu a carta ao cunhado e continuou a examiná-lo com perplexidade, sem achar palavra para dizer. Aquele silêncio era penoso a ambos. Os lábios de Oblonski tremiam.

— Aí está o que eu queria dizer a ela — articulou Karenine, afinal, voltando-se.

— Sim, sim... — balbuciou Stepane Arcadievitch quase soluçando. — Sim — pôde enfim dizer —, eu compreendo.

— Que quer Ana? Eis o que eu desejaria saber.

— Receio que nem ela o saiba. Não julga ainda a questão — disse Oblonski, procurando tranquilizar-se. — Está esmagada, totalmente esmagada pela grandeza da tua alma. Se ler esta carta, será incapaz de responder e só poderá curvar ainda mais a cabeça.

— Mas, então, que fazer? Como explicar e conhecer os seus desejos?

— Se permites que exprima a minha opinião, é a ti que compete indicar nitidamente as medidas que achares capazes de anular esta situação.

— Achas, em consequência, que é preciso anular tudo definitivamente? — interrompeu Karenine. — Mas como? — acrescentou, passando a mão pelos olhos, num gesto que não lhe era habitual.

— Não vejo nenhuma saída possível.

— Há uma saída para qualquer situação — disse Oblonski, levantando-se e animando-se gradualmente. — Tu, outrora, pensavas no divórcio... Se estás convencido que não é mais possível existir felicidade entre ti e ela...

— Podemos conceber a felicidade de várias maneiras... Admitamos que eu consinta em tudo. Como sairemos daí?

— Queres a minha opinião? — disse Stepane Arcadievitch com o mesmo sorriso que tivera para a irmã, sorriso tão persuasivo que Karenine, cedendo à fraqueza que o dominava, dispôs-se a acreditar no cunhado. — Ela não dirá nunca o que deseja. Mas só poderá desejar uma coisa: romper os laços que lhe provocam tão cruéis recordações. Segundo o meu modo de ver, é indispensável tornar as relações entre ambos mais claras, o que só se poderá fazer retomando mutuamente a liberdade.

— O divórcio! — interrompeu com desgosto Aléxis Alexandrovitch.

— Sim, creio que o divórcio... sim, isso mesmo, o divórcio — repetiu Stepane Arcadievitch, enrubescendo. — Sob todos os pontos de vista, é o partido mais sensato para dois esposos que se acham em semelhante situação. Que fazer quando a vida comum se torna intolerável? E isso acontece frequentemente.

Aléxis Alexandrovitch soltou um profundo suspiro e cobriu os olhos.

— Só uma coisa existe a ser tomada em consideração: um dos dois esposos deseja se casar novamente? Não sendo este o caso, o divórcio não contará com nenhuma dificuldade — continuou Stepane Arcadievitch, cada vez mais livre do seu embaraço.

Aléxis Alexandrovitch, o rosto transtornado pela emoção, murmurou algumas palavras ininteligíveis. O que a Oblonski parecia tão simples, tinha girado mil vezes no seu pensamento e, em lugar de achar o divórcio uma solução razoável, achava-o apenas inadmissível. A sua dignidade pessoal, como o respeito pela religião, impedia-no de entregar-se a um adultério fictício, e ainda mais de lançar à vergonha de um flagrante delito uma mulher a quem já perdoara.

Além do mais, em que situação ficaria o seu filho? Deixá-lo entregue à mãe seria impossível: aquela criatura divorciada teria uma nova família, a situação da criança tornar-se-ia intolerável e, assim, seria comprometida a sua educação. Conservá-lo? Repugnava-lhe aquele ato de vingança. Mas, antes de tudo, ele temia, consentindo no divórcio, arrastar Ana à própria perda. Daria Alexandrovna não lhe dissera em Moscou que, aprovando o divórcio, só pensava nele? Agora, que a perdoara e que estava preso às crianças, aquelas palavras, desde então impressas na sua alma, adquiriam uma importância particular. "Dar-lhe a liberdade", dizia intimamente, "será arrebatar-lhe o último apoio no caminho do bem e privar-me da única razão de viver: as crianças. Uma vez divorciada, ela se unirá a Vronski através de um laço culpado e ilegal, porque, segundo a Igreja, só a morte desfaz o casamento. E quem sabe se, no fim de um ou dois anos, ele não a abandonará ou ela não se lançará numa nova ligação? E então seria eu o culpado da sua queda!" Não admitia, pois, o que dizia o cunhado. Tinha cem argumentos para refutar cada uma das suas afirmações. No entanto, ele o ouvia, sentindo aquela força brutal que dominava a sua vida, força que acabaria por escravizá-lo totalmente.

— Resta saber em que condições consentirás no divórcio, pois ela nada ousará pedir, submetendo-se completamente à tua generosidade.

— Por que estou sendo castigado, meu Deus? — murmurou Aléxis Alexandrovitch, pensando nos detalhes de um adultério fictício. Envergonhado, e como já fizera Vronski, cobriu o rosto com as mãos.

— Estás emocionado, compreendo. Mas, se refletires...

"Se alguém bater na tua face direita, apresenta a face esquerda...", pensava Aléxis Alexandrovitch.

— Sim, sim — gritou ele com uma voz aguda —, tomarei a vergonha sobre mim, renunciarei mesmo ao meu filho... Mas não seria melhor... De resto, faze o que quiseres.

E, afastando-se do cunhado para não ser visto por ele, sentou-se perto da janela. Sofria, sentia vergonha, enternecia-se ante a grandeza do próprio sacrifício.

Stepane Arcadievitch, comovido, guardou alguns instantes de silêncio.

— Aléxis Alexandrovitch — disse ele, afinal —, acredito que ela apreciará a tua generosidade. Sem dúvida, era esta a vontade de Deus — acrescentou. Depois, sentindo que dissera uma tolice, reteve com dificuldade um sorriso.

Aléxis Alexandrovitch quis responder. As lágrimas não deixaram que o fizesse.

— É um desastre fatal que tem de ser enfrentado. Considero esse desastre como um fato consumado e estou tentando ajudar os dois — seguiu Oblonski.

Quando Stepane Arcadievitch deixou o gabinete do cunhado, estava sinceramente emocionado, se bem que tal sentimento não o impedisse de se mostrar satisfeito por ter conduzido tão bem aquele negócio. Àquela satisfação, reunia-se a ideia de um trocadilho com que contava divertir a mulher e os amigos: "Que diferença existe entre mim e um general que passa revista às tropas? Nenhuma, porque se ele "se para", eu "separo"!... Ou, antes, não... Esforçar-me-ei por achar uma melhor", concluiu, rindo-se.

23

Apesar de não ter atingido o coração, a ferida de Vronski era perigosa. Durante muitos dias, esteve entre a vida e a morte. Quando, pela primeira vez, se achou em estado de falar, só havia em seu quarto a sua cunhada Varia.

— Varia — ordenou ele com o olhar e a voz severos —, diga a todo mundo que me feri involuntariamente. E não me fale nunca dessa história, é bastante ridícula.

Varia inclinou-se para ele sem responder, investigando o seu rosto com um sorriso de felicidade: os olhos do ferido já não estavam febris, mas a sua expressão era severa.

— Graças a Deus já podes falar — disse ela. — Tu não sofres?

— Um pouco deste lado, aqui — respondeu, mostrando o peito.

— Deixa-me mudar então o penso.

Ele viu-a fazê-lo, contraindo as linhas do rosto. Quando ela terminou, insistiu:

— Não acredito que tenha delirado. Suplico-te, não digas que quis me matar.

— Ninguém o diz. Eu espero, contudo, que não mais atires sobre ti acidentalmente — respondeu ela, com um sorriso ligeiramente interrogador.

— Provavelmente. Melhor, porém, teria sido...

Resposta e sorriso não tranquilizaram Varia. No entanto, assim que se sentiu fora de perigo, Vronski experimentou um sentimento de intensa liberdade. De algum modo, lavara a sua vergonha e a sua humilhação: para o futuro, podia pensar com calma em Aléxis Alexandrovitch, reconhecer a sua grandeza d'alma sem se sentir esmagado. Podia olhar as pessoas de frente e retomar a vida habitual, de acordo com os princípios que a dirigiam. O que ele não conseguia arrancar do coração, apesar de todos os esforços, era o remorso vizinho do desespero por ter perdido Ana para sempre. Agora, que resgatara a sua falta para com Karenine, estava firmemente resolvido a não se colocar entre a esposa arrependida e o seu marido — mas podia escapar às recordações dos momentos de felicidade, pouco apreciados antigamente e cujos encantos o perseguiam agora sem cessar?

Serpoukhovskoi ofereceu-lhe um encargo em Tachkent, e Vronski o aceitou sem a menor hesitação. E mais o momento da partida se aproximava, mais lhe parecia cruel o sacrifício que fazia para com aquilo que julgava o seu dever.

"Revê-la ainda uma vez, depois exilar-me e morrer!", pensava. E, fazendo a visita de despedida a Betsy, exprimiu-lhe esse desejo. Betsy partira imediatamente como embaixatriz junto a Ana, mas voltou trazendo a recusa.

"Melhor", disse intimamente Vronski, recebendo aquela resposta. "Essa fraqueza custaria as minhas últimas forças!"

No dia seguinte de manhã, Betsy em pessoa veio avisá-lo de que Aléxis Alexandrovitch, devidamente instruído por Oblonski, consentia no divórcio e que, por conseguinte, nada mais impedia Vronski de ver Ana.

Sem mais pensar em suas resoluções, sem indagar em que ocasião poderia vê-la ou onde se encontrava o marido, esquecendo mesmo de acompanhar Betsy, Vronski correu à casa dos Karenine. Subiu a escada sem nada ver, atravessou o apartamento quase correndo, precipitou-se no quarto de Ana e, sem se preocupar com a possível presença de um terceiro, tomou-a nos braços e cobriu-a de beijos.

Ana estava preparada para revê-lo e pensara no que lhe diria — mas não teve tempo de falar, a paixão de Vronski arrebatou-a. Quisera acalmá-lo, acalmar-se ela própria, mas não era possível. Os seus lábios tremiam e, durante muito tempo, não pôde dizer nada.

— Sim, tu me conquistaste, eu sou tua — pôde dizer enfim, apertando a mão de Vronski contra o seio.

— Devia ser assim e, enquanto vivermos, assim será. Agora, eu o sei.

— É verdade — respondeu ela, empalidecendo cada vez mais, envolvendo com os braços a cabeça de Vronski. — Contudo, não é terrível depois de tudo o que se passou?

— Tudo isso será esquecido, vamos ser tão felizes! Se o nosso amor precisasse crescer, cresceria porque tem qualquer coisa de terrível — disse Vronski, erguendo a cabeça e mostrando, com um sorriso, os dentes alvos.

Mais que às palavras do amante, foi aos seus olhares apaixonados que ela respondeu com um sorriso. Depois, tomando-lhe a mão, acariciou a sua face fria e os seus pobres cabelos cortados.

— Não te reconheceria mais com os teus cabelos cortados — disse ele. — Ficaste mais moça: dir-se-ia que és um rapazinho. Mas como estás pálida!

— Sim, ainda estou muito fraca — respondeu, e os seus lábios puseram-se a tremer.

— Iremos à Itália e restabelecer-te-ás.

— É possível que tenhamos o direito de ser como marido e mulher, unicamente nós dois? — perguntou, mergulhando os olhos nos de Vronski.

— Apenas uma coisa me surpreende, é que isso não tenha sido sempre assim.

— Stiva assegura que "ele" consente em tudo, mas eu não aceito a sua generosidade — disse ela, deixando errar o olhar acima da cabeça de Vronski. — Não quero o divórcio. Pergunto-me somente o que ele decidirá em relação a Sérgio.

Como, no primeiro momento da sua reconciliação, ela pôde pensar no filho e no divórcio, Vronski não compreendia nada.

— Não fales nisso, não penses — disse ele, voltando e agarrando novamente a mão de Ana, a fim de concentrar a sua atenção. Ela não o olhava.

— Ah, por que não morri? Seria bem melhor! — murmurou ela.

Lágrimas corriam pelo seu rosto. No entanto, tentou sorrir para que ele não ficasse aflito.

Anos antes, Vronski acharia impossível renunciar à lisonjeira e perigosa missão de Tachkent. Agora, porém, recusava-a sem a menor hesitação. Depois, verificando que aquela recusa seria mal interpretada, pediu a sua demissão. Um mês mais tarde, Aléxis Alexandrovitch ficou só com o filho. Ana, que renunciara resolutamente ao divórcio, partira para o estrangeiro em companhia de Vronski.

Direção editorial
Daniele Cajueiro

Editora responsável
Ana Carla Sousa

Produção editorial
Adriana Torres
Laiane Flores
Bárbara Anaissi

Revisão de tradução
Laura Folgueira

Revisão
Letícia Côrtes

Diagramação
Henrique Diniz

Capa
Anderson Junqueira

Este livro foi impresso em 2022
para a Nova Fronteira.